SCOTT TUROW

EL PESO DE LA PRUEBA

Traducción de
Carlos Gardini

CÍRCULO DE LECTORES

A Annette

[Nuestras] decisiones han respetado el ámbito privado de la vida familiar, en el cual no puede intervenir el estado.

Caso *Prince v. Massachusetts*,
321 EE.UU. 158, 166 (1944),
una opinión del Tribunal Supremo de Estados Unidos.

Una vez me propuse mejorar las relaciones matrimoniales de un hombre muy inteligente (...). Estaba constantemente preocupado por la idea de una separación, pero la rechazaba porque amaba entrañablemente a sus dos hijos (...). Un día, el hombre me refirió un pequeño episodio que lo había aterrado. Estaba jugando con el hijo mayor, su preferido. Lo lanzaba al aire una y otra vez, hasta que lo arrojó a tal altura que el niño casi chocó de cabeza contra la maciza lámpara de gas (...). [El niño] quedó aturdido de espanto (...). La desesperación de este descuidado movimiento (...) me sugirió que debía examinar este accidente como un acto simbólico (...).

Había en efecto un factor determinante en un recuerdo infantil del paciente: aludía a la muerte de un hermanito, que la madre atribuía a negligencia del padre, y que produjo serias discusiones y amenazas de separación entre los progenitores. El rumbo de la vida de mi paciente, así como el éxito de la terapia, confirmaron mi análisis.

SIGMUND FREUD,
Psicopatología de la vida cotidiana.

PRIMERA PARTE

1

Había estado casado treinta y un años, y en la primavera siguiente, con gran resolución y cierta dosis de esperanza, se casaría de nuevo. Pero aquella tarde de fines de marzo Alejandro Stern regresó a casa y, sin soltar el maletín ni el bolso, llamó distraídamente a su esposa Clara desde la puerta. Era un hombre de cincuenta y seis años, corpulento y calvo, no especialmente atractivo, y lo abrumaba una intensa preocupación.

Había pasado dos días en Chicago –esa ciudad de almas toscas– por encargo de su cliente más difícil. Dixon Hartnell era desconsiderado y egoísta, y rara vez seguía el consejo de su abogado; para colmo, representarlo implicaba una obligación permanente. Dixon era el cuñado de Stern. Estaba casado con Silvia, el único pariente cercano vivo que le quedaba a éste, y objeto constante de su afecto. Pero los sentimientos de Dixon no eran tan puros. En sus primeros tiempos como abogado, cuando tenía que buscar clientes en los pasillos de los tribunales, Stern había pagado el alquiler satisfaciendo las imprevisibles necesidades de Dixon. Ahora era uno de esos deberes imponderables, oscuramente arraigados en el duro suelo de lo que Stern consideraba su obligación filial y profesional.

También era un trabajo permanente. Para Dixon, propietario de un vasto imperio financiero, una casa de corretaje que en su juventud había bautizado Maison Dixon, y una serie de sucursales, todas llamadas MD esto y lo otro, los problemas eran una rutina. Funcionarios, agentes federales, el Servicio Fiscal Interno, todos habían acuciado a Dixon durante años. Stern siempre lo sacaba del atolladero.

Pero este asunto era más delicado. Un gran jurado federal del condado de Kindle había enviado citaciones a importantes clientes de MD. Los rumores acerca de estas citaciones, entregadas por los hoscos sicarios del FBI, habían llegado a MD hacía una semana, y

Stern, cuando concluyó su juicio más reciente, había volado de inmediato a Chicago para reunirse con los abogados que representaban a dos de estos clientes y para inspeccionar los testimonios que requería el gobierno. Los abogados declararon que la fiscal a quien habían asignado el asunto, una joven llamada Klonsky, había exonerado a los clientes pero rehusaba revelar quién estaba bajo sospecha. Para un experto todo esto tenía mal aspecto. Las citaciones reflejaban una actitud deliberadamente sigilosa. Los investigadores sabían qué buscaban y parecían acechar a Dixon, a sus compañías o a alguien que estuviera cerca de él.

Stern, fatigado por el viaje, estaba de pie en el vestíbulo de pizarra del hogar que había compartido con Clara durante casi dos décadas. Sin embargo, algo le llamó de pronto la atención. Él lo atribuyó al silencio. No el goteo de un grifo, ni el murmullo de una radio, ni el ruido de un aparato doméstico. Era un hombre solitario que amaba la tranquilidad, pero ese silencio no sugería reposo ni descanso. Dejó los bártulos sobre las baldosas negras y caminó inquieto por el vestíbulo.

–Clara –llamó de nuevo.

La encontró en el garaje. Al abrir la puerta percibió el hedor a putrefacción, un olor penetrante y agrio que lo aturdió como un puñetazo. El coche, un Seville negro último modelo, estaba dentro; la portezuela del conductor se hallaba abierta. La lámpara blanca del interior del coche estaba encendida e iluminaba a Clara con su tenue luz. Desde la puerta Stern vio la pierna extendida hacia el suelo de cemento y el dobladillo de un vestido estampado. Por el brillo supo que ella llevaba medias.

Avanzó despacio. El calor y la pestilencia resultaban sofocantes y el miedo lo debilitó en la oscuridad. En cuanto la vio por la portezuela abierta, se detuvo. Clara estaba reclinada en el cuero color camello del asiento delantero. La tez mostraba un fulgor antinatural, de melocotón, y Clara tenía los ojos cerrados, como si se hubiera propuesto presentarse pulcra y serena. La mano izquierda, impecablemente manicurada, permanecía apoyada ceremoniosamente sobre el abdomen y la carne se había hinchado un poco debajo de las sortijas. No se había llevado nada consigo, ni chaqueta, ni cartera. No había resbalado del todo hacia atrás; extendía el otro brazo hacia el volante, mientras que la cabeza, apoyada en el respaldo, formaba con éste un ángulo nada natural; tenía la boca abierta, la lengua fuera y la cara inmóvil.

En el blanco fregadero contiguo al garaje, Stern vomitó en una pica de porcelana y limpió todos los rastros antes de marcar el 911 y llamar a su hijo.

–Ven en seguida –le dijo a Peter–. En seguida.

Como solía pasarle cuando estaba nervioso, percibió en su voz un ligero acento español; el acento estaba siempre allí: un defecto permanente, pensó, como una cojera.

–Algo le pasa a mamá –repuso Peter. Stern no había dicho nada, pero su hijo tenía una gran intuición para estas cosas–. ¿Qué pasó en Chicago?

Stern respondió que Clara no lo había acompañado y Peter, fiel a su naturaleza, empezó a protestar.

–¿Cómo que no estaba contigo? Hablé con ella la mañana en que te ibas.

Stern sintió un arrebato de autocompasión. Estaba perdido, irremediablemente confundido en sus emociones. Horas después, hacia la mañana, sentado a solas bajo una bombilla, sorbiendo jerez mientras revivía cada momento de ese día, comprendería la plena significación de la observación de Peter. Pero no en ese instante. Sólo sintió, como de costumbre, una profunda impaciencia con su hijo, una fuerza volcánica reprimida, mientras que en otra parte de su corazón interpretaba las primeras claves de lo que Peter había dicho y un vertiginoso abismo de arrepentimiento comenzaba a abrirse.

–Ven en seguida, Peter. No sé exactamente qué ha ocurrido; creo que tu madre ha muerto.

Su hijo, un hombre de treinta años, emitió un sonido agudo, un grito de desesperación.

–¿Crees?

–Por favor, Peter, te necesito. Este momento es terrible. Ven. Luego podrás preguntar.

–Por amor de Dios, ¿qué diablos está pasando? ¿Qué demonios es esto? ¿Dónde estás?

–En casa, Peter. No puedo responderte ahora. Por favor, haz lo que te pido. No puedo enfrentarme a esto solo.

Colgó de golpe. Le temblaban las manos y se apoyó una vez más en el fregadero. Un instante antes se sentía más dueño de sí mismo, pero ahora lo sofocaba el dolor. Supuso que estaba a punto de desmayarse. Se quitó la corbata y la chaqueta. Regresó a la puerta del garaje, pero no fue capaz de abrirla. Tenía la impresión de que si aguardaba un instante comprendería.

Pronto la casa se llenó de desconocidos. Primero llegaron los policías, a pares, y aparcaron los coches en la calzada; luego los enfermeros y la ambulancia. Por las ventanas, Stern vio un grupo de vecinos que se reunían en el césped. Miraban hacia la casa y murmuraban cada vez que llegaba un vehículo, manteniéndose detrás de la hilera de coches patrulla y sus luces intermitentes. En el interior de la casa, los policías se paseaban con su habitual arrogancia. Estallidos de estática rugían de vez en cuando en sus radios portátiles. Entraban y salían del garaje para mirar el cadáver y hablaban del asunto como si él no estuviera allí. Estudiaban las valiosas posesiones de Stern con una envidia desconcertante por su desenfado.

El primer polizonte que entró en el garaje alzó la radio para llamar al teniente en cuanto salió.

–Está frita –informó el agente por la radio–. Será mejor que venga con máscaras y guantes. –Sólo entonces reparó en Stern, que parecía estar agazapado en el oscuro pasillo que comunicaba con el fregadero. El desconcertado policía intentó dar explicaciones–. Por lo visto el coche estuvo en marcha todo el día. Ahora tiene el depósito vacío. El conversor catalítico calienta mucho, es peor que una barbacoa. Si deja en marcha ese motor durante doce horas en un espacio cerrado, genera muchísimo calor. A la pobre no le hizo mucho bien. ¿Usted es el marido?

–Sí –respondió Stern.

–Mi pésame –dijo el polizonte–. Una tragedia.

Esperaron.

–¿Tiene usted idea de lo que ocurrió, agente?

No sabía qué pensar, excepto que sería una traición creer lo peor demasiado pronto.

El polizonte estudió a Stern en silencio. Era rubicundo y grueso, y tal vez el peso le hacía parecer más viejo.

–Llaves en el contacto. En posición. La puerta cerrada.

Stern asintió.

–A mí no me parece un accidente –opinó al fin el policía–. No se sabrá con seguridad hasta que hagamos la autopsia. Tal vez sufrió un ataque cardíaco cuando hizo girar la llave. O tal vez es uno de esos misterios. Enciende el motor y está pensando en otra cosa, arreglándose el pelo y el maquillaje. A veces no se sabe. No ha encontrado ninguna nota, ¿verdad?

Una nota. Stern había esperado a las autoridades en ese pasillo, manteniendo su atontada guardia junto a la puerta. Al pensar en una nota, una comunicación, lo asaltó una esperanza irracional.

–Mejor que no entre allí –le aconsejó el policía, señalando hacia atrás.

Stern asintió dócilmente, pero terminó por dar un paso adelante.

–Una vez más –dijo.

El policía esperó un segundo antes de abrir la puerta.

Lo llamaban Sandy, un nombre que había adoptado poco después de llegar junto con su madre y su hermana a Estados Unidos en 1947. Habían abandonado Argentina perseguidos por un sinfín de calamidades: la muerte del hermano mayor de Stern y luego del padre, el ascenso de Perón. Su madre había insistido en que usara ese apodo, pero él nunca se había sentido cómodo con él. Era un nombre cómico que no le quedaba bien, como una prenda ajena, que delataba ese afán de aceptación que él se empeñaba en ocultar y que en realidad había sido tal vez su pasión más incorregible.

Ser norteamericano. Había crecido allí en la década de los cincuenta y esa palabra siempre le susurraría ciertas obligaciones. Nunca había comprado un coche extranjero, había abandonado el idioma español años atrás. De vez en cuando se sorprendía diciendo unas palabras, una expresión favorita, pero había llegado allí dispuesto a dominar el inglés de Estados Unidos. En casa de sus padres no había un solo idioma: su madre les hablaba en yiddish, los niños se hablaban en español, el padre hablaba consigo mismo en un pomposo alemán que al pequeño Stern le sonaba como una máquina chirriante. En un país de tradiciones anglófilas como Argentina, Stern había aprendido el inglés propio de un estudiante de Eton. Pero aquí las expresiones cotidianas le tintineaban en la mente como monedas, el dinero de los verdaderos norteamericanos.

Desde el principio, le resultaba difícil usarlas. El orgullo y la vergüenza, el fuego y el hielo, siempre lo carcomían, no soportaba las burlas que parecían acompañar cada desliz con acento extranjero. Pero en sueños hablaba un rico argot estadounidense, sabroso como el de un músico de jazz.

Por otra parte, nunca había asimilado el optimismo norteamericano. No podía olvidar las sombrías lecciones de la experiencia extranjera, de la vida de sus padres: inmigrantes, exiliados, almas que huían de los déspotas sin conseguir el reposo. Tomaba ciertos tópicos como artículos de fe: las cosas a menudo salían mal. Sentado en un mullido sillón del salón, entre las vasijas *raiku* y los tapices chinos de Clara, parte de él aceptó esto como la realización de un hechizo maligno. Había pensado en varias tareas que de algún modo resultaban imperativas, pero por el momento no tenía fuerzas para moverse; sentía el cuerpo aturdido por el shock y el corazón le palpitaba con esfuerzo.

Peter llegó poco después de la ambulancia. Los enfermeros ya habían llevado la camilla de sábanas blancas al garaje para trasladar el cadáver. Nervioso, irrumpió en la casa sin prestar atención a los policías apostados en la puerta. Stern se preguntó por qué siempre se asombraba de la histeria de su hijo, por ese aire de pánico incontrolable propio de un hipertiroideo. Peter era un joven pulcro y delgado peinado a la moda. Llevaba una amplia camisa francesa con anchas rayas color turquesa y unos pantalones verde oliva, de un estilo jamás usado en ningún ejército, que formaban bolsas debajo de las rodillas. Stern no pudo reprimir el malestar que lo invadió de pronto. Era sorprendente que ese hombre de aire desconsolado se hubiera tomado tiempo para vestirse.

Stern se levantó y le salió al encuentro en el pasillo que iba del vestíbulo a la cocina.

–No puedo creerlo. –Peter, al igual que Stern, no sabía cómo reaccionar. Avanzó un paso hacia el padre, pero ninguno de los dos tendió los brazos–. Cielo santo, mira allá fuera. Es un circo. Medio vecindario está allí.

–¿Saben qué ocurrió?

–Se lo conté a Fiona Cawley. –Los Cawley vivían al lado de los Stern desde hacía diecinueve años–. Casi me lo exigió. Ya la conoces.

–Ah –dijo Stern.

Trató de contenerse, pero experimentó una vergüenza egoísta, adolescente en su intensidad. Ese episodio terrible ya era noticia. Stern imaginaba las sagaces deducciones que se sucedían detrás de los ojos amarillos y crueles de Fiona Cawley.

–¿Dónde está ella? –preguntó Peter–. ¿Todavía está allí?

En cuanto Peter se dirigió al garaje, Stern recordó que tenía que hablar con él para telefonear a las hermanas.

–Señor Stern –lo llamó el policía que había entrado en el garaje–. Los muchachos quieren hablarle, si no le molesta.

Estaban en el cubil de Stern, un cuarto diminuto. Clara había pintado las paredes de verde y la habitación estaba atestada de muebles, entre ellos un gran escritorio donde algunos papeles domésticos se apilaban ordenadamente. Stern se sintió turbado al ver que los policías se acomodaban en aquel cuarto tan íntimo. Dos policías de uniforme, un hombre y una mujer, permanecían de pie, mientras un agente de paisano ocupaba el sofá. El tercero, al parecer un detective, se levantó para ofrecerle la mano con desgana.

–Nogalski –se presentó.

Estrechó la mano de Stern con blandura, sin molestarse en mirarlo. Era un hombre corpulento con chaqueta de *tweed*. Un tipo duro. Todos lo eran. El detective señaló una mecedora. A sus espaldas, la mujer murmuró algo en la radio: «Estamos hablando con él ahora».

–¿Podemos hacerle unas preguntas, Sandy?

–¿De qué índole?

–Las habituales. Ya sabe, tenemos que preparar un informe. El teniente está en camino y hay que ponerlo al corriente. ¿Esto fue una sorpresa para usted? –preguntó el policía.

Stern aguardó un momento antes de responder.

–Una enorme sorpresa –dijo.

–¿Su esposa era una mujer depresiva?

Por el momento, este examen del carácter de Clara, que debía sintetizarse en unas frases, le resultaba imposible.

–Era una persona seria. No la describiría como una personalidad jovial.

–¿Pero acudía a un psiquiatra o algo por el estilo?

–Que yo sepa, no. Mi esposa no acostumbraba a quejarse. Era muy reservada.

–¿Nunca amenazó con hacer esto?

–No.

El detective, casi calvo, miró directamente a Stern por primera vez. Era evidente que no le creía.

–Aún no hemos encontrado ninguna nota.

Stern agitó la mano sin convicción. No tenía explicaciones.

–¿Dónde estaba usted? –preguntó el policía que tenía detrás.

–En Chicago.

–¿Para qué?

–Asuntos legales. Me reuní con varios abogados.

La posibilidad de que Dixon estuviera en aprietos, tan perturbadora una hora atrás, cobró un nuevo aspecto. La urgencia de la situación desaparecía como una mano que se hundiera en las profundidades.

–¿Cuándo se fue usted? –preguntó Nogalski.

–Ayer, muy temprano.

–¿Habló usted con ella?

–Lo intenté anoche, pero nadie respondió. Tenemos un abono para la sinfónica. Supuse que después habría salido a tomar un café con algún amigo.

–¿Quién fue el último que habló con ella, por lo que usted sabe?

Stern reflexionó. La brusquedad de Peter pronto provocaría la hostilidad de la policía.

–Tal vez mi hijo.

–¿Está él fuera?

–Está muy afectado en este momento.

Nogalski sonrió con aire desdeñoso.

–¿Lo hace usted a menudo? –preguntó el policía que tenía detrás.

–¿Qué, agente?

–Viajar a otra ciudad.

–A veces es necesario.

–¿Dónde se alojó usted? –preguntó la mujer.

Stern trató de guardar la calma ante el tono de las preguntas. Naturalmente los policías sabían quién era él y reaccionaban en consecuencia: despreciaban a la mayoría de los abogados defensores que estorbaban a la policía a cada paso y recibían pingües beneficios por hacerlo. Para la policía ésta era una oportunidad natural, la ocasión de fastidiar a un adversario y de regodearse en sus insidiosas y habituales fantasías sobre juegos sucios y motivaciones. Tal vez el hispano estaba follando con su amiguita en Chicago mientras un tío a sueldo se encargaba de esto. Nunca se sabe si no preguntas.

–En esta ocasión me alojé en el Ritz. –Stern se puso en pie–. ¿Puedo irme? Mi hijo y yo todavía tenemos que hablar con sus hermanas.

Nogalski lo observaba.

–Esto no tiene mucho sentido –espetó el detective.

No tenía sentido: ésa era su opinión profesional. Stern miró duramente a Nogalski. Uno de los gajes del oficio de Stern era que rara vez sentía gratitud por la policía.

Mientras caminaba por el pasillo, Stern oyó la voz de Peter. Estaba contando algo. El mismo policía de cara rubicunda que había conducido a Stern al garaje escuchaba impasible. Stern cogió a Peter por el brazo para alejarlo. Esto era intolerable. ¡Intolerable! Una capa de resistencia se estaba resquebrajando dentro de él.

–Por Dios, van a hacerle la autopsia. ¿Lo sabías? –preguntó Peter en cuanto estuvieron solos en el corredor. Peter era médico y por lo visto sufría el acecho del pasado, el recuerdo de los exámenes de patología con los cadáveres de vagabundos, el humor patibulario de los estudiantes de medicina que escudriñaban las entrañas del muerto. Peter sufría al pensar en su madre como otra anatomía sin vida esperando la sierra del forense–. No lo permitirás, ¿verdad?

Stern, mucho más bajo que su hijo, observó a Peter, que estaba rígido de pánico. Se preguntó si sólo se comportaba de aquella forma histérica ante el padre. El tono de sus relaciones no había cambiado en años. Siempre estaba ese carácter apremiante, insistente. Stern no cesaba de preguntarse qué quería Peter de él.

–Es necesario, Peter. El forense tiene que encontrar la causa de la muerte.

–¿La causa de la muerte? ¿Creen que fue un accidente? ¿Van a examinarle el cerebro para averiguar lo que pensaba? Por amor de Dios, no nos dejarán cuerpo para enterrar. Es evidente que se ha suicidado.

Aún nadie había pronunciado la palabra en voz alta. Stern tomó la franqueza de Peter como una especie de descortesía: demasiado grosera y directa. Pero no se sintió afectado.

Dijo que ése no era el momento para bregar con los policías. Actuaban como idiotas, como de costumbre, haciendo una especie de investigación de homicidios. Tal vez quisieran hablar con él.

–¿Conmigo? ¿Sobre qué?

–Tus últimas conversaciones con tu madre, supongo. Les dije que ahora estabas demasiado perturbado.

A pesar del dolor, Peter sonrió como un niño.

–Bien –dijo.

Qué hombre tan extraño. Hubo un instante especial entre Stern y su hijo, una legión de cosas no comprendidas. Luego Stern le recordó que debían llamar a sus hermanas.

–De acuerdo –asintió Peter con más aplomo.

A pesar de las diferencias con su padre, Peter era un fiel hermano mayor.

Stern oyó que alguien anunciaba la llegada del teniente. Un hombre corpulento entró en el pasillo, mirando hacia ellos. Tenía la misma edad de Stern, pero el tiempo parecía haberlo tratado de otra manera. Era ancho y macizo y, al igual que un granjero o alguien que trabajara al aire libre, parecía haber conservado el vigor de la juventud. Vestía un traje marrón claro, arrugado y sintético, y una camisa de rayón que le quedaba holgada; cuando se volvió por un instante, Stern vio que un faldón le colgaba fuera de la chaqueta. Tenía la cara ancha y rosada, muy poco pelo, apenas unos mechones grises sobre la coronilla.

Saludó a Stern con una inclinación de cabeza.

–Sandy –dijo.

–Teniente –respondió Stern.

Lo único que recordaba de ese hombre era que lo había visto antes. Algún caso. Alguna vez. Le costaba pensar con claridad.

–Cuando quiera –anunció el teniente.

Stern y su hijo vacilaron.

–Háblale tú. Yo iré a llamar –dijo Peter–. Ya sabes, Marta y Kate. Es mejor que las avise yo.

En un arrebato de lucidez propio de los momentos de tensión extrema, Stern reconoció la representación de un drama familiar tradicional. Peter había adoptado un curioso liderazgo en la familia; tanto sus hermanas como su madre a menudo recurrían a él. Había forjado intensos e íntimos lazos con ellas. Stern no sabía cómo, porque con él nunca se formaban las mismas alianzas. Stern sabía que ese difícil deber le correspondía, pero se sentía demasiado débil.

–Diles que las llamaré pronto.

–Claro –dijo Peter. Se apoyó un instante contra la pared y añadió con aire reflexivo–: La vida está llena de sorpresas.

En el cuarto de Stern, el teniente recibía el informe de sus agentes. Nogalski se le acercó cuando Stern salía del pasillo. El teniente quería saber qué habían hecho los policías. Nogalski habló. Los otros sabían que les correspondía callar.

–He estado haciendo unas preguntas, teniente.

–¿Cree que ya ha preguntado suficiente? –Nogalski tuvo que aguantar el tono de crítica. Era evidente que el detective y el teniente no se llevaban bien–. Tal vez pueda ayudar fuera. Hay muchos curiosos.

Cuando se fueron los demás policías, el teniente dirigió un gesto a Stern. Golpeó la puerta con el dorso de la mano para entornarla.

–Bien, aquí tenemos un montón de problemas, ¿eh, Sandy? Lamento verlo de nuevo en estas circunstancias. –El teniente se llamaba Radczyk. Stern lo recordó de golpe. Ray, pensó–. ¿Se encuentra bien?

–De momento sí. Mi hijo lo lleva peor. Por alguna razón la perspectiva de una autopsia lo saca de quicio.

El policía, recorriendo el cuarto, se encogió de hombros.

–Supongo que si encontramos una nota podremos evitarlo. Yo podría arreglarlo con la oficina de Russell. –Se refería al forense–. Siempre pueden medir el monóxido de carbono de la sangre. –El viejo policía miró directamente a Stern, tal vez comprendía que era demasiado explícito–. Estoy en deuda con usted.

Stern asintió. No sabía a qué se refería Radczyk. El policía se sentó.

–¿Los muchachos han hecho el número de costumbre?

Stern volvió a asentir. Fuera eso lo que fuese.

–Fueron muy detallistas –comentó.

El teniente comprendió en seguida.

–Nogalski es un buen tipo. Insistente, pero buen tipo. Un poco brusco. –El teniente miró hacia el exterior. Era del tipo que alguien habría llamado «grandullón» de más joven, antes de tener una placa y un arma–. Es algo terrible. Lo lamento por usted. Llegó a casa y la encontró, ¿verdad?

El teniente repetía el número. Era mucho mejor que Nogalski.

–¿Estaba enferma? –preguntó el teniente.

–Gozaba de excelente salud. Las dolencias habituales de la madurez. Tenía artritis en una rodilla. No podía atender el jardín tanto como hubiese deseado. Nada más.

Desde la ventana del estudio, Stern vio que los vecinos se apartaban para dejar paso a la ambulancia. El vehículo avanzó despacio. Stern advirtió que la luz no giraba. No había urgencia. Miró hasta que el vehículo que se llevaba a Clara desapareció detrás del manzano. Estaba a punto de florecer, en la esquina del terreno. Stern volvió a la conversación. La rodilla izquierda, pensó.

–¿Usted no conoce ninguna razón?

–Teniente, es evidente que se me pasó por alto algo que debería haber visto. –Stern esperaba poder terminar con esto, pero no pudo. Le tembló la voz y cerró los ojos. La idea de desmoronarse ante aquel policía le repugnaba, pero algo se desangraba en él. Estaba por decir que lamentaba muchas cosas, pero no podría hacerlo con dignidad–. Lo lamento, no puedo ayudarlo.

Radczyk lo estaba estudiando, evaluando si Stern decía la verdad.

Un policía se asomó por la puerta entornada.

–Teniente, Nogalski me ha pedido que le avise: han encontrado algo en el dormitorio. No ha querido tocarlo hasta que usted lo vea.

–¿Qué es? –preguntó Stern.

El policía miró a Stern sin saber si debía responderle.

–La nota –dijo al fin.

Estaba en la cómoda de Stern, garrapateada en una hoja con el membrete de Clara, junto a una pila de pañuelos que había planchado el ama de llaves. Como una lista de compras o de instrucciones domésticas. Discreta, inofensiva. Stern cogió la hoja, abrumado por ese testimonio de una vida. El teniente estaba junto a él. Pero había muy poco que ver. Sólo una línea. Sin fecha. Sin saludos. Sólo un par de palabras.

«¿Podrás perdonarme?»

2

En el oscuro amanecer del día del funeral, un sueño despertó a Stern. Caminaba por una casa grande. Clara estaba allí, pero permanecía encerrada en un armario y se negaba a salir. Se aferraba tímidamente a las prendas colgadas; una mujer cincuentona con las rodillas unidas en una pose de temor infantil. La madre de Stern los llamaba a él y a Jacobo, su hermano mayor, voces desde otros cuartos. Cuando iba a responderles, Clara le decía que estaban muertos, y él empezaba a temblar de pánico.

Desde la cama, miró los dígitos luminosos de la radio-reloj: 4.58. Ya no dormiría más; las imágenes del sueño se le pegaban como sanguijuelas. Clara había mostrado una expresión especial cuando le decía que Jacobo estaba muerto, un destello artero y calculador.

La casa, totalmente ocupada, parecía haber cobrado un peso inerte. Su hija mayor, Marta, de veintiocho años, abogada de Legal Aid en Nueva York, había acudido la primera noche y ahora dormía en el cuarto que había ocupado de niña. Su hija menor, Kate, y su esposo John, que vivían en un barrio distante de la misma ciudad, también habían pasado la noche allí para no afrontar el imprevisible tráfico de la mañana en los puentes del río. Silvia, la hermana de Stern, estaba en la habitación de huéspedes. Había venido de su casa de campo para atender al hermano y organizar las cosas. Sólo faltaban los dos hombres, Peter y, desde luego, Dixon, siempre un lobo solitario.

La noche anterior había comenzado el velatorio en sus aspectos ceremoniales más sombríos. El período formal de visitas se iniciaría después de las exequias, pero Stern, siempre ambiguo ante las formalidades religiosas, había recibido a varios amigos apesadumbrados que parecían necesitar consolarlo: vecinos, dos jóvenes abogados de la oficina, su grupo del tribunal y la sinagoga. Clara era hija única, pero dos pares de primos de ella habían llegado de Cleveland. Stern recibió a esas visitas con toda la cortesía de que fue capaz. En instantes así, uno reaccionaba según los impulsos más arraigados; para la madre de Stern, muerta hacía años pero todavía presente en sus sueños, las formalidades sociales eran sagradas.

Cuando la casa quedó vacía y la familia se fue a dormir, Stern se encerró en el cuarto de baño del dormitorio que había compartido con Clara, acuciado por segunda vez en la noche por sollozos jadeantes. Se sentó en la taza, de donde colgaba una falda alechugada que Clara había colocado allí décadas atrás. Se puso una toalla en la boca y gimió sin control, esperando que nadie le oyera.

–¿Qué hice? –se preguntaba una y otra vez con voz quebrada, arrasado por un huracán de dolor–. Clara, Clara, ¿qué hice?

Ahora, examinándose en los espejos del cuarto de baño, se notó la cara hinchada, los ojos inflamados y doloridos. Había logrado recobrar cierto aplomo, pero conocía los límites de su fuerza. Le esperaba un día terrible. Terrible. Se vistió por completo, sólo le faltaba la chaqueta del traje, y se preparó un huevo pasado por agua. Luego se sentó a solas para observar cómo el destello del amanecer crecía sobre la superficie lustrosa de la mesa de caoba. Pronto sintió una nueva cuchillada de dolor y trató en vano de calmarse.

¿Cómo, se preguntó de nuevo, cómo había pasado por alto que la mujer que dormía con él estaba aullando de dolor en todos los sentidos figurados del término? ¿Cómo había sido tan insensible, tan sordo? Los indicios eran tan evidentes que aun en su habitual estado de distracción febril tendría que haberlo notado. Clara era una persona muy parca. Durante años había realizado un estudio personal del Japón; él no sabía nada sobre el asunto, excepto el título de los libros que descansaban sobre el escritorio de ella. En otras ocasiones ella leía un pentagrama: una sinfonía entera vibraba en su interior, y Clara bajaba la barbilla, sin susurrar siquiera un compás o una nota

Pero esto era otra cosa. Recientemente, él había regresado tarde dos o tres noches, preocupado por el caso que tenía entre manos –una confusa conspiración–, y había encontrado a Clara sentada en la oscuridad; no había libros ni revistas, ni siquiera la imagen fluctuante del televisor. La expresión de ella lo asustó: ausente, distante. La boca era un trazo solemne y los ojos brillaban duros como ágatas. Parecía sumida en un mundo sin palabras. No era la primera vez que ocurría. Ellos lo llamaban «estados de ánimo» y lo dejaban pasar. Durante años Stern se había enorgullecido de su discreción.

Ahora, obsesionado, caminaba inquieto por la casa, aferrando los objetos que ella había tocado, examinándolos como si buscara pistas. En el tocador acarició un peine de carey, las barras de carmín alineadas como casquillos de escopeta junto al lavabo. ¡Dios! Estrujó uno de los cilindros dorados como si fuera un amuleto. En la estrecha repisa del vestíbulo se apilaba la correspondencia de tres días. Stern ojeó los sobres, pulcramente apilados. Facturas, facturas... Resultaba doloroso mirarlas. Esos actos prosaicos, visitar la tintorería o la tienda, delataban humildemente las esperanzas de Clara. El 6 de marzo Clara esperaba que la vida continuase. ¿Qué se había entrometido?

«Centro Médico Westlab.» Stern examinó el sobre. Estaba dirigido a Clara, a esa dirección. Dentro encontró un recibo. Los servicios, identificados por un código de ordenador, se habían prestado seis semanas atrás y se describían como «Análisis». Stern se quedó rígido. Fue a la cocina tratando de calmarse, recurriendo a su voluntad para impedir el vergonzoso estallido de sentimientos de alivio. Pero estaba totalmente seguro de que ella no había mencionado médicos ni análisis. Clara registraba sus citas en una agenda de cuero que estaba junto al teléfono. Almuerzos. Conciertos. Cenas, citas en la sinagoga, reuniones sociales. Stern comparó la fecha del recibo con la que encontró en la libreta. «9.45. Análisis.» Hojeó la libreta. El día 13 había otra discreta anotación: «3.30. Dr.». Buscó más. El 27, lo mismo. «Dr.» «Análisis.» «Dr.»

Cáncer. ¿Era eso? Algo avanzado. ¿Había resuelto ella irse de este mundo sin permitir que la familia le suplicara que se sometiera a las torturas con que los oncólogos prolongaban la vida? Esta actitud era típica de Clara: declarar una zona de soberanía definitiva. Llevaba su marca de dignidad, de decoro, de intensa convicción.

Stern llegó al comedor y oyó movimientos en el primer piso. De pronto sintió que, a pesar del ciego empecinamiento con que su corazón se abalanzaba hacia esa solución, estaba atrapado en una fantasía. Las consultas médicas tenían una explicación más prosaica, menos heroica. Por alguna razón, la sospecha era escalofriante. La noche anterior, mientras buscaba un pañuelo de papel, había hallado un frasco de tinte de cabello escondido al fondo de un cajón. Ignoraba durante cuánto tiempo había escondido su esposa esa vanidad inofensiva. ¿Meses? ¿Años? Qué más daba. Pero sintió un escalofrío de dolor: había demasiadas cosas que no había advertido, que había ignorado, acerca de esa persona, de esa mujer que había sido su esposa.

–¿Papá?

Kate, la hija menor, se hallaba al pie de la escalera. Era alta y delgada. Vestía una bata y se la veía esbelta y estremecedoramente bella.

–*Cara* –respondió él.

A veces usaba esa palabra cariñosa con las muchachas. Stern tenía en la mano el recibo del laboratorio y se guardó el sobre en el bolsillo trasero del pantalón. No era asunto para comentar con sus hijos, al menos ese día, cuando la idea crearía aún mayor angustia, y mucho menos con Kate. Stern sospechaba que la belleza había vuelto el mundo demasiado simple para Kate. A veces parecía andar a la deriva, sólo protegida por su hermosura y su bondad. Tal vez eso era un modo injusto de atribuir culpas. Muchas cosas debían de haber pasado allí, en su hogar. Clara había concentrado mucho sus cuidados en Peter. Stern había compartido una intensidad natural con Marta, la hija mayor. Kate nunca había recibido las energías más potentes de la misteriosa dinámica familiar.

De niña había demostrado las mismas dotes intelectuales que sus hermanos y además había heredado el talento musical de Clara. Pero todo ello se había marchitado. En la escuela secundaria había conocido a John, un muchacho desmañado, dulce y amable, un prototipo casi ridículo, un jugador de fútbol y un parangón de rubia belleza masculina, de cara ingenua y modales cándidos. Un año después de acabar la universidad, a pesar de los consejos de sus padres, Kate se había casado con él. John empezó a trabajar en la imprenta del padre, pero pronto resultó evidente que la empresa no alcanzaba para mantener a dos familias y Dixon lo había empleado en MD, donde, tras algunos tropiezos, John se las apañaba; otro ex deportista que se ejercitaba en el estadio de los mercados. Kate enseñaba en una escuela. Amaba al esposo con conmovedora inocencia, pero a veces el corazón de Stern se estrujaba de preocupación al pensar en el momento en que Kate tuviera que afrontar al fin los duros golpes que asestaba el mundo. Ahora ella le tocó la mano.

–Papá, quiero que sepas una cosa. No íbamos a decir nada hasta dentro de un mes, pero todos están tan tristes...

Kate hizo una mueca y desvió la mirada.

Cielo santo, pensó Stern, está embarazada.

Kate irguió la cara con orgullo.

–Vamos a tener un hijo–anunció.

–Cielos –exclamó Stern, cogiéndole la mano–. Cielos –repitió, sonriendo y preguntándose cómo debía demostrar su alegría.

Primero le besó la sien, luego la abrazó. Rara vez lo hacía y le asombró la sensación que le causaba su delgada hija en su tenue bata, el movimiento de los senos contra él. Kate rompió a llorar y se apartó.

–No podíamos decir nada –explicó–. Aún no era seguro. Tuvimos algunos problemas. Y ahora me pregunto... ¿y si mamá lo hubiera sabido?

De nuevo perdió el control y Stern volvió a abrazarla. Notó un repentino cambio en su visión de las cosas. Clara había abandonado a sus hijos. Él había interpretado ese último acto como algo dirigido exclusivamente a él. Pero los hijos, crecidos pero con problemas, aún necesitaban ayuda. ¿Habrían cambiado las cosas si Clara hubiera sabido el secreto de Kate? ¿O Clara había decidido que ya había dado lo suficiente?

Hubo un movimiento arriba. Marta estaba en la escalera, una mujer más menuda, también morena, con gafas de montura metálica y una maraña de ensortijado cabello negro. Los contemplaba con aire vulnerable.

–¿Llanto en grupo? –preguntó.

Stern esperó la reacción de Kate, quien irguió los hombros y se secó las lágrimas. Toda la familia debía saberlo. Mientras él se preparaba para escuchar la declaración, una flecha de alegría surgió de la masa plomiza de su propio interior y quedó abrumado por un recuerdo desconcertantemente preciso del movimiento de las manos y las piernas de un bebé, azaroso y repentino como la vida misma.

–Le acabo de comunicar a papá que voy a tener un bebé.

Marta soltó un grito. Actuó con su espontaneidad habitual. Abrazó a la hermana, estrechó al padre. Las dos jóvenes se sentaron juntas cogidas de las manos. Entonces llegó Peter, que había salido temprano para evitar el tráfico, y recibió la noticia. En medio de la conmoción apareció John y todos se levantaron para abrazarlo. Su contención siempre los hacía parecer excesivos. Durante años se habían esforzado para que John se sintiera aceptado en una situación en la que, por muchas razones, nunca podrían aceptarlo. El grupo se desplazó al salón. Silvia entró con aire grave, en bata; sin duda había tomado el alboroto como el anuncio de una nueva calamidad. Silvia y Dixon no tenían hijos, para desesperación de Silvia, y la inesperada noticia también la hizo llorar. Eran apenas más de las siete y los miembros de la familia, abrumados por las novedades, se aferraban unos a otros. Y allí en el salón, Stern al fin añoró profundamente a Clara. Había esperado esto. Más que el trastorno y la pérdida, en ese momento predominaba la ausencia.

Alzó los ojos y vio que Marta lo miraba. Stern se había sentido arrasado por el dolor al verla la noche en que había llegado. Marta, su hija más valiente, subía como un soldado por la acera, un bolso de lona sobre el hombro, sollozando abiertamente mientras bajaba del taxi. Stern la abrazó en la puerta. «Papá, nunca creí que ella fuera una persona feliz, pero...» Embargada por la emoción, Marta no dijo más. Stern la abrazó y experimentó íntimamente el inequívoco afecto de la hija por la madre. Siempre había mantenido a Clara a mayor distancia que las otras dos; en consecuencia, tal vez tenía más que lamentar.

Marta miraba a su padre con los ojos entornados y tristes.

–Yo también la echo de menos –articuló con los labios.

Stern, a menudo un cocinero matinal, preparó comida para todos. Frió huevos y tortas de avena, y Marta preparó zumo de pomelo, una tradición familiar. A las nueve, una hora antes de la llegada de la limusina del servicio fúnebre, todos estaban desayunados y vestidos, reunidos una vez más en el salón, en silencio.

–¿Por qué no jugamos al bridge? –propuso Marta. Se enorgullecía de su irreverencia por los convencionalismos. En la mayoría de las cosas, Marta seguía el estilo de finales de los sesenta. Entonces había sido una niña y la consideraba una época aventurera; llevaba batas ondulantes y botas labradas, el cabello suelto–. A mamá le gustaba que jugáramos.

–Claro –dijo Peter–. También le gustaba que bailáramos, cuando éramos niños. Podemos ir bailando a la capilla.

–No jodas –susurró Marta, pero sonrió.

Marta siempre había moderado su rivalidad con Peter y ahora le otorgaba concesiones especiales. Las lágrimas de Kate eran constantes, pero Peter era el más afectado de los tres. Estaba pensativo, desequilibrado. A menudo se aislaba, pero inevitablemente regresaba al consuelo de las hermanas. Muy unidos, los hijos de Stern se respaldaban unos a otros.

Marta volvió a mencionar el bridge.

–Papá, ¿te molesta?

Stern alzó las manos sin dar una respuesta específica.

–¿Juegas? –le preguntó Kate.

Silvia alentó a Stern a jugar.

–Tengo que encargarme de algunas cosas para después.

Ella estaba preparando la casa para la invasión de visitantes que acudirían después del entierro.

–Yo ayudaré a la tía Silvia. Vosotros cuatro podéis jugar.

–Yo ayudaré a la tía Silvia –intervino John.

Ya estaba de pie, un joven corpulento, un rubio enorme con el cuello grueso como un neumático. Nunca había dominado el juego, como muchas otras cosas asociadas con sus parientes políticos. Los Stern habían desconcertado a John durante casi toda una década con sus modales silenciosos e intensos.

–Vamos –llamó Marta.

Estaba en la sala, buscando la baraja. Stern comprendía la excitación de su hija. Por un momento regresaría a los diecisiete años, cuando todos estaban a salvo del mundo de las responsabilidades adultas. Stern, como de costumbre, se sintió irritado y conmovido por los impulsos de Marta.

–Kate, yo jugaré contigo –anunció Stern.

Siempre era compañero de una de las hijas, por lo general Kate. Él y Peter discutían cuando jugaban juntos. Stern había dedicado buena parte del poco tiempo que pasaba en casa practicando juegos de mesa con los hijos. Chutes & Ladders, Monopoly. Juegos de palabras cuando estaban en la escuela primaria. Los cuatro pasaban horas alrededor de una mesa de juegos del solario. Clara rara vez participaba. A menudo se sentaba en una quinta silla, cruzando las manos y los tobillos, observando, o ayudando a Kate cuando era necesario. Pero no intervenía. Para bien o para mal, éste era el momento de Alejandro: reglas, maniobras, estrategias.

Peter barajó los naipes y se los dio a Stern para que repartiera. El solario era una zona estrecha, rodeada de ventanas, con suelo de pizarra. Desde allí se veía el jardín de Clara. Era la época del año en que ella habría empezado a remover el suelo. Los tallos de los gladiolos del año anterior, podados casi a ras de suelo, se elevaban en hileras, sobrevivientes del moderado invierno.

Stern abrió con tréboles. Respetaba todos los convencionalismos. Cualquier cosa menos señas con las manos, decía Clara.

–¿Volverás a trabajar después de tener el niño? –le preguntó Marta a su hermana.

Kate pareció desconcertada. El futuro parecía fuera de su alcance. Stern se encogió interiormente. ¡Una hija con un hijo! Con John, nada menos. Kate le dijo a Marta que aún no sabían cómo se las apañarían con el dinero o si le agradaría dejar el bebé.

–Oh, será el primero –dijo Peter–. Querrás brindarle mucha atención. Siempre será especial.

Sonó el timbre. Stern vio a su cuñado a través de los vidrios del frente y se levantó para recibirlo. Dixon había regresado a la ciudad la noche anterior. Había estado en Nueva York por negocios urgentes y había pospuesto el vuelo a casa. Stern se había sentido burlado –algo habitual con Dixon– y por lo tanto la noche anterior se había sorprendido de su alivio al ver a Dixon en el umbral con sus bártulos. Su cuñado, un hombre macizo y fornido, había abrazado a Stern demostrando un gran pesar, pero era imposible saber qué sentía Dixon. Eso formaba parte de su genio: era como un bosque, lleno de colores. Podía encararte en cualquier momento con el descaro de un vendedor o espetarte las verdades más irritantes.

Sin embargo, esa mañana Dixon parecía más típicamente concentrado en sí mismo. Cuando Stern le cogió la chaqueta, Dixon bajó la voz discretamente.

–Cuando vuelvas al trabajo, Stern, me gustaría hacerte un par de preguntas.

Dixon siempre lo llamaba por el apellido, al estilo militar. Se habían conocido en el ejército, y así Dixon había conocido a Silvia y la había cortejado, un episodio al cual Stern aún no se adaptaba del todo, tres décadas después.

–¿Preguntas de negocios? –inquirió Stern.

–Algo así. No quiero molestarte ahora. Quiero saber cosas acerca de tu viaje a Chicago.

En efecto, pensó Stern: los senderos del egocentrismo eran inescrutables y la vida continuaba.

–Comprendo tu preocupación, Dixon. Pero la situación puede ser compleja. Será mejor que hablemos en otra oportunidad.

Como era previsible, una sombra cruzó la cara de Dixon. Era un hombre de cincuenta y cinco años, bronceado y pulcro y, a pesar de ese aire ceñudo, era la imagen de la vitalidad. Era un hombre enérgico; todos los días se ejercitaba con pesas. Dixon adoraba el mismo altar que muchos norteamericanos: el cuerpo y sus usos. Su pelo cobrizo se había vuelto más ralo y quebradizo con la edad, pero estaba sagazmente cortado para darle aire de hombre de negocios.

–¿No te gustó lo que oíste? –preguntó a Stern.

Stern no se había enterado de nada importante. Los documentos que había examinado en Chicago, declaraciones contables y registros comerciales de los clientes por un período de ocho o nueve meses, no habían revelado nada. No se sabía qué delito investigaba el gobierno ni quién le había sugerido la posibilidad de un delito.

–Tal vez haya problemas, Dixon, pero es prematuro alarmarse ahora.

–Claro.

Dixon asintió y extrajo un cigarrillo de un bolsillo interior. Volvía a fumar en exceso, un viejo hábito que recientemente había empeorado y que para Stern era indicio de preocupación.

Tres años antes el Servicio Fiscal Interno había montado un embate en su sala de conferencias y Dixon lo había encarado con su brioso estilo. Pero esta vez estaba crispado. Al recibir noticias de la primera citación, había llamado a Stern para exigirle que detuviera al gobierno. Por el momento, sin embargo, Stern se negaba a entablar contacto con Klonsky, la ayudante del fiscal. En la fiscalía rara vez revelaban más de lo que querían que uno supiera. Además Stern temía que una llamada suya concentrara la atención del gobierno en Dixon, cuyo nombre no se había mencionado hasta el momento. Tal vez el gran jurado estaba investigando varias empresas de corretaje. Tal vez había otra conexión entre los clientes además de MD. Por el momento era mejor andar con cautela, observando al gobierno sin asomar la cabeza.

–Siempre están buscando algo –comentó Dixon con mayor aplomo y fue a buscar a Silvia.

En el solario, los hijos de Stern todavía hablaban acerca del bebé.

–¿John te ayudará a cambiar pañales y todo eso? –preguntó Marta.

Kate la miró atónita.

–Claro. Está encantado. ¿Por qué no iba a ayudar?

Marta se encogió de hombros. En momentos como éste, Stern notaba que Marta parecía turbada por los hombres. Marta, hija de su padre, por desgracia no era una mujer bonita. Tenía la nariz ancha y los pequeños ojos oscuros de Stern. Peor aún, había heredado su figura. Stern y su hija eran bajos, con una tendencia a acumular peso en las partes inferiores. Marta se sometía casi con placer a los rigores de la dieta y el ejercicio, pero no había manera de escapar a lo que daba la naturaleza. Ella solía reconocer que no tenía la figura que promovían las revistas de moda. Aun así, Marta tenía siempre sus admiradores, pero sus relaciones parecían marcadas por la fatalidad. En sus conversaciones aludía a una procesión de hombres que iban y venían. Mayores, jóvenes. Las cosas siempre andaban mal.

–Papá nunca cambió pañales –replicó Marta a la defensiva.

–¿No los cambié? –preguntó Stern.

Asombrosamente, le costaba recordar con precisión.

–¿Cómo ibas a cambiar pañales? –preguntó Peter, alerta ante la oportunidad de enfrentarse a su padre–. Nunca estabas aquí. Recuerdo que nunca entendí bien qué era un juicio. Pensaba que se trataba de un lugar adonde ibas. Otra ciudad.

Marta llamó a John.

–¿Vas a cambiar los pañales del niño?

John entró en el solario con la cafetera. Tenía tan mal aspecto como todos los demás, aturdido y apenado. Se encogió de hombros en respuesta a la pregunta de Marta. John era un individuo taciturno. Rara vez expresaba su opinión.

En otra habitación sonó el teléfono. Hacía dos días que llamaba sin cesar. Stern rara vez atendía. Sus hijos se encargaban e indicaban la fecha y el sitio de las exequias, prometiendo que comunicarían el pésame al padre. La mayoría de estas conversaciones terminaban del mismo modo, con una penosa pausa antes de colgar.

–Sí, es verdad –respondía uno de ellos–. Ignoramos por qué.

Silvia salió de la cocina enjugándose las manos en el delantal y dirigió una seña a Stern. Al parecer no podía eludir esta llamada. Al pasar, le tocó la mano a la hermana. Esta mujer, que tenía tres sirvientes en su hogar, había trabajado sin descanso durante tres días en esta casa de dolor, corriendo, organizando, cuidando.

–Ah, Sandy, qué triste ocasión. Mis condolencias.

Stern había subido al dormitorio, todavía a oscuras y con las ventanas cerradas, para atender el teléfono. Reconoció la voz del abogado Cal Hopkinson. Cuando Harry Fagel, un querido amigo de Sandy, había muerto dos años atrás, Cal, socio de Harry, lo había reemplazado como cliente de Stern. Actualizó los testamentos de los Stern y cada año presentaba las declaraciones de impuestos de los fondos legados por los padres de Clara. Cal era un individuo práctico, cordial aunque no especialmente simpático, y fue al grano. Como Marta estaba en la ciudad, se preguntaba si Stern querría ir con sus hijos esa semana para hablar del testamento de Clara.

–¿Es necesario, Cal?

Cal hizo una pausa, tal vez ofendido. Era uno de esos abogados que vivía para los detalles, y los podaba todos los días en la creencia de que crecerían como malezas si nadie los vigilaba.

–No es necesario, Sandy, pero a veces conviene prevenir. Clara dejó una gran propiedad, ¿sabes?.

¿Lo sabía? Sí, recordó que lo sabía. A decir verdad, en esos momentos en que estaba demasiado abrumado y débil para no evitarlo, cuando se casó con Clara apenas podía verla a través del destello del oro. «Chico pobre se casa con chica rica.» Era un sueño tan excitante e ilícito como la pornografía. En consecuencia, había practicado la cruel represión habitual. Desde el principio, Stern había aplacado las obvias sospechas de Henry Mittler jurando a su suegro que Clara y él vivirían únicamente de lo que él ganara. Pasaron treinta años en los cuales Stern fingió no interesarse en la fortuna de Clara, dejando que ella se encargara de administrarla y de contratar las personas necesarias. Al final, con amarga ironía, la mentira resultó verdad.

–¿Hay en el testamento alguna sorpresa que desees comunicarnos, Cal?

Una pausa de abogado, el hábito de un hombre que había aprendido a medir cada frase antes de hablar. Tal vez Cal consideraba que responder era poco profesional.

–Nada alarmante –dijo al fin–. Estoy seguro de que tienes una idea de las generalidades. Tal vez haya un par de puntos que deberíamos comentar.

Cal había puesto el énfasis adecuado en «alarmante». Sorpresa pero no devastación, en otras palabras. ¿De qué se trataba? Clara, una persona siempre ordenada, había dejado una estela de confusión, como si no le importara.

Stern dijo que hablaría con sus hijos y se dispuso a terminar la conversación.

–Sandy –dijo de repente Cal. Por el tono, Stern vio venir sus palabras–. Ésta es una noticia tan desagradable... Perdóname que te lo pregunte, pero ¿había algún indicio?

–No –respondió deprisa–, ningún indicio.

Colgó de mal humor, pensando que Cal era un estúpido. Cerró los ojos y se refugió un instante más en el dormitorio a oscuras, escuchando el ronco coro de voces que subían por la escalera. Era un alma demasiado solitaria para soportar esta intrusión continuada. Era como si tuviera una gran oreja apretada contra su pecho, atenta a cada jadeo. Una muerte así estimularía la sórdida curiosidad de muchos. Colegas, amigos y vecinos desfilarían para observar la pesadumbre y clavar en Stern una mirada sutilmente acusadora. La noche anterior había detectado esa sombría curiosidad incluso en los visitantes que mejor conocía. Todos se preguntaban qué había pasado. ¿Qué le había hecho él a su esposa? El suicidio de Clara había expuesto un secreto lúgubre, como si en el cuerpo de su vida matrimonial hubiera una grotesca deformidad que antes había permanecido oculta. Stern se quedó unos instantes más en la oscuridad, sin saber si lloraba por la pérdida o por la humillación.

–¿Quieres niño o niña? –preguntaba Marta cuando Stern regresó a la mesa de juegos.

Los delicados y morenos rasgos de Kate delataron cierta confusión. Evidentemente, era la primera vez que alguien le hacía esta pregunta.

–Ambos queremos un bebé sano –respondió Kate.

–Naturalmente –dijo Marta–. Pero si pudierais elegir, ¿qué preferiríais? ¿Un niño sano o una niña sana?

–Marta –intervino Stern, mientras estudiaba sus cartas. Había contado los puntos de nuevo. Era como si nunca hubiera visto esa mano–. No es una pregunta que una futura madre siempre pueda responder.

Kate había estado pensando.

–Me gustaría una niña –decidió sonriendo–. Las niñas son más agradables.

–¿Ahora dejan entrar niñas en los equipos de fútbol? –preguntó Peter–. ¿Hasta dónde llegarán las cosas?

–A John le encantaría una niña –respondió Kate al instante.

–Desde luego –apuntó Stern.

Peter tocó la mano de la hermana para tranquilizarla: simplemente no podía refrenar su genio.

–Las madres siempre dicen que las niñas son más difíciles al final –apuntó Marta.

–Eso no es lo que decía mamá –respondió Kate.

–Eso es lo que me dijo a mí –repuso Marta. Ambas hermanas se miraron fijamente, como si un oscuro secreto se irguiera entre ellas. A pesar de sus convicciones, Marta era una persona con grandes dudas sobre sí misma y su lugar en el mundo, y en los últimos días había evocado más que los demás sus recuerdos de Clara. Muchas tareas inconclusas, estimó Stern. Marta se volvió hacia el padre en busca de ayuda–. ¿Acaso no decía eso, papá?

–Tu madre –replicó Stern– tomó en serio la crianza de cada uno de vosotros. Con lo cual la tarea a veces le resultaba abrumadora. –Stern sonrió diplomáticamente a Marta–. Creo que dije tréboles.

–Paso –dijo Marta.

Kate pasó.

Peter callaba, el rostro contraído en la misma mueca de angustia de los últimos días. Tal vez se preguntaba qué había dicho su madre acerca de los hijos varones. Al fin notó que los tres lo miraban.

–Corazones –dijo, cuando todos miraron la mano.

–Bien, parece que se imponen las felicitaciones. –Dixon salió de la cocina, donde había estado con Silvia. Tenía los brazos abiertos en la pomposa actitud de costumbre. La noche anterior no había visto a Kate y John, y ahora abrazó a Kate de costado. Ella aceptó el abrazo rígidamente–. ¿Dónde está tu marido? No creí que fuera de ésos.

Dixon se fue a buscar a John y Kate lo siguió con los ojos, algo molesta con el tosco humor del tío y sus bromas a costa de John.

Lo cierto, pensó Stern, era que él soportaba a Dixon con más facilidad que el resto de la familia. El lado vil de Dixon siempre había provocado una clara respuesta negativa en Clara, la cual, por lealtad a Silvia, se había agudizado durante ese período, seis o siete años atrás, en que un aspecto de las aventuras amorosas de Dixon –Silvia nunca expuso los detalles– había inducido a la hermana de Stern a echarlo de casa por una temporada. Con Dixon, como en la mayoría de las cosas, sus hijos habían seguido la tendencia de la madre. Peter y Clara, y especialmente Kate, siempre habían mantenido un lazo afectivo con su tía, quien al no tener hijos propios los había colmado de afecto. Pero ese apego nunca se había extendido al tío.

En respuesta, Dixon tomó ejemplo de los potentados de todos los siglos: compró indulgencias. Con los años, había aprovechado todas las oportunidades para dar trabajo a los miembros de la familia de Stern. Ahora tenía a Stern y John en su nómina de pagos, y los tres hermanos habían trabajado como chicos de los recados de MD en la bolsa de valores del condado de Kindle durante las vacaciones escolares. Cuando Peter inició su práctica privada, Dixon había afiliado MD al consultorio de Peter e intentó contratar a éste como médico personal. Como era de esperar, no se llevaron bien y discutían porque Dixon fumaba demasiado y se negaba a aceptar consejos. Tal vez, pensaba Stern, todos esos empleos representaban los mejores esfuerzos de Dixon, un modo de compartir su imponente fortuna, a la cual él dedicaba tanto tiempo, y de conservar también el puesto principal que deseaba en toda circunstancia.

–¿Le pondrás el nombre de mamá? –le preguntó Marta a Kate.

Parecía mas interesada que Kate en ese bebé. Silvia, que pasaba por el solario, frunció el ceño ante esa pregunta, pero las dos mujeres estaban acostumbradas al estilo directo de Marta, quien siempre se comportaba así con Kate.

–Supongo que sí –dijo Kate–. Sea chico o chica. A menos que te moleste, papá.

Stern dejó de mirar sus cartas, pero no se había perdido una sola palabra.

–Me agradaría, si a ti te parece bien.

Le sonrió dulcemente a Kate.

De pronto se sintió agobiado en ese cuarto. Como si lo arrastrase un torbellino. Llovían proyectiles desde todas partes. Se sentía como esas imágenes de san Sebastián que había visto en museos e iglesias, lleno de flechas y agujeros, sangrando como una manguera rota. Para su enorme pesar y sorpresa, advirtió que había reiniciado su llanto silencioso. Las lágrimas le resbalaban por las mejillas.

Sus hijos lo vieron, pero no hicieron comentarios. Supuso que le esperaban muchos días así. Sacó el pañuelo del bolsillo trasero y encontró el recibo del laboratorio médico que había examinado esa mañana. Lo había olvidado.

–Ahora vuelvo.

Fue a buscar un pañuelo de papel. Mejor que se atiborrara los bolsillos. Desde la cocina miró hacia el solario, donde sus hijos, adultos, afrontando su pesar, lo esperaban.

¡Cuánto se había preocupado Clara por esos hijos! Los amaba con pasión. A ella la habían criado sirvientes, niñeras y gobernantas bien intencionadas, pero limitadas. No quiso hacer lo mismo con los suyos. De nuevo una imagen: al volver a casa, en una de esas raras noches en que llegaba antes de que todos se acostaran, la había encontrado de rodillas en la cocina. Peter estaba leyendo, Marta lloraba, Kate se hacía coser el vestido. La niña, con los tobillos amoratados, permanecía inmóvil mientras la madre examinaba la prenda. En el hornillo hervía una olla. Sonidos domésticos. Clara se volvió para saludarlo y frunció el labio para soplar un rizo que le había caído sobre los ojos. Sonreía. Era un trabajo agotador, siempre lo había sido, una aplastante rutina de pequeñas tareas, pero Clara la resistía. Encontraba música en el tumulto de la vida familiar. Stern, con su ceguera, lo había valorado poco. Sólo ahora veía que Clara se había transformado en un público devoto de los sonidos de la familia, de sus necesidades, para distraerse de ese trompetazo sombrío que sonaba en su interior.

–¿Sender?

Silvia estaba de pie a su lado, con aire de preocupación. Su hermana llevaba el pelo desaliñado, como de costumbre: una persona de belleza sencilla y grácil, aún radiante y sin arrugas a los cincuenta y un años. Siempre lo llamaba por su nombre yiddish, al igual que su madre.

Stern sonrió para tranquilizarla y bajó los ojos. Notó que aún tenía en la mano el recibo médico y se lo pasó a Silvia, mientras le hablaba en tono circunspecto. Le preguntó si Clara había mencionado alguna vez aquel asunto.

De nuevo sonó el timbre. Stern vio que Marta recibía a dos jóvenes con chaqueta deportiva. Esperaron en el vestíbulo mientras Marta llamaba a Dixon. Uno de ellos le sonaba. Matones o mensajeros, calculó Stern. Dixon se rodeaba de una comitiva, como un padrino de la mafia. Sus negocios no tenían tregua y siempre quería estar al corriente de lo que ocurría. El que a Stern le resultaba conocido llevaba un sobre y un maletín de vinilo azul. ¿Documentos para firmar? Dixon iba a cerrar un trato sobre el ataúd.

Silvia, entretanto, examinó la factura y se la devolvió. Como de costumbre, se comunicaron con pocas palabras.

–Nate Crawley, el médico vecino; él debería saberlo, ¿verdad?

Desde luego. Confiaba en Silvia. Nate Crawley, el vecino de al lado, un ginecólogo, era el principal médico de Clara. Naturalmente, él tendría la respuesta. Stern pensó si debía telefonear en aquel momento, y luego recordó que Fiona, la esposa de Nate, que los había visitado anoche, había mencionado, en su tono plañidero de costumbre, que él se había ido una semana a un congreso de medicina. Se lo recordó a Silvia.

–Sí, sí.

Su hermana, de ojos claros y todavía atractiva, lo estudió. Al parecer ahora compartía algunos de los pensamientos que Stern había tenido antes.

Por la ventana, Stern vio la limusina de la funeraria, gris paloma, que entraba en la vereda circular del frente de la casa y aparcaba detrás del sedán oscuro de los visitantes de Dixon. Silvia fue a reunir a la familia. Stern se quedó donde estaba.

Pero corredor abajo se elevaron voces airadas. Una escena violenta se desarrollaba cerca de la puerta. Dixon estaba gritando.

–¿Qué es esto? –les gritó a los dos hombres que acababan de llegar–. ¿Qué es esto?

Agitaba unos papeles.

A mitad de camino Stern comprendió qué había ocurrido. Sólo faltaba eso. No pudo controlar su repentina cólera; había esperado tantos días y ahora parecía que el corazón se le saldría del pecho como un cohete espacial, dejando una estela de fuego.

–¡Malditos bastardos! –gritó Dixon–. ¿No podíais esperar?

Stern se interpuso entre Dixon y los dos hombres. Comprendió que conocía a ese hombre del tribunal federal, no de la oficina de Dixon. Se llamaba Kyle Horn y era agente especial del FBI.

Dixon seguía protestando. Stern le arrebató el papel y obligó a Dixon a retroceder por el vestíbulo. Luego echó una ojeada a la citación del gran jurado. Como de costumbre: un formulario impreso con el membrete del tribunal. Estaba dirigido a Dixon Hartnell, presidente de MD, y exigía su comparecencia ante un gran jurado federal, cuatro días después, a las dos de la tarde. Investigación 89-86. Se adjuntaba una larga lista de documentos que Dixon debía llevar consigo. Las iniciales de Sonia Klonsky, la ayudante de la fiscalía, figuraban al pie de la página.

–Rehúso aceptar este procedimiento –espetó Stern. Aunque era un poco más bajo que los agentes, mantuvo, en su furia, el porte erguido–. Si vais a mi oficina la semana próxima, os recibiré allí. No lo haremos ahora, ni en este lugar. Os exijo que os vayáis. De inmediato. Podéis decir a la ayudante Klonsky que deploro esta táctica y no pienso seguirle el juego.

Stern abrió la puerta. Horn tenía más de cuarenta años. Se parecía a todos los agentes del FBI, con una chaqueta barata y un pulcro corte de pelo, pero tenía la piel correosa alrededor de los ojos: demasiado sol o alcohol. Tenía mala reputación como agente, un tiranuelo lleno de resentimiento.

–De ningún modo –dijo. Señaló la citación que Stern acababa de guardar en el sobre y ahora le devolvía–. La citación está entregada.

–Si declaráis al tribunal que no aceptamos la citación, procuraré que os acusen de desacato. –Stern pensó que esta amenaza era ridícula, pero se mantuvo en sus trece–. ¿No sabéis lo que ocurre?

Horn no respondió. Por un instante, ninguno de los cuatro se movió. Marta se había acercado y miraba con sombría sorpresa.

–Nos estamos preparando para ir a un entierro –dijo al fin Stern. Señaló la limusina gris donde esperaba el conductor vestido de negro–. El de la cuñada del señor Hartnell. Mi esposa.

El segundo agente, un hombre más joven de pelo rubio, irguió el cuerpo.

–No lo sabía –dijo, volviéndose a Horn–. ¿Y tú?

Horn clavó los ojos en Stern.

–Sé que Dixon Hartnell nunca responde a mis llamadas. Eso es lo que sé –replicó Horn–. Sé que yo llamo a la puerta principal y él huye por la trasera.

–Lo lamento –dijo el agente más joven. Se tocó el pecho–. Nos dijeron que aquí podíamos encontrarlo.

Los frustrados agentes sin duda habían recurrido a sus técnicas habituales. Una llamada de pretexto, como la denominaban. «Habla el Banco de Boston. Tenemos un problema con una transferencia de un millón de dólares para el señor Hartnell. ¿Dónde podemos encontrarlo?» Durante décadas los tribunales habían permitido el uso de esas picardías adolescentes.

–En fin –le dijo Horn a su compañero–, son cosas que pasan. –Cogió la citación sin mirar a Stern y tamborileó el sobre–. Estaré en su oficina el lunes por la mañana, a las nueve en punto.

Stern apoyó ambas manos en la puerta para cerrar. Peter se había llevado a Marta. Dixon se quedó en el vestíbulo. Encendió un cigarrillo y sonrió.

–Te han sacado de quicio, ¿eh?

–¿Cuánto hace que tratan de entregarte la citación, Dixon?

Su cuñado miró con aire meditabundo una voluta de humo. Siempre le turbaba que Stern adivinara sus intenciones.

–Elise dice que hay hombres que están llamando desde hace una o dos semanas. No sabía de qué se trataba –dijo Dixon–. De verdad. –Movió la boca bajo la mirada de Stern–. No estaba seguro. Ésa era una de las cosas que quería comentar contigo.

–Ah, Dixon –suspiró Stern. Era increíble. Un hombre que el año anterior había ganado dos millones de dólares, que se ufanaba de ser un líder empresarial, escurriéndose por el pasillo de atrás y pensando que se escondería del FBI. Stern apoyó un pie en la escalera, tratando de concentrarse en la abrumadora tarea que le esperaba. Necesitaba la chaqueta. Era hora, se dijo. Era hora. Se sentía mareado y débil.

La familia, pensó con desesperación.

3

Cuatro días después del funeral, Stern regresó a la oficina. No llevaba corbata, un modo de indicar que no estaba formalmente presente. Examinaría la correspondencia, respondería preguntas. Una mera visita.

Había ocupado ese espacio durante casi una década y lo había cultivado como si fuera un hogar. Aunque pequeño, era el imperio de Stern; inevitablemente, la cháchara electrónica de los teléfonos y los aparatos, los movimientos enérgicos de sus doce empleados, resultaban reconfortantes. No ese día, desde luego. La oficina, como todo lo demás, parecía opaca, vacía, despojada de color y de música. Entró por la puerta trasera y se detuvo junto al escritorio de Claudia, su secretaria, mientras reflexionaba sobre su universo perdido. Buscó algo alentador en la correspondencia.

–El señor Hartnell está aquí.

Los agentes habían vuelto el día anterior con la citación, tal como habían prometido. Por teléfono, Stern había dictado una carta para la ayudante Klonsky declarando que él representaba a Dixon y su compañía y pidiendo al gobierno que se pusiera en contacto con Stern si deseaba hablar con alguien que trabajara para MD, una solicitud que el gobierno inevitablemente rechazaría. Luego Stern había citado a Dixon para este encuentro. Su cuñado esperaba en la oficina de Stern, los pies apoyados en el sofá, leyendo el *Tribune* mientras fumaba un puro de Stern. Se había quitado la chaqueta –cruzada, con botones brillantes– y mostraba los gruesos antebrazos, aún bronceados después de unas vacaciones en alguna isla. Se levantó para recibir a Stern.

–Me he puesto cómodo.

–Desde luego. –Stern se disculpó por el retraso, se quitó la chaqueta y echó una ojeada. Hacía más de una semana que no iba por allí, debido al viaje a Chicago, pero todo tenía el mismo aspecto. No sabía si alegrarse u horrorizarse de esa constancia. La oficina de Stern estaba decorada en tonos color crema. Clara había insistido en contratar un decorador y Stern consideraba que el resultado era más adecuado para el dormitorio de un adolescente. Había un sofá con almohadones de felpa, sillas del mismo material beige y cortinas a juego. Detrás del escritorio había un armario inglés de castaño oscuro –más del gusto de Stern–, pero el escritorio no era tal sino una mesa con tabla de cristal ahumado. Stern, años después, no se habituaba a verse el vientre fofo. Ahora estaba en libertad de cambiarlo todo. Ante ese pensamiento, cerró los ojos y emitió un gemido. Buscó una libreta.

–¿De qué se trata, Dixon? ¿Tienes idea?

Dixon meneó la cabezota.

–No estoy seguro.

Stern titubeó. Dixon no decía que no sabía, sólo que no estaba seguro. Stern usó el interfono para pedir a Claudia que llamara a la ayudante Klonsky. Había dejado un número para mensajes telefónicos y Stern quería pedir una postergación de la fecha en que debían presentarse para la cita.

–Ante todo, debemos responder ciertas preguntas, Dixon. ¿Qué están investigando? ¿A quién quieren procesar? ¿Eres tú, en concreto?

–¿Piensas que esto tiene que ver conmigo?

–Tal vez –replicó Stern.

Dixon no se amilanó. Se sacó el cigarro de la boca, sacudió las cenizas, masculló una frase.

–Esto es una citación *duces tecum,* Dixon... una solicitud de documentos. En circunstancias normales el gobierno no enviaría a dos agentes para entregarla. Es evidente que procuraban darte un mensaje.

–Me quieren intimidar.

–Como prefieras decirlo. Supongo que sabían que pronto ibas a enterarte de la investigación. Si yo no hubiera intervenido, habrían intentado interrogarte mientras tú protestabas.

Dixon caviló. Era tan egocéntrico que rara vez se apreciaba su sutileza. Dixon estudiaba a las personas para sacar ventaja, pero eso no significaba que no fuera observador. Desde luego, conocía bien a Stern y comprendía que le estaban repitiendo que había sido un idiota.

–¿Qué alcance puede tener?–preguntó Dixon.

–Creo que no deberías compararlo con tus enfrentamientos previos con el Servicio Fiscal o con la CFTC. –La CFTC, Comisión de Productos de Venta Futura, era una agencia federal que regulaba esa industria, el equivalente de lo que la SEC[1] era en la industria de los valores–. Son burócratas y ante todo les encantan las reglas. No piensan automáticamente en procesar a alguien. Un gran jurado federal se reúne para acusar. Esto es serio, Dixon.

Dixon torció la boca. Tenía un aire de fatiga en los ojos.

–¿Puedo hacer una pregunta tonta?

–Todas las que quieras –dijo Stern.

–¿Qué es un gran jurado? En serio. ¿Qué función cumple, además de hacerte mojar los calzoncillos?

Stern asintió, satisfecho de que Dixon se tomara la molestia de preguntar. El gran jurado, explicó, era convocado por el tribunal para investigar delitos federales. En este caso, los jurados se reunían, siguiendo un plan del tribunal, con una semana de por medio, alternando martes y jueves durante dieciocho meses. Estaban bajo la dirección de la fiscalía, la cual, en nombre del gran jurado, solicitaba documentos y testigos para examinarlos en cada sesión. La gestión era secreta. Sólo los testigos que se presentaban podían revelar lo que sucedía. Si optaban por hacerlo. Desde luego, pocos individuos deseaban proclamar que un gran jurado federal los había convocado.

–¿Y qué oportunidad tengo ante ellos? –preguntó Dixon–. Ante el gran jurado.

–Muy escasa, si el fiscal decide condenar. Tenemos que persuadir a la fiscalía. Dentro de la sala del gran jurado, el peso de las pruebas cuenta poco. El gobierno sólo tiene que convencer a una pequeña mayoría de jurados de que hay suficientes motivos para creer que ha ocurrido un delito. Los fiscales pueden introducir rumores, y el acusado y su abogado no tienen derecho a enterarse de lo ocurrido ni a refutar. No es ecuánime precisamente.

–Vaya –respondió Dixon–. ¿Y de quién fue la idea?

1. Comisión de Cambio de Valores. *(N. del T.)*

–De aquellos que redactaron la Constitución de Estados Unidos –respondió Stern–. Para proteger al inocente.

–Claro –bufó Dixon.

Dada la situación y los disturbios de pocos días atrás, lo tomaba con calma estoica. Pero a fin de cuentas era una persona muy fuerte. Dixon resultaba admirable a su manera. Era uno de esos sujetos a quienes tanto amaban los norteamericanos. Había salido de una de esas sórdidas ciudades carboníferas de Illinois, cerca de la frontera de Kentucky. Dixon se había pagado sus estudios distribuyendo tarjetas para sorteos en el Medio Oeste y durante los años cincuenta, cuando trabajaba en esa zona, había visto esas ciudades –descoloridas, cuadradas, chatas y fuliginosas– situadas entre las sensuales formas rosadas de la tierra que habían escarbado para buscar el carbón. El padre de Dixon era un inmigrante alemán, un pastor luterano, un sujeto enjuto, implacable, iracundo, que había muerto cuando Dixon tenía nueve años. La madre, una mujer dulce pero demasiado débil, había dependido excesivamente del hijo. Stern se había enterado de todo esto a través de los parientes de Dixon, las tías solteronas y una bondadosa prima que hablaba con admiración de Dixon y de su precoz convicción de que estaba destinado a algo más que la brutal esclavitud de la ciudad minera.

Sonó el interfono. Era Claudia para anunciarle que no había respuesta en la fiscalía. Eran las dos de la tarde, pero los fiscales sólo atendían el teléfono cuando les daba la gana. «Sigue insistiendo», ordenó Stern.

–Hay un punto que debemos determinar –le dijo a Dixon–. ¿Cómo llegó el gobierno a lanzar la investigación? Debemos identificar la fuente de los alegatos que han decidido examinar.

–¿Quieres decir quién me delató?

–Si tú eres el blanco, sí. Cuando sepamos quién habló contra ti, tendremos una idea del alcance de la información de que dispone el gobierno. ¿Se te ocurre alguien?

–En absoluto –respondió sucintamente Dixon, agitando las manos. Sin duda sabía que el gobierno podía interrogarlo por muchas cuestiones, pero jamás las revelaría a Stern, quien lo sermonearía para que corrigiera cada infracción–. Tal vez los encargados de asuntos legales de la bolsa. Siempre están fastidiando a la gente para averiguar datos sobre mí.

La sugerencia no parecía convincente.

Sonó el teléfono, la línea interna de Stern, un tono diferente, como el de un grillo. Sólo su familia tenía ese número, y normalmente la que llamaba era Clara. Cedió por un instante al reflejo de usar su nombre y de inmediato lo descartó ante el segundo timbrazo.

–¿Sender? –preguntó su hermana. Una voz bienvenida. El amor de Stern hacia Silvia no se parecía a sus sentimientos por otras personas: era más puro, menos agobiante. Silvia tenía diecisiete años cuando murió la madre de ambos, y Stern, cinco años mayor, había creído que él siempre actuaría como un padre. Sin embargo, las necesidades de ambos, como las de todo el mundo, habían resultado menos previsibles. Se cuidaron mutuamente, compensando las pérdidas. Stern y su hermana, por costumbre, hablaban unos minutos todos los días. Eran conversaciones muy breves. «¿Ocupado?» «Sí, claro. ¿Y tú?» Hablaban de salud, de los hijos, del ajetreo de la vida. Esta vez ella dijo–: De vuelta al trabajo. Creo que eso es bueno.

–Lo mejor que podía hacer. –Tapó el micrófono y le susurró a Dixon–: Silvia. –No sabía si Dixon querría que ella supiera que estaba allí, pero su cuñado indicó que le gustaría hablar con ella cuando Stern terminara. Stern anunció a su hermana que estaban juntos.

–¿Hablando de esa estupidez del otro día?

–En efecto.

Ella suspiró, pero no hizo más preguntas. Stern y su hermana rara vez hablaban de Dixon, de los altibajos de su matrimonio, ni de los complejos negocios de su esposo. Ése era más o menos el tema de treinta años atrás, cuando Stern se había opuesto con fervor a la boda. Había mencionado diferencias religiosas, pero sólo como excusa. ¿Cómo decirle a su hermana que aquel sujeto que se llamaba amigo suyo tenía facha de titiritero con esos trajes cruzados y ese pelo brillante? Por entonces, Stern habría apostado a que Dixon desaparecería cuando el circo se largara de la ciudad. Pero Dixon había perseverado. Dixon era más brillante y trabajador de lo que Stern estaba dispuesto a admitir. Tal vez éste era un país donde la virtud se recompensaba menos espontáneamente de lo que Stern –y todos los demás– habían creído por entonces.

–Todo está en orden –la tranquilizó Stern.

Hablaron brevemente de los hijos de Stern y luego le pasó el teléfono a Dixon, quien se entretuvo unos momentos charlando alegremente con su esposa. A su manera, Dixon adoraba a su mujer. Amaba la belleza de Silvia y le gustaba verla elegante y lujosamente vestida. Le enviaba rosas todos los viernes y en la calle siempre se detenía ante un escaparate para mirar un objeto que pudiera quedarle bien. Tenía una rara obsesión con su esposa; si Silvia se resfriaba, Dixon no dejaba de pensar en ella. La llamaba cuatro veces al día. Pero ese mismo esposo atento perdía la cabeza cuando se le cruzaba una mujer de quince a sesenta y cinco años, y siempre andaba de cacería.

–Trabaja mucho –aconsejó Silvia a Stern cuando Dixon le devolvió el teléfono.

Sus intentos humorísticos eran torpes. Sólo intentaba ocultar sus preocupaciones. Silvia, a pesar de sus ocasionales angustias, seguía enamorada de Dixon, tan cautivada como cuando estaba en la universidad. El descaro del esposo a veces la avergonzaba y sus aventuras la hacían sufrir, pero seguía siendo el amor de su vida, una figura del tamaño de un monumento, el hombre de sus sueños.

–Todo está en orden –repitió Stern, pero luego se enfadó consigo mismo.

Con trabajos de este tipo, tenía por costumbre no predecir resultados favorables. Los desenlaces generales y las pruebas rara vez lo merecían, y los clientes eran más fáciles de satisfacer si no les creaba expectativas. Colgó el teléfono con esas emociones en conflicto, recordándose que a fin de cuentas se trataba de su hermana y su cuñado.

Stern encontró una copia de la citación en la caja del archivador que tenía detrás del escritorio. La releyó y Dixon se le acercó con la caja humidificadora de puros de Stern. En la oficina, Stern encendía su primer cigarro a las nueve y media o diez de la mañana, siempre tenía uno encendido hasta terminar la jornada laboral. Clara nunca lo había aprobado. Se quejaba del olor que guardaba en la ropa y las manos, y una vez, en un período de excepcional irritación, se había negado a permitir puros en la casa. La humidificadora había pertenecido a su padre, un hombre callado y decoroso de carácter frágil que había valorado mucho ciertos objetos. Stern la miró con admiración, pero cierto sentido del deber hacia Clara le hizo rehusar.

–¿Qué te indica esto? –preguntó Dixon, señalando la citación.

Stern alzó una mano y siguió leyendo. En la primera página de la citación habían grapado un largo añadido que describía los documentos pedidos por el gobierno. Dixon, en nombre de su compañía y subsidiarias, debía presentar diversos registros –billetes de pedido, tarjetas comerciales, documentos aprobatorios– relacionados con una larga lista de artículos de entrega futura. Las transacciones, identificadas por fecha, producto, cantidad de contratos, mes de entrega y cuenta del cliente, parecían enumeradas al azar. Las columnas de cifras ocupaban media página, pero las operaciones no parecían escogidas cronológicamente ni por cliente. Stern contó. Había treinta y siete transacciones.

–Empecemos desde el principio, Dixon. Háblame de estos documentos. ¿Cómo se generan?

–Tú ya conoces mis negocios, Stern.

–Dame el gusto –respondió Stern.

La verdad, desde luego, era que no los conocía del todo. Otros abogados –una enorme firma con oficinas allí y en Chicago– se encargaban habitualmente de los negocios de Dixon. Stern aprendía lo poco que necesitaba para hacer frente a los problemas y luego lo olvidaba todo –prácticas, regulaciones, términos–, como después de un examen. Oh, conocía las bases: un contrato de futuros era una obligación transferible para comprar o vender una cantidad estándar de determinado producto por un precio convenido en una fecha futura fija. Pero los mercados habían sufrido alteraciones desde que Dixon había empezado varias décadas atrás y sólo los granjeros vendían productos futuros para asegurar los precios de las cosechas. En la actualidad, se jugaba con dinero, como decía Dixon; los mercados vendían futuros sobre los mercados: sobre precios de bonos y monedas, índices bursátiles, opciones sobre futuros mismos. Cuando Stern visitaba las oficinas de Dixon, en la sala se hablaba una jerga ininteligible para él: transacciones de base, curvas igualadas de rendimiento. A pesar de los misterios, Stern recordaba la confesión de Dixon de que las primeras personas en efectuar transacciones de futuro sobre los precios bursátiles habían sido corredores de apuestas de Las Vegas.

–Vamos a ver, por ejemplo, esta primera transacción para Chicago Ovens –apuntó Stern, señalando la citación. Ese cliente era una vasta empresa de panadería, parte de International Provisions, que producía un tercio del pan que se vendía en los supermercados. Stern había visitado a sus abogados en Chicago–. Por lo que sé, es una transacción típica. Querían estar seguros de poder comprar trigo en diciembre a un precio favorable. Así que te pidieron que les compraras diez millones de *bushels*[1] de trigo para la entrega de diciembre. ¿Correcto? Bien, ¿qué pasa en MD?

–Bueno –dijo Dixon–. Cada orden que recibimos, no importa de dónde venga, se redacta en el despacho central, que está aquí, en nuestras oficinas de la bolsa de Kindle. Luego transmiten la orden a nuestra cabina de la sección comercial de todas las bolsas donde se comercia ese futuro. Granos y finanzas en Chicago. Alimentos y fibras en Nueva York. Aquí hacemos lotes pequeños. Éste fue obviamente a Chicago. La orden circula y nuestro agente la pregona hasta que encuentra a alguien que quiere vender trigo de diciembre. Tal vez venda para granjeros, tal vez para especuladores. No importa. De noche la bolsa certifica las transacciones, es decir, las compara para cerciorarse de que MD compró diez millones de *bushels* de trigo de diciembre y otra casa los vendió. Al día siguiente enviamos la confirmación al cliente y nos aseguramos de que tenga suficiente dinero en nuestra empresa para cubrir la posición. Así funciona. Hay un millón de variantes, pero eso es lo básico. ¿Correcto? Ésa es la huella que están siguiendo.

Stern asintió: todo muy familiar. Estudió de nuevo la citación y preguntó cómo interpretaba Dixon la lista de operaciones, pero él sólo meneó la cabeza. Se trataba de cinco clientes distintos en varios meses. Stern había hablado la semana anterior en Chicago con los abogados de dos de esos clientes, un gran banco rural de Iowa y Chicago Ovens. Parecía probable, pues, que el gobierno también hubiera solicitado documentos a los otros tres clientes. Stern le dijo a Dixon que sería conveniente ponerse en contacto con ellos.

–¿Para qué? –preguntó Dixon.

No era buena publicidad decir a los clientes que un gran jurado federal estaba estudiando los documentos de una empresa.

–Para determinar qué información brindaron. –Uno de los problemas de una investigación por el gran jurado consistía en llegar a

1. *Bushel:* medida de capacidad para cereales, equivalente en Estados Unidos a 35,238 litros. *(N. del T.)*

una estimación, al menos aproximada, de lo que sabía el gobierno. La mayoría de las compañías e individuos carecían de valor suficiente para desobedecer la habitual solicitud del FBI de mantener en secreto las preguntas de sus agentes.

Dixon siguió aventurando vagas objeciones, pero al final cedió. Su defensa del negocio era instintiva. Había comenzado a trabajar en futuros en las pequeñas comunidades rurales y durante más de tres décadas Maison Dixon se había transformado en un coloso con clientes poderosos, reservas de productos y cuentas de gran magnitud. MD era miembro de la mayoría de las agencias bursátiles de Chicago y Nueva York, y tenía oficinas con activas líneas telefónicas en ambas ciudades y también en Kindle.

A finales de los sesenta Dixon había persuadido a un grupo de operadores de Kindle para que formaran una pequeña bolsa local de futuros. La idea de Dixon consistía en negociar con volúmenes más acordes con las necesidades de los comerciantes minoristas. La bolsa de Chicago no podía negociar un contrato para la entrega futura de trigo o soja inferior a 5.000 *bushels.* En Kindle se podían negociar 500 a precios que seguían los de Chicago. La bolsa del condado de Kindle había establecido su minimercado en los contratos más populares y Dixon seguía presionando a sus colegas para imponer más innovaciones. En los dos últimos años había procurado implacablemente las aprobaciones necesarias para comerciar en futuros en el Índice de Precios al Consumidor. Dixon no había actuado sagazmente una única vez, sino varias. La comunidad financiera lo contemplaba con la habitual mezcla de admiración y disgusto. Un fullero. Un tiburón. Artero. Escurridizo. Pero inteligente. Tenía feroces enemigos y muchos admiradores.

–¿Quiénes son estos clientes, Dixon? ¿Qué tienen en común?

–Nada. Diferentes productos. Diferentes estrategias. Lo único que sobresale es que deben de ser los cinco mayores clientes que tengo.

Lo dijo con resentimiento. El gobierno estaba atacando un punto vulnerable.

–¿Qué tienes que ver tú con estas cuentas, Dixon?

–No mucho. Se trata de grandes transacciones –respondió Dixon–. La norma de la casa es que me notifiquen toda operación de ese volumen. Pero eso es todo.

–¿Grandes transacciones? –preguntó Stern.

–Míralas. Allí hay mil quinientos, dos mil contratos. El foso salta con esas órdenes.

–Explícate, por favor.

–Ya sabes cómo funciona, Stern. Cotizaciones. Un contrato vale 20.000 kilos. Un cliente quiere 1.500, eso es una buena tajada. El precio sube como un cohete. Es la oferta y la demanda. Intentamos todos los trucos para aminorar la marcha. Pasamos operaciones a corredores amigos. Compramos el producto en efectivo y vendemos el futuro. Pero no puedes detenerlo del todo. Es como la naturaleza cambiante.

–Ajá –dijo Stern. De manera que sí sabían algo. El gobierno estaba investigando operaciones grandes, operaciones que MD manejaba, operaciones que Dixon conocía, operaciones que ejercían un impacto significativo en los precios–. ¿No se te ocurre nada más?

Dixon meneó la cabeza con gravedad. No, nada, no sabía nada en absoluto. Stern se apoyó el grueso dedo en los labios. Aun con esta novedad, resultaba difícil evaluar las sospechas del gobierno. Los documentos solicitados se podían relacionar con diversos planes, particularmente en las operaciones de futuros, donde se practicaba todo tipo de canalladas. Stern supuso que Klonsky y sus colegas sospechaban de alguna clase de manipulación de los mercados. Había toda suerte de maniobras complicadas. Un par de meses atrás los periódicos habían publicado la información de que un gobierno extranjero con problemas en la cosecha del azúcar había intentado bajar el precio de los futuros de este producto para que el gobierno pudiera comprar y satisfacer a menor precio los compromisos de entrega. Habían circulado autorizados rumores de que se había perfeccionado una sustancia llamada «azúcar zurda», un tipo de azúcar natural sin calorías. Durante tres días los precios cayeron, pero luego los operadores de todo el país comprendieron lo que ocurría y los precios subieron como la espuma. Dixon tal vez había hallado un modo menos evidente –aunque igualmente ilegal– de manipular la reacción de los mercados ante estas enormes transacciones que efectuaba para sus clientes. Dixon, sin embargo, insistía en que él no corría peligro.

–En la citación ni siquiera aparece mi nombre. Es buena señal, ¿verdad?

La ausencia del nombre resultaba aparentemente alentadora. Pero los agentes del FBI no habrían sido tan obvios al perseguir a Dixon la semana anterior –ni habrían salido de la ciudad con las citaciones iniciales– si no hubieran creído que él pronto entendería el sentido de esas indagaciones. Stern sospechaba que su cliente se guardaba ciertos secretos, algo que no era extraño dadas las circunstancias y muy típico de Dixon. Pero tal vez ese día no fuera el más apropiado para presionarlo.

De nuevo en pie, Stern se tomó un momento, como hacía a menudo, para mirar desde su ventana de Morgan Towers, el edificio más alto de la ciudad, hacia el río Kindle, cuyas rápidas aguas rodaban por varios afluentes hasta el Mississippi. El mercader francés Jean Baptiste du Sable, que había descansado allí en su camino desde Nueva Orleans hasta lo que después fue Chicago, había llamado La Chandelle, «la candela», al plateado y rutilante Kindle. El puesto comercial de Du Sable, que llevaba su nombre, era ahora la parte más grande de un consolidado municipio de tres ciudades con casi un millón de habitantes. Al sur, donde el río se bifurcaba y volvía a unirse, había otras dos ciudades, Moreland, con colonos británicos que habían anglificado el nombre del río, y Kewahnee, ex campamento indio, que en sus orígenes había sido varios puertos de barcazas y se había fusionado con Du Sable a mediados de los años treinta. En esta época de extensión urbana, toda la zona, incluido el municipio, se aludía habitualmente por el nombre del condado, Kindle, una megalópolis que combinaba zonas urbanas con barrios residenciales, prosperidad y miseria, y albergaba casi tres millones de personas. Los habitantes ansiaban que la ciudad se conociera por el nombre del condado, y esa ansia no se había aplacado cuando en los años sesenta se descubrió que Du Sable, tradicionalmente considerado el primer hombre blanco de la región, había sido negro.

Dixon estaba hablando. Quería saber si estaban obligados a presentar todos los documentos que requería el gobierno. La mayoría de las transacciones, dado el volumen, se habían efectuado en Chicago, y la búsqueda de los documentos llevaría varios días a Margy Allison, vicepresidenta ejecutiva de Dixon a cargo de la oficina de Chicago, a doscientos kilómetros.

–No veo otra salida –dijo Stern–. Presentaré una queja ante la fiscalía por los costes. Diré que están paralizando tus operaciones.

Necesito tiempo para examinar los documentos, para ver si adivino cuáles son las sospechas del gobierno. Entretanto deberíamos examinar los documentos para ver si ofrecen nuevas pistas de las intenciones del gobierno. Pero al final tendremos que entregarlos. No podemos refutar la citación por demasiado general. Es muy precisa.

–¿Qué sucede con la quinta enmienda?

Así era Dixon, sereno cuando otros ejecutivos hubieran tartamudeado. Stern explicó que la citación buscaba documentos que pertenecían legalmente a la empresa, no a Dixon mismo. La empresa no era un individuo y carecía de los derechos amparados por la quinta enmienda. Dixon podía negarse a dar testimonio sobre los documentos, pero tenía que entregar los papeles.

Claudia llamó. Tenía a Klonsky en la línea. Dixon mascó el puro y reflexionó sobre la misteriosa lógica de la ley.

–Klonsky –dijo Stern.

–Stern –respondió ella.

Una voz clara y firme. Stern nunca le había hablado personalmente, pero la había visto en el tribunal cuando se acercaba al estrado para prestar declaración. Era una mujer de unos cuarenta años, robusta, de hombros anchos, cabello oscuro y manos fuertes. En el tribunal actuaba como muchas ayudantes, ansiosas de demostrar que eran tan duras como los hombres, a menudo resultaban personajes obsesivos y secos, ciudadanos del siglo pasado que veían la brusquedad como un rasgo necesario del estilo femenino. Era ante todo una pose pero, dadas las circunstancias, Stern veía pocas razones para ser discreto.

–Dos de sus hampones llegaron a mi casa hace unos días con una citación para mi cliente, Dixon Hartnell.

Hubo un instante de silencio. «Hampones.» El mismo Stern se sorprendía de su tono agresivo. Por lo general se enorgullecía de su moderación. Dixon sonreía. Rara vez había visto a Stern tan enfadado.

–Tal vez quiere que le explique las circunstancias –dijo Stern.

–Comprendo las circunstancias –replicó Klonsky.

Ya estaba erizada.

Sin duda todos comprendían las circunstancias, pensó Stern. Él tenía muchos amigos en la fiscalía, tanto en la del condado como en la federal, pero también eran adversarios... y humanos. Era un chisme delicioso: «¿Ya sabes lo que pasó con la mujer de Stern?». Al pensar en ello, el mundo se transformó de nuevo en un abismo y sintió un aguijonazo de dolor. ¿Cómo era posible? Era tan irracional. Cerró los ojos inflamados y percibió que Dixon se movía. Era lamentable que su vergüenza, más que otro sentimiento, causara estos momentos y que el mismo orgullo le ayudara a superarlos. Un impulso combativo le permitía continuar con dignidad. ¿Dónde diablos estaba su puro? Cuando habló, no le temblaba la voz.

–En ese caso, su conducta me parece deplorable. Tal vez deba hablar con el señor Sennett.

Stan Sennett había sido fiscal federal durante un par de años. Era el más despiadado y seco, y por supuesto no era aliado de Stern. Sennett no se dejaría presionar (a fin de cuentas los agentes estaban cumpliendo con su trabajo), pero Klonsky no podía responder eso.

–Mire, Stern, fue un error. Pediría disculpas si usted me diera la oportunidad. Hace días que llamo.

Stern decidió no responder a ese reproche. Ella estaba en el cargo sólo desde hacía un año, tras ocupar una escribanía en el tribunal de apelaciones y después de una distinguida carrera en la escuela de leyes; esa inexperiencia tal vez le diera una ventaja. Había adquirido la reputación de ser brillante pero parsimoniosa, incluso débil y vulnerable. No deseaba tranquilizar a Klonsky.

–Dígame, Klonsky –dijo Stern, cambiando de tema–, ¿a qué viene esta investigación?

–Preferiría no revelarlo ahora.

–¿Hay otras agencias involucradas, además del FBI?

Stern quería saber si estaba metido el Servicio Fiscal Interno, pues siempre traía problemas, y si estaban implicados los reguladores federales, la CFTC, para tener idea del origen de los cargos.

–No puedo responder –dijo Klonsky.

–¿Y el señor Hartnell? ¿Puede decirme si él es blanco de la investigación?

Ella hizo una pausa prudente. Klonsky ya había tenido malas experiencias con los abogados defensores.

–No puedo decirle que no lo es.
–Entiendo. –Stern reflexionó–. ¿Podrá ser más precisa respecto a la situación de mi cliente?
–Tal vez cuando examinemos los documentos que hemos pedido. Debe presentarlos hoy.
–Bien, temo que tardaremos un poco más. Usted está pidiendo que el señor Hartnell y sus empleados dejen de dedicarse a sus negocios para buscar documentos durante semanas.
–No es tan grave –comentó Klonsky.
–Pues ellos dicen que sí lo es.
Klonsky suspiró. Se estaba hartando de la conversación.
–¿Cuánto tiempo?
–Necesitamos una prórroga de por lo menos tres semanas –dijo Stern. Dixon lo miró aprobatoriamente. Tenía el cigarro en la boca y una gran sonrisa de entusiasmo. Esto era mejor que la televisión–. No, lo siento. No había consultado al señor Hartnell. Mejor un mes entero.
–Es ridículo. Esos documentos deben de estar en un par de cajones.
–Pues a mí me han dicho otra cosa. Klonsky, ésta es una investigación a cargo de un gran jurado federal. Yo represento a la empresa y al señor Hartnell personalmente. Usted no desea identificar a los blancos de la investigación. Debo estar alerta ante los conflictos y al mismo tiempo he de cerciorarme de cumplir exactamente con la citación. Para ello me veo obligado a efectuar por lo menos un viaje a Chicago, o más. Si usted desea limitar sus requerimientos o decirme qué necesita primero, trataremos de satisfacerla. –Ella guardó silencio. Si restringía sus requerimientos, podía revelar qué le interesaba–. Si cree usted que soy poco razonable, haga una moción de obligatoriedad. Me alegrará explicar todo esto ante la juez Winchell.
La juez Winchell, ex fiscal, a la larga emitiría un veredicto favorable al gobierno. Pero ningún juez del tribunal federal fijaría plazos inflexibles para Sandy Stern ese mes. No era preciso mencionar aquí las circunstancias personales. Klonsky sabía cómo funcionaban las cosas.
–No más prórrogas –advirtió Klonsky. Le dio una fecha, el dos de mayo–. Le enviaré una carta.

–Muy bien–dijo Stern–. Estaré ansioso de reunirme con usted en cuanto haya examinado lo que presentemos.

–De acuerdo.

–Y, por cierto, acepto sus disculpas.

Klonsky, irritada, titubeó, pero decidió no decir lo que pensaba.

–De acuerdo –repitió, y colgó.

Stern no pudo disimular su satisfacción. Eso había salido bien. Klonsky estaba tensa y malhumorada y él le había sacado ventaja. Cuando terminara el mes, podrían pedir otra semana o dos, si lo creían necesario.

Dixon reía, feliz de ver al gobierno humillado. Le preguntó qué le había dicho la ayudante del fiscal.

–Muy poco. Excepto que no descartaría la posibilidad de que seas el blanco de la investigación.

Dixon chupó el puro. Por un instante perdió el buen humor, pero se encogió de hombros con gallardía.

–La has frenado –dijo.

Stern enumeró los otros asuntos que requerían atención. Se trasladaría a Chicago para examinar los documentos solicitados en cuanto los hubieran reunido.

–Entretanto, ya sabes cómo funcionan estas cosas, Dixon. No hables con nadie salvo conmigo. Actúa como si todos llevaran una grabadora. No me sorprendería que alguien la llevara de verdad.

Por primera vez en ese día, Dixon manifestó cierta incomodidad: cerró los labios y meneó la cabeza. Apagó el puro.

–Lamento que esto suceda ahora, Stern. Odio tener que ser yo quien te arrastre de nuevo a la oficina.

Stern levantó una mano.

–Sospecho que pasaré mucho tiempo aquí –dijo con tono heroico, pero la sensación de incertidumbre lo asaltó con nueva intensidad.

No tenía ni idea acerca del futuro inmediato ni de lo que le esperaba. Unas imágenes se habían insinuado: figuras de quietud y orden. Se enfrentaría a la oficina y a los clientes en un estado de tranquila senilidad.

Dixon, desde luego, tenía otras ideas en mente.

–Oh, ya tendrás otras distracciones. –Miró con estudiada lascivia el cigarro apagado. Stern se disgustó, pero sabía que Dixon simplemente era tan grosero como para decir lo que otros sólo pensaban. Aún con los ojos humedecidos por las lágrimas, hinchados por la pesadumbre, Stern notaba que ya lo miraban de otra manera. Un hombre solo. Ciertos datos eran elementales. En su estado de ánimo, Stern se negaba a pensar en ese tema. Además, sabía que sus circunstancias se salían de lo normal. ¿Qué mujer sensata anhelaría la compañía de un hombre con el cual otra mujer se había negado literalmente a seguir viviendo?–. Supongo que esto te costará una fortuna –añadió Dixon mientras cogía la chaqueta.

–Será caro –admitió Stern, sin poder reprimir una sonrisa.

Dixon era rico. Tenía una empresa que valía millones y todos los años se pagaba a sí mismo un sueldo de siete cifras, pero mantenía la típica frugalidad de un luchador. Se quejaba sin rodeos del excesivo coste de las tarifas legales. Pero años atrás, en el período en que aún intentaba conquistar a Stern después de casarse con Silvia, Dixon le había pedido que le cobrara como a cualquier cliente, y Stern nunca había olvidado ese ruego. Una armonía peculiar se había establecido entre ellos. Dixon pagaba por la tolerancia de Stern, y éste estaba dispuesto a que le compraran la tolerancia. Ambos se preguntaban quién sacaba mejor partido de la situación.

–Puedo dejar que abogados más jóvenes examinen algunos de los documentos –continuó Stern–, pero sabemos demasiado poco. Debo hacer casi todo esto en persona. Klonsky tendrá prioridad sobre otros asuntos.

–Por favor –dijo Dixon. Echó una nueva ojeada a la habitación. El peso de las circunstancias empezaba a agobiarlo. No estaba contento–. No quiero fastidiarlo todo con esto.

Stern pensó en su cuñado y sus muchos secretos. Recordó vívidamente la voz de Clara. Aunque sentía poco afecto por Dixon, nunca le había sorprendido esa alianza. Stern a menudo se quejaba de no conocer a Dixon ni entender sus reacciones. Ese hombre era escurridizo como el humo.

«Supongo –respondía Clara– que él opina lo mismo de ti.»

4

En la recepción imitación Chippendale de Barstow Zahn & Hanks, una gran firma legal, Stern esperaba con sus hijos a Cal Hopkinson, con quien había concertado una cita para conocer los detalles del testamento de Clara. Stern abordaba este episodio con las mismas emociones opuestas que siempre le había suscitado la riqueza de Clara, pero ahora prevalecían las fuertes sensaciones –dolor, afecto, consuelo– que despertaba la cercanía de sus hijos.

Marta se iría al día siguiente. Se había quedado una semana después del funeral. El trabajo andaba lento, decía, y Kate y ella habían planeado examinar las cosas de Clara. En cambio, Marta había pasado horas a solas, observando soñadoramente su cuarto, caminando por la casa como si fuera un lugar nuevo. Ya había mencionado que pronto tendría que regresar para concluir esa tarea.

Con la partida de Marta –la hija que más lo apreciaba o, mejor dicho, que menos le temía– Stern se quedaría solo. Sus hijos le habían ofrecido todo el consuelo que podían brindarle durante las últimas semanas, pero ahora los alejaba el tumulto de sus propias vidas, así como el desconcierto de tener que enfrentarse con ellos mismos. Con todos sus hijos, Clara había sido la mediadora; ellos tenían menos experiencia directa con él. Oh, él los quería. Entrañablemente. Pero a su manera compulsiva y ordenada, en su lugar. Por tarde que regresara de la oficina, en una rutina fija como una plegaria, escuchaba a Clara todas las noches para saber cómo andaban sus hijos, sus problemas y triunfos, el desarrollo de sus pequeñas vidas. En ese momento había pensado que de algún modo llegarían a comprender que parte del interés de la madre era también el del padre. Cuando llegaron a la adolescencia, notó con turbación y enfado que todos adoptaban actitudes que lo acusaban en silencio de ser distante. Los lazos de afecto los unían con la madre.

Como en la ley antigua, los beneficios eran sólo para los que estaban en contacto directo e íntimo.

Al fin llegó Cal. Estrechó la mano de todos, preciso como un relojero, y se disculpó por la espera. Cal era un sujeto poco notable: sereno, agradable, una especie de camarero. Lo más remarcable de él era un rasgo físico: detrás de la oreja izquierda, a poca distancia del pelo, había una depresión redonda y oscura que parecía adentrarse en el cráneo, como si alguien hubiera hundido el dedo en una bola de masa. La marca parecía un agujero de bala, y eso era en efecto, una herida de la guerra de Corea, una maravilla médica. La bala lo había atravesado produciendo lesiones sólo en la parte externa del cráneo. Una vez vista, no quedaba inadvertida. Stern pasaba sus reuniones con Cal esperando que él mirara hacia otro lado para poder contemplarla a sus anchas.

Cal condujo a la familia hacia una sala con frisos de madera. Stern fue el último en entrar y Cal lo detuvo en la puerta.

–Antes de empezar, Sandy, hay, como te dije por teléfono el mes pasado, un par de preguntas que deseo hacerte sobre las propiedades de Clara, ciertas peculiaridades que supongo tú conoces.

–¿Yo?

Por años, sólo había hablado acerca de las finanzas de Clara en las escasas ocasiones en que ella sacaba el tema, y por lo general él la remitía a sus banqueros o abogados.

Los interrumpió la llegada de la socia de Cal, una joven con gafas y cabello castaño y lacio llamada Van Zandt. Marta asomó la cabeza para ver por qué se retrasaban, y a sugerencia de Stern todos entraron en la sala, donde se sentaron alrededor de la larga mesa de castaño. Pequeños grabados de plata, preciosas caricaturas de diversas escenas legales, adornaban las paredes. También estaba la habitual vista majestuosa de la ciudad: las firmas de abogados y las grandes empresas ocupaban el mejor espacio. Años antes, Harry Fage había intentado persuadir a Stern de que se instalara en esa moderna Versalles, pero Stern se había negado.

–Creo –dijo Cal– que empezaré por el principio y os contaré todo acerca de las propiedades de Clara.

Stern asintió. Marta lo imitó. Todos convinieron en que era lo más adecuado. Van Zandt entregó a Cal un documento –sin duda un memorándum que sintetizaba el testamento– y éste empezó con solemnidad. Como todos los planes de propiedad un poco complicados, el de Clara se había redactado teniendo en cuenta las leyes de impuestos. Como consecuencia de la previsión del padre de Clara, décadas atrás, y el posterior buen asesoramiento, Clara había podido disponer de una fortuna importante sin pagar un céntimo en impuestos federales a la propiedad. Cal reveló este dato con una rutilante sonrisa de triunfo.

La mayor parte de la fortuna de Clara nunca se había transferido directamente. Las herencias procedentes del padre, la madre y una tía soltera habían ido a parar a diversos fondos fiduciarios que Henry Mittler había creado en el River National Bank; estos fondos durarían durante generaciones, generando ingresos y preservando el capital, en el mejor estilo antiguo de ganar dinero. Cuando era joven, Stern creía que Henry hacía estos complicados planes porque temía que su yerno fuera un cazador de dotes. Ahora comprendía que la fe de Henry era más simple: toda confidencia, por limitada que fuera, era vulnerable al abuso. Este flagrante cinismo había hecho de Henry un abogado formidable, aunque las mismas cualidades de carácter también habían contribuido al descontento de la hija hacia su padre. Clara había librado feroces luchas internas a causa del padre, un hombre sagaz, dominante, terco. Ahora Clara yacía en el pequeño cementerio de la sinagoga, frente al gran monumento que Henry Mittler había erigido para sí mismo y la madre de Clara, Pauline, gracias al mismo testamento que había creado los fondos fiduciarios. La tierra los reclamaba a todos, con sus pasiones, mientras las cuentas bancarias sobrevivían. Stern, que sabía apreciar el dinero, no dejaba de lamentar estos tristes hechos.

–Según nuestras notas –prosiguió Cal–, cuando revisamos el plan de propiedad después de los últimos cambios en los impuestos, los fondos fiduciarios estaban valorados en poco más de siete millones de dólares. La propiedad de Clara –dijo, aludiendo a los intereses arrojados durante años por los fondos, los cuales, casi intactos, habían sido invertidos por el banco en nombre de ella– rondaba los dos millones. Desde luego, hubo cambios con la crisis del mercado de valores y otros acontecimientos financieros, pero ahora tenéis un cuadro general.

Cal se había tomado su tiempo para llegar a este punto y se notaba que disfrutaba del efecto que las cifras ejercían sobre quienes lo escuchaban. Kate abrió los ojos y Peter soltó un silbido. Era todo un logro, pensó Stern, haber conseguido que los hijos no se enteraran de ello. Él no estaba asombrado por las cifras, pues las estimaciones que hacía periódicamente sobre esos dólares que rara vez se había dignado tocar eran bastante acertadas.

El testamento de Clara era simple. Stern era el albacea. Los derechos a los intereses del fondo fiduciario pasaban a los hijos en porciones divididas a partes iguales, «cada parte similar a la otra», como dijo Cal. De la fortuna de Clara, buena parte iba a parar a los hijos y a obras de caridad, el resto quedaba en un fondo fiduciario para que Stern lo usara como considerara conveniente.

Tras leer el testamento, Cal se concentró en los detalles. Al describir las estipulaciones, usó la tercera persona –«cónyuge Alejandro», «hijos Peter, Marta y Kate»– y no se molestó en traducir muchos términos técnicos. No obstante, al fin se realizaron los inevitables cálculos y Kate rompió a llorar. Los hijos podían repartirse una renta anual de medio millón de dólares. A ello se añadía un legado en efectivo de doscientos mil dólares para cada uno, por no mencionar la perspectiva de otra sustancial cantidad cuando Stern abandonara el escenario. Stern pensó que si lograba sacar a Dixon del atolladero, éste tal vez sería un buen asesor financiero para sus sobrinos. En cuanto a sí mismo, no sentía remordimientos por aceptar el obsequio de su esposa, quizá porque su propia fortuna había crecido hasta el punto en que ya no lo necesitaba o porque, después de todo esto, creía merecerlo. Según la rápida estimación de Stern, la propiedad que se le confiaba –lo que quedaría de los valores y bonos de Clara en el banco– ascendía a un millón de dólares.

Mientras leía las estipulaciones, Cal se volvió hacia Stern.

–Clara especificó que tú fueras beneficiario de por vida, al margen de cualquier nuevo matrimonio.

–Entiendo –dijo Stern.

Cal sonrió, satisfecho ante esta exhaustiva administración del futuro, pero los hijos quedaron abrumados por la previsión de la madre. Una vibración de incomodidad recorrió la sala. Ninguno de ellos había hablado del tema con Stern. Sin duda lo habían pensado, todos habían pensado en ello. Incluso Clara. Pero resultaba desconcertante para todos –incluso para Stern– saber que Clara había resuelto formalmente todas las objeciones.

Cal continuaba, pero Stern interrumpió.

–¿Este fondo fiduciario, Cal, es lo que te preocupaba? –Quizá Cal deseaba hablarle a solas porque había un conflicto entre el deseo de Clara de legarle sus bienes y las restricciones que Henry Mittler había impuesto décadas atrás.

–No estoy preocupado, Sandy. Tengo una pregunta.

–¿Es sobre este fondo a mi nombre?

–Más o menos. Espera un momento.

Cal alzó la mano; era demasiado meticuloso para no respetar el orden. Estaba hablando de las donaciones caritativas de Clara y volvió sobre ese tema.

Kate no pudo contener el llanto. Van Zandt, siempre preparada, había traído una caja de pañuelos de papel y le ofreció uno a Kate mientras Cal continuaba con los detalles que tanto le gustaban.

–Clara también deja un legado de quinientos mil dólares para la Sinagoga de la Congregación Reformista y pidió que la mitad se utilizara para respaldar el Programa de Artes.

Los hijos escucharon esto, todavía deslumbrados por el caudal de esa fuente de dinero, pero Stern –que de lo contrario habría recibido esos fondos– consideró que la donación de Clara era típica y loable. Para Stern, la idea de sí mismo como judío era un punto de referencia absoluto y fijo, el norte de su brújula personal, que le permitía medir todos los demás problemas de identidad. Clara y él compartían cierta creencia en la importancia de la educación religiosa de los hijos y la observancia de las fechas sagradas. Pero la religión de Clara era mucho más institucional. Para Clara, la sinagoga que sus abuelos maternos habían contribuido a fundar era un ancla importante, y contra toda razón sentía devoción por el rabino, un artero oportunista, y por sus muchos proyectos comunitarios. A instancias del rabino Weigel, Clara había enseñado cultura musical como voluntaria durante tres o cuatro años en el Programa de Artes, un proyecto de varias confesiones religiosas para mejorar la enseñanza de las escuelas más pobres de Du Sable. Clara admiraba la cultura y la urbanidad de los ricos, pero no sus aires de superioridad. Siempre había sido una persona escrupulosa.

–Creo que eso es todo –concluyó Cal.

Dejó el testamento y miró a los presentes como si esperara una ovación.

–El problema... –intervino Stern, aludiendo una vez más al fondo fiduciario que Clara le había dejado.

Cal parecía haberse olvidado.

–Oh –dijo Cal–. Como te decía, tan sólo una pregunta, Sandy. Nos hemos preguntado qué ocurrió con eso.

–¿Eso?

–El dinero. Entiendes. –Cal se inclinó hacia adelante–. ¿Verdad?

–Tenía entendido, Cal, por las cifras que has citado, que había otro millón en la sucesión.

Lamentó las palabras en cuanto las pronunció, sobre todo la precisión del cálculo.

–Bien, no tanto –dijo Cal, minucioso–. Las posesiones de Clara no han sido inmunes a la crisis financiera. Pero me refiero a los ochocientos cincuenta mil dólares que desaparecieron de la cuenta de inversiones.

Por un instante nadie dijo nada.

–¿Desaparecieron? –preguntó al fin Stern.

–Se extrajeron –apuntó Cal.

Los dos hombres se estudiaron.

–¿Nos estás diciendo que hubo un desfalco?

–¡Cielos, no! –Cal se volvió a Van Zandt, como buscando ayuda–. Tenemos informes detallados del banco acerca de los fondos fiduciarios y la cuenta de inversiones. Cuando oímos la noticia, lo examinamos, por supuesto, y vi que esta suma se había extraído el mes pasado. Di por sentado, Sandy... estaba seguro de que ella habría hablado contigo. –Cal hizo una pausa–. La llamé.

Stern comprendió.

–¿Crees que Clara se gastó ese dinero?

–Claro. Pensé que habría hecho alguna inversión por su cuenta, una casa de verano...

Cal agitó la mano.

–¿Qué pudo hacer con esos ochocientos cincuenta mil dólares? –intervino Marta–. Es extraño.

Stern estaba de acuerdo y quiso sumar su voz a la de Marta, pero el instinto lo salvó. Era un terreno resbaladizo. Él no era quién para predecir qué era posible o imposible con Clara en esos últimos días. Tal vez estaba financiando a una secta *hippie.* O comprando drogas.

–Cal, no entiendo cómo sucedió esto.

–Supongo que Clara fue al banco, canceló la mayor parte de sus inversiones y se llevó el dinero. Era suyo, a fin de cuentas.

–¿Lo has confirmado con el banco?

–Sandy, primero quería hablar contigo. Por eso te llamé. –Cal se sentía muy incómodo. Los abogados testamentarios trataban con un mundo de intenciones fijas. No estaban preparados para las sorpresas. A todas luces, temía que la familia lo culpara y ya había descendido a las sudorosas honduras de la justificación profesional–. Pensé que estarías al corriente. No se me ocurrió que... –Cal se interrumpió, como si comprendiera que sólo causaba daño al enfatizar de nuevo que le asombraba que Clara hubiera actuado sin consultar al esposo. La repentina y atípica sensibilidad de Cal angustió a Stern. Se sentía aturdido. Era una reacción pueril, codiciosa como la de un niño, pero no podía evitar el pensamiento. Ella había legado algo a los hijos, había engordado al rabino y su proyecto favorito. Sólo él, en los últimos días de Clara, había quedado excluido. La vergüenza y la angustia, la misma mezcla venenosa, surgieron una vez más.

Cal seguía hablando.

–Ahora que me dices que no tienes ni idea de qué es esto, llamaré de inmediato a Jack Wagoner, del banco. Investigaremos. El tribunal de testamentarios lo requerirá.

Estas promesas no parecían consolar al propio Cal, quien estaba preocupado y cabizbajo, relamiéndose los labios. Lo contaba como si el dinero hubiera huido por su cuenta.

–¿Cuándo se hizo esa transacción? –preguntó Marta–. ¿En qué fecha del mes?

Cal se volvió hacia Van Zandt, quien tenía el dato: cinco días antes de la muerte de Clara. Van Zandt le entregó el papel a Marta, quien se lo tendió al padre. Stern lo empujó a un lado. Volvía a pensar en un desfalco, algún tipo de fraude, pero era improbable. Más aún, era absurdo.

Alzó los ojos cuando Kate rompió a llorar de nuevo. Tenía veintiséis años, pero parecía una niña con la cara hinchada por las lágrimas y el maquillaje corrido. Se apoyó en el brazo de Peter, quien había guardado silencio, aún deprimido por el recuerdo de la madre. El acongojado Stern se enfadó ante la actitud solícita de Peter.

¿Por qué las mujeres de la familia siempre acudían a él? Admitían que era huraño, pero todas parecían adorar su silenciosa hosquedad. Estaba disponible. Era de fiar, era alguien con quien se podía contar. Peter había erosionado la posición del padre de la manera más insidiosa: superándolo, siendo lo que por desgracia Stern no era. Esta repentina y penetrante visión de los extraños mecanismos de su familia no contribuyó a detener la creciente marea de dolor.

Estrechó la mano de Cal y Van Zandt. Sus hijos también se levantaron, sin saber adónde dirigirse. Stern comprendió de pronto que él era el centro de la atención. Todos lo miraban –sus hijos, los abogados– buscando señales. Qué hacer, cómo reaccionar. Pero no podía ofrecer muchos indicios. En esa elegante sala, su alma volvía a desmoronarse. Suicidio. Dinero. Enfermedad. Clara había dejado todo un caos.

Se sintió acosado por un recuerdo de su mujer tal como la había visto un día cuando iba a enseñar en el Programa de Artes. Stern y los hijos habían manifestado preocupación por su seguridad, pero dos mañanas a la semana Clara conducía su Seville hasta los barrios pobres de la ciudad. Al pasar para cambiar el coche, ya que debía llevar el de Clara al taller, Stern la había visto avanzando con seguridad hacia la puerta de la escuela: una dama madura y resuelta con aire noble, pelo rojizo, pecho generoso. No llevaba bolso. Tenía las manos en los bolsillos de la sencilla chaqueta y erguía la cabeza, ignorando algunas miradas hostiles. En esa fracción de segundo, Stern reconoció un aspecto esencial: no que ella fuera temeraria, sino que le había visto a menudo esa expresión, y que para Clara todo viaje fuera de la casa al parecer requería el mismo esfuerzo para dominar su ansiedad. Vencía a sus demonios interiores persuadiéndose de que eran ficticios. De algún modo al final habían cobrado vida, acuciándola y devorándola. Clara Stern, una mujer taciturna, elegante y digna, había caído en el lodazal del mundo, que la había devorado, como una de esas criaturas prehistóricas cuyos huesos aparecían en los pozos de alquitrán. Stern sabía que tarde o temprano él llegaría al núcleo del asunto para soportar las mismas pesadillas a las que ella se había enfrentado.

Llegaron a la calle. Kate, que por un instante se había dominado, rompió a llorar de nuevo.

5

¿Cómo se abandona una vida? De noche Stern caminaba por la enorme casa, buscando respuestas. En los armarios aún colgaban muchas prendas de Clara Stern. Abría las puertas de par en par y las miraba como si fueran reliquias. Kate y Marta habían vaciado muchas perchas, que ahora parecían esqueletos de pájaros.

Cuando Marta se fue, Stern se mudó al cuarto de ella. Su dormitorio parecía caótico, arrasado; aquí sentía mayor serenidad. Cuando entró en el dormitorio principal para recoger un par de cosas, el silencio le resultó abrumador. Pocos días de desuso habían bastado para cubrirlo con una quietud polvorienta, amortajada. Era como si examinara una fotografía: un fragmento recortado de un pasado inalcanzable, inanimado pero preservado. Cogió sus calcetines y sus ballenas para el cuello y salió deprisa.

Los vecinos y la familia de la sinagoga le demostraban una amabilidad ceremonial. El cónyuge de la suicida era una ruina demasiado inquietante para sentar a la mesa. ¿Cómo explicarlo a los niños? Pero las mujeres le traían guisos y platos con pollo para que comiera a solas. El congelador estaba atestado. La mayoría de las noches ponía algo en el microondas, abría una botella de vino, comía y bebía, vagaba por la casa.

En la nevera había una nota recordándole que debía telefonear a Nate Cawley. Lo intentó varias veces, esperando desentrañar el misterio de la factura médica de Clara, pero Nate, ocupado después de su semana en el congreso médico de Canadá, no había respondido. Stern, ablandado por el vino, atendía llamadas –amigos, o Marta o Kate– y luego reanudada sus movimientos. Se sentaba en sillas que no había ocupado durante años. Iba de cuarto en cuarto, examinando los muebles y los cuadros. Aquella diminuta ave de porcelana... ¿de dónde había salido?

A veces lo invitaban a salir, por lo general en grupo y en compañía de otros abogados; se trataba de una especie de atención convencional que reflejaba más su prestigio profesional que lazos de afecto. Era la clase de relación social que los Stern siempre habían despreciado. La callada y firme Clara no estaba interesada en gente u ocasiones insustanciales. Ahora que tenía libertad para ir solo, no podía adaptarse a las hipocresías que exigían esas reuniones, veladas de divagaciones en que todos lo mirarían con tácitas preguntas sobre su esposa.

Las únicas salidas que le agradaban eran las que compartía con los hijos. En las dos primeras semanas después del fallecimiento de Clara, fue dos veces a cenar a casa de Kate, y ella y John se reunieron una vez con él en la ciudad. Sin embargo, dada la extensión del condado de Kindle, vivían a casi una hora de distancia, en los días laborales el viaje resultaba agotador, sobre todo para Kate, fatigada por las primeras etapas del embarazo. Stern notaba que incluso ella tenía que esforzarse para atenderlo; Kate, siempre afectuosa, ahora parecía asustada de tratar con un padre solo.

Peter, actuando sin duda a instancias de las hermanas, también llamó, y Stern sugirió que salieran a cenar una noche. «Algo rápido», dijo Peter, aceptando. Se encontraron en un bar del centro, pero la ausencia de Clara era un peso enorme y abrumador. A Clara le había dolido la distancia que reinaba entre ambos y los dos habían tratado de superarla por consideración hacia ella. Ahora de repente quedaba de manifiesto que el lazo no había sobrevivido a la muerte de Clara, ambos seguían desempeñando papeles en una obra que había concluido. Al cabo de unos minutos de incomodidad, guardaron absoluto silencio entre los ruidos y voces del restaurante.

Así que por norma general estaba solo. Una noche hubo una interrupción inesperada. Llamó una mujer del vecindario que afirmó ser amiga de Clara. A continuación comentó los repetidos fracasos de su esposo en la alcoba –el hombre tenía muchos problemas– y terminó la conversación diciendo, simplemente, «llámame». Stern no lo hizo, desde luego, pero el episodio provocó una tormenta de sentimientos contradictorios. Como todos, había oído anécdotas acerca de mujeres insatisfechas que abordaban a los viudos con particular audacia pero, dadas las circunstancias de la muerte de Clara, estaba seguro de que eso no le pasaría a él. Oh, tal vez había recibido un par de tarjetas, algunas llamadas de pésame de viudas y divorciadas. Pero de pronto algo quedaba claro. La gente estaba sola y las mujeres estaban tan solas como él. Pero ¿quién sabía algo sobre las mujeres? Él no, desde luego. ¿Y para qué? Pensar en ello agravaba su estado. Lo desconcertaba y lo impulsaba a encerrarse más en sí mismo.

Fueran cuales fuesen las distracciones, esas veladas siempre lo sorprendían vagando. Bebía vino, se decía que trabajaría y andaba por la casa. En cuanto inició esta rutina, comprendió que no trabajar era la principal ocupación del día. Sufría mucho –extraviado entre tiernos recuerdos y muchos arrepentimientos– y sin embargo buscaba esos momentos con ansiedad, evocando esos años.

Su recuerdo del pasado era un millón de páginas leídas bajo una luz incandescente y puertas que se abrían cuando él llegaba con pesados maletines a cien tribunales diferentes. En las décadas que recordaba, siempre era de noche o la mañana del juicio y sus emociones eran una intensa mezcla de concentrada determinación y angustia contenida. Meditaba mientras estaba en casa, sus hijos hablaban sin recibir respuesta mientras él estudiaba tácticas, un recurso cauteloso para un interrogatorio, y tendía una mano tierna para callarlos mientras pensaba en otra cosa. Había llegado lejos. Estaba en la oficina, con sus puros, sus libros, su teléfono y sus clientes desde las siete de la mañana hasta las nueve o diez de la noche. Luego llegaba a una casa silenciosa. Los niños dormían. Clara esperaba leyendo un libro en el salón silencioso, y el aroma de la cena impregnaba la casa: una imagen de orden, eficacia, suficiencia.

¿Lo había convencido esa pose? ¿Durante cuántos años se había consolado con la idea de que no discutían, de que ella rara vez lo criticaba como otras esposas? A Clara le habría parecido una vulgaridad. Desde luego, él la trataba con amabilidad. Rara vez ignoraba sus deseos. Pero, por otra parte, había sabido elegir, pues ella rara vez hablaba en su propio nombre. Claro que habían tenido fricciones. ¿Quién no las tenía? El período en que los hijos se habían ido a la universidad había turbado profundamente a Clara. Cuando Kate se fue, hubo ocasiones en que Stern la encontró llorando en la oscuridad. Allí estaba, cada día, esa callada insinuación, palpitando como una magulladura: a Clara no le gustaba su vida. Él intentó calmarla y ella lo dijo abiertamente agobiada por quejas que había silenciado durante años. Pero siguieron adelante y Clara al fin recobró la compostura, la tensa sonrisa, la voluntad. Era como un pastor sueco, que sufría el tormento existencial en el silencio y la penumbra.

Stern nunca había bebido mucho y el vino lo adormilaba en esas noches de vagabundeo. De pronto despertaba en una silla, la boca reseca, las luces encendidas.

Una noche, un vívido sueño lo despertó. Se estaba bañando en Punta del Lobo, en el río Kindle. De pronto las aguas se arremolinaban y él pateaba y forcejeaba arrastrado por la blanca espuma. En la costa, entre los árboles, su madre, su padre y su hermano mayor, vestidos con gruesas y oscuras prendas de lana, miraban inmóviles como estatuas. Aunque se alejaba, alcanzó a ver a Clara y los niños a través de las ramas desnudas. Estaban en un aula. Los niños permanecían sentados ante pupitres mientras Clara impartía sus enseñanzas con el dedo alzado. Aunque él gritaba mientras agitaba las piernas en las aguas caudalosas, no repararon en Stern, que luchaba contra la corriente y se alejaba cada vez más.

Fiona Cawley, la vecina de al lado, lo saludó. Tenía un vaso en la mano.

–¡Sandy! –exclamó.

A la primera palabra Stern supo que estaba borracha. Fiona abrió la puerta y alzó los brazos a la luz de las lámparas del salón. Nate, el esposo de Fiona, también bebía más de la cuenta. Tal vez eso los mantenía unidos. Stern tuvo una repentina y turbadora comprensión de las motivaciones de Fiona. Desatada por el alcohol era más atractiva, y su postura resultaba incitante. Sin duda saboreaba su libertad. Vestía un traje de punto que le realzaba la silueta. El peinado y el maquillaje eran impecables, y tenía joyas para su velada hogareña, un largo colgante de diamantes entre las clavículas. Fiona se pasaba el día cuidando su apariencia. Parecía encantada de ver a Stern. Ahuyentó al perro y cogió la mano de Stern para arrastrarlo a la casa, asegurándole que no interrumpía la cena.

–¿Cómo estás, Sandy? –Fiona le tocó la cara, un gesto ebrio y excesivo–. Pensamos mucho en ti

Él ya había adoptado ciertos ademanes para responder. Siempre había sido hábil para eso, muecas que sugerían sentimientos complejos. Ahora fruncía más la cara, aludiendo al dolor.

–Estoy tan bien como cabe esperar, Fiona. ¿Está Nate? Quería hablar con él.

Stern había resuelto que una visita personal llamaría la atención de Nate. Después de hablar con Cal, había decidido ser más directo en su intento de desentrañar los enigmas de Clara.

–¿No te llamó? Le di el mensaje veinte veces. Bien, esta noche ha salido, Sandy, pero quédate un momento. Bebe una copa conmigo. Hay una cosa que quería preguntarte. Me alegra que estés aquí.

Sin esperar respuesta, llevó el perro a la cocina. Fiona era una de esas personas que siempre conseguía lo que quería. No le había dado oportunidad para inventar una excusa.

Durante diecinueve años, los Stern habían vivido junto a los Cawley. Habían sido testigos de tres expansiones en la moderna casa de los Cawley, que ahora tenía un piso alto que parecía fuera de lugar, como un bombín pequeño en un hombre de cabeza grande. Habían presenciado el crecimiento de los hijos de los Cawley, que ahora estaban en la universidad. Habían disfrutado de conversaciones de fin de semana frente a la cerca y de algunos tragos o barbacoas: dos décadas de mantener correspondencia y cambiar herramientas, pero los Cawley, como pareja, recibían un trato reservado, como tantos otros. Años antes, al jubilarse el obstetra que había traído al mundo a los hijos de los Stern, Clara había empezado a visitar a Nate como ginecólogo y médico de cabecera. En una emergencia –una caída, una infección– él era el asesor médico extraoficial de toda la familia. Esta relación profesional resultaba cómoda para los Stern, pues brindaba un medio diplomático para disfrutar de Nate sin Fiona. Como médico, era informado, tranquilo y afable; en casa, su esposa lo abrumaba. Fiona, más joven, sin duda había sido una belleza y aún era una mujer atractiva y esbelta, con ojos claros y llamativos que eran casi amarillos. Pero resultaba bastante insoportable: nerviosa, histérica, crispada. Fiona albergaba todo un invernáculo de competencias internas y rencores visibles. Era mejor evitarla.

–¿Un trago? –preguntó Fiona.

Stern se sentó en un diván tapizado con tela estampada. El salón de los Cawley estaba decorado en estilo irlandés moderno, una versión más estilizada del colonial americano. Las habitaciones estaban atestadas de mesas y cómodas oscuras y la mayoría de los muebles se hallaban cubiertos con manteles de encaje. Fiona estaba en un pequeño cuarto contiguo donde había instalado un carrito con bebidas. Bebía con elegancia; los licores estaban en botellas de cristal tallado y una gran cubitera de plata oficiaba de centro de mesa.

–Un jerez seco, si tienes, Fiona. Con un cubito. Esta noche tengo que trabajar.

–¿Trabajar? Sandy, date un respiro.

Éste era un comentario frecuente. No iba acompañado, por supuesto, por ninguna sugerencia. ¿Baile? ¿Clubes nocturnos? Debía de haber perdido el tren en alguna parte. ¿Cuál era la etiqueta del luto? ¿Desdeñar el trabajo útil y mirar televisión? Stern se estaba hartando de esos convencionales esfuerzos para organizarle los sentimientos.

Cuando ella le alargó la copa, Stern le preguntó si estaba bien.

–¿Yo? De perillas –dijo Fiona, mirando su vaso. Stern recordó que años atrás había resuelto no hacer tales preguntas a Fiona. El perro gruñía en la cocina. Arañaba las baldosas–. ¿Qué querías de Nate?

–Hacerle un par de preguntas acerca de Clara. Sólo me llevará un momento. Quería saber si ella se estaba tratando alguna enfermedad.

–Había algo –respondió Fiona, gesticulando ampulosamente con el vaso.

–¿De verdad?

–Él pasaba por tu casa de mañana. Ella necesitaba medicación o algo así.

Fiona agitó la mano libre, sugiriendo que Nate no le había dado muchos detalles.

–Ajá.

Tal como sospechaba. Stern, reconfortado al saber que estaba en lo cierto, se levantó.

–Oh, no puedes irte todavía. ¿Recuerdas que quería preguntarte un cosa?

–Tienes razón –dijo Stern.

Lo había olvidado por completo.

Ella entró en otro cuarto y regresó con un paquete pequeño.

–Sandy, tal vez aún no estés preparado para esto, pero cuando lo estés, déjame presentarte a Phoebe Brower. Es encantadora y ambos tenéis cosas en común. Su esposo, ya sabes... –Fiona agitó la mano e hizo una mueca–. Píldoras para dormir.

Stern no pudo evitar un rezongo. Si Fiona no hubiera estado borracha, o si no hubiera sido Fiona, tal vez se habría ofendido. Tal vez pensaba que él quería fundar un club. Esposos Inaguantables Anónimos. Reconoció el papel del estudio fotográfico en el paquete que traía Fiona. ¿Fotos, también? Tendría que poner un letrero en su casa. Fuera de servicio. Naufragado. Inservible.

–Como has dicho, Fiona, es demasiado pronto.

Ella se encogió de hombros.

–Pensé que la mayoría de los hombres deseaban eso. Volver a estar libres.

Hasta ahora iban bastante bien, pero Fiona se estaba descarriando. Stern se palmeó los muslos, dando a entender que debía irse.

–Bien, quizá tengas razón. Las mujeres conocen mejor a los hombres.

–No me des la razón, Sandy. Siempre te comportas así con los demás. Tengo razones para preguntártelo.

Era autoritaria, sin duda. Stern guardó silencio mientras Fiona, al fin, recobraba la compostura.

–Sandy, quiero que mires esto. Debo hacerte una pregunta.

Le dio el paquete.

–¿Qué es, Fiona?

Ella meneó la cabeza y le pidió que mirara. No quería dar explicaciones. Stern sintió abrumadoramente la ausencia de Clara. Esta escena nunca habría ocurrido semanas atrás. Fiona, aun borracha, no se habría tomado la libertad de retenerlo.

Cuando abrió el paquete, encontró una casete de vídeo.

–Sólo te pido que lo mires.

Ella señaló un cuarto contiguo. Stern desistió de oponer resistencia. Con Fiona era inútil.

Encontró el aparato de vídeo y pulsó los botones; era diestro con las máquinas. Unas figuras vibraron en la pantalla en medio de una secuencia. La imagen era de mala calidad, casera. El color de la piel era demasiado rosado. Pero mostraba bastante. Los primeros cuadros presentaban a una mujer joven que de pronto salía de foco, desnuda como había llegado al mundo. Era esbelta y de pechos pequeños. Estaba sentada en una cama y sonreía a la cámara con aire inofensivo. Stern se preguntó qué significaría esa mujer desnuda para Fiona, pero pronto reconoció la voz de Nate en la banda sonora: las palabras sonaban ininteligibles, pero Stern, bebiendo un sorbo de jerez, no tuvo deseos de elevar el volumen. Comprendía lo suficiente: Nate era el cámara.

Extrañamente su primera reacción fue de pena por su vecino. ¿Cómo se había hecho esto a sí mismo? No había nada particularmente obsceno en las poses de la muchacha. En un momento cruzó las piernas y mostró zapatos negros de tacón alto. Cuando Nate acercó la cámara, el triángulo de vello púbico fue más visible, partido por los brillantes labios rosados de la vulva. Había algo casi inocente en las imágenes. Sereno. Nate y la joven se conocían bien. Ella sonreía como si estuviera en una playa.

Cuando Stern acercaba un dedo al botón de detención, la imagen vibró; la pantalla se ennegreció, trazó rayas y se llenó otra vez de imágenes. El confuso Stern tardó un instante en comprender. Nate había vuelto la cámara sobre sí mismo. Aun desenfocado, el pene blanco y tieso resultaba reconocible; las perspectivas eran difíciles de discernir, pero Nate parecía ser un hombre de proporciones generosas. La imagen saltó de nuevo y se concentró finalmente en lo que Nate sin duda había querido grabar. Las distancias eran demasiado cortas para el alcance focal de la cámara y ante todo se veía el pelo de la joven, borroso como una estera de cuarto de baño. Pero sin duda cerraba los labios rojizos sobre el extremo del miembro de Nate. «Esto es grandioso –decía Nate en la cinta–. Grandioso.» Stern alcanzó a entender eso. La felación de Nate quedaba preservada para siempre en la cinta.

–Entiendo –dijo Stern, al tiempo que paraba el vídeo.

Fiona había permanecido junto al carrito de bebidas, de espaldas a la pantalla.

–Bastante desagradable, ¿no crees? El hijo de perra me dijo que de noche iba a Alcohólicos Anónimos. ¿Qué te parece?

–Fiona... –dijo Stern, sin saber cómo continuar.

–Esto es lo que quiero saber, Sandy. –Fiona le puso más cubitos en el vaso; aún no se había vuelto hacia Stern–. Si inicio los trámites de divorcio, ¿puedo usar eso en un tribunal?

Stern retrocedió de inmediato. No quería quedar atrapado en una pelea entre vecinos. Le explicó que su práctica no incluía casos matrimoniales. Los diversos tribunales seguían distintos procedimientos.

Ella lo interrumpió con brusquedad

–No me vengas con chorradas, Sandy. ¿Sí o no? ¿Qué opinas? Aún no estoy preparada para recurrir a un abogado. Sólo quiero saber cuál es mi situación.

De pronto Stern notó que estaba tenso. La cinta lo había contrariado. Le molestaba más de lo esperado saber que el matrimonio Cawley, otra parte de su vida, se estaba desmoronando. Sin embargo, al fin respondió.

–Es posible que se acepte como prueba.

–En realidad no cabía duda. Cualquier abogado sensato hallaría muchas formas de usar esa cinta.

–Bien, ese día el pequeño bastardo lo lamentará, ¿verdad? Durante años le dije a Nate que no puede costear un divorcio. Ahora verá qué significa eso. –Fiona erguía la barbilla en un gesto desafiante. Era difícil no tener miedo de su obvio regodeo en el dolor que se proponía infligir–. ¿Sabes dónde estaba la primera vez que vi eso, Sandy? En la tienda. Nate me pidió que llevara la cámara para hacerla reparar. El dependiente me mostró la cinta que había adentro y me preguntó qué era. Lo proyectó con la cámara (¿sabes cómo hacerlo?) y me miró con aire extraño. Un chico de veinte años. ¿Y sabes qué hice? No lo creerás. Fingí, Sandy. No se me ocurrió otra cosa. Fingí que eran imágenes mías.

Rompió a llorar, desde luego. Stern se sorprendía de que hubiera aguantado tanto. Tuvo la sensación de que Fiona tenía razón. La joven se le parecía bastante. La misma esbeltez, los mismos pómulos altos. ¿Un rayo de esperanza, o una señal nefasta? ¿O sólo un nuevo indicio de que algunas personas siempre cometían el mismo error? Desde luego, ya no le extrañaba que Nate no lo hubiera llamado.

–Fiona, estás alterada.

–¡Claro que estoy alterada! –gritó ella–. No seas paternalista, demonios.

Él se le había acercado para serenarla, pero decidió quedarse donde estaba.

–Nate no sabe que he visto la cinta. No soportaría tener que aguantar sus explicaciones. –Miró ferozmente a Stern–. Y tú no digas nada. Aún no he decidido qué voy a hacer.

–No, no, claro que no –respondió Stern, aunque costaba creer que Nate, que a fin de cuentas le había dado la cámara, fuera inocente en todos los aspectos. Pero Fiona no comprendía los enfoques complejos de la intención humana. Tenía una visión estrecha, un alcance limitado: sus emociones sólo oscilaban entre la vaga hostilidad y la cólera absoluta. Ahora estaba flagelándose y en consecuencia podía causarse grandes daños, como lo había hecho al pedir a Stern que mirara esa cinta, creyendo que avergonzaría a Nate ante los vecinos respetables y descubriendo, en cambio, que no soportaba la humillación. Tal vez era mejor que eludiera el enfrentamiento con el marido. Bromeando, Clara y él se habían prometido con los años que nunca se confesarían sus infidelidades. Una broma, pero con su agudeza. Resultaba difícil imaginar una explicación amorosa para estos asuntos. En cualquier caso, él había tenido la suerte de vivir su matrimonio sin infidelidades, no de las carnales, al menos.

Stern trató de mostrarse solícito. Muchas parejas continuaban, le dijo a Fiona, pero ella no le prestaba atención. Estaba sentada en el borde de una silla, a poca distancia, sollozando. Stern le observó las mejillas manchadas de colorete, el pelo teñido.

–¿Sabes lo que más me duele? Que me lo haga ahora. Ahora. Hace veinte años siempre había algún hombre. Yo bajaba del coche y los hombres me miraban por la calle. Me comían con los ojos. Yo podía sentirlo. Pero él tiene que ir en busca de la fuente de la juventud. ¿Para qué? ¿Qué le parece tan maravilloso? ¿Qué efecto le produce esto? ¿Das crédito a tus ojos? El gran semental. –Fiona lloró más ruidosamente y se acercó el vaso a la mejilla–. ¿No crees que yo también puedo hacerlo? Siempre pensé que al menos me respetaba. Yo puedo hacerlo. Le dejaré filmar películas. No me importa. Bájate los pantalones, Sandy. Te la chuparé. Venga.

Por un instante la mirada de Fiona cobró mayor intensidad y Stern tuvo la convicción de que avanzaría hacia él. Tal vez ella incluso lo intentó y vaciló. Algo sucedió durante ese instante en que él no vio con claridad a causa de su alarma.

–Oh, qué te importa –murmuró ella.

Se había puesto en pie pero se sentó mientras hablaba. Stern no entendió el comentario. Tal vez significaba que él no tenía compasión;

pero había una insinuación extraña en la voz, en ese tono dominante, la sugerencia de que él era una cosa abyecta sin derecho a resistir.

–Fiona...

Ella agitó la mano.

–Ve a casa, Sandy. Estoy perdiendo el juicio.

Él aguardó un instante, para que ella se recobrara un poco.

–Le diré a Nate que quieres verlo.

–Sí, por favor –respondió Stern, y se despidieron con esa extraña nota de decoro.

Esa noche no pudo dormir. Clara había sufrido largos períodos de insomnio y a menudo pasaba el día con mirada contrariada y ojos esquivos. Algunas noches Stern se levantaba y la encontraba despierta junto a la lámpara de lectura de su lado de la cama. Al principio le había preguntado qué le pasaba. Ella siempre daba una respuesta tranquilizadora pero evasiva, y con el tiempo él reaccionó ante esos episodios mascullando que apagara la luz. Ella obedecía, pero permanecía sentada en la oscuridad. Cuando esto se prolongaba varias noches, él proponía algunas sugerencias, pero Clara era demasiado estoica para exponer sus problemas en el diván de un psiquiatra. Como Stern, creía que al final había que enfrentar a solas esos problemas. Bien, ahora era él quien no podía dormir.

Se sentó con la almohada apoyada en el cabezal. La luz de la mesilla era la única encendida en toda la casa. Cogió una historia de Braudel, luego la dejó en la mesilla de noche. No le resultaría fácil olvidar el episodio con Fiona. Desde su cuerpo parecía surgir un campo de fuerza, un aura casi eléctrica. Se dirigió al solario a oscuras para beber un trago. Vodka con soda, algo que había visto pedir en un bar. Corrió la cortina, miró la casa de los Cawley. El BMW de Nate estaba en la calzada circular y la única luz llegaba desde las lámparas de la calle y la luna, rozando las ventanas oscuras. ¿También Fiona estaría insomne o dormiría profundamente, agotada por la ira y la obsesión?

Regresó al dormitorio con la bebida. Con el alcohol, las sensaciones se volvieron más fuertes y localizadas. Sus genitales parecían cantar. Con cierta timidez, evocó la grabación de vídeo. Una imagen lo fascinaba, un alineamiento lateral en el objetivo de la cámara mientras observaba la cabeza de la mujer que chupaba a Nate y captaba el resplandor del pelo, el reluciente puente de la nariz y el miembro pálido y húmedo que crecía entre sus labios con cada movimiento. Ligeramente ebrio, no pudo resistir su propia excitación. Su órgano palpitó, alzando la ropa de cama. Tres semanas atrás habría pensado que nunca más respondería a tales estímulos.

De pronto se preguntó qué habría ocurrido allí. Si la furia y la desesperación hubieran impulsado a Fiona, ¿la habría detenido? «Oh, qué te importa.» Aún no captaba el sentido de la frase de Fiona, pero lo había estremecido, como si fuera un tentador mensaje de libertinaje. ¿Qué le importaba?

–Absurdo –mascullό en voz alta, y trató de dormir, enfadado por permitirse esas fantasías con Fiona. ¡Fiona! Era una de esas criaturas que nunca le habían resultado atractivas. Pero ahora, mientras vacilaba en las fronteras del sueño, se le confundía con la joven con quien Nate la había traicionado. Clara había engordado quince kilos desde el nacimiento de Peter y Stern no recordaba que eso le molestara. Pero ahora evocaba el cuerpo delgado de esa mujer mucho más joven, que se mezclaba con Fiona en el sueño. A las cinco se durmió profundamente y luego despertó de repente. Había tenido un sueño crudo y directo en el cual reemplazaba a Nate; tenía el pene erecto, ardiendo de necesidad sexual y urinaria. ¿Qué débil gesto, se preguntó con repentina languidez, se habría requerido para acelerar su reacción? Imaginó que tocaba una flauta.

Antes de las seis fue a la oficina. El cielo se teñía de gris y rosa, como una pradera. La noche de insomnio lo sacaba de quicio, no lograba concentrarse y las sensaciones de sus brumosos sueños persistían. Detrás del escritorio permaneció excitado, con un cosquilleo en las yemas de los dedos, el vello de los nudillos. Y oía, remota pero insistente, esa voz insinuante:

«Oh, qué te importa.»

6

Tres años atrás Stern había representado al representante de la Oficina Fiscal de Kindley, acusado de asesinar a una compañera, en la fiscalía del condado. Había sido el juicio de la década en el municipio, ya que reveló crudas pasiones e intrigas políticas, y en poco tiempo Stern había llamado la atención sobre sí mismo en todo el país. Su importante clientela creció después significativamente. Antes había tenido un socio, pero ahora empleaba a tres abogados más jóvenes y todos ellos insistían últimamente en que se necesitaba por lo menos uno más. Uno de los abogados que trabajaba para Stern, Alec Vestos, se encargaba exclusivamente de asuntos civiles y en general actuaba por su cuenta; Stern, aun después de tres décadas, no dominaba del todo los interminables trámites de los procedimientos civiles: declaraciones, interrogatorios, requerimientos. Los otros dos –Raphael Moya y Sondra Duhaney– habían sido abogados de oficio y acudieron a Stern en la misma época, dos años atrás. Seguían casos penales en el tribunal del condado, mientras que Stern era el principal responsable de los casos penales federales.

Alec, Raphael y Sondra eran capaces de afrontar la mayoría de los problemas sin ayuda y pilotaban la nave desde la muerte de Clara. Stern había reducido mucho sus horas de trabajo. Después de sus noches de desolación, por la mañana se sentía acuciado por imágenes de sus sueños, a menudo demasiado hirientes para recordarlas del todo. Se quedaba en la cama con la sensación de estar cubierto por una pátina, viéndose de manera abstracta y distante, como una figura en el aire, como una de esas almas errantes que atravesaban el fondo de un Chagall o un astronauta apenas sujeto a la cápsula, alguien que no estaba en ninguna parte, en ningún campo de gravedad, y que en cualquier momento podía perderse en el ilimitado universo. Cuando lograba levantarse, se sentía agotado en cuanto atravesaba la puerta de la oficina.

Los hábitos de una vida le imposibilitaban enfrentarse a los problemas legales con indiferencia; la ley siempre lo cautivaría, tal como algunos niños siempre se sienten fascinados por determinados juguetes. Aún se sabía en plena posesión de su genio, pero no brindaba toda su dedicación. Los problemas y necesidades de sus clientes superaban sus actuales recursos. Stern conservó en sus manos una cantidad limitada de asuntos y delegó el resto a los abogados más jóvenes. Cada día recibía informes de sus colegas, se reunía con algunos clientes, examinaba apelaciones, llamaba por teléfono y acudía al tribunal y pasaba el resto del día divagando. Decía que pensaba en Clara, pero no era del todo cierto. Meditaba sobre cualquier cosa: anuncios de televisión, pintadas en un callejón, los niños y sus desdichas, los comestibles que necesitaba, las facturas, las actividades de jardinería, las cuatro o cinco ocasiones en que había prometido regresar con Clara al Japón y no había efectuado el viaje, ni siquiera los preparativos. La semana anterior se había pasado el día leyendo folletos sobre un nuevo sistema de procesamiento de textos.

Había dado el trabajo por terminado y se preparaba para su noche de vagabundeo por la casa cuando Alec apareció con un fax que había llegado hacía un instante a la sala de correos. Eran cerca de las siete y reinaba el silencio en la oficina. Sólo quedaban los abogados, quienes estudiaban documentos ahora que habían dejado de sonar los teléfonos. El mensaje que había recibido Stern –una portadilla y una carta– identificaba a Dixon como remitente desde su magnífica casa de piedra del condado de Greenwood, donde tenía el despacho repleto de aparatos: fax, ordenadores, indicadores automáticos, módems. Dixon era un ejecutivo moderno que se mantenía al día. Luego sonó el teléfono, el número privado de Stern.

–¿Lo recibiste? –preguntó Dixon.

–Lo estoy estudiando.

El caso de Dixon era uno de los pocos a los que Stern prestaba atención permanente. Había rastreado a los tres clientes de Dixon mencionados en la citación del gobierno y con quienes no había tenido contacto previo. Todos ellos disponían ya de abogados, los cuales confirmaron que habían estado en contacto con el FBI, pero sólo uno estaba dispuesto a brindar a Stern copias de los documentos que había pedido el gran jurado. Esa semana, Al Greco, de la oficina de Dixon en Du Sable, había llamado con el nombre de dos grandes clientes locales que habían recibido citaciones para requerir la misma clase de documentos. El interés específico del gobierno ya no resultaba evidente.

Sin embargo, el fax enviado por Dixon ofrecía alguna aclaración. Era de su banquero personal del First Kindle, quien anunciaba que más de un mes atrás el banco había recibido otra citación del gran jurado. Según la carta, los agentes habían visitado el banco y habían examinado las anotaciones de la cuenta corriente de Dixon. Luego, según la orden de la citación, habían exigido copia de todos los depósitos que había hecho Dixon y los cheques que había extendido el año anterior en sus tres cuentas personales del banco. Fue una tarea exhaustiva que exigió el trabajo de varios empleados buscando a través de rollos de microfilm, pero el banco, al fin, tenía previsto entregar esos datos la semana siguiente. El FBI, como de costumbre, había pedido discreción, pero el banquero, tras consultar con sus abogados, había resuelto avisar a Dixon por si deseaba presentar alguna objeción. La carta describía este gesto como un acto de heroica desobediencia a favor de un valioso cliente, pero en realidad era rutinario.

–¿Qué significa? –preguntó Dixon.

Muchas cosas, según sabía Stern. En primer lugar, que Dixon era el blanco de la investigación gubernamental y que de algún modo habían averiguado con qué banco trabajaba. A estas alturas, meses atrás, Stern habría encendido un puro, un modo de darse tiempo para pensar. Sus dedos aún buscaban el elegante cenicero de cristal del escritorio, como si sus nervios tuvieran un instinto propio. Según sus cálculos, hacía veintinueve días que se había fumado el último cigarro, el día en que había viajado a Chicago. Sabía que ésta era una sombría idea sudamericana, la idea de una penitencia, un apolillado bagaje católico que aún arrastraba desde la adolescencia, y para colmo siendo judío. Era típico de los modos imprevisibles en que la Argentina lo rondaba a veces.

–Significa –dijo Stern– que el gobierno está buscando dinero. El gobierno cree, Dixon, que de algún modo tú has sacado provecho ilegal de estas enormes transacciones que tienes a cargo.

Dixon guardó silencio.

–Pamplinas –replicó al fin–. ¿Qué suponen? ¿Que robé todo ese dinero y lo transferí a mi cuenta corriente para que todos se dieran cuenta? ¿Tan estúpido me suponen?

Stern no respondió. Dixon era convincente en su indignación, pero la serie de acontecimientos descrita por el banquero –el hecho de que los agentes hubieran examinado primero las declaraciones– indicaba que ellos creían seguir la pista correcta. Dixon había admitido la última vez que las órdenes que el gobierno investigaba tenían suficiente volumen como para alterar los precios de los mercados. Tal vez determinados operadores habían pagado a Dixon para que les informara sobre los planes de sus clientes. Eso encajaría. El fiscal querría examinar los cheques personales que Dixon hubiera recibido de otros miembros de los centros bursátiles.

–Además, si están buscando dinero que yo deposito, ¿para qué diablos necesitan mis cheques cancelados? –preguntó Dixon

–Generalmente buscan tus cheques no por lo que hay en el frente sino en el dorso. –Dixon no pareció comprender–. Examinando las imposiciones, Dixon, ellos pueden identificar otras cuentas, otras instituciones financieras con las cuales hayas tenido trato. Si no encuentran lo que buscan en esta cuenta, indagarán las otras.

–Sensacional –masculló Dixon, y de nuevo guardó silencio. Stern garrapateó el borrador de una carta dirigida al banco, pidiendo copias de la citación y los documentos que entregarían al gobierno. Como bien sabían los abogados del banco, no había fundamento para que la entidad no accediera a esta solicitud–. Esa tía es realmente cargante. –Al parecer Dixon hablaba de Klonsky–. Lo quiere todo. Margy me dijo que los documentos que solicitaron ya ocupan media habitación. –Algunas cajas, le había dicho Margy a Stern, pero él vería por sí mismo. Iría a Chicago la semana entrante para revisar los documentos antes de entregarlos al gobierno–. Sabes cómo la llaman, ¿verdad? –preguntó Dixon–. ¿Klonstadt? ¿Has oído esto? La Sin-Tetas.

Dixon rió. Los viernes por la noche en Gil's, entre cuyas paredes de postiza elegancia los abogados federales se reunían para intercambiar información sobre los juicios del momento y los problemas profesionales, Stern había oído el apodo y nunca le había gustado ese humor patibulario.

Dixon estaba profundamente contrariado. Ofendido. Exasperado. La habilidad de Klonsky superaba sus expectativas. Pero en su malhumorado énfasis en la presunta gracia de ese apodo vulgar, Stern detectó por primera vez un tono familiar. Stern lo había oído durante décadas: el gimoteo del hombre acorralado. Miedo. Susto. Como quisiera llamarlo. Era el sonido de una incipiente corrosión interna de murallas que se derrumbaban. Ese tono en la voz de Dixon comunicó a Stern mismo algo muy cercano al miedo. Era evidente, a partir de su conocimiento del apodo de la fiscal, que Dixon no había seguido el consejo de no hablar con nadie acerca de la investigación. En la sauna del club, en algún rincón del vestuario donde solía hablar de los precios del grano o las muchachas con quienes le gustaría follar, Dixon había contado sus problemas a alguien, tal vez un abogado, dada la información que había obtenido. Sólo cabía esperar que fuera una persona discreta.

–¿Sabes cuál es la última? –continuó Dixon–. Se supone que no sé nada de esto, pero dos agentes del FBI estuvieron toda la semana en Datatech buscando registros de una cuenta de MD. Me he enterado hoy.

Stern emitió un sonido gutural. No era extraño que Dixon se sintiera acorralado. Datatech era la firma que se encargaba del procesamiento de datos de Dixon y preparaba las tabulaciones por ordenador de todas las cuentas de MD.

–¿Qué cuenta, Dixon?

–La cuenta de errores de la compañía.

–¿Qué es eso, por favor?

–Lo que oyes. La cuenta donde despejamos errores. El cliente quiere comprar guisantes y en cambio le compramos maíz. Cuando nos damos cuenta de lo que hemos hecho, le compramos guisantes y trasladamos el maíz a la cuenta de errores, así que nosotros nos quedamos con el maíz, no el cliente.

–¿Y el gobierno quiere los registros de esa cuenta?

–Más que eso. Esos payasos pidieron a Datatech que preparara una revisión especial por ordenador. Quieren sólo los errores cometidos en transacciones de la Bolsa de Productos de Kindle.

–¿Kindle? –preguntó Stern.

–Correcto. –Dixon esperó–. No tiene sentido, ¿verdad?

–No –respondió Stern. Las transacciones sobre las que venía pidiendo información el gobierno se habían efectuado en la Bolsa de Chicago. Los errores que ahora deseaba examinar surgían, según los informes de que disponía Dixon, de operaciones realizadas en la bolsa local más pequeña. Era como investigar transacciones de la Bolsa de Nueva York solicitando documentos de la Bolsa de San Francisco. Desconcertante. Pero la inquietud de Dixon sugería a Stern que el gobierno seguía el camino correcto–. ¿Quién te ha contado todo esto, Dixon? ¿Lo del FBI y Datatech?

–Me lo han dicho confidencialmente. En Datatech se cagaron encima cuando vieron la citación. Pago a esos cretinos trescientos mil dólares al año y ahora prometen que no me dirán nada.

–De acuerdo. ¿Pero tienes razones para creer en la exactitud de esa información?

–Una joven. La conozco hace tiempo. No me vendría con tonterías. Le prometí que no se sabría que fue ella. No quiero que la Sin-Tetas se entere.

–Desde luego –lo tranquilizó Stern.

Para Dixon, como para otros operadores financieros, la palabra empeñada era sagrada. Se podía asestar una puñalada por la espalda sin remordimientos, pero un trato hecho de frente no se rompía.

–¿Durante cuánto tiempo seguirá con esto? –preguntó Dixon–. Me refiero a Kronstadt, o como se llame.

–Klonsky. Es imposible saberlo.

–¿Meses?

–Años, teóricamente.

–Por Dios. ¿Pueden seguir enviando una citación tras otra? ¿Incluso a mí?

–Si existe un propósito de investigación legítimo, sí. –A través de la línea, Stern oyó el chasquido metálico del encendedor de Dixon–. ¿Hay algo en concreto que te preocupa, Dixon?

–Nada –suspiró Dixon–. ¿Pueden conseguir algo con una citación?

–No te entiendo, Dixon.

–Supongamos que tengo material personal. ¿Pueden solicitarlo?

Stern esperó. ¿Qué estaba diciendo Dixon?

–¿Dónde se encuentra ese material privado, Dixon?

Stern oyó cómo su cuñado chupaba el cigarrillo, evaluando cuánto debía revelarle.

–Mi oficina. Ya sabes, hay una pequeña caja fuerte. En el fondo de mi armario.

–¿Y qué hay allí?

Dixon emitió un sonido equívoco.

–En general –dijo Stern.

–Asuntos personales –respondió Dixon.

Stern se humedeció los labios. Dixon era un experto en parquedad. A veces había cierta camaradería entre Stern y el cuñado. Dixon era un hombre sagaz con un agradable sentido del humor y a veces resultaba fácil disfrutar de su compañía. Él y Stern iban juntos a ver partidos de béisbol y competían en los deportes que Stern podía practicar. A los dos les gustaban los aparatos y había dos tiendas de la calle Charles Este que sólo visitaban juntos, una tarde al año. Sin embargo siempre habían existido límites absolutos, establecidos por una tácita mezcla de rivalidad, reprobación, desconfianza. Stern permitía que Dixon le callara cosas a menudo. No quería una lista de las aventuras amorosas de Dixon ni de sus prácticas dudosas. Con los años esta relación abogado-cliente había resultado más grata para ambos que todo intento de fingir una intimidad familiar. Stern sólo preguntaba lo que la ley exigía con sus rigores y sus reglas, y Dixon escuchaba con atención y respondía con cautela.

–¿Te refieres a asuntos realmente personales, Dixon? ¿Datos que te pertenecen sólo a ti y no a la empresa, que se prepararon fuera de la empresa y a los cuales no das acceso al personal de la empresa?

–Exacto. ¿Pueden conseguir eso con una citación?

Stern reflexionó. Nunca era partidario de dar estas opiniones en el aire. El cliente siempre ocultaba algún detalle que lo alteraba todo.

–En general, no se te puede obligar a entregar datos personales, salvo con garantía de inmunidad. Es improbable que eso ocurra en este momento de la investigación. Claro que una orden de registro es otra cuestión.

–¿Orden de registro?

–Las investigaciones de agencias de corretaje a veces son muy desagradables. Según lo que busquen los fiscales, a veces deciden echar mano de todos tus documentos. Si empiezan por la oficina y consideran que faltan documentos, examinarán tu casa.

–¿Será mejor que traslade ese material? ¿Eso me aconsejas?

–Sólo si te preocupa que caiga en manos del gobierno. Si esa idea te molesta por alguna razón, quizá te convenga guardar la caja fuerte en algún lugar menos accesible.

–¿Dónde?

–¿Qué tamaño tiene? –preguntó Stern.

–Treinta por treinta –dijo Dixon.

–Entonces puedes mandarla aquí. Los fiscales federales son reacios, aún hoy, a investigar las oficinas de abogados. La orden requiere aprobación especial del Departamento de Justicia de Washington, y ese procedimiento apesta a violación del derecho de contratar abogados. Es muy poco metódico, desde la perspectiva oficial.

–¿Y cómo consigo la caja fuerte, si necesito algo?

Stern rehusó decir lo evidente. Dixon ya había dejado en claro que no tenía intención de mostrarle el contenido.

–Te daré una llave de la oficina. Ven a mirar cuando quieras. O, mejor aún, ¿qué te parecería otro abogado que no esté involucrado en este asunto? La oficina de Wally Marmon sería excelente.

Era la gran compañía que representaba a Dixon en asuntos convencionales de negocios que Stern rehusaba manejar.

Dixon soltó un gruñido.

–Me cobrará alquiler –objetó Dixon–. Por hora. Y se pondría nervioso. Ya conoces a Wally.

Tal vez Dixon tuviera razón en ese sentido.

–Si no te convence este arreglo, Dixon, deja la caja donde está. O llévala a casa. Como abogado tuyo, preferiría verla aquí.

Sería mejor tener la zona íntima de Dixon claramente delimitada. Sólo Dios sabía dónde terminaría todo si Dixon tenía acceso permanente a una caja negra donde podía guardar cualquier documento buscado por el gobierno y cuyo contenido lo ponía nervioso. Tanto el cliente como el abogado podían llegar a lamentarlo mucho.

Al fin, Dixon dijo que enviaría la caja la semana siguiente.

–Encárgate tú de todo –decidió Stern–. Si sólo tú sabes dónde está la caja, nadie puede indicar al gobierno dónde buscarla.

–¿Qué significa eso? –preguntó Dixon.

Stern esperó de nuevo. No quería alarmarlo. Por otra parte...

–Dixon, debo decirte que estoy convencido de que el gobierno tiene un informante.

–¿Un informante?

–Alguien que está cerca de ti o de la empresa. La información de que dispone el gobierno es demasiado precisa. Las transacciones. Tu banco. Quién se encarga del procedimiento de datos. Además, lo que desean dar a conocer presenta un extraño orden. Sospecho que les interesa desorientarte en cuanto a sus fuentes de información.

–Creo que les interesa demostrar su puñetera astucia –masculló Dixon.

–Debes reflexionar acerca de esto, Dixon. La identidad del informador podría ser fundamental para nosotros.

–Olvídalo, Stern. No sabes cómo es. Cada chacal de la Bolsa de Kindle que haya querido clavarme los colmillos en los cuartos traseros puede estar pasando datos a esos tíos. –Dixon usaba un tono amargo cuando se refería a sus críticos y competidores–. Pero yo reiré último. Recuerda lo que te digo. Recuérdalo bien. Ahora cerraré el pico, porque tú me lo aconsejas. Pero cuando todo esto haya terminado, todavía estaré en pie, y saldaré algunas cuentas.

Dixon no estaba habituado a ser vulnerable ni a sufrir restricciones. La necesidad de ambas cosas lo enfurecía. Continuó junto al teléfono un instante más, jadeando como un toro. Tras lanzar sus promesas de triunfo y venganza, no tenía más que decir. Tal vez reconocía la futilidad de esas palabras. El gobierno continuaría exigiendo documentos, asustando a sus clientes, cortejando a sus enemigos, examinando cada conexión mundana que él valorase. A través de la distancia de dos condados, Dixon parecía reflexionar sobre su mundo de secretos expuestos. Eso era lo que siempre lo había protegido: no sus amistades o alianzas, ya que tenía pocas. Ni siquiera su fortuna o el poder de su personalidad.

Dixon era como Calibán o como Dios: inescrutable. Las actuales circunstancias lo ofendían profundamente.

–Ya verás –repitió Dixon antes de colgar.

7

–No hagas nada –dijo la mujer del otro lado de la línea–. Te llevaré la cena.

–¿Quién habla? –preguntó Stern–. ¿Helen?

–Sí, claro, soy Helen. Espero no molestarte. Tan sólo pasaré y me iré. Tengo una reunión.

Debía de haber llamado a intervalos de cuarto de hora, pues él había estado en casa sólo unos instantes.

–Eres muy amable –agradeció Stern, mirando el inidentificable guiso que ya se descongelaba en el fregadero–. Ven.

De manera que la nación de las mujeres reaparece. Claro que Helen Dudak tal vez no tenía interés en ser directa. Los Dudak y los Stern habían intercambiado favores durante veinte años. Como parejas, habían estado vinculados principalmente por los hijos. Kate había sido la mejor amiga de Maxine, hija mayor de Helen. Las dos familias tenían las mismas ideas acerca de cosas que parecían de suma importancia cuando se llevaba una familia: pedir permiso antes de levantarse de la mesa, la cantidad de golosinas admisibles por día, la edad correcta para conducir solo o para salir de noche con un chico. Los Dudak eran gente agradable, de principios, con valores razonables, preocupados por sus hijos. La relación se había asentado sobre ese terreno estrecho pero firme. Stern apenas conocía el mundo interior de Helen. Clara nunca había considerado a Miles y Helen como una pareja interesante y en los últimos años, ante los muchos cambios, las relaciones se habían modificado un poco. Maxine había estudiado administración de empresas, se había casado y vivía en St. Louis; Helen se había divorciado de Miles Dudak hacía tres años. Avispada, curiosa, independiente, estaba resuelta a superar el patetismo y la humillación de las tristes circunstancias en que su esposo, rico propietario de una compañía de fabricación de embalajes, con quien había vivido más de veinte años, se había largado para casarse pocos meses después con una secretaria de treinta.

Desde la ventana de la cocina, Stern la vio llegar con una gran cartera y una batería de recipientes de papel de aluminio. Tengo que comprar bauxita, pensó Stern mientras observaba a Helen, quien avanzaba hacia la puerta con las bandejas apiladas bajo la barbilla.

–Helen, por Dios, estoy solo. –Stern cogió algunos recipientes y la acompañó a la cocina–. Aquí hay suficiente para seis personas. Para dieciséis. –Desenvolvió una bandeja de pollo y quedó cautivado por el aroma. Ajo y buena cocinera. Formaba parte de su imagen esencial–. Debes compartirlo conmigo. Sería una lástima poner todo esto en el congelador. ¿Tienes tiempo para cenar antes de la reunión? Quédate, por favor. Me agradará tu compañía.

Helen titubeó, pero al fin se quitó la chaqueta. ¿Esto estaba planeado? Stern lo dudaba. Helen no era calculadora, aunque sin duda le complacía que la hubiera invitado. Stern llevó el impermeable al armario. Era una prenda marrón de marca prestigiosa: Miles no había comprado su libertad a bajo precio. Helen ya había encontrado platos y cubiertos y estaba poniendo la mesa de la cocina cuando Stern regresó. Admiró que Helen tuviera la sensatez de no transformar la ocasión en una reunión más auspiciosa en el comedor, pero aun así había cierta animación especial mientras Helen caminaba de la mesa a los armarios. Aquí estaban, personas maduras. Su esposa había muerto cinco semanas atrás. Pero él estaba solo y ella no tenía compromisos y ambos parecían casi dolorosamente animados a raíz de eso.

Él tenía interés. No se lo podía ocultar a sí mismo. Desde aquella noche en casa de Fiona, cada mujer que veía lo excitaba de algún modo. Para Stern resultaba desconcertante. Como él decía, últimamente no había sintonizado ese canal. Claro, pensaba. Admiraba a cien mujeres al día con sólo trasladarse al centro. Pero había practicado un olvido deliberado. Era uno de esos hombres satisfechos con su madurez, una edad asentada, en que las preocupaciones sexuales se podían olvidar cómodamente sin mengua para su masculinidad. Ahora, casi contra su voluntad, recibía un ávido y eufórico mensaje de su organismo. No podía imaginarse como compañero de otra mujer –aún era demasiado pronto–, pero no obstante miró con interés sensual a Helen cuando caminó pasillo abajo para traer una botella de vino.

Ella era una persona bastante atractiva. Su cintura había engordado un poco, pero Stern no era quién para criticar ese aspecto, y aunque Helen pareciera un poco endurecida por la experiencia, había en ello algo resueltamente atractivo. Tenía el pelo rojizo, de un color zorro, realzado por el tinte, pero reseco por la edad y por lo tanto al borde de lo incontrolable. Tenía las piernas bien formadas; prácticamente no tenía trasero; su cara era grande, de rasgos toscos, pero agradable a su modo. Helen tenía un aire curtido: humor, angustia y dignidad. Stern tenía la impresión de que había sufrido mucho con la partida de Miles, pero era una persona fuerte, tal vez no muy inteligente, pero sólida. Había resistido con valentía, justamente convencida de que no merecía ese insulto.

–Bien, éste es un placer inesperado –comentó él cuando sirvieron la comida–. ¿Qué has hecho con estas patatas, Helen? Son realmente deliciosas.

Helen reveló el proceso. Stern escuchó con atención. Le gustaban las patatas.

Ella le habló de sus negocios. Tenía formación de agente de viajes pero anhelaba algo menos mundano y se había dedicado a planear convenciones. Las organizaciones grandes la contrataban para preparar los lugares, los hoteles, las presentaciones. Trabajaba desde su casa con un fax y una centralita. Un principio duro, pero ya estaba encaminada. Contó la historia con buen humor, como una conversadora amena dispuesta a mantener ese frágil aire de camaradería.

Sonó el timbre. Mirando por los cristales de la puerta principal, Stern vio a Nate Cawley, que parecía sumido en sus cavilaciones y se había vuelto para mirar hacia el viento. Era un hombre menudo, esmirriado. Tenía el cabello gris, y escaso, unos mechones le ondeaban en la brisa. Estaba a punto de llover; abril siempre era húmedo en Kindle. Nate había salido sin abrigo y saltaba para no enfriarse. Llevaba un cardigan y unos pantalones a cuadros azules.

–Bienvenido, Nate. –Helen se había levantado de la mesa y miraba hacia el vestíbulo. A pesar de la distancia, Stern intentó presentarlos–. ¿Conoces a Helen Dudak?

–Naturalmente. –Nate inclinó la cabeza con rigidez; siguió un momento de embarazo. Nate no se movió. A todas luces pensaba que había interrumpido algo, y Stern tuvo una reacción instantánea de disgusto, sin duda anticuada, pero fuerte, pues no le gustaba que lo vieran solo con una mujer en su casa. No quería que Nate llevara ese mensaje a Fiona para que ella lo transmitiera de inmediato a todo el vecindario. Stern extendió una mano regordeta y magistral para recobrar la iniciativa.

–Estamos gozando de una magnífica comida que ha traído Helen, Nate. ¿Quieres probar un espléndido pollo Vesubio, o te apetece un trago?

–No, Sandy. Sólo he venido un momento. Fiona me dijo que me buscabas. –Nate se disculpó por ser difícil de encontrar. Tenía mucho trabajo. Ya lo creo, pensó Stern. Sólo Dios sabría de qué habría hablado con Fiona, aunque sin duda ella había ofrecido una versión abreviada. A pesar de tener un aire preocupado, Nate no parecía saber que Stern y Fiona habían pasado un momento comentando un vídeo donde él había grabado su erección.

Stern lo condujo a su despacho.

–¿Tienes idea del motivo de este análisis?

–Eh, Westlab –dijo Nate. Estudió la factura antes de devolverla–. No trabajo mucho con ellos.

–Al parecer, Clara consultó a un médico durante el último mes.

Nate se tomó un momento para recapacitar.

–¿De dónde has sacado esta idea?

Stern explicó las notas de la agenda de Clara.

–Francamente, Nate, pensé que eras tú. No encontré facturas de médico. –Nate, médico y vecino tradicional, a menudo trabajaba a crédito y rara vez extendía facturas a Clara. Después de la reunión en la oficina de Cal, Stern había examinado atentamente la libreta de cheques de Clara. También había registrado la correspondencia. Sospechaba, le aclaró a Nate, que Clara estaba enferma–. Algo grave –añadió en voz baja–, insoportable.

Nate, piadosamente, captó el rumbo de la conversación. La cara se le ablandó: un gesto de dulzura a menudo practicado con los pacientes.

–No, no, Sandy. No había nada de eso, nada que yo sepa.

–Entiendo. –Guardaron silencio, algo agobiados por la situación.

Tal vez Nate consideraba incorrecto que Stern hurgara en los documentos de la esposa o tal vez se sentía incómodo ante la presencia de Helen. Sus respuestas sonaban algo forzadas–. Supongo que me desorientó el comentario de Fiona de que a veces le traías medicación a Clara.

–Fiona –repitió Nate, y una sombra de disgusto le cruzó la cara. Stern comprendió que era un error haber repetido una frase de su esposa borracha–. A Clara le dolía la rodilla este invierno, Sandy. Le di un antiinflamatorio.

–Ah –dijo Stern.

Ambos continuaban mirándose.

–Sandy, ¿quieres que llame a Westlab? Averiguaré de qué se trata.

–Yo puedo hacer eso, Nate.

–No, deja que lo haga yo. A mí me dirán más que a ti. Suponiendo que hablen con alguien. Si no fuera por vosotros... –Nate, a su manera amable y familiar, iba a presentar a Stern las típicas quejas del médico acerca de los abogados y su reciente impacto en la práctica médica, pero se interrumpió–. Podría ser un error. A veces las facturas se traspapelan. Tal vez confundieron a una Stern con otra.

La idea parecía rebuscada, pero de pronto todo quedó claro.

–Cielos. –Stern se llevó una mano a la boca–. Tengo una idea. –Clara había recibido la cuenta, pero no el resultado del análisis. Eso habría sido, como sugería Nate, para alguien más: Kate. Análisis de embarazo u otra cosa. Kate había dicho que habían tenido problemas. Tal vez se los había confiado a la madre, quien, como de costumbre, habría insistido en ayudar con los gastos. Eso explicaría que a Kate la afectara tanto que Clara hubiera muerto sin saber que había sido un éxito médico, y por qué no habían recibido ninguna factura de médico. Algo se agitó en él, pero de pronto todo se asentó con la solidez de una respuesta correcta–. Sospecho, Nate, que esto está relacionado con el embarazo de Kate.

–Claro –dijo Nate. De pronto se le iluminó el semblante–. Eso ha de ser.

Se dirigió de inmediato a la puerta, feliz de haber solucionado el asunto.

–Nate, si tengo más preguntas, tal vez te pida que llames al laboratorio de todos modos.

–Claro –respondió Nate–. No hay problema. Tan sólo telefonea.

Al salir, Nate se volvió para saludar a Helen con la mano. Helen aún tenía la mano levantada con aire tristón cuando Stern regresó. Se había quedado sentada, sin comer. Sin duda sabía que el hechizo se había roto. Era evidente en él, la conspicua presencia del misterio de Clara, las muchas complicaciones. Era un pez en una red. Ahora nada cambiaría eso.

–Te pido disculpas –dijo Stern–. Tenía que hacer ciertas preguntas. Él fue el médico de Clara.

–También es el mío –comentó Helen.

–Ah, así pues lo conoces.

Helen empezó a comer. Había música en la radio: Brahms. Stern se sentó en la silla de mimbre con plena conciencia de su peso, de su sustancia terrenal. El dolor volvía a agobiarlo.

–¿Clara estaba enferma, Sandy? No lo sabía.

–Al parecer, no.

Stern dio breves explicaciones. La factura. Sus pensamientos. Helen, que los había conocido a ambos tanto tiempo, asentía a cada palabra con una mirada intensa.

–Entiendo –dijo.

Ambos callaron.

–Ignoro por qué ocurrió esto –espetó de repente Stern. Ante otras mil preguntas, tácitas y abiertas, había conservado un digno silencio que implicaba que el tema le resultaba demasiado doloroso. Pero Helen Dudak era un alma demasiado cálida para recibir solamente respuestas tan cortantes–. Supongo que la gente habla del asunto.

Hacía tiempo que quería hacerle esa pregunta a alguien.

–¿Acaso me creerías si lo negara?

Él sonrió.

–¿Y qué dicen?

–Cosas tontas. Cosas agradables. ¿Quién conoce la vida de los demás, Sandy? Me refiero a conocerla de verdad. La gente está desconcertada, claro. Nadie está seguro de haber conocido a Clara. Ella era muy poco comunicativa.

–En efecto –murmuró Stern, torciendo el gesto.

Helen evaluó la respuesta.

–Debes de estar muy furioso –dijo al fin.

A la rueda de emociones hirvientes, la tensa angustia, el profundo abatimiento, Stern no le había dado este nombre. Pero desde luego, ella tenía razón. En la hondura de los huesos, como una dosis de radiación, sentía el ardor de intensas emociones, furia era la palabra adecuada. Nunca le había gustado esta sensación. Digno hijo de su madre, el hermano de Jacobo había crecido pensando que la furia era una emoción adjudicada a otros por arreglo previo. Él era un hombre sereno. Ahora, cierta vergüenza lo volvió reacio a dar su pleno acuerdo.

–Supongo que sí –admitió.

–Sería comprensible –continuó Helen.

Mascando un bocado, él meneó la cabeza.

–Sin embargo, no es eso lo que predomina.

–¿No?

Stern negó de nuevo con un gesto. La tremenda agitación de sus emociones, siempre presentes, le hacía imposible obedecer a su habitual reserva.

–Dudo de mí. He fracasado. –Con estas palabras y su fatal precisión, tuvo la sensación de haberse atravesado con una flecha–. Está claro.

–¿Y qué me dices de ella? –preguntó Helen.

Alzó los ojos, pero Stern advirtió que ella medía las preguntas, palpando las regiones de ternura para ver hasta dónde podía sondear. Stern decidió que era una representación admirable.

–¿Clara fracasó?

Helen no respondió. Reflexionó sobre la pregunta. Stern entendía la sugerencia, pero no podía pronunciar en voz alta una palabra que colgaba en el aire como humo: «traición.» El misterio de la situación era más profundo y complicado. Comprendió por primera vez que se había empeñado en no pronunciarse sobre el asunto. De nuevo, sin decir palabra, meneó la cabeza: algo que no debía saber ni decir.

Helen aguardó un instante.

–No puedes juzgarlo todo por el final, Sandy.

Stern asintió. Helen tenía parte de razón.

–Hablo por experiencia. Lograsteis algo magnífico entre los dos. Formabais una pareja maravillosa.

–Oh, sí –dijo Stern–. A mí me gustaba hablar y a ella no.

Helen sonrió pero se reclinó para observarlo con cierto distanciamiento.

–Eres demasiado cruel contigo mismo. –Le cogió la muñeca y él reaccionó, a pesar de su abatimiento, ante las sensaciones de un contacto femenino–. ¿Soy buena amiga? ¿Puedo hacer una sugerencia? –Helen tenía las manos bronceadas y fuertes, las uñas sin pintar–. ¿Estás viendo a alguien, Sandy?

¡Cielos, de nuevo! ¿Qué era la moralidad contemporánea?

–Helen, claro que no.

Mirando el plato, Helen Dudak reprimió una sonrisa.

–Me refería a un terapeuta.

–Ah –dijo Stern. Su impulso inicial fue categórico, pero simplemente respondió–: Por ahora no.

–Podría ser de ayuda.

–¿Es una opinión informada?

–Claro que sí. Un divorcio en la madurez es más duro que un partido de hockey.

El tono jovial hizo sonreír a Stern. Notaba que Helen venía de la escuela del autoperfeccionamiento. Casi una ciudadana del siglo pasado. Creía en la fuerza de la voluntad, o, como se decía ahora, en la autodeterminación. Todos somos existencialistas y podríamos ser lo que quisiéramos con las indicaciones adecuadas. ¿Algo te fastidia en ti mismo? Sácalo. Deja que el psiquiatra te dé un toque nuevo. Una vena profundamente conservadora inducía a Stern a desconfiar de estas conclusiones. Era mucho más difícil que eso. Comprendió que Helen y él se atenían a credos filosóficos diferentes. Optó por usar una broma como salida diplomática.

–En cambio hablaré contigo.

–Acepto –dijo Helen.

Sonrieron, celebrando haber sobrevivido a un instante difícil, pero guardaron unos segundos de silencio. Helen al fin preguntó por Kate. Durante el resto de la cena pisaron un terreno seguro, hablando de sus hijos.

A las nueve ella se levantó. Iba a llegar tarde a la reunión. Stern la acompañó hasta la puerta, agradeciéndole la comida.

–Eres una buena amiga, Helen.

–Eso me proponía ser –respondió ella.

–Ha sido la velada más grata que he tenido en mucho tiempo.

–Descubrió, al decirlo, que había en ello una gran verdad. Impulsado por la gratitud, añadió–: Debemos repetirlo.

–De acuerdo –aceptó Helen.

Se miraron unos instantes. Él era demasiado novato en estos asuntos para comprender en qué se metía con estas palabras. Sin saber qué hacer, le cogió la mano y se la besó cortésmente.

Helen alzó los ojos mientras abría la puerta.

–Cielos –exclamó–. ¡Realmente encantador!

Meneó la cabeza y se alejó riendo con su enorme cartera y el impermeable marrón.

8

A veces Stern se aventuraba hasta el lejano barrio donde Kate y John habían comprado una pequeña casa suburbana, recién construida y frágil como un juguete, para cenar. La casa estaba tan lejos del centro que todavía había maizales y la tierra llegaba hasta la puerta delantera, pues Kate y John aún no habían podido plantar césped. En el frente se erguía un arbolito joven y delgado, cuyas hojas diminutas susurraban como encaje cuando soplaba el viento.

Kate atendía a su padre procurando consolarlo, pero como de costumbre se ocupaba principalmente del esposo. A veces los periódicos publicaban noticias sobre gemelos que guardaban un contacto tan estrecho que desarrollaban un lenguaje propio. Lo mismo ocurría con Kate y John. Estaban sumidos en sus pequeños sonidos: susurros, murmullos, la tímida risa de Kate. Un universo de dos. Stern había conocido a otras parejas así, personas sintonizadas con las mutuas peculiaridades como si éstas fueran una música extraña que las afectaba como opio. Habían estado juntos desde la escuela secundaria y, por lo que Stern sabía, eran el único hombre o mujer que cada cual había conocido a fondo. Este candor tenía su propia belleza. Uno constituía para el otro el resto del mundo: Adán y Eva. Ying y Yang.

Resultaba difícil imaginar el ingreso de un hijo en este mundo de dos dimensiones, pero en todo caso el embarazo de Kate parecía haber intensificado el estremecimiento del amor. John se apresuraba a ayudar a su esposa a levantarse, la besaba con embeleso mientras se dirigían a la cocina con los platos. Al observar los oscuros ojos de la hija fijos en el marido, Stern se sentía extrañamente afectado por el amor que ella experimentaba. El pobre John era un pelmazo de primera clase. Su más importante logro consistía en haber sido el mejor atacante de la década en una escuela que tradicionalmente tenía equipos mediocres. Los deportistas ambiciosos que pensaban codiciosamente en agentes, bonificaciones y la Liga Nacional literalmente lo habían arrollado en la Universidad de Wisconsin. Según los entrenadores, John tenía el tamaño y el talento, pero no el impulso. Esto no constituía una novedad para Stern, quien había presentado su propio informe años atrás. Pero aquí había un importante añadido posterior: trataba a su esposa con infalible dulzura. En un mundo duro, donde la decencia rara vez triunfaba, un mundo lleno de brutalidad y crudeza, y aún de personas bienintencionadas pero emocionalmente atascadas, como Stern mismo, John sobresalía, un hombre de disposición amable y gran ternura. Si no contaba con el carácter implacable de un triunfador, había descubierto otra cosa en sí mismo y la compartía con Kate. ¿Quién se hubiera negado a aceptarla?

Mientras John cruzaba el patio para sacar la basura, Stern se quedó con su hija en la cocina. Kate y John acababan de lavar los platos y ella enjuagaba un mantel.

–*Cara,* quería hacerte una pregunta –dijo Stern–. El otro día llegó por correo una cosa que me intrigó. ¿Te acompañó tu madre últimamente al médico?

Kate lo miró sin comprender. Incluso en sandalias, era un poco más alta que él, morena y bella, con el pelo lacio y los rasgos perfectos.

–¿Recientemente?

–En los últimos meses.

–No. Claro que no. Ya te dije que ella no sabía nada.

–Pero quizá... ¿Tu madre pudo haber recibido la cuenta de uno de tus análisis?

–Papá, ¿de qué hablas?

Kate se había alejado del fregadero. Reaccionaba bruscamente ante toda mención de Clara y de pronto Stern decidió no continuar. La respuesta era suficiente.

Le tocó el hombro para calmarla y entró en la sala, todavía llena de cajas y sillas, para reunirse con John, quien se había dirigido al televisor cuando regresó a la casa. En esos instantes Stern sentía una gratitud casi religiosa por la invención de deportes televisivos que ocuparían los pocos instantes que se sentía obligado a pasar con el yerno. Esa noche los Tramperos, el pésimo equipo de béisbol de las tres ciudades, estaban en pantalla, y John y Stern intercambiaron ideas sobre las perspectivas de la temporada que acababa de empezar. Siempre ocurría lo mismo con los Tramperos: jóvenes estrellas que se largaban cuando les aumentaban el sueldo, jugadores que golpeaban con fuerza en cuanto escapaban de la pequeña cancha de los Tramperos. Stern, que había estudiado béisbol apasionadamente al aprender el modo de vida americano, disfrutaba con las observaciones del yerno. John tenía un ojo de atleta para los matices del trabajo físico: el *shortstop* lanzaba sin equilibrio. Tenack, el magnífico campista derecho, trataba de golpear la bola desde arriba, como lo hacía cada abril. John, que usaba gafas para ver la tele, se las acomodaba sobre la nariz mientras imágenes del campo verde le flotaban en los lentes. Parecía absorto como un niño, con el alma y el corazón encadenados a la gracia y gloria de los estadios; cuando John miraba, casi se oía el rugido entusiasta de la multitud en sus oídos.

Largos momentos transcurrieron mientras Stern esperaba las observaciones de John, a las cuales añadía algún comentario propio. Stern rara vez preguntaba a John acerca del trabajo; resultaba evidente que nunca respondería con franqueza, temiendo que sus respuestas, que quizá bordearían la queja, llegaran a Dixon. John había tenido un comienzo lento en MD, pasando con desconcierto por los departamentos de contabilidad y autorización antes de hallar un lugar en el despacho, donde Stern suponía que su trabajo aún no era brillante. Estaban sentados a ambos lados de la pantalla reluciente, John miraba el juego como un zombi, con la atención sin duda acentuada por la presencia del suegro. Stern recordaba reacciones similares, en el mismo período de su vida, ante su imponente suegro, Henry Mittler. En estas evocaciones comprendía a John, pues Stern en el fondo siempre estaba dispuesto a reprocharle que no fuera mejor, más listo, más hábil, más capaz de despertar en Kate algo loable, en vez de permitirle reposar en la blandura de la vulgaridad.

Cuando pasó el tiempo suficiente para dar por cumplidas las formalidades, se despidió de John y fue a ver a Kate a la cocina, dispuesto a marcharse. Al verla, sin embargo, recordó que sus últimas palabras lo habían desconcertado. Si la factura de Westlab no era para Kate, ¿qué ocurría? Estaba de nuevo como al principio

–Kate –dijo, tras un abrazo de despedida–, ¿estás segura de que no había ninguna factura tuya que pudiera haber ido a tu madre?

–Papá, es imposible. ¿Qué te sucede?

Kate lo miró incrédula y se encogió de hombros, a la defensiva. Había parecido muy evidente, muy típico de Clara, que los hijos estuvieran involucrados.

Stern tuvo otro pensamiento y se quedó rígido en medio de la cocina. Ahora lo comprendía.

Lo había pasado por alto. Pero ahora sabía por qué Clara no había recibido la factura del médico; por qué Peter se había mostrado tan nervioso ese día al pensar en la autopsia. Porque el médico era él, el hijo de Stern: Peter había ordenado el análisis y había decidido cumplir con una promesa que le había hecho a la madre. Stern comprendía la necesidad de guardar secretos profesionales, pero no podía evitar la sospecha de que su hijo disfrutaría de esta ventaja sobre el padre, que le daba un dominio exclusivo sobre una parte final de la vida de ella. ¿Estarían los demás también al corriente?

–Kate. –Ella lo observaba, alerta ante la mirada abstraída del padre–. ¿Sabes si tu madre recibió atención médica de Peter?

–¿Qué?

De pronto ella abrió la boca, la cara rígida de alarma. Era evidente que la sugerencia le parecía rebuscada. La pregunta que se leía en sus ojos era fácil de discernir: ¿su padre había perdido el juicio? Le preocupaba que él expresara estas ideas extravagantes, una tras otra.

¿Estaba en un error? La luz de la cocina parecía repentinamente intensa. Por primera vez en la vida sintió una profunda sensación de dislocación que instintivamente supo propia de los ancianos. Kate tenía razón, desde luego. Sumido en sus preocupaciones, había perdido sus cabales. ¿Qué había ocurrido con sus tradicionales hábitos de prudencia, tacto y discreción? No podía ir a ver a su hijo con esta idea estrafalaria. Si acusaba erróneamente a Peter aun de las manipulaciones mejor intencionadas, la previsible reacción sería de enfado; las consecuencias sacudirían lo poco que quedaba de la estructura familiar. Tendría que buscar de nuevo a Nate Cawley y pedirle que llamara al laboratorio. Era el modo más discreto de resolver el misterio.

–Era sólo una idea –le dijo a Kate–. Olvídalo.

Tomó a su hija de la mano y le besó la sien. Le agradeció la cena y la tranquilizó con un gesto, dando a entender que estaba bien. Pero sintió una creciente irritación cuando caminaba hacia la calzada a lo largo de la autopista. Siguiendo las luces de los otros coches en su Cadillac –éste era su auto, un sedán de Ville; la agencia de ventas se había llevado el de Clara en esa procesión de cambios, tras el momento de la muerte, que ahora él recordaba como un montaje cinematográfico–, experimentó las mismas emociones contradictorias. Se estaba hartando de las sombrías sorpresas de Clara, de aquel mundo oculto, de las enormes sumas gastadas y las enfermedades secretas. En su confusión, empezaba a sospechar de sus hijos. ¡Era culpa de ella, pensó de golpe, de ella! La declaración casi vibró en él.

Cerca de su casa paró frente a una tienda. Aún le costaba hacerse cargo de ciertas tareas domésticas. Claudia recitaba su lista de la compra desde la oficina, y la tienda entregaba las bolsas por la puerta trasera. Pero siempre faltaba algo: queso cremoso, leche. Nunca tenía suficiente zumo de naranja. Esperando en la fila, observó con admiración a dos jóvenes negras que estaban delante, ligeras de ropa a pesar del fresco de la primavera, hablando en su rápida jerga, arrolladoras en su extravertida sexualidad. De nuevo sintió la corriente de alto voltaje de la energía sensual. ¿Qué le sucedía? Signos de vida, se dijo, naturales, pero había algo salvaje e imprevisible en ese afán. Cualquier mujer lo excitaba. ¿Era racista pensar que sería tan extraño como un marciano para esas mujeres? Con todo, se dejó llevar por la imaginación. ¿Cómo lucirían esos senos opulentos y pardos, de piel suave y pezones gruesos? Su imaginación acarició estos pensamientos. Estaba asombrado y excitado.

De vuelta al aparcamiento, se sentó en el coche, un poco sorprendido de sí mismo. ¿Cómo podía llegar a eso? Por esta avidez adolescente se hubiera dicho que no había compartido una vida apasionada con Clara, lo cual no era cierto. Cuando joven la había deseado, y más de casados que antes, cuando parecían interponerse tantas cosas, y aunque la edad y el tiempo habían aplacado los sentidos, esa hambre no se había perdido del todo. A fin de cuentas, un hombre y una mujer siempre eran eso, opuestos y misteriosos, y en el acto de unión y exploración había cosas más mágicas y solemnes que en el más antiguo ritual. Otras parejas, de su edad y mayores, aludían a la extinción de estos impulsos. Una noche Dick Harrison le había dicho a Stern: «Lo levanto y parece translúcido». Pero tres o cuatro veces por mes Clara y él realizaban esa unión fundamental, cuerpos crujientes, hinchados y viejos, como decía ella, que se acercaban en la cama para fundirse como diez mil veces antes. Últimamente Stern había intentado recordar la última ocasión, y descubrió que había sido más de un mes antes de la muerte. Otra señal que debió tener en cuenta. Pero tenía un juicio, estaba nervioso y distraído, y después de varios años nadie desea fomentar pequeñas crisis. Los cuerpos se distanciaban y volvían a unirse. La imagen evocaba una radiografía, una forma en el espacio negativo: abriéndose y jadeando, cerrándose, aferrándose, como las alas de una mariposa en la oscuridad, las paredes del corazón.

Ahora aquella mujer lo había abandonado en los Estados Unidos de finales de siglo, donde las pautas de la actividad sexual aparecían en portadas de revistas que se vendían en el puesto que había detrás de la tienda. ¿Estaba preparado para ello? La incómoda verdad era que no tenía pasado del que ufanarse, ninguna memoria reconfortante de los pecadillos juveniles de Alejandro Stern. La geografía había estado contra él. Argentina, con sus gauchos y su machismo, tal vez habría sido un lugar más propicio para pasar la adolescencia. La lujuria masculina era allí un asunto mucho más público, un legado de los antepasados italianos y españoles. Su hermano, incluso a la edad de quince o dieciséis años, había tenido bastantes aventuras. Tenía muchas mujeres, o eso decía: rameras, muchachas indias, mujeres mayores ansiosas de energía juvenil. Stern aún recordaba claramente que había escuchado cautivado el relato de la iniciación de Jacobo, a los trece años, con una joven muy delgada, que llevaba un vestido de noche negro sin hombreras, a quien había conocido en el vestíbulo del Roma, un sórdido hotel del centro de Buenos Aires. Meses después, Jacobo afirmó que la había reconocido en la calle con hábito de monja, caminando con los ojos bajos en medio de una fila de novicias que salían del convento de Santa Margarita. Stern, cuarenta y cinco años después, aún consideraba turbadoramente excitante el recuerdo de aquella mujer, a quien imaginaba con ojos hundidos y pechos pequeños.

Pero su juventud en los Estados Unidos de los años cincuenta no había incluido aventuras tan exóticas. Los puritanos imperaban de nuevo y la sexualidad parecía ser un rasgo especialmente impropio en un extranjero moreno, un impulso tan sospechoso como simpatizar con los izquierdistas. El deseo físico era otro afán vital que de forma voluntaria postergaba para satisfacción futura, aun con Clara, con quien no se habría acostado antes de la boda si ella no hubiera insistido en que disfrutarían más de la luna de miel si dejaban de lado esa angustia. Dos semanas antes de la ceremonia, en la sala de Pauline Mittler, llena de brocados orientales y cristales vieneses, con todas las luces encendidas por temor a que alguien lo notara en la casa, Clara se había quitado el corsé y las medias, se había levantado la falda y se había recostado en el diván rojo de la madre. Por muchas razones, Stern lo había considerado un acto de asombrosa confianza. ¿Y él? Estaba aterrado y también un poco ultrajado, exasperado por la indignidad de aquella mecánica sorda. Treinta y un años después esas emociones conservaban su realidad, aún en el auto a oscuras, el recuerdo de una noche de intensas emociones en que había experimentado confusión, estímulo e irritación. Pero había actuado; también recordaba eso. Con esfuerzo había liberado el pene erecto de los pantalones y Clara Mittler se había transformado en la primera –la única– mujer de su vida.

9

Stern había visto Chicago por primera vez a los trece años, al final de un recorrido por tierra que su madre, Silvia y él habían realizado desde Argentina. Aquel viaje había sido impuesto por la relación de su madre con un hombre llamado Gruengehl, un abogado que le había dedicado sus atenciones desde la muerte del padre de Stern. Era un personaje destacado en uno de los pocos sindicatos antiperonistas, y después de su encarcelamiento, sus amigos y colegas habían ido a casa de Stern para ayudarlos a hacer las maletas. La ruta del exilio ya estaba dispuesta. En 1947, cuando muchas personas extraviadas de toda Europa reclamaban el ingreso en Estados Unidos y cuando los lazos diplomáticos de Argentina con Estados Unidos eran dudosos después de la guerra, la inmigración legal resultaba problemática. Habían viajado en tren hasta Ciudad de México, y desde allí habían cruzado la frontera como otra familia más de braceros. En Brownsville habían abordado un tren hacia el norte.

Stern, desde joven, había sabido que Argentina no era su destino. Su padre, un médico, había abandonado Alemania en 1928 y siempre había lamentado que los nazis le hubieran impedido regresar. Su padre siempre comparaba desfavorablemente la vida en Argentina con la que había conocido antes: la calidad de los bienes, de la música, de los materiales de construcción, las carencias de la gente. Jacobo, a quien Stern admiraba tanto, se había transformado en un sionista ferviente que predicaba desde que Stern tenía nueve años la gloria de Eretz Israel. Cuando Stern se apeó del tren en Chicago, creyó que su vida comenzaba. Siguieron hacia Kindle, donde los esperaban unos primos de su padre, pero Chicago encarnaría siempre su idea de Estados Unidos, con sus macizos y fuliginosos edificios de ladrillo, piedra y granito, llena de chimeneas y hoscas multitudes; la tierra de Gary Cooper, del acero, los rascacielos y los automóviles. En cada rostro reconoció ese día a los esforzados hijos de inmigrantes.

Más de cuatro décadas después, Alejandro Stern regresó a esa ciudad; era un hombre eminente con sus propios problemas. En el quinto piso de la Bolsa de Chicago esperó en la sala de Maison Dixon hojeando documentos que en realidad no comprendía. Fuera, en la vasta sala de transacciones de MD, unos ochenta hombres y mujeres en ropa informal trabajaban activamente detrás de una centralita donde parpadeaban veinte líneas y una hilera de tubos de rayos catódicos. En esas pantallas relucientes fluctuaban cifras que centelleaban como peces en el mar: dólares y centavos, guisantes y aceites, la jerga de los mercados: alto, bajo, abierto, volumen, cambio. Los teléfonos gorjeaban y diferentes voces pugnaban por hacerse oír. «¿Alguien quiere comprar viejos bonos a seis más?» «Está en marcha, en marcha.» «Te apuntaré en marcos alemanes.» Entre una llamada y otra, esos jóvenes, que manejaban cuentas de clientes y de la empresa, lanzaban comentarios sardónicos. Un sujeto gemía con acento burlón: «Oh, el mercado, es como una mujer, primero te quiere, después no, nunca se decide». Una atractiva rubia que tenía al lado le respondió clavando el dedo medio en el aire.

–¿Lo has entendido?

Margy Allison, la operadora principal de Dixon, había regresado un instante para ver cómo andaban las cosas. Había pasado casi toda su vida adulta en este negocio, casi exclusivamente en Maison Dixon, y al parecer aún la excitaba. Parecía sugerir que no había nada complicado en las pilas de papel que rodeaban a Stern; hasta una tonta muchacha de Oklahoma podía entenderlo. A Margy le gustaba ofrecer números así para diversión de sus amigos del norte. Aunque tenía título universitario, prefería la pose de tosca muchacha pueblerina.

–Creo que necesitaremos un contable –dijo Stern.

Margy hizo una mueca. Era la encargada de pagos y tenía fama de cerrar bien los puños. Cada vez que firmaba un cheque contaba cuántas cosas se compraban en el campo con un dólar.

–Yo puedo organizar ese material.

Sin duda era capaz, pero no tendría tiempo. Con la introducción de las transacciones internacionales y las sesiones nocturnas de los mercados, Maison Dixon estaba abierta las veinticuatro horas y a cada momento había problemas que resolver. Margy siempre tenía ante sus puertas una fila de escribientes, secretarias y recaderos con chaquetas abolsadas y grandes placas de plástico en los bolsillos delanteros. Stern le dijo que ella no tendría tiempo para dedicar las horas que ese trabajo requería.

–Si piensas cobrarnos tu habitual tarifa por horas, Sandy, puedo invertir mucho tiempo. –Margy sonrió, pero había dicho lo que quería–. Sin duda estás en una de esas enormes habitaciones de hotel que tomas cuando pagamos nosotros, tan grande como para representar esa ópera de los elefantes. Podemos llevar estos documentos allá y examinarlos. Siempre, desde luego –Margy parpadeó–, que quieras correr el riesgo de estar a solas conmigo.

Adoptó el papel de vampiresa, una atleta sexual femenina. Formaba parte de su papel de muchacha de campo dura, la clase de mujer que uno imaginaba fumando un cigarrillo en el bar de un hotelucho. Stern no sabía cuál era la verdad, pero ella lo había provocado a menudo con los años, tal vez como un modo de adularlo o quizá porque suponía que era inofensivo. Ahora, la mera sugerencia bastaba para excitarlo. Siendo Stern como era, cambió de tema.

–¿Tienen algo que ver estos documentos con la cuenta de errores, Margy? –preguntó, recordando la reciente llamada telefónica de Dixon.

–¿También quieren eso?

Margy, casi tan irritada como Dixon por la insistencia del gobierno, fue a buscar un empleado que reuniera los datos de la cuenta de errores. Por eso Stern viajaba adonde estaban los documentos. Siempre se necesitaba algo.

Stern suponía que en algún momento de los últimos veinte años Margy había sido una de las amantes de Dixon. Quizá casi todo el tiempo. Era demasiado atractiva para no haber llamado la atención de Dixon. Pero las cosas no habían salido bien. Stern se sorprendió de la cantidad de conjeturas que realizaba acerca de este tema. Gradualmente había llenado las lagunas, había comprobado sus especulaciones con observaciones y las había dado por ciertas. Pensaba que Margy había esperado mucho tiempo a que Dixon abandonara a Silvia; que ella era el núcleo de la crisis que había estallado años atrás cuando Silvia echó a Dixon de la casa; y que había dado la batalla por perdida cuando Dixon regresó al hogar. Durante un par de años Margy había trabajado en otra compañía. Pero no había manera de administrar MD sin ella. Hasta Silvia lo habría reconocido. Se le ofreció Chicago como una zona propia, y el título de presidente de media docena de sucursales, por no mencionar un generoso ingreso anual. Ella había aceptado las condiciones, fiel a los negocios de Dixon, y tal vez incluso a él, la rechazada y heroica mujer de una de esas baladas rurales que tarareaba desde la infancia. Ésa era la imagen que evocaba Margy: una de esas mujeres sureñas que se erguían en el escenario con voz vibrante, cabello tonsurado y maquillaje, tristes y fascinantes, duras y sabias.

Al fin llegó el empleado. Los registros de la cuenta de errores fueron a parar a la mesa junto con el resto. Stern contempló los documentos, pero supo que no iba a ninguna parte. Cada vez que Stern se hallaba en una habitación llena de papeles maldecía la avaricia que lo llevaba a desempeñar lo que decorosamente se llamaba «tarea oficinesca» para una clientela de embaucadores de traje y corbata que ocultaban sus delitos causando estragos en los bosques.

Margy reapareció, apoyándose la cara en la mano manicurada y recostándose lánguidamente en la jamba de metal. El desconcierto de Stern era evidente, pero Margy sonrió con indulgencia; Stern siempre le había caído bien.

–¿Quieres que te ayude? Lo haré con gusto, en serio. Haremos como te he dicho. Lárgate de aquí. Dame un cuarto de hora.

Fue más de una hora y media, pero al fin uno de los mensajeros bajó cuatro cajas de documentos y los cargó en el coche de Margy. Ella avanzó por las sinuosas calles del Loop[1] hacia el Ritz. Conducía el automóvil, un modelo rojo extranjero, como un piloto de pruebas. La madre de Stern había sido nerviosa e histérica. Clara era suave y digna. Eso era para Stern la gama conocida de conducta femenina. Esta mujer, a decir verdad, era más fuerte que él. Podía atravesar con mayor rapidez una pista con obstáculos o resistir más tiempo a la tortura. Al observarla, se sintió admirado e intimidado.

Esta evidencia de las aptitudes de Margy decía mucho de Dixon, pensó Stern de pronto. Era un error verlo como un mero conquistador lascivo que tallaba muescas en la pistola o reunía mariposas para la colección. Dixon valoraba a las mujeres, confiaba en ellas, escuchaba sus consejos. En presencia de una mujer daba rienda

1. Centro de la ciudad de Chicago.

suelta a su encanto y su humor, una energía casi eléctrica. Incluso Stern, a pesar de su innata rivalidad, simpatizaba más con él. Por otra parte, las mujeres respondían a las atenciones de Dixon. Era una de las simetrías de la naturaleza.

Claro que esas atenciones no eran desinteresadas. Con Dixon siempre convenía tener en cuenta las segundas intenciones. Los mercados, tensos, veloces, agotadores, estaban llenos de drogadictos y alcohólicos; Dixon buscaba un alivio más natural: follar. La cremallera más rápida del Oeste, lo habían llamado en una ocasión. Stern no conocía los detalles. Era el cuñado, desde luego, el aliado de sangre de Silvia, y Dixon no era tan tonto como para poner a prueba la lealtad de Stern. Pero nadie, y menos Dixon, podía guardar en total secreto una ocupación tan permanente. A veces su puro deleite lo superaba y se confiaba a Stern como a tantos otros hombres. Dixon, por ejemplo, tenía la costumbre de registrar el número exacto de mujeres que veía al día y que le inspiraban las fantasías más elementales. «Treinta y una», decía, cuando lo saludaba una empleada de hotel. «Treinta y dos», cuando miraba por la ventana y veía una mujer subiendo a un autobús. Un año, en el Rose Bowl, afirmó haber visto doscientas sesenta y tres entre estudiantes y animadoras a la mitad del partido, a pesar de que lo seguía atentamente.

Por lo general los intereses de Dixon resultaban menos divertidos. Stern estaba con él en el aeropuerto, pasando por el detector de metales, cuando Dixon vació los bolsillos en la bandeja destinada a objetos personales y arrojó un paquete de profilácticos con tanta naturalidad como si fuera chicle. Eso había sido años atrás, cuando los condones aún no eran tema de conversaciones decentes. Por los comentarios posteriores, Stern dedujo que en cuestiones de higiene personal, como en muchas otras cosas, Dixon era un pionero, obsesionado con la protección mucho antes de que fuera norma general. Pero la guardia de seguridad, una mujer joven, se ruborizó visiblemente, más horrorizada que si Dixon hubiera sacado un cuchillo. Incluso Dixon, mientras caminaba hacia la puerta del aeropuerto, manifestó cierto pesar. «Tendría que hacerme plastificar la verga.» Como el carné del club o la foto de los chicos. Al parecer ni la abstinencia ni la continencia eran posibilidades viables.

Testigo de estas andanzas, Stern procuraba no manifestar interés. Pero prestaba atención. ¿Quién no lo haría? A veces le parecía poder recordar los detalles de cada una de las historias procaces de Dixon. Y Dixon, que nunca pasaba por alto un punto vulnerable, había reparado en esa afición de Stern. Una ocasión en que él y Dixon viajaban por Nueva York, Dixon entabló una animada conversación con una camarera, una joven portorriqueña de rasgos suaves y belleza seductora que parecía disfrutar con las sonrisas insinuantes y el humor obsceno de Dixon. Cuando la camarera se alejó de la mesa, Dixon descubrió que Stern la miraba con los mismos ojos que él.

–¿Sabes qué sensación te produce tocar una hembra de esta edad?

–Dixon, por favor.

–Es diferente.

–¡Dixon!

Stern recordaba que había cortado con especial energía lo que tenía en el plato y que masticó con aire bovino. Pero cuando alzó los ojos, notó que Dixon aún lo observaba con satisfacción, feliz de ver la confusión que había provocado.

En el hotel, Margy se puso a sus anchas. Se quitó los zapatos antes que el camarero hubiera dejado los maletines y lanzó sobre la cama la chaqueta de seda del traje. Cogió un menú, encargó una cena al servicio de habitaciones y luego abrió el minibar.

–¡Cómo necesito una copa! –exclamó.

Stern pidió un jerez pero no había, así que bebió whisky con Margy.

Cuando Stern empezó a vaciar los maletines, ella le cogió la mano.

–¿Cómo te va, Sandy Stern?

Tenía un aire dulce y atento, sentada en la cama. No habían mencionado la muerte de Clara. Stern se preguntaba si ella lo sabía siquiera. De pronto, Margy le pareció un hombro para llorar, con la disponibilidad provocativa de un campo abierto. Él nunca sabía cómo interpretar sus actitudes. Tenía un aspecto imponente, lo que otras mujeres consideraban «compacto»: cabello rizado, ropa cara. Tenía las cejas pintadas de tal modo que le llegaban a las comisuras de los ojos y le daban el aire misterioso de un gato siamés. Era una mujer robusta y atractiva, con un busto opulento. Movía las caderas de un modo que Stern, a lo largo de los años, había encontrado llamativo cuando ella se paseaba con sus faldas de *tweed* o se inclinaba sobre un escritorio. Era brillante y ambiciosa; con los años había ascendido de secretaria a ejecutiva. Pero tenía un aire de estar marcada por la vida. Soy la pizarra en blanco. Escribe algo. El mensaje era triste.

–Me las apaño, Margy –dijo Stern–. Claro que ha habido tiempos mejores. Parece ser cuestión de adaptarse. Día a día.

–Así es– convino Margy, y asintió. Se consideraba una experta en tragedias–. Eres un tipo encantador, Sandy. Los que menos lo merecen son los que más sufren en esta vida.

Esta declaración campechana hizo sonreír a Stern. Miró a Margy, echada sobre la cama, y sus pies con medias.

–Sobreviviré –dijo Stern, y después de esta predicción, notó que en algo había mejorado.

–Claro –lo animó ella, y al cabo de un instante le soltó la mano–. La vida continúa. Pronto te acosarán todas esas muchachas maduras con el corazón reblandecido, así no te sentirás tan solo. Ya sabes, viudas y divorciadas que pasarán a saludarte, esperando que no estés muy triste, cuando regresan del salón de belleza.

Margy creía conocer las intenciones de todo el mundo. Stern rió en voz alta. Sin poder evitarlo, recordó la visita de Helen Dudak. Parecía que incluso Margy era más coqueta de lo que se habría mostrado un par de meses atrás. En todo caso, no estaba acostumbrado a tantas atenciones. Las mujeres siempre lo habían considerado simpático y de confianza, pero nunca había captado insinuaciones.

Trabajaron un rato antes de que llegara la cena. Stern apiló los documentos sobre la moqueta según las categorías que requería la citación y se los mostró. Ella se tendió en la cama, la barbilla baja, descalza, agitando las piernas como una niña. Había encontrado una lata de pistachos en el minibar, y la abrió con las uñas pintadas. Las cáscaras chocaban con ruido metálico contra el fondo de la papelera. El camarero trajo un carrito con un compartimento para calentar comida y alzó los costados para formar una mesa. Margy también había pedido vino. El camarero intentó servirle una copa a Stern, pero ya estaba mareado por el whisky.

Ella dejó los documentos y empezó a comer ávidamente en cuanto el camarero alzó la tapa de acero. La gente hacía bromas, comentó, sobre la velocidad con que comía, pero se había criado con cuatro hermanos mayores y había aprendido a no esperar. Cuando terminó, arrojó la servilleta en la cama y se recostó.

–¿Qué es todo este asunto? –preguntó–. Dixon no me dice gran cosa.

Stern, con la boca llena, sacudió la cabeza. Estaba disfrutando de la comida. Últimamente nunca comía nada que valiera la pena a esta hora, su favorita.

–¿Crees que lo han atrapado? Es demasiado listo para dejarse sorprender.

Margy, como todos los que conocían bien a Dixon, sospechaba que no siempre respetaba la ley.

–No me preocupa la discreción de Dixon, sino la de otros –dijo Stern. Margy ladeó la cabeza sin comprender–. Por la precisión con que se mueve el gobierno, sospecho que tiene un informante.

–Esos fulanos de la Bolsa –apuntó Margy–. Hacen muchas cosas con sus ordenadores.

–Eso supone Dixon. Pero tienen mucha información personal. Yo pensaría en alguien que en el pasado gozó de la confianza de Dixon. Un colega. –Con la mayor cautela posible, Stern añadió–: Una persona amiga.

La observó buscando algún gesto que la delatara. En estos asuntos, nadie estaba libre de sospechas.

–No –dijo Margy–. No creo que haya muchos tíos en la calle ansiosos de perjudicar al amigo Dixon. Todos conocen la historia. No se arriesgarían.

–¿A qué historia te refieres?

–¿Quieres decir que no la conoces? –exclamó Margy. Sirvió más vino para los dos. Stern frunció el ceño pero cogió la copa en cuanto estuvo llena. Le parecía que ella había bebido mucho, tres whiskies antes de la cena, y la mayor parte del vino, pero no se notaba. Margy rió de nuevo–: Esto es sensacional.

–Soy su cuñado –dijo Stern–. En todos estos años, sin duda me he perdido muchas historias.

–No lo dudes –aseguró Margy con una mirada cómplice y traviesa. Se irguió en la cama cruzando las piernas, al parecer indiferente a su imagen diurna: la vampiresa, la profesional, peinado intachable, maquillaje y perfume. Parecía excitada, inspirada, al poder hablar confidencialmente de Dixon–. Déjame decirte una cosa de Dixon Hartnell. Él sabe cuidarse, Sandy. ¿Te acuerdas del problema con el Servicio Fiscal Interno? Tú eras el abogado, ¿verdad?

El problema, como decía Dixon, era que su esposa le había permitido regresar a casa a condición de que la amueblara de nuevo. Cuando Silvia terminó, el decorador les presentó una factura de ciento setenta y cinco mil dólares, la cual no incluía los pagos realizados hasta el momento; según los registros financieros de Dixon y del decorador, esa suma no se pagó nunca. En cambio el decorador, un sujeto afable y nervioso que anualmente gastaba hasta el último céntimo que pasaba por sus manos, cobró un inexplicable interés en los mercados de divisas futuras y abrió una cuenta en Maison Dixon en la cual se desplegó una asombrosa actividad. En un período de diez días efectuó sesenta operaciones. Cuando se asentó la polvareda, una inversión de mil quinientos dólares se había convertido en ciento noventa mil dólares y pico, con una ganancia neta de ciento setenta y cinco mil dólares, la mayor parte una ganancia capital de largo plazo, gravada a una tasa de dos quintos de la que habría pagado si Dixon le hubiera extendido un cheque. El Servicio Fiscal Interno pasó casi dos años tratando de desentrañar los medios que presuntamente Dixon había empleado y al fin desistió. Dixon ni se inmutaba mientras Stern sufría hormigueos de temor, tras descubrir –al contrario del Servicio Fiscal– que el vendedor del Mercedes de Dixon y el contratista que le había ampliado la casa tampoco habían recibido ningún pago, y en cambio habían tenido gran éxito en sus transacciones respectivas con aceite y algodón.

–¿Sabes cómo empezó todo eso? ¿Alguna vez has oído la historia? –preguntó Margy.

–No me brindaron lo que yo llamaría vívidos detalles –dijo Stern–. Por lo que recuerdo, Dixon opinaba que el Servicio Fiscal había recibido informes de un empleado. Una filtración. ¿Brady? ¿Ése era el apellido?

–Correcto. Recordarás a Merle. Con ese bigotito que parecía partido por el medio. Dirigió nuestras operaciones durante una temporada. Un genio de la informática, un *hacker* o como lo llamen. –Margy agitó la mano–. ¿Recuerdas?

Stern se encogió de hombros. Los empleados de Dixon iban y venían. Por lo que él recordaba, la partida de Merle, tras una discusión salarial, había coincidido extrañamente con el comienzo de la investigación del Servicio Fiscal. Había proferido insultos y amenazas antes de irse: lo que sé, lo que puedo hacer. Estaba dispuesto a hundir a Dixon.

–Yo supuse que Merle era la persona que había recibido ciertas instrucciones críticas.

–No, no –replicó Margy con una sonrisa evasiva–. Dixon no es de los que dan a otros una soga para que se ahorquen. Pero Brady miraba el tubo de rayos catódicos y deducía muchas cosas. Así fue como averiguó en qué andaba Dixon.

Stern carraspeó. Esto tenía sentido. Brady sabía lo suficiente para causar problemas, pero no para asestar el golpe de gracia.

–De todos modos, rebobina hacia adelante. Dos años. El Servicio Fiscal le ha hecho la rectoscopia a Dixon...

–Sus propias palabras –apuntó Stern.

–Sus propias palabras –admitió Margy.

Se sonrieron.

Dixon, con sus caprichos y pasiones, con su oculto núcleo interior, era un terreno secreto que ambos habían explorado. Eran iniciados. Acólitos. Había una extraña intimidad en la comprensión compartida de este fenómeno.

–Y aquí, como dicen en mi pueblo, viene la mejor parte. Un día Dixon está en el Club de Du Sable, y adivina quién esta allí. Vaya, el viejo Brady. Cualquiera diría que Dixon iba a coger un cenicero para partirle la cabeza. En cambio, lo trata con toda cordialidad. Le da la mano. Le dice que se alegra de verlo, lamenta que hayan perdido el contacto, todas esas chorradas. Y Brady, que no sabía si sonreír o mearse encima cuando apareció Dixon, siente un gran alivio. Dixon le da su tarjeta. Brady está trabajando como asesor en una oficina y Dixon le empieza a enviar trabajo. Yo no podía creerlo cuando veía los cheques. Lo llamé por teléfono y le pregunté qué demonios estaba haciendo. Dixon me respondió: «Déjame en paz, conozco mi negocio». Pensé que le habían hecho un cambio de personalidad o algo por el estilo. Se había vuelto blando. Tal vez había escuchado a Graham.

Margy bebió un sorbo y Stern brindó con ella. Nunca había visto ese aspecto de Margy. Era una narradora de la vieja escuela.

Necesitaba un porche y una botella de whisky de maíz. Al escucharla, Stern intuyó que Margy había crecido observando a los hombres, admirándolos, cautivada por ellos en cierto modo. Tal vez ésa era la clave de su apego por Dixon y los aventureros de los mercados.

–De un modo u otro, lo cierto es que Dixon y Brady volvieron a ser compinches. Salían juntos con sus esposas. Brady es uno de esos tíos casados con una mujer flacucha que siempre quiere más. ¿Sabes a qué me refiero? Ella tiene que compensar algo, no sé qué. Pero iban juntos al teatro y a cenar. Tal vez salieron contigo y con Clara.

–No recuerdo nada de eso.

–No –se corrigió Margy–. Tienes razón. Pero un día yo estaba hablando con un tío, no recuerdo quién, y me comentó que Brady regresaría a MD para encargarse de mis transacciones en Kindle. Dixon no me contestó, ya sabes cómo es, pero yo lo confirmé. Todos habían oído el rumor. Vino un aviso de la oficina de Kindle. Iba a hacerse un gran anuncio. Dixon organizó un costoso almuerzo en Fina's. Llamó a todos sus personajes importantes. Yo también asistí. ¿Sabes?, todos estábamos sentados allí, pasándolo bien. De pronto Dixon miró a Brady y le dijo, delante de todos, hecho unas pascuas: «De paso». –Margy bebió un sorbo y miró a Stern a los ojos–. «Anoche me follé a tu mujer.» Así como te digo. Y además era cierto. Dixon no miente en eso. ¿Te lo imaginas? Reunió a ocho personas para que lo oyeran. El almuerzo terminó antes de que sirvieran la sopa. No es broma. Créeme, eso causó cierta conmoción aquí. Por eso te digo que nadie jode a Dixon.

Stern guardó silencio. Cogió la botella y terminó el vino.

–Notable –comentó al fin.

Lo decía en serio. La historia lo alarmaba. La verdad acerca de Dixon siempre era más desagradable de lo que él podía imaginar.

–¿No crees? A veces pienso que Dixon tendría que consultar con un médico; no hace las cosas según lo establecido.

Stern soltó una risotada, pero Margy le clavó una mirada achispada y reprobatoria, como para advertirle que había cosas que no entendía. Esa mujer comprendía aspectos de los hombres y las mujeres, sobre la carnalidad, que a él se le escapaban.

–Volvamos a esos aburridos papeles –propuso Margy, sonriendo. Se levantó y alisó la falda y la blusa. Pero no había concluido. Por un momento pareció confundida y desvió la mirada. Mientras contaba la historia, su propio dolor por Dixon había aflorado. La angustia la había vuelto menos atractiva, le había contraído los rasgos–. Ese hijo de puta –exclamó de pronto, meneando la cabeza.

Stern se conmovió ante el tono atribulado de la seductora Margy, una cuarentona con su carrera y su vida a la sombra de la montaña de Dixon.

Stern extendió el brazo y le rozó la mano.

–Bien, eres un chico amable, ¿verdad? –observó ella.

Stern supo lo que ocurría. Ahora que había bebido bastante, comprendió lo que había sabido durante horas, desde que ella lo había mirado de aquel modo y le había preguntado con aparente indiferencia acerca de las mujeres que lo acuciaban. Debajo de todo ello tal vez se escondía el tirón de la soledad, la añoranza del alma aislada, pero ahora, a la deriva en la corriente del alcohol, la caliente picazón de la avidez lo colmó. El pulso se le aceleró mientras esperaba la siguiente maniobra.

No tuvo que esperar mucho. Margy volvió por unos instantes a los documentos, habló, murmuró, de pronto alzó los ojos con un aire ebrio e intenso. Si hubiera estado sobrio, tal vez le habría resultado cómico que una mujer le clavara una mirada tan caliente como para reblandecer la pintura. Pero no lo estaba. Se quedó mirándola mientras ella se levantaba y luego se recostaba para besarlo en el sillón de brocado. Tenía los labios agrietados y un poco duros. La carne que había comido le había dejado un regusto de sal.

–¿Qué te parece esto?

Le apoyó los senos contra la cabeza. Suaves como palomas. El fuerte olor del perfume de Margy lo envolvió y sintió en la mejilla el contacto de una prenda íntima de seda. No se movió. Estaba seguro de que recibiría nuevas instrucciones.

Ella lo besó de nuevo, luego lo soltó y fue al cuarto de baño. Hubo un gorgoteo de agua. Stern se desplazó hacia el borde de la cama, tratando de despejarse. Estaba borracho. La habitación parecía ondular en el mundo periférico que había más allá del rabillo del ojo. Sólo necesitaba un poco de valor.

Se apagaron las luces. Margy estaba junto al interruptor. Ahora sólo llevaba la blusa de seda color jazmín, que estaba desabrochada a la altura del pecho y le colgaba como un salto de cama. Tenía las piernas desnudas, el cabello suelto; sin su traje elegante y sus zapatos de tacón alto parecía mucho más frágil. Llevaba la falda y unas prendas de seda en la mano. Ladeó la cabeza

–Bien, mira quién está de suerte –susurró Margy.

Stern apagó la lámpara. Al cruzar la habitación para abrazarla, derribó dos o tres pilas de documentos. Ella era mucho más menuda de lo que parecía, un poco más baja que él, pero sólida. La boca era como carne cruda.

Fue un momento extrañamente acogedor. Ella incluso se echó hacia atrás para reír. Él le bajó la blusa, le acarició el pecho y se arqueó para besarle el pezón. Ebrio como estaba, se movió con torpeza y ambos rodaron a la cama. El contacto corporal, en todos sus detalles, la textura de la carne, la ubicación precisa de codos y rodillas, le comunicaba la excitante noticia del encuentro con otra mujer, pero también lo inundaba la sensación de algo familiar; se sentía más sereno de lo que había imaginado. Era revivir ese viejo contacto entre hombre y mujer, nada más. Ella le aflojó la corbata, le abrió la camisa. Entretanto lo envolvía con la pierna y Stern bajó la mano hacia la cavidad húmeda y resbaladiza. Ella se había lavado y los dedos se deslizaron hacia el interior, y esa dulce calidez lo excitó tanto que soltó un gruñido.

Al cabo de pocos minutos estaban unidos. Margy se abandonó a su propio éxtasis. Cerraba los ojos y tarareaba extrañamente mientras Stern se movía, apretándose contra él con cada impulso. Todo tenía el aire de algo ensayado, Margy sabía cómo proteger sus intereses. Hacia el fin le apoyó una mano en la cadera y lo retuvo donde quería, se lanzó hacia él por última vez y alcanzó la cima gimiendo y hundiéndole las largas uñas rojas en la espalda. Stern se excitó al pensar en esas uñas rojas clavadas en su espalda pálida y al ver la agitación y el creciente jadeo de Margy, y entonces se corrió, olvidando por un instante ese cuerpo que se agitaba contra el suyo, y luego despertó a esa mujer suave y perfumada que se aquietaba casi al mismo tiempo que él. Ella lo abrazó con gratitud y camaradería.

–Sensacional –dijo, un comentario que a Stern le pareció más un elogio del proceso que de él mismo. Margy aún cerraba los ojos y sonreía. Tenía el maquillaje descompuesto, el lápiz y la sombra corridos bajo la comisura de los ojos, y el exceso de barbilla, doblada bajo la cara, revelaban una línea de piel azulada y pálida donde no llegaba el maquillaje. La familiaridad de Margy con las circunstancias, su comodidad en los brazos de un extraño, era todo un fenómeno. Tiempo atrás había jurado tomar todo aquello que le apeteciera.

Lo besó detrás de la oreja y se apartó, aferrando las almohadas. Con la confianza de una esposa, acomodó las caderas para apoyarlas contra el flanco de Stern y en un instante se durmió, tan pronto que Stern de algún modo comprendió que este momento de refugio era en realidad más importante para Margy que lo anterior. Para ella, él era un hombre junto al cual podía dormir en calma. Murmuró algo en sueños. La luz, supuso Stern. Se le acercó para escuchar.

–Oh, Dios –exclamó al oírla.

Luego la abrazó, se acomodó junto a ella, apagó las luces y se durmió.

«No nos cobres –había susurrado ella–. No nos cobres el tiempo adicional.»

Despertó, se irguió, miró la oscuridad sin saber dónde estaba hasta que reconoció la silla donde colgaba su traje. Recordó: el hotel, Chicago, Margy. Aún percibía la forma de ella al lado, pero no se atrevía a tocarla. Sentía un aguijón doloroso en la sien. Buscó el reloj en la mesilla de noche y advirtió que podía descifrar los jeroglíficos de los números digitales azules de la radio-reloj: 3.45. Pero no fue eso lo que le llamó la atención, sino el calendario, en números más pequeños.

Se quedó sentado en el borde de la cama, calculando mientras Margy respiraba en la oscuridad.

Cuarenta, pensó. Desde que la encontró en el garaje. Cuarenta días, exactamente.

10

Cuando despertó, Margy estaba sentada en la cama, las piernas cruzadas, con la camisa de Stern. Tenía delante montones de documentos fotocopiados y se apoyaba la cabeza en una mano.

–Bien, he logrado averiguarlo –dijo–. Es un pillo, sin duda.

Stern, desnudo, encontró los calzoncillos al lado de la cama y corrió un poco la cortina. El sol despuntaba en un cielo nublado. Fue al cuarto de baño. Tenía una sensación pastosa en la cabeza y la boca. ¿Una resaca? Buscó las gafas en el bolsillo de la chaqueta.

–¿Qué es esto?

–La cuenta de errores no tiene buen aspecto. –Margy se tendió de bruces. Tenía el trasero desnudo y su posición en la cama le abultaba los senos de manera insinuante. Stern trató de ordenar las ideas. Era viudo, estaba en ropa interior, en una reunión de negocios, y el pene se le estaba endureciendo. Ella cogió una copia de la citación y subrayó cuatro operaciones grandes, cuatro fechas diferentes–. Ahora estos tíos van a mover el mercado, ¿verdad?

Tal vez a causa de la distracción, Stern tuvo un momento de confusión. Luego recordó la explicación de Dixon: grandes pedidos, mil contratos de golpe causaban fluctuaciones bruscas en los precios.

–Oferta y demanda –observó.

–Exacto. Ahora supongamos que tu cliente viene al foso con un enorme pedido de compra que disparará los precios. Tú eres un pillo y quieres ganarte un par de perras. ¿Qué haces?

–¿Compras lo que el cliente desea?

–Exacto.

–¿Antes que el cliente?

–Exacto.

–Y vendes cuando el mercado está en alza.

–Ya lo creo. Tienen muchos nombres para eso. «Trato anticipado.» «Operar antes que el cliente.» Pero han practicado este juego desde que existe mercado.

Margy alzó los ojos. El cabello revuelto parecía más oscuro y la falta de descanso le había hinchado los ojos Aun así, esa mujer cálida, inteligente y enérgica era un bonito espectáculo. Stern advirtió que nunca se quitaba los pendientes, pequeñas bayas doradas.

–Supongo que el personal de asuntos legales está alerta a estos asuntos.

–Desde luego. Si la bolsa te pilla en esto, estarás en aprietos. Y siempre están buscando.

–¿Por qué se han eludido aquí esas precauciones?

–Cuenta de errores.

–Cuenta de errores –repitió Stern.

Mientras ella se movía de bruces, la camisa había dejado al descubierto un pecho pálido que descansaba sobre la manta. Stern se había sumido momentáneamente en la conversación, pero al verlo sintió otras inclinaciones. La libido era como una puerta oxidada: una vez abierta, no se cerraba con facilidad. Cogió un papel de la cama para disimular la erección.

–Tengo que admitir que el viejo pillo es un experto. Nunca había pensado en esto. La cuenta de errores sirve para eliminar problemas. A veces vendemos o compramos un producto cuando el cliente quería otro. O compramos tres embarques y el cliente quería dos. Cualquier tipo de torpeza. Un número de cuenta equivocado. En cuanto alguien nota el error o cuando se queja el cliente, la transacción se desplaza a la cuenta de errores. Si no podemos desplazar la transacción, cerramos la posición... vendemos lo que compramos o compramos lo que vendimos. ¿Me sigues?

–Sí.

–Ahora supónte que soy un pillo muy listo y quiero adelantarme a mis clientes sin que me atrapen. Compro un poco en Kindle de algo que sé que van a comprar en gran cantidad en Chicago. El precio sube en ambos lugares. Sólo tengo que esperar a que el mercado salte. Y no lo hago en mi nombre. Cometo un error. Deliberado. Número de cuenta equivocado, por ejemplo. Luego, cuando el mercado está en alza, vendo esa posición.

–¿De nuevo con un número de cuenta equivocado?

–Así es. Dos días después, cuando se despeja la humareda, ambas transacciones figuran en la cuenta de errores. El departamento legal ni se fija en Kindle, y aunque lo haga no pilla a nadie comprando con antelación. Sólo ve un error tonto. Pero cuando cerramos las dos posiciones, la compra y la venta, tenemos pingües beneficios en la cuenta de errores.

Stern meneó la cabeza asombrado.

–¿Cuánto? –preguntó.

Margy se encogió de hombros.

–Aún no he hecho el cálculo. Pero aquí hay cuatro transacciones que llegaron a cien mil. Yo diría que ganarías seis veces esa cantidad. No está mal por un par de llamadas telefónicas mientras te rascas el trasero.

Seiscientos mil, pensó Stern. Klonsky no andaba tras una infracción menor.

–Sólo que esta pequeña estafa no parece típica de nuestro amigo el pillo –dijo Margy.

Stern había pensado lo mismo. Los beneficios no compensaban los riesgos para un hombre con la posición de Dixon. Pero Margy se rió de la idea cuando Stern lo dijo.

–Oh, te follaría en el suelo por unas perras, mucho más por medio millón. No, no se trata de eso. Simplemente no parece el estilo de Dixon. ¿Nuestros clientes? Son su religión. No me lo imagino haciéndoles esta faena. Dixon es leal. –Cogió las manos de Stern–. Pero sé que lo hizo.

–¿Porque tienen que informarle antes de una transacción de gran volumen? –dijo Stern, recordando que Dixon lo había admitido en la oficina.

–Sobre todo. Mucha gente de la empresa sabe qué estamos haciendo. Pero si yo robara quinientos, seiscientos mil dólares, ¿iba a esconderlos en tu bolsillo? Es error de la empresa. Y naturalmente Dixon Hartnell es la empresa. Es dueño de MD Clearing Corp, MD Holding Corp, Maison Dixon. Todo el juego le pertenece. Tal vez esto sea algún juego tonto que estaba practicando para divertirse.

Stern reflexionó sobre la idea de que Dixon cometiera delitos para divertirse. No era imposible. Nada era imposible con Dixon.

–¿Y qué ocurrió con el dinero?

Stern pensaba en las citaciones que el gobierno había entregado en el banco de Dixon.

Margy se volvió sobre la espalda y meneó la cabeza para indicar que no lo sabía. Los pechos se le aflojaron sobre el busto; debajo de la barbilla, donde terminaba el maquillaje, se apreciaba un borde de piel pálida, como si años de tratamientos cosméticos le hubieran absorbido el color de la tez. Esos defectos significaban poco para Stern, que aún estaba excitado.

–No puedo saberlo sin estudiarlo un poco más. ¿Quieres saber qué sospecho yo?

–Por favor.

–No hizo nada con el dinero.

–¿Nada?

–Nada. Lo dejó allí. Es lo que yo haría. La cuenta de errores siempre es deficitaria, pues cuando te equivocas con un pedido y el cliente gana dinero, no te dice que es un error. Acepta la transacción. Sólo te enteras de los perdedores. Y así debe ser. El precio de hacer negocios. Puedes perder cuarenta mil un mes y, si comienzas a tener ganancias, de pronto sólo pierdes dos mil al mes. ¿Entiendes? Nadie se entera de la diferencia. Salvo el viejo pillo. Porque al final del año, esos seiscientos mil reaparecen en el fondo. Como si se diera una bonificación.

–Muy astuto –observó Stern–. Eres muy lista al deducir el plan, Margy.

Le besó el dorso de ambas manos.

–Oh, soy una ramera lista –dijo ella, sonriendo. Stern se preguntó de quién sería esa frase, quién la habría llamado así. Parecía que lo estaba repitiendo. Stern, naturalmente, podía adivinarlo–. Pero no la más lista.

–¿No? –preguntó Stern, sentándose en la cama junto a ella, que esperaba tendida de espaldas–. ¿Y quién lo es?

–Ya sabes quién. Nunca lo pillarán. Sólo necesita llamar al despacho de pedidos para colocar estas transacciones que terminaron en la cuenta de errores. Lo hace veinte veces al día. Nadie recordará que llamó. Además, en todo este caos no hay un solo papel que tenga sus iniciales. Dirá que cuarenta personas más pudieron hacerlo. Telefonistas. Representantes. Pude ser yo misma. –Margy sonrió–. Pueden pensar que fue él. Pueden saber que fue él. Pero no pueden probarlo.

Margy había visto televisión y había oído estas frases; tal vez estaba imitando a Stern. Desde luego estaba convencida. Dixon también lo estaba, pensó Stern, al recordar sus promesas telefónicas de venganza. Su cliente estaba envalentonado después de los anteriores éxitos con el Servicio Fiscal Interno y su conocimiento de que el gobierno había corrido a examinar sus cuentas bancarias cuando el dinero no había salido de la compañía. Pero Stern no estaba tan seguro. Los ayudantes de la fiscalía eran a menudo avezados investigadores financieros. Al principio podían cometer errores, pero si Margy tenía razón en sus sospechas de cómo había manipulado Dixon sus mal conseguidas ganancias, los fiscales al fin las descubrirían en manos de él y llegarían a las mismas conclusiones. Dixon seguía en peligro.

–Debería hablar con los empleados de MD que recibieron estos pedidos en el despacho de Kindle para cerciorarme de que no tienen tan mala memoria como supones –dijo Stern.

Convendría recordar a quien hubiera tratado directamente con Dixon que esos episodios habían ocurrido en el pasado y que cada día recibían una abrumadora cantidad de pedidos; Stern tendría que hacerlo pronto, antes de que el FBI localizara recuerdos contrarios. Margy prometió buscar las facturas de pedidos y enviarlos a Stern; él podría identificar a los solicitantes y establecer contacto directo. Ella enviaría un memorándum a Kindle para pedir a todos los empleados del despacho que colaboraran con el abogado.

–Desde luego, la situación no es precisamente cómica –comentó Margy–. La bolsa hará temblar a la compañía. Nos impondrán multas y censuras y armarán un gran revuelo. Luego le pasarán los datos al CFTC para que también organice escándalo. Pero nuestro amigo estará bien. Armará tanto alboroto como ellos, quejándose de que semejante cosa pasara ante sus propias narices. Luego despedirá a alguien para proteger su glorioso trasero. –Margy ladeó la cabeza de modo que sus ojos quedaron a la altura de la hinchazón de los calzoncillos de Stern. Sonrió, y Stern pensó que se burlaba de él, pero en realidad seguía pensando en la persona a quien Dixon despediría–. Tal vez a mí –suspiró con una sonrisa tristona–. Tal vez a mí –repitió, y alzó los brazos riendo para buscar consuelo en Stern.

Cuando se despidieron en la puerta de la habitación, Stern prometió llamarla.

–Me gustaría –respondió Margy simplemente.

Era evidente que no le creía; los hombres siempre decían lo mismo.

En cuanto el taxi lo dejó en el aeropuerto O'Hare, Stern hojeó las páginas amarillas y envió un enorme ramo sin tarjeta a la oficina de Margy. Sentado en la estrecha cabina, detrás de los tabiques de acero inoxidable perforado, evocó imágenes de la noche pasada y de la mañana y sintió un escalofrío de excitación. ¿Era él, Alejandro Stern, abogado, hijo de un país católico, quien se revolcaba en la cama unas horas atrás? Pues sí. Tenía el espíritu alerta, la bandera desplegada. Conservaba en los labios el sabor humoso de Margy, la suavidad de sus prendas de seda en la palma. ¿Cuándo regresaría? Se rió en voz alta y una mujer de otra cabina lo miró con severidad. Ligeramente avergonzado, de pronto halló una astilla enterrada en el corazón. Gratitud. Oh, sí, estaba agradecido a Margy, a toda la raza femenina que, increíblemente, había resuelto aceptarlo una vez más. Con la mano en el teléfono, reflexionó sobre la bendición del abrazo de otro ser humano.

En la puerta, la azafata anunció que el avión que realizaría el corto vuelo de regreso saldría con retraso. «Problemas técnicos.» ¡Como de costumbre! Stern, a pesar de su euforia, no podía librarse de su odio hacia aquel aeropuerto, con sus interminables pasillos y su luz enfermiza, los cuerpos apiñados y las caras preocupadas. Fue a la sala de espera, cuero negro y granito, y telefoneó a su oficina.

–Claudia, por favor, llama a la ayudante Klonsky y concierta una cita para el viernes. Dile que deseo entregar los documentos que ha solicitado a MD.

Hacía un mes que Stern no hablaba con la ayudante del fiscal. Raphael había llamado para solicitar una prórroga de una semana y Klonsky le había respondido con exasperación. A Stern no le gustaba irritar a los ayudantes, pues no era su estilo y además la hostilidad entre abogados complicaba los casos. De algún modo tendría que hacer las paces con Klonsky. La vida del abogado, pensó, siempre conciliando. Jueces. Fiscales. Clientes.

–¿Quiere sus mensajes?

–Sí, por favor.

Stern estaba sentado en un sofá, el aparato de teléfono estaba insertado en la tabla de granito de una mesa de cócteles. Claudia dijo que había llamado Remo Cavarelli, un viejo malandrín que una vez más estaba en apuros y quería la fecha de su próxima presentación ante la juez Winchell. También había un mensaje de una tal Helen Dudak, quien deseaba hablar con Stern. Cuestiones personales. Había telefoneado Cal Hopkinson. Novedades, pensó Stern con una súbita oleada de un sentimiento indefinido, interés o aprensión, en cuanto oyó el nombre de Cal. Pidió a Claudia que lo llamara, pero la secretaria dijo que Cal estaba ocupado. Stern esperó un poco, luego decidió llamar más tarde y marcó el número que había dejado Helen. Le había dicho que trabajaba en su casa, con auriculares conectados al teléfono y un pequeño micrófono colgante, más pequeño que un dedal. La imaginó así.

–Continúo con la conversación donde la dejamos la otra noche –dijo Helen.

–Sí, desde luego –respondió él, sin saber bien a qué se refería.

–Quería invitarte a cenar aquí. Dentro de dos semanas. Nosotros dos.

–Ah –dijo Stern, y el corazón le dio un vuelco.

¿Ahora qué? Sin duda Helen tenía buenas intenciones y era encantadora. Pero ¿podría él afrontar tantas complicaciones? Sí, dijo de pronto una voz. Claro que sí.

Pero tras haber aceptado, pensó en Margy y se enfadó consigo mismo al colgar el teléfono. Comer, después de todo, no era una forma de relación sexual. Pero, pensó luego, se estaba transformando en todo un seductor. En la atestada sala de espera del aeropuerto, mientras los viajeros retrasados murmuraban por doquier, rió una vez más en voz alta.

Esta vez consiguió hablar con Cal.

–¡Sandy! –exclamó–. ¿Dónde estás?

Cal le contó la historia de su más reciente retraso de vuelo en el O'Hare.

Stern al fin le preguntó por el banco.

–Por eso te llamaba –dijo Cal–, para ponerte al corriente de la situación.

El personal del River National, dijo Cal, estaba neurótico con esa transacción en la cuenta de Clara. Cada vez que había un testamento de por medio, el banco se preocupaba por todo: el tribunal testamentario, la fiscalía. Insistía en recuperar hasta el último documento antes de una reunión. Cal quería que celebraran una la semana siguiente. Hablaba con ese aire triunfal que Stern mismo adoptaba a menudo ante los clientes, describiendo sus conversaciones con banqueros y escribientes como si fueran batallas campales.

–Muy bien, Cal –concluyó Stern.

No quiso ser otro cliente con quejas y terminó la conversación en vez de decir lo que opinaba. Cal se mostraba demasiado cordial para ser enérgico (él también querría ver todos los documentos) y tal vez no estuviera en posición de presionar a los banqueros, quienes probablemente le enviaban clientes ricos que necesitaban formar fondos fiduciarios o actualizar testamentos. Pero sería injusto culpar a Cal por las complicaciones que había creado Clara. Stern había vivido décadas sin saber con exactitud qué ocurría detrás de la grácil fachada de Clara. Sin embargo, las preguntas persistían. Esa efervescente frustración hervía de nuevo en su interior.

Marcó de nuevo el número de su secretaria.

–Claudia, ¿ha llamado el doctor Cawley?

Después de esa velada en casa de Kate y John, Stern había perseguido a Nate y le había dejado mensajes en la oficina, el hospital, la casa, para que llamara al laboratorio. Stern no estaba seguro de que Nate hubiera recibido los mensajes e ignoraba si podía contar con él. A fin de cuentas, Nate tenía otras preocupaciones.

–¿Intento llamar al consultorio? –preguntó Claudia.

Stern tamborileó sobre la mesilla pero no respondió. En la pista unos obreros montados sobre un andamio móvil lavaban un 747. Stern pensó en personal del zoológico y una jirafa. Naturalmente, él podía ir en persona a Westlab. Como albacea de Clara, tenía derecho legal a preguntar. Pero si los administradores de Westlab eran quisquillosos con la intimidad, tal como Nate sospechaba, Stern necesitaría credenciales para las cuales tendría que involucrar a Cal. Más le valía ser paciente. Tarde o temprano Nate lo averiguaría.

Pero aquí surgía una nueva irritación, más persistente que su curiosidad acerca de Clara, que parecía mecerse con la marea de su dolor. Stern tardó sólo un instante en identificarla: Peter. La sospecha surgida en casa de Kate y John, de que su hijo lo había burlado, resultaba difícil de aplacar. Sabía que era injusto e indigno suponer que Peter, en su gran angustia, había tenido la presencia de ánimo o la astucia para manipular a su padre respecto de la autopsia. Pero Peter había insistido mucho. Aún recordaba su voz resonando en el pasillo mientras acusaba a aquel polizonte desconcertado, el frenético destello en los ojos de Peter. Había preguntas pendientes. Con Peter siempre las habría.

–Claudia, por favor, ponme con la central de policía de Kindle.

En cuanto lo dijo, Stern sospechó que era un error. Durante su carrera profesional había hecho todo lo posible para evitar a la policía. Al final sólo creaba problemas. Dio a la operadora el nombre y distrito que buscaba y se consoló con la idea de que el viejo policía no estaría allí. Como se decía siempre, nunca estaban allí.

–Ray Radczyk.

–Alejandro Stern, teniente.

–Que me cuelguen. ¿Cómo se encuentra usted, Sandy?

–Tirando. –Oyó el bip de la línea por encima del habitual rumor de la comisaría. El viejo policía parecía realmente contento de tener noticias de él. Stern aún no podía recordar la relación. Había pensado sobre ello un par de veces, una divagación que se juntaba a muchas otras cuando evocaba esa tarde–. ¿Aún tiene ese archivo con mi nombre, teniente?

–Oiga –rió Radczyk–. Tengo un trabajo, igual que usted. Nunca ha habido un archivo. Usted lo sabe.

–Desde luego –respondió Stern.

Recordó que el tal Radczyk no era mal tipo. Para ser policía, desde luego.

–¿Dónde está usted? Parece como si habláramos con latas.

Stern explicó:

–O'Hare. Un retraso.

–Lo lamento –dijo Radczyk.

–Teniente, hay una pregunta con la cual jamás lo molestaría si no me sobrara un momento.

–No es molestia. Adelante.

Stern hizo una pausa.

–Me preguntaba si el forense descubrió algo inusitado en relación con el examen de mi esposa.

Radczyk vaciló. Al escuchar su propia voz, Stern comprendió que la pregunta repentina parecía muy rara. Radczyk se tomó su tiempo.

–Sé que lo consideró suicidio, desde luego. Yo iba a llamarle, luego pensé, qué diablos...

–Entiendo –lo interrumpió Stern. Ambos callaron un instante. Stern ahuyentó a un camarero de chaqueta blanca que se acercó para ofrecerle una copa–. Comprendo que es una pregunta sorprendente...

–No hay problema. Déjeme desenterrar el informe. Lo recibimos de vuelta hace un par de semanas. Deme un número y lo llamaré dentro de un par de minutos.

Stern leyó el número de la cabina. ¿Qué haría Radczyk? Tal vez haría señas a otro para que cogiera un supletorio, o se cercioraría de que el sistema de grabación de llamadas estaba en marcha.

Pasó una mujer alta, cincuentona, vestida de rojo: llevaba un traje de seda con falda recta y ceñida, y un sombrero negro a juego con la ropa, las medias también eran negras. Una figura elegante. Miró hacia Stern y desvió los ojos, pero durante ese instante de contacto con aquellos ojos oscuros Stern pensó en Margy y creyó estar de nuevo entre sus brazos, como si de pronto hubiera atravesado las puertas de una película para quedar inundado por la luz y las imágenes de la pantalla: Margy, de pie junto al interruptor, las piernas desnudas y los senos curvos, la blusa desabrochada, el triángulo negro visible abajo, las uñas brillantes rozándole el cuerpo, el modo de abrir la boca y el color de la tez realzado bajo la profusa luz de la mañana, aun en la frágil piel de los ojos cerrados durante el éxtasis.

Un sonido lo interrumpió. El teléfono.

–Aquí está –anunció Radczyk–. Veamos. ¿Qué necesita usted?

–Es mera curiosidad, teniente. Pensé que tal vez había alguna observación del forense sobre algo inusual.

–Aquí no hay mucho. No se practicó la autopsia. Es lo que usted pidió. Le dije que había objeciones religiosas. No se me ocurrió nada más.

Stern comprendió que Radczyk llamaba por una línea privada. Ningún bip, ninguna grabación. Al menos es lo que parecía. Stern no respondió.

–Es breve y limpio, Sandy. Análisis sanguíneo con un nivel de monóxido de carbono, una copia de la nota y el dictamen del forense. Nada en los informes policiales. Los miré cuando llegaron.

–Entiendo.

Radczyk inspiró un momento.

–¿Puedo preguntar de qué se trata?

–Un asunto intrascendente, teniente. No tiene importancia.

–Entiendo –dijo Radczyk–. ¿Qué clase de asunto?

Con estas preguntas, cobró cierta autoridad. A fin de cuentas, era policía y se trataba de su caso.

Stern se maldijo y procuró ofrecer una explicación convincente: había llegado una factura de laboratorio que lo tenía intrigado. Pero sin duda, repitió, no tenía importancia.

–Podría ir allá para investigar –propuso Radczyk.

La idea sorprendió a Stern y le resultó atractiva. En teoría los registros médicos no se podían revelar sin orden judicial. Pero la mayoría de los corazones daban un vuelco cuando veían una insignia de policía. Los empleados revelaban todo a un agente, cuando no le entregaban el documento. Radczyk podía averiguar tanto como Nate, quizá más. Pero Stern se encontraba demasiado tenso con el policía, sobre todo por este exceso de confianza.

–No quiero molestar, teniente.

–No es molestia –aseguró Radczyk, y bajó un poco la voz–. Todavía estoy en deuda con usted.

Stern no dijo nada.

–Westlab, ¿verdad? –preguntó Radczyk–. Iré personalmente, Sandy. Que quede entre usted y yo. Averiguaré qué ocurre. Tengo que atar todos los cabos sueltos para el informe, ¿de acuerdo?

–Claro –dijo Stern.

–Bien. Tendré algo el viernes, a lo sumo el lunes. Lo llamaré. Buen viaje de regreso.

Stern acunó suavemente el teléfono. Los objetos que veía en la sala de espera –ceniceros, lámparas– habían cobrado una curiosa nitidez. Lo asaltó esa sensación de ahogo que conocía desde la infancia.

Estaba seguro de que acababa de cometer un error.

11

La recepción de la fiscalía era decrépita. Era como visitar a un abogado solitario con mala racha. La alfombra deshilachada evocaba a un animal con sarna, los brazos de madera de los rectilíneos muebles comenzaban a astillarse y los habitantes eran los personajes típicos de mítines. Un par de chiflados acurrucados en los rincones, echando miradas furtivas y redactando largas e incomprensibles quejas acerca de diversos políticos o el plan de la Comisión Federal de Comunicaciones para lobotomizarlos a través de las ondas aéreas. Testigos y acusados, demasiado pobres o desvalidos para contar con abogados, aguardaban con citaciones del gran jurado en las manos, esperando a los ayudantes que se servirían de ellos. Agentes federales y algún abogado defensor con aire alicaído salían de las oficinas. Y desde luego, Alejandro Stern, eminente miembro del tribunal penal federal, también estaba allí ese día, esperando con dos voluminosas cajas a la señorita Klonsky, quien según la recepcionista estaba hablando por teléfono.

A Stern le gustaba aquella oficina. Los abogados eran jóvenes e inspirados y casi todos sabían que sólo estaban de paso. No permanecían mucho tiempo como ayudantes de la fiscalía. Cinco o seis años era el promedio. Tiempo suficiente para adquirir experiencia y para que cada cual sintiera que había realizado un sincero esfuerzo para aumentar el bienestar de la comunidad, antes de acudir a la llamada de las más verdes praderas del sector privado, donde según Stern estaba la verdadera profesión. Era un buen trabajo. El mejor abogado joven que había tenido Stern, Jamie Kemp, había trabajado en la fiscalía federal de Manhattan. Allí se había dedicado a juzgar casos y a trabajar en una ópera rock donde resucitaba algunas canciones que había compuesto dos décadas antes, cuando había sido una especie de estrella fugaz de la música.

Kemp no era el único que había buscado empleo en el gobierno. Antes de traer al actual fiscal, Stan Sennett, desde San Diego, el Departamento de Justicia había solicitado a Stern que aceptara el puesto. El ayudante principal del senador del estado había invitado a Stern a desayunar en un club céntrico. El joven, que se parecía al cantante Garfunkel, con una melena blancuzca erizada como un diente de león dispuesto a dar semillas, había abundado en adulaciones; fue peor que un funeral. El joven insistió en que la oferta era un elogio a la destreza de Stern, y éste sabía que era la recompensa a una vida en la que nunca se había definido políticamente. Mientras el senador no permitiera al alcalde Bolcarro conceder a sus seguidores puestos federales, sus enemigos conocidos rara vez ascenderían.

Para Stern no resultaba fácil rechazar la perspectiva de ser fiscal federal. Era un puesto muy alto para un abogado. Durante cuatro años Stern podría comandar los ejércitos no uniformados del Servicio Fiscal Interno, la DEA[1] y el FBI y desplegarlos como considerara necesario. Basta de las groseras triquiñuelas de los agentes de drogas. El fin de los despiadados pleitos contra viudas y bomberos por no haber declarado ingresos procedentes de empleos secundarios o certificados de ingreso. Pero, desde luego, tendría que ser fiscal. Tendría que dedicarse a capturar, acusar, castigar, una tríada de innombrables que Stern despreciaba, por tendencia de toda una vida. ¿Podía Alejandro Stern erguirse magistralmente en el tribunal para despertar las pasiones más viles en los jurados, podía suplicarles que infligieran sufrimientos que ellos no soportarían? No, no podía. Estas imágenes descomponían a Stern. No odiaba a los fiscales. Había superado esta sensación al principio de su carrera. A veces admiraba el celo incandescente de esos jóvenes que trataban de arrancar el mal de cuajo. Pero ése no era su papel ni su vocación. Él era Sandy Stern, orgulloso defensor del descarriado. Ningún argentino de nacimiento, un judío que vivía para tener noticias del Holocausto, podía calzarse las botas de la autoridad sin profundos titubeos; más le valía conservar su voz entre las voces, hablar a diario en nombre de esas frágiles libertades, tan mal interpretadas, cuya existencia, más que la acusación, nos definía como decentes, civili-

1. Departamento para la lucha contra la droga.

zados, humanos. Ahora no podía renunciar a la doctrina de toda una vida.

La ayudante Klonsky terminó de hablar por teléfono. Detrás de la puerta de la oficina, que un solemne guardián situado detrás de un cristal blindado amarillento abría electrónicamente, había pilas de basura. Sonaban teléfonos y martilleaban máquinas de escribir, todavía en uso en plena era de los procesadores de textos. Los ayudantes de la fiscalía, distinguidos abogados jóvenes con brillantes expedientes, se volvían groseros en esa atmósfera y se gritaban en los pasillos.

Stern iba a menudo allí, por lo general con una misión: estorbar, desviar, retrasar. En ocasiones –raras ocasiones, habitualmente al comienzo de una investigación– llegaba para ofrecer un sincero retrato de lo que él consideraba la verdad. Pero con mayor frecuencia la defensa se basaba en la evasión. Debía aprender todo lo posible, revelando sólo lo que el fiscal ya sabía, lo que nunca le interesaría o lo que pudiera confundirlo o distraerlo. Había fiscales que creían en la sinceridad, que exponían su caso como un desafío abierto. Pero para la mayoría el sigilo ejercía una atracción irresistible. Stern apenas podía sugerir ideas, hacer preguntas, saltando de dato en dato como una plaga, mordisqueando la fruta.

–Mis mejores deseos –saludó Stern al entrar en la pequeña oficina de Klonsky.

Morena y robusta, ella se había puesto de pie para recibirlo. Para sorpresa de Stern, llevaba un vestido premamá y un sencillo suéter de algodón azul que todavía le quedaba grande. Objetivamente, Klonsky era una mujer atractiva: ojos grandes, nariz recta, pómulos prominentes, la clase de figura atractiva típica de las camareras de restaurante. Tenía una silueta robusta de proporciones campesinas, piernas y brazos fuertes, busto generoso, aunque este rasgo, según las malas lenguas, era equívoco. En Gil's se rumoreaba que Klonsky había sufrido una mastectomía simple cuando estudiaba derecho. Ergo: la Sin-Tetas. Stern no estaba seguro de la veracidad de esta información –en Gil's, las bromas a expensas de los fiscales se volvían más crueles a medida que transcurría la noche– y ahora volvió a ponerla en duda. ¿Una ex paciente de cáncer se arriesgaría a quedar embarazada, con los cambios hormonales y corporales que ello implicaba?

–Mi hija también está embarazada –dijo–. Nuestro primer nieto.

Se oyó decir «nuestro» pero no tuvo ganas de corregirse. Necesitaría tiempo para decidir de qué otra manera decirlo.

Klonsky parecía haber captado ese desliz. Felicitó a Stern y se interesó por el estado de Kate. Stern había notado tiempo atrás que la afinidad entre las mujeres se intensificaba durante el embarazo, un círculo en el que el hombre no tenía acceso. Pero luego ella añadió, siguiendo la imprevisible lógica que siempre llevaba a la gente a decirlo:

–Mi más sentido pésame.

Él asintió sin decir palabra. Tenía al lado las dos cajas con documentos, cada cual del tamaño de un acordeón. Agotadas las formalidades, ambos esperaron al borde de la hostilidad.

–Creo, ayudante Klonsky, que usted tiene un concepto erróneo acerca de mi cliente.

Ella sonrió con cautela, demostrando equilibrio y confianza. Con el paso de los años, Stern se topaba con más rivales de la edad de sus hijos. Tenía la impresión de que ellos lo encontraban encantador; la acumulación de sus logros le daban un aura de estadista. Los ayudantes se mostraban respetuosos sin abandonar las actitudes que requería el conflicto. A veces Stern se preguntaba cómo reaccionarían Peter y Marta si pudieran ver la naturalidad y la franqueza que introducía en relaciones con personas iguales a ellos. ¿Qué pensarían? ¿Tendrían una revelación o se refugiarían en lo evidente, alegando que esas personas no eran sus hijos?

–¿En qué sentido, señor Stern?

–Sé que usted sospecha que el señor Hartnell ha cometido un delito. ¿Verdad? –Ella pareció asentir–. Dígame, Klonsky...

–Puede llamarme Sonia, señor Stern.

Stern tomó esa concesión como indicio de que ella se creía fuerte.

–Haga usted lo mismo, pues. Llámeme Sandy, por favor.

–Gracias.

–De nada.

Ella sonrió de pronto, con un destello de diversión ante esas maniobras.

–¿No está dispuesta a decirme nada? –preguntó el desconcertado Stern.

–No puedo, Sandy.

–¿Hay un informante? ¿Por eso titubea?
–Sin comentarios.
–Porque ya he llegado a esa conclusión.
–Si hay un informante, Sandy, ignoro quién es.
Era una respuesta inteligente. Los ayudantes a menudo ignoraban la identidad de los informantes, en particular aquellos a quienes se les había prometido que nunca testimoniarían. El secreto pertenecía a los agentes del FBI, quienes realizaban reuniones secretas con sus fuentes y presentaban informes a los fiscales identificando al «colaborador» sólo mediante un número asignado en la jefatura del FBI en Washington.
–El señor Hartnell no es un individuo tímido –explicó Stern–. El ámbito de los negocios está plagado de personas a quienes ha ofendido. Empleados despedidos. Competidores envidiosos. Desde luego, usted sabe que hay que evaluar con cautela los comentarios de esas personas.
Klonsky se apoyó la cara en la mano y sonrió cordialmente. Estaba observando todo, estudiando cómo funcionaba Stern.
–Ya ha tenido problemas –continuó–. El CFTC. Una de las bolsas. O dos. –Y añadió mordazmente–: Por no mencionar el Servicio Fiscal Interno.
Oh sí, pensó Stern. La ayudante tiene un archivo voluminoso. Era de esperar.
–Yo representé a Dixon en todas esas ocasiones. A veces ha antepuesto la expansión de sus negocios a la documentación estricta. Francamente, Klonsky, las bolsas y el Servicio Fiscal Interno exigen un cuidado por los detalles que resultaría difícil aun para la fiscalía federal.
Stern señaló la puerta. A veces, en esa oficina, uno se enteraba de los más graves secretos de un gran jurado sólo con desplazarse lentamente por los corredores. Los jóvenes ayudantes estaban de pie en la puerta, chismorreando acerca de las investigaciones. Se mencionaban nombres. Se apilaban archivos como desperdicios, sin consideración por las confidencias que contenían. Años atrás Stern había visto dos grandes carpetas con el nombre del alcalde Bolcarro, a la espera de que las guardaran, y sintió un retortijón de dolor ante la falta de éxito del gobierno. Esta observación hizo reír a Klonsky.
–Es usted maravilloso. Stan Sennett me advirtió de que usted en-

traría por esa puerta para persuadirme con su encanto, y en efecto eso está haciendo.

–¿Yo?

Conservó un aire de humilde inocencia, pero registró con cierta preocupación el nombre de Sennett.

Stern y el actual fiscal no se admiraban mutuamente. La relación databa de por lo menos doce años atrás, del período en que Sennett era un fiscal estatal y nunca ganaba un juicio cuando Stern era el defensor. En cualquier caso, la herida se había agudizado últimamente. En una de sus raras apariciones en el tribunal, en enero, Sennett había sido fiscal en un caso donde Stern representaba a un concejal acusado de recibir favores sexuales y pagos en efectivo de miembros del personal. Stern había vilipendiado al principal testigo del gobierno, a quien definió como informante profesional, un presunto detective privado que parecía encontrar una figura prominente para derribar cada vez que sus dudosas actividades le creaban problemas. El concejal fue declarado culpable de un solo cargo –una infracción fiscal– y conservó el puesto, mientras Sennett tímidamente se proclamaba victorioso y se convertía en el hazmerreír de la prensa.

Se trataban con amabilidad –Stern era amable con todos– pero el recuerdo perduraba y el resentimiento era profundo. Resultaba significativa la inadvertida confesión de Klonsky de que había consultado al fiscal sobre este caso. Con quinientos sumarios al año y el triple de investigaciones por gran jurado, sólo los asuntos de suma importancia llegaban a su oficina. Las cosas no pintaban bien. Dixon se estaba creando enemigos peligrosos.

Klonsky pidió los documentos que había solicitado y Stern colocó las cajas en el escritorio. Ella se levantó con cierta torpeza, insegura de las dimensiones de su cuerpo, y enfiló hacia el pasillo para traer su archivo. A solas, Stern examinó las pertenencias de esta angosta oficina. Trabajando sin cesar como joven abogada, Klonsky no establecía diferencias entre el hogar y el lugar de trabajo: las pasiones de su vida privada se manifestaban aquí. Entre los inevitables diplomas y títulos colgaba un óleo estilo Kandinsky, y un estandarte de un desfile por la paz mundial se estiraba entre los anaqueles. Los libros no eran sólo aburridos tratados legales, sino hileras de libros de bolsillo. Había bastantes novelas europeas y muchas obras políticas. Stern vio varias veces el nombre de Betty Friedan y el de

Carl Jung. El anaquel inferior parecía ser el lugar de honor. A un lado había una fotografía de Klonsky con un hombre corpulento de pelo rizado, mucho más joven que ella. Había cuatro libros entre sujetalibros de plata: tres volúmenes delgados, que parecían de poesía, todos de un hombre llamado Charles, y un libro de tapas duras llamado *La enfermedad como metáfora.* Del otro lado, en un marco de metacrilato, la instantánea de un niño tenía pegada un torpe dibujo infantil con una inscripción garrapateada.

–¿Su hijo? –preguntó Stern, señalando la foto del niño cuando Klonsky regresó con una carpeta apoyada en el cuerpo.

Como temía Stern, la carpeta tenía un grosor considerable.

–El hijo de Sam, mi esposo. Vive con la madre. Éste es nuestro primero.

–Maravilloso –dijo Stern.

Una alegría especial. Procuraba mantener una relación amistosa con aquella mujer.

–Maravilloso o loco –replicó ella–. Yo digo que es un embarazo geriátrico. Mi ginecólogo está totalmente aterrado. ¡Una abogada de cuarenta y un años con historial médico! Teme que se dupliquen sus problemas de mala práctica profesional.

Stern sonrió afablemente, pero no ofreció ningún comentario. Historial médico, advirtió.

–A veces creo que estoy loca por empezar a esta edad.

–Bien, usted dice que su marido tiene experiencia.

–¿Charlie? No sé si él ha notado que estoy embarazada.

Se echó a reír pero desvió los ojos mientras sopesaba algún pensamiento íntimo. Stern supo que habían llegado de repente al fin de ese camino.

Klonsky tendió las manos hacia los documentos, ordenados y sujetos con banda elástica, que Stern había apilado sobre el escritorio. Estaban organizados transacción por transacción y ella los comparó con la citación. Mientras Klonsky trabajaba, Stern empezó a hacer preguntas discretas. Él había examinado atentamente los documentos y no había encontrado nada excepcional. Al parecer no había manipulación de los mercados, ni traslado de operaciones dudosas a cuentas discrecionales, ni recargos dobles a los clientes, ninguna estafa por la cual el cliente debiera pagar un precio más alto del que ofrecía la bolsa.

–A partir de estos documentos resulta muy difícil imaginar qué alega el informante. Usted no ha solicitado documentos de una sola cuenta controlada por Dixon. Aquí nada está relacionado con él.

Ella movió fugazmente los ojos castaños. Desde luego, Stern no había mencionado la cuenta de errores, ni los documentos que Klonsky había pedido al banco de Dixon. No estaba dispuesto a desmentir la impresión de que era tan ignorante como el gobierno deseaba que fuera.

–¿Puedo hacer una pregunta? –dijo Klonsky de repente.

–Desde luego.

–¿Por qué le importa si hay un informante? Supongamos que lo hay.

Vaya, pensó Stern.

–¿No cree que la persona involucrada tiene derecho a saber qué clase de delito le atribuye ese informante? –Iba a llamarla por el nombre de pila, pero no se sentía cómodo con Sonia y le parecía demasiado formal volver a Klonsky–. ¿El señor Hartnell debe cruzarse de brazos mientras el gobierno determina si puede unir un papelito con otro hasta tener un caso preparado y estar dispuesto a destruir literalmente sus negocios y su vida?

–No sé en qué puede afectarlo esperar ahora.

–Él puede colaborar. Si entiendo lo que dice el informante, puedo llamar la atención de usted sobre ciertos asuntos pertinentes.

–Y también puede identificar a los testigos de antemano, influir sobre ellos y hacer lo posible por controlar el flujo de información.

Stern la miró fijamente un instante.

–En efecto –murmuró.

No pudo contener una mueca. Los rumores acerca de ella eran correctos. No porque la ayudante se equivocara en su evaluación de las intenciones de Stern, pero había cierta ingenuidad en el modo en que pretendía inhibirlo. Lo supiera Klonsky o no, se trataba de un conflicto, un proceso, no la búsqueda del Santo Grial. Cuando ella arrastraba a testigos intimidados a la sala del gran jurado, donde los abogados no podían acompañarlos, donde los espantaba el temor a cada indiscreción, cada desliz, y reducían a esas personas a una servil ansia de satisfacer a los fiscales, eso no era influencia para Klonsky. Era el gobierno trabajando. Pero si el abogado del posible acusado hablaba con los testigos, examinaba sus documentos y trataba de equilibrar sus declaraciones, eso rayaba en el soborno. El problema era simple: todavía era una novata. Pobre Sonia Klonsky. Más de cuarenta años y tanto que aprender. Se sintió defraudado.

–Está usted enfadado –dijo ella.

–No es eso.

–No quise sugerir que usted haría algo poco ético.

–No lo he interpretado así.

Stern pasó otro momento descargando las cajas, sacando fajos de documentos con los bordes ennegrecidos por el papel carbón.

Klonsky aún estaba desconcertada por su cambio de actitud

–Creí que sólo teníamos... –Agitó la mano–. Una conversación.

–No estamos de acuerdo –replicó Stern–. Considérelo una obligación, en nuestros respectivos papeles. –Se puso en pie–. ¿Adónde piensa llegar?

Ella lo miró un instante.

–No estoy satisfecha, Sandy.

¿Cómo diablos Stan Sennett había contratado a esa mujer? ¿Quería tener sesiones de sensibilidad en el gran jurado? Qué persona tan notable. A su pesar, Stern debía reconocerle cierto magnetismo. Su esquiva sonrisa resultaba enternecedora y tenía un destello de profunda inteligencia en los ojos. Pero le alarmaba lo que había notado un instante antes. Sonia Klonsky daba la impresión de que, a pesar de su aplomo de mujer independiente, un fragmento de su alma permanecía al borde de la histeria. Había un elemento de efervescencia descontrolada. Eso también surtía un efecto conmovedor: una mujer cuarentona, todavía con sueños de adolescente.

–Ayudante Klonsky –dijo–, no es preciso que nos tratemos con crudeza. Le aseguro que nos mantendremos en términos cordiales.

Le tendió la mano, pero ella se sentó en la silla, con una sombra de preocupación en la cara, y abrió un cajón.

–Hay otra cosa. Ya que usted representa al señor Hartnell, no podremos entregarle las citaciones cuando llamemos a otros testigos de MD. El potencial de conflicto es demasiado elevado.

Stern comprendió que se avecinaba algo nuevo. Klonsky estaba diciendo que pronto saldría en busca de los empleados de Dixon y que trataría de obligarlos a declarar contra el jefe. Si el gobierno se salía con la suya, cada uno tendría un abogado diferente. Ésta era la actitud habitual de los fiscales. Divide y vencerás. Con el pretexto de proteger la ética profesional, intentaban que cualquiera que tuviera algo que revelarles no quedara bajo la influencia del abogado del blanco de la investigación. Stern aceptaba de buen grado los preceptos éticos pero consideraba que el derecho a determinar conflictos en principio era suyo, no de la fiscalía. Protestó, pero Klonsky adoptó su expresión severa y no aceptó más objeciones.

–De todos modos –continuó–, Stan pensó que esta citación se le debía entregar a usted. Como cortesía. –Abrió un sobre y sacó una hoja de papel que le tendió a Stern–. Le dimos bastante tiempo, casi un mes, así que usted tendrá tiempo suficiente para ayudarlo a buscar asesoramiento de otro profesional.

Stern asintió obtusamente. Miró a Klonsky, quien estaba llenando un casillero en el dorso de su copia para consignar cuándo y a quién se había entregado la citación.

Había pasado un momento agradable, pensó Stern con repentina desolación, bromeando con esa joven capaz, evaluando su carácter. Ahora esto. Cuando miró la citación, sintió el peso de la consternación en los brazos. Quiso maldecir a Dixon y sus tortuosos procedimientos. Por el modo en que manejaban esto, el admitido tratamiento especial, Stern sospechó enseguida de qué se trataba.

–¿Piensan ustedes convocar a otras personas del despacho de pedidos? –preguntó con aire indiferente, con la esperanza de que ella no reparara en la importancia de la pregunta.

Klonsky negó con la cabeza mientras escribía. Stern se alarmó aún más. Los albaranes de pedido que Margy había prometido solicitar a la oficina de Kindle no le habían llegado, pero ahora supo lo que revelarían. Dixon no había pedido a cualquier persona del despacho que adelantara la operación, como había pensado Margy; eso habría implicado un riesgo excesivo, la posibilidad de que alguien astuto y descontento pudiera abrir el pico, plantear objeciones. Dixon había comunicado la orden a un sujeto obediente, el único individuo del despacho de pedidos con quien el gobierno necesitaba hablar. Sin duda, era el marido de su hija. Stern plegó la citación en tres. En las líneas punteadas para el nombre y el domicilio decía «John Granum». Ahora su yerno estaba citado para testimoniar ante el gran jurado. El temor de Klonsky ante una influencia indebida sobre los testigos críticos parecía más comprensible.

–¿Él es blanco de la investigación? –preguntó Stern, mientras señalaba la citación.

–Quizá tenga algo que decir.

–¿Hay posibilidad de inmunidad?

–Creo que sí. –Klonsky bajó de nuevo la mirada. Estaba diciendo demasiado–. Comprendo su interés, Sandy. Pero esta conversación sería más adecuada con la persona que lo represente. Como le decía, esto es una cortesía hacia usted. Stan no quería otro episodio como el que ocurrió en su casa.

–Muy considerados –dijo Stern–. Gracias a los dos.

No quería demostrar hostilidad, pero aun así estaba perdiendo el control.

La señorita Klonsky lo miró con tristeza. Stern comprendió quién era para ella: un viudo con el hogar destruido y un enorme problema familiar. Contaba con su compasión, que no era en absoluto lo que había ido a buscar.

Fuera de la fiscalía, el ascensor llegó, se abrió y luego se negó a moverse. El colérico Stern lanzó al suelo las cajas vacías y golpeó todos los botones. Arriba. Abajo. Abrir puerta. Cerrar puerta. El nuevo edificio federal se había terminado diez años antes. Todos los contratos habían caído en manos de compinches del alcalde Bolcarro. La estructura era la de un tribunal, pero los jueces, al cabo de un breve período de ocupación, emitieron diversas órdenes e instrucciones y se trasladaron al antiguo edificio federal de enfrente. En este edificio no funcionaba nada. Los ascensores. La calefacción. Cuando arreciaba el viento o bajaba la temperatura, las ventanas estallaban arrojando astillas sobre los peatones. La construcción había llevado seis años y los litigios aún seguían, una década después. El arquitecto, los ingenieros, el contratista general y casi todos los inversores que habían tocado el lugar eran codenunciantes, coacusados o partes enfrentadas en cuatro o cinco pleitos. De vez en cuando Stern veía el rebaño de abogados que llegaba para las diversas convocatorias. Se plantaban delante del juez en hileras de veinte o treinta y empezaban a discutir. Entretanto, el edificio se helaba tanto durante los ocasionales períodos de frío ártico que afectaban la ciudad, que un juez federal, durante el breve período en que los tribunales habían funcionado allí, ofició con mitones e indicó a los abogados que no tenían obligación de quitarse el sombrero.

Al fin la caja de acero se puso en marcha. Después del retraso se detuvo en cada piso. Stern, que tenía una cita con el teniente Radczyk para almorzar, estaba al borde de un ataque. Dixon. John. ¡Qué lío había armado su cuñado!

Durante el descenso, casi a la hora del almuerzo, el diminuto espacio estaba atestado. Desde luego, habían escatimado presupuesto para los ascensores, que eran demasiado pequeños para la población del edificio. El agitado Stern, aplastado contra el tabique trasero, tardó un instante en reaccionar cuando una mujer, una morena alta de unos treinta años, retrocedió y estableció contacto con él. Éste era un modo delicado de decirlo, pero no se había limitado a rozarlo o a clavarle, sin darse cuenta, los tacones en los pies. Aquella joven le había depositado el trasero en la mano. Tal vez el Stern de un mes atrás se hubiera apartado púdicamente, pero hoy no se movió. Estaba seguro de que ella lo confundía con la pared. Pero en la siguiente parada el ascensor osciló en el cable. ¿No retrocedía ella aún más? Eso parecía. Stern, a medida que pasaban los pisos, inclinó sutilmente la mano, casi de forma involuntaria. Así, al llegar al cuarto piso, tenía dos o tres dedos suavemente apretados contra la separación de las nalgas, los pliegues blandos del vestido verde y las protuberancias elásticas de la ropa interior. Por el movimiento natural del ascensor, esta disposición permitía acariciarla discretamente cada vez que el ascensor se detenía.

Desde atrás, Stern procuró estudiar a la joven. ¿Era una de sus conocidas del tribunal, otra abogada en busca de diversión? No la reconocía. Tenía los ojos verdes, un lunar en la mejilla. Una profesional, sin duda, con un caro vestido de seda verde y el maletín. Con cada parada, parecía reclinarse un poco más. Tenía una expresión ensimismada, pero era imposible que no advirtiera lo que ocurría, a menos que sufriera parálisis. En la planta baja, lanzó contra él todo su peso, de modo que por un instante la mano de Stern quedó atrapada dentro y –¿era posible?– un poco apretada. Tras atravesar el umbral metálico, ella miró en torno para orientarse. Sus miradas se cruzaron y la expresión de la mujer resultaba demasiado indefinida para ser considerada sonrisa. Alejándose, se tironeó de la falda para alisar el pliegue que se había formado en la hendidura.

Mareado y excitado, impresionado y aún inspirado por su audacia, Stern la siguió desde el ascensor. ¡Conque así era la vida de hombres y mujeres en el mundo moderno! Era Cincinato abandonando el arado para ir de nuevo a la batalla, armado, a caballo y a cargo de la guerra y la estrategia. Ése era Stern. Sin embargo, Cincinato había sido héroe y oficial en su juventud, y Stern nunca había sido más que soldado raso. Había tenido una experiencia sexual más variada en los últimos cuatro días que en el resto de su vida. No había modo de ocultar su interés. El dulce interludio con Margy había sido como agua para una planta sedienta: sentía la fuerza de su vitalidad desde las raíces hasta las hojas. Con razón la gente se ponía en ridículo tan fácilmente. Eso era divertido. ¿Cómo se seguían esas pistas? Un café. ¿Un cuarto de hotel? ¿Y luego? Asombrado de sí mismo, aún con las cajas, siguió a la joven una calle hasta que se acordó de Radczyk. Ella no miró hacia atrás, al parecer gozaba con la mera provocación. Incluso cuando se detuvo, Stern no estaba seguro de su propia capacidad. No sabía qué excesos anidaban en su interior; tal vez le crecieran alas y echara a volar, tal vez bailara desnudo en la esquina. Se sentía como una burbuja en ascenso, una tenue superficie que contenía la excitante ligereza de la libertad.

12

Junto al río Kindle, cerca de los muelles del lado de Kewahnee, había crecido un submundo. Stern siempre bajaba de la escalera de hierro a los bulevares con la sensación de efectuar un verdadero descenso, como si se internara en las tinieblas en pleno día. Esos embarcaderos donde los boteros descargaban fruta, arroz y carbón del sur conservaban importancia económica para el condado de Kindle aun en este siglo. En los años veinte, los notables del lugar, con la vana esperanza de que el municipio de tres ciudades, como una Cenicienta urbana, llegara a parecer París, decidieron fingir que los muelles no existían. Sobre pilotes de cemento clavados en las márgenes arenosas del Kindle se extendió el centro de Kewahnee; se construyeron grandes caminos y se elevaron modestos rascacielos. Debajo, los mugrientos peones continuaban trabajando en un submundo donde apenas llegaba la luz, mientras que la gente de traje y corbata trajinaba arriba, negociando, enjuiciando, comprando y vendiendo la mano de obra y los bienes que llegaban a la ciudad desde las tinieblas inferiores.

En esos días, Lower River –«río inferior», como se llamaba esta zona– exhibía el siniestro y chillón fulgor amarillento de las lámparas de azufre. En el extremo de las calles, los muelles de las empresas de transporte que se habían instalado allí para trasladar la carga de las barcazas y que al final las habían sustituido estaban llenos de canastos y productos medio podridos. En el aire vibraba el veloz gemido de los neumáticos y la conmoción del tráfico de los caminos superiores. Durante muchos años éste había sido el sitio donde se arrojaban cadáveres y se vendían drogas. Según los rumores, el tráfico de mercancías prohibidas aún continuaba en los embarcaderos. En sus primeros años de abogado, Stern siempre descendía allí para visitar alguna escena del crimen. Mil personas pasaban por allí pero nadie sabía nada. La situación solía ser mucho más frustrante para la policía que para Stern.

En vez de lidiar con el tráfico del mediodía, había cruzado el puente, aún con sus dos grandes cajas vacías a cuestas. Se encontró con Radczyk en un lugar llamado Wally's. No era muy atractivo. Como en todos los establecimientos de Lower River, se entraba por detrás. Las ventanas del fondo del restaurante daban al río, de otro modo inaccesible, y miraban hacia los pilotes y los puntales de hierro de las carreteras. En el horizonte despuntaba un destello de luz diurna y, según el ángulo del sol, a veces iluminaba la opaca superficie del agua para mostrar el sedimento flotante y los desechos industriales. Radczyk estaba fumando un cigarrillo ante una mesa y por alguna razón se estudiaba la camisa cuando se le acercó Stern.

–¡Ah, Sandy!

La rubicunda cara pueblerina del policía estaba radiante.

Esta calidez, cuyo origen Stern aún no atinaba a recordar, continuaba incomodándole. Radczyk había llamado esa mañana diciendo que tenía algunos resultados. Sugirió Wally's, un antro de polizontes, y Stern aceptó con gusto con tal de no tener que ir al puesto de policía. Stern quedó más impresionado que en su casa por el tamaño de aquel hombre; Radczyk apenas cabía en la silla, una mole lentamente disminuida por la edad. Vestía una chaqueta de *tweed* y la camisa roja que se estaba examinando cuando llegó Stern. Explicó que sus hijos se la habían regalado para Pascua.

–Uno recibe a los nietos y lo destruyen todo, así que es un alivio mandarlos de vuelta a casa.

Stern sonrió. Pensó que pronto él también tendría derecho a estas quejas cariñosas. La perspectiva le parecía mucho menos reconfortante ahora. Se le estrujó el corazón al pensar en John.

–Bien –dijo Stern–. ¿Ha tenido éxito?

Quería ir al grano. Radczyk era la clase de hombre que hablaba de cualquier cosa.

El viejo policía hurgó en el bolsillo interior de su chaqueta y sacó una página grisácea, una copia de algo. Se caló las gafas y examinó el papel como si nunca lo hubiera visto. Luego se quitó las gafas y agitó la hoja.

–¿Ha pensado en hablar con los médicos de su esposa? Yo en su lugar lo haría.

Por un instante Stern sintió la misma turbación que había experimentado en su camino desde la fiscalía. ¿Por qué se había molestado con ese policía? Era viejo y tal vez nunca había sido muy competente. Radczyk sugería un punto de partida que Stern ya había pensado. No consiguió ocultar del todo su irritación.

–Teniente, le confieso que ya lo he intentado.

–¿Le puedo preguntar qué surgió de ello? –preguntó Radczyk.

–Pues que el médico de cabecera de Clara me dice que él no pidió ese análisis, y no he podido determinar qué facultativo lo solicitó.

Radczyk miró la hoja que tenía en la mano.

–Aquí no figura el nombre –dijo–. Supongo que lo pude haber preguntado cuando estuve allí.

La posible importancia del nombre del médico era para Radczyk una idea tan remota como la noción de vida en otros mundos. Stern se sentía cada vez más inquieto.

–¿Estuvo usted en Westlab?

–Claro, claro. Ya se lo comuniqué. Fui al centro médico, hablé con la administradora, le mostré la placa. Una muchacha simpática. Se llamaba Liz. Muy profesional. Tenía aspecto de mexicana o italiana. Le dije que estaba haciendo una investigación de rutina y le pedí la documentación. Me mostró un archivo entero, en la misma oficina. Me dio una copia de los resultados.

Radczyk alzó el papel con la mano y Stern, sin invitación, extendió el brazo para cogerlo en silencio. Radczyk se lo dejó. La servil camarera pasó con su libreta verde, preguntando qué tomaría. Stern pidió mientras estudiaba la copia. Era media página con el membrete de Westlab. El resto contenía cifras impresas con ordenador. Números. Códigos. Una maraña indescifrable. Estuvo a punto de soltar un gruñido de frustración.

–¿Le dijeron, teniente, para qué era el análisis?

–Claro. «Pruebas víricas.»

Recobró el papel y con una uña mugrienta señaló un casillero marcado con una X.

–¿Un virus?

Radczyk asintió.

Stern reflexionó. Clara había consultado al médico a causa de un virus. Ése era el resultado de una investigación de dos meses. Su esposa estornudaba. Tenía una tos persistente. Con razón sólo había molestado a Peter. Sonrió vagamente. A pesar del dolor, la situación le parecía cómica.

–¿Y no tenían más datos?

Radczyk parecía estar ausente. Volvió hacia Stern la cara simpática y rubicunda y se le acercó más.

–Aún no me recuerda, ¿verdad?

Stern, que normalmente habría dado grandes rodeos para no admitir una verdad tan poco halagüeña, se limitó a encogerse de hombros. Era inútil tratar de engañar al viejo policía.

–Ya me lo parecía –dijo el policía, inclinándose–. Marv Jacoby.

Stern lo recordó de golpe.

–El hermanastro –murmuró. El huérfano, pensó–. Eso fue hace tiempo.

Radczyk sonrió, puerilmente satisfecho de que lo recordaran.

–Entonces acababa de ascender a sargento.

De manera que éste era el hermanastro. Stern recordó al instante toda la historia. Radczyk había sido criado por el abuelo, que vendía periódicos en uno de esos quioscos de una esquina; en el invierno se calentaban con el fuego de una lata de petróleo. Un día dos malandrines del vecindario, que iban en busca de unas monedas, intentaron asaltar al abuelo y al final lo mataron a balazos. El policía de la ronda era Harold Jacoby –los judíos no llegaban a teniente en esos días–. Se llevó al nieto a casa y lo educó como hijo propio. Harold tenía dos hijos más, según recordaba Stern, y los tres habían sido policías. Ray era el mayor. Eddie al final renunció y se fue a California, donde había tenido éxito como inversor financiero. Marvin, el hijo menor, había sido cliente de Stern.

Cielos, era todo un matón, pensó Stern al recordar a Marvin. Era un pillo que mascaba chicle y gastaba bromas, con ojillos negros. Marvin fue mal policía desde el día en que recibió la placa. Y un problema cotidiano para Ray, quien se encargó de él cuando el padre falleció.

Casi doce años atrás, varios agentes de policía, azuzados por las habituales rivalidades interdepartamentales, habían empezado a reunir pruebas de infracciones en el Distrito Norte de la ciudad. Este esfuerzo no requería mayor lucidez. El Distrito Norte era un libro abierto: polizontes corruptos, fianzas dudosas, jueces deshonestos.

Marvin no era el infractor más grave, pero sí uno de los menos populares, y cuando conoció a Stern tenía una citación para comparecer ante un gran jurado estatal que estaba examinando declaraciones de que Marvin había recibido una paga mensual de unos traficantes de narcóticos para que los pusiera sobre aviso ante las redadas policíacas.

–Aún estoy en deuda con usted por todo aquello –dijo Radczyk.

Stern meneó la cabeza. No había sido gran cosa. Él sólo había tocado los puntos indicados. Como un conocedor de artes marciales. Stern había visitado discretamente a unos cuantos políticos cuyas alianzas podían verse perturbadas por problemas repentinos en el Distrito Norte. El fiscal del condado, Raymond Horgan, quien tenía amigos como todo el mundo, había decidido cerrar la investigación. Radczyk se sentía exageradamente agradecido por estos esfuerzos, había asistido a cada una de las visitas de Marvin, inquieto como una madre; entonces era tan expresivo como ahora. Marvin se sentaba allí en uniforme, haciendo estallar el chicle mientras Ray reinterpretaba cada observación procurando la exculpación de Marvin. Parecía resuelto a no creer lo peor, era el devoto hermano mayor que todo hombre debería tener. Eso no le había servido de nada a Marvin, quien años después apareció en el maletero de un coche, en un aparcamiento del Distrito Norte.

Por lo que Stern había oído, Marvin estaba desnudo, con los genitales chamuscados y agujereados con soplete.

Stern lo dijo en voz alta: al final no había servido de gran ayuda para Marvin.

–Usted le dio una oportunidad –dijo Radczyk–. Tenía veintiún años. Todos merecen una oportunidad. –Ambos meditaron un instante sobre esta observación–. Debí saber que nunca sería buen policía. Demonios, ni siquiera sé si yo lo soy.

Radczyk, sorprendido en sus tiernas evocaciones, sonrió con picardía. Había algo conmovedor en esta sincera confesión. Radczyk estaba a punto de jubilarse y aún tenía dudas fundamentales. Stern no sentía esa clase de pesar; no albergaba dudas acerca de su aptitud para su vocación, ni arrepentimientos por lo que habría logrado con mayor diligencia o trabajo más duro. Lo que intentaba evaluar era el precio de tanta dedicación. Ese pensamiento lo llevó de vuelta al principio. Stern miró en torno para hallar sus cajas y se levantó.

–Gracias por sus esfuerzos, teniente. Estoy en deuda con usted.

Radczyk, aparentemente anclado en el pasado, estudió a Stern con una mirada triste y tentativa, y por primera vez calló todo comentario.

–De paso, ¿mi esposa tenía un virus? –quiso saber Stern.

Se preguntó hasta qué punto era remoto el destello que había perseguido.

Por toda respuesta, Radczyk le mostró el papel. Stern le echó un vistazo. El grueso dedo de Radczyk señalaba la sección de hallazgos del formulario: «HSV-2 Positivo». Stern lo miró inquisitivamente y Radczyk se encogió de hombros. Fuera lo que fuese. Jerigonza médica.

–Tal vez debiera regresar allá para conseguirle el nombre de ese médico –sugirió Radczyk.

Esta vez Stern lo pescó, un destello de sagacidad que cruzó el jovial rostro de Radczyk, chispeante y fugaz como el reflejo de una navaja. Había sido sólo un instante. Stern comprendió que antes había captado ese destello de astucia en Radczyk y lo había pasado por alto. Le asombró, después de tantos años, que un policía aún pudiera engañarlo.

Stern dejó las cajas y se sentó de nuevo. Habló con precisión, como si estuviera en el tribunal.

–Perdón, teniente, pero creo que usted no ha respondido a mi pregunta.

Radczyk se puso serio de golpe. Miró a ambos lados, sorprendido, y sopesó algo, tal vez la tentación de seguir fingiendo: «¿De qué pregunta me habla?».

–Sí –dijo Radczyk al fin–. No la he respondido.

–¿Para qué era este análisis?

–Oh –dijo Radczyk. Se acarició los escasos mechones de pelo rojizo–. El médico debería decírselo, Sandy. No yo.

–Ya veo. ¿Se niega usted?

El policía miró incómodamente alrededor.

–No, Sandy, no me niego. Usted me pregunta y yo le digo la verdad.

–Bien, adelante.

La vieja cara de Radczyk parecía blanca y agotada.

–Herpes –dijo Radczyk.

–¿Herpes?

–Se lo pregunté a esa muchacha. Eso me dijo. Herpes. –Radczyk se pasó la mano por la boca, enjugándose los labios–. Herpes genital.

Stern miró el río sucio, los jirones de pulpa de madera, cartón desintegrado y espuma blancuzca que pasaban flotando. Se había sentido así recientemente, recordó con repentina precisión. ¿Cuándo? Evocó el momento en que había abierto la puerta del garaje. Bajó la cabeza y notó que estaba aferrando el borde de la mugrienta mesa gris.

–¿El análisis dio resultado positivo? –preguntó.

Desde luego, sabía lo que decía el papel.

–Sandy, le pregunta usted a un tío que no sabe nada. Yo repito lo que dijo esa mujer. ¿Quién sabe de qué estamos hablando? Regresaré al laboratorio. Conseguiré el nombre del médico. Se lo conseguiré cuanto antes.

–Por favor, teniente, no se moleste.

–No es molestia.

–Ha hecho usted demasiado, teniente.

Desde luego, lo dijo con el tono erróneo. Stern se quedó allí, mareado, sufriendo, incapaz de buscar un modo de disculparse.

Por Dios, Clara, pensó.

Stern insistió en pagar la cuenta. Cogió la tosca mano del viejo policía y la estrechó solemnemente. Radczyk, en una especie de gesto conciliatorio, colocó la página fotocopiada en el bolsillo del traje de Stern. Luego, Alejandro Stern, con sus cajas vacías, se volvió para irse, mientras se preguntaba dónde podría encontrar un sitio para estar solo a esa hora temprana.

SEGUNDA PARTE

13

Clara Mittler ya tenía bastantes años cuando lo conoció. Era 1956.

El primer encuentro se realizó en el auspicioso clima de la oficina del padre, pues Stern había alquilado un cuarto en la suite de Henry Mittler. En aquella época Stern reverenciaba a Henry; más tarde, veía a su suegro como un hombre demasiado injusto para merecer admiración. Pero en 1956, con su dominante y volcánica personalidad o, para ser más exactos, su influencia y riqueza, Henry Mittler se erguía ante Stern, recién salido de la Escuela de Derecho de Easton, como una figura gigantesca, un majestuoso emblema de los posibles logros en la vida de un abogado. Era un individuo corpulento con un vientre formidable y pelo blanco estirado hacia atrás. Era astuto, sabio, implacable. En muchos sentidos Henry era un refinado caballero: coleccionaba sellos y durante muchos años Stern observó asombrado cómo Henry, con su monóculo de joyero y sus pinzas, los estudiaba, guardaba y archivaba. En ocasiones su temperamento lo llevaba a actuar con vulgaridad, pero de un modo u otro siempre proyectaba el aura imponente de un director de orquesta.

Ese notable conjunto de cualidades –y, como Stern sabría después, un afortunado matrimonio con una mujer de buena posición– lo había convertido en un asesor empresarial cuya lucidez y discreción gozaban de gran consideración en la pequeña pero acaudalada comunidad judeoalemana de la ciudad. Entre sus clientes figuraban dos de los mayores bancos independientes del centro, así como las familias Hartzog y Bergstein, que en aquellos tiempos estaban conquistando los primeros terrenos de sus futuros imperios de líneas aéreas y hostelería. Henry había madurado en una época en que sus clientes abogaban por condiciones laborales insalubres, ataques a los sindicatos y despiadadas liquidaciones de hipotecas, el prístino imperio de la riqueza, aceptado como parte del Orden de las Cosas. Aho-

ra se vivía en otro mundo; el Capital ya no equivalía a Poder de la misma manera brutal en Estados Unidos. Pero Henry, como todos los demás, era la imagen de su tiempo, cuando se esperaba que un abogado de su eminencia se comportara como un caballero con sus clientes aunque fuera un hijo de puta con todos los demás.

Siete jóvenes abogados trabajaban para Henry en suites del viejo edificio Le Sueur, con sus adornos de bronce art déco. Al salir de la Escuela de Derecho, Stern había respondido a un anuncio de una revista especializada y había alquilado un cuarto. Era un arreglo prometedor. Henry no asistía personalmente a los tribunales. A veces delegaba en Stern algunos asuntos de poca monta. Recaudaciones, enlaces, contactos. Pequeños divorcios, tal vez. Casos de lesiones personales menores o multas de tráfico. No importaba mucho. Si el trabajo era constante, Stern podía pagar su alquiler de treinta y cinco dólares mensuales.

Por esta suma, Stern tenía derecho a consultar la biblioteca legal de Mittler –lo cual parecía una concesión increíble, aunque muchos de los lujosos tratados comerciales contribuían en poco a la práctica penal que Stern deseaba desarrollar– y la secretaria de Mittler recibía sus mensajes telefónicos. En esos primeros meses no podía costearse un teléfono propio. Las llamadas de Stern se recibían en el número de Mittler y se contestaban, a diez centavos cada una, desde una cabina telefónica de madera del vestíbulo, treinta y dos pisos más abajo.

Este acuerdo, cómodo para Stern, pronto resultó inaceptable para Henry. No tenía quejas con el modo en que Stern resolvía los casos que le delegaba. Pero no le gustaba la clientela que Stern se traía de los tribunales, adonde el joven acudía con la esperanza de obtener más casos. Después de dos o tres intentos frustrados, logró llamar la atención de un sargento de policía llamado Blonder, y por una comisión de cinco dólares por cliente éste celebraba líricamente los triunfos de Stern y entregaba su tarjeta a los detenidos que llegaban en el furgón de la policía. Estos clientes –gitanos, ladronzuelos, borrachos que se habían liado en peleas de taberna– llegaban a las oficinas con revestimiento de roble de Henry Mittler para esperar al señor Stern, junto al cliente de Henry, Buckner Levy, con quevedos y sombrero de fieltro, el presidente del Commercial Bank de la calle Cleveland. No se producían incidentes, pero Henry se enfurecía al ver a esos patanes en camiseta, que fumaban cigarrillos, y a veces confundían los ceniceros con escupideras. Cuando Stern conoció a Clara, sus clientes sólo podían esperarlo en un banco del pasillo, mientras Henry pensaba en echar definitivamente a Stern. En su arrebato inicial, Henry ordenó a Stern que buscara una nueva oficina, aunque luego no volvió a mencionar el tema.

Clara trabajaba dos o tres días a la semana en la oficina de su padre. Stern la vio por primera vez desde el pasillo. Era una joven esbelta y erguida sentada ante Henry Mittler con una libreta verde de taquigrafía en la mano. Stern se detuvo; había algo raro en todo aquello. Ella llevaba una elegante blusa de seda, una falda parda de fina lana y un collar de perlas. Entonces advirtió que no estaba sentada en una silla, sino en el taburete de la mecedora de Mittler.

–Sí, Stern. –Henry lo había visto. Stern, que no tenía intención de pasar, dijo que volvería más tarde, pero Mittler estaba de buen humor y casi le ordenó que entrara en la oficina–. Mi hija –presentó alzando la mano, mientras buscaba algo en el escritorio.

Clara tenía el pelo rojizo como una cereza, muy corto, lo cual no estaba de moda; la tez, salvo por dos marcas moradas cerca del pómulo, era pálida; al principio Stern no supo si era bonita o fea. Tenía una expresión indiferente. Saludó a Stern con un cabeceo que no revelaba mayor interés que por un mueble.

Henry estaba buscando su pipa.

–Supongo que ya has hecho otros arreglos –dijo mientras encendía la tabaquera de espuma de mar.

–Aún no –confesó Stern.

Años después, Stern todavía recordaba la asombrosa celeridad con que calculó las ventajas de conquistar la atención de esa joven. Sin embargo, fue Henry, no Stern, quien los puso en contacto.

–Stern es argentino –comentó el padre.

Ella sonrió.

–¿De dónde? –preguntó.

En 1956 la mayoría de los norteamericanos sentían aprensión ante todos los extranjeros; de Argentina sólo les interesaba el tango. Stern sintió una instantánea gratitud por ese interés.

–Buenos Aires, aunque vivimos en varios sitios. Mi padre logró transformar la práctica de la medicina en un oficio itinerante.

–¿Tu padre era médico? –preguntó Henry–. Siempre has actuado como si fueras un hijo de puta venido a menos. Perdón, Clara.

–Lamentablemente, es cierto –admitió Stern.

–Éste es el que usa el teléfono del corredor –explicó Henry.

–Ah –dijo Clara.

El pobre Stern sintió un sofocón de vergüenza. Clara le cogió el brazo.

–Papá, avergüenzas al señor Stern.

Henry hizo una mueca. Para él no tenía importancia.

Algunos elementos de esos primeros instantes parecían incomprensibles. Ella era demasiado sofisticada y rica para ser secretaria, pero iba dos o tres veces por semana para mecanografiar y atender el teléfono. Cuando pasaba Stern, le sonreía tímidamente. Era una persona de pocas palabras, difícil de descifrar más allá de su apariencia estoica.

–¿Eres estudiante? –le preguntó Stern un día, impulsivamente, cuando estaba en el pasillo, cerca de la pequeña oficina interior que ella compartía con otras dos mujeres.

–¿Yo? No. Terminé la carrera hace tres años. Cuatro. ¿Por qué lo preguntas?

–Pensaba... –murmuró Stern.

Como de costumbre, le costaba encontrar la palabra adecuada.

–¿Que yo era más joven?

–Oh, no –dijo él de inmediato. En realidad no había pensado en ello, pero la joven sintió cierto embarazo. Se había puesto en desventaja al revelar esta vulnerabilidad–. Simplemente me preguntaba si tenías otra actividad cuando no estabas aquí.

–¿Crees que podría hacer algo mejor que escribir a máquina para mi padre?

–Oye –dijo Stern, aunque entonces comprendió que ella sólo intentaba coquetear sin mucho éxito–. Estoy seguro de que eres capaz de muchas cosas.

Ella no respondía. Desvió la mirada con timidez. Stern no iba a ningún lado con esa familia. Sin embargo, días más tarde ella lo llamó cuando pasaba por el pasillo.

–¿Stern? –Él se asomó sin estar seguro de que fuera la voz de ella. Clara agachaba los ojos mientras tecleaba la máquina, un pesado artefacto negro de hierro forjado. Al fin habló, aunque al parecer tras considerable reflexión–. Dime, Stern, ¿qué creías que estudiaba?

Vaya, ¿ahora qué? Stern escogió algo inofensivo.

–Música, tal vez.

Ella sonrió, radiante de placer.

–Mi padre te lo dijo.

–No –contestó Stern, con gran alivio.

–¿Te gusta la música?

–Mucho. –No era mentira del todo. ¿A quién no le gusta la música? Clara dijo que había estudiado piano durante muchos años. Mencionó compositores a quienes Stern sólo conocía de nombre. Convinieron en disfrutar juntos de la música en alguna oportunidad. Al terminar la conversación, Stern quedó nuevamente sorprendido por las peculiaridades de aquella joven. Educación universitaria, vida ociosa, llena de vibrante sensibilidad. ¿Qué edad tenía? Veinticuatro o veinticinco años, calculó Stern, algo mayor que él. Demasiados para ser soltera, incluso en Estados Unidos.

La semana siguiente, Henry lo llamó a su oficina. Stern temía que la expulsión fuera a consumarse, pero en cuanto vio al inquieto Henry, comprendió que se trataba de otra cosa. Si Henry revocaba un permiso, lo hacía sin titubeos.

–Pauline y yo no podemos usarlas –dijo Mittler, mientras le entregaba unas entradas para la Sinfónica–. Sin duda Clara querrá ir. –Stern estaba demasiado confundido para que Mittler corriera riesgos–. Ha sido idea de Clara. Es demasiado tímida para pedírtelo ella misma.

–Es usted muy amable, señor Mittler. Estoy muy agradecido.

–Ya lo creo –dijo Henry–. Mira, Stern, no sé qué pensar de mi hija. Ignoro si esto es acertado o no. Tal vez creas que ella es brillante, pero en general no sabe lo que quiere. Créeme. He asegurado a su madre que no habría ningún problema. Le dije que eres inofensivo.

Mittler clavó en Stern los ojos amarillentos.

¿Tendría que haber rehusado? Décadas después, en el abismo del dolor, podría plantear la pregunta, pero nunca los condenaría a ambos con una respuesta afirmativa. Había aceptado las entradas mientras respondía con un murmullo a ese juicio sobre su carácter inofensivo. Cualquier persona presente habría creído que estaba de acuerdo.

14

Stern comprendió de inmediato que Peter no las tenía todas consigo: un gesto familiar, una sombra de pánico que se esfumó de inmediato por obra de la voluntad. Peter echó una ojeada a la recepción para ver si había alguien más. Luego preguntó en voz baja:

–¿Qué sucede?

Stern nunca había estado en el consultorio de su hijo. Cuando Peter era residente, Clara y Stern habían ido a cenar con él un par de veces en la cafetería del hospital universitario. Con su ropa verde y el estetoscopio en un bolsillo, parecía vital, alerta, cómodo. La seguridad de Peter en su ambiente había conmovido a Stern; se alegraba por su hijo, que a menudo parecía fuera de lugar. Pero al parecer aquellas reuniones no habían sido tan agradables para Peter. Hacía un año y medio que tenía su consultorio privado y nunca había invitado al padre a visitarlo. Clara había ido allí para almorzar. Pero Stern había vagabundeado hoy por los alrededores de aquel pequeño consultorio con diversos temores, seguro de que en cualquier momento la impaciencia y la angustia lo obligarían a dar la vuelta. No había sido así. Por desgracia, había necesidades auténticas, una verdadera indagación.

–Necesito tu asesoramiento –dijo Stern–. Es un asunto delicado.

Visiblemente desorientado, Peter lo llevó por un laberinto de corredores pintados de color brillante hasta una pequeña oficina, poco mayor que un cubículo. En ese entorno, Peter había sucumbido a lo mundano. El escritorio estaba limpio, inmaculado, repleto de obsequios de los laboratorios farmacéuticos: un portalápices de ónix, una cosa octagonal de plástico que resultó ser un calendario. Había tela estampada en una pared, los títulos estaban convencionalmente alineados a lo largo de una columna de yeso. En el anaquel superior, Stern vio la única fotografía de la oficina, un pequeño retrato oval de Clara tomado años atrás. Un añadido reciente, tal vez. Los hombres de la generación de Peter no exhibían las fotos de la madre, ni siquiera con tanta discreción, cuando ella estaba viva.

–¿De qué se trata? –preguntó Peter–. ¿Estás bien?

–En general, sí.

–Claudia confesó a Kate que algunas mañanas no vas a la oficina.

Stern no sospechaba que su hija y su secretaria se hablaban. Resultaba conmovedor que se llamaran para interesarse por su bienestar. Y era típico de Peter delatar inadvertidamente el secreto. Stern se había ausentado el resto del día en que había visto a Radczyk, así como el día anterior, lunes. Aún hoy le había costado levantarse. Pero no había ido allí en busca de compasión. Dijo que se encontraba tan bien como cabía esperar y Peter asintió. Concluidas las formalidades, su hijo no se sintió obligado a hacer más preguntas ¿Habría respondido él si Peter las hubiera hecho? Peter señaló una pequeña silla tapizada y Stern se sentó con morosa pesadez. No, no habría respondido. En alguna parte del corazón de Stern había un Peter perfecto, el hijo que todo hombre anhelaba, lleno de comprensión e inclinaciones similares a las del padre. Pero esta figura era apenas una sombra, tan alejada de lo cotidiano que ni siquiera cobraba forma imaginaria. Stern se las veía con el hombre real como mejor podía. Respetaba el talento de Peter; era inteligente, siempre el estudiante distinguido, y muy sagaz. Como las mujeres de la familia, Stern estaba dispuesto a recurrir a Peter cuando lo necesitaba. Pero no quería –no podía– dar nada a cambio. Ésa era la verdad. Punto. Peter reaccionaba; Stern actuaba como una piedra. Así serían siempre las cosas.

–¿Tiene que ver con el testamento de mamá?

–No –dijo Stern, notando la impaciencia de Peter, quien prácticamente le exigía que fuera al grano. En aquel lugar, dispensador de salud y conocimiento, su hijo era soberano. A todas luces, la intrusión de Stern no era bien recibida–. Hay preguntas, Peter, que debo hacer a alguien. Confío en tu discreción.

–¿Preguntas médicas? –inquirió Peter, acomodándose detrás del escritorio, el joven y apuesto médico, peinado con raya en medio y la chaqueta larga y blanca.

Aun teniendo a Kate, era posible que Peter fuera el más guapo de sus hijos. Parecía estar en óptimo estado físico, delgado y atlético.

–Sí. Preguntas médicas. Preguntas técnicas.
–¿Y Nate?
Una pregunta razonable. Stern había pasado el fin de semana llamando por teléfono a Nate, quien seguía siendo la primera opción como médico de cabecera. Pero la vida personal del doctor Cawley lo había vuelto imprevisible como un adolescente y Stern se había cansado de dejar mensajes.
–Éste es un problema más reciente, Peter. Sospeché que te molestaría. Si prefieres que vuelva en otra ocasión...
Peter desechó la sugerencia con un ademán.
–Era por curiosidad. ¿De qué se trata?
Stern sintió que se le tensaba la boca. Varias reacciones de incomodidad se iniciaron en distintas zonas de su cuerpo. Pero estaba resuelto a continuar. Necesitaba información, no sólo para complacer un morboso afán de conocimiento, sino porque su propia salud podía estar en juego. Conocía a otros médicos, pero resultaba difícil escoger a cualquiera para hacer este tipo de pregunta. Y por último, desde luego, su hijo despertaba el aspecto más canallesco de su carácter, especialmente en cuanto a las relaciones con la madre. Racionalmente, Stern no podía abrigar verdaderas sospechas. No importa, Clara Stern. A partir del viernes pasado había perdido toda autoridad para predecir la conducta de ella. Pero ninguna mujer de la clase social de Clara, con su experiencia y parquedad, ninguna madre habría acudido al hijo para tratar un problema de esta índole. Aun así, allí estaba Stern, ansioso, entre otras cosas, por disipar toda duda final.
–Necesito información.
–¿Para ti?
–Yo hago las preguntas.
–Ya veo.
–Supongamos que pregunto en nombre de un amigo.
Peter, como solía hacer con su padre, no ocultaba sus emociones. Frunció la boca para indicar que esa formalidad le parecía estúpida. Stern, como de costumbre, no dijo más. Simplemente se proponía abordar el asunto así, como si un cliente preocupado necesitara respuestas. Si su hijo era inocente, Stern no comprometería a Clara, lo cual sería mejor no sólo para él, sino también para Peter. Imaginaba este encuentro como una reunión con un testigo clave, uno de

esos momentos decisivos de la vida forense, la exposición de la más grave falta del testigo sin siquiera insinuar que su cliente había participado de esa conducta.

–Peter, ¿tu profesión te pone en contacto con toda la variedad de...? –¿Qué palabra?–. En mis tiempos la frase era enfermedades venéreas, pero creo que esa terminología ya no es popular.

–Enfermedades de transmisión sexual –dijo Peter.

–En efecto.

–¿Cuál?

–Herpes –dijo Stern. El aspecto de Peter había cambiado con la conversación. Había asumido su papel de profesional. Se irguió en la silla, frunciendo la frente con solemnidad. Ahora, ante esa palabra, sus cálculos parecían más intrincados. Entrelazaba las manos con pomposidad doctoral, pero sus ojos delataban cambios de color como el mar, de modo que Stern tuvo la fugaz intuición de que sus sospechas no eran tan injustificadas–. ¿Conoces el tema a fondo?

–Sí. ¿Cuál es el problema?

–Si uno se contagia...

–Sí.

–¿Cuánto tarda la enfermedad en manifestarse?

Peter esperó.

–Mira, papá. No bromees con estas cosas. ¿Crees que tienes herpes?

Stern intentó permanecer impasible, pero interiormente sentía una lánguida agitación, algo parecida a un aleteo. Con sus días de cavilación y sus torturadas emociones, no había logrado estimar con claridad qué ocurría aquí. Ahora que Peter lo miraba fijamente, eso resultaba obvio. Se conocían demasiado. Peter había reconocido, desde luego, que su padre era parte interesada, y como cualquier médico, cualquier hijo, tenía previsibles preocupaciones. Si estaba contrariado, era sólo porque su madre había muerto hacía sólo dos meses y el paterfamilias ya estaba allí pidiendo un informe completo sobre el salario del pecado. La atmósfera de tensión se agudizó, mientras Stern comprendía gradualmente que en el peor de los casos no tendría más remedio que profundizar en el juicio erróneo del hijo. Una vez más trató de encauzar la conversación hacia un terreno más neutral.

–Los datos que me preocupan, Peter, son elementales. Una mujer está enferma. Un hombre está con ella. Sólo deseo saber qué posibilidades hay de que él se contagie.

–Mira, esto es demasiado vago –objetó Peter, estudiando a su padre–. Hablemos de una persona, ¿te parece? Esta persona. ¿Cómo sabe que hay un problema?

–Supongamos que el análisis dio resultado positivo. Ella se sometió a un análisis.

–Análisis. Entiendo. –Peter hizo una larga pausa–. ¿Y tú recibes la información? –Peter meneó la cabeza–. ¿Él recibe la información?

–En efecto.

–¿Se la da esta mujer?

Por el tono de Peter, era evidente que pensaba en alguna pelandusca.

–Como te he dicho, parte de un informe autorizado.

–Muy bien –asintió Peter–. ¿Y ella está activa en el momento del contacto? ¿El virus se está expandiendo?

–¿Qué quieres decir?

–Si hay indicios manifiestos de la enfermedad. Lesiones. Llagas. Úlceras. Un salpullido.

Stern no pudo contener un respingo. No había notado nada de eso. Pero ya había advertido que no recordaba sus últimas relaciones con Clara, y no por mera casualidad.

–Temo que mi información no es tan precisa, Peter.

–¿Puedes preguntar?

–Creo que no.

–¿Crees que no? –Peter miró al padre de hito en hito. Stern comprendió que daba la impresión de que este encargo imaginario se había hecho en un callejón. Peter, tal vez con embarazo, se miró las manos entrelazadas–. La enfermedad sólo se transmite mediante contacto piel a piel, con un sujeto activamente infectado o prodrómico... es decir, que está a punto de comenzar. La infección se manifiesta de dos a veinte días después del contacto. Lo más frecuente es que ocurra durante la primera semana. Si te contagias. Algunas personas son inmunes. Si ha transcurrido este período sin síntomas, es probable que estés bien. Probable –repitió su hijo.

–Entiendo –dijo Stern. Peter lo observaba atentamente para ver cómo lo afectaba la noticia–. ¿Y cuánto dura, si uno se ha contagiado?

–La eflorescencia inicial dura de tres a seis semanas, externamente. Pero es una infección vírica que puede reincidir. Sin duda has oído hablar de eso. Cada recidiva dura de siete a diez días.

–¿Y cómo sabe uno si está infectado, Peter?

–Bien, lo primero es examinar.

–¿Para buscar qué? –preguntó Stern.

Peter, con mirada agria, se apoyó la mano en la barbilla. Al fin se levantó, se alejó del escritorio y cerró la puerta. Se volvió hacia su padre.

–Bájate los pantalones.

–Peter...

–A la mierda con estas tonterías. Levántate. Venga. –Actuaba con demasiada firmeza para permitir discusiones. Stern, con una mezcla de ironía y añoranza, recordó el modo en que había previsto este encuentro, con él mismo en pleno dominio de la situación.

–Luego –musitó.

–Vamos. –Peter aplaudió burlonamente. Actuaba con firmeza y distanciamiento. Tenía la mirada fija en el cinturón del padre. Fue un momento sin trascendencia. Stern estaba aprendiendo que los asuntos corporales tenían su propio peso, que eran irreductibles. Peter se arrodilló y extrajo del bolsillo una linterna pequeña. Daba indicaciones como un coreógrafo. Izquierda, derecha. Tira de aquí, tira de allá. Sus modales profesionales eran asépticos, su mirada intensa y penetrante.

–¿Irritaciones?

–No.

–¿Escozores?

–Ninguno.

–¿Problemas funcionales? ¿Urinarios? ¿Eyaculación?

Stern decidió obviar observaciones sobre los problemas de la edad. Respondió que no.

–¿Algún tipo de pérdida?

–Ninguna.

–¿Hinchazón?

–No.

Peter lo tocó una vez, precisa y fugazmente, en la entrepierna, palpándole los ganglios linfáticos.

El examen terminó después que Stern quedara de pie con el órgano extendido como un pez cogido por la cola, el lado dorsal expuesto, y Peter alumbró con la linterna el miembro mustio a lo largo y por encima del escroto.

–Pareces limpio –declaró, y le indicó a Stern que se vistiera. Luego añadió–: Un momento. –Salió discretamente por la puerta y regresó con un recipiente de plástico–. Quisiera una muestra.

Stern, desde luego, se opuso.

–Vale la pena, papá. A veces, muy pocas, algunos pacientes, sobre todo varones, pueden contraer el HSV-2 sin los síntomas habituales. Tal vez tengas una infección en la próstata o en la uretra y termines por contagiarla.

Peter lo miró severamente y añadió que también deseaba una muestra de sangre para determinar la temperatura de solidificación virósica del suero, operación que permitiría comparar el nivel actual de anticuerpos con el de cinco o seis semanas después, para garantizar que no hubiera contagio.

–¿Todo esto es necesario? –repitió Stern.

Peter se limitó a señalar el pequeño cuarto de baño del pasillo. Stern obedeció. Se quedó de pie en ese cuartucho, acariciándose el órgano para estimularlo, experimentando la habitual dificultad de excitarse de forma voluntaria. Afuera dos enfermeras hablaban acerca de un paciente.

¿Peter era homosexual? La pregunta, que no era nueva, llegó como un rayo, y como de costumbre en el momento en que causaba la mayor incomodidad. Pero no podía ahuyentar ese pensamiento. Su hijo tenía treinta años, y las hermanas y la madre parecían ser las únicas mujeres de su vida. Nunca había vivido con una muchacha; cuando lo veían sus padres, rara vez estaba con una mujer. Eso no significaba gran cosa. ¿Quién hubiera expuesto a una persona desconocida al circo neurótico de su familia? No obstante, Stern a veces creía ver lo que, de manera lega y mojigata, él tomaba por indicios: el estrecho apego de Peter por la madre, cierta afectación. Bien, incluso esa especulación era insidiosa. En cualquier caso, poco apropiada para un padre. Lo cierto –y aquí al fin surgía la verdad con su contenido efecto explosivo, como una carga que estallara dentro de una caja fuerte– era que la idea agradaba vagamente a Stern. Sería una ventaja permanente. Daría a Peter su merecido. Stern, casi sin darse cuenta, sacudió la cabeza mientras brotaba este río de resentimiento. En ese espacio cerrado y maloliente, la claridad de sus malos sentimientos era lúgubre e irremisiblemente triste.

En la oficina, Peter esperaba con una goma elástica y una jeringa. Tras entregar el recipiente a una enfermera, Peter se arrodilló junto al padre e insertó la aguja. Entretanto, Stern se preparó para otra pregunta imprescindible.

–Entiendo que es necesario revelar estos problemas a las parejas.

Peter entreabrió la boca y lo miró con asombro. Incapaz de dominar su propia simulación, Stern no había pensado en la impresión que provocaría esta pregunta: la mujer número uno tenía el problema, y ahora él hablaba de «parejas», en plural. Vaya par de meses. Stern sonrió vagamente.

–Tal vez sería aconsejable –respondió al fin Peter–. En general. Si el análisis sanguíneo fuera más rápido, te ahorrarías el contratiempo. Pero cinco, seis semanas. –Peter meneó la cabeza–. Será mejor que digas algo, por si acaso. Es casi seguro que estás bien. Pero si algo surgiera, querrás que sepan de qué se trata.

–Entiendo. –Bien, sólo Dios sabía qué había oído Margy en sus tiempos, pero la idea de informarle hacía temblar a Stern. Nunca explicaría las verdaderas circunstancias, ni a ella ni a nadie. Lo consideraría otro ejemplo de la mala fe de que eran capaces los hombres–. Y supongo que por el momento recomiendas abstinencia –preguntó casi con esperanza.

Había resuelto volver a enclaustrarse ese fin de semana.

Peter sonrió vagamente, divertido por la idea de que su padre tuviera vida sexual o, más probablemente, por el hecho de que de pronto él tuviera derecho a dirigirla.

–Bien, no eres activo. Y pronto sabremos si eres prodrómico. Si es subclínico, un profiláctico es apropiado para proteger a tu pareja. Yo creo que bastará. Suponiendo que seas coherente.

–Sí, desde luego.

Stern agitó la mano para indicar que esta conversación era puramente especulativa. En realidad, ya no le importaba.

Peter separó el recipiente de la jeringa. Agitó la sangre, la miró y regresó al escritorio para hacer anotaciones. Stern se dispuso para su pregunta final.

–Esta enfermedad no se puede contraer por accidente, ¿verdad, Peter?

No podía evitar la pregunta, aunque incluso a él le sonaba tonta y patética.

–¿Temes haberla contraído así, papá?

Peter ya no ocultaba su aire divertido. Su hijo tenía un humor punzante que, de joven, le había granjeado muchos admiradores. La observación no era particularmente rencorosa. Pero en ella Stern advirtió que había pocas posibilidades de que sus hijas no se enteraran del episodio. La reserva profesional tenía sus límites. Este bocado era demasiado delicioso. Se guardaría los detalles, pero contaría algo revelador. Kate, por ejemplo, necesitaba algún consuelo. «¿Recuerdas que estabas preocupada porque papá no iba a trabajar de mañana?» Las bromas, al menos, tendrían una inspiración afectuosa y no rozarían el problema real.

–No pensaba en mí mismo.

–¿En tu amiga?

Stern asintió con un gruñido. Su amiga. Peter hizo una pausa mientras pegaba una etiqueta en el tubo.

–Me encantaría permitir que abrigases ilusiones, pero hay muy pocas probabilidades. Si tu amiga pidió el análisis, eso significa un cultivo vírico, y si han identificado un HSV-2, el origen es casi sin lugar a dudas el contacto sexual. Ya sabes, el viejo pretexto de la taza del retrete...

Peter no terminó la frase. Simplemente hizo una mueca.

Stern no pudo contener un suspiro. Desde luego, estaba preparado para ese veredicto. Clara Stern, tal como la había conocido, era una mujer de porte atractivo, con un pecho opulento y, como ella misma reconocía, una figura que había mejorado con la edad. Mientras la grasa, las patas de gallo y todas las flaquezas corporales acuciaban a las demás, Clara conservaba su eterno aspecto agradable, digno y compuesto. Stern la había admirado porque en todo momento había sido más guapa que él. Pero algunas mujeres, las mujeres casadas y sobre todo las madres, se involucraban demasiado en una densa red de actividades, tensiones y cuidados que limitaban su interés sexual. En más de treinta años no recordaba un solo instante de celos conscientes, un hombre cuyas atenciones parecieran excitarla. Era una persona que, a juzgar por su conducta cotidiana, no se descarriaba. Estaba en un plano más elevado.

De modo que aun días después, la noticia de Radczyk seguía

siendo un enigma. De alguna manera iba más allá del bien y del mal. La idea de que una mujer de cincuenta y ocho años –esa mujer de cincuenta y ocho años, a punto de ser abuela– tuviera una enfermedad de transmisión sexual era tan aterradora como un espectáculo de fenómenos circenses. ¿Las prácticas anteriores se manifestaban en la madurez tardía? Tal vez había pasado una vida de matrimonio haciendo el papel de tonto. Se negaba a creerlo. Era como el concepto de una cuarta o quinta dimensión. Trascendía la capacidad de la mente normal, al menos de la suya. Fuera machismo o limitación personal, no podía imaginar a su esposa con otro hombre, y sin embargo así había sido.

Por esa razón ella había hecho lo que había hecho. En el tormento de los últimos días –en medio del dolor, la furia, los reproches y la incredulidad– no lo había pasado por alto. Clara había querido ahorrarle la humillación. Esto no era sensiblería ni autoengaño. Después de todos los cálculos, la conclusión seguía siendo la misma. Aquí había una laguna, un monumental engaño que tal vez en vida él jamás hubiera perdonado. Se había ahorrado a sí misma un gran dolor. Pero al final, su bondad, su fundamental bondad, continuaba siendo su estrella, su luz rectora.

¡Oh, Clara! En la silla, con el brazo arremangado y aún hormigueante después de la extracción de sangre, Stern vaciló por un instante al borde de las lágrimas. Se esfumaban su vida, lo que quedaba de ella, sus pequeñas ilusiones. Habría que contárselo a Peter, o tal vez él ya lo sospechara. En garras de un potente remordimiento, por un instante no le dio importancia. Luego su orgullo, con la crujiente precisión de una enorme maquinaria, se activó de nuevo y lo despabiló. Se bajó la manga sobre la gasa que Peter le había adherido al brazo.

–Y si esta enfermedad reaparece –preguntó Stern–, ¿no hay tratamiento?

–Hay un medicamento llamado Acyclovir. Ungüento o píldoras. Logra reducir el período activo y en algunas personas impide la recidiva. En general, la enfermedad se confina en los ganglios nerviosos y se mantiene al acecho. A veces nunca ataca de nuevo. A veces regresa cada pocos meses en episodios progresivamente más débiles. Es el curso habitual. Pero hay muchas historias clínicas insólitas. Casos agudos. Recidivas cada varios años. La parte más difícil es prodrómica: estás en una fase contagiosa un par de días antes que los síntomas visibles aparezcan y sin un cultivo no puedes tener la total certeza de que no contagiarás a otra persona. Te puede complicar la vida. Además de ser bastante incómoda.

–Sí –dijo Stern.

Seguía pensando en Clara. El peso de los hechos parecía haberlo abrumado con la densidad de una estrella muerta. Los hechos, los hechos. Él siempre había confiado en los detalles. Bien, ahora los tenía en abundancia. Muchos datos y algunas conclusiones inevitables.

Se levantó y tocó la lisa cara del hijo sin darle tiempo a reaccionar.

–Eres un buen médico, Peter. Agradezco tu interés.

Peter cabeceó con expresión grave. No dejaba de mirar al padre. Su hijo parecía tener un don, una capacidad para captar matices, las sensaciones que acompañaban cada enfermedad, el lúgubre fantasma de la mortalidad. Stern se alegraba de notar esa pericia. En la relación entre ambos rara vez había esas sutilezas.

–Mira, estoy seguro de que estás bien –dijo Peter–. Tan sólo estaremos al tanto. ¿De acuerdo?

–Muy bien –dijo Stern, mientras se ponía la chaqueta–. Te lo agradezco. Y lamento, Peter, haberte involucrado en un asunto tan desagradable.

–Qué diablos –dijo Peter–. Ya sabes lo que dicen.

–¿Qué dicen? –preguntó Stern desde la puerta.

–La vida está llena de sorpresas.

Su hijo sonreía. Sin duda ya estaba pensando en contarlo a las hermanas.

15

Dixon, como cabía esperar, disfrutaba compitiendo y durante años había recurrido a excusas para inducir a Stern a practicar con él varios deportes. Como decía Stern, una reunión de trabajo con Dixon generalmente significaba sudar. Cuando Stern era más joven y mucho más delgado, habían jugado a balonmano en el club de Dixon. Stern era más ágil de lo que sugería su aspecto, pero no podía competir con su cuñado. Dixon, más corpulento, más fuerte y mucho mas atlético, no se cansaba nunca de ganar. Con el tiempo invitó a Stern a pescar en el lago Fowler. El sedal de Stern se enredaba en los arbustos y los lirios; de vuelta en la orilla, Dixon describía la torpeza de Stern a todos los que encontraba. «El único hombre que fue a pescar y casi cazó un pájaro. Hablo en serio. ¿Un cardenal en un árbol? Stern le erró por pocos centímetros.» A menudo Stern le decía a Clara que Dixon era el trofeo que quería disecar y exhibir.

Ahora Stern había limitado esta rivalidad al golf. Stern tenía más instinto para este juego, era más hábil en tierra que en el agua. Pero, como de costumbre, no jugaba con la frecuencia necesaria para competir con el virtuosismo de Dixon, que era un jugador audaz, amante de las situaciones difíciles: un golpe donde tenía que apoyar un pie en la bifurcación de un árbol o sortear un poste con la bola. Era temerario en este campo familiar. El Greenwood Country Club se había fundado un siglo antes en esas colinas ondulantes, a cincuenta kilómetros de la ciudad. Era terreno de cría de caballos, con colinas pobladas de olmos y robles, álamos y pinos. La universidad de Easton quedaba a poco más de diez minutos. Aquí y en el lago Fowler, los privilegiados respiraban aire más fresco y fingían que la ciudad que los mantenía ricos estaba a gran distancia. A Dixon le encantaba esa vida, como todos los demás símbolos de prestigio, y tenía su hogar principal en las cercanías, una enorme casa de piedra en un terreno de una hectárea, a orillas del lago.

Se desplazaban en un carrito eléctrico, acompañados por un *caddy.* Dixon por lo general tenía un par de favoritos, chicos adolescentes que ganaban un sueldo mísero y con los que Dixon bromeaba acerca de su vida sexual, exponiendo sus teorías sobre el golf después de cada buen golpe. Dixon trataba a esos chicos con amabilidad y les daba una generosa propina. Hoy los acompañaba un joven llamado Ralph Peters, un chico negro que vivía en Du Sable y viajaba en tren una hora y media para ir al Greenwood Club los fines de semana. Al año siguiente, Dixon iba a obtener una beca de golf para Ralph, que era campeón de los *caddies.* Esto no era charlatanería. Si era preciso, Dixon pagaría la beca de su propio bolsillo. Pero también esperaría un coro halagüeño y los diversos actos de reverencia que merecía un rey benévolo.

Stern esperó hasta el tercer *tee* para empezar a hablar de la investigación.

–Visité a Margy.

–Eso oí –dijo Dixon, meciendo el brazo.

Stern creyó detectar un tono burlón, pero no podía poner en duda la discreción de Margy.

Este hoyo, como la mayoría en Greenwood, era corto y estrecho, un pequeño *dogleg* en el linde del bosque, de trescientos metros. El *green* estaba a la derecha de la *calle,* de modo que el dibujo del hoyo, en el dorso de la hoja de anotaciones, parecía una *p* minúscula. Con un *drive* poderoso, Dixon envió la bola hacia los árboles.

–Coño. Bien, Ralph la encontrará. Allá.

Señaló con el palo hacia la hondonada donde Ralph había salido de la arboleda para indicar que había hallado la bola.

La bola de Stern rodó por la *calle.* Con aquel ángulo, Dixon se alejaría. Subió al carro y avanzaron juntos cuesta abajo. Stern alzó la gorra y gritó al viento.

–Estudié los documentos que pidió el gobierno antes de entregarlos. Y también examiné lo que creo que los agentes organizaron en Datatech.

–¿Y?

–Estoy preocupado.

Dixon lo miró un instante. Llevó el carro hacia Ralph.

–Aquí está, señor Hartnell. Tendrá que sacarla.

Dixon caminó entre los arbustos. Stern no veía la posición, pero deseaba seguirlo. Lo había visto antes: Dixon haciendo muecas, mascullando, conferenciando con Ralph con la gravedad de un general.

–Correré el riesgo –gritó Dixon.

Vaya novedad. Ralph protestó, diciendo a Dixon que no lo lograría. El sol brillaba a través del follaje, detrás de ambos.

El golpe sonó claramente entre las hojas secas y las ramas, y durante un par de segundos la bola rebotó en un árbol produciendo un repiqueteo de marimbas. La bola botó en lo alto, rompiendo ramas, y de pronto cayó a tierra como un regalo del cielo, a sólo veinte o treinta metros del *green.* Dixon salió de entre los arbustos a tiempo para verla caer. Se volvió a Stern con una orgullosa sonrisa.

–Privilegio de los socios.

Ralph lo siguió con el palo mientras meneaba la cabeza.

Cuando Dixon caminaba hacia el carro felicitándose, a Stern lo asaltó un recuerdo, suave como un susurro, del joven soldado que había conocido décadas atrás, cuando se entrenaban en el desierto de Fort Grambel. Se habían conocido en las barracas o las letrinas. A estas alturas Stern habría preferido tener un recuerdo favorable de aquel primer encuentro, pero recordaba poco, en general los previsibles juicios erróneos de la juventud. Dixon le había gustado; peor aún, le había resultado admirable. Dixon era una de esas figuras dominantes que Stern nunca alcanzaría a ser: un taimado chico pueblerino, un buen conversador con un vibrante acento rural, que tenía un magnífico aspecto con el uniforme, los hombros cuadrados y la mandíbula prominente, el cabello claro y ondulante. Con la llegada de la guerra y la muerte de la madre, el ambicioso Dixon se había alistado. El servicio militar, con sus pomposas tradiciones, sus medallas, sus leyendas, era como el molde de un lingote: Dixon se veía a sí mismo como un héroe estadounidense en potencia.

Stern también se había enrolado, pero con ambiciones más modestas. Cuando le dieran la baja con honores, se transformaría automáticamente en ciudadano y así aplacaría la perpetua preocupación de la familia por los visados caducados. Tenía veinte años y era un estudiante brillante, un joven de mejillas hundidas y cabello fuerte y negro, mucho más delgado. En el servicio militar le había ido mejor de lo que muchos esperaban; no había trepado las paredes y cargado las mochilas por gusto, pero en aquella época soportaba todas las incomodidades. Su ambición lo animaba.

Stern nunca supo por qué había llamado la atención de Dixon, tal vez el hecho de tener una educación universitaria y estar designado para la Escuela de Aspirantes a Oficiales. No le importaba. Las alianzas se formaban fácilmente en la vida de un soldado, y en 1953 un pueblerino y un judío con acento hispano no tenían muchos platos para escoger en el *smorgasbord* social estadounidense. Una noche Stern y Dixon se habían sentado en una litera, compartiendo una botella de Jack Daniels y un paquete de Camel, charlando. ¿De qué? Del futuro, suponía Stern. Ambos tenían planes.

Para Stern, el futuro estaba más cerca de lo que imaginaba. Un día, al final del período de instrucción, mientras se disponía a partir para la Escuela de Aspirantes a Oficiales, el mayor anunció que lo necesitaban en su casa. El oficial no dio explicaciones, pero el mensaje que recibió Stern tenía la típica concisión militar. Una hoja que decía: «Permiso obligatorio. Madre en estado crítico». Había sufrido una apoplejía. En el hospital, la encontró muda y paralizada. Los ojos oscuros y acuosos parecían escrutarle el rostro, pero nunca supo si ella llegó a reconocerlo. Murió al cabo de una semana y Stern, único respaldo de Silvia, recibió una baja honorable. Nunca regresó a Fort Grambel. Todo quedó atrás: el equipo, el petate, los sargentos sádicos, la Escuela de Aspirantes a Oficiales, Dixon Hartnell. Treinta años después, Dixon tenía para Stern tantas caras como un tótem: esposo de Silvia, cliente importante, gran impulsor del comercio local, uno de los pocos conocidos cuyos logros superaban con creces los de Stern mismo. Rara vez evocaba a aquel joven solitario que se le había apegado con aire desvalido.

Dixon subió al carro, satisfecho de su golpe milagroso. Stern sabía que no volvería de buena gana al tema de la investigación. Sin embargo, como quien toma lecciones grabadas mientras duerme, esperaba que Stern lo obligara a escuchar. Estaban en la etapa en que Dixon, como cualquier cliente, debía reconocer que estaba en aprietos.

–Dixon, esto es grave. Esos documentos son muy peligrosos.

–Tal vez debí echarles una ojeada antes de que los entregaras. Podíamos habernos evitado algunos problemas.

Sonrió con seguridad.

–Dixon, te sugiero que olvides esas ideas. Si sigues este rumbo, tal vez vayas directamente a la cárcel sin pasar por los procesos intermedios. Demasiadas personas han visto tus documentos comerciales. La compañía que los grabó en una microficha. Margy. Yo. –Stern esperó a que la frase surtiera efecto–. Por no mencionar a ese sujeto parlanchín que indicó al gobierno que los buscara.

Dixon se volvió hacia Stern. Los ojos eran verdosos, grises, de un color difícil de definir.

–¿Te llegó eso? –preguntó Dixon.

Stern tardó unos instantes en comprender que se refería a la caja de seguridad. Decidió no preguntar por qué la mencionaba precisamente en ese instante.

–Está a salvo –aseguró Stern.

–Seguí tu consejo. La entregué personalmente. Incluso pedí a Margy que extendiera un cheque en Chicago para pagar a la compañía de transportes.

El camionero, como cabía esperar, se había negado a llevar la caja fuerte a mayor distancia que el centro mismo de la oficina de Stern. Ese cubo de metal, de menos de treinta por treinta, debía de pesar ochenta kilos. Al cabo de una semana, Stern y Claudia habían trajinado para llevar la caja hasta donde estaba ahora, detrás del escritorio. Siguiendo un impulso perverso, Stern la usaba para apoyar los pies.

–Por cierto, ¿dónde está mi llave? Prometiste enviarme una.

–Pronto –dijo Stern. Tendría que recordárselo a Claudia, mientras Dixon se empecinara en no revelar el contenido. Parecía que el cerrojo de cromo y acero podía resistir una carga de dinamita. Stern ya lo había examinado. Dixon detuvo el carro y corrió hacia la bola de Stern. Éste se sostuvo la gorra y gritó por encima del viento–: Te advierto que esta situación es peligrosa.

–Lo mismo has dicho en otras situaciones.

–Y estaba en lo cierto. Sólo has tenido suerte.

–Pues volveré a tenerla. –Cerca de la bola de Stern, se detuvieron de golpe–. ¿No puedes hacer algo, presentar una declaración? ¿Proponer una moción?

–No hay mociones factibles por el momento, Dixon. La juez Winchell no tolerará tácticas de postergación. No conviene irritarla, pues podemos necesitar su paciencia más tarde.

Dixon soltó un gruñido, se apeó del carro y encendió un cigarrillo, dando la espalda a Stern mientras de pronto se dedicaba a estudiar los árboles. Aun así, Stern continuó.

–Dixon, tus documentos indican claramente que en MD alguien estaba efectuando transacciones anticipadas con los mayores pedidos de tus clientes.

Dixon dio media vuelta. Con la barbilla baja, parecía un reluciente luchador en una portada de revista, el blanco de los ojos relucientes de furia y astucia. No le gustaba que lo pusieran en evidencia, una de las muchas razones por las cuales Stern había evitado mencionar de nuevo a Margy.

–¿Es una broma? –preguntó Dixon.

–Claro que no. Se hizo con mucha astucia. Los pedidos más pequeños se colocaban en la Bolsa de Kindle poco antes de que ingresaran en los mercados de Chicago pedidos grandes que afectarían los precios en todos los mercados. Estos pedidos de Kindle siempre se presentaban con números de cuenta erróneos, para que después se acreditaran en la cuenta de errores. Contrapesar compras y ventas, dejando una ganancia de seiscientos mil dólares. Un plan brillante.

–Seiscientos mil –dijo Dixon. Señaló la bola–. Tiras tú.

Ralph estaba detrás del carro, a respetuosa distancia, con el palo de Stern. La bola de Stern había rodado cuesta abajo pero se había desviado a la derecha de la *calle*, una posición desfavorable para este hoyo, así que Stern debía jugar desde la izquierda. Lanzó con soltura y se situó en ángulo con el hoyo.

Dixon atribuía el infortunio a diversas deidades, como los elfos del bosque. Las pérdidas en los negocios correspondían al dios de los guisantes. Aquí rendía homenaje al dios de las bolas.

–¡Dios de las bolas! –gritó Dixon mientras la bola de Stern volaba hacia la hondonada de la arboleda.

Ralph se volvió para verla pasar.

Stern sacó otra del bolsillo y dio un golpe limpio. La bola voló hacia una zona a la izquierda del *green*, cayó en terreno irregular y rodó, como atraída por un imán, hacia una trampa de arena.

–Arena –dijo Dixon, por si Stern no lo había notado.

Aparcaron el carro en el *rough* izquierdo mientras Ralph recorría la arboleda buscando en vano la bola de Stern.

–¿Qué hay, entonces? –preguntó Dixon–. Con ese asunto. Quieren que devuelva el dinero, ¿verdad?

–Eso es sólo el principio, Dixon. Si los fiscales recurren al estatuto de expropiaciones, tal como espero, el gobierno intentará confiscar la empresa infractora. Ya sabes: usarla como escarmiento.

–¿Cuál es la empresa infractora?

–MD.

–¿Toda la compañía?

–En potencia, sí. Por no mencionar una temporada en la cárcel.

–Claro –dijo Dixon, saltando del carro para tirar de nuevo–. No podías esperar que se mostraran benevolentes.

El valor de Dixon era admirable. Dos veces en la carrera de Stern, otros clientes que se enfrentaban a los rigores de la expropiación le habían preguntado acerca de las consecuencias del suicidio: ¿el gobierno aún podría arrebatarles la pasta si estaban muertos? Stern evitó responder, temiendo las consecuencias de una explicación sincera, pues de hecho la muerte interrumpía todas las fases de un pleito penal. Pero con Dixon no había riesgo de suicidio. Tal vez no podía concebir un mundo donde él no existiera. Sin embargo, Stern supo que había dado en un punto flaco. Amenazar el negocio de Dixon era comprometer la obsesión de toda una vida. Había empezado hacía más de treinta años, conduciendo por todo el Medio Oeste en busca de clientes, recurriendo a empresarios rurales cuya vida dependía de los precios agropecuarios: comerciantes, propietarios de terrenos, bancos rurales que podían usar las ventas de futuros para regular sus carteras de préstamo. La estrategia de Dixon, según explicó más tarde a Stern, consistía en convencer al jefe de bomberos. Los bomberos eran voluntarios, luchaban juntos contra las llamas y la muerte; el jefe de bomberos era el capitán de sus almas. Si a él le gustaba una cosa, a todos les gustaría. Dixon no tenía escrúpulos. Llevaba un casco de bomberos en el maletero del coche.

Ahora volaba de costa a costa para cerrar acuerdos, pero su primer amor seguía siendo sentarse en la oficina a urdir estrategias para las cuentas, los productos, los pedidos grandes. Ganaba y perdía dinero a cada segundo, en cada operación, pero Dixon nunca perdía el interés por el juego, una mezcla de astucia callejera y póquer temerario. Tres o cuatro veces al año cogía la chaqueta oscura y la placa de identificación y bajaba al salón de compraventa parte del día. Aun en el caos del salón, se difundía la noticia de su presencia. Descendía a los fosos, estrechaba manos y arrojaba saludos como Frank

Sinatra en escena, conquistando el mismo fervor y, entre algunos, un odio acérrimo. A Dixon no le importaba. Stern había estado en la oficina de Kindle un día en que Dixon había perdido cuarenta mil dólares en menos de media hora y todavía estaba eufórico por el tumulto del salón, los saltos y gritos de la multitud, lo que él consideraba un momento clave de la vida.

Dixon lanzó la bola entre el follaje de dos ramas. La bola no cayó bien y siguió cuatro metros más allá de la copa.

–Un *par* difícil –dijo Dixon, pensando en su *putt*.

Ralph estaba apostado en el linde de la trampa de arena como un soldado bien armado, con el *sand wedge* de Stern en una mano y el rastrillo en la otra. Stern bajó y se agachó como un perro, meneando el trasero. Esos golpes, unos centímetros detrás de la bola, eran actos de fe. Stern se concentró y lanzó. En medio de una nube de arena, la bola salió del *bunker*. Voló casi al sesgo cuando cayó en el campo, pero se detuvo a dos metros de la bandera.

–Me pones las cosas difíciles –comentó Dixon.

Stern se quedaba a un golpe en cada hoyo.

Ralph les alargó los palos para patear y condujo el carro hasta el siguiente *tee*.

–Tienen que probar que soy yo, ¿verdad? –preguntó Dixon, cuando ambos estaban en el *green*–. ¿Qué es esa chorrada de quitarme la empresa? No me la pueden quitar sólo porque alguien haya hecho esto sin que yo lo supiera. ¿Verdad?

–Tienes razón –admitió Stern. Se acercó el palo a los zapatos–. Si efectivamente ocurrió así.

–Mira, Stern, allí todos realizan operaciones que terminan en la cuenta de errores. Hay cien, ciento cincuenta operaciones al mes que pasan por allí. –Desde luego, eso era lo que había comentado Margy–. Tal vez alguien trata de joderme, de hacerme pasar por el villano.

–Entiendo –dijo Stern–. El gobierno, Dixon, por no mencionar a un gran jurado, rara vez acepta que un empleado esté dispuesto a robar cientos de miles de dólares para luego dárselos a su jefe por mero despecho.

–¿Yo?

–Es tu cuenta, Dixon.

–Pamplinas. Es la cuenta de la empresa.

–Es tu empresa, Dixon. Y es lógico atribuirte todo esto, si el dinero permanece en la cuenta.

Dixon sonrió con desdén.

–¿Eso creen? –preguntó.

Arrojó el cigarrillo y se limpió un trozo de tabaco de la lengua, mirando a Stern con desagrado. El mensaje era claro: no soy tan estúpido. Al parecer, Dixon había sido más cuidadoso de lo que Margy sospechaba. Había una nueva ramificación en el plan de Dixon, una que aislaba la cuenta de errores y los beneficios ilegales. Una sonrisa fugaz o algo parecido cruzó entre los dos hombres antes que se desplazaran a ambos lados de la bandera.

Dixon golpeó primero, y soltó un juramento cuando la bola bailó alrededor del hoyo. Stern tenía un *putt* corto para salvar el hoyo, se asombró cuando lo logró.

–Demonios –masculló Dixon, no era la primera vez.

Siguieron hasta el siguiente *tee* y se sentaron en un banco bajo un árbol, con los palos, mientras el cuarteto de delante se preparaba para el segundo golpe. La larga *calle* relucía bajo el sol cerca del hoyo número cinco. Había diez trampas de arena: Stern llamaba a este hoyo «la marcha por el desierto». Remoloneando, recapacitó sobre la investigación oficial de la cuenta bancaria de Dixon. Tal vez se relacionaba con los recursos que Dixon había usado para ocultar el dinero. Era muy probable. Todavía estaban indagando.

–Hay otro problema –dijo Stern.

–Naturalmente –respondió el cuñado.

Stern le dijo que habían citado a John.

–¿Eso qué significa?

–Quieren formularle preguntas sobre este asunto.

–¿Y qué? Es buen chico. Que pregunten.

–Sugieren que tal vez le concedan inmunidad.

Dixon entornó los ojos y estudió a Stern.

–¿Qué quieres decir?

–Pues que ellos creen que posee información que te puede perjudicar a ti. Les interesa usarlo como testigo contra ti.

–¿Qué se supone que debo decir?

–¿Esta posibilidad te preocupa?

Dixon, siempre enigmático, torció el gesto: un filósofo no lo habría hecho mejor. Nunca se conoce a las personas.

–Tal vez.

–Ya veo.

Stern desvió la mirada. Pero sabía que esto ocurriría. Los albaranes de los pedidos que habían ingresado en Kindle antes de las grandes operaciones de Chicago habían llegado el día anterior a su oficina, y la torpe letra de John, incluso a veces sus iniciales, constaban en cada formulario. El propósito de los fiscales era evidente: querían que señalara a Dixon como el hombre que había solicitado los pedidos de Kindle en cada ocasión. Pero aún no se sabía si John podría satisfacerlos. Recibía cientos de pedidos diarios. Quedaba la posibilidad de que Dixon hubiera recurrido regularmente a John porque era duro como una piedra, el hombre con mayor capacidad de olvido, y que no hubiera habido en esas transacciones nada destacable ni manifiesto que ahora activara la memoria de John. Era inútil preguntar a Dixon. No podía decir qué recordaba John y en cualquier caso no respondería con precisión.

–Entonces, será mejor que le busquemos otro abogado –suspiró al fin Stern.

–Si eso crees...

–Por supuesto. No puedo representar a una persona a quien quizá le convenga testificar contra ti. ¿Cómo podría ser leal a John y a ti? Sería un insalvable conflicto de intereses.

Por un instante, ese berenjenal de dificultades familiares, enmarcado de este modo, enfrentó a ambos hombres. Incluso Dixon, pensó Stern, ofrecía un aire de vaga mansedumbre.

–¿A quién conseguirás?

–La elección es de John, por supuesto. Yo sugeriré algunos nombres. Abogados a quienes conozco. –Abogados que pudieran hablar con Stern, que pudieran hacer lo posible para moderar el peligro del testimonio de John. El asunto era muy delicado. A pesar de todo, Stern sonrió ante su próximo pensamiento–. El manual de tus empleados estipula que se le indemnizará por sus tarifas legales.

Dixon alzó la mirada.

–Sensacional.

La broma, sin embargo, no contribuyó a aplacar la tensión que se había formado entre ambos.

–Mira –dijo Dixon.

Iba a explicar algo, pero la mirada de Stern lo contuvo. De pronto quedó de manifiesto para ambos que Stern le reprochaba que hubiese arrastrado a John a aquel pantano. Dixon soportó esa condena otro instante antes de desviar la mirada.

Ralph, junto al carro, les anunció que podían tirar. Dixon avanzó hacia el *tee,* y con un poderoso *swing* efectuó un golpe lamentable que envió la bola hacia los árboles. Caminó por el *tee,* exasperado, hundiendo la punta del palo en el suelo, y al fin rompió la madera.

Stern estaba de pie cuando regresó.

–¿Tienes algo que decir? –preguntó Dixon.

Por supuesto que no se refería al tiro.

–Mis honorarios no incluyen sermones, Dixon.

–Crees que fue una estupidez, ¿verdad? Toda la puñetera idea. Imperdonablemente idiota. Y por lo menos esperas que sea más listo.

Stern aguardó un momento.

–En efecto –respondió.

Con su *driver,* echó a andar hacia el *tee,* pero Dixon le cogió el brazo con la mano enguantada, cerrándole el paso. De pronto parecía demasiado irritado para reparar en cortesías. Se comportó como el hombre que era, orgulloso, tosco, irreflexivo. Confesó el desagradable secreto que Stern conocía desde hacía tiempo: a pesar del elegante corte de pelo y las camisas Sea Island, Dixon era un patán. Dixon señaló hacia abajo.

–Stern, ¿sabes por qué un perro se lame los huevos?

Stern reflexionó un instante.

–No, Dixon, no lo sé.

–Porque puede –dijo Dixon, mirando al cuñado de hito en hito. Antes de enfilar a solas hacia el carro, repitió–: Porque puede.

16

Alguien dijo que cuando un hombre lleva sombrero resulta más difícil discernir sus problemas. Para Stern este curioso tópico encerraba una sorprendente exactitud. Bajo un brillante sombrero de paja con banda roja, blanca y azul, caminó por las avenidas hasta el River National Bank, donde debía reunirse con Cal Hopkinson y el funcionario a cargo de las cuentas de Clara. Era un día rutilante, el mayo dulce y perfecto que cabía esperar en el condado de Kindle.

El sombrero era de Marta, de una obra de la escuela secundaria de hacía una década. Stern lo había encontrado en su cuarto y durante una de esas prolongadas conferencias que últimamente mantenían de noche, ella le había aconsejado que lo usara, con la esperanza de que le subiera el ánimo. Stern pensaba que se sentiría como un payaso en cuanto saliera de casa. En cambio resultó extrañamente reconfortante pensar que gente que lo conocía bien no lo reconocería y lo tomaría por otra persona.

Se encontró con Cal en el vestíbulo de mármol del River National. Juntos, él y Stern enfilaron hacia la oficina del vicepresidente del banco, Jack Wagoner. Wagoner era un típico caballero de su profesión: impecable y cortés. Tiempo atrás, Henry Mittler había menoscabado para siempre el aprecio que Stern podía tener por los banqueros con sus resentidas opiniones acerca de los clientes que lo habían enriquecido.

A pesar de las frases mordaces que Henry hubiera usado contra él, Jack era tan listo como para saber que había un problema. Su misión era explicar a un hombre qué había hecho su esposa, a sus espaldas, con casi un millón de dólares. Para colmo, el hombre era abogado. Había un suicidio y un testamento de por medio. Mal trago para un banquero o para cualquier otro. La atmósfera de la oficina de Wagoner, llena de antiguas reproducciones y con una buena alfombra oriental, era sin ninguna duda tensa. Una carpeta ocupaba el centro del despejado escritorio de Wagoner.

–La señora Stern impartió órdenes escritas de liquidar por lo menos ochocientos cincuenta mil dólares de patrimonio de su cuenta de inversiones el 20 de marzo –declaró Wagoner, mientras sacaba una carta manuscrita con el membrete de Clara. Cal y Stern la miraron juntos en el rincón del escritorio de Wagoner, y luego él la examinó solo. La letra era fuerte y nítida. Era una breve orden que establecía la cantidad y otorgaba al banco autoridad para liquidar los títulos que considerase mejores. Contra su voluntad, Stern recordó la otra carta que Clara había dejado días después. Muchos mensajes, pero pocas explicaciones. Stern se pasó la mano por la cabeza.

–¿Puedo preguntar quién trató con ella?

Wagoner sabía todas las respuestas. Su ayudante, Betty Fiori, había recibido la llamada de la señora Stern y le había dicho que para semejante cantidad se requería una orden por escrito.

–¿Y qué fue luego de esos fondos? –preguntó Stern.

–Se reembolsaron –explicó Jack– siguiendo las instrucciones de la señora Stern.

–¿Cómo? –preguntó Cal.

–Mediante un cheque certificado librado contra su cuenta de inversiones.

Evidentemente, Wagoner había hablado con su abogado y sólo respondía cuando le preguntaban. Presentó un talón en blanco mediante el cual Clara había requerido la certificación; había querido asegurar a alguien que su cheque era válido. Stern reconoció la firma de Clara en el formulario, pero la cantidad, un poco más de ochocientos cincuenta mil dólares, estaba escrita en otra letra.

–¿De quién es la letra? –preguntó.

–De Betty.

–¿Por orden de quién se extendió este cheque? –preguntó Stern.

–Buscamos el cheque cancelado.

Pulsó un botón del teléfono y pidió que llamaran a la señorita Fiori. Ella apareció al instante, otra persona con traje azul oscuro. Recitó los pasos que había seguido para encontrar el cheque extraviado. El departamento de cheques lo había buscado, su sucursal, la central. Los funcionarios encargados de recibir los cheques cancelados y declaraciones relacionadas con esta cuenta habían mirado hasta el último rincón. Este proceso de rastreo era sin duda el que se había realizado mientras el banco mantenía a raya a Cal.

–Estoy segura de que no se cobró –declaró la señorita Fiori.

–¿Podemos detenerlo? –preguntó Cal.

–¿Detenerlo? –preguntó Wagoner–. Es un cheque certificado. Hemos garantizado el pago.

–No lo han presentado.

–¿Cómo podríamos pararlo? –preguntó Wagoner.

–La fecha ha vencido, ¿verdad?

Stern habló. Aún no habían respondido a su pregunta.

–¿Quién debía cobrar el cheque?

La señorita Fiori miró a Wagoner.

–Habitualmente no llevamos registro de eso –replicó Wagoner–. No tenemos razón para ello.

–¿Usted no lo sabe? –le preguntó Stern a la señorita Fiori.

Wagoner quizá nunca respondiera directamente.

–No lo sabemos –afirmó ella–. Habitualmente tenemos el cheque devuelto. A veces ponemos una nota en la petición. Si le sirve de ayuda, no iba a nombre de la señora Stern. Recuerdo eso.

–¿De veras? –preguntó Stern.

–Sí.

–¿Claramente?

–Sí.

Estaba de ánimo para interrogatorios. Un terreno familiar. Sospechó que algo había llamado la atención de la ayudante.

–¿Hay alguna razón por la cual lo recuerda?

Ella se encogió de hombros.

–No.

–¿Recuerda usted el nombre?

–No, señor Stern. Le aseguro que me he esforzado.

–¿Pero no era una entidad? ¿Una empresa? ¿Una sociedad?

–No, estoy segura de ello.

–¿Tampoco una organización de caridad ni una fundación?

–No.

–¿Un individuo?

–Eso creo.

–Ya veo –dijo Stern. Conocía el resto. Ahora resultaba evidente por qué lo recordaba–. Un hombre –concluyó.

La señorita Fiori se mordió involuntariamente el labio inferior.

–Sí –admitió.

Sí, pensó Stern. Por supuesto.

Por un instante nadie habló.

–¿De modo que un sujeto anda por la ciudad con un cheque de ochocientos cincuenta mil dólares en el bolsillo, firmado por mi esposa?

Era absurdo, desde luego, pero la humillación era intolerable. Circulaba a través de él como una inyección amarga y parecía subir hacia los ojos. Supo que se había ruborizado.

Al fin Cal intervino.

–Jack, tiene que haber un modo de congelar ese cheque.

–Cal, está confirmado. Nos buscaríamos un pleito por faltar a nuestro compromiso. No sabemos de qué clase de transacción se trataba. –Wagoner, a una seña de Cal, miró de soslayo a Stern. Había sido grosero–. Puedo asegurarle que le informaremos cuando el cheque se presente. Si usted quiere conseguir un embargo en ese punto, Dios lo bendiga.

Stern ya estaba de pie. Agradeció la colaboración a Wagoner y a Betty Fiori, le dijo a Cal que se mantendría en contacto y se fue de la oficina.

De nuevo estaba mareado.

Al cruzar la puerta giratoria del banco, se puso el sombrero de Marta y vio cómo el viento se lo arrebataba arrastrándolo por la acera, entre los peatones. Cuando dio la vuelta, Cal estaba a sus espaldas, mirando el sombrero.

–Yo lo cazaré –dijo Cal, pero no se movió.

Stern le dio a entender que no se molestara. Caminaron en silencio detrás del sombrero.

–Apuesto a que pese a todo hay un modo de anular esa transacción –dijo Cal–. Sin duda ella no sospechaba las implicaciones fiscales de su acción.

Stern hizo un esfuerzo para contenerse. Qué imbécil era Cal, siempre alegrándose de no ser aún más imbécil. ¿A quién le importaba el dinero? Al fin, después de tres décadas, Clara había encontrado el modo de eliminar el interés de Stern por su riqueza. Al volverse, Stern se sorprendió interesándose en la mancha oscura que había detrás de la oreja de Cal.

–No me preocupa, Cal. Que sea lo que Dios quiera. –Alcanzó a ver la banda del sombrero; estaba enganchada en un bote de basura de alambre, a cien metros.

Avanzó en esa dirección y luego se quedó quieto mientras el desagradable interrogatorio estallaba en su interior: ¿Quién? Oh, sí, era hora de eso una vez más. ¿Quién era? En los primeros días, con considerable disciplina y con repugnancia al dolor, Stern se había negado a practicar ese ruin juego de salón. Pero al final el ultraje lo abrumó y no pudo reprimir esa mórbida curiosidad. Habría sido más noble poder afirmar que deseaba vengar a Clara: encontrar y castigar al canalla despiadado que le había contagiado lo que había resultado ser una enfermedad mortal. Pero sus necesidades eran más básicas y totalmente suyas. Por morbosidad o lo que fuera, tenía que saberlo todo.

Cuando estaba así, sospechaba casi de cada hombre con que se cruzaba. ¿Era el cartero, como en una historia picante, o un vendedor que iba de puerta en puerta? Hoy había sabido que era alguien que necesitaba dinero, tal vez un estudiante empobrecido de quien ella se había enamorado y con quien deseaba actuar como una madre, o un músico bohemio que quería una asignación permanente. Tal vez un joven que se iniciaba en los negocios. O un sujeto mayor, casado, que necesitaba dinero para pagarse el divorcio.

Un par de veces, en casa, había cogido la agenda de cuero de Clara para estudiarla página por página, evaluando cada nombre masculino, por improbable que fuera. Cualquier hombre serviría. ¿Por qué no el abogado Cal? Quizá su sorpresa ante la desaparición del dinero fuera fingida. Con gratitud de amante, Clara había obsequiado aquello que Cal había cuidado durante tanto tiempo. Pero la señorita Fiori tendría que haber recordado el nombre de Cal si lo tenía delante. Tal vez era Dixon. Claro que el rechazo de Clara por él parecía muy sincero, y Dixon, con su pene forrado de plástico, tenía pocas probabilidades, según la declaración de Peter, de contagiar o contraer tal enfermedad. Además, Dixon no necesitaba dinero ajeno. ¿Nate Cawley? Había tenido la vida sexual de un chimpancé. Tal vez sus evasivas eran sólo un reflejo de culpa. ¿O el orgulloso rabino de la sinagoga? Sin duda Clara se mostraba afectuosa y generosa con él.

Abyecta e involuntariamente, Stern se apoyó la mano en el corazón al llegar a la esquina. Cal estaba avenida abajo, agitando el sombrero para indicarle que lo había recuperado. Stern estudió la multitud de hombres trajeados que caminaban por la calle. Quién, pensó hirviendo de odio, debilitado por la vergüenza. ¿Quién?

17

En las oficinas de MD de la Bolsa de Kindle, Stern preguntó a la recepcionista por John Granum, su yerno, y se sentó. Dixon tenía una elegante oficina varias calles al sur, un lugar insonorizado con paredes de ladrillo a la vista y estandartes que a menudo aparecían en revistas de arquitectura; allí estaban el cuartel general y las oficinas ejecutivas de MD. Pero el despacho de pedidos y la oficina estaban aquí, en un espacio brillante de aspecto funcional.

Al cabo de unos momentos Al Greco, el segundo de a bordo en Kindle, afable y medio calvo, demasiado gordo, apareció para saludarlo. Temiendo este encuentro, Stern lo había postergado más de la cuenta. Al fin, esa mañana había anunciado que iría, pero al parecer necesitaban a John en el salón. Tendrían que ir a buscarlo. Al Greco cogió su identificación de plástico rojo del cajón del escritorio, marcada con sus iniciales y el número de acceso de MD, y descolgó su chaqueta. Abajo, en un mostrador de seguridad, Stern recibió una autorización de quince minutos. Dos años atrás, un individuo con peluca había iniciado docenas de operaciones y se había esfumado cuando llegó el momento de saldar las transacciones perdedoras. Si Stern se excedía en el tiempo concedido por más de un minuto, un grupo de agentes de seguridad se desperdigaría por el salón y lo expulsaría sin miramientos, como a un espía.

Era un lugar excitante. En el salón de compraventa, el color y el bullicio eran increíbles. Era como estar en el campo de juego de un estadio atestado. Los enormes paneles electrónicos, diez metros más arriba, centelleaban con matices ópticos de naranja, rojo, verde y amarillo mientras cambiaban los dígitos y una banda roja de noticias locales y nacionales circulaba debajo. Jóvenes representantes y empleados corrían de aquí para allá vestidos con chaquetas de colores y ropa de pana, todos con aire resuelto, atareado, obstinado. El suelo estaba lleno de pedidos desechados. En los fosos de compra y venta se efectuaba la actividad fundamental. Los agentes, a diez y quince metros de profundidad, compraban y vendían alborotadamente, alzando las manos. Subían y bajaban los dedos, hacían señas, negaban. Desde sus puestos de observación de hierro negro, los *reporters* consignaban cada tanda. A pesar de los circuitos electrónicos, los teléfonos, fax y ordenadores por donde circulaba la información, en el punto decisivo aún se dependía de la destreza física: agudeza visual, pulmones potentes y buenos oídos. El ruido y las estentóreas voces vibraban increíblemente. En las ventanas, tres pisos más arriba, había varios curiosos con la cara apretada contra el cristal.

En ese mundo la codicia se había amalgamado con una especie de virilidad atávica, de modo que a veces reinaba una atmósfera de salvajismo. Esos jóvenes –demasiados judíos, para consternación de Stern– se desplazaban con increíble prepotencia. Veintiocho, treinta años. Chicos recién salidos de la secundaria habían comprado asientos en la bolsa y negociaban con sus propias cuentas, a veces amasando millones. Otros perdían la camisa o dilapidaban en cuestión de días la fortuna acumulada. No cambiaba las cosas. Los que entraban en los fosos lucían el orgullo viril de los toreros. Como cavernícolas, dependían de los caprichos del viento y la lluvia, los mercados, las estaciones. Esto los endurecía. El riesgo los excitaba. Stern había oído anécdotas, divertidas aunque no fueran ciertas, acerca de empleadas que masturbaban a estos jóvenes en los ajetreados fosos. Lo importante de esas historias no era la exactitud. Enfatizaban el aire eufórico que muchos creían respirar allí. Lo pasaban mejor que los tipos corrientes: el dinero, el líquido vital, pasaba siempre por sus manos en cantidades anonadantes. Años atrás, cuando Dixon aún iba a menudo al salón de compra y venta, Stern se había reunido con él para almorzar y lo había encontrado charlando con cuatro colegas más jóvenes.

–Digo éste –anunció un hombre mientras se acercaba a un ascensor.

–¿Cuánto? –preguntó otro.

–Un billete.

–¿Uno de los grandes?

Dixon rió y se hundió las manos en los bolsillos. Se colocó ante el segundo ascensor.

Al final los cinco pasaron las apuestas a Stern. Mil dólares cada uno. En efectivo. Apostaban a qué ascensor llegaría primero.

Al Greco, que precedía a Stern por varios pasos, señaló a John en la cabina de MD, un estrecho espacio gris que parecía el quiosco de un hotel. Entre los fosos, las diversas empresas de compensación tenían esos cubículos desde donde se transmitían órdenes y datos. Cada centímetro era precioso allí abajo. Diez personas podían trabajar más apiñadas que viajando en tercera clase.

John hablaba por teléfono, tomaba notas. Arriba, en el otro extremo de la línea, Dixon, cometiendo sus malas acciones, lo había encontrado. Debía de haber llamado a John por el nombre. ¿Contaba con la lealtad o con la ignorancia de John? Tal vez ambas. John ansiaba agradarle. Dixon había mencionado que John había pedido repetidamente que lo trasladaran al ajetreo de los fosos. Dixon alegaba que no estaba preparado, que le faltaba experiencia. Mantenía a John en el despacho de pedidos, aunque John cubría un puesto abajo cuando podía. John compartía el sueño común de todos los que trabajaban en ese lugar. Gana experiencia. Gana un asiento. Gana dinero. Los fosos seguían siendo uno de los pocos lugares donde un joven poco prometedor, un perdedor de la escuela secundaria, un chico sin guitarra eléctrica ni aptitudes atléticas, podía alcanzar el triunfo. Sin duda John buscaba una nueva oportunidad para ello.

John salió de la cabina mientras Al lo sustituía. El yerno saludó a Stern con el mismo aire de consternación que Peter tenía últimamente. Al cabo de fútiles intentos de conversación, regresaron a la oficina de MD. El único espacio propio con que contaba John era un escritorio en medio de la bulliciosa oficina. John se detuvo allí para arrojar unos papeles y condujo a Stern a una sala de conferencias. Una magnífica foto de Kate se erguía en el escritorio entre los papeles. Stern volvió a pensar que su hija era extraordinariamente hermosa.

Aun para charlar un instante con su suegro, John parecía incómodo como un niño. Aflojó los enormes hombros y señaló un sobre que tenía en el escritorio. Llevaba el uniforme del salón, la chaqueta de algodón holgada de MD, pantalones de pana, una corbata anudada debajo del cuello abierto. Una tarjeta de identidad con foto le colgaba del bolsillo.

¿Por qué este joven exasperaba tanto a Stern? A veces le recordaba a un grandullón de historieta, tan corpulento y afable que merecía un globo encima de la cabeza: «Uhg». No era tonto. Clara se había esforzado durante años para aclarar este punto. No le había costado terminar el colegio, mucho después de concluir su carrera atlética. Pero conservaba ese aire lampiño. Fornido, con mejillas rosadas, rubio, más fofo que en sus días de jugador, lucía como un bebé de dos años hinchado, con la misma falta de temple. Stern estaba convencido de que este asunto lo desorientaría. No sabría cómo actuar ni cómo resistir la tensión de los próximos meses. Stern había presenciado esas situaciones durante su vida profesional: un pariente o un colega a quienes un fiscal les arrojaba una cuerda con la promesa de libertad a cambio del testimonio. Algunos la rechazaban con olímpica indiferencia. Pero no muchos. La mayoría trataba de salvar el pellejo, regateando con la verdad y pidiendo comprensión a los que implicaban. Al final se ganaban el desprecio de todos. Costaba imaginar a John con suficiente resistencia para aguantar esa tormenta.

Stern se había detenido para cerrar la puerta y fue al grano tras un breve prefacio.

–Un gran jurado federal está investigando a Dixon Hartnell.

–Vaya –exclamó John, como un carpintero que se acabara de magullar el dedo con un martillo.

–Sí. Es muy desagradable.

–¿De qué se trata?

–Bien, creo que dejaré que otra persona te explique los detalles. En general, el gobierno parece sospechar que hay transacciones ilícitas anticipadas con pedidos de la clientela. ¿Alguien del FBI ha intentado hablar contigo? ¿Un tipo llamado Kyle Horn?

John meneó la cabeza. No lo creía.

–¿Qué aspecto tiene?

–Un tipo grandote.

Un energúmeno rubio de aspecto gay con una chaqueta barata, pensó Stern. Pero eso no serviría.

De nuevo John meneó la cabeza con incertidumbre. Cualquiera diría que las credenciales del FBI impresionaban a todos, incluso a John, pero nunca se sabía. Stern sacó la citación del maletín y trató de explicar qué era.

–Dada la relación entre tú y yo, los fiscales tuvieron la amabilidad de permitir que la recibiera en tu lugar. Sin embargo, como ya represento a Dixon, tendrás que acudir a otro abogado antes de responder a las preguntas del gobierno.

–¿Qué clase de preguntas?

–Yo podría especular, John, pero no sería lo mejor.

John entornó los ojos. No entendía nada, desde luego. Stern explicó que el gobierno creía que él tenía información valiosa.

–¿Quieren usarme a mí para pillarlo a él?

–Exacto.

La expresión de desconcierto que Stern había previsto cubrió los ojos de John. Un ciervo en la carretera. No sabía qué hacer. Los conflictos hacían que se debatiera entre sentimientos primarios.

Lealtad. Sinceridad. Supervivencia.

–John, tú y tu abogado debéis decidir si deseas negociar con el gobierno para obtener inmunidad. En ese caso, tu abogado entregará a los fiscales una predicción, una estimación, de lo que tú dirías.

–Sí. ¿Y si no quiero hablar?

–De nuevo, John, debes consultarlo con tu abogado. Pero el gobierno siempre puede optar por brindarte inmunidad, al margen de tus deseos, en cuyo caso tendrás que escoger entre responder preguntas y la cárcel.

–¿Cárcel? –John meditó sobre esto–. En realidad no sé tanto.

La conversación causaba en Stern un creciente abatimiento que se convirtió en derrumbe ante esa respuesta. No sabía tanto, decía John. Pero más que nada. Dixon sólo estaría a salvo si John quedaba amnésico. Aun el más vago recuerdo de quién estaba detrás de aquellas transacciones sería suficiente para el gobierno, sobre todo si lograban determinar que las ganancias estaban en manos de Dixon. Además, su yerno experimentaba una visible incomodidad que resultaba muy reveladora para un experto. John no protestaba preguntando qué demonios tenía que ver con él esa investigación, ni de dónde habían sacado su nombre los fiscales. Sabía que el interés del gobierno por él era acertado.

–¿Qué piensa Dixon de todo esto? ¿Puedes decírmelo?

Stern meneó la cabeza, pero por un instante quiso contener el aliento. Era un momento muy delicado. Si hubiese sido otro empleado, Stern habría aventurado un comentario disimulado pero inequívoco como una brisa: desde luego, se trata de un asunto crítico para Dixon, su vida y su carrera están en juego. Pero John carecía de sutileza. Tal vez hiciera una pregunta imposible («¿Quieres decir que debería mentir?») o, peor aún, tomara los comentarios de Stern como una orden. Dixon y Stern tendrían que confiar en que el abogado de John supiera evaluar la situación y ofreciera las indicaciones adecuadas.

–¿De dónde sacaré ese abogado? –preguntó John.

–Si quieres, te puedo sugerir algunos nombres.

–Claro.

–MD te indemnizará, correrá con los gastos, así que no te preocupes por eso.

Stern preparó una lista, escribiendo nombres y números de teléfono en una hoja con membrete de la oficina. George Mason. Raymond Horgan. Nadie podría conciliar las diversas necesidades de John mejor que él, pero eso quedaba fuera de cuestión, y en cualquier caso Stern consideraba que era más prudente no actuar como guía en esta expedición. Estos pocos minutos iban a cambiar para siempre su estimación de John.

John cogió la lista y se encogió de hombros. Dijo que tenía que volver el salón. Conservaba su aire de siempre, furtivo y confuso. Al verlo caminar hacia el ascensor, Stern volvió a sentir furia contra Dixon. ¿Cómo lo había hecho? ¿Cómo había liado a ese chaval en los chanchullos del mercado? Pero la respuesta era demasiado evidente. Dixon, con su infalible destreza para calcular lo que más le convenía, había reconocido que la mejor protección era un pariente menos experimentado en los negocios. Sería más fácil darle instrucciones *sotto voce*, sabiendo que no serían cuestionadas ni, llegado el caso, recordadas. Pronto Stern tendría que plantearse cuándo y cómo abandonar el caso. Si había un sumario y John era testigo del gobierno, Stern no podría participar. Interrogar al marido de su hija era impensable. Tal vez debiera dar a Dixon una lista de abogados y poner pies en polvorosa. Pero reconoció su propia falta de convicción. No era momento adecuado para cortar antiguos lazos. Por otra parte, hacía años que se resistía a romper con Dixon.

En cierto modo, desde luego, era por Silvia. Además, nadie debía subestimar la fuerza de la gratitud. Stern había obtenido buena parte de su clientela –abogados, banqueros, ejecutivos– gracias a la fama obtenida como representante de Dixon. Así había salido del sórdido mundo de los tribunales policíacos para ingresar en la palestra del delito de guante blanco: desfalcos, fraudes, asuntos impositivos, sobornos y de vez en cuando un crimen pasional. Dada la singular lógica de estas cosas, Dixon –un prestigioso empresario que operaba en el linde de la legalidad– había elevado a Stern, quien casi por instinto actuaba de forma generosa con cualquiera que lo hubiera ayudado en su profesión.

Pero sabía que su apego por Dixon no obedecía sólo a razones externas. Después de treinta y dos años de práctica legal, tenía muchos conocidos y gran cantidad de admiradores, pero rara vez pensaba en ellos. A veces Stern se sentía abandonado, solo. Había cientos de personas que le interesaban, cuyas vidas e ideas lo atraían y a quienes lo unía un mutuo respeto. Cada vez que entraba en el ascensor del tribunal lo saludaba media docena de personas. Era conocido, querido, servicial y discreto. Stern tenía su círculo, en general hombres de su edad, sobre todo abogados y jueces, muchos de ellos hablaban yiddish como su madre, gentes sutiles e inteligentes cuyas opiniones sobre literatura, deporte y negocios por lo general él compartía y valoraba con sinceridad. Buena compañía. Pero naturalmente pensaba en algo más. Se refería a la afinidad abierta que tenían los jóvenes en los equipos, las pandillas, las esquinas. ¿Acaso la mujer y el hogar destruían eso? ¿O las feroces luchas cotidianas, donde cada persona era un enemigo? ¿Quién podía saberlo? Pero Dixon permanecía allí. Estaba presente. Stern no podía hacerle mayor cumplido. Como un hito de granito en la carretera, Dixon era el hombre que siempre parecía acompañarlo.

Mi hermano político, pensó Stern, a solas en el cubículo de donde John acababa de irse. Hermano. Político. ¿Qué clase de término era ése?

18

La Sala Sinfónica del condado de Kindle, con sus balcones blancos y el techo adornado con guirnaldas doradas, en donde Clara Mittler y Alejandro Stern habían pasado su primera velada juntos, fue el lugar adonde acudió Stern en su primera salida con Helen Dudak. No reparó en la coincidencia hasta que Adolph Fronz, el viejo director, alzó la batuta, y de pronto la idea lo perturbó. Stern había querido romper esa cita, había seguido adelante sólo porque apreciaba a Helen y no deseaba ofenderla. Era triste, humillante, espantoso, como se quisiera llamar, pero el informe de Radzcyk le había arrebatado algo que no había perdido ni siquiera cuando entró en el garaje. Su fracaso era mayor y más esencial de lo que había imaginado. El sexo pesaba. Siempre. Lo estaba aprendiendo, y sus sentimientos –que ahora alternaban entre la rabia y el dolor– le quitaban las ganas de tratar con mujeres. La idea de pasar una velada tratando de ser el caballero encantador de unas semanas atrás resultaba insufrible. En el último momento, tras descubrir entradas para esa noche en uno de los muchos abonos de Clara clavados en el tablero de la cocina, había telefoneado a Helen para proponerle este cambio.

–Tengo la cena hecha –dijo Helen.

¿Qué le parecía una velada musical, luego una cena?

–De acuerdo –convino Helen, para gran alivio de Stern.

En la sala oscura, mientras Fronz agitaba la batuta y los instrumentistas tocaban, estaría solo, libre de la necesidad de charlar. Después lo agobiaría la fatiga de una semana de trabajo.

–No sé por qué –dijo Helen durante el descanso–, pero jamás habría pensado que te agradaba la música sinfónica. Tal vez los cuartetos, o un solo de guitarra.

Estaban en el vestíbulo, parpadeando bajo las luces. Parejas que él y Clara habían visto allí durante años saludaban con la mano.

Pero nadie se acercaba. Una ráfaga de pena y remordimiento sacudió a Stern con imprevista fuerza cuando advirtió que había iniciado una nueva vida. Le sonrió tristemente a Helen.

–No sé distinguir. –Stern se tocó la oreja–. Soy musicalmente sordo. No reconozco la diferencia entre la sinfónica de Kindle y la banda de la escuela.

Le había ocultado eso a Clara durante más de treinta años, aunque ella debía de haber sospechado algo cuando resultó que Marta no podía distinguir una nota de otra.

–Oh, Sandy.

Helen le cogió la muñeca y ambos se rieron de los defectos de Stern.

¿Por qué siempre olvidaba cuánto le agradaba Helen Dudak hasta que la tenía al lado? Tenía un aspecto encantador. El cabello color zorro mostraba un contorno nítido que delataba una excursión a la peluquería, y llevaba un sencillo vestido negro que le colgaba de los hombros. Contra todas sus expectativas, Stern se sintió complacido de estar allí cuando las luces se apagaron de nuevo.

–¿Conque todos estos años fuiste a los conciertos sin saber siquiera qué escuchabas? –preguntó Helen cuando salían en el coche del aparcamiento.

Ella había apoyado las rodillas en el asiento, como una niña. Era típico de Helen y de su instinto para los matices el haber vuelto sobre ese tema. Se dirigían a casa de ella para cenar. Al final no hubo manera de evitarlo. Además, la compañía de Helen era sedante. Después de tantos lamentos sobre la inconstancia de las mujeres, experimentaba ahora una sensación más familiar que ellas habían satisfecho: tenía mucha hambre.

–A Clara le gustaba.

–Lo recuerdo. Pero...

–¿Sí?

–No es nada.

–Por favor.

–Me preguntaba por qué ibas ahora.

–Ah –dijo Stern, esperando encontrar una respuesta discreta y un poco intimidado por la sagacidad de Helen.

Por la ventanilla veía pasar la ciudad, desierta y fantasmal en los aislados oasis de luz. Para su alivio Helen continuó sola.

–Supongo que iba a darte consejos.

–Adelante.

–No. En realidad no se puede comparar mi situación con la tuya.

–De acuerdo –admitió Stern–. ¿Y qué pensabas?

–Oh, que a pesar de todo el estar de nuevo sola tiene su parte buena. La libertad. Descubrir lo que te es propio. –Bañada por las luces de la calle, Helen evaluó la reacción de Stern–. No quería ofenderte.

–No –dijo Stern.

Ansiaba estar de acuerdo, demostrar que comprendía sus buenas intenciones, y se sentía feliz de dar a entender que había sugerido la sinfónica por un impulso irreflexivo. En realidad ésta era una idea valiosa. Con su buen juicio, Helen había señalado algo que de otra manera él habría pasado por alto. A pesar de su abatimiento, en gran medida había aceptado de buen grado su soltería. No sólo el breve período de juerga. Este momento era otro ejemplo: estaba tranquilo, sosegado, y podía hablar de sí mismo de una manera que Clara rara vez alentaba. Clara tenía unos horarios estrictos, sus pasos previamente trazados. Durante muchos años (demasiados años, pensó, sintiendo de nuevo el hierro aguzado de la culpa) había reconocido tácitamente que ella utilizaba su silenciosa planificación para escapar del sopor y la depresión. Pero lo cierto era que lo había hecho, él lo había sabido y se había adaptado a ello, y de pronto ya no estaba, como un metrónomo que callaba de golpe. Herida y aturdida, su alma sin embargo se había expandido con las circunstancias recientes y había vuelto a zonas que durante años habían permanecido cerradas.

Helen sirvió una espléndida cena. Preparó una ensalada de camarones y asó un trozo de pescado. De pie junto a la humeante parrilla de hierro, bebiendo vino y charlando, parecía la cocinera de un programa de televisión. Rick, su hijo menor, que ahora estudiaba en Easton, soñaba con ser abogado defensor, como muchos jóvenes de diecinueve años. Helen le transmitió las inquietudes del muchacho. ¿Creía Stern que la mayoría de sus clientes eran inocentes? ¿Cómo podía defenderlos si sospechaba lo contrario? ¿Cómo se sentía cuando descubría que eran culpables?

Eran viejas preguntas, los enigmas de una vida, y Stern las respondió con placer mientras Helen escuchaba atentamente. Algunos hablaban de la nobleza de la ley. Stern no creía en ello. Había un exceso de sordidez, un tufo a matadero en cada tribunal donde entraba. A menudo era una profesión ingrata. Pero la ley, al menos, procuraba controlar la desgracia, los deslices y lesiones de nuestra existencia social, que de lo contrario quedaban totalmente al azar. El objeto de la ley era permitir que el mar engullera ordenadamente sólo a los destinados a ahogarse. La razón nunca podía triunfar del todo en los asuntos humanos, pero no había causa mejor que defender. Helen escuchaba con atención, mientras saboreaba el vino.

Trajo bayas para el postre. Ella acercó la botella de vino a Stern, quien la rechazó. Helen había bebido sin trabas, Stern había tomado una sola copa. Últimamente bebía demasiado, contrariando sus hábitos; a menudo le dolía la cabeza.

–Como de costumbre –se interrumpió–, he hablado yo solo, y sobre mí mismo.

–Es maravilloso escucharte, Sandy. Lo sabes.

–¿De verdad? Bien, me gusta tener un público receptivo.

Helen lo miró directamente.

–Aquí lo tienes –murmuró. Callaron, estudiándose–. Mira –dijo Helen Dudak–. Tú lo sabes. Yo lo sé. Así que voy a decirlo. Estoy disponible. ¿De acuerdo?

–Bien, desde luego.

Ella enarcó las oscuras cejas.

–En todos los sentidos.

A Stern se le encogió el corazón. ¿Qué ocurría con Helen? Tenía un modo de manejar las situaciones que lo desarmaba por completo. Decía lo que pensaba sin rodeos. Pero ambos sabían que habían llegado a una encrucijada.

–No estás preparado –añadió ella de inmediato–. Lo comprendo. –Ella cogió la copa y bebió un sorbo, su primer gesto abiertamente nervioso–. Pero cuando llegue el momento, lo estarás. Nos hallamos a un paso del siglo veintiuno, Sandy. Ya no hay reglas de decencia en estos asuntos. Nadie se desvive por respetar el luto.

Stern no supo qué diría si ella le daba la oportunidad. Desde luego, no podía explicar todas sus circunstancias a Helen, decirle que había salido como un vampiro cuando se suponía que estaba muerto, y que ahora lo habían dejado en la cripta con una estaca en el corazón. Pero, por suerte, las explicaciones no parecían necesarias. Era un buen argumento, pensó Stern, y Helen se había reservado todas las directrices. Tenía una función de misionera. Iba a curar a Stern, reconciliarlo consigo mismo. Al cabo de un instante le diría que todavía era atractivo. Hacía décadas que conocía a Helen, y esta forma directa de hablar no le parecía característica. Ésta no era la auténtica naturaleza de Helen, sino un modelo nuevo y mejorado, superado y reorganizado. Buena parte de esto parecía deliberadamente planeado. Las ex colonias debían buscar la autodeterminación. Di lo que piensas. Admite tus deseos. Tienes todo el derecho. Él no confiaba tanto como ella en las virtudes de esta revolución, pero por esa noche, qué más daba. Desempeñaría su papel. He aquí a Alejandro Stern, el primer galán calvo de la historia.

–Eres un hombre muy atractivo, Sandy.

Stern no pudo contener una sonrisa y ella la interpretó mal.

–¿Piensas que las mujeres sólo se sienten atraídas por un cuerpo de veinte años?

Éste era uno de los misterios de la vida que ocupaba un quinto o sexto orden en importancia. ¿Qué atraía a las mujeres? La atención. Eso lo sabía. Algún tipo de fuerza, suponía. Pero el elemento físico siempre participaba de alguna manera.

–En cualquier caso, Helen, creo que carezco de algunos ingredientes esenciales.

–No lo creo. Opino que tienes todos los ingredientes esenciales, incluso algunos de los no esenciales...

Ella agitó la mano en el aire y ambos rieron alegremente.

Claro que no tenía sentido fingir que esto no le agradaba. Desde luego que sí. Dado el ánimo con que había iniciado la velada, la franqueza, el afecto, la excitación de Helen eran un milagro alentador. Stern le cogió la mano.

–Helen, es una oferta realmente encantadora. Sin duda me obsesionará.

Como de costumbre, le agradaba mostrarse evasivo. De nuevo surgía su aspecto esencial, el forastero, desconocido y misterioso. Al parecer su aire ambiguo fue demasiado para ella. Retrocedió y meneó la cabeza.

–Cielos, lo he echado todo a perder.

–Tonterías.

–Oh, Sandy. –Helen se cubrió la cara con las manos–. Estoy borracha. No puedo creer lo que está pasando.

Se irguió con los ojos cerrados, de pronto ruborizada, con intensa vergüenza. Stern se conmovió al ver a la sincera y querida Helen tan humillada. Empezaba a portarse con la inestabilidad emocional de un adolescente. Se levantó y se le acercó por detrás para abrazarla.

–Helen.

–Estoy borracha –repitió ella–. Me he comportado como una cualquiera.

–Has mostrado tu franqueza y tu bondad. Y yo me siento muy halagado. Además, tengo un gran interés.

–¿En serio?

Ella irguió el cuello, mirándolo desde abajo, una simpática maniobra propia de una persona mucho más joven. La sonrisa también era aniñada.

–De verdad –aseguró Alejandro Stern.

Le tenía demasiado afecto como para no abrazarla. Se agachó para besarla, lleno de buenas intenciones y en absoluto preparado para la conmoción espectacular que lo sacudió desde el primer instante. Helen también lo sintió y soltó un gruñido. Él rodeó la silla y la abrazó. Le tocó los senos.

–Arriba –dijo ella al cabo de un momento.

Lo cogió de la mano y lo condujo hasta el dormitorio. Allí él entreabrió el vestido de Helen, bajó el corpiño y le ayudó a quitarse el sostén. Los pechos eran anchos, algo achatados por la edad y las tribulaciones femeninas, pero el espectáculo aún excitaba a Stern. Ella lo soltó para desabrocharse la falda. Helen le había aflojado la corbata y él se la arrancó.

Fue entonces cuando recordó a Peter y su consejo. Stern se quedó paralizado. No tenía lo necesario. La situación sería terrible.

–Helen –dijo. Ella lo miró, pero él no atinaba a hablar–. Helen, esto me resulta muy embarazoso...

–Oh –exclamó Helen–. ¿En qué mundo vives? –Ella señaló una cómoda–. El cajón de arriba.

Entre las medias de seda había un paquete de condones. Él trató de no sobresaltarse. Helen, que se había llevado los brazos a la parte superior de la espalda del vestido, plegándolo con languidez, sonrió débilmente.

–No estoy ofendida, si tú no lo estás. A decir verdad, es una necesidad. –Stern no comprendió–. Control de natalidad –explicó ella.

–Vaya, Helen –se sorprendió Stern.

De algún modo la noticia le agradaba.

–No te entusiasmes demasiado –rió ella, alzando las sábanas–. Estoy en la menopausia. Como todo el mundo. Pero menos avanzada.

Stern examinó el paquete. El tamaño grande. Faltaban veinticuatro. Por Dios, la vida moderna resultaba desconcertante. Helen se le había acercado de nuevo. Se liberó de ambas mangas.

–¿Dónde estábamos? –preguntó.

Después se quedó acostado junto a Helen. Esa noche había sido menos hábil. Lo había entorpecido aquella estúpida cosa de látex y el nerviosismo de los dos se había evidenciado en una amabilidad casi cómica. «¿Así está bien?» «Oh sí, sí, por favor.» Con todo, ahora se abrazaban en silencio, satisfechos. Stern supuso que en algún momento debería largarse. Pero todavía no. Pensaba que era una criatura realmente ruin, uno de esos pícaros de una farsa francesa de alcoba, que juraba castidad y luego se arrojaba sobre la primera mujer que se le cruzaba en el camino. ¿Qué le ocurría?

Pero no creía que le sucediera nada especial. Por lo que había oído en televisión, el cine y las charlas en los cócteles, o de dondequiera vinieran esas ideas, había supuesto que estas relaciones, llamadas informales, eran sórdidas y carentes de afecto. Pero en aquella blanda penumbra se sentía pleno de cálidos sentimientos. Esta mujer, como Margy, le resultaría digna de afecto para siempre. ¿Era un autoengaño? ¿O la sabiduría popular se equivocaba? ¿Acaso todo el mundo buscaba intimidad y cercanía? También pensó, curiosamente, en Dixon. ¿El maestro espadachín también experimentaba sus mil aventuras de esta manera? Sí. Probablemente. Incluso para Dixon tenía que haber algo más que la oportunidad de alardear. Buscaba aceptación, ternura, respaldo femenino antes de regresar al mundo agresivo de los hombres. También Alejandro Stern. La vida que había conocido se había esfumado y el camino que recorría era totalmente nuevo. ¿Qué le aguardaba? De pronto reconoció que los últimos meses habían estado sembrados de temores. Pero ahora no. Por el momento, con Helen acurrucada en sus brazos y respirando más despacio a medida que se dormía, se había tomado un respiro, gozando del fresco aire de la noche. Esa noche, por primera vez desde que había ocurrido, pudo declararse, al menos brevemente, en paz.

Para la ocasión, Stern pidió prestado el Chevy 1954 de su compañero de estudios, George Murray. En esa época, hacía poco que los automóviles norteamericanos habían dejado de parecer teteras y aquel vehículo, que venía equipado sólo con un calentador, tenía un aspecto aerodinámico. No había conocido a muchas chicas en Estados Unidos; parecía haber pocas oportunidades. Durante años había estado inmerso en sus estudios, y por lo tanto despertaba poco interés en las mujeres que lo rodeaban. Además, desde los diecisiete años había trabajado todos los fines de semana, siguiendo una ruta que lo llevaba por todo el Medio Oeste en el decrépito y maloliente camión de Milkie, su jefe rezongón y tuerto. Con el tiempo, su falta de experiencia complicó las cosas. Nacido en el extranjero, con acento español, judío, se sentía como un extraterrestre en compañía de las mujeres.

Así que agradecía la dulzura de Clara. Incluso mientras él se apresuraba a abrir la portezuela del coche, ella actuaba con soltura. Notó que de alguna manera daba seguridad a esa joven tímida.

A pesar de que aspiraba a ella, ciega e instintivamente, tal vez Clara pensaba que él era todo lo que ella merecía.

–En realidad fue idea mía –comentó ella en cuanto se sentó–. Le supliqué a mi padre que te lo dijera.

–Esto –dijo Stern, con un gesto que los incluía a ambos– fue idea mía. Pero fuiste tú quien la puso en marcha.

–Oh, eres listo. Eso dice papá. Piensa que eres muy inteligente.

–¿En serio?

Stern, que no estaba acostumbrado a conducir por la ciudad, miraba la calle con alarma. Si el coche sufría algún daño, tendría que huir del Estado. Murray se lo había dicho con toda claridad.

–¿Qué piensas de él? –preguntó Clara–. Mi padre.

Stern estaba demasiado distraído para contestar con algo más que un gruñido.

Clara se echó a reír. Ella le tocó el brazo mientras él movía la palanca de cambios.

–Soy terrible, ¿verdad? Pero no siempre actúo así. Es culpa tuya. ¿Sabes que por lo general soy callada? Todos te dirán eso de mí.

–¿Y qué más me dirán? –preguntó Stern cálidamente.

Ella sonrió, pero la pregunta no era apropiada.

–Háblame de Argentina –dijo al cabo de un momento.

Era un concierto de Ravel. Ella le habló de la música, haciendo referencias casuales a pasajes que suponía eran transparentes para él como palabras escritas en la página. En el descanso él compró zumo de naranja. Sólo una botella para ella. Su instinto para el ahorro había sido más fuerte que él, y de inmediato advirtió que podía incomodarla al hacer tan evidente su falta de medios. Pero ella no se inmutó. Le ofreció la pajilla, que atravesaba la tapa de cartón de la botella, y lo obligó a beber un sorbo. Entonces sucedió algo. El vestíbulo de la sala de conciertos estaba atestado, la magnífica acústica del edificio amplificaba los murmullos y las luces lastimaban los ojos después de una hora en la penumbra. Pero ese momento fue para Stern más íntimo que un abrazo. De algún modo, el carácter de Clara se le mostraba tan transparente como las notas que había oído antes: ella era bondadosa. Apasionadamente. La bondad le interesaba más que la soltura social. Esta visión dominó a Stern, quien casi se desmayó al sentirse inmerso en aquella tibia corriente, con el corazón atraído por ella.

–Ha sido maravilloso –dijo ella mientras caminaban bajo las luces del teatro después del concierto.

Clara había salido con el abrigo en la mano y ahora los peatones los empujaban mientras ella forcejeaba con una manga. Stern se armó de valor para pedirle que lo acompañara a cenar al barrio chino. Había esperado ese momento toda la semana. Tendría que llevarla a alguna parte. Al fin decidió que el barrio chino satisfacía los requisitos económicos y románticos, y la idea de esa comida –en esa época era flaco y siempre estaba hambriento– lo había incitado durante días. Sin embargo ella rehusó, sin duda pensando en el dinero.

–Debo decirte, Clara Mittler, que la semana próxima me propongo hacer una reserva por teléfono.

Esto era verdad. Se había contenido sólo porque no estaba seguro de si Henry le permitiría conservar la oficina. Pero este comentario jocoso logró divertirla. Ella tenía aquel extraño poder. Bajo las luces de la marquesina, Clara Mittler rió con soltura. Lle-

vaba un pequeño sombrero rosado con un velo blanco y se lo sostuvo con la mano.

–La semana próxima –dijo– saldremos sólo para cenar. ¿Para qué apresurarnos esta noche?

Convenido. Stern le ofreció el brazo y ella lo cogió. Echaron a andar juntos entre la multitud, los hombres con gabardinas, las mujeres con estolas de piel y joyas. Stern sintió un arrebato de placer. Estaba seguro de que muchos los miraban pensando: «Qué bonita pareja americana».

19

El mensaje decía «Margy Allison». Si hubiera dicho simplemente «Margy» él habría comprendido quién era un segundo antes y habría sentido menos remordimientos. No había hablado con ella desde que se habían despedido en el hotel. No más flores, ni una llamada para saludar o para mencionar que tal vez le hubiera contagiado una enfermedad sexual. Había querido hacerlo, pero habría sido más fácil lograr que el Departamento de Salud Pública enviara una tarjeta postal que explicar el asunto por teléfono. ¿Cómo daría cuenta de lo ocurrido protegiendo al mismo tiempo la intimidad de Clara... y la suya? Peter ya había llamado para informarle que la muestra analizada estaba limpia; después de un segundo análisis de sangre, al cabo de dos semanas, tendría la certeza de estar sano y no sería necesario dar explicaciones. Había pensado que convenía esperar. Pero este mensaje lo acorralaba. Bien, había ido muy lejos en pocos meses, de esposo fiel a personaje de comedia. Suspiró y pidió a Claudia que llamara a Margy.

–Hola –dijo ella. Stern creyó detectar una nota de jovialidad en la voz, pero sus esperanzas pronto se derrumbaron. Margy era irónica–. Hace tiempo que no nos vemos –añadió.

Stern titubeó. ¿Qué le había hecho suponer que era hábil con las mujeres?

–Si dijera que estoy terriblemente avergonzado, ¿me creerías?

–Claro. Te creería y no me extrañaría.

Estaba furiosa, exasperada. Stern se hundió en la silla, tratando de superar sus sentimientos de culpabilidad. Ella estaba dispuesta a apalearlo, era evidente.

–Me temo... –empezó, pero se interrumpió.

Iba a decir que todo aquello era nuevo para él y se sentía confundido. Pero era una excusa demasiado patética.

–¿Qué? –dijo Margy con su acento de Oklahoma–. ¿Vas a decirme que algo te asusta?

–Margy, lo siento de veras. En serio. Eres una persona encantadora que no merece ser tratada así.

–Ya lo creo que no.

–Lo sé. En serio...

–Pero te estoy llamando.

–Me complace que lo hagas.

–No llamé para complacerte. Tengo una cosa que debes ver.

–Sí, tú. Me guste o no, supongo que tú eres la persona con quien debo hablar de esto.

Stern sintió un aguijonazo. Cielos, pensó. Cielos. Cerró los ojos. Margy lo había descubierto.

–Estaba sentada mirando esta puñetera cosa y pensé... bien, ahora tendré que hablar con ese canalla.

–Oh, Margy –se lamentó Stern. Aguardó un instante, muerto de vergüenza–. ¿Cuándo lo descubriste?

–Ayer.

Naturalmente. Equivocarse era típico de Peter.

–Es cosa mía –aseguró Stern–. No te quepa la menor duda.

–¿Por qué iba a tener dudas? Te estoy llamando a ti, ¿verdad?

Stern aún tenía los ojos cerrados. Nunca en la vida había vivido un momento así. Nunca. Siempre había cuidado su honor. Tanteó con una mano el escritorio hasta que recordó que esa búsqueda furtiva era inútil. Compraría puros. Se lo prometió. Solemnemente.

Como él guardaba silencio, ella dijo:

–Necesito que me digas qué debo hacer.

–Desde luego.

–¿Cuánto va a durar esta puñetera mierda?

¿Qué había dicho Peter? Entre tres semanas y una vida. Respondió que no estaba seguro. No deseaba entrar en detalles.

–Magnífico. Supongamos que voy a verte.

–¿Aquí?

–¿Dónde si no?

Al parecer Margy estaba confundida respecto del tratamiento o el diagnóstico.

–Suponía que todo lo necesario se podía hacer en Chicago.

–Yo también –replicó ella–, pero no va a ser así.

Stern no entendía a qué demonios venía esa actitud.

De pronto pensó en Helen y perdió el aliento. Se reclinó rígidamente en la silla. No podía haber un problema también con ella. Peter casi se lo había prometido. ¿Y si se había equivocado dos veces? Stern abrió los ojos.

Margy le preguntó si seguía allí.

–Lo siento.

Le pidió un instante y se acercó más al escritorio, aferrando el borde de cristal verde. Todo ese control que había ejercido, esa excesiva y huraña contención que se había impuesto, aun despreciándola en silencio, tenía un propósito. Ahora lo comprendía.

–Sabes que sólo tengo tres semanas –anunció Margy.

–¿Tres semanas? –preguntó Stern.

–Hasta que me presente allí. Esta cosa dice 27 de junio.

Casi preguntó qué cosa, pero se contuvo. Un milagroso proceso de reconstrucción se activó de pronto. Oh, todavía estaba vivo. Ahora comprendía: Margy había recibido una citación del gran jurado. Stern se apoyó la mano en el pecho y sintió las palpitaciones del corazón.

Respondiendo a sus preguntas, ella le resumió los hechos del día anterior. Agentes del FBI de Chicago le habían entregado la citación, funcionarios locales que no estaban involucrados en la investigación y se limitaron a dejarle el papel diciendo que tendría que testificar el día 27 acerca de los documentos solicitados.

–Tienes muchísima razón –admitió Stern–, tienes que venir aquí. Por un momento pensé que no pedirían una presentación personal ante el gran jurado, pero ya que te han dicho lo contrario... –Ahora mentía a rienda suelta. En un instante reordenaría toda la conversación–. Conque el 27. –Buscó la agenda, pero la tenía Claudia. No se molestó en recobrarla–. Sí, está bien. Bueno, te veré entonces.

–¿Eso es todo? –preguntó ella.

–No, no –la tranquilizó Stern–, claro que no. Debo reunirme contigo, examinar los documentos, determinar por qué te han molestado.

–Pero tú eres mi abogado. No será como lo de John. Como tú dijiste... eres el responsable.

–Debo confirmarlo con la ayudante del fiscal para asegurarme.

Pero... –Deténte, se dijo. Alto. Estaba parloteando, aún electrizado por el alivio–. Margy, pon la citación en la máquina de fax. Ahora.

Guardaron silencio por unos incómodos instantes. Luego Stern, mintiendo descaradamente, anunció que Claudia le pasaba otra llamada e hizo esperar a Margy hasta que tuvo la copia de la citación en el escritorio. Solicitaba documentos de la compañía y en rigor tenían que habérsela entregado a él, como abogado de la empresa. No había interpretado la advertencia de Klonsky como indicio de que fueran a llegar tan lejos. Pero la juez Winchell había permitido que algunos fiscales emplearan esta táctica en otros casos, cuando argumentaban que era preciso asegurarse de que los empleados cumplieran con la entrega de los documentos. Y como ya era habitual, observó Stern, el informante del gobierno había identificado con exactitud a la persona que mejor conocía los documentos de MD.

El contenido de la citación era previsible en la mayoría de los aspectos. Había una lista de aproximadamente doce fechas; el gobierno exigía todos los albaranes escritos en esos días en el despacho central de pedidos. Al solicitar los documentos de todas las transacciones de MD en cada fecha, el gobierno perseveraba en su esfuerzo por ocultar sus verdaderas intenciones, sin citar transacciones específicas. Pero entre ese fajo de documentos estarían los albaranes que John había escrito a pedido de Dixon para las órdenes que habían terminado en la cuenta de errores. Una vez más, el informante daba en el blanco.

En el segundo párrafo de la citación, el gran jurado solicitaba todos los cheques cancelados de MD durante los primeros cuatro meses del año que superaran los 250 dólares. Esto era otro paso del gobierno para comprobar que las ganancias de las operaciones ilícitas estaban en manos de Dixon. También era un signo alentador; al parecer, como había predicho Dixon, la citación presentada al banco no había dado resultados. Stern había pasado un par de noches examinando copias de los registros del banco y no había visto nada digno de mención salvo los ocasionales cheques personales de seis cifras para inversiones y adquisiciones, los cuales formaban parte del estilo de vida millonario de Dixon. Desde luego, no había ingresos grandes procedentes de fuentes poco claras.

–¿Qué es este último dato? –le preguntó a Margy cuando volvió al teléfono. Su pulso había recobrado la normalidad. Leyó–: «Todos los documentos de apertura de cuentas, registros de compra y venta, confirmaciones y declaraciones mensuales para la cuenta 06894412, cuenta Wunderkind». ¿Sabes de qué se trata?

–Lo he estado mirando –dijo Margy.

–¿Y?

–Es un tío muy listo. ¿Tienes las declaraciones de la cuenta de errores que te di?

Stern le pidió que aguardara mientras Claudia traía la carpeta.

–Mira el 24 de enero –dijo Margy–. ¿Ves donde la cuenta de errores tiene una compra y una venta de casi dos millones de kilos de avena?

La veía. Dixon –o cualquier persona, por seguir las presunciones formales– había hecho coincidir esos pedidos con un alza en los precios de la avena causada cuando Chicago Ovens compró más de dos millones de *bushels* ese día en Chicago.

–Las operaciones rindieron una ganancia de cuarenta y seis mil, ¿verdad?

Él apenas podía seguirla, y mucho menos comprender la aritmética. Se limitó a asentir.

–Ahora mira el día siguiente. ¿Ves una compra del 2 de abril, noventa contratos de plata, en la cuenta de errores?

–Sí.

Según las notas de la declaración de la cuenta de errores, esa operación, como las transacciones con avena el día anterior, se había efectuado con un número de cuenta que no figuraba en MD. Por lo tanto, todas las operaciones habían pasado a la cuenta de errores.

–¿Sabes cuál es el valor en efectivo de la plata? ¿Te sorprende que ronde los cuarenta y siete mil?

Todo era una sorpresa a estas alturas, pero Stern, reconociendo su papel, se limitó a decir que no.

–Ahora mira la declaración de la cuenta de errores. ¿Ves de nuevo los dos contratos de plata?

–«Transferencia a la cuenta 06894412.»

Stern leyó la nota y miró de nuevo la citación. Era el número de la cuenta Wunderkind. Como de costumbre, no comprendió.

–¿Ves? Él usó las ganancias que había obtenido con la avena el 24 para comprar plata el 25. El coste de la plata se deduce de la cuenta de errores, y una vez pagado él efectúa ingresos y coloca la plata en esta otra cuenta, Wunderkind. Invierte las ganancias en plata y las conserva en su manita caliente.

–¿En otras ocasiones ocurre algo similar?

–Por lo que veo, en cada maldita oportunidad. Gana dinero con compras anticipadas, las arroja en una posición de error para absorber las ganancias y las traslada a la misma cuenta.

–¿Wunderkind?

–En efecto.

Stern se lo explicó a sí mismo para estar seguro de que comprendía: era complicado sacar las ganancias de una compra anticipada de la cuenta de errores. Una vez que tenía las ganancias en la mano, compraba nuevos contratos, cometiendo algún error que hiciera ingresar la nueva transacción en la cuenta de errores; cuando la cuenta de errores pagaba la nueva posición, se transfería a la cuenta de Wunderkind, fuera esto lo que fuese. Por eso Dixon le había dirigido esa mirada taimada en el campo de golf.

–¿Y qué pasa con todas las imposiciones de la cuenta Wunderkind?

–No lo sé, porque todavía no tengo los registros. Quizá las cerró y se guardó el dinero en el bolsillo.

–¿Y qué significa Wunderkind?

–Lo ignoro. Tal vez sea el nombre que figura en la cuenta. Lo único que sé, por el número, es que se trata de una cuenta empresarial.

Stern asintió. Conque la carrera entraba en la recta final. Si el gobierno demostraba que Dixon controlaba la cuenta Wunderkind, tendría la prueba que necesitaba para culparlo de todo. Pero por la expresión de Dixon en el campo de golf, era probable que su cuñado se reservara otro truco, otro modo sagaz de evitar que los federales le atribuyeran esos dólares sucios. Una cuenta empresarial. Tal vez las acciones de la compañía estaban en un fondo fiduciario, controlado y financiado desde el exterior. Durante la investigación del Servicio Fiscal Interno, años atrás, Stern había visto a Dixon realizar estas triquiñuelas, que habrían enorgullecido a la CIA. John aún constituía su principal preocupación: ¿qué le diría al gobierno? Si ponía trabas o decía la verdad a medias, Klonsky y Sennett lo amenazarían con procesarlo, y en serio. Stern meneó la cabeza al pensar en la delicada situación del yerno.

Pidió a Margy que se asegurara de reunir los documentos el lunes, antes de comparecer.

–Desde luego. Trabajaré todo el fin de semana. No es la primera vez. Tal vez llegue allí el domingo por la noche –anunció Margy con un suspiro–. Me alojaré junto al Gresham.

–Ah, sí –dijo Stern–. Veo que Claudia me llama. Debe de ser urgente. Muchas gracias –le dijo a Margy–, muchas gracias.

Colgó sintiéndose inquieto, agradecido y libre.

20

La semana anterior, Stern había vuelto dos veces a su casa por la mañana para cambiarse y mirar la correspondencia, tras pasar la noche con Helen. Habían salido tres veces desde la velada en la sinfónica–cena, teatro–, y ella había demostrado en cada ocasión su aptitud para ayudarlo a barrer el peso muerto de una vida arruinada. Con Helen, sólo oía esa cautivante risa musical, una voz clara y firme, y sentía desde luego la apremiante palpitación de una renovada vida romántica. La tierna y dulce Helen se empeñaba en mejorarlo.

En la correspondencia del día anterior, Stern halló esa mañana otra copia de la cuenta de Westlab, esta vez un formulario rosado, con un sello en letras de imprenta rojas que decía «ATRASADO». Sí, ya lo creo, pensó. Stern sospechaba que, dada la naturaleza del problema, Clara había consultado a un médico que fuera mujer; revisó de nuevo la agenda de Clara en busca de un nombre, pero sabía que sería en vano. ¿Qué podría decirle esa doctora? ¿Qué podría cambiar? Pero su curiosidad no era del todo racional. Tomó este aviso atrasado como un guiño del destino y, en cuanto estuvo vestido, salió con la cuenta de Westlab y la libreta de cheques en la mano a buscar el sitio donde, a principios de marzo, una muestra perteneciente a Clara se había cultivado, examinado y etiquetado con precisión clínica. En el coche se preguntó si sería un error y se dijo por centésima vez que el diagnóstico no era la clave del asunto. Clara había tenido razones para sospechar problemas. Sólo en la Biblia y en los cuentos de caballerías los virtuosos mantenían relaciones sexuales en sueños.

Stern no había reconocido la dirección del laboratorio, pero la guía de calles la situaba en un callejón entre dos avenidas comerciales, a cinco o seis manzanas del hogar de los Stern en Riverside. Allí estaba, un edificio bajo de ladrillos con ventanas de madera, al estilo de los años cincuenta. Había pasado frente a Westlab durante veinte años sin reparar nunca en él. Más allá de las puertas acristaladas del edificio había poco espacio público, una pequeña zona de espera con cuatro asientos de plástico sujetos a una barra de acero y un tabique transparente. En la ventanilla preguntó por Liz. La llamaron y acudió. Era tal como la había descrito Radczyk, morena y menuda, con cabello corto y negro cortado en un flequillo que le enmarcaba la cara. Llevaba pantalones grises y bastante maquillaje, y delineador en abundancia bajo las pestañas inferiores. Le dirigió una sonrisa simpática; estaba acostumbrada a tratar con el público.

–Soy el señor Stern –se presentó–. Enviaron esta factura a mi esposa poco antes de su fallecimiento a finales de marzo. En la confusión del momento, temo que la olvidé.

–Oh, no hay problema –exclamó Liz, agitando la mano en un gesto de absolución.

Él aguardó un instante.

–Probablemente también hubiera honorarios médicos. Nunca los recibimos o se traspapelaron. Me gustaría ponerme en contacto con el doctor para cerciorarme de que no hayan pasado por alto esa factura, pero no sé bien quién era. ¿Puede darme el nombre del facultativo que solicitó el análisis? Si hay algún contratiempo, soy albacea del testamento de mi esposa...

–Oh, no. –Liz agitó nuevamente la mano y desapareció al instante con la copia de la factura de Westlab, perdiéndose en un espacio iluminado por rutilantes tubos fluorescentes. Desde alguna parte llegaba un vago olor antiséptico. Tras examinar los archivos, Liz consultó a otra mujer y luego regresó ojeando una carpeta. Habló antes de llegar a la ventanilla.

Stern creyó no entender el nombre que le decía.

–¿Cómo ha dicho?

–¿Lo conoce usted? ¿El doctor Nathaniel Cawley? Tiene el consultorio en Grove. A tres calles de aquí. Tome la dirección.

Puso la carpeta delante de Stern y le mostró la solicitud de análisis, un formulario largo con letra pequeña y casilleros, llenados con indescifrables garabatos de médico. El nombre y la dirección profesional de Nate aparecían en la parte superior del formulario, no cabía duda de que él había solicitado los análisis: firmaba con un garabato y había escrito «Cultivo vírico para HSV-2» en un recuadro al pie de la página.

Con un repentino escalofrío, Stern alzó los ojos y vio que Liz lo miraba con extrañeza. Tal vez le llamaba la atención su desconcierto o se había acordado de Radzcyk, o al fin había visto para qué era el análisis. Stern decidió seguir fingiendo. Sacó la pluma de oro del bolsillo interior para anotar la dirección de Nate. Pero no tenía papel a mano, así que se alejó sin decir palabra.

–¿Usted quería pagar esto? –lo interrumpió Liz, cogiendo la factura.

Extendió el cheque con manos trémulas. No lograba trazar bien los números y tuvo que romper el primer cheque.

¡Nate! Ya en el exterior, Stern se desplomó en el cuero color cereza del asiento delantero del Cadillac. Sin duda había una explicación. Como que bebía demasiado o que estaba agobiado por las complicaciones de su vida personal, Nate había pasado esto por alto. No obstante, Stern estaba confuso. Nate a veces era desordenado, pero no distraído. Le alarmaba pensar que un médico se mostrara imprevisible o impreciso. El coche de Stern tenía teléfono. Stern nunca lo usaba –su viaje diario a la oficina no duraba más de diez minutos y podía ir caminando a ambos tribunales–, pero como le gustaban los aparatos había dejado que Claudia le consiguiera un número y a veces lo usaba. Lo conectó, marcó el número de información y luego el del consultorio de Nate.

–No está aquí. ¿Puedo ayudarle, señor Stern?

–Tengo que hablar con él. –Ya había sido bastante amable con Nate. Se creía con derecho a una respuesta inmediata–. Es una especie de emergencia.

La enfermera hizo una pausa. Stern sabía lo que estaba pensando: con los pacientes todo eran urgencias.

–Está en el hospital. –Ella dictó el número–. Puede usted tratar de encontrarlo, pero está haciendo su ronda y no sé si dará con él. Le diré que lo llame.

Stern dejó sus números –oficina, coche, casa– y llamó al hospital. Cuando dio con la encargada de mensajes, describió el recado como urgente. Detrás de él, cerca de las puertas de Westlab, una madre arrastraba a un niño hacia el edificio. Stern se volvió para observar la escena. El niño por lo visto sabía lo que le esperaba, pues se resistía ferozmente, arrojándose al suelo. La madre tampoco pudo más y al fin Stern notó que ella también lloraba.

–Soy el doctor Cawley.

–Nate, Sandy Stern.

–¿Sandy?

Había un dejo de frustración o incredulidad en la voz.

–Será sólo un momento. Necesito hablar contigo acerca de Clara.

–¿Clara? Por Dios, Sandy, estoy haciendo mi ronda en el hospital. –Nate tardó un instante en dominarse–. Sandy, ¿te puedo llamar más tarde?

–Nate, te pido disculpas, pero...

–Mira, Sandy, ¿es por lo de Westlab? ¿Por eso llamas? Recibí tus mensajes.

Nate, tal como él había previsto, iba a dar explicaciones. En un instante de lucidez, Stern comprendió que parecería tonto e impulsivo, y sintió la tentación de colgar.

–Sé que es una obsesión tonta, Nate, pero...

Nate se apresuró a interrumpirlo de nuevo.

–No, no, Sandy. Es culpa mía. Lamento que hayas tenido que perseguirme, pero he hecho averiguaciones. ¿De acuerdo? Registré mis fichas, llamé a Westlab y nadie sabe de qué se trata. Allí no tienen ningún registro, y yo tampoco, así que no sé qué decirte. Es sólo un error, sin duda. ¿De acuerdo? Todos hemos investigado a fondo. Olvídalo. ¿Vale?

Stern se miró la rosada palma de la mano. ¿Qué pasaba? Una especie de rumor sordo le recorrió el cuerpo, y tardó sólo un instante en comprender: Nate mentía. Sin duda. Había mentido desde el principio. Stern necesitó respirar aire puro mientras Nate seguía parloteando. ¿Qué otra cosa no había comprendido? Por otra parte, no deseaba saberlo.

Después no supo bien cómo había concluido la conversación. El aparato con tablero luminoso descansaba en la horquilla y él se miraba la mano. Empezó a marcar de nuevo, pero una voz prudente lo conminó a recobrar antes la compostura. Había aprendido algo en el tribunal. Un embustero mentía cuando lo provocaban. Nate negaría haber sido evasivo. Llegado el caso, le diría que el formulario estaba equivocado, dijera lo que dijese. Necesitaba aplomo para hacer frente al asunto.

Puso el motor en marcha y arrancó. Al cabo de un par de calles, bajo los robustos árboles de esa zona de la ciudad, la idea lo desgarró como si lo hubieran empalado: Clara lo había odiado. Despreciado. Eso había motivado todo el engaño. Stern podía comprender qué motivaba a Nate; para eso le habían bastado unos minutos de reflexión. Mentía por cobardía, porque no quería enfrentarse a Stern con la verdad. No sólo la infidelidad de Clara. Ése era el síntoma, no la causa. Pero la enfermedad –una especie de brutal e irremisible insatisfacción conyugal– era demasiado dolorosa para revelarla. Sin embargo era manifiesta en cada acto, en cada embrollo que ella le había legado. Incapaz de decir lo que pensaba, había optado por una demostración gráfica: una vida y un hogar arruinados y envilecidos.

¿Él debía fingir que no sabía nada de esto? Yendo por la calle River, se acercaba a uno de los muchos miradores, un espacio de cemento con un viejo parapeto de piedra gris que bordeaba la orilla del río y una hilera de bancos que miraban hacia las verdes colinas de Moreland y los elegantes barrios de la margen oeste. Aparcó y cruzó la calle. Se apoyó un instante en el grueso parapeto, observando las rápidas aguas que circulaban con sus turbulentas corrientes ocultas y la superficie rutilante –La Chandelle– y se desplomó en uno de los bancos.

Sólo se había manifestado algo cuando sus hijos se fueron uno por uno a la universidad. Cuando se marchó Kate, Clara trasuntaba desesperación, una dolida y persistente pesadumbre. A pesar de su silencio, ella estaba desquiciada y él no podía calmarla. De manera muy indirecta, él había sugerido una terapia que fue rechazada de inmediato. Siempre reservada en cuanto a su desgracia, Clara se quejaba a veces de la ausencia de Stern. La oficina. Los juicios. Los puros. Durante esa época ella le prohibió fumar en casa. Retrospectivamente, el mensaje era claro: él aún tenía su vida, de la cual nunca había participado. Le quedaban pocas cosas. Ante este reproche tan directo, Stern la había eludido. Había aceptado una serie de compromisos en otras partes: un prolongado juicio en Kansas City, seminarios y demostraciones de técnicas forenses. Había volado de un lado al otro del país durante meses y al fin había sugerido lo irresistible, un viaje juntos al Lejano Oriente. En Japón, con sus monstruosas ciudades y sus misteriosos jardines, volvieron a estar juntos.

Pero antes de eso, durante el juicio de Kansas City, en uno de los escasos días en que estaba en casa, había tenido lo que ahora consideraba la oportunidad de examinar el corazón de Clara. El juicio, relacionado con una conspiración de políticos y funcionarios sindicales, había durado catorce semanas. Stern volaba a casa los viernes por la noche y partía los domingos al mediodía. Su presencia era meramente física; hablaba por teléfono casi todo el fin de semana, o iba a su oficina a prepararse para los siguientes testigos del gobierno. En uno de esos domingos, Clara le pidió que la acompañara a ver una exposición de *raiku,* vasijas japonesas de cerámica cocidas directamente al fuego y luego enrolladas en paja para trazarles marcas. Clara admiraba muchísimo estos objetos. Stern no tenía tiempo para esa salida, pero aceptó con la esperanza de aplacarla, sabiendo que ella sólo se sentiría libre de comprar una pieza si él estaba presente. Clara señaló una vasija tras otra. ¿Le gustaban? Un par de veces él cometió el error de revelar su impaciencia. Cuando vio el efecto que causaba su reacción, él mismo empezó a señalar los anaqueles. ¿Ésta? ¿Aquélla? Esta repentina avidez irritó a Clara, quien de pronto quiso irse. «Seguro que tiene que haber una», dijo él. Ella deseaba pocas pertenencias físicas.

Clara meneó la cabeza y enfiló hacia la puerta. Un momento, como tantos últimamente, de aspiraciones incompatibles. En la escalera del oscuro edificio, Stern tropezó y buscó la mano de Clara. La bola de hierro lo salvó. Cuando miró hacia arriba, Clara fruncía el ceño con exasperación y mostraba un raro destello en los ojos. Bien podría haber declarado sin rodeos que él no la complacía de una manera muy profunda. Stern ahora recordaba que ella no había movido la mano para ayudarlo.

Había pensado que aquello pertenecía al pasado. En cambio, ahora le parecía la mirada de despedida de Clara. Al fin, agobiada por la culpa, había dejado un mensaje pidiendo perdón. Pero se había disculpado sólo por la conducta de ella. El resto no se podía alterar. El corazón de Clara también había ardido en el fuego y llevaba esa marca insidiosa. Hubiera sido mejor que destruyera la casa, destrozara la porcelana, rasgara los cuadros. En cambio, llena de furia y desesperación, se había destruido a sí misma y había dejado que él sufriera cada vez que hallaba uno de los fragmentos.

Stern le habló de Argentina.

Su padre había viajado desde Berlín en 1928 para trabajar de médico en las colonias agrícolas de judíos rusos que habían llegado hacia 1880 y se habían instalado cerca de Santa Fe. Allí Bruno Stern había conocido a Marta Walinsky. Por los comentarios posteriores, Stern comprendió que su madre creía haber tocado el cielo con las manos al casarse con un médico. Jacobo nació poco después y Alejandro cuatro años más tarde; Silvia nació cinco años después de eso.

Así como algunos actores están siempre en el escenario, su padre era siempre médico. Llevaba barba y nunca renunciaba a sus modales profesionales. Caminaba por las calles de Entre Ríos con la bata blanca, que llevaba a casa para que su madre la lavara. Usaba trajes de lana de tres piezas. Se recortaba pulcramente las uñas y tenía manos blanquecinas, que se lavaba cada mañana con agua de lavanda. Se colgaba el estetoscopio del cuello, cogía el maletín y acudía a la enfermería. Su madre le había dicho que el padre era importante. Curaba a la gente. Todos lo respetaban. Su padre amaba el respeto. Una cuestión de respeto –Stern nunca había conocido la dimensión exacta del fracaso de su padre– había llevado a la familia a la cosmopolita Buenos Aires cuando Stern tenía casi cinco años. Una decisión desafortunada. Las gentes de la ciudad los tomaron por patanes y los parientes que tenían en el campo los trataron de inmediato como antipáticos porteños.

En Estados Unidos, el hecho de que Stern fuera un judío criado en Argentina apenas se consideraba un poco mejor que la posibilidad de que su padre se hubiera quedado en Berlín. Desde luego, había muchos antisemitas entre los argentinos. Ritella, la prima de su madre, evocaba desde su mecedora la Semana Trágica, cuando ella era una adolescente y las turbas habían invadido el barrio judío de Buenos Aires con barras de hierro y duelas de tonel, aporreando a todos los bolcheviques que encontraban, lo cual significaba prácticamente a todos los judíos. Los años que Stern recordaba de Buenos Aires no eran muy diferentes de los que habría vivido criándose en Chicago o Nueva York. En la zona cercana a Corrientes y Callao, casi 300.000 judíos –muchos de ellos, como su madre, hijos de inmigrantes rusos que se habían afincado en las provincias del litoral a finales del siglo XIX *– habían establecido una comunidad. Había tres periódicos en yiddish, carnicerías y panaderías kosher, pequeñas sinagogas.*

Eran gentes pobres –tenderos, obreros, peones– que, como decía su madre, vendían su trabajo para sobrevivir.

En el restaurante chino, mientras comía con Clara en un reservado magníficamente flanqueado por dragones de ojos rojos y cola verde, Stern no dio detalles de la vida familiar. Habló de los indios que andaban descalzos en Entre Ríos, de los revoltosos gauchos. Explicó la compleja trama de la cultura argentina, con diversos elementos europeos: apostura británica, franqueza italiana, gallardía y culpabilidad. Ella se emocionaba al oír hablar de aquel lugar remoto y sus costumbres; se le notaba en la cara, aunque permanecía silenciosa como un gato. A veces parecía incapaz de hablar. Entretanto, él parloteaba animadamente sobre cosas que a menudo prefería ocultar. La luminosa expresión de Clara era para Stern como un homenaje.

Luego ella le aceptó el brazo y ambos caminaron por el parque hasta el Chevy de George Murray.

–Debes dejar de llamarme Stern –pidió él.

–Muy bien. ¿Cómo te llamas? Alejandro, ¿verdad?

–Casi todos me llaman Sandy.

–Muy bien, Sandy –dijo ella.

Aun con sus modales perfectos, ella luchó por no reaccionar desfavorablemente ante ese nombre insignificante. Él comentó en broma que al fin se habían presentado.

–Pero yo sabía quién eras.

–¿Cómo dices?

–Te reconocí. De Easton.

–¿De verdad?

Stern se quedó muy sorprendido. Por los cálculos que había hecho sobre la edad de Clara, ella era demasiado mayor para haber coincidido con él en la universidad, y sin duda no había sido estudiante de derecho. Sólo había visto ingresar nueve mujeres en sus tres años, y ahora pensaba que era demasiado atractiva como para haberla olvidado.

–Estoy segura de que eras tú. Siempre te veía en la biblioteca de la facultad de derecho. Nunca te ibas de allí.

–Ah, sí –suspiró Stern–, sin duda ése era yo.

Se preguntó qué la habría llevado a la facultad de derecho.

–Un tipo. –Ella miró la acera–. Estaba en tu clase. Era como tú. Ha-

bía estado en el servicio militar. –Stern le preguntó el nombre, pero ella agitó la mano. No tenía importancia–. No llegó a terminar.

Stern dio a entender que comprendía. De su clase de trescientos, sólo ciento veinte habían recibido un título.

A veces, en sueños, recordaba la tensa atmósfera de la facultad de derecho y sus ocasionales terrores. Habían llegado al coche, y Stern le abrió la portezuela.

–Me asombra descubrir que me recuerdas –comentó ya dentro.

–Oh. –Ella sonrió un poco–. Llevabas el pelo cortado a lo militar.

–Ah –dijo Stern, leyéndole el pensamiento: había parecido fuera de lugar.

La historia de su vida. Becario extranjero con corte de pelo militar. En Easton habría parecido un recién llegado de la oficina de inmigración. Ella le tocó el brazo. No le sorprendió que ella ya notara que para Stern el orgullo ocupaba un lugar destacado.

–Por favor –dijo ella.

–Me halaga haber causado alguna impresión –replicó él, tratando de salvar el momento.

Ella se miró el regazo. Así él lo vio por primera vez: Clara Mittler tragándose las palabras. Sabía reconocer una situación embarazosa y tenía un infalible instinto para emprender la retirada. Stern había aprendido a imitarla en ello, tal como ocurre después de décadas de matrimonio, y a saber cuándo convenía callar, pero nunca tuvo la misma maestría que ella. Cambiaron de tema; el momento doloroso pasó. Él puso el motor en marcha y arrancó, de nuevo estudiando las calles con ansiedad.

–¿Te gustó la facultad de derecho?

–Uno debe soportarla, no disfrutar de ella.

–Eso dice mi padre. Yo estudiaba en la biblioteca de la facultad de derecho cuando era subgraduada. Yo quería asistir allí, pero él no quiso. –Reflexionó un instante–. ¿Y qué dices de Easton, Sandy? –Usó el nombre a propósito–. ¿Te gustó estar en las colinas?

Aquí Stern reveló más cautela. Éste era al parecer el alma máter de Clara. ¿Qué le diría? La universidad de Easton se había construido en la ondulante campiña hacia 1870, a cincuenta kilómetros del centro del condado, como alternativa episcopal ante las universidades construidas en tierras cedidas por el estado. Ahora contaba con magníficos profesores y una reputación internacional. Pero estaba llena de petimetres con chaquetas de tweed, *chicos de Brooklyn e Iowa que se portaban como si fueran príncipes y duques. Easton era más Yale que Yale, un palacio de pretenciosos.*

Para Stern habían sido tres años increíbles. Algunas personas lo consideraban exótico; otras, un patán.

–Easton me pareció mucho más alejado de la ciudad de lo que sugiere la distancia real –comentó Stern.

–De acuerdo –asintió ella–. Yo pensaba lo mismo cuando enseñaba.

–¿Enseñabas? –preguntó Stern.

En pocos momentos se enteró de un par de cosas. Resultó ser que después de la facultad ella había sido maestra en la escuela Prescott de Du Sable. Los estudiantes eran casi exclusivamente negros –«de color», decían en 1956–, jóvenes cuya pobreza los rodeaba como un abismo que los separaba del resto del mundo. En las mañanas más frías, la asistencia bajaba drásticamente porque muchos niños no tenían abrigo.

–Nada se desperdició –dijo ella–. Cada momento valió la pena. Al margen del triunfo o el fracaso.

–¿Por qué lo dejaste?

–Renuncié hace casi dos años –suspiró ella.

Testigo reacio, pensó Stern. La jerga forense le pasaba por la cabeza constantemente, otro dialecto norteamericano que deseaba dominar a la perfección.

–¿Por alguna razón específica?

–Pensé que debía dedicarme a algo mejor.

Ambos guardaron silencio.

Cuando esa noche se despidieron junto al emblema de hierro forjado de las verjas que rodeaban la elegante residencia georgiana de Henry Mittler en Riverside, ella le dio la mano y sonrió a su pesar, y le hizo prometer que la semana siguiente la invitaría a cenar. Luego subió la escalera alzándose la falda de crinolina y las enaguas, y sin mirar atrás atravesó a la carrera las puertas, grandes como las de una misión. ¿Estaba al borde del llanto? Algo había ocurrido. De pronto Clara había perdido contacto, absorbida por sus problemas. Una joven fascinante, inteligente y tierna. Y, por la avidez con que le había pedido que llamara, estaba seguro de que no había querido desalentarlo. Pero al escrutar en la oscuridad el ladrillo ocre y los macetones de hierro de la casa de Henry Mittler, sintió el peso de una huraña convicción. Nunca averiguaría qué ocurría allí dentro.

21

Con el aire abyecto de costumbre, Remo Cavarelli esperaba en el corredor de mármol frente a la sala de la juez de distrito Moira Winchell. Stern llevaba a Remo como una corbata vieja: demasiado chillona y rara para acompañar cualquier prenda del guardarropa. Con sus manos toscas y su jerga del Distrito Norte, Remo era causa de confusión para los jóvenes abogados de la oficina, acostumbrados a la actual clientela de Stern: negociantes y profesionales acuciados por apetencias materiales o atrapados en circunstancias ambiguas. Pero Remo había sido cliente durante casi tres décadas y Stern se negaba a abandonarlo. Se había acercado a Stern en los atestados pasillos del tribunal del Distrito Norte y reaparecía de vez en cuando metido en algún lío, un hombre tosco con la cara curtida y morena de un marinero.

Remo era ladrón. Practicaba el robo con actitudes semejantes a las de un cazador profesional. Admiraba lo que robaba, le gustaba tomarlo, esperaba hacerlo de nuevo. Los arrestos le parecían gajes del oficio. Cada vez que iba a la cárcel –y ya había cumplido tres sentencias– lamentaba la repercusión que esto tenía en su familia. En la última ocasión, recordaba Stern, Remo había llorado al pensar que estaría separado de su hijo menor. Pero había crecido entre hombres que alardeaban de las sentencias que habían cumplido. Cada vez que lo capturaban, pues, Remo Cavarelli se declaraba culpable.

Así pensaba reaccionar ante la acusación de complicidad en el robo de un cargamento interestatal. No aquel día, desde luego. Como un hombre con dolor de muelas, lo único que consideraba peor que su trance actual era la solución. Pero tarde o temprano, cuando Stern había logrado un par de prórrogas, Remo se acercaba al estrado y admitía públicamente su culpabilidad. Y lo hacía desoyendo el consejo del abogado. Esta acusación del gobierno contaba con pocas pruebas: la presunta complicidad dependía de la casual aparición de Remo en el lugar donde descargaban carne vacuna de un camión refrigerador secuestrado. Stern había alentado a Remo a comparecer en juicio, incluso se había ofrecido a cobrarle una tarifa reducida, pero Remo no tenía interés. Los juicios eran para gente con posibilidades. Remo no tenía ninguna. A estas alturas, con su cuarta condena, Remo corría el riesgo de pasar varios años entre rejas, pero se mostraba obstinado.

Delante de la puerta del tribunal, Remo estrechó la mano de Stern, quien le explicó qué iba a ocurrir en aquella sesión. Ya había vencido el período de mociones preliminares y la juez Winchell fijaría una fecha para el juicio. Remo sólo tenía que permanecer junto a Stern. Su presencia no era necesaria, pero Stern pidió a Remo que asistiera. Parecería un sujeto manso ante los abogados, mientras hablaban una jerga incomprensible para él. La chaqueta le colgaba como si fuera prestada; la ancha corbata tenía un nudo enorme y elevaba las puntas del cuello de la camisa de poliéster. Remo escucharía con la cabeza gacha, las manazas a los costados, como si torpes sensores ya captaran el frío grosor de las rejas. Remo ya había representado antes ese número, y de pie junto a Stern era capaz de romper el corazón más duro.

Hoy tendría la oportunidad. Moira Winchell había empezado como fiscal federal y había pasado varios años como representante de una prestigiosa firma, una de esas abogadas que se encargaban de complejos pleitos civiles cargando con gigantescas masas de documentos y que rara vez llevaban los casos a juicio. Diez años atrás había sido la primera juez femenina del distrito, y luego sus colegas la habían elevado a jefa. Moira fue justamente celebrada como la mujer que había superado generaciones de discriminación. Pero ella había triunfado por una razón. Era dura de roer. Por otra parte, su puesto la había endurecido aún más. No todos sabían hacer frente a las vicisitudes de la vida de un juez federal: órdenes del día sobrecargados, abogados burlones, un sueldo magro y un poder casi ilimitado. Llegaban a su puesto halagados por la aclamación de sus pares, y al poco tiempo se volvían temperamentales como Calígula. Moira Winchell era una de ellas: incisiva, sarcástica, a veces cruel. Stern había sido rival de Moira años atrás, cuando ella era fiscal, y habían entablado una relación de respeto mutuo. Recientemente, el juez Jason, esposo de Moira y profesor de derecho, había pasado algunos intervalos con Stern y Clara en la sinfónica. Allí, aplacada por la música, Moira era afable, aunque un poco altanera. Pero en el tribunal era más dura que el granito.

–Señor Stern, ¿qué haremos con este asunto?

Desde la considerable altura del estrado, la juez Winchell lo interpeló en cuanto el escribiente anunció el caso. No parecía prestar atención a Moses Appleton, el ayudante de la fiscalía que estaba junto a Stern, del lado opuesto al de Remo. Moses, un joven negro, era un abogado excelente –hecho para grandes cosas–, pero para muchos jueces todos los fiscales eran como los indios de madera de las tabaquerías: funcionarios jóvenes e intercambiables que por rutina clamaban pidiendo venganza.

Stern alegó que el fiscal no había presentado suficientes pruebas sobre el caso para que él determinara si se debía «resolver sin juicio», una oblicua referencia a la admisión de culpabilidad. La juez Winchell, que lo había oído todo, pidió silencio. En la gran sala, los abogados que aguardaban su turno en el podio permanecían sentados en bancos de laca oscura, escuchando a la juez como una respetuosa congregación mientras cobraban honorarios legales con incrementos cada seis minutos.

–Dos semanas para que el gobierno presente una declaración acorde con el reglamento 801, respaldada por formularios 302 y un testimonio del gran jurado. Fijaremos el juicio para dos semanas más tarde. Sin postergaciones. Deles una fecha –indicó la juez Winchell al escribiente, que estaba sentado un metro más abajo. El escribiente, Wilbur, que seguía las órdenes de la juez, anunció un día del mes siguiente como si proclamara el juicio final.

Remo habló por primera vez.

–¿Tan pronto? –susurró.

–Cállate –indicó Stern.

La juez Winchell se echó hacia atrás el pelo lacio y oscuro.

–Señor Stern, ¿puedo hablar con usted? –La juez bajó por la escalera que había junto al estrado y dirigió una seña a Appleton para indicarle que no era preciso que se acercara. Stern sabía lo que se avecinaba–. Sandy –dijo Moira Winchell, de pronto a su lado y a su altura–. Lamento muchísimo lo de Clara. Todos pensamos en ti.

Apoyó la larga mano en el hombro de Stern y le dirigió una mirada de auténtica tristeza. Stern se sintió extrañamente conmovido por la sinceridad de la juez. Bajo la fuerte luz de la sala, donde Moira no se molestaba en usar maquillaje, Stern quedó impresionado por el deterioro de sus rasgos. La bonita cara irlandesa mostraba profundas arrugas y los ojos no tenían brillo. Uno tendía a olvidar los intensos esfuerzos que realizaba. El mundo la observaba esperando un error grave y ella lo sabía.

–Muy amable, señoría.

–Llámame –dijo ella–. Comeremos juntos.

Luego se arrebujó en la túnica negra mientras ascendía a su lugar superior. Ya tenía la cara contraída en su habitual semblante de irritación. Más abogados. Más disputas. Más decisiones. Siempre adelante.

Appleton y Remo habían esperado a unos metros.

–Moses –dijo Stern en el pasillo–, ya hablaré contigo.

Luego condujo a Remo a la sala de los abogados, una tranquila habitación con antiguos escritorios de roble y paredes con fotos en blanco y negro de jueces del pasado, todas cubiertas de polvo y al sesgo. Stern sintetizó rápidamente lo que había ocurrido. La juez pronto querría saber si Remo se declararía culpable o no. Stern le pidió de nuevo que se presentara a juicio, pero Remo insistió en negarse.

–Esto es como el asunto de los viernes –dijo Remo–. ¿Sabe a qué me refiero?

Stern no lo sabía. Meneó la cabeza.

–¿Cuál es su religión? –preguntó Remo–. Católico, ¿verdad?

Stern meneó la cabeza una vez más. Muchos cometían el error de Remo al oírle el acento hispano. Después de tantos años, el pobre Remo se quedaría de una pieza al enterarse de la verdad. Pero Remo no hizo más preguntas. Estaba absorto en sus propias palabras.

–Verá, en la religión católica, cuando yo era chico, los curas decían que no se debía comer carne en viernes. Pescado, sí. Gelatina, sí. Pero carne, no. Pero, verá usted, muchos lo hacían. Muchos. A veces uno se olvidaba, comía un bistec y luego se acordaba de que era viernes. A veces era a propósito. Recuerdo que cuando yo estaba en St. Viator's, algunos de nosotros comíamos hamburguesas sólo los viernes. Nos sentábamos junto al escaparate y mostrábamos las hamburguesas a las monjas cuando pasaban. En serio. –Remo rió, torciendo la cara morena–. Menudos pillastres.

»Pero de pronto los curas cambian de idea. ¿Entiende? Ahora está bien. Uno puede comer lo que quiera. ¿Pero qué pasó con todos los tíos que arden en el infierno por comer carne los viernes? ¿Usted cree que los dejaron salir? Fui a ver al cura, porque me intrigaba. Le pregunté: "¿Esos tipos quedan libres o qué?". "Oh, no", me dijo. "Las reglas de Dios son las reglas de Dios. No se pueden saltar a la torera." Claro que no me dijo eso exactamente, pero usted ya me entiende.

»Así que esto es como el asunto de los viernes. Es todo mentira. Yo no hice nada. Lo juro, no fue cosa mía. Me enteré de que iban a hacerlo y fui para ver si me daban un poco de carne.

»Pero tal vez estos tíos y yo hemos hecho algunos trabajitos antes. ¿Entiende? Así es como funciona. Es como lo de los viernes, nos culpan por lo que hemos hecho antes. ¿Qué se le va a hacer?

Remo movió los hombros y alzó las manos: él no controlaba el universo de Dios, apenas entendía algunas de las reglas. Sus ojos castaños trasuntaban una profunda convicción. Stern reprimió su deseo de discutir. Detrás de Remo vio a Sonia Klonsky, agobiada por carpetas. La llamó y se despidió apresuradamente del cliente, dejando atrás al único hombre del tribunal que no tenía dudas sobre la justicia.

–Debo hablar con usted acerca de Margy Allison –dijo cuando la alcanzó.

Klonsky había pasado la típica mañana de una ayudante, yendo de una sala a otra, dejando mensajes para que sus casos continuaran su trámite mientras ella corría de un tribunal al otro. Stern quiso quejarse por la conducta del gobierno, que no le había enviado a él la citación de Margy, pero Klonsky no demostró arrepentimiento.

–Usted sabía cuál era nuestra posición –dijo, caminando resueltamente hacia una sala–. ¿Quién será el abogado de ella?

–¿Será testigo?

–Por ahora no.

–Entonces me propongo representarla.

Klonsky también estaba preparada para eso.

–Stan cree que puede haber un conflicto de intereses.

–¿Podría explicarme por qué?

–No.

–Entonces agradezca al fiscal federal su interés por mi conducta ética, pero transmítale que seré el abogado de la señorita Margy Allison –replicó con una sonrisa afable. Se proponía demostrar firmeza, no brusquedad–. ¿Puedo hacerle unas preguntas como abogado de Margy?

–Si insiste.

–¿Qué desea de ella?

–Algunos documentos. –Klonsky sonrió pero no aminoró el paso–. Algunas preguntas. Tengo que ver a Pivin.

Señaló la sala del juez Albert Pivin, quien con sus setenta y ocho años seguía en plena actividad. Stern la siguió al interior, pero el escribiente la vio y la llamó de inmediato.

Stern fue a esperar al pasillo. Ella salió poco después y lo miró desconcertada. Al parecer había creído que se lo había quitado de encima.

–Mire, Sandy. Personalmente no me importa hablarle. Pero usted sabe cómo se pone Stan. Está al frente de una situación difícil.

Stern la siguió al guardarropa, donde ella cogió un impermeable ligero y bajó por la escalera de alabastro del tribunal. Al parecer ya había terminado sus tareas allí.

–¿Qué le ha dicho Stan Sennett sobre mí?

–Oh, no sea así. Él le tiene un gran respeto. Todos lo respetan, y usted lo sabe. Francamente, parecía muy preocupado cuando le dije que usted trabajaría en este caso. Se supone que yo no debería admitir eso, ¿verdad?

–Oh, el señor Sennett no me teme –objetó Stern–. A los fiscales con experiencia les gusta alabar a sus oponentes. Esto hace más sabrosa la victoria.

Desde luego, esta galantería estaba destinada al fiscal federal. Como todos los hombres inseguros, Sennett era sensible a las adulaciones, y el carácter sudamericano de Stern siempre procuraba apaciguar a los poderosos.

Klonsky se echó a reír.

–Vamos –apuntó–. Lo tomamos tan en serio como usted se merece.

Abrió las puertas del tribunal. Terminaba la primavera. El viento aún era dulzón y el aire claro, antes de cargar con la pesadez del verano.

–Ustedes están limitando la información que yo recibo para proteger a ese informante.

Klonsky hizo una mueca, dando a entender que había captado que él intentaba tenderle una trampa, y no respondió.

–Por favor –insistió Stern, cogiéndole el brazo–. Debo hacerle un par de preguntas acerca de Margy. Permítame invitarla a un café. No he desayunado.

Señaló un pequeño restaurante de la esquina, llamado Duke's, y para su sorpresa ella aceptó de inmediato.

Era cierto que tenía hambre y Klonsky, a pesar de todo, le resultaba una compañía grata e interesante. Al principio había esperado que en una atmósfera más cordial ella fuera una guardiana menos celosa de los secretos oficiales. Klonsky, como había demostrado con su comentario acerca de Sennett, no tenía pasta para ser discreta. Comprendía ese papel, pero su temperamento expansivo aún no se ceñía del todo a las normas de los abogados. Como muchos picapleitos jóvenes, imitaba a su mentor –Sennett, en este caso– en vez de actuar por cuenta propia.

Duke's era un sitio pequeño y grasiento con una parrilla abierta bajo una campana de aluminio y varias mesas de formica. Klonsky se sentó y dejó sus carpetas. Frunció el gesto ante el olor a fritanga.

–Maravilloso –comentó.

–No exageremos. Digamos que es aceptable. ¿Nunca había venido?

Ella meneó la cabeza.

–El propietario –explicó Stern– es ese individuo moreno que está en la cocina. Un rumano. Es famoso por sus salchichas. Las prepara él mismo y en la carta las describe apropiadamente como «Destrucción». ¿Va a comer?

Stern ya tenía el menú en la mano.

–No debería –objetó ella–. Ya he engordado seis kilos. –Pero aun así cogió el menú–. Su yerno ha conseguido un abogado. Me sorprendió un poco que usted le diera esa referencia.

–Oh, bien –comentó Stern con una sonrisa.

Era un experto en mostrarse afable sin decir nada; el modo en que John escogía a su abogado no era asunto de la fiscalía. Le había preocupado no recibir noticias del yerno, pero al parecer John había seguido el consejo de Stern y había acudido a Raymond Horgan. Muchas personas de la comunidad legal estaban desconcertadas por la afinidad de Stern con Horgan. Cuando Raymond era fiscal del condado, habían librado célebres batallas que culminaron en incómodos momentos tres años atrás, cuando Stern había interrogado a Horgan, quien era testigo de la fiscalía en el juicio por homicidio de Rusty Sabich, anterior representante de la fiscalía de Raymond. Pero la ley, como la política, creaba extrañas alianzas. La importante firma de Horgan enviaba a Stern casos que no podía manejar a causa de conflictos de intereses; como Stern no podía competir en otras tareas legales de las grandes empresas, les devolvía el favor.

–¿Qué me recomienda? –preguntó Klonsky.

–La salchicha, si tiene estómago. No sé si es adecuada para su estado.

–Lo dudo. Aunque he empezado a comer carne de nuevo. Por las proteínas.

–¿Es vegetariana?

–Oh, hace años que soy cuidadosa con mi dieta. En un tiempo estuve muy enferma. –Miró directamente a Stern, tanteando el terreno–. Cáncer.

Se les acercó la camarera y Stern no tuvo que hacer comentarios. Klonsky resultaba desconcertante por su manera directa de abordar las cosas transgrediendo las fronteras reconocidas, y ese rasgo incomodaba a Stern. Ella pidió un huevo revuelto. Stern, una tortilla y dos porciones de salchicha. Le prometió hacerle probar un bocado.

–¿Qué estaba diciendo? –preguntó ella. Stern no respondió, pero ella misma lo recordó y dijo simplemente–: Ah, sí.

–Ahora parece la viva imagen de la salud.

–Creo que efectivamente lo soy. Es decir, no me hallaría en este estado... –Alzó una mano–. Pero ante todo es un problema de perspectivas. Resulta difícil olvidarlo del todo. Una se repite que está bien, busca indicios de lo contrario, y al no encontrarlos se alegra y dice que puede volver a creer que es eterna, igual que antes.

–¿Qué edad tenía usted?

Ella alzó los ojos para recordar.

–Treinta y cinco, treinta y seis años.

Stern meneó la cabeza. Demasiado joven para eso, comentó.

–Bien, ya sabe cómo es. Va al hospital, diciendo por qué yo, y ve a mucha gente en la misma situación, o peor. –Ella había pedido té y se interrumpió para hundir la bolsita en la taza–. Allí no parecía tan inusitado. Yo tenía treinta y seis años pero representaba menos. Mi vida era un caos. Estaba estudiando derecho, seguía unos cursos de posgraduada por cuarta vez. No tenía ni idea de lo que quería. Mi relación con Charlie atravesaba su millonésima crisis... –Alzó ambas manos. Tenía una muñeca cubierta de brazaletes de plástico brillante–. Me parecía increíble que me señalaran la puerta de salida cuando aún no creía haber entrado.

La expresión hizo reír a Stern.

–¿Cuáles fueron los otros cursos de posgraduada?

–Veamos. –Ella alzó las manos para contar y de nuevo elevó los ojos hacia el techo de Duke's–. Cuando salí del colegio fui a estudiar filosofía a la universidad de California, pero no estaba preparada para eso, así que me alisté en el Cuerpo de Paz. ¿Lo recuerda? Estuve en las Filipinas dos años. Cuando regresé inicié unos cursos de literatura y allí conocí a Charlie. Desistí porque no me sentía capaz de escribir una tesis. Pero antes de llegar a esa conclusión, desde luego ya había hecho todos los cursos. Luego enseñé durante un año y medio, y regresé a la universidad como estudiante graduada en pedagogía. Al fin decidí que la burocracia educativa no tenía remedio. Claro que a esas alturas debía una fortuna en préstamos para estudiantes. Así que decidí buscar un trabajo lucrativo. Lo cual me condujo a la abogacía. Hubo otras cosas al mismo tiempo, pero no son dignas de mención.

–Entiendo. Parece que le costó bastante empezar.

–Empezar, no –precisó Klonsky–. Eso no fue problema. Lo difícil era terminar. Siempre creí que yo no era una persona interesada en el éxito, pero cuando caí enferma me sentí desgraciada por no haber concluido nada. Era como haber pasado sin dejar huellas. Era patético. Me trataban con radioterapia. Yo estaba tendida allí, se me había caído el cabello, me estaba recuperando de la operación, y Charlie me traía libros de Hart Crane. Recuerdo que empecé a escribir la tesis. Y una mañana vomité sobre los papeles. Lo cual no contribuyó a animarme. –Klonsky parecía fascinada por su propia historia. Cogió de la mesa un tenedor de acero opaco y lo miró fijamente–. Hablo demasiado.

–Es usted encantadora, Sonia –respondió Stern, y de inmediato sintió que había imitado el hábito de Klonsky de hablar más de la cuenta. Pasó a un terreno más neutral–. ¿Así que se aficionó a la comida naturista después de la enfermedad? Mi hija, que es abogada en Nueva York, viene a casa con una mochila llena de bolsas y frascos de esas cosas. He aprendido a no hacer preguntas.

–Oh, sí. Así soy yo. La señorita Natural. El sábado vamos de compras. Charlie ha escrito poemas sobre eso. Le aseguro que es mejor para la salud. Pero el médico ha insistido en que necesito más proteínas.

–¿Su esposo es poeta?

–Un poeta militante, que escribe todos los días. Lo pone en nuestra declaración de impuestos: «Poeta». Tiene otro trabajo, desde luego. Es inevitable. Charlie dice que ambos tenemos el mismo patrón. –Klonsky sonrió–. Es empleado postal. Fue profesor en el departamento de inglés de la universidad durante años, pero no soportaba los chanchullos políticos. Así gana más dinero y tiene más tiempo para escribir. Es una vida imposible e incómoda a la cual se dedica por completo. –Sonrió una vez más, con cierta picardía. Tal vez advertía que estaba siendo desleal. Miró de nuevo los cubiertos y se tomó un instante para alabar los poemas del esposo. Entonces llegaron los huevos–. Por Dios –exclamó Klonsky–, ¿qué es esa cosa negra?

–«Destrucción.» ¿Qué más?

Stern cortó un trozo y se lo ofreció, pero ella hizo una mueca y levantó ambas manos.

–Me pica sólo de verla. Es asquerosa.

Stern dejó caer el tenedor.

–Jovencita –dijo sombríamente–, éste es mi desayuno.

Ella se echó a reír con un gorjeo. Stern también rió y ambos se contagiaron la risa hasta que ella tuvo que secarse los ojos con una servilleta. Ella atinó a decir «Buen provecho» y se echó a reír de nuevo.

Stern empezó a comer.

–Vale –lo animó ella–, no deje que se enfríe.

–Es buena. Y estoy famélico.

–No lo dudo –comentó ella, y se echó a reír una vez más. Intentó en vano dominarse.

–¿Está segura de que no quiere probarla? –dijo él, alzando el tenedor con aire burlón para hacerla reír de nuevo.

Stern mismo rió durante un buen rato.

Ella le dijo que sabía tomar las cosas con calma.

–Estoy acostumbrado –dijo Stern–. Mi hija de Nueva York me sermonea sobre la carne. Ha arruinado varias comidas.

–¿Cómo se llama?

–Marta.

–Marta. Es hermoso. Ahora pienso en nombres todo el día. Parece muy importante. No quiero que mi hijo crea que le hice lo que me hizo mi madre.

–¿No le gusta Sonia?

–Lo odié desde niña. Mi madre era una ferviente izquierdista. Una gremialista comprometida, hasta que su sindicato expulsó a los comunistas. Me puso el nombre de una revolucionaria rusa muerta en la revuelta de 1905 y me fastidiaba ser símbolo de otra persona. Quería que me llamaran «Sonny», lo cual exasperaba a mi madre. Ella pensaba que era una actitud antifeminista. Luego llegué a los cuarenta años y a ser abogada, y de pronto necesité un nombre que sonara profesional. Así que soy Sonia en la oficina. Pero mis viejos amigos aún me llaman Sonny. –Se rió de sí misma–. Un poco como usted. Usted se hace llamar Alejandro en el tribunal pero se presenta como Sandy.

Stern sonrió esquivamente, pero se sintió halagado de que lo observaran con tanta atención. Aunque era natural que ella vigilara a un probable adversario.

–Mi madre era una persona amable. Nos llamaba por nombres diferentes según el ambiente. Yo tenía un nombre yiddish y un nombre español. Desde luego ella quería que yo me adaptara bien aquí. Incluso a los trece años entendí que no era la mejor época para llamarse Alejandro en Estados Unidos. Supongo que el hacerme llamar Sandy se puede interpretar como debilidad por mi parte.

Eso pensaba, en efecto, que había cedido. Su madre era una persona autoritaria en el hogar. Stern rara vez hablaba de ella, aunque ella lo acompañaba todos los días, con sus ojos oscuros y astutos, sus ambiciones y la dolorosa esperanza de que su padre se convirtiera en el hombre que ella había anhelado y no en la criatura desvalida que había sido. Stern la recordaba tal como se arreglaba para ir a la ópera. El caro vestido exhibía generosamente sus opulentas proporciones; el pelo rojizo estaba sujeto por una gran peineta con incrustaciones de diamante, y toda su figura parecía dominada por la feroz determinación de ser vista y recordada. Desde el principio él supo que había heredado su fortaleza de ella.

–¿Por qué eligió Marta? –preguntó Klonsky–. ¿Ya era un mundo mejor para llamarse Alejandro?

–Es el nombre de mi madre –rió Stern, y ambos se miraron: los dos comprendían la complejidad de estas situaciones. Luego Stern alzó el tenedor–: Último bocado.

Ella se tapó la boca para ahogar un sonido de disgusto y Stern le siguió el juego.

–Debe usted saber, jovencita, que hace días que no desayuno tan bien.

Enfatizó la frase golpeando el tenedor contra el plato, pero el comentario, hecho en broma, de alguna manera evocó melancólicamente su situación personal.

Klonsky lo miró de soslayo, con dulzura y tristeza, y de pronto Stern se sintió confuso. Se había disciplinado para evitar la búsqueda de compasión. Miró el plato.

–Usted iba a decir qué quería de Margy –dijo.

Klonsky suspiró, pero cuando él la miró había entrelazado las manos y recuperado la compostura.

–Usted iba a hacerme preguntas –corrigió Klonsky.

–Pensé que podría hablarme de la cuenta Wunderkind.

–El número está en la citación.

–¿Por qué es tan interesante esa cuenta, Sonia?

Ella sacudió la cabeza.

–No hablaré de eso, Sandy.

–¿Espera que lleve a esa mujer ante el gran jurado sin la menor idea de lo que le espera?

–Le he dicho que ella no es nuestro objetivo. Se lo pondré por escrito, si desea. Si ella nos cuenta la verdad, no tiene nada que temer. Usted sabe cómo funciona esto, Sandy.

–Pero tantos secretos...

–Órdenes del médico. Así es como procederemos.

Se refería de nuevo a Sennett. Stern no pudo contener un gruñido. Desde el principio le había parecido un asunto de excesiva importancia para que lo manejara una ayudante sin experiencia. Ahora veía que Stan Sennett estaba entre bambalinas, tirando de los hilos, moviendo las palancas, excitado ante la idea de que un caso llevara su nombre al *Wall Street Journal* y provocara un revuelo en ese reducto de ladrones de la bolsa, tal como él los consideraba, con su palacio de granito junto al río.

Sennett era un individuo enjuto y menudo, carente de humor, con el físico magro y pequeño de un corredor. Estaba casado con una abogada testamentaria llamada Nora Sennett, una mujer ascética de semblante huraño. Stern siempre los imaginaba en un hogar inmaculado y sin muebles, comiendo cuidadosamente y saliendo a correr los fines de semana. Stan había empezado como representante de la Oficina Fiscal del condado bajo Ray Horgan, pero había querido ir a California y se había unido al Departamento de Justicia de San Diego, donde gozaba de buena reputación. Había sido bien recibido como fiscal federal: era inteligente, experimentado y más o menos independiente del alcalde y sus influencias políticas.

Sin embargo, uno de los tristes datos de la reforma política en todas partes era que la honradez no constituía el único atributo del buen gobierno. Sennett era un burócrata hosco, una persona de fuerte disciplina pero de coraje y visión limitados, un personaje típico de las fiscalías. Actuaba como si no creyera que ocupaba su importante puesto. A juicio de Stern, era una peligrosa mezcla de atributos para un poderoso: vano e inseguro, apresurado en juicios que no siempre eran correctos, y difícil de disuadir. Cuando alguien le presentaba un problema, le pedía misericordia o simplemente intentaba aclararle un punto, Sennett escrutaba al interlocutor con ojillos brillantes y hostiles. En cuanto el otro terminaba su exposición, le daba una respuesta negativa. Pocas palabras de explicación, escasa calidez. Ningún argumento. Se levantaba, tendía la mano y lo acompañaba hasta la puerta.

Ahora usaba a Klonsky como instrumento: a pesar de las apariencias el caso pertenecía a Sennett. Stern se preguntó si Klonsky sabría que la dejarían de lado en cuanto las luces de las cámaras llenaran la sala. Stern se sintió embargado por sombríos presentimientos. Sennett no cejaría fácilmente en su cacería; Dixon, a pesar de sus maniobras evasivas, tendría que enfrentarse a una lucha larga y sangrienta. Sumido en estas reflexiones, Stern cogió la cuenta.

–Oh, no–protestó ella.

Mientras caminaban hacia la puerta, Klonsky insistió en pagar su parte. Stern comprendió que era una cuestión de principios y le aceptó dos dólares. El desgreñado Duke aceptó el dinero y con su fuerte acento les pidió que regresaran.

En el exterior, Stern le dio la mano y le dijo que Margy y él la verían el martes siguiente. Ella lo miró con aire de ambigüedad y arrepentimiento.

–Gracias por invitarme. He disfrutado de la conversación.

–También yo.

La saludó con un seco gesto de cortesía: Alejandro Stern, el caballero extranjero. Ella sonrió, aferró las carpetas y echó a andar hacia el nuevo edificio federal de esa manzana. Las palomas de cabecita gris y brillante echaban a volar a su paso y una ráfaga de aire que salía de una rejilla de la acera le agitó la falda. Stern tuvo el presentimiento, claro como la llegada de la primavera, de que estaba solo. Los asuntos habituales del día, el tribunal, sus hijos, no servían. Como la náusea o el hambre, una arraigada sensación física de desconexión lo dominó, tal como en ciertas mañanas, y para su sorpresa se quedó un rato mirando cómo la figura de Sonia Klonsky, empequeñecida por la distancia y la debilidad visual de la vejez, se perdía entre las formas oscuras de la calle.

22

De noche veía a Helen, con mayor frecuencia cada semana. La lógica parecía irrefutable. ¿Por qué permanecer solo en una casa vacía cuando la simpática Helen estaba disponible? Un instinto de adolescente le advertía que se dirigía con demasiada prisa hacia un destino indeseable. Pero ella era muy agradable y nadie en su sano juicio hubiera escogido la soledad. Stern tenía cincuenta y seis años y el tiempo no se detenía.

Como un adolescente, aprovechaba cualquier oportunidad para acostarse con mujeres. En los Estados Unidos de fin de siglo, parecía que así era como hombres y mujeres se presentaban respetos. Al demonio con los mensajitos y las flores. ¡Hagámoslo! Una tarde Helen se reunió con él para comer en el club de Morgan Towers. En esa envarada atmósfera de camareros con chaqueta recamada, donde conversaban banqueros y hombres de negocios, Helen le cogió la mano y dijo: «Fóllame, Sandy». Había bebido una copa de vino y tenía los ojos muy verdes.

¿Se resistió Stern? Claro que no. A la una y media de la tarde alquiló una habitación con su propio nombre en el hotel Gresham, enfrente. Estaban en el ascensor cuando Stern recordó que le faltaba un artículo imprescindible. En la tienda del hotel, la empleada resultó ser –¡desde luego!– una anciana con traje chaqueta y fuerte acento alemán. Ya mareado por la pérdida de las inhibiciones y el vino, Stern se armó de valor para pronunciar claramente:

–Preservativos.

–Ahora mismo. –La mujer cabeceó mientras buscaba en el laberinto de anticuados armarios donde estaban ocultos los condones. Al fin le ofreció una caja con diferentes marcas–. Es prudente usarlos –añadió, con la típica cordialidad de hotel. En el ascensor, Stern y Helen no pudieron contener la risa. Esa frase se había transformado en una consigna para los dos. En los momentos más íntimos, Helen murmuraba: «Es prudente usarlos».

Hacer el amor con Helen era una empresa jovial y a menudo educativa. Ella había leído todos los libros y practicado todas las maniobras. No se perdía nada. Algunas sorpresas de Stern eran consecuencia de haber pasado treinta años con una sola amante, con todas las zonas de exploración establecidas. Quedó desconcertado la primera vez en que Helen se zafó de su abrazo, lo tendió de espaldas y se movió hacia abajo. Al principio Stern pensó que era objeto de una inspección visual, una perspectiva curiosamente excitante, pero pronto ella se puso a manipular con la boca y los dedos, y las maravillosas sensaciones le recordaron a Stern el proceso de arrancar música a una flauta.

–¿Te ha gustado? –preguntó Helen después.

–Las alas de una paloma –respondió él.

Pero, al margen de su falta de experiencia, lo desconcertaba el disciplinado interés de Helen por el acto sexual. Eso no era una queja oblicua acerca de Clara. A pesar de las carencias que ella sufriera –de las cuales ahora tenía pruebas indudables–, Stern nunca se había sentido insatisfecho. Pero el momento de las relaciones íntimas era supremo para Helen, quien se sumía en una especie de ensueño que Stern a veces experimentaba en los museos. Ambos eran el objeto a observar, un fenómeno puro: dos cuerpos rosados y palpitantes, la verga reluciente que entraba y desaparecía. Él observaba con la franca aprobación de Helen. Ella bajaba la mano para estimularlo más.

Además, siempre había algo nuevo, como un premio. Un día ella le acariciaba las tetillas mientras él la penetraba. En otra ocasión ella alzaba las piernas y le guiaba las manos para que los pulgares de Stern la acariciaran abajo mientras él la penetraba. Ella se acostaba de bruces, de costado. Se sentaba sobre Stern en una silla del comedor. Desnudo, estimulado, él se arrastraba entre los muebles mientras su compañera lo instruía en el preludio de la última innovación. Una vez él comentó que la combinación de agotamiento sexual con posturas exóticas lo amenazaba con un ataque al corazón.

–Estás en buena forma –replicó Helen, acariciándole la entrepierna con admiración.

Stern notaba que Helen estaba orgullosa de su papel de pionera e instructora. Pero a veces lo abrumaban estas extravagancias. En la habitación de ese hotel, la tarde en que habían recibido la peculiar bendición de la empleada alemana de la tienda, Helen se situó entre dos cómodas y Stern captó la forma de ambos en la superficie verde pizarra de la pantalla del televisor: un hombre bajo, con la punta del pene en erección asomando por encima del vientre blanco que le colgaba como un saco de harina, las manos aferradas a las chatas nalgas de Helen, agachado y hundiendo la cara y la lengua en los húmedos recovecos de aquel pasaje místico. Parecía un número circense o una fantasía pornográfica barata. La imagen lo acució durante horas, sórdida y fascinante, pero perturbadora. ¿Era un aspecto esencial de su personalidad o la necia imitación de aquello a que otros presuntamente aspiraban? ¿Quiénes eran ellos? Una parte de él se sentía incómoda ante este énfasis en lo físico, que nunca le había parecido el aspecto que mejor dominaba. Pero al margen de sus aprensiones, disfrutaba de estos encuentros. Admiraba la desinhibición y la agilidad de Helen. Le tenía afecto y la deseaba, aunque evitaba darse respuestas concretas en cuanto a sus sentimientos hacia ella.

Sus amigos y conocidos recibían con agrado a Helen. Les evitaba recordar a Clara y su conducta, algo en lo que nadie deseaba pensar. Los Hartnell invitaron a Stern y Helen a una reunión estival que Silvia había organizado en el Greenwood Club. Helen, al principio feliz de que la incluyeran, se hartó del aire pretencioso de aquella velada. Cuando nadie la veía, le hacía muecas a Stern. Esta conducta lo perturbaba, pues estaba acostumbrado a ciertas formalidades. «No te gustarán estas tonterías», le murmuró en una ocasión. La franqueza de Helen resultaba maravillosa y cautivante, pero lo confundía. Ella lo crispaba con sus agudas observaciones. ¿Tenía valentía suficiente para enfrentarse a Helen y su sinceridad? Ella quería saberlo todo acerca de él y luego mejorarlo. En un momento, al alejarse del bar y mirar la enorme tienda que habian montado para la reunión, Stern advirtió que Helen hablaba animadamente con Silvia y se sintió alarmado. De pronto pensó que algo no iba bien. Su hermana era una persona protegida por capas de refinamiento, tal como los pétalos rodeaban el centro de una rosa. Tuvo la sensación de que corría peligro y la sacó a bailar.

–¿Qué tal? –preguntó Stern.

Silvia sólo conocía a Helen superficialmente, pues la había visto sobre todo en reuniones familiares.

–Una persona encantadora –respondió Silvia con cierta formalidad.

Habría esperado una respuesta similar de Clara, quien sin duda habría considerado que una condesa o una profesora era una compañera más adecuada para Stern. En ese momento Helen se le acercó girando en brazos de Dixon, con un semblante más feliz del que había mostrado en toda la velada. Helen, como la mayoría de las mujeres, disfrutaba de la compañía de Dixon.

–¿Es él quien está en tantos problemas? –le preguntó a Stern mientras regresaban por la carretera entre las oscuras colinas.

–Sí –respondió Stern.

Con un infalible instinto para saber qué era importante para él, Helen escuchaba con atención todo lo que contaba, pero Stern no recordaba qué había dicho para que ella sacara esta conclusión.

–Bien, nadie lo hubiera dicho. Es un tipo muy divertido.

–Sabe serlo cuando quiere –admitió Stern.

Ella le apoyó la cabeza en el hombro. Clara, criada en la vieja época de las rigideces femeninas, nunca habría sido capaz de este gesto. Stern condujo el resto del camino hasta la ciudad con Helen dormida, un peso cálido y confortante sobre él.

Dos noches después disfrutaban de una velada diferente. Maxine, la hija de Helen, fue a la ciudad con Rob Golbus, con quien estaba casada desde hacía unos meses. Maxine había sido amiga de la infancia de Kate, y Helen propuso que las tres parejas salieran juntas: Kate y John, Maxine y Rob, Stern y ella. Con su típico ingenio, Helen pensó en actividades que gustaran a todos y sacó entradas para un partido de los Tramperos. A Stern le encantaba pasar una noche en el elegante y viejo estadio con paredes de ladrillo y gradas superiores donde a veces llegaban las bolas lanzadas con excesiva fuerza. Pero pronto se produjeron insinuaciones irritantes, como si muchas cosas se dieran por sentadas. Maxine comentó varias veces que Helen y él debían visitar St. Louis, y Stern empezó a sentirse acorralado, mientras que Kate permaneció tensa toda la noche. Cuando Helen mencionó una observación que Stern había hecho esa semana durante el desayuno, Kate se puso nerviosa como una adolescente. Stern, quien todavía consideraba improbables ciertos aspectos de su relación con Helen, se sintió incómodo. En ese momento John se ofreció a ir a buscar refrescos y Stern se levantó rápidamente para ayudarlo.

Cuando pidieron las bebidas en un puesto al pie de las tribunas, ambos guardaron silencio. El lacónico yerno de Stern se caló las gafas para seguir el partido por la televisión que había encima del puesto.

–¿Cómo anda el asunto? –preguntó Stern al fin, buscando desesperadamente un tema de conversación. Había pensado en preguntar si Kate andaba bien; se le había ocurrido que los problemas de John tal vez contribuyeran a darle ese aire de fatiga.

–¿El asunto? –preguntó John.

–El gran jurado –dijo Stern, bajando la voz.

–Oh. –John se acomodó las gafas sobre la nariz y siguió mirando la televisión–. Bien.

–Klonsky, la ayudante de la fiscalía, me contó que habías encontrado un abogado.

–Supongo.

John se encogió de hombros. Era momento para los deportes; el resto eran temas aburridos, cosa del trabajo.

–Estás en excelentes manos. Raymond tiene mucha experiencia.

John se quitó las gafas.

–Oh, no me quedé con él. Tengo a un tío llamado Mel.

–¿Mel? –preguntó Stern–. ¿Mel Tooley?

Era un artículo de ética profesional no hablar mal de ningún otro abogado ante un cliente, pero Stern no pudo disimular su rechazo. Mel Tooley no figuraba en la lista que le había dado a John. La única lista de Stern donde Tooley podría figurar sería una que nombrara a la hez de la tierra. Tooley, que había sido jefe de la División de Investigaciones Especiales de la fiscalía federal hasta que inició la práctica privada un año atrás, era uno de esos abogados que parecían atraídos por su profesión porque legitimaba ciertas formas del engaño. Las desavenencias entre Stern y Tooley eran célebres y legendarias. Con razón Klonsky había dicho que le sorprendía. ¿Cómo había terminado John en garras de ese sujeto?

Su yerno recogió la caja que contenía las salchichas y las cervezas y subió por la escalera de cemento para regresar a la tribuna. Stern, consumido por angustias paternales y normas profesionales, lo siguió, recordándose que no era asunto suyo el modo en que John elegía a su abogado, aunque fuera Mel Tooley.

En la escalera tropezó con Kate, que bajaba. Ambos soltaron una exclamación. Stern rió pero ella pareció sobresaltada de verlo, así que Stern le preguntó si estaba bien. En la escalera, con mejor luz, reparó de nuevo en el aspecto de Kate. Llevaba un bonito traje marinero con corbata roja, pero parecía tensa y crispada. Stern sospechó que se debía a algo más que al embarazo. Los problemas de John estaban cobrando su precio. De pronto pensó que ésta era la cara de la verdadera madurez de Kate. Lo que él había esperado tanto tiempo ahora comenzaba. Le tocó la mano.

–Kate, ¿estás bien? –preguntó de nuevo.

–Bien –respondió ella.

Sólo iba al lavabo. Se tocó el vientre y añadió que era la tercera vez.

–¿Pero todo lo demás...?

–¿Te refieres a John? –Kate hizo una mueca y se tocó de nuevo el vientre. Iba a hablar pero se contuvo–. No debería decir nada.

Kate había recibido instrucciones. Estaba al corriente de todo. Conocía los datos y los procedimientos. Tal vez supiera más que él.

–De acuerdo. Sólo quería tranquilizarte.

–Papá...

–Tengo experiencia en estas situaciones, Kate. Confía en mí. Todo saldrá bien.

–Ojalá, papá.

–Debes tener paciencia. Tal vez esto dure más de lo que quisiéramos. Pero no te preocupes.

–Papá, por favor. Empiezas a hablar como mamá. Ella nunca quería que me preocupara. «No te preocupes, Kate, no te preocupes.» –Kate alzó las manos, irritada–. A veces me pregunto si temía que la preocupación me fuera a derrumbar o algo parecido.

Stern reflexionó sobre esta extraña queja, sin saber cómo responder.

–No es tan fácil, papá, créeme –suspiró Kate con cierta angustia, bajando otro escalón–. Tengo que ir al lavabo –añadió, partiendo en esa dirección.

Stern la miró con asombro. ¿A qué venía esa última frase? Pero creía entender por qué estaba tan alterada. No sólo se inquietaba por John, sino también por él. Al igual que su padre, Kate sabía más cosas acerca de John de las que hubiera querido. John seguía adelante, dormía de noche, pero su esposa no podía pegar ojo. Stern rezongó en voz baja. Cuando salió al aire de la noche, la multitud celebraba una fabulosa jugada del *catcher* Tenack. Al subir, Stern había visto pasar la bola como una estrella fugaz.

Siguiendo un acuerdo previo, Rob y Maxine fueron a pasar la noche en casa de Kate y John, una oportunidad para una visita más íntima. Helen, sintiendo las aprensiones de una madre ante la casa vacía, le suplicó a Stern que se quedara con ella.

–Sólo para dormir –dijo Helen, que parecía muy cansada.

En su habitación, Helen se quitó la ropa sin ceremonias, la dejó en el suelo y se tendió desnuda en la cama. Stern sabía que le gustaba desnudarse sin temor de que él la escrutara bajo la fuerte luz del techo. Mira lo que quieras. Helen se había esforzado, pero a decir verdad parecía algo maltratada por la experiencia: abotargada y floja aquí y allá, las piernas con varices hasta el trasero. Estas observaciones no eran críticas. Stern mismo no era un gran ejemplo de estado físico, aunque él no había tenido que soportar dos embarazos. Últimamente le había turbado descubrir pelos blancos en el pubis. Pero él y Helen se aproximaban al mismo punto: no estaban en las últimas, pero sí maltratados, vacilantes, perdiendo la batalla ante las fuerzas superiores de la física, la gravedad y el tiempo. Estos elementos quedaban más allá de la voluntad de Helen.

Stern, que aquí había desarrollado su propia rutina, tapó a Helen, echó al gato y cerró las puertas. Pero no las tenía todas consigo. Podría ser catastrófico para Dixon que John estuviera en manos de un abogado hostil; pero durante décadas había podido acallar estas preocupaciones de noche. Al dormirse, pensó un instante en Kate, transformada por el mundo de las preocupaciones adultas, y luego en Nate Cawley, a quien todavía debía acorralar. Mañana lo pillaría. Stern no atinaba a dormirse del todo. Al final fue una noche de sueños inquietos. En uno de ellos, Stern, desde el suelo, veía un pájaro yerto en la nieve, bajo las ramas de un pino. Una mano de mujer levantaba el pájaro, un objeto maltrecho con plumas negras y blancas. La mujer acariciaba el pecho del pájaro y afirmaba que tenía el ala rota, pero que sanaría. La voz era risueña como un gorjeo. Al despertar en la habitación de Helen, con la fuerte luz de la mañana reflejada tras las gruesas cortinas, Stern no recordó nada de esa mujer salvo la alentadora predicción. Helen seguía dormida. Stern le tocó el hombro, pero tenía la certeza de que la voz, el gorjeo que había oído en el sueño, no era de ella.

23

Kate le había comprado a Stern un contestador automático. A pesar de su amor por los aparatos, él había jurado que nunca se compraría uno. Ya era un esclavo del teléfono y además le molestaba oír su voz grabada, su acento se notaba más de lo que él imaginaba. Pero no podía despreciar la generosidad de su hija. Casi todos los días Kate dejaba algún mensaje alentador en la máquina (últimamente, con los problemas de John, a Stern le parecía detectar un tono sombrío en el saludo de Kate); Helen a menudo también grababa alguna palabra de ánimo, de modo que Stern, casi contra su voluntad, ansiaba llegar a casa para jugar con los botones. Esa noche, sin embargo, la primera voz que oyó fue la de Peter. «Es tiempo de pedir hora para el análisis de sangre.» Típicamente directo... e indiscreto. Aunque la casa estaba vacía, Stern se acercó a la máquina para bajar el volumen.

Pero el mensaje le sirvió para recordar otra cosa. Junto a la ventana, aguardó a Nate Cawley. Había pasado varias noches trabajando ante la mesa del comedor con la esperanza de sorprender a Nate cuando llegara, pues había perdido toda esperanza de hablar con él por teléfono. Mientras esperaba, abrió la correspondencia. Una breve nota de Marta le recordó que llegaría dentro de un par de semanas, hacia el Cuatro de Julio, para seguir revisando las pertenencias de Clara.

Marta era lacónica en sus cartas, pero se había acostumbrado a llamar de noche, y a veces despertaba a Stern para entablar conversaciones largas y reflexivas. Marta seguía pensando en la muerte de Clara, que la enfrentaba a una enorme transformación. En sus vicisitudes, que contaba de buena gana, como de costumbre, Stern encontraba más cosas en común con la hija mayor. Sentado en la cama, escuchaba sus murmullos soñolientos pero intensos.

Marta siempre había sido una persona de carácter sombrío; Stern no podía recordarla como juguetona. Incluso a los siete u ocho años, parecía desconcertada por el orden de las cosas. ¿Por qué una mujer se casa con un solo hombre? ¿Por qué comemos animales si está mal tratarlos con crueldad? ¿Dios puede ver dentro de las cosas o sólo la superficie? Stern valoraba mucho más que Clara el aspecto contemplativo de Marta y se sentía conmovido por sus luchas internas. Era la hija a quien se sentía más unido. Segundo en su propia familia, comprendía sus ocasionales enfrentamientos con Peter, su abierto –aunque fugaz– rencor hacia el hermano.

Le había complacido que ella estudiara derecho, no sólo porque le halagaba que lo imitaran, sino porque la ley, con su sustancia, sus veneradas tradiciones y su implacable análisis de las relaciones sociales, parecía capaz de brindar algunas respuestas a las preguntas que tanto inquietaban a Marta. Pero ni el estudio ni el ejercicio de la abogacía habían apaciguado sus cavilaciones e incertidumbres. Rindió examen profesional en cuatro Estados antes de decidirse por Nueva York; había encontrado tres empleos antes de aceptar el actual, el peor pagado, el menos seguro y prometedor. Era una profesional soltera en Nueva York, atrapada en el remolino consumista de la ciudad –los últimos restaurantes, tiendas y eventos–, pero de noche había un franco tono de privación. No tenía éxito con los hombres, estaba atascada en su carrera, desconcertada por la vida, sola. Stern examinó la carta, pensando en su hija. La apasionada, turbada y anhelante búsqueda de Marta distaba de haber concluido.

Por la ventana, contra el magnífico cielo del atardecer, al fin vio el BMW deteniéndose en la calzada de los Cawley. Stern salió y a medio camino vio que lo conducía Fiona. Se paró en seco.

–Sandy.

Ella sonrió y bajó del coche, llevando una bolsa brillante de una tienda.

Stern se quedó de pie en la hierba. Llevaba los pantalones del traje y una camisa hecha a mano con un monograma sobre el bolsillo; se había quitado la corbata. Aún llevaba la carta de Marta en la mano. Explicó a Fiona que la había confundido con Nate.

–Hoy me llevé su coche. El mío hace ruido cuando pongo el aire acondicionado.

–Ah –dijo Stern, meciéndose sobre los talones.

Nunca sabía qué decir ante Fiona.

–A propósito, hay una cosa que quería mostrarte. Entra un momento.

Fiona enfiló hacia la puerta con la llave en la mano, sin darle oportunidad de rehusar.

Stern la siguió a regañadientes por la vereda de gravilla. ¿Qué nueva traición de Nate deseaba revelarle? Fiona dejó el paquete en una mesa y encendió algunas luces. Stern alegó que tenía una cita, pero Fiona, previsiblemente, fingió no haberlo oído.

–Esto es curiosísimo –comentó–. Ven arriba. Quiero que lo veas. –Fiona se detuvo para liberar al perro, que estaba encerrado en la cocina. Stern no aceptó la copa que le ofreció, pero Fiona se sirvió un bourbon con hielo y engulló la mitad de golpe, como si fuera agua–. Hace muchísimo calor –se quejó.

Entretanto el perro saltaba de aquí para allá, hasta que un regaño lo apaciguó y los siguió en silencio hacia la escalera.

Arriba, Fiona abrió la puerta del dormitorio y entró en el cuarto de baño. Stern titubeó. Estar en el dormitorio de una mujer resultaba estimulante. No era tanto la cama como la intimidad de la escena. La habitación pertenecía inequívocamente a Fiona, con sus adornos de crepé de China y sus tonos rosados. Había un fuerte aroma de cosméticos y colonias, olores dulzones y muy norteamericanos. Había una bata clara tirada como una invitación inconsciente junto a la cama, sobre el brazo tapizado de un sillón, sugiriendo una forma lánguida.

–Aquí está –anunció Fiona–. Ven. –Estaba en el cuarto de baño, con la puerta entornada. Cuando Stern la abrió, Fiona estudiaba un saquito de papel. Había dejado el vaso en la repisa–. Descubrí esto la semana pasada. No logré entender por qué Nate guardaba en su botiquín algo con el nombre de Clara.

El sorprendido Stern se lo arrebató de la mano: el saco con el anagrama de una cadena farmacéutica local. Dos recibos impresos con ordenador, pequeñas etiquetas que reunían cómodamente toda la información requerida por los servicios médicos y las compañías de seguros, estaban atados al borde del saco, superpuestos. En el superior aparecía impreso el nombre de Clara, con teléfono y dirección. En el interior había un frasco. Era inútil preguntar a

Fiona por qué hurgaba en el botiquín del marido. Sin duda había realizado muchas de esas incursiones: los bolsillos de los trajes, el periódico, la papelera. Fiona no tendría problemas con las tácticas carentes de escrúpulos que requerían las hostilidades de un juicio por divorcio.

–«Indometacina» –leyó Stern–. Creo que esto es para la artritis de Clara. Nate me dijo que le había traído un poco.

Fiona lo miró extrañada.

–Si se lo trajo a ella, ¿qué hace en la bolsa?

Stern soltó un gruñido. Fiona tenía razón. Pero la respuesta era evidente. Nate había hecho preparar dos recetas, por eso había dos etiquetas. Cuando Stern miró la de abajo, vio la palabra «Acyclovir» y el corazón le dio un vuelco. Sacó el frasco marrón de la bolsa. ¿Por qué demonios necesitaba Nate Cawley este medicamento?

–¿Qué es? –preguntó Fiona.

Stern examinó la etiqueta del frasco. En el blanco que seguía a la palabra «Paciente» decía «Dr. Nathan Cawley», y allí estaban impresos la dirección y el teléfono del consultorio de Nate. «85 CÁPSULAS DE 200 MG DE ACYCLOVIR. DOS (2) CÁPSULAS CINCO VECES AL DÍA DURANTE CINCO DÍAS. LUEGO UNA (1) CÁPSULA CINCO VECES DIARIAS, SI ES PRECISO.» El doctor se había recetado a sí mismo.

Stern se volvió hacia Fiona.

–¿Nate toma estas píldoras?

Ella se encogió de hombros.

–Supongo que sí. Éste es su botiquín. ¿Qué son?

–Acyclovir –respondió Stern, pronunciándolo tal como Peter cuando le explicó que el medicamento a menudo lograba reducir el período activo de la infección; del herpes.

Ella quiso coger el frasco y Stern se lo impidió. La receta estaba fechada dos días antes de la muerte de Clara. Sacudió el frasco. Casi vacío. Quitó la tapa y arrojó el contenido en un papel. Quedaban seis cápsulas. Había consumido setenta y nueve. Stern reflexionó: Nate empezó a tomar el medicamento más de una semana y media después de la muerte de Clara. Miró las cápsulas amarillas con intensidad. Llevaban el nombre del laboratorio.

–Sandy, ¿de qué se trata? –insistió Fiona.

Claro, pensó Stern. Lo había sabido, ¿verdad? Ahora lo tenía delante de los ojos. Las mentiras de Nate, sus evasivas, eran signos clásicos. A todas luces había algo que Nate no quería revelar ni comentar. Allí estaba. No sólo lo que había afectado a Clara. Sino el hecho de que Nate, que continuó consumiendo las cápsulas después de morir ella, había contraído la enfermedad. Se había requerido un verdadero acto de voluntad, una terquedad deliberada para no reconocer el papel de Nate. A fin de cuentas, habían existido obvias oportunidades para la iniciación de esta aventura. «Por favor, quítese la ropa por encima de la cintura y póngase la bata. El doctor estará con usted dentro de un instante.» Un calzonazos exaltado como Nate tal vez encontrara una irresistible atracción en el porte callado e inescrutable de Clara. Sí, y sin embargo parecía –si él podía afirmar que conocía mínimamente a su mujer– que una cosa así con Clara habría requerido tiempo, oportunidades, confianza, un avance gradual. Era sin duda alguien a quien ella conocía bien. Oh, sí. Nate visitaba a Clara por la mañana, había dicho Fiona tiempo atrás.

–Sandy –insistió Fiona–, por amor de Dios. ¿Para qué son las pastillas?

Aún tenía el frasco en la mano y miró de nuevo la etiqueta. Esa mujer tenía derecho a saber.

–Herpes –dijo.

–Herpes –tartamudeó Fiona. Retrocedió boquiabierta–. Demonios, ese hijo de perra.

Con un jadeo repentino, Fiona, tan imprevisiblemente como la vez anterior, rompió a llorar.

–Sentémonos un momento.

Stern guardó las pastillas, puso el frasco en la bolsa y lo dejó en un estante del botiquín de Nate. Luego llevó a Fiona al dormitorio y se sentó con ella en la cama. La colcha era de tela gruesa, color malva, con ribetes en los bordes. Fiona intentaba recobrarse. Se secó los ojos maquillados con el dorso de las manos. Stern extendió el brazo para consolarla y por un instante ella se le apoyó envolviéndolo en el aroma de sus perfumes. En cuanto le cerró la mano sobre el hombro delgado, Stern tuvo esa idea, sin saber de dónde venía. Un instinto malicioso, supuso, aunque parecía que había estado presente por algún tiempo, en germen.

Fiona se levantó para buscar un pañuelo, pero se sentó de nuevo al lado de él.

–Herpes –masculló. Stern, por el rabillo del ojo, advirtió una fugaz sonrisa de Fiona: lo tenía merecido, ese bastardo lo tenía merecido. Luego se volvió hacia Stern–. ¿Me voy a contagiar?

–Depende.

–¿De qué?

–Del contacto.

–¿Contacto?

Fiona no comprendió y lo miró irritada.

Stern buscó las palabras apropiadas. Menudo trago. Los abogados de divorcios tenían que hacerlo constantemente. Tal vez se mostraban crudos y directos. «¿Cuándo fue la última vez que te la metió, querida?»

–No quisiera ser grosero...

–¿Te refieres a nuestra vida sexual, Sandy?

–Así es.

–No muy activa.

–Entiendo.

–No es que no me guste, Sandy. Me gusta –añadió deprisa, temiendo como de costumbre el juicio de los demás–. Pero ya sabes cómo es. No le he permitido que se acercara a mí desde que vi esa cosa. –Señaló el suelo, la habitación, el televisor–. Aunque no parecía importarle.

–¿Cuándo fue eso, Fiona?

–¿Marzo? –Ella se encogió de hombros–. No lo apunto en un cuaderno, Sandy.

–No, claro que no.

–Francamente, pensé que ya había desistido de intentarlo. A veces se comporta así.

Sonrió de nuevo, sombríamente.

Stern supuso que él habría desistido un tiempo antes. Tenía sus propios problemas. Aunque eso no servía de gran excusa. No obstante, en el pulcro dormitorio de Fiona, Stern quedó abrumado un instante por el misterio de todos los matrimonios. Era como la cultura o la prehistoria: un millón de acuerdos tácitos. Nate y Fiona. Qué pareja más inverosímil. Él tan informal, ella tan severa. Ella siempre había sido bonita, sin embargo. Eso debía de enorgullecer a Nate. Su tesoro estaba en casa mientras él merodeaba por todo el vecindario, contagiándose enfermedades y tirándose a las mujeres de todos, incluida la esposa de Stern. Esta idea lo exasperó. Siempre reacio a enfurecerse, sintió el potente embate del afán de venganza. El pensamiento lo arrasó de nuevo como una ola de fiebre. ¿En serio era capaz? Claro que sí. Se sentía excitado, inspirado y malévolo.

–¿Entonces? –preguntó Fiona–. ¿Voy a contagiarme?

–Por lo que me cuentas, Fiona, me parece muy poco probable.

Fiona reflexionó.

–Supongo que debería agradecerle que me haya dejado en paz.

Aún sentado junto a ella, Stern dijo lentamente:

–Debo admitir que cometí una gran injusticia, Fiona.

Ella ladeó la cabeza, como si temiera que Stern hubiera perdido el juicio. Stern sonrió.

–Una gran injusticia –repitió y levantó la mano despacio.

Cogió el botón superior del vestido de Fiona y se inclinó para besarle el pecho.

Ella retrocedió, pero sonreía.

–Sandy –tartamudeó.

Él la miró con intensidad: las cosas iban en serio. Desabrochó el botón y bajó la prenda para acariciarla de nuevo.

–Cielos –exclamó Fiona, entre risas–. No puedo creer lo que está ocurriendo.

Parecía que Fiona no podía contenerse, lo cual era increíblemente gracioso. Stern sabía que ella no lo detendría. Fiona era una persona débil. Su única firmeza radicaba en su carácter áspero, pero no tenía principios. Tomada por sorpresa, le seguiría el juego entre carcajadas, sin saber cómo actuar. ¿Y él? ¿Cómo se sentía ahora? «Raro, muy raro, mis amigos americanos.» Esto era una locura, improbable, absurdo. Pero las aventuras amorosas eran más excitantes que volar. Le acarició el pecho en silencio y eufóricamente comprendió que ya no era dueño de sí mismo.

Abrió otro botón y le bajó el sostén. Ese pecho pequeño y blanco parecía un pez saliendo del agua y él se agachó para besar el pezón...

¡Alguien lo estaba observando!

Stern se sobresaltó y se dispuso a levantarse, alzando los brazos a la defensiva. El perro, intimidado, también retrocedió arrastrando las patas delanteras, sin emitir un sonido.

Fiona se había levantado y ahora lo miraba. Aún tenía el sostén bajado, de modo que su pecho blanco parecía un paquete a medio desenvolver. Algo había cambiado. Tal vez el momentáneo temor de Stern la había disuadido o la había vuelto a sus cabales. Notó que ella abría los ojos y movía el brazo. Supo lo que iba a ocurrir, pero consideró indigno defenderse. Fiona le asestó una bofetada en la cara y él tuvo la sensación de que le había astillado un diente.

–Tú no eres mejor que él –acusó Fiona–. Hijo de perra.

Le dio la espalda para ordenarse la ropa. Stern se sintió impulsado a responder, pero no fue capaz. Se sentó de nuevo en la cama, avergonzado.

–Perdóname –dijo.

–Por Dios –exclamó Fiona.

Stern iba a decirle que era una mujer atractiva, pero no parecía lo más indicado.

–Me dejé llevar –se disculpó Stern, en una de sus habituales frases ambiguas.

–Quisiste aprovecharte de la situación.

En cuanto expresó este pensamiento, la imprevisible Fiona rompió a llorar de nuevo. Se sentó en una silla de mimbre blanca junto a la ventana y se aplastó el pañuelo arrugado contra la cara. Tenía el vaso en la mano y bebió un sorbo para consolarse. Luego se levantó, tal vez para buscar otro. Dirigió una feroz mirada a Stern, otra maldición callada, pero se marchó en silencio. El collie corrió tras ella.

Mientras escuchaba el taconeo en la escalera, Stern miró el techo del dormitorio. Colgaban telarañas de la lámpara. Oh, Dios, se odiaba a sí mismo y tenía esa sensación de ebriedad, de modo que comprendió que la cosa empeoraría cuando cesara el flujo de adrenalina y volviera la sensación de normalidad. ¿En qué diablos estaba pensando? Oh, se despreciaría a sí mismo. Ya lo estaba haciendo.

Caminó hacia la silla donde se había sentado Fiona. A través de la ventana con columnas, vio su propia casa. En los veinte años que había vivido allí, nunca la había visto desde aquel ángulo, y examinó el tejado de pizarra del dormitorio cautivado por la perspectiva. Cuando reconoció el caballete de su propia habitación, trató de imaginar a Nate y Clara abrazados allí, pero la imagen, piadosamente, se negó a cobrar forma.

¿Y el dinero?, pensó de golpe. ¿Para qué necesitaba Nate ochocientos cincuenta mil pavos? Pero Fiona le había dado la respuesta semanas atrás: durante años había amenazado a Nate con la ruina como precio de un divorcio. Lucharía como un lobo por cada céntimo, con tal de vengarse. Pero Nate podría afrontar la ira de Fiona con el dinero de Clara. ¿Significaba eso que había un pacto entre Nate y Clara? ¿Se proponían ambos abandonar a sus cónyuges? ¿Ella se proponía dejarlo solo, tal como estaba ahora?

Stern oyó un portazo. Fiona había salido, tal vez para conducir borracha por la ciudad mientras divagaba sobre la perversidad de los hombres, o simplemente para dejarle sufrir su vergüenza. Se apartó de la ventana. El perro, abandonado por la dueña, regresó a la habitación. El animal ladeó la cabeza y lo miró con ojos radiantes y verdosos. Stern pensó en la vida de ese perro, siempre al borde de una comprensión aparente.

Esta vez, con el nuevo pensamiento, Stern se quedó paralizado. Éste era el legado de Clara, instantes de horror cuando discernía formas ocultas en el caos que ella había dejado. En su profesión siempre intentaba deducir lo que había sucedido en determinados momentos aislados. Los involucrados, clientes o testigos del gobierno, rara vez brindaban relatos de confianza. Vientos de temor, culpabilidad y autojustificación los desviaban del rumbo. Pero en ocasiones, al trabajar en un caso, Stern comprendía lo que había ocurrido. Una palabra, unas frases en un papel. Las piezas del rompecabezas encajaban.

Débil y mareado, ahora tenía la misma sensación. Pobre Clara. Ahora Stern comprendía. Había regalado todo ese dinero como preparación para el plan que había trazado con Nate, y sólo después se había enterado de que tenía problemas de salud. Tal vez fue entonces cuando Nate se enteró de la situación. Pero ante las circunstancias habría tenido que admitir que se lo había contagiado otra, quizá la joven del vídeo. Infidelidad entre los infieles. Oh, sí. Stern lo veía ahora. Qué drama. Trágico como Madame Butterfly. Engaño. Abandono. Enfermedad. Vergüenza y pérdida en cada ventana, cada puerta, y el futuro era una incesante concatenación de acontecimientos desagradables: la ira de un marido, el alejamiento de un amante y la agobiante certeza de haber dilapidado una fortuna para comprar a su amigo una libertad que él emplearía en otras conquistas. ¡Qué humillación! Como una heroína mítica, Clara lo había perdido todo debido al orgullo y al deseo. Sentado en la lujosa colcha de Fiona, Stern se puso una mano sobre el corazón, que le palpitaba dolorosamente en el pecho.

Tendría que llamar a Cal. Sin demora. Qué historia para contarle. El abogado Hopkinson se abriría otro agujero en la cabeza. Stern quería los papeles ahora. Con el cheque, Nate estaba en una posición comprometedora. Su plan debía de consistir en ocultar a Fiona y al futuro abogado de su esposa la existencia de los fondos. Pero ahora, con la muerte de Clara, con banqueros y albaceas, con leyes testamentarias, tendría que actuar con el temor de que alguien se enterara de la transacción e intentara frustrarla. El día en que Nate tuviera el descaro de presentar el cheque, Stern le entablaría un pleito. Habría humo y fragmentos por doquier. Aplastaría a Nate Cawley como a un gusano.

En este arrebato de rencor, Stern tuvo la repentina sensación de que toda la situación era ridícula. Jamás había ocurrido. En cuanto buscara a tientas el interruptor, encontraría la luz y vería dónde estaba. Pero cuando se volvió, el perro estaba allí, observándolo, y la casa donde había vivido veinte años se veía por la ventana en un ángulo desde el cual nunca la había contemplado. Empezaba a sentir el labio hinchado a causa del impacto de uno de los anillos de Fiona. Bajó, encerró al perro en la cocina y, con una absoluta sensación de pérdida, salió a la calle.

Para Stern, los recuerdos más conmovedores de su noviazgo se referían a las veces en que estaba sentado en la sala de los Mittler mientras Clara tocaba el piano. El cabello rojizo de Clara ondeaba siguiendo los movimientos de la cabeza; con los ojos fijos en el teclado o cerrados, se entregaba a la música. Su aguda inteligencia cantaba a través del instrumento. La primera vez que tocó para él, Stern se quedó sin palabras. Había ido a buscarla y ella lo invitó a entrar un momento. Sus padres no estaban, y Clara se sentía en libertad de mostrarle la casa.

–Mi piano –señaló.

Stern le pidió que tocara, y en vez de negarse tímidamente, como él había esperado, Clara se liberó. Stern se sentó en el sofá de felpa roja sin quitarse el abrigo. No sabía nada de música, pero estaba fascinado por la convicción con que ella pulsaba las teclas. La admiró intensamente.

–Magnífico –comentó.

Ella se quedó tímidamente al lado del piano, saboreando el elogio.

Luego fueron al cine. Stern aún recordaba que la película había causado cierta conmoción. Marty. *La historia de un hombre solitario, inepto, lleno de añoranza, conmovió a Stern. ¡Ése era él! Luego, mientras caminaban hacia el Chevy de George Murray, aparcado a cierta distancia, comprendió que Clara también se había conmovido. Lo aferraba con fuerza, evocando ciertos momentos estremecedores de la película.*

Cuando llegaron al coche, Stern no pudo contenerse. Arqueó el cuerpo y soltó un grito.

–Oh, George –exclamó.

El que había rozado el coche de Murray había causado varios estragos. Los rasguños empezaban detrás de la portezuela y se transformaban en abolladuras en el guardabarros delantero. Allí el metal aparecía retorcido y el filamento del faro delantero colgaba de un solo alambre. El maletero estaba arrugado como cartón.

–Oh, Dios –dijo ella al verlo. Le cogió el brazo–. El coche no es tuyo, ¿verdad?

–Oh, no.

El daño parecía incalculable. Se devanó los sesos pensando cómo pagaría la reparación.

–Lo siento mucho.

Stern se encogió de hombros, mirando el desastre.

–Este mes no tendré teléfono –comentó.

Tenía que avisar a la policía. Caminaron hasta un drugstore y la policía estaba allí cuando regresaron al coche. George Murray, por suerte, no estaba en casa. Stern podía hacer frente a toda la situación, menos a la idea de contárselo. La muchacha y su calidez parecían darle valor. El policía era un individuo canoso y afable. Se interesó por el origen del acento de Stern con un tono sincero e inquisitivo y luego se apoyó en el parachoques para enderezarlo, a fin de que Stern no se ensuciara el traje. Stern se sentó al volante, haciéndolo girar mientras el policía empujaba la deteriorada lámina de metal.

–Así podrás conducir –anunció al fin el policía–. Te ahorrarás un par de céntimos de grúa. Esos sujetos son unos piratas.

El policía, Leary, se tocó el sombrero cuando arrancaron. Stern no sabía adónde ir.

–¿Te llevo a casa? –preguntó.

–Todavía no –dijo ella con tanta decisión que Stern se sobresaltó. El coche no tenía radio, pero había un reloj. Eran las doce y cinco–. Tengo que asegurarme de que estás bien. ¿Cómo te encuentras?

Él masculló algo. Estaba deprimido, pero resultaba sorprendente que la atención femenina le diera tanta fuerza. Se acordó de las caricaturas de Popeye, cuando comía espinacas. Con Clara, antes de enfrentarse a George y a los meses de pago, se sentía casi invencible.

–¿Adónde vamos? –preguntó–. ¿Tienes hambre?

–No, ahora no podría comer. He perdido el apetito. No bebo a menudo, pero me vendría bien un trago. ¿Qué dices?

–En estas circunstancias, podría beber –admitió Stern.

–¿Sabes qué me gustaría? ¿Por qué no paras en una tienda y luego nos sentamos junto al río? Conozco un sitio encantador.

Así lo hicieron. Compraron una botella de Southern Comfort y dos vasos baratos y se dirigieron a un aparcamiento, en un acantilado junto al río. Allí la corriente era ancha, negra y cantarina. La luna ya había despuntado entre los árboles, inundando de luz el río Kindle.

Cuando ella abrió la botella, él le hizo una advertencia:

–George espera que le devuelva el coche sin un rasguño.

Ella lo miró sin festejar la humorada.

–Vas a sufrir muchísimo por esto, ¿verdad?

Él titubeó y meneó la cabeza.

–¿No aceptarías que yo lo pagara?

Él meneó la cabeza de nuevo.

–Podría hacerlo, ¿sabes? Tengo mucho dinero. La hermana de mi madre dejó un fondo fiduciario. Está disponible desde que cumplí los veinticinco años y el dinero no hace nada allí.

–¿Qué pensaría tu padre?

–No me importa lo que piense mi padre.

Stern masculló algo. La recordó tal como la había visto la primera vez, en el taburete de Henry.

–¿Te importa? –preguntó ella–. ¿Mi padre?

–Me temo que sí.

–A mí también –admitió ella al cabo de un momento–. Preferiría decir que no, pero no es cierto. Creo que la mayoría de las chicas quieren más a la madre; la mía lo adora. ¿Tu familia es así?

Stern rió, pensando en su padre hacia el final, una criatura crispada al borde de un ataque.

–No –dijo.

–¿Te gusta mi padre?

Stern reflexionó. Había dejado el motor en marcha, un rumor ronco, para conservar la calefacción, que estaba puesta.

–Creo que lo temo demasiado para saber la respuesta.

Ella soltó una carcajada.

–¿Sabes qué me gusta de ti, Sandy? No me recuerdas a nadie más.

Él casi respondió que era convertir los defectos en virtudes. Pero comprendió que eso le gustaba. Él era quien era. El desastre del coche había permitido una notable sinceridad entre ambos. Más aún, como solía ocurrir en las pocas ocasiones en que alguien le inspiraba respuestas directas, aprendió mucho sobre sí mismo.

–¿Qué sientes tú por tu padre?

–Lo mismo que tú –dijo ella–. Lo admiro. Cuando era niña quería ser como él... hasta que comprendí que no me lo permitiría. Supongo que le guardo rencor. Resulta difícil de saber. Hace tiempo que mis padres están muy enfadados conmigo.

Stern se recostó en la portezuela para observarla. El bourbon lo había entibiado y embriagado un poco.

–¿Qué es esa historia que quieres contar? Detecto una gran desdicha.

–¿Ah sí?

–Debes perdonarme. Supongo que he sido demasiado brusco.

–Pues sí –replicó ella.

Stern se sintió atemorizado. Había ido demasiado lejos. Estaba en un acantilado con esa chica. En cualquier momento ese aire de intimidad se esfumaría y ella volvería a ser una muchacha rica, fuera de su alcance. Sabía a qué se había referido ella antes: que no sabía cómo tratarlo. Como toda hija de familia rica, demostraba cierto desdén: en cualquier momento podía arrojarlo a un millón de kilómetros de distancia.

–No me considero una persona feliz –reconoció Clara–. Soy muy tímida. Excepto contigo. –Sonrió–. ¿Tú eres feliz?

–Disfruto con mi trabajo. Quiero a mi hermana. Pero no, no me considero una persona de carácter alegre.

–Eso imaginaba –dijo ella. Ambos callaron. Clara Mittler añadió–: Voy a contártelo todo.

Él aguardó un instante antes de decir:

–De acuerdo.

24

–¿Mel? Soy Sandy Stern –dijo por teléfono.

–¡Sandy! –exclamó Mel, con su efusividad habitual.

Cara a cara, Tooley presentaba un semblante radiante de buena voluntad. En cuanto le dabas la espalda, desenfundaba el puñal y empezaban los problemas. Un tío maligno. Tooley afirmaba que era irlandés –en esta ciudad, como en muchas otras, constituía una ventaja política, sobre todo para un abogado–, pero el tono oscuro de su tez indicaba un origen más meridional. Mel usaba peluca –tupida, oscura y rizada como la pelambre de un perro de aguas–, un hábito que Stern, a pesar de sus intentos de tolerancia, encontraba desagradable y engañoso. El hombre sudaba en abundancia y en consecuencia se bañaba en colonia. También le sobraban bastantes kilos. Stern no era quién para criticar ese defecto, pero Mel, con sus dimensiones vacunas, aún llevaba trajes cruzados y pañuelos de colores chillones y se negaba a aceptar la realidad. Se ponía camisas ceñidas y el velludo vientre se le abultaba entre los botones. Su sonrisa aceitosa sugería la absoluta convicción de que era un tipo agradable.

Stern lo había tratado durante años cuando Tooley era fiscal, una relación espinosa marcada por crudos enfrentamientos. Mel era taimado, una excepción en una oficina donde la mayoría de los abogados eran abiertamente agresivos pero en general respetuosos de las reglas y los derechos. El más serio enfrentamiento entre los dos se había producido cinco años atrás, cuando Stern representaba a un contratista a quien Tooley, con típica desesperación y malicia, esperaba inducir a testificar contra dos caballeros de apellido italiano. El contratista había recibido inmunidad, pero insistía en una versión de los hechos que incluso Stern consideraba improbable. Cuando Stern y el cliente comparecieron ante el gran jurado, el estoico contratista palideció de pronto; sudaba a mares. Era miembro de una congregación católica, padre de nueve hijos, y Tooley había hecho sentar a la ex amante del contratista en el banco, fuera de la sala de audiencias. Para proteger a su cliente, Stern, siempre reacio a criticar públicamente a otro abogado, tuvo que presentar una queja disciplinaria ante el Comité Ejecutivo del Tribunal de Distrito. Los jueces chasquearon la lengua y sermonearon a Mel, pero al fin el contratista testificó tal como deseaba Mel. Tooley fue quien rió último. Frente a frente, afirmaba que no guardaba rencores y elogiaba la habilidad de Stern. Pero en un mundo donde el ego tenía tanto peso, no convenía dar fe a sus palabras. Stern aún se preguntaba cómo había caído John en manos de Tooley.

Tooley comentó que estaba a punto de llamarlo y Stern pensó que nada debía de estar más lejos de la verdad. Naturalmente, Tooley deseaba que MD pagara su minuta. Quería un anticipo de 15.000 dólares, un poco excesivo para un profesional de la edad de Tooley, pero era lo que Stern habría esperado. Charlaron sobre el caso. Stern no comentó nada sobre la cuenta de errores, debía suponer que cada palabra iría a oídos de los fiscales y sería usada como Tooley creyera conveniente, para ventaja de John o simplemente como manera de buscar favores para el futuro. Stern describió los albaranes de pedido que buscaba el gobierno y dijo que los fiscales parecían creer que Dixon había ganado dinero ilegalmente.

–Al parecer creen que esos pedidos se entregaron a John –dijo Stern.

–¿Fue así? –preguntó Tooley, como si no pudiera hacerle esa pregunta al cliente–. Es decir, no tengo documentos para examinar. Me gustaría ver lo que tú hayas conseguido.

Stern redactó una nota y le dijo que los enviaría.

–Desde luego –prosiguió Stern con infatigable instinto–, tal vez recibió esos pedidos pero no los recuerda, dado el ajetreo diario. No sé si es una posibilidad o no, pero una persona razonable lo comprendería. –Tooley era muy rápido y sin duda captó la insinuación, pero no respondió, lo cual Stern consideró de mal augurio–. ¿Qué quiere Klonsky de él?

–En realidad no he hablado con Sonny. Charlé un poco con Stan. –Sennett de nuevo. Stern meneó la cabeza–. Está a cargo de este asunto. ¿Lo sabías? –preguntó Tooley.

Habría estado encantado de sorprender a Stern con la noticia.

–Ya lo he notado. Supongo que sigue su propia agenda.

–Como de costumbre –comentó Tooley, sumándose fraternalmente a las quejas de todos los abogados defensores ante el actual fiscal. Desde luego, Tooley sólo fingía. Había trabajado para Sennett más de un año antes de entrar en la práctica privada, y durante este tiempo Stan lo había ascendido a jefe de la División de Investigaciones Especiales. Stan había transformado a Mel en un personaje de peso. Por alguna razón Tooley lo había escogido como punto de contacto–. ¿Qué te parece la grácil Sonny? –preguntó Mel, obviamente evasivo–. Es notable, ¿verdad?

–¿Klonsky? –preguntó Stern–. No había oído ese nombre.

–Es mi apodo. Todos le ponen un apodo. Está allí por culpa mía, ¿sabes? Yo la contraté antes de irme de la oficina. Es decir, Stan la contrató, pero yo la entrevisté. Pensé que tenía agallas. ¿Entiendes?

–Sí –respondió Stern.

Sabía a qué se refería.

–Pero no creo que haya llegado muy lejos. ¿Cuál es la palabra? Ambivalente. No logran que tome decisiones. Siempre se lava las manos. Pero tiene sus puntos buenos. Una mujer bonita todavía tiene una gran ventaja frente a un jurado, ¿no crees?

–Tal vez– masculló Stern.

Mel continuó. Sin duda tenía poco interés en hablar de John.

–En realidad, debería responsabilizarte a ti por contratarla. Yo digo que está allí por mi culpa, pero en realidad es tuya.

–¿Mía? –preguntó Stern–. ¿Klonsky?

–Acabo de acordarme. Le pregunté por qué quería ser abogada y me contó que cuando estaba en su primer año de carrera presenció todos los días el juicio de Sabich. Le encantó verte en acción. Te describió de un modo especial. Habló de «prestidigitación», creo. Me pareció un modo elegante de expresarlo.

Ya lo creo, pensó Stern. Tooley se debía de haber desternillado de risa.

–Así que eres su ídolo, Sandy. Apuesto a que siente calores cada vez que la visitas.

–Pues no lo he notado.

–Con ella nunca se sabe. Es una persona muy emocional. ¿Ya te ha hablado de su fracasado esposo?

–No –replicó Stern, que se sentía cada vez más aliado de Klonsky.

Mel sólo lograba mejorar la opinión que Stern tenía de esa mujer.

–Lo hará –advirtió Mel–. Se lo cuenta a todo el mundo. El marido es cartero. Lo digo en serio. Escribe poemas y reparte cartas. El tío se cree Omar Jayam o algo por el estilo. Parece que está más chiflado que ella. Mientras yo estaba allí no dejaba de repetir que se divorciaría de él. Ahora está inquieta porque su reloj biológico está dando la alarma. En fin –dijo Mel hartándose del tema–. Sé amable con ella, Sandy.

–Más bien al contrario –espetó Stern, tratando de decir, aun moderadamente, algo en nombre de Klonsky.

–Sin duda Sennett la vigila como un halcón.

–Así parece –dijo Stern–. ¿Puedo preguntar qué te ha dicho él?

–Nada concreto. Nada concreto. Creo que están buscando inmunidad. No estoy seguro por qué.

Stern se sintió como un insecto en medio de una tempestad. No podía preguntar mucho más. Por orgullo y por temor a lo que pudiera llegar a oídos del gobierno, era reacio a comentar sus puntos débiles en su conocimiento de la investigación. Además había otros lugares donde preguntar. Lo que John había dicho a Mel, si le había dicho algo, estaba fuera de su alcance dada la situación. Muchos abogados defensores barbotaban las confidencias de sus clientes como noticias puestas en una pizarra de informaciones, pero Stern nunca había compartido esta inclinación. En una situación de adversidad potencial, no preguntaba ni repetía las frases privadas de su cliente, y su rigor en esta cuestión ética se aceptaba como parte de Sandy Stern y su formalidad extranjera, como el seto y la cerca de hierro de algunas casas antiguas.

–Apenas empiezo con este asunto –dijo Tooley–. Quizá te llame la semana próxima, cuando esté más al corriente.

–Sí, claro –dijo Stern.

Nunca más tendría noticias de Tooley, no hasta un par de días antes de la acusación, cuando Mel describiría vagamente los factores que obligaban a John a liquidar a Dixon. Stern había hecho lo mismo en otros casos parecidos. Pero intentaba brindar a sus colegas la escasa ayuda que entretanto podía suministrarles. Stern se dispuso a cortar, revisando la lista de cosas que Tooley le había pedido. Mel, astutamente, había invertido la situación para recibir todos los datos.

–Es un buen chico –concluyó Tooley–. Tal vez no llegue a experto en informática, pero le irá bien.

–Eso espero –suspiró Stern, intrigado por el hecho de que Tooley se hubiera molestado en dar esta sombría evaluación del yerno.

–Es increíble cómo llegó a mí. Supongo que le diste un par de nombres.

–Algunos –admitió Stern.

Ni él ni Tooley abrigaban la ilusión de que Mel figurara en la lista.

–Llamó a esos tipos, pero no había nadie. Parece que tú lo asustaste. Quería conseguir un abogado deprisa. Así que llamó a todos sus conocidos y al fin tu hijo le dio mi nombre.

–¿Peter?

–Peter y mi hermano Alan eran amigos en la escuela secundaria. ¿Recuerdas a Alan? Tengo que llamar a Peter para darle las gracias.

Alan era un chico apuesto y simpático. Parecía imposible que el mismo hogar hubiera producido una criatura tan viperina como Mel Tooley. Stern se rascó la cabeza mientras absorbía esta novedad. ¡Peter! ¡De nuevo! Claro que era inevitable que se entrometiera si alguien se lo pedía. Ignorante o no, su hijo consideraba todo problema familiar como de su incumbencia. Stern imaginó que Mel debía de estar disfrutando en su brillante oficina. El cliente de Stern le pagaba la minuta mientras John pensaba en darle un duro golpe a Dixon, y el hijo de Stern le había conseguido ese trabajo. Todo un triunfo.

Un punto más para el gobierno, pensó Stern mientras colgaba. Algunos abogados, con buenas intenciones hacia el posible acusado o su asesor, o naturalmente reacios a ayudar a la fiscalía, charlarían con John para recordarle las lagunas de su memoria y hasta qué punto sería desagradable testificar para el gobierno. Pero sin duda no era el plan de Mel. Entregaría a John a la fiscalía, alentándolo a respaldar la menor corazonada o sospecha. Y John –por lo que indicaba el silencio de Tooley y los indicios obtenidos en las conversaciones con su yerno– tenía mucho que decir.

Se preguntó cómo se habrían desarrollado los hechos entre John y Dixon. Era improbable que Dixon hubiera anunciado en qué andaba, era demasiado prudente para eso. Impartía órdenes que John temía desobedecer. Pero debía de haber algo furtivo en el plan. Entre tú y yo. No digas nada. Como Clara siempre decía, John no era tonto. Tarde o temprano tenía que haber descubierto que esas transacciones eran diferentes de las demás. Así que continuaron en el turbio mundo de la colaboración y el engaño, cada cual profesando cierto desdén hacia el otro: eres débil, eres deshonesto. Su yerno era el típico testigo del gobierno, un sujeto manso que no cuestionaba nada y carecía de convicciones. En cuanto Tooley le explicara un par de verdades –que peligraban su registro de bienes y su derecho a trabajar en los mercados financieros–, se ablandaría. Cuando al fin compareciera como testigo, sería otra alma inconstante declarando que sólo había seguido órdenes, sin un instante de reposo para reflexionar. Con su aire de inocencia infantil y su relativa falta de experiencia, John actuaría mejor que la mayoría.

Al pensar en todo esto y el modo en que la situación se le escapaba de las manos, Stern se sintió inquieto. Por un instante tuvo una estremecedora visión donde toda su familia concurría al tribunal, testificando, acusando, irremediablemente involucrada. En este escenario, él era la víctima, no el acusado sino el excluido. Todos sabían más que él. Rechazó la idea, pero siguió mirando el teléfono, con un nuevo presentimiento de daños inevitables.

25

Margy se había hecho algo en el cabello. Una maraña de rizos le caía sobre los hombros y el tinte rubio parecía más brillante bajo la luz. Parecía más robusta de lo que Stern recordaba, una persona fuerte y voluminosa, llena de vida. Stern se negó a permitir que los recuerdos o la imaginación lo llevaran más lejos.

–Bien –respondió Margy cuando él le preguntó cómo había ido el viaje–. Bonito hotel –añadió ella–. Dormí bien. –Una declaración inocente pero llena de implicaciones: todo estaba olvidado, perdonado, borrón y cuenta nueva. Margy sabía fingir que nada había ocurrido. Stern sospechó que lo había hecho muchas veces. A pesar del torbellino interior, las reverberaciones no tocaban la superficie. Llevaba un traje de seda y una blusa naranja con una corbata enorme. Había entrado en la oficina de Stern con un gran maletín y una bolsa de ropa colgada al hombro, y había tenido el buen tino de tender la mano, con sus largas uñas rojas, mientras la secretaria estaba presente, de modo que ninguno de los dos se sintió incómodo ante la oportunidad de un saludo más íntimo. La mujer de negocios de Oklahoma, resuelta y tranquila. Hola a todos.

Detrás del escritorio de cristal opaco, Stern le describió el plan del día. Ambos tomaron café. Juntos estudiarían los documentos que el gobierno había solicitado e intentarían adivinar las preguntas de Klonsky. Luego irían a la fiscalía, donde Klonsky interrogaría a Margy a fin de prepararla para comparecer ante el gran jurado, lo cual sería poco después.

–¿Tengo que hacer eso? –preguntó Margy–. ¿Sentarme a hablar con ella?

–No, pero forma parte de la rutina. Es conveniente para ambas partes. No se me permite entrar en la sala del gran jurado, así que en una entrevista sabremos de antemano qué se trae entre manos el fiscal y yo tendré la oportunidad de ayudar en puntos problemáticos. Klonsky, a su vez, descubrirá qué preguntas no le conviene hacer de forma oficial.

–Entiendo.

Margy estaba satisfecha.

Preguntó por dónde quería empezar y él señaló el maletín.

–La parte difícil –comentó Margy con una sonrisa.

–¿Algún problema? –preguntó Stern.

No le gustaba cómo sonaba eso. Dejó la taza de café y sacó la citación de la carpeta. Margy extrajo los cheques que el gobierno había solicitado: todos los extendidos durante los primeros cuatro meses del año por cantidades que excedieran los doscientos cincuenta dólares. Los tenía sujetos en nueve fajos, cada uno del tamaño de un ladrillo, y los cortes laterales presentaban el contorno estriado de un pez.

–¿Qué harán con esto?

–Supongo que están buscando fondos transferidos a Dixon. ¿Hay alguna prueba de eso?

–Claro. Muchas. Salarios. Bonificaciones.

–¿Algo más?

–Nada.

–¿Las compañías o las cuentas que él controla recibieron algo?

–Nada –respondió Margy.

Bien, pensó Stern. Ojeó los fajos, más que nada para sentir el contacto de los cheques. Ella había preparado dos copias, una para Stern y otra para ella, y un empleado había puesto un sello de identificación en cada uno. A Margy no había que enseñarle nada dos veces.

Stern se refirió de nuevo a la citación. Como muchos de los documentos ya estaban allí, la semana anterior él se había encargado de reunir los registros de transacciones que habían pedido los fiscales. Los demás documentos habían ido a la oficina de Stern, y él examinó cada pila y volvió a poner donde los había encontrado los albaranes de pedido que el gobierno sin duda buscaba: los cincuenta o sesenta que había rellenado John. El fajo de documentos, con copia y numeración, como los cheques, esperaba ahora en un maletín blanco. Se los mostró a Margy y luego pidió a Claudia que hiciera entrar a uno de los jóvenes, quien entregaría los documentos en la sala del gran jurado antes de que ellos llegaran.

Stern leyó en voz alta el último requerimiento del gobierno acerca de la cuenta de Wunderkind.

–Ahora viene lo extraño.

Margy sacó un sobre del maletín que tenía en el regazo.

Maison Dixon, como muchas empresas, usaba lo que se llamaba una declaración firme, en la cual se consignaban las compras, ventas, confirmaciones, requerimientos y posiciones marginales. El ordenador escupía un formulario que se enviaba al cliente cada vez que la cuenta se utilizaba. La segunda hoja del formulario quedaba en MD y se microfilmaba. Cuando abrió la carpeta, Stern se sorprendió al descubrir declaraciones originales que tenían que haber ido a Wunderkind.

–Es extraño –repitió Margy–. Mira la dirección.

Los documentos decían «Wunderkind» en la parte superior y «(RETENER)». Stern preguntó qué significaba.

–Retener. Ya sabes. «No lo envíes por correo, yo lo recogeré.»

–¿Es normal?

–A veces. Un tío se está divorciando y no quiere que la esposa cuente todo lo que él tiene. O cree que el Servicio Fiscal Interno le examina la correspondencia. O no se fía del cartero del vecindario. Hay muchas razones para ello.

Stern asintió.

–¿Nadie recogió éstas?

–Estaban en la carpeta.

–¿Cuenta de Chicago?

–Kindle –dijo ella–. 05. –Señaló el número de cuenta–. Greco los encontró.

–Extraño–admitió Stern.

–Oh, lo raro no es eso.

–¿No?

–Míralos.

Stern miró y como de costumbre no descubrió nada.

–Mira la actividad. Mira el balance. ¿Recuerdas? En esta cuenta él pone todo el dinero que gana con las ventas adelantadas. Pensé que él extraería las transferencias, haciéndonos preparar un cheque tras otro. Ya sabes: toma el dinero y corre.

Pero no era eso lo que había ocurrido. Las declaraciones describían movimientos frecuentes, dos o tres al día. No había una concentración inusitada de operaciones. Chuletas. Plata. Guisantes. Azúcar. Yenes. Eran los favoritos, pero todos operaban con frecuencia, a veces con varios movimientos al día. Stern leyó hasta el final de febrero de ese año.

–¿Dixon perdió dinero? –preguntó Stern.

–No sólo un poco –explicó Margy–. Todo. No hubo un solo céntimo robado que no terminara de vuelta en el mercado. Demonios, no sólo perdió eso. Perdió más. Mira la última declaración.

Stern volvió de nuevo las páginas. En la declaración final, en letra negrita, había un saldo negativo de más de 250.000 dólares. Operando en forma marginal –pidiendo prestado dinero de la empresa para poner en las transacciones más de lo que se había invertido en la cuenta– siempre era posible perder grandes cantidades deprisa, y aquí le había ocurrido a un acaudalado. Todo había ido a parar a contratos de azúcar, que habían caído en picado cuando el mercado enloqueció en febrero. Cuando Wunderkind logró zafarse, la pérdida era enorme, un cuarto de millón de dólares más que el depósito que había tenido en la cuenta.

–¿El saldo negativo se liquidó? –preguntó Stern.

–Eso dice la declaración. Los 250.000 pavos. Nunca supe nada sobre eso.

–¿Tendrías que haber estado al corriente?

–Ya lo creo –replicó Margy, irguiéndose en la silla–. ¿Un saldo negativo de más de cien mil? O yo me entero o va directamente a Dixon desde contabilidad.

–Ah –dijo Stern.

Se preguntó si era así. Dixon tal vez podía liquidar de un plumazo la deuda de un cliente, pero la declaración mostraba recepción de fondos.

Stern miró los documentos y con su habitual afán de comprender todos los detalles repitió cada paso en voz alta, mientras Margy asentía. El hombre había efectuado pedidos antes que los clientes, una infracción grave. Para ocultar esto, se usaban números de cuenta erróneos, y las transacciones, consideradas como equivocaciones, se trasladaban a la cuenta de errores de la compañía, donde se acumulaban pingües beneficios de decenas de miles de dólares por cada par de operaciones. Luego, para obtener el control de estas ganancias ilegales, el hombre había efectuado pedidos adicionales, cometiendo de nuevo errores deliberados en la información de la cuenta. El resultado era que la cuenta de errores pagaba la operación. Posteriormente, la nueva posición se desplazaba mediante varios ingresos contables a esta nueva cuenta.

–Wunderkind –dijo Margy.

–Wunderkind –repitió Stern–. Y luego, en vez de cerrar sus posiciones y llevarse estas ganancias obtenidas con artimañas, efectuó con ellas nuevas operaciones. Repetidamente y sin éxito.

–Así es.

–De modo que, al final, el resultado neto de docenas de transacciones ilegales, todas ellas perversamente ingeniosas, es que le han costado un cuarto de millón de dólares.

–Eso dice el papel.

–Algo falla –declaró Stern.

Tuvo la inflexible convicción de que había algo más. Esas triquiñuelas con la cuenta Wunderkind eran un eslabón más en una cadena larga y sinuosa. Robar este dinero se había convertido en un deporte para Dixon, su versión de la carrera de obstáculos. ¿Cuántas vallas podía saltar al trote? Las pérdidas tenían que ser falsas. Había muchos precedentes de ello. Por lo que entendía Stern, al final de cada año se producían docenas de tales transacciones en las bolsas, destinadas a burlar al Servicio Fiscal Interno. Violando todas las reglas, se concertaban operaciones fuera de la bolsa y luego se efectuaba en los fosos como una especie de pantomima, de modo que se registraba una pérdida con propósitos fiscales, mientras que la posición, a través de uno u otro recurso, al final volvía al dueño original. Sin duda aquí se trataba de algo similar. Tal vez Dixon se proponía batir una nueva marca: el mayor número de leyes violadas en un solo robo. Stern sacudió la cabeza, convencido de que nunca desentrañaría el plan en toda su complejidad. Por otra parte, era posible que los fiscales tampoco lo consiguieran.

–No sé si veo este problema tal como lo ves tú, Margy.

–Oh, pero éste no es el lado malo. Éste es el lado extraño.

–Ah –dijo Stern, sintiendo que su ascensor interno bajaba un par de pisos, aunque sin revolverle el estómago como esperaba. Se estaba acostumbrando a esto–. ¿Cuál es la mala noticia, Margy?

–Pues... –Margy se movió en el asiento a fin de señalar la citación– pide toda la información de cuentas. Ya sabes, la solicitud de cuenta, la declaración de revelación de riesgos, documentos con firmas.

–Sí. Quieren averiguar a quién pertenece.

–Por eso tenemos un problemita, amigo listo. Porque no encuentro un puñetero papel que muestre quiénes son los Wunderkind.

–No.

–Como lo oyes. Todos esos formularios se archivan en microficha. La ficha del mes en que se abrió esa cuenta el año pasado no aparece por ninguna parte. Tres copias. En nuestros ordenadores tenemos información sobre todos los clientes: nombre, domicilio, seguridad social. Alguien entró en el sistema y lo borró. Si pones este número de cuenta, la pantalla sólo parpadea. Desde luego, también la copia de todos los formularios... todos se esfumaron.

–¿Dónde se guardan esos registros?

–Depende. La microficha central está en Chicago, pero tenemos una de reserva aquí. Las copias de esta cuenta deberían figurar aquí. El ordenador te permite llegar adonde quieras, si sabes lo que estás haciendo.

–¿Dixon tendría acceso a estos registros?

La pregunta era estúpida, y la respuesta, obvia. Margy la expresó a su propio modo.

–Encanto, no hay nada a lo que Dixon no tenga acceso, desde el trasero de la recepcionista hasta el cajón donde guardo mi Maalox. Es Maison Dixon. Me estás preguntando si alguien lo detendría por verlo husmear en un archivo. En absoluto. Te lo dije. Todos le tienen miedo.

–¿Has mirado bien, Margy?

–Anoche revisé todos los archivos personalmente.

–Ya veo. –Stern abrió la cigarrera y miró los puros, alineados como soldados en descanso. La semana anterior había pedido a Claudia que llenara la caja, pero aún no había encendido un cigarro ni se había puesto uno entre los dientes–. Claro que a veces se pierden registros cuando se hacen copias para microficha, ¿verdad?

–Claro.

–Y a diario se borra por accidente información almacenada en los ordenadores, ¿no es cierto?

–Tal vez –admitió Margy.

–Y si no tienes ninguna microficha en ninguna de ambas ciudades, tal vez nunca hubo una en primer lugar.

Margy miró a Stern con la barbilla erguida y los ojos penetrantes, mientras él le hablaba como si interrogara a un testigo. La expresión de Margy era bien clara: no se tragaba nada de eso.

Stern tomó un largo sorbo de café y caminó hacia la ventana. Desde allí, el piso treinta y ocho del edificio más alto de la ciudad, el río tenía un destello líquido. Algunos días era plomizo y turbio. Con los vientos altos, la corriente aumentaba y el agua salpicaba los soportes marrones que se usaban para amarrar barcas y otras embarcaciones lentas que a veces navegaban corriente arriba. Con el tiempo Stern había llegado a conocer el significado de los tonos cambiantes. Por la densidad del color sabía si el barómetro descendía, si la capa de nubes era gruesa o si se disiparía pronto. Éste era el valor de la experiencia, poder interpretar los signos, conocer el gran impacto que anunciaban los detalles.

Esto andaría mal con el gobierno. Muy mal. Hacía meses que prevenía a Dixon, al parecer en vano. Éste era lo bastante astuto como para reconocer que, aunque los fiscales no pudieran deducir qué había hecho con el dinero, llevarían las de ganar si demostraban que él lo había robado, y para ello les bastaría con tener pruebas de que él controlaba la cuenta Wunderkind. Pero destruir los documentos era una reacción desesperada. El gobierno sin duda probaría que Dixon era responsable. Como decía Margy, quizá no hubiera otra persona en la compañía capaz de revisar los archivos de dos ciudades con la misma impunidad. Cuando el gobierno demostrara que Dixon tenía acceso a todos los registros que faltaban, la telaraña circunstancial cobraría un tinte sombrío. Para esta clase de acción nunca había una explicación inocente. Stern era hábil. Podía hacer referencias a cuentas de error, pedidos marginales y caídas límite y marear al jurado. Pero cuando los fiscales llevaran al tribunal el destructor de documentos de MD, no habría manera de interrogar a la máquina. Dixon bien podía saltar al ruedo. Nunca se podía salvar a los clientes de sí mismos, pensó Stern. Nunca.

Así comenzaba el último acto en la historia de Dixon Hartnell, un muchacho pueblerino que había triunfado y fracasado. Cada vez que un caso andaba mal, Stern tenía un instante en que su conocimiento de un futuro sombrío cobraba fuerza y contornos definidos. A veces no llegaba hasta que hablaba el jurado, pero a menudo había algún momento más revelador en el camino, cuando Stern podía ver más lejos. En el caso de Dixon Hartnell, esposo de su hermana, cliente, compatriota, compañero de deportes y del servicio militar, éste era el día. Aquí se acumulaban muchos elementos: conocimiento, motivo, oportunidad; la cuenta de errores, los recuerdos de John, los documentos desaparecidos. Aquí estaba el final de la historia.

Dixon iría a la cárcel.

Dedicó unos minutos a asesorar a Margy sobre cómo tratar a Klonsky. Escucha la pregunta. Responde con exactitud y concisión. No digas más de lo preciso. Nunca digas «no» si te preguntan si ocurrieron ciertos hechos, más vale decir que no lo recuerdas. Nombre, rango y número de serie. Datos, no opiniones. Si te piden que especules, niégate. Y ante el gran jurado recuerda que Stern estará literalmente en la puerta. Ella tenía derecho a consultar con el abogado en cualquier momento y debía hablarle si había alguna pregunta, por insignificante que fuera, para la que no se creía preparada.

Le ayudó a guardar los documentos en el maletín y se puso la chaqueta. Cogió el bolso de Margy y le preguntó si estaba lista. Margy se quedó en la silla.

–Fui muy dura contigo –murmuró, mirando la taza de café en la que apoyaba una uña brillante–. Cuando hablamos hace unas semanas.

–Tenías razón.

–Sabes, Sandy, ya estoy curtida. –Alzó los ojos un instante y sonrió casi con timidez–. Lo único que pretende una chica es que finjas un poco.

Stern se acercó un par de pasos. Como de costumbre, Margy pensaba en su jefe. Dixon quizá supiera fingir muy bien y recurriría a todos los gestos sensibleros. Dixon arrojaría la chaqueta en un charco si era necesario, o cantaría una serenata frente a la ventana. Ahora Margy le decía que a las mujeres les gustaban estas cosas. Stern aguardó un instante, recobrando la compostura. Decidió recurrir a la diplomacia.

–Margy, ha sido una época confusa. Muchos cambios inesperados.

–Desde luego. –Margy sonrió rígidamente y movió la taza, manchada con lápiz de labios, mientras observaba con gran interés el café frío–. Desde luego –repitió.

Bien, pensó Stern, aquí empezaba a desentrañarse el dilema de Margy. Ella quería que sus amigos fingieran, así ella podría decirles fríamente que no les creía. Stern estaba seguro de haber llegado al punto clave. Había oído la modulación y había encontrado la armonía de una composición perfecta en la escala del dolor personal. Pero se sintió conmovido por ella e impulsado por cierta ternura, decidió contarle lo que él consideraba la verdad.

–Últimamente he visto bastante a una mujer que ha sido amiga nuestra durante muchos años.

Muy breve. Concreto. No sabía qué buscaba con este arrebato de sinceridad, salvo la virtud de la franqueza misma. En realidad, después del extravagante episodio con Fiona, durante el cual ni siquiera había pensado en Helen, no sabía muy bien cómo estaban las cosas. Pero era preciso dar una explicación, y Margy, por mucho que la admirara, no era su destino. La noticia causó el efecto previsible. Las pupilas de Margy se contrajeron como bajo una luz deslumbrante. Stern la había devuelto una vez más a su inevitable papel: la perdedora, la aventura de una noche. No estaba complacida. Margy, como todos, aspiraba a una vida mejor de la que tenía.

–Me alegro por ti –dijo Margy.

Cogió la cartera, cerró el maletín, se alisó la falda y sonrió. Había recuperado de nuevo el aspecto de mujer dura que acostumbraba a mostrar en las reuniones de negocios: una vez más era la segura empleada de Dixon Hartnell.

Caminaron las tres manzanas hasta el tribunal casi en silencio. Stern sólo habló para indicarle el camino. De inmediato fueron acompañados hasta la reducida oficina de Klonsky, y Margy se sentó en el viejo sillón de roble como un jinete en un rodeo. Estaba lista.

–Margy –respondió cuando Klonsky le preguntó cómo le gustaba que la llamaran.

La muchacha de Oklahoma, pensó Stern. Dura como un taladro de diamante.

Habían llegado tarde y Klonsky echó una ojeada al reloj. Un escribiente asignaba el tiempo de presentación ante el gran jurado a intervalos de un cuarto de hora y era celosamente respetado por los asistentes, a quienes se exigía que cumplieran con sus tareas en el período asignado. Klonsky empezó a interrogar a Margy mientras Stern revisaba la carta donde se le garantizaba que no era acusada potencial. Estaba firmada por el fiscal federal mismo y aseguraba que Margy no era sospechosa de ninguna actividad delictiva, siempre que dijera la verdad ante el gran jurado. Stern guardó la carta en el maletín y miró cómo trabajaba Klonsky. Formuló a Margy varias preguntas rutinarias y anotó las respuestas en una libreta amarilla. En su papel de fiscal, Sonia era como la mayoría de sus colegas: implacable, seca, dura. Su ritmo era tan metódico que Stern abrigó esperanzas de que no surgiera el tema de los documentos que faltaban. Eso le daría la oportunidad de conversar antes con Dixon. Pero cuando quedaban pocos minutos para la hora en que debían presentarse ante el gran jurado, Klonsky extrajo de la carpeta la copia de la citación y la revisó punto por punto. Cuando Margy entregó los papeles relacionados con la cuenta Wunderkind, añadió jovialmente:

–Eso es todo.

–¿Eso es todo? –preguntó Klonsky, con evidente aire de recelo. Miró de nuevo los documentos.

Stern habló por primera vez. Había un malentendido, dijo. Los diversos documentos de apertura de cuenta –formularios, solicitudes, etcétera– estaban en otra parte y no podían encontrarlos. La señorita Allison había efectuado una búsqueda diligente, la cual se continuaría bajo la dirección de Stern.

–¿Han desaparecido? –preguntó Klonsky–. ¿Los tiraron?

Margy iba a hablar pero Stern le cogió la muñeca. Era prematuro, aseguró Stern, suponer que los documentos no se podrían encontrar. La citación se había entregado apenas dos semanas atrás y MD era una importante compañía con cientos de empleados y tres oficinas.

–No creo una palabra de esto –dijo Klonsky.

Ignoró a Stern e hizo varias preguntas a Margy, al tiempo que identificaba los documentos, las copias, los sitios donde se guardaban. Resumió, con más precisión que Stern, los detalles de la búsqueda de Margy. Klonsky conducía este interrogatorio rígidamente. A pesar de su cordialidad ocasional, se enfadaba rápidamente.

Miró a Stern.

–Tendré que hablar acerca de esto con Stan.

–Sonia –dijo Stern–, creo que se apresura usted en sacar conclusiones...

Ella lo interrumpió con un ademán airado. Vestida con su jersey azul, apretó el vientre contra el escritorio mientras se levantaba para conducirlos hasta el gran jurado.

Los jueces, al abandonar el nuevo edificio federal, habían dejado atrás al gran jurado. Los abogados defensores protestaban por esta proximidad con la fiscalía federal, pero reconocían que era en vano. En la práctica, el gran jurado pertenecía a los fiscales. Una puerta sin letreros en el pasillo, un piso más abajo, conducía a lo que parecía la sala de espera de un consultorio; tenía los mismos muebles baratos, con quemaduras de cigarrillos y partes astilladas, que la oficina de arriba. Detrás de otras dos puertas estaban las salas del gran jurado. Stern a menudo había echado un vistazo. No eran gran cosa: un banco pequeño en el frente de la sala e hileras de asientos, como un aula. Los veintitrés integrantes del gran jurado, convocados como jurados comunes para ayudar a los fiscales a determinar si tenían pruebas suficientes para juzgar a alguien por un delito, solían ser gremialistas que no tenían una tienda que cuidar, o bien jubilados, o amas de casa con tiempo libre y a menudo tipos en paro que valoraban la tarifa diaria de treinta dólares.

Stern consideraba que el gran jurado, presuntamente destinado a proteger al inocente, seguía siendo una de las ficciones del sistema jurídico. A veces los abogados defensores escuchaban alentadoras anécdotas acerca de un gran jurado que había presentado una conclusión negativa o que había discutido con los fiscales. Pero por norma general los jurados se prestaban al juego de la fiscalía. Según se comentaba, los jurados tejían, leían el periódico y hacían la manicura, mientras un individuo que comparecía allí por el poder y la majestad de Estados Unidos se veía atacado a gusto por los asistentes.

–Recuerda que estoy aquí –le dijo a Margy.

Ella entró sin mirar atrás, con el maletín. Aún estaba furiosa con él. Klonsky también estaba de mal humor y, quizá sin proponérselo, cerró la puerta en las narices de Stern mientras pedía orden en la sala.

El procedimiento era secreto. La sala no tenía ventanas y había una sola puerta. Ni los jurados, ni los fiscales ni el relator del tribunal podían revelar lo que había ocurrido, a menos que hubiera un juicio donde el gobierno tuviera que exponer las declaraciones previas de los testigos. En aquel distrito federal, loablemente, rara vez había filtraciones sobre estas cuestiones y allí sucedían muchas cosas que jamás volvían a mencionarse, un dato alentador para las víctimas de alegatos sin fundamento. Pero ese respetable principio también se invocaba para impedir que el abogado del testigo estuviera presente; Stern sólo tenía derecho a esperar en la puerta, como un perro amaestrado. Los testigos, que no estaban obligados a guardar secretos, podían salir después de cada pregunta para pedir consejo al abogado. Pero, intimidados por el ambiente y ansiosos de apaciguar al interrogador, rara vez lo hacían. Los clientes por lo general dejaban que Stern mantuviera su vigilancia en la puerta, el maletín y el sombrero en la mano, el estómago tenso.

A veces, sobre todo con voces masculinas de cierto timbre, si apaciguaba la respiración y no había gente parloteando, Stern captaba la sesión palabra por palabra desde el asiento más cercano a la sala. Hoy no tuvo esa suerte. Barney Hill, el escribiente que asignaba horarios y llenaba los formularios de asistencia para los testigos, se puso a hablar de los Tramperos, y las voces femeninas no se oían tan bien a través de la gruesa puerta. Logró oír ciertas modulaciones de Klonsky y el tono confiado de las respuestas de Margy. Al cabo de un cuarto de hora, la puerta se abrió y ambas mujeres salieron. Habían concluido. Como cabía esperar, Margy había optado por no consultar a su abogado.

–Todavía me preocupan esos documentos –advirtió Klonsky desde el umbral de la sala, seguida por varios jurados–. La señorita Allison los buscará de nuevo.

–Desde luego –replicó Stern.

–En lo que a mí concierne, iniciaremos una investigación por obstrucción a la justicia.

Stern intentó tranquilizarla una vez más, pero Klonsky desechó las excusas con una sonrisa. Repitió que hablaría con el fiscal federal y se marchó, al parecer con ese propósito.

Stern le indicó a Margy una de las reducidas habitaciones contiguas a la sala, destinadas a las consultas entre testigos y abogados. Era un cuartucho de dos metros por tres, despojado; contenía una mesa desvencijada y dos sillas, y las paredes grises estaban desconchadas y mugrientas. Stern había practicado durante años el hábito de conversar con los clientes en aquel lugar, mientras conservaban el recuerdo fresco acerca de cada pregunta.

Stern cerró la puerta y Margy se sentó, huraña hacia él, pero tranquila por lo demás. Le preguntó cómo había ido.

–Bien –respondió ella serenamente–. Mentí.

Stern se quedó de pie, la mano en el picaporte. Naturalmente, esto sucedía de vez en cuando. No con tanta frecuencia como cabía suponer. Pero sí de vez en cuando. Un cliente yergue la barbilla y admite francamente un delito menor. Aun así, se sintió débil y febril. Se sentó de cara a Margy. Ella mantenía su actitud rencorosa.

–¿Puedo preguntar en qué sentido suministraste información inexacta? –dijo Stern.

Ella agitó la mano blanca, los brazaletes y las largas uñas.

–No sé. Ella preguntó si yo sabía adónde iban los registros.

–Ajá –exclamó Stern.

Al advertir que en cierto modo él era el blanco de todo aquello, trató de no manifestar su alivio. A menos que se cometiera otra tontería –una confesión directa–, el gobierno jamás la acusaría de perjurio porque se hubiera reservado sus opiniones.

–Preguntó si yo sabía algo acerca de la cuenta Wunderkind por alguna otra fuente.

–¿Le dijiste que no?

–Así es.

–¿Era mentira?

–Sí.

Stern no había tenido la sagacidad de formular esta pregunta en su oficina. Quizá Margy le hubiera respondido exhaustivamente entonces. Ahora era improbable que entrara en detalles.

–¿Algo más?

–Me preguntó si yo había hablado con Dixon de los documentos. También lo negué.

–¿Pero habías hablado?

–Claro.

¿Qué le hacía pensar que él era astuto cuando había pasado por alto lo evidente? Desde luego, ella había hablado con Dixon. Tal vez él le hubiera insinuado qué debía decirle a Stern. En realidad, no quería saber qué le había dicho Dixon exactamente. Sin duda lo enfurecería y, en cualquier caso, el conflicto de intereses que el fiscal federal había predicho tan gratuitamente se había producido. Las mentiras de Margy, desde una perspectiva superficial, beneficiaban la causa de Dixon; Stern ya no podía asesorarlos a ambos. Sabía que él tenía la culpa de esta situación. En treinta años, sus relaciones personales nunca habían interferido con sus obligaciones profesionales, pero de algún modo su priapismo de viudo lo había llevado allí, al menos hasta el punto en que Margy estaba tan furiosa con él como para admitir lo que había hecho. Por el momento, sin embargo, su humillación quedó subordinada al deber, que era muy claro.

–Margy, me gustaría presentarte a otro abogado, quien, según creo, te aconsejará que comparezcas de inmediato ante el gran jurado y te retractes.

–¿Me retracte?

–Que corrijas la declaración. Si lo haces de inmediato, no sufrirás ningún perjuicio.

–Ya he estado allí y me he ido. –Margy, con expresión huraña, se levantó. La furia le daba mayor solidez: los rizos, los bordes alechugados, las uñas brillantes, los tacones altos, las medias relucientes. Margy era una persona de muchas piezas ensambladas con cuidado, pero en ese momento el acaloramiento galvanizaba cada capa–. No tienes la menor idea de lo que ocurre aquí, ¿verdad?

Le clavó los ojos de manera alarmante: no sólo con rudeza, sino con desdén. Al parecer había dado ciertas cosas por sentadas y ahora comprendía que se había equivocado y lo lamentaba.

–Me gustaría saberlo –dijo él con voz hueca.

Se sintió presa del miedo: por el apuro en que estaba Margy y, más aún, por el modo en que ella le reprochaba su ignorancia. Había demasiados elementos fuera de su conocimiento y control. John. Dixon. Margy misma. Eran como fragmentos que se perdieran en el espacio.

–No –dijo ella, meneando los rizos–. No te lo diré yo, encanto. Ya sabes con quién tienes que hablar. Yo tengo que coger un avión. –Se colgó el bolso del hombro y recogió la cartera y el maletín–. Este asunto es un concurso de tontos: quién es el mayor tonto. Recuerda quién te dijo esto: Margaret Jane Allison, de Polk's Cowl, Oklahoma.

Con bártulos en ambas manos, abrió la puerta con el pie y se marchó sin mirar atrás.

26

Algunos abogados defensores decían que los peores momentos venían después de la acusación, cuando se veían las pruebas reunidas por el estado, la montaña que no se podía escalar. Pero Stern siempre aceptaba de buen grado este desafío; cuando se conocía el rumbo de los fiscales, los demás ángulos se transformaban en probables escapatorias. Lo que más le costaba afrontar era el período intermedio de una investigación. Habitualmente había que entrevistar a personas, examinar documentos, presentar mociones. Pero a veces comprendía con alarma que el gobierno sabía algo que él ignoraba por completo. Terror de abogado, lo llamaba, y ahora este terror resultaba más agobiante que nunca. A ciegas temía que cualquier movimiento fuera erróneo y pudiera caer al precipicio. De manera que colgaba allí, temeroso, acuciado –la palabra exacta, en todos los aspectos, era indefenso–, inmóvil, en la oscuridad, esperando la tormenta, oyendo el silbido del viento, sintiendo el aire cada vez más helado. Se quedó sentado en el cuarto de los testigos, abrumado, cansado, consciente de su peso, su edad, la oquedad de los huesos. Sentía terror por Dixon.

Cuando alzó la mirada, Klonsky estaba plantada en el marco de la puerta, observándolo.

–Sonia.

–Sonny para mis amigos. –Ella sonrió. Stern debía de tener un pésimo aspecto para haberla ablandado tan pronto. Pero agradeció esta amabilidad. Sonny, pues. La ayudante se sentó en la silla que había ocupado Margy–. Stan me pidió que lo encontrara.

–Veo que lo ha conseguido –dijo Stern, sonriendo cordialmente–. Sonny, ¿podemos hablar de abogado a abogado?

–Desde luego.

–Quedé tan consternado como usted al enterarme de que esos documentos no estaban donde debían.

–Eso imaginé, Sandy. Pero es una situación muy grave para su cliente.

Él sonrió con amabilidad, dando a entender que no necesitaba la aclaración.

–De eso estuve hablando con Stan –apuntó Klonsky.

–Ah, sí. El poderoso fiscal federal. –En ese preciso instante le resultaba muy difícil reprimir sus sentimientos: pensar en el rencoroso e implacable Sennett lo sacaba de quicio. Pero decidió usar un tono más amable al hablar del jefe de Klonsky–. ¿Qué nos dice?

–Pues él cree que usted puede encontrar los documentos.

–¿En serio? –dijo Stern–. Imagínese, con cincuenta y cuatro ayudantes para supervisar y encima puede tomarse el tiempo para realizar mi trabajo.

Ella no pudo contener una sonrisa.

–También dice que le envía un mensaje.

–Muy bien.

–«Encuentre la caja fuerte.»

No movió un solo músculo. Tal vez, por una fracción de segundo, la sangre dejó de circular. Era el entrenamiento del tribunal: no delates nada.

–¿Comprende usted ese mensaje? –preguntó al fin Stern.

–¿Yo? –repuso Sonny–. ¿Usted cree que yo debo responder a eso?

Era evidente que no debía hacerlo. Sennett sólo la usaba como mensajera. ¡Ay, carajo!, pensó Stern en español, viejas palabras, una maldición de la infancia. Sennett y su informante. Parecían saberlo todo. Tal vez no fuera un informante, sino un teléfono intervenido. Un micrófono en la pared. Una cámara oculta. Stern contuvo el aliento. Cada vez sentía más miedo por Dixon. Sonrió, llevado por un reflejo primitivo.

–¿Qué es lo gracioso? –preguntó ella.

–Oh, creo que hacía tiempo que no manejaba un caso que me diera tanto miedo.

–¿Miedo?

–La palabra correcta. Nunca había participado en una investigación donde recibiera menos información.

–¿Del gobierno?

–Claro. Ustedes no han confirmado formalmente a quién se investiga ni por qué delito.

–Sandy, no hay regla...

–No se trata de reglas. Hablo de juego limpio, de lo correcto. –En cuanto comenzó a hablar, no logró contener la indignación–. ¿No cree usted que sería conveniente esbozar cuáles son las sospechas del gobierno, en vez de brindar esas revelaciones mínimas y selectivas con la esperanza de que yo corra en una dirección y luego en otra? ¿Cree que no comprendo que estas citaciones están redactadas con toda la intención de ocultar datos acerca de los conocimientos e intereses de la fiscalía?

–Sandy... usted sabe que yo no estoy a cargo.

–Usted está aquí ahora. Ha sido ayudante el tiempo suficiente para saber qué es correcto y qué no. Tan sólo dígame una palabra o dos.

–Sandy, Sennett es muy quisquilloso con este asunto.

–Por favor, no pido que transgreda ninguna regla de discreción ni pauta de ética. Aceptaré toda información que usted pueda brindarme sin problemas. Si lo prefiere, le comentaré mis sospechas acerca de la investigación, y sólo tendrá que decirme si tengo razón o no. Nada más. Eso no perjudicará a nadie, no se violará ninguna confidencia. Puede hacer eso, ¿verdad?

¿Podía? La incertidumbre se le notaba en la cara. El fuerte de Sonny no residía en ocultar sus sentimientos.

–Sonny, por favor. Usted es una persona amable e intuyo cierta amistad entre nosotros. No me propongo abusar de ella, pero no sé hacia dónde dirigirme.

–Sandy, tal vez yo sepa menos de lo que usted cree.

–Sin duda sabe más que yo.

Ambos se estudiaron.

–Tengo un millón de cosas que hacer –replicó ella al fin–. Pensaré en lo que me ha dicho.

–Necesitaría diez minutos. Quince a lo sumo.

–Mire, Sandy, a decir verdad, no tengo ni un instante de descanso. Tengo cuatro casos que irán a juicio dentro de los dos próximos meses, además de este asunto. Desde marzo hemos previsto llevar al hijo de Charlie a casa de su familia, en Dulin, y pasar allí el Cuatro de Julio para coger fresas. He de volver aquí el lunes y tuve que remover cielo y tierra para tener el fin de semana libre. Tendrá que perdonarme si le digo que en este momento estoy muy presionada.

–Entiendo –dijo Stern–. ¿No tiene tiempo para jugar limpio?

–Oh, vamos, Sandy. –Ella se mostraba frustrada, exasperada. Él estaba tocando todas las cuerdas sensibles–. Si es tan importante para usted pasar quince minutos haciéndome preguntas que no voy a responder, viaje ciento cincuenta kilómetros hasta Dulin el sábado. No puedo ofrecerle nada más.

Stern le pidió la dirección y ella se echó a reír.

–¿En serio piensa venir?

–A estas alturas, tengo que explotar todas las posibilidades. ¿El sábado por la tarde?

–Cielos –dijo Sonny. Estaba en el condado D, diez kilómetros al norte de la 60. La Cabaña de Brace. La describió como una choza con pretensiones. Stern lo anotó todo y ella lo apuntó con el dedo–. Sandy, no voy en broma. Quizá yo no esté de acuerdo con todo lo que ha hecho Stan, pero él está al mando. No crea que saldré al campo para decirle cosas que no diría aquí.

–Claro que no. Yo hablaré. Usted sólo tendrá que escuchar. Si lo desea, puede tomar notas y repetir todas mis palabras a Sennett.

–Es un largo viaje para nada.

–Tal vez no.

Inesperadamente, había recuperado el buen humor. Hablaba con el susurro anhelante de un niño. Comentó que le gustaban mucho las fresas.

En el teléfono, Stern oyó la voz de Silvia retumbando en los largos corredores de piedra de la casa de Dixon, mientras iba a buscar al marido. Últimamente detectaba una nota de desconfianza cada vez que hablaba con su hermana. Pero nunca comentaban los asuntos de Dixon con Stern. Silvia, a decir verdad, era una de esas mujeres educadas en otra época, nunca se entrometía en los asuntos que consideraba reservados a los hombres.

–¿Qué hay? –barbotó Dixon–. Tengo un importante acto social. Tu hermana invitó a la mitad de la Junta del Museo y llegan dentro de quince minutos.

Silvia, digna hija de su madre, nunca se cansaba de los compromisos sociales: sociedades femeninas, comités de caridad, el club campestre. Dixon se burlaba de ella, sin admitir en público que le encantaba imitar a los ricos. Asistían a bailes de caridad, reuniones para recaudar fondos, inauguraciones de galerías, fiestas privadas. Stern a menudo veía la foto de ambos en los periódicos, una pareja atractiva, de aire elegante, majestuoso, despreocupado. Con los años Silvia se había tomado en serio su papel –tal como deseaba Dixon– y asistía en limusina a almuerzos, desfiles de modas en boutiques prestigiosas, los típicos contactos con esposas de otros hombres muy ricos que habían aceptado la compañía de los Hartnell. Otros días jugaba al golf o al tenis, o cabalgaba.

En otro caso, Stern habría criticado la frivolidad de este estilo de vida, pero no había defecto de su hermana que no hubiera perdonado. En ciertos sentidos Silvia le recordaba a Kate –con quien ella, en efecto, mantenía una relación muy íntima–, pues había permitido que la belleza fuera su destino. Había recibido una educación privilegiada que la había conducido a Dixon. Punto final. Aun en los años en que Dixon recorría los maizales para establecer su clientela, le había ordenado que no trabajara, y ella había accedido, al parecer sin lamentarlo.

Pero la bondad redimía a Silvia. Seguía siendo una persona extraordinaria cuya generosidad excedía de lo habitual. Clara, que desdeñaba la frivolidad, amaba y valoraba a Silvia. Hablaban dos o tres veces a la semana, se reunían para comer, asistían a conferencias de arte, iban juntas al cine. Durante décadas habían asistido a los conciertos de la sinfónica el miércoles por la tarde. Y Stern no tenía quejas. Silvia adoraba a su hermano. A veces le enviaba mensajes, le compraba regalos. Llamaba todos los días y él seguía hablando con ella como con nadie más. Resultaba difícil describir el tono de sus conversaciones, pero era agradable como un tarareo. Para ella, él seguía siendo la luna, las estrellas, las galaxias, un universo. ¿Cómo podía Stern describir como defectuosa una vida en la que él desempeñaba un papel tan estelar?

–Tenemos que vernos –le dijo Stern a Dixon–. Cuanto antes mejor.

–¿Problemas?

–Muchos.

–Cuéntame algo.

–Prefiero hacerlo personalmente, Dixon. Tenemos mucho de que hablar.

–Mañana por la mañana iré a Nueva York en el vuelo de las 5.45. Pasaré allí el resto de la semana. –Dixon, de nuevo, esperaba novedades acerca del índice de precios al consumo y asistía a reuniones en Nueva York o Washington dos veces a la semana–. El Cuatro de Julio Silvia y yo iremos a la isla.

Se refería a otra de sus propiedades, un refugio en el Caribe en una isla libre de impuestos; el Servicio Fiscal Interno, durante su investigación de años atrás, había rechinado los dientes por no poder rastrear un solo céntimo invertido allí. Stern tamborileó los dedos sobre el cristal del escritorio de su oficina. Al parecer Dixon no tenía tiempo para verse en problemas.

–He pasado el día con Margy y Klonsky.

–Eso he oído.

–Sí –dijo Stern. Claro que Dixon lo había oído. De eso se trataba. Stern se sentía en desventaja hablando por teléfono–. Hay algunas novedades alarmantes.

–¿Como cuáles?

–Por lo pronto, los fiscales parecen saber algo acerca de tu caja fuerte. Creo que pronto empezarán a buscarla, si no lo están haciendo ya.

Hubo un instante de silencio en la línea.

–¿Dónde diablos averiguaron eso? –exclamó al fin.

En efecto. ¿Dónde? Stern no necesitaba a Dixon para hacerse esta pregunta. Había una lógica evidente, aunque perturbadora: Margy comparece ante el gran jurado y faltan los documentos; Margy sale y el gobierno menciona la caja fuerte. En su irritación, Margy podía haber revelado cualquier cosa. Tal vez Dixon había tenido la prudencia de no mencionarle la caja fuerte ni sus movimientos, pero era poco probable. En su ánimo suspicaz, Stern incluso llegaba a creer que Margy fuera la informante. Era una idea ridícula, pero no dejaba de acuciarlo. En tal caso, todo había sido un melodrama bien montado. Muy improbable, desde luego. Pero había presenciado farsas como ésta en el pasado. Había casos en que el gobierno inculpaba a sus informantes para protegerlos. En este aspecto no se podía descartar nada.

–Esperaba que tú me dieras una pista, Dixon.

–Pues no.

–¿Podría John...?

–¿John? Si todavía no sabe dónde está el lavabo, Stern. Vamos.
Ambos resoplaron.
–También han desaparecido documentos, Dixon.
–¿Documentos? –preguntó Dixon, menos impulsivamente.
–Relacionados con la cuenta Wunderkind. ¿Estás al corriente?
–¿Al corriente de qué?
–La cuenta. Los documentos. La desaparición.
–No sé si te entiendo. Tendremos que hablar de esto la semana que viene.
–Dixon, es evidente que la desaparición de estos documentos ha despertado el interés del gobierno por la caja fuerte.
–¿Y?
–Si encontraran los documentos...
–De ningún modo –gruñó Dixon. Callaron de nuevo por un instante, como si ambos estuvieran igualmente contrariados por las implicaciones de la cruda respuesta. Luego Dixon añadió, en un esfuerzo simbólico por ser más ambiguo–: No creo que haya muchas esperanzas de que eso ocurra.
–Dixon, esto va a salir muy mal. Muy mal. Ya te he dicho que éste es el colmo de la estupidez. –Ante el desliz de Dixon, Stern pudo ser más directo. Supuso que Dixon estaba disgustado por estas palabras, pero continuó–: Con este clima, Dixon, si llegan a localizar la caja fuerte, tendrás muchas dificultades. Por no mencionar que resultaría muy embarazoso para mí.
–¿Embarazoso?
–Perjudicial para mi credibilidad. Ya me entiendes. No obstante, te culparán a ti. Los fiscales sabrán que la caja no llegó volando adonde está ahora.
Por teléfono, Stern se sintió obligado a ser más circunspecto. Aun interviniendo el teléfono, el gobierno tenía prohibido escuchar una conversación entre un abogado y su cliente. Pero nunca se sabía, sobre todo en una casa tan grande como la de Dixon, quién podía coger inadvertidamente otra extensión telefónica.
–¿Quieres decir que después de pedirme que te la entregue, me la quieres devolver?
–En absoluto. Te estoy diciendo que actúas con mal criterio y creas circunstancias peligrosas.
–La recibiré. Envíala de vuelta.

–Dixon.

–Escucha, tengo que ponerme el puñetero esmoquin. Estaré de vuelta el día 6.

–Dixon, no es momento para tomar vacaciones. Te pido que regreses en cuanto concluyas tus negocios en Nueva York.

–Vamos, a mí me parece un momento magnífico para largarse. Son sólo unos días. Esto aguantará. Los asuntos legales siempre aguantan.

–Dixon, tengo muchas preguntas y espero respuestas sinceras.

–Claro –dijo Dixon–. Vale. Ya voy –gritó como si Silvia lo llamara, aunque Stern no oyó el menor eco de la voz de su hermana.

27

Stern llegó a casa el viernes por la noche y se quedó un instante en el vestíbulo de la casa vacía. Helen había viajado a Texas para inspeccionar la sala donde se reuniría una convención y no regresaría hasta el domingo. Stern se dispuso a pasar el fin de semana a solas. Mientras calentaba una chuleta, vagabundeó por la casa, leyó la correspondencia y se enfrentó a la turbulencia de diversas insatisfacciones. Una semana difícil.

Se detuvo ante las enormes ventanas del solario. Gracias al trabajo previo y a lluvias ocasionales, el jardín de Clara había florecido. Los bulbos que ella había plantado en otoño se elevaban ahora en todo su esplendor: peonías redondas, lirios expresivos como manos. Stern, tan ensimismado en los últimos meses, reparó de pronto en los perfectos macizos y salió al aire de la noche. En la luz evanescente y la brisa dulzona, se paró en seco al ver a Fiona Cawley agachada en su jardín, al otro lado del seto.

Decir que había eludido a Fiona no era suficiente: se había ocultado de ella; entraba y salía de su casa con el sigilo de un guerrillero. Quería creer que aquel infortunado episodio no había ocurrido, pero ante la perspectiva de una confrontación sentía un aguijonazo de arrepentimiento. ¿Qué había hecho? ¿Qué imponente figura de venganza machista había querido imitar? Una semana más tarde, se negaba a aceptar la imagen de Alejandro Stern como un réprobo, un oportunista que intentaba seducir a las esposas de los vecinos. Otros hombres se habrían mostrado menos estrictos con su honor, pero a las pocas horas todo lo relacionado con aquel episodio quedó olvidado. No había llamado a Cal. Había dejado de buscar a Nate, e incluso no sentía el impulso, tan fuerte una semana atrás, de triturar al doctor Cawley como si fuera piedra pómez. Sin duda tendría que enfrentarse a Nate tarde o temprano. Pero sólo cuando hubiera aceptado su propia conducta, cuando estuviera preparado para reconocer sus propios defectos, sólo cuando tuviera una mejor perspectiva de sí mismo y del misterioso mundo de sus intenciones

Ahora estaba paralizado como una criatura salvaje, pero algo lo delató, tal vez el olor del miedo. Fiona irguió la cabeza, lo descubrió y con una expresión desagradable avanzó sobre el espinoso ligustro que marcaba la línea divisoria entre ambas propiedades. Tenía en la mano unas tijeras de podar oxidadas y vestía lo que ella consideraba ropa de jardín, un conjunto color verde aguacate, pantalones holgados y blusa ceñida. Tenía el pelo desgreñado por el viento, con pequeñas hojas pardas y ramitas. Se inclinó sobre el ligustro, susurrándole que se acercara.

–Sandy, tengo que hablar contigo. –Avanzó a lo largo del seto–. No quiero que me evites.

Stern al fin se quedó donde estaba. No sabía quién era, pero la persona que vivía dentro de la piel de Sandy Stern recibiría su merecido. Le dirigió una sonrisa conciliadora. Fiona parecía haber perdido el habla. Lo tenía donde quería y ahora no sabía qué decir.

–Necesito hablar contigo –repitió.

Resuelto a facilitarle las cosas, Stern contestó:

–Desde luego.

En ese momento, detrás de ella, Stern vio a Nate. Al parecer acababa de llegar, tenía la corbata floja y aún llevaba el maletín. Asomó por una esquina con semblante pálido. Fiona, siguiendo los ojos de Stern, se volvió. En cuanto reconoció al esposo, escondió la cara con una expresión de alarma.

–Oh, Dios.

Se llevó las manos a las mejillas, como una niña.

Stern esperó y de nuevo tuvo la sensación de que se acercaba algo importante. Entonces oyó el teléfono, audible para todos desde la puerta abierta del solario. Stern se disculpó sin palabras, alzó las manos en un gesto que Marcel Marceau habría envidiado y regresó trotando a la casa, feliz de haber escapado. Pero cierta intuición sobre el desenlace de la escena que dejaba atrás le hizo aminorar el paso: Fiona hablaría. Si no lo había hecho ya. Eso le daría una gran ventaja. Con su historia de rechazo, podría presumir de un carácter moral superior, mientras castigaba a Nate al insinuar que también a ella le acechaban las tentaciones. Con su creciente captación del matrimonio Cawley –malévolo, competitivo y rencoroso–, Stern supo que Fiona no guardaría en secreto el episodio. En la oscuridad de la casa, se quedó rígido mientras el teléfono seguía sonando y sintió en el alma la negra sombra del temor y la vergüenza.

Oh, pensó, esto es ridículo. ¿Por qué temer a Nate Cawley? ¿Qué disculpa podía exigir Nate a Stern, después de tirarse a su esposa y quitarle su fortuna? No obstante, la perspectiva lo angustiaba. Cada vez que se topara con Nate Cawley se las vería con la imagen de todos los fracasos de su propio matrimonio. Aún no estaba preparado para eso.

La máquina había contestado la llamada. En la casa sombría, Stern oyó la voz amplificada, con tono insinuante y siniestro, y acento alemán: «Quiero tu sangre». Era Peter. Stern cogió el teléfono.

–De manera que estás ahí –dijo su hijo, y ambos titubearon un instante como de costumbre–. Bien, ¿lo vas a hacer o no?

Stern había empezado a pensar que el análisis era innecesario, pero no tuvo fuerzas para discutir.

–Estoy a tu disposición.

–Estoy disfrutando de mi típica noche de viernes, dictando gráficos. Puedes venir ahora, si tienes tiempo. ¿O piensas ver a Helen?

A Peter le gustaba Helen. En un par de ocasiones en que se habían reunido, Peter parecía haber contenido su tendencia al sarcasmo. Stern le explicó que ella se había marchado hasta el domingo y le dijo que iría enseguida. Al cerrar la puerta del solario, esperó. Los Cawley estaban juntos en el patio, discutían, y Fiona señalaba la casa de los Stern. Se apartó de la puerta y se apretó contra la pared mientras bajaba en silencio la persiana.

Tal vez era el efecto de la broma telefónica de Peter, pero había pocos lugares tan siniestros como un edificio de oficinas poco iluminado en una noche de fin de semana. Las puertas del exterior estaban abiertas, pero dentro lo abrumó una aplastante sensación de soledad; el edificio resultaba agobiante. La farmacia de la planta baja estaba a oscuras, cerrada. Subió en el ascensor y al llegar encontró el corredor apenas iluminado por una tenue lámpara fluorescente.

¿Qué había dicho Peter? Su típica noche de viernes. Tan imprevisible como la mayoría de sus sentimientos sobre su hijo, la contundente tristeza de esta declaración lo abrumó. Los elegantes admiradores de Peter cuando era estudiante habían desaparecido. Stern no sabía de nadie, al margen de las hermanas. ¿Cómo pasaba el tiempo Peter? Stern lo ignoraba. Había heredado el gusto de su madre por la música, paseaba en bicicleta, trabajaba. Cuando visitaba a los padres, en vida de Clara, le gustaba ir a correr por los bosques públicos del vecindario de Riverside. Luego, sudando a mares, se sentaba en la cocina y le leía el periódico en voz alta a la madre, haciendo comentarios cáusticos sobre los acontecimientos. Clara le servía una copa mientras preparaba la cena. Stern observaba estas escenas como un extraño, asombrado ante la rareza de su hijo. Peter rechazaba la comprensión de su padre, pues creía no necesitarla. Era inteligente y capaz, tenía éxito. Su fragilidad de espíritu también reflejaba una especie de fortaleza. Pero Stern, mientras se acercaba a la puerta de la oficina, descubrió de pronto la negra fuente de las ironías y la altivez de Peter: el dolor.

Se preguntó cómo había llegado a esta situación. No pensaba sólo en Peter, sino en sus hijas. De algún modo los chicos habían llegado a poseer una extraña combinación de talento y temperamento que él reconocía como esencial en cada uno. A los tres o cuatro años habían abandonado la ambigüedad de la infancia y estaban tan formados como tulipanes en su tallo, listos para desplegarse. Como padre, a menudo él parecía un simple espectador que aplaudía la expansión de sus capacidades, preocupado en silencio por otras cosas. Cuando Peter cumplió seis años, sus padres empezaron a reparar en ciertas características. Hosquedad. Un silencio que parecía rayar en la desesperación. Peter, que ahora se presentaba como un rebelde, tenía el carácter inflexible de un soldado de acero. Con el tiempo, sus hermanas también manifestaron sus propios descontentos. Marta, por fuera encantadora, se sumía en ensueños agobiantes. Kate, quien según Clara era la más inteligente de los tres, conservaba la jovialidad pero parecía clínicamente incapacitada para alcanzar cualquier forma del triunfo.

Todo esto desconcertaba a Stern. En su infancia había existido un gran desorden debido a la fragilidad del padre y la mirada vigilante que la familia mantenía sobre las hostilidades abiertas. Pero el hogar que él y Clara habían formado era apacible y próspero, normal en el sentido que Stern atribuía a esta palabra. Sus hijos recibían afecto y amor. Amor. Oh, quizás él hubiera tenido fallas como padre. En el mejor de los casos, era demasiado seco con los chicos para el gusto norteamericano, pero aun en su más profunda distracción los quería entrañablemente. Este amor le centelleaba en el pecho como una joya. Por otra parte, nadie podría medir jamás los límites de la dedicación de Clara. Así, años atrás había comprendido consternadamente que la buena fortuna que pudiera ofrecer el mundo no bastaba: a pesar de todo, sus hijos sufrían, y él anhelaba conocer y comprender sus dificultades.

Peter lo hizo pasar con pocas ceremonias. Con la oficina cerrada, pudo conducir al padre a una sala pequeña con olor antiséptico, con una camilla de cuero, equipo e instrumental.

–Levántate la manga, *bitte* –pidió Peter con acento alemán. Era la broma de la noche. Stern obedeció y el hijo le insertó la aguja–. ¿Estás bien?

Stern asintió.

–¿Y tú, Peter?

Su hijo abrió la palma en un gesto ambiguo: quién sabía, quién podía decirlo. Hablaron de Marta, que iba a llegar pronto. Stern le preguntó por Kate.

–Tú fuiste con ella a ver el partido de béisbol la otra noche –dijo Peter–. Tiene muy buen aspecto, ¿verdad?

–En realidad me preocupó –confesó Stern–. Hay una situación difícil. Se trata de una circunstancia que me obliga a mantener cierta distancia, pero me temo que la está afectando.

–He oído hablar de eso –dijo vagamente Peter.

Stern no había ido con la intención de hablar de Tooley. Ya no tenía remedio y por otra parte hubiera sido poco profesional quejarse. Sin embargo, procedieron a disentir como si lo ordenara la naturaleza. Kate, en su preocupación por el marido, había recurrido a Peter. La idea de que la situación la hubiera impulsado a buscar auxilio en Peter y no en él hirió inesperadamente a Stern.

–John quería un nombre y se lo di –explicó Peter. Extrajo la aguja y sacudió el tubo con irritación–. Mel es competente, ¿verdad? ¿Qué hice mal? Ya le habías dicho a John que no querías involucrarte.

Típico, pensó Stern. Su culpa, sus defectos. Stern quiso explicar que había tratado a John de ese modo porque había problemas éticos, pero prefirió callar. ¿De qué serviría? De nuevo era el segundón en la familia.

Había pensado en invitarlo a cenar, pero Peter lo condujo al exterior directamente y lo llevó por el pequeño consultorio, donde los gráficos médicos estaban apilados en el escritorio bajo un interfono de cordones negros. Al salir del aparcamiento, Stern contempló la oficina de Peter, la única ventana iluminada en el negro y sólido cuadrado del centro médico.

Cuando niño, Peter había tenido una magnífica voz, dulce y pura como un líquido perfecto. Su gama vocal quedó reducida en la adolescencia, cuando el sonido se volvió más áspero y tembloroso. Pero a los siete u ocho años Peter actuaba a menudo en obras escolares y teatros comunitarios. Con su talento musical, había hallado un modo más de atraer a Clara. Ella se transformó en una madre orgullosa que asistía a cada representación con callado nerviosismo. Stern la acompañaba de vez en cuando, sin saber cómo comportarse. Desde el fondo de la sala, observaba a la pequeña figura del escenario. Un vestigio de instinto paternal insinuaba a Stern que ésos habían sido los momentos más felices de la vida de Peter, solo y admirado bajo el foco en la sala a oscuras, cantando con esa voz expresiva: controlaba cada palabra, cada nota, e infundía a la canción una riqueza emocional inusitada en un niño de su edad.

Eso era el pasado, el pasado de Peter, una época de expresión, atención, representación. A través de la oscuridad, Stern miró la luz donde su hijo, ya adulto, pasaba la noche, con la única compañía de su propia voz, ahora más áspera, enumerando los detalles de los gráficos médicos.

28

La Cabaña de Brace se alzaba en un cauce seco. Desde la carretera sólo se distinguía el techo musgoso, verde y reluciente bajo el sol, y el remate de estaño de una chimenea. Stern, que conducía el Cadillac en una densa niebla, habría pasado de largo si no hubiera visto el letrero de madera clavado en el suelo amarillento. Se acercó a la casa y llamó a la puerta, y al mirar por la ventana sólo vislumbró oscuridad. Debajo, junto a la casa, la arboleda –robles, pinos, álamos, abedules– era densa, y el suelo del bosque, oscuro y húmedo, apenas alcanzado por la luz. Regresó al intenso sol de la carretera, buscó más huellas de neumáticos en el aparcamiento de grava. La bandera roja del redondo buzón de aluminio estaba levantada.

¿Qué hacía allí? Había despertado con una sensación de esperanza. La idea de conducir a través de los valles ondulados, cruzar la frontera estatal y abandonar la congestión de la vida urbana le inspiró sentimientos alentadores. Ahora, en el intenso calor de la llanura, estaba lleno de dudas. ¿De verdad había conducido dos horas para entablar una conversación de quince minutos que nunca tendría lugar? Sólo lograría causar embarazo a ambos. Tal vez Sonny se lo había pensado mejor y había resuelto no ir. Se sentó en el maletero del coche de cara al sol –el primer asomo del bochorno estival– y luego, cuando el calor se hizo sofocante, echó a andar de nuevo hacia la cabaña.

No debía de tener más de dos o tres habitaciones. Hacia el cauce seco, estaba rodeada en dos lados por un porche en el que habían reemplazado la mitad de las planchas deterioradas; soportes verduscos sostenían el techo. En la esquina más lejana, donde arbustos silvestres y otras plantas de la hondonada se elevaban contra la casa, habían colocado un trasto redondo en el porche. Stern se agachó para inspeccionar las perillas y las mangueras de goma; tenía una cubierta de lona.

Estaba allí cuando oyó chasquidos en la grava. Sonny Klonsky bajaba la escalera desde el camino. Tenía en los brazos dos bolsas de comida y media docena de libros infantiles, y cuando vio a Stern no se molestó en saludarlo sino que le dirigió una severa mirada de exasperación. La puerta de la cabaña no tenía llave y ella entró. Al parecer el viaje había sido demasiado largo para una mujer encinta.

Cuando Stern se volvió, un niño de cinco o seis años lo miraba. Llevaba una camiseta a rayas y tejanos, tenía los ojos oscuros y pecas, el cabello sedoso y cortado en flequillo, y una mirada de sombría curiosidad.

–¿Sam? –preguntó Stern.

Nunca sabía cómo recordaba esas cosas.

El niño raspó la tierra con el pie y se alejó. Stern subió por las vigas clavadas en la tierra, que formaban una escalera, dispuesto a saludar al padre de Sam. El niño había trepado al asiento delantero de un viejo Volkswagen amarillo, un descapotable, donde no había más pasajeros. Stern le preguntó por el padre y el niño murmuró algo.

–¿No viene? –preguntó Stern.

Sam, bajando la barbilla, meneó la cabeza.

–No –dijo Sonny detrás de Stern, caminando con fatiga hacia el sol–. El climaterio del poeta o algo por el estilo. El arrebato de inspiración.

Sacó a Sam del coche y se lo presentó a Stern. Luego buscó algo en el asiento trasero. Allí había dos sacos de dormir, más comida y una maleta blanda. Stern la ayudó a llevar las cosas hasta la cabaña.

–Espero que no haya hecho este viaje sólo por mí.

–He venido por Sam –dijo Sonny. Al entrar en la maloliente cabaña, se volvió hacia Stern con aire de irritación–. Y su padre puede ir a que le den por el culo.

–Vaya –exclamó Stern.

–Vaya –repitió Sonny.

Arrojó los bártulos en una mesa desvencijada. La cabaña era un sitio sencillo. El suelo de madera estaba pintado, los montantes tenían paneles de pino nudoso. En la habitación central había una mesa redonda y sillas pintadas, una cama de matrimonio con cabezal de hierro forjado y una colcha de felpilla. A la izquierda había un cuarto de baño viejo y sucio y otra habitación pequeña.

El niño gimoteaba quejándose de algo.

–Sí, vale.

Ella abrió una ventana y regresó a la puerta. Stern oyó sus pesados pasos en el porche y luego un rumor profundo debajo del suelo de la cabaña. Desde la ventana trasera vio la cresta boscosa de la hondonada, los matorrales coronados de luz. El viento llevaba un maravilloso aroma.

–¿Son frambuesas? –preguntó Stern cuando ella regresó.

–Oh, sí. El campo de fresas también está allá, cien metros más lejos. Toda una extensión. Endulzan el aire, ¿verdad?

–El perfume es espléndido.

–Espero que no le importe, pero prometí a Sam que lo llevaría a recoger fresas después del almuerzo. Algunos de nosotros hemos sufrido varias decepciones hoy.

Miró de soslayo al niño, que sin duda estaba enfadado con el padre.

–Desde luego.

–Puede usted venir. También puede echar un vistazo al pueblo.

Stern no respondió, pero no tenía la menor intención de irse. Stern no disponía de un guardarropa para la vida al aire libre. Llevaba pantalones de golf y una camisa de algodón con un animal bordado en el pecho. La ropa informal no le sentaba bien. Aun en los colores oscuros recomendados para la gente entrada en carnes, su figura tenía malas proporciones y parecía una cereza. No obstante, estaba al aire libre, listo para la aventura.

Sonny hurgó entre sus bártulos hasta dar con un frasco de mantequilla de cacahuete y se sentó ante la mesa para preparar el bocadillo del niño. Ofreció el almuerzo a Stern, pero él había comido en el camino. Al mirarla, se veía el peso de muchas responsabilidades: abogada, cuidadora, viajera de fin de semana, mujer embarazada. La discusión con el marido –al parecer bastante seria– la había agotado. Parecía tener el abdomen un poco contraído, caminaba pesadamente, sin gracia. En el denso aire estival, tenía las mejillas rosadas y la cara bonita y carnosa casi irradiaba calor. Llevaba pantalones cortos y una blusa sin mangas. De vez en cuando se apartaba el cabello del cuello para refrescarse.

Cuando Sam fue a la mesa, asaltó la comida sin lavarse las manos. Callaba en presencia de ese extraño y sólo quebró el silencio para preguntar:

–¿Lo has hecho?

–Sí – resopló ella, como si se rindiera. Sonny explicó que Sam estaba enamorado del *jacuzzi.* Mientras el niño comía, Stern se interesó por la cabaña, con qué frecuencia iban allí. La propiedad, el campo de fresas incluido, había pertenecido a los padres de Charlie, gente bien situada que la usaba como retiro de verano. Cuando se mudaron a Palm Springs, Charlie sólo había querido esto, una choza que había albergado a trabajadores emigrantes antes que el padre de Charlie la transformara en un refugio para él. Charlie, explicó Sonny, conservaba la filosofía de la década de los sesenta y consideraba que los bienes materiales eran un fastidio.

–Hay una especie de trato. Cuando los Brace vendieron la finca, todos convinieron en que la familia siempre podía coger los frutos del campo para consumo personal. Usted puede ser el Charlie honorario por hoy. Sin duda será una mejora –añadió con un tono sarcástico que él no le había oído nunca. Sonny limpió el plato de Sam y sacó varios cubos de plástico de debajo del fregadero. Sam cogió uno y le rogó que se apresurase. Sonny se sujetó un pañuelo en la frente. Le dio un cubo a Stern, sacó un sombrero de paja de un anaquel y sin más ceremonias se lo puso en la cabeza–. Necesitará esto para el sol.

–¿Me miro en el espejo?

–Le queda estupendo. Créame.

Tendió el brazo para ladearle el ala y lo miró jovialmente. Por un segundo, a pesar de su forma voluminosa, pareció ágil como una animadora, la clase de chica que alguien podía aferrar y agitar por el aire, aunque quizá nunca hubiera sido esa clase de mujer, y desde luego él nunca había sido esa clase de hombre. Salieron de la húmeda cabaña y caminaron parpadeando bajo la potente luz del día. El corazón de Stern palpitaba agitadamente.

A pesar del embarazo, Sonny era mucho más ágil que él, y el niño por supuesto escalaba como una cabra montesa. Se internaron en el bosque y subieron por un abrupto sendero. Stern los siguió resollando. Al cabo de treinta metros de malezas resecas por el sol, llegaron a otro sendero de grava, que se curvaba blanco y seco, junto a los ilimitados acres de la granja. Las plantas se erguían en hileras perfectas y las fresas colgaban brillantes como joyas. Sam tendió la mano a Sonny y luego, por la fuerza de la costumbre, alargó también la otra mano, pequeña y sucia, hacia Stern, quien también la cogió. Stern estaba aturdido por la luz y el calor, y un poco desorientado. La cabaña estaba allá atrás, pero no quiso volverse. Cogiendo la mano de Sam, cruzó el camino y enfiló con ellos hacia el campo de fresas.

–Cuando tenía veinte años –explicó Sonny–, quería conocer a alguien que fuera perfecto. Ahora que tengo más de cuarenta, sólo me pregunto si alguien es normal.

Mientras enfilaban hacia el campo, ella seguía desquitándose con ademanes enfáticos, hablando sin reservas del marido. Parecía estar en uno de esos momentos difíciles del matrimonio en el que repentinamente veía al esposo como a un vecino observado a distancia, desde una ventana o terraza, y encontraba sólo a un individuo insondable que vivía en las cercanías.

–Su pasión por los hechos sólo llega hasta donde él puede reducirlos a la expresión. –Miró a Stern, parpadeando al sol. En las hileras del campo de fresas, Sam corría en zapatillas y tejanos, el cubo amarillo a un lado. Una ráfaga de viento les trajo la voz del niño–. El punto de expresión le permite mantener las cosas bajo control. Estoy segura de que no está aquí por esa razón.

–¿Cuál? –preguntó Stern, que no lograba entender qué le decía. Sonny hablaba principalmente para sí misma.

–Celos. ¿Qué le parece? –Sonny se echó a reír: la idea era ridícula. Stern sintió una emoción fugaz que no logró identificar–. Creo que no concibe la idea de conocerle a usted. Ya sabe, mi adversario... suena tan profesional. No soporta que yo tenga una vida aparte, que preste atención a otras personas además de él. No sé cómo convivirá con un niño.

–Pido perdón. Sin duda esto es culpa mía por haberme mostrado tan insistente –dijo Stern.

–Oh, la culpa es mía. Mía. Créame. He pasado toda la noche en vela, comprendiéndolo por millonésima vez. Creo que mi madre me acostumbró a convivir con gente temperamental.

Escuchando a Sonny, desgarrada entre el impulso y las emociones –súplica, acoso, ironía, cólera–, Stern comprendió que él y Clara habían gozado de cierta buena suerte. En su tiempo las definiciones eran más claras. Los hombres y mujeres de clase media de cualquier parte del mundo occidental deseaban casarse, tener y educar hijos. Etcétera. Todos seguían el mismo camino. Pero para Sonny, que se había casado tarde en la vida, en la Nueva Era, todo era cuestión de elecciones. Se levantaba por la mañana y empezaba desde cero, haciéndose preguntas sobre las relaciones, el matrimonio, los hombres, el individuo errático que había escogido (y que, por la descripción, aún parecía un niño). Recordó a Marta, quien a menudo decía que encontraría un hombre en cuanto averiguara para qué lo necesitaba.

–¿Cuánto hace que conoce a su marido? –preguntó Stern.

Estaba a pocos metros de ella, arrodillado para observar las plantas. Ella le enseñó cómo recoger las frutas. Las fresas muy maduras, oscuras como sangre, tenían un aspecto maravilloso, pero no aguantarían.

–Será mejor que se remangue los pantalones. Aquí no hay orgullo, sólo polvo y barro. ¿Qué me decía?

Él repitió la pregunta.

–Hace pocos años que estamos casados, si a eso se refiere, pero lo conozco hace una eternidad. Fue una relación condenada desde el principio. Yo era su profesora. La gente del Departamento de Inglés se escandalizó cuando empecé a salir con un alumno de primer curso. Bien, no se escandalizó. Ese departamento no se escandalizaba por nada, pero les pareció bastante raro.

–¿Él estaba en el primer curso?

–Sí, pero en mi defensa diré que era mayor. Había estado en el servicio militar. Era irresistible. Él es muy moreno, muy corpulento y sereno. Era como si alguien hubiera descargado una montaña en mi aula. –Sonny agitó la cabeza, al parecer conmovida por el recuerdo–. Yo era una romántica. ¿Cómo podía resistirme a un hombre que regresaba de Vietnam con poemas ocultos en los bolsillos de su uniforme de campaña? Yo quería creer que la poesía podía transformar el mundo, pero Charlie lo creía de veras. ¿Alguna vez ha conocido a alguien así?

–Mi hermano. Él era poeta –dijo Stern, que había terminado de remangarse los pantalones exponiendo una franja de carne pálida sobre el calcetín de nailon negro. Seguramente parecía un espantajo. El sombrero de paja que ella le había dado era demasiado grande y le caía sobre las orejas.

–¿En serio?

–Oh, sí. Un poeta joven. Escribía poemas románticos en varios idiomas. Creo que tenía mucho talento. Mi hermana todavía guarda los poemas de Jacobo en alguna parte. Me gustaría leerlos de nuevo algún día, pero ahora sería una experiencia muy melancólica.

Torció la cara en una mueca, una cerrada confesión de dolor.

–¿Ha muerto?

–Hace mucho. Rara vez hablo de él, pero era un individuo extraordinario, destinado a la grandeza. Era un joven notable. Apuesto, inteligente. Escribía poemas. Recitaba en público. Era un erudito y un pillo. Ése era un aspecto importante de su carácter. Siempre metido en algún embrollo. Birlando frutas de algún puesto. Cuando tenía dieciséis años se escapaba de noche para hacer compañía a la madre de uno de sus amigos.

–Oh-la-la –exclamó Sonny con picardía–. Parece que era todo un personaje.

–Lo era –dijo Stern, y repitió la frase–. El mundo lo adoraba. Para mí eso representaba un gran peso, claro, ya que era el hermano menor. –En el hogar de sus padres, su hermano, como primogénito, había asumido un liderazgo natural. Apuesto, emprendedor, voluntarioso, Jacobo había dominado de un modo u otro a todos los demás. La madre vivía bajo su hechizo y celebraba cada logro, y el padre era tan incapaz como los demás de enfrentarse a Jacobo, quien había sido la figura central de la casa desde niño. A los cincuenta y seis años, Stern aún recordaba sus celos. Tal vez no había en su vida ninguna ira como la que le había inspirado Jacobo. Stern también sufría su dominio y lo admiraba con resentimiento. Jacobo era a menudo cruel. Disfrutaba de la admiración de Alejandro, pero no permitía que nadie fuera su igual. ¿Cuántas veces había representado la misma escena, en que Alejandro lloraba de humillación y rabia y Jacobo reía antes de dignarse consolarlo con un «che pibe»?–. La vida de mi familia, sobre todo la de mi madre, llegó a su fin cuando él murió.

Se levantó y se frotó las rodillas. Sentía sopor en el calor y el viento. El campo de fresas, las zanjas regadas y las matas se perdían en todas direcciones bajo la bruma polvorienta. No había nadie más en las cercanías y sólo se oía la voz de Sam, los pájaros y el ronroneo de los aviones que se acercaban a un aeropuerto a veinte o treinta kilómetros. Argentina, pensó de pronto. Su historia cruel, sus fatídicos ciclos de esperanza y represión, lo afligían como un objeto que aplastara un órgano vital; siempre era así. Rara vez pensaba en ello, y cuando lo hacía, los recuerdos lo colmaban de pasión, espontánea como la de un amante, por Estados Unidos. Allí tenía primos que prosperaban, pero también sufrían terriblemente; escribían una vez al año y le enviaban dinero que Stern ingresaba en cuentas bancarias norteamericanas.

–¿Qué edad tenía entonces? –preguntó Sonny, refiriéndose a Jacobo.

–Diecisiete años y cuatro meses.

–Qué terrible. ¿Qué le sucedió?

–Una de esas trágicas historias de la juventud impulsiva. Conoció a un grupo sionista. Judíos jóvenes con dinero. Mi madre al principio quedó impresionada por estos amigos. Cuando al fin comprendió lo fuerte del apego de Jacobo, era demasiado tarde para recuperarlo. Esto fue en plena Segunda Guerra Mundial. Argentina era supuestamente neutral, pero simpatizaba con el Eje y estas opiniones políticas eran peligrosas. Jacobo decidió que iría a Palestina, que lucharía con el Hagannah. Resultó imposible disuadirlo. Sabía, como todos, que estaba destinado a ser un héroe. Eran treinta en total. Fuimos a despedirlos, parecía que el barco iba a hundirse antes de dejar el puerto. Mi madre sollozaba, sabía que nunca lo volvería a ver. En efecto, no lo vio más. Los alemanes dijeron que los aliados habían hundido el barco, los aliados culparon a los alemanes. Tal vez fue una tormenta. Nunca lo supimos.

En el campo, al evocar todo esto y hablar de cosas pasadas y tan conmovedoras, su vida actual volvió a parecerle tan vulnerable como un castillo de naipes. En compañía de Sonny, por alguna razón, sentía menos tristeza. Era como acariciar las protuberancias de un bajorrelieve, percibía las texturas y reconocía de nuevo su secreto más profundo: sin Clara y con los hijos distanciados, no le quedaba ninguna alianza fundamental; cada día había sido una lucha desesperada por seguir la rutina sin pensar. Lejos de la ciudad y la rutina, estaba bajo la influencia de aquella joven comunicativa. Veía imágenes de la naturaleza en crecimiento, medrando en el tórrido calor estival, como si ella irradiara un espíritu fértil, el aroma de la tierra en las ráfagas de viento tibio.

–Charlie no tiene esa personalidad magnética. Cree en la vida de los poetas. Una esencia superior. No quiere vivir como los demás. Es huraño, callado y, si quiere la opinión de una esposa, deliberadamente difícil.

Stern se volvió para sonreírle. Había caminado bastante, moviéndose bajo las hojas y cogiendo frutas, y Sonny ahora lo seguía mientras comía las fresas que llevaba en el cubo. La fruta, entibiada por el sol, tenía una fragancia fuerte, increíblemente dulce, y se deslizaba con suavidad por la lengua.

–No es gracioso. Tratamos de vivir juntos diez años y nunca llegó a funcionar. Siempre había uno de los dos que se iba.

–Pero al final hubo un cambio.

–Cuando caí enferma. Charlie apareció en el hospital con un ramillete de flores y me suplicó que me casara con él. Me suplicó... y a esas alturas yo no necesitaba que me suplicaran. –Tenía unas fresas en la mano y se acercó para arrojarlas al cubo de Stern. Comentó que le dolía la espalda cuando se agachaba. Sam apareció en ese momento exhibiendo una fresa enorme. Stern y Sonny se tomaron un momento para admirar el trofeo–. Se mostró muy persuasivo. Y usted sabe cómo es... una crisis, una cree que está mirando el centro de las cosas. Creí que amaba a Charlie, que él me quería a mí. El resto eran detalles. –Meneó la cabeza–. Nadie nos promete que seremos felices, ¿verdad?

–No –dijo Stern.

–No –repitió ella–. De un modo u otro, fue muy complicado.

–Lo imagino –murmuró Stern.

Pensó que Charlie tenía ciertos méritos, pues se había atrevido a pedir la mano de una mujer cuya vida corría peligro.

–Oh, no fue lo que usted cree –dijo Sonny. Parecía sonreír–. Él estaba casado. Ya se lo he dicho: había detalles.

Stern reflexionó un instante.

–¿La madre de Sam?

–Así es. Charlie se casó con ella después de una de nuestras rupturas. Como he dicho: fue una relación con altibajos.

–Bien, usted conoce los dichos.

–¿Cuáles?

–Muchos. «El amor verdadero nunca es apacible», por ejemplo.

Sonny se encogió de hombros. La idea no la consolaba.

–¿Cómo conoció a su esposa?

–Oh. –Stern alzó una mano, dispuesto a desechar la historia. Luego pensó que sería injusto callar–. Yo trabajaba para el padre de Clara. Él me alquilaba una parte de su oficina. Una cosa llevó a la otra.

–¿Fue apacible?

–En absoluto. Imagine usted las complicaciones cuando un inmigrante sin blanca se enamora de la hija del jefe.

–¿Los padres de ella se opusieron?

Stern carraspeó. Aun después de treinta años, no soportaba el recuerdo.

–¿Y nunca lo aceptaron?

–Al contrario. Cuando me casé con Clara, su padre me ofreció un puesto en su oficina. Él era un abogado célebre. Yo lo temía, pero envidiaba su éxito y era demasiado débil para rehusar.

–¿Qué sucedió?

–Aprendimos mucho el uno del otro. Al fin tuvimos una grave discusión.

–¿Acerca de qué, si puedo preguntarlo?

–Oh, es una historia muy embarazosa –dijo Stern. Se levantó para mirarla, acomodándose el sombrero. El ala tenía mechones de paja sueltos que le rascaban la frente cuando se movía–. Un día mi suegro me llamó a su oficina y me pidió que yo robara una carpeta del tribunal del condado. Un caso de divorcio para un cliente importante, en el cual el esposo había logrado ser el primero en entablar el pleito. Esto fue hace treinta años, y la orden no era tan impensable como parecería hoy, pero era un asunto serio.

–¡No es posible! ¿La relación se derrumbó cuando usted se negó?

–No, la relación se deterioró cuando hice lo que él me pedía. Nos conocíamos demasiado. Él sabía lo pusilánime que era yo; por mi parte yo sabía lo corrupto que era él. Supongo que tener las agallas para hacer eso me convenció de que también podía largar a Henry.

Stern miró de soslayo a Klonsky. Nunca había contado esta historia a otra persona, ni siquiera a Clara, en cuya lealtad no podía confiar en esa temprana etapa de su matrimonio. Sonny se sentó con el cubo entre las rodillas, la cara reluciente por el calor, masajeándose la espalda. Al parecer habían llegado a un punto en que él ya no podía sorprenderla; si echaba a correr desnudo entre los árboles, ella movería la cabeza aceptándolo con una sonrisa plácida, como un nuevo intercambio de intimidades.

Stern se agachó de nuevo –las fresas más brillantes estaban debajo de las hojas– pero permaneció hechizado por su propia historia. Por un instante, la imagen de Henry con sus tirantes y su flequillo blanco fue tan clara como si lo tuviera a unos pasos. Había sido tan tajante en esa orden como en muchas otras cosas, y lo había hecho delante de la clienta, una mujer de aire inquieto con cabello liso y rubio y traje verde oscuro. Stern se había preguntado qué relación tendría con Henry. Se sabía que Henry no era un hombre de virtud intachable; pero esa pregunta, como muchas otras, quedó sin respuesta. «Oh, no me mires así», dijo Henry. «Es el pan nuestro de cada día. Le doy cien dólares cada Navidad a Griffin McKenna para asegurarme de que nadie lo haga con los casos del banco, y la mitad de las malditas carpetas desaparecen de todos modos.» «Pero hay que firmar para retirar la carpeta», objetó Stern. «¿Te van a mirar la chapa de identificación, como si fueras un perro? Garrapatea un nombre. Jones. Jablonsky, por amor de Dios. Pero asegúrate de no poner Mittler... ni Stern.» Por alguna razón, el recuerdo lo había acosado durante días. Luego recordó: John y Dixon. En este momento de afabilidad, el pensamiento resultó perturbador y lo apartó de inmediato.

–Parece que era bastante brusco.

–Lo era. Sin duda. No he conocido a muchos hombres más bruscos que Henry. Me recordaba a determinados policías. En cierto sentido parecía hecho de piedra. Resuelto. Así es como era. *Punkt.*

–¿Clara le tenía aprecio?

–Ah, bien. Ésa es otra cuestión. –Por un instante, se puso a examinar la mata. Recoger fresas, a pesar del esfuerzo de la espalda y los muslos, era una tarea satisfactoria y tentadora. Encontró una fresa del tamaño de una manzana pequeña y se la mostró a Sonny–. Clara profesaba sentimientos muy fuertes hacia él. Lloró mucho cuando él murió. En otras ocasiones, en años anteriores, lo criticó, quizá con mayor severidad que la mayoría de los hijos cuando critican a los padres.

–Eso me recuerda la relación entre mi madre y yo –suspiró

Sonny. Una ráfaga de viento levantó una polvareda camino abajo. Sonny cerró los ojos y se apoyó las manos en el voluminoso vientre. Stern temió que estuviera dolorida, pero en seguida comprendió que, en cambio, había tomado una resolución–. Dios –dijo–, Dios, voy a mejorar mi vida.

Abrió los ojos y lo saludó con una sonrisa encantadora: feliz de estar allí, feliz de haber sobrevivido a todo, de hacer ese juramento y de compartir con él un terreno común.

29

Al finalizar la tarde los tres regresaron del campo de fresas. Stern llevaba los cubos. El viento había refrescado de golpe. Cuando llegaron a la cabaña, Sonny se desplomó en una silla y se apoyó las manos en los ojos. Stern le sugirió que se acostara.

–¿Le importaría? –preguntó ella–. Sólo unos minutos. Luego podemos intentar esa charla.

–Sam y yo nos arreglaremos.

–Pueden lavar las fresas. A Sam le gusta. Sam... mira el baño caliente. Cerciórate de que todo está bien.

El fregadero de la cocina estaba unido a la pared y las cañerías sin empotrar. El niño se subió a una vieja silla de madera e insistió en poner cada fresa bajo el chorro de agua. Lacónico al principio, ahora actuaba con la pomposidad de un niño de cinco años, impartiendo una orden tras otra.

–No le saques la cosa verde hasta que vayas a comerlas.

–Entiendo.

–Se pudren.

–Entiendo.

–Sécalas, pero no las aprietes.

–Claro que no.

Cuando hubieron embolsado y guardado las fresas, Sam quiso mostrarle su refugio de la hondonada. Stern llamó dos veces a Sonny pero ella no respondió, y ambos se marcharon en silencio.

El refugio de Sam estaba en el tronco ahuecado de un viejo roble. El niño había construido un nido de hojas secas y ramas, y en un cartón de cigarrillos vacío había guardado dos o tres estatuillas de plástico con cara de gárgola y cuerpos musculosos hechas de una goma flexible. Sam le dijo los nombres –eran importantes estrellas de las caricaturas– y luego dedicó un tiempo a la escenificación de diversas guerras interplanetarias que Stern observó desde la horquilla de un abedul, a diez metros. Jugar a vaqueros e indios, el pasatiempo de su infancia, ahora estaba prohibido por razones políticas. Actualmente los villanos eran extraterrestres y las armas, en vez de Colts de seis tiros, eran pistolas láser que evaporaban todos los objetos con un brillante rayo rojo. El juego terminó de golpe cuando el niño anunció que tenía hambre.

–¿Después de tantas fresas?

Sam alzó las manos y repitió que tenía hambre.

–Sin duda Sonny te preparará algo. ¿Vamos a ver si está despierta?

Pero no había movimiento dentro de la cabaña. Stern la llamó en voz baja y Sam lo imitó subiendo el volumen. Stern lo hizo callar, pidió al niño que se quedara donde estaba y se acercó al pequeño cuarto trasero donde ella dormía en una litera estrecha, aún arrebatada por el calor. Una pernera de los pantalones se le había subido por el muslo mostrando el blando peso de la preñez. Sonia Klonsky, su enérgica rival, dormía con la inocencia de una niña, la boca entreabierta. Stern le acarició la mejilla con el dorso de la mano.

Al volverse, vio a Sam mirando desde la puerta abierta.

–Quiero asegurarme de que no está enferma –susurró Stern.

Pero sintió que el corazón le palpitaba con fuerza y le temblaba la voz. Sin embargo, el niño no pidió más explicaciones.

–Tengo hambre –repitió lastimeramente.

Stern se llevó un dedo a los labios y lo condujo afuera.

–¿Sabes preparar comida?

–¿Qué quieres, Sam?

–Salchichas y patatas fritas.

–Tal vez esté dentro de mis posibilidades.

Comieron dos salchichas cada uno. Sam era muy locuaz excepto cuando comía, una actividad que realizaba con suma concentración. Cuando terminó, reanudó la conversación y respondió a preguntas de Stern. Tenía cinco años y medio, iba al parvulario de la escuela Brementon, sabía leer, aunque se suponía que aún no debía hacerlo. Era un niño notable, cálido e inteligente. Su brillantez lo encendía como una vela y le daba un fulgor físico que, en una persona de tan corta edad, equivalía a la belleza.

Examinó a Stern con los ojos entornados.

–¿Cómo te llamas?

–Sandy.
–Sandy, ¿puedo darme un baño caliente después de la cena?
–Debes preguntárselo a Sonny, cuando se levante.
–Siempre lo hago.
–Sam, baja la voz. La despertarás.
Mientras anochecía, Stern y Sam jugaron a los barcos. Sam, curiosamente, entendía todas las reglas, aunque no siempre les prestaba atención. En un momento, cuando Stern localizó uno de los destructores del niño, Sam borró la página furiosamente.
–Sam, creo que tus barcos deben quedarse donde los pusiste.
–Es que en realidad iba a ponerlo en otra parte –se justificó Sam, mientras señalaba la página.
–Ya veo –dijo Stern.
–De verdad.
–Muy bien.
Stern recordó que Peter se había negado a obedecer las reglas de cualquier juego hasta después de los diez años. Trampeaba con alarmante descaro y rezongaba cuando perdía, sobre todo si ganaba su padre. Después del triunfo de Sam con los barcos, jugaron a las cartas. Sam era un jugador astuto, pero sólo le interesaba juntar naipes. No le importaba formar una escalera del uno al diez.
–Quiero tomar un baño –insistió.
–Cuando se despierte Sonny –dijo Stern.
Hacía unos minutos que la había vuelto a mirar desde la puerta.
–Entonces tendré que ir a la cama.
–Entiendo. ¿Qué haces en la bañera, Sam?
–Miro las estrellas.
–Tal vez podamos mirar las estrellas, a pesar de todo.
–Vale.
Sam se bajó de la silla, olvidando la partida de naipes.
En el porche, Stern encontró dos mecedoras desvencijadas y se sentaron uno junto al otro. El cambio de viento había despejado la niebla y el cielo campestre brillaba claro y magnífico. El aire era cortante después del calor del día. Sam había leído varios libros de astronomía y a los cinco años hablaba del «firmamento». Conocía el nombre de cinco o seis constelaciones y pidió que Stern le indicara dónde estaban.
–¿Dónde está Casiopea?

Vaya, pensó Stern. Casiopea. Nunca había prestado mucha atención al cielo nocturno.

–Allá, creo.

–¿Ésa?

–Sí.

–¿La azulada?

–Sí.

–Eso es un planeta.

–Ah –dijo Stern.

El niño aceptó este desliz sin quejas. Stern había olvidado que el niño no buscaba un enfrentamiento, sólo información. Si él no se la daba, ya la conseguiría en otra parte.

–Tengo frío.

–¿Quieres una chaqueta?

–¿Puedo sentarme en tus rodillas?

–Desde luego.

Stern lo abrazó y Sam se acomodó en seguida, apoyándose contra el pecho y el vientre. Stern había olvidado esa sensación de abrazar una vida en crecimiento. El cuerpo pequeño, el aroma pastoso del cabello después de una tarde en el bosque. Stern lo estrechó.

–¿El sol es una estrella? –preguntó Sam.

–Eso dicen.

–¿Las estrellas son calientes?

–Deben serlo.

–¿Podrías atravesar una estrella con un avión si volaras a mucha velocidad?

–Sospecho que no, Sam. Las estrellas son tan calientes que pueden quemar cualquier cosa.

–¿Cualquier cosa? ¿La Tierra entera? –preguntó Sam, preocupado. Stern se preguntó si no le estaría diciendo más de lo conveniente–. ¿Y si arrojaras millones de toneladas de agua en ellas?

–Eso sin duda funcionaría –dijo Stern.

El niño aún lo miraba.

–¿Lo dices en broma?

–¿En broma? No. ¿Es eso una broma?

–Lo dices en broma –insistió el niño.

Apretó el dedo contra el vientre de Stern, como por lo visto le hacían a él.

–Bien, tal vez un poco.

Sam se volvió y se le apoyó de nuevo en el pecho. En un arrebato de emoción, Stern se preguntó si era posible. ¿Podría empezar de nuevo y hacerlo mejor en esta oportunidad? Oh, era una locura. Con el niño acurrucado contra él, Stern cerró los ojos en la oscuridad y luchó contra la desesperación. ¿Cómo era posible que ocurriera esto? Veía con creciente claridad que sus sentimientos eran obsesivos, que estaba siguiendo un camino disparatado. No pudo contener un suspiro. Sam se volvió hacia él.

–¿Puedo tomar el baño caliente? Por favor –suplicó–. Por favor, por favor, por favor.

–Sam, no sé nada de *jacuzzis.*

–Yo sí. Te lo mostraré. Es fácil. –Se bajó y echó a correr por el porche–. Ya está lleno.

Stern lo siguió. La bañera sobresalía treinta centímetros por encima del nivel del porche. Sam ya había levantado la cubierta de lona. La temperatura era agradable. ¿Qué daño podía hacerle?

Sam lo abrazó en cuanto Stern dijo que sí e inmediatamente se quitó la ropa. Totalmente desnudo, hundió un dedo del pie.

–Vamos –lo animó.

–¿Cómo dices?

–Vamos. Quítate la ropa.

–Gracias, Sam. No tengo ganas de meterme en la bañera.

El niño lo miró boquiabierto.

–Tienes que hacerlo. Sonny dice que no puedo entrar sin un mayor. Sólo tengo cinco años.

–Sí –admitió Stern.

Miró un instante la luna que despuntaba sobre las nudosas ramas de los árboles de la hondonada. Hacía tiempo que había perdido el control sobre casi todo. Se quitó los zapatos y se aflojó el cinturón.

Como la vida le había mostrado a menudo, los placeres de los demás solían tener alguna justificación. Por dudosa que pareciera, la bañera resultaba deliciosa. Jirones de niebla se elevaban en el claro de luna y el aire nocturno era suave como un hálito. Su enorme cuerpo parecía mas liviano, sumergido en la oscuridad. Stern se sentó en un banco dentro de la bañera y Sam se agazapó a su lado para mantener la barbilla por encima del nivel del agua.

–¿Cuándo se levantará Sonny?

–Pronto, Sam. Debe de estar muy cansada.
–Va a tener un bebé –comentó Sam.
Era la primera vez que mencionaba el tema.
–Eso creo.
–¿Está enferma?
–No –dijo Stern.
–Tú dijiste que estaba enferma.
–No, dije que quería asegurarme de que no lo estuviera.
¿Qué le diría al padre acerca de lo que había observado? ¿O a Sonny? De momento olvidó esa preocupación y muchas otras.
–¿Tú vas al trabajo de Sonny?
–Algo así.
–A veces, si alguien hace algo malo, los buenos tienen que decirle que hizo algo malo.
Stern pensó en añadir la perspectiva de la defensa, pero al fin respondió que sí.
De pronto Sam se incorporó y brilló como un pez bajo el claro de luna. Asomó la cabeza sobre el borde de la bañera.
–Oh, oh –exclamó.
–¿Qué pasa? –preguntó Stern, temiendo que la tina tuviera una filtración.
–No hay toallas.
Protestaron juntos en la oscuridad.
Al cabo de breves deliberaciones, Stern fue designado para regresar a la cabaña. Llevando sólo los calzoncillos, vio en el espejo del cuarto de baño que le goteaba el trasero. A poca distancia, Sonny gruñía en sueños.
Secó a Sam y le puso el pijama. Antes de dormirse, el niño quiso que le contara un cuento. En su mochila tenía un libro que describía una batalla entre dos personajes de televisión, un atleta rubio y una criatura con capucha que parecía un esqueleto. Llevaban ropa medieval pero estaban en el espacio en un futuro distante e intercambiaban amenazas. El rubio triunfaba, las cosas no habían cambiado tanto.
El niño se acostó y luego se incorporó de nuevo con curiosidad.
–Sandy, ¿el bien triunfa siempre?
–¿Cómo dices?
–¿El bien triunfa siempre? –repitió el niño.

Stern no supo si era por el cuento o por la conversación anterior. Estuvo a punto de preguntar a qué se refería Sam, pero luego pensó que no debía mostrarse evasivo con un niño de cinco años. Marta había hecho preguntas así. Peter también, probablemente, aunque sólo a la madre.

–No –dijo Stern–, no siempre.

–En televisión sí –replicó el niño, casi como una refutación.

–Bien, debería ganar. Eso es lo que te muestra la televisión.

–¿Por qué no gana?

–No siempre pierde. Gana a menudo, pero no siempre.

–¿Por qué no?

–A veces el otro bando es más fuerte. A veces los dos tienen parte de razón. –A veces ninguna de ambas cosas, pensó Stern. No pudo evitar pensar un instante en Dixon. Miró al niño–. Sam, ¿quién te habla de esto, de que el bien triunfa?

–Está en televisión –contestó inocentemente el niño. No tenía idea de que había abordado una abstracción–. ¿Cuánto gana el bien? ¿Mucho?

–Mucho –dijo Stern.

Quería responder: tanto como pierde, pero pensó que no era adecuado y tal vez ni siquiera correcto. No tenía caso mostrarse crudamente franco con un niño. Todos lo sabían. En los países occidentales se tomaba como una norma natural. Así se educa a los niños con amor y afecto para un futuro que sólo podía defraudarlos. Le dijo a Sam que era hora de dormir.

–Gracias por hacerme compañía, Sam.

–De nada. –Se acostó y se incorporó de nuevo–. Espera un segundo.

Bajó de la cama, hurgó en el bolso y cogió un osito y una manta amarilla. Al pasar besó a Stern con tanta naturalidad como si lo hubiera hecho desde siempre. Luego se acostó y se durmió al instante.

Un niño dormido, una mujer dormida y Alejandro Stern como única criatura despierta en una casa en silencio. Hacía años que no disfrutaba de este placer. Se sentó ante la mesa redonda y comió fresas mientras escuchaba los jadeos de Sam y, como un contrapunto lejano, los suspiros de Sonny, «Oh», estaba fingiendo, y lo sabía. No se engañaba a sí mismo, pero disfrutaba demasiado como para irse. Salió de nuevo al porche. La ropa interior húmeda empezaba a apelmazarse. Stern cogió la toalla, se desnudó de nuevo y colgó los calzoncillos de la rama de un árbol con la esperanza de que la brisa los secara antes de emprender el largo viaje a casa. Luego se instaló de nuevo en la bañera. La luna había ascendido en el cielo y alumbraba la hondonada con reflejos mágicos. Todos sus problemas lo esperaban en la ciudad, a la luz del día. Pero en ese momento, mientras contemplaba los jirones de niebla que aleteaban sobre el agua, estaba libre.

A los pocos minutos oyó el ruido del cancel.

–Ah, está usted aquí –dijo Sonny a sus espaldas. Él se volvió hacia uno y otro lado pero no alcanzó a verla–. Creí que se había ido hasta que vi el coche. ¿Cuánto tiempo he estado dormida?

Cinco horas, le dijo.

–Dios mío. –Sonny estaba en la esquina del porche, se mantenía apartada en un esfuerzo por ser discreta–. Lo lamento. ¿Qué ha hecho con Sam todo este rato? ¿Le ha dado de comer?

Stern describió sus actividades.

–Es un niño simpático. Muy inteligente.

–Digno hijo del padre.

–Sin duda.

–No siento gran aprecio por Rebecca, la madre, pero ella hizo grandes cosas con Sam. No lo entiendo del todo. No se puede predecir quién será buen padre. Eso me asusta.

–Le irá bien, Sonny. Estoy seguro de ello.

Ella avanzó poco a poco. Ahora estaba cerca de la tina y dio los últimos pasos de pronto. Se agachó y hundió la mano en el agua oscura.

–Vaya, qué agradable. ¿Sam le ayudó con esto?

–Insistió mucho en meterse aquí.

–Hacemos lo posible para alentarlo. Aún no parece entender que es la misma agua que hay en la bañera del lavabo.

–Sólo después de acceder a que viniera me informó que debía meterme con él. Pero admito que es muy agradable. Cuando él se acostó, decidí no desaprovechar la oportunidad. Aquí me tiene, un sábado por la noche en el bosque. El cielo está despejado, hay luna llena. La soledad es magnífica.

Ella ladeó la cabeza para mirar las estrellas y permaneció un instante en silencio.

–¿Le molestará que yo entre allí?

Una emoción helada, parecida al terror, lo estremeció. Stern sacudió la cabeza antes de hablar.

–No, no –aseguró.

–Porque la gente tiene actitudes diferentes. Si le resulta embarazoso, dígalo.

–No, no –repitió Stern.

Ignoraba si era capaz de más.

Cuando ella se quitó la falda, Stern apartó la mirada y estudió el trémulo movimiento de las ramas en el viento. Pero este intento de discreción no tuvo pleno éxito. En la ventana abierta de la cabaña vislumbró un reflejo y al volverse vio, contra su voluntad, el contorno de Sonny, envuelto en el fulgor azulado de la luna. Era sólo la parte superior del torso mientras ella entraba en el agua, la tersa redondez de esa otra vida y las proporciones alteradas del pecho, donde la luz azul se adhería al lado izquierdo, plano y cicatrizado, y las costillas visibles parecían teclas de piano; como todo lo humano, era mucho más tolerable de lo que había imaginado. Ella se acomodó en el agua y se soltó el pelo.

–Ah, esto es magnífico.

–Temí que hubiera sufrido una insolación.

–Sólo estaba cansada.

Ella extendió la mano y se la apoyó en el brazo.

–Hemos pasado un momento agradable allá.

–Sí.

–Me alegro de que seamos amigos.

–Yo también.

Esa actitud era natural en Sonny, pues tenía la costumbre de decir lo que pensaba. Para él era engorroso. Como a menudo en su vida, sentía que el momento importante, el de intensa emoción, se le escurría y se escapaba. Nunca iba a cambiar.

–¿Puedo contarle una historia que le desconcertará? –preguntó ella.

–Si considera que puedo soportarla.

–Creo que sí. –Sonny desvió los ojos–. Cuando estudiaba derecho, fui al tribunal a ver cómo trabajaba usted cuando defendía al juez Sabich. Iba allí todos los días. Era como magia de cerca... Ya sabe... en realidad no importa si las pelotas desaparecen, porque la magia consiste en que la habilidad humana lo haga parecer así. Así me sentía. No me importaba si él era culpable o inocente. Sólo quería ser capaz de imitarlo a usted. ¿Qué le parece?

–Me parece que usted es muy amable al contármelo. –Notó que ella no entendía y se sumergió un poco más en la bañera–. Últimamente me cuesta pensar en mi vida profesional como un ejemplo, dado el precio que he debido pagar.

–¿Se refiere a su esposa?

Él soltó un suspiro de asentimiento.

Sonny calló un instante.

–¿Pudo usted haber hecho algo?

–Prestar más atención.

Ella no respondió y Stern temió que esta actitud le pareciera enfermiza o autocompasiva. Ella se hundió un instante y emergió, despidiendo agua y luz mientras se alisaba el pelo.

–¿Sabe lo que pienso? –preguntó.

–¿Qué?

–Creo que sólo se puede ser uno mismo. –Se escurrió el pelo. Stern se preguntó si éste era el pensamiento de la noche–. Me lo digo mil veces al día. Todos están jodidos. Y suceden cosas que nos joden más. Cáncer. La muerte de alguien. Pero se hace lo que se puede. Yo daría cualquier cosa por ser tan buen profesional como usted, por pensar que hice tan bien algo importante. Mire todo lo que ha logrado usted.

–Miro, y pienso que pude hacerlo mejor.

–Pues hágalo mejor la próxima vez.

–¿En la próxima vida?

–En la próxima parte de ésta.

Stern comprendió que era la única respuesta posible. Eso también parecía un tema repetitivo.

–Además, recuerde que es usted un ejemplo para gente como yo –dijo ella.

–Usted me halaga.

–Lo digo en serio.

Stern miró a Sonny. Ella había apoyado el brazo en el respaldo de la bañera y él la tocó fugazmente, como ella lo había tocado a él. Luego continuó:

–Parece que no fui tan buen ejemplo, pues usted escogió el bando erróneo.

Ella lo miró alarmada.

–¿Es una broma?

–Desde luego.

–Siempre pensé que trabajaría en la defensa. Pero los fiscales tienen mucho poder. Y lo tienen para hacer cosas buenas... no sólo malas.

–Desde luego –admitió Stern–. Admiro la rectitud que representan los fiscales.

–¿Pero no pensaría en hacerlo?

–Oh, tengo mis ideas. Pero mi punto de vista, que es muy personal, es que sólo causaría más daño a lo que ya está destrozado. Compréndame, creo que el de ustedes es un trabajo necesario... pero prefiero no hacerlo yo.

–Entonces, ¿es cierto?

–¿A qué se refiere?

–¿Que usted rechazó la oferta de ser fiscal federal antes que le dieran el puesto a Stan?

Él aguardó un instante.

–¿Ese viejo rumor ha vuelto a circular?

Ella comprendió que era una evasiva.

–No lo pregunto para contarlo a los demás. –Stern advirtió que la orgullosa Sonny se había ofendido–. Tengo una razón para preguntárselo.

Stern describió su reunión con el secretario del senador en pocas palabras.

–No me dijeron que yo fuera el primero en la lista. No sé a quién habrían seleccionado, aun si yo hubiera mostrado interés.

–Usted sabe que lo habrían elegido a usted, y Stan también lo sabe. Yo creo que a él le molesta. Y mucho.

Para sus adentros, Stern opinaba lo mismo. Ella reflexionó y luego se sumergió de nuevo.

–Voy a salir –anunció al emerger–. El ginecólogo no me permite estar aquí más de diez minutos.

Stern desvió la mirada para contemplar la luna y la oscuridad.

–Cuando esté preparado –dijo ella a sus espaldas–, podemos iniciar esa charla.

Él oyó que se alejaba y, contra sus intenciones, se volvió para mirarla, con el bulto de ropa apretado contra el pecho, el pelo goteante, la parte inferior del cuerpo más ancha, todavía un espectáculo agradable, húmeda y brillante mientras se alejaba.

Poco después se levantó.

Estaba en el borde de la tina, totalmente desnudo, cuando Sonny se asomó con otra toalla.

–Debería verse la cara –dijo ella mientras colgaba la toalla de la ventana, y se alejó riendo.

Cuando él entró, ella llevaba una bata blanca de algodón y se peinaba ante la mesa redonda. Sin maquillaje, parecía fuerte y bonita, confiada en su propio atractivo. Fue a la cama para trasladar a Sam al cuarto más pequeño, pero Stern insistió en hacerlo. Siguiendo las indicaciones de Sonny, llevó al niño hasta la litera del cuarto contiguo. Sam seguía profundamente dormido.

–¿Fresas? ¿Queso? –Sonny estaba cenando y la comida estaba en la mesa. Stern declinó–. ¿Cómo empezamos? Usted me dirá lo que sabe y yo le diré si está en lo cierto. ¿Ése es el trato?

–Sonny, tal vez insistí demasiado. Si usted...

–No –dijo ella, cogiendo una fresa–. Sennett lo quiere joder. Antes yo no entendía bien por qué. Su cliente merece mejor trato. Pero tengo mis limitaciones.

–Entiendo.

–De acuerdo –dijo ella–. Adelante.

Éste era un límite que prefería no cruzar. Continuó sólo porque le agradaba la compañía, la conversación, y no quería marcharse.

Empezó por lo básico, los pedidos grandes, las dos bolsas, la cuenta de errores. Cuando Stern mencionó este punto, ella sonrió con admiración.

–¿Cómo dedujo eso? Sennett está seguro de que nunca lo averiguará. –Él titubeó y ella le restó importancia con un gesto–. Adelante.

–¿Puede el gobierno demostrar, de paso, que los precios de los mercados se vieron afectados por esas transacciones, o que alguien salió perjudicado?

Había reflexionado un tiempo sobre esto. Después de la acusación, efectuaría una moción basada en la afirmación de que la fiscalía no podía demostrar delito.

–Hemos examinado los casos –respondió Sonny–. Aquí hay infracción. Si se obtienen ganancias con la información de los clientes, es como si se les quitara algo, de un modo u otro. ¿Qué cree que dirían los clientes?

Stern respondió con un ademán impreciso. En teoría, tal vez estaba de acuerdo con ella. Pensó que un juez daría la razón a la fiscalía.

–Adelante –repitió Sonny.

Stern describió cómo las ganancias acumuladas, tras nuevas manipulaciones, se invertían en la cuenta Wunderkind, donde con el tiempo se perdían, junto con mucho más dinero.

–Ustedes sospechan que Dixon controla la cuenta.

–Adelante –repitió ella una vez más, sin hacer comentarios cuando él describió las pruebas que presuntamente tenía la fiscalía

–Sin duda el gobierno podrá explicar –dijo secamente Stern– por qué alguien roba seiscientos mil dólares para perderlos.

–Eso no forma parte de la infracción.

Sonny quería decir que el gobierno podía probar el delito sin resolver este enigma. El hecho de que el dinero se perdiera tal vez ni siquiera se mencionara.

–No obstante...

–Continúe –dijo Sonny.

Había adoptado una expresión severa y no tenía interés en discutir.

–En este momento ustedes buscan los documentos que demuestran quién creó la cuenta Wunderkind. Sin eso, no habrá modo de relacionar a Dixon con la cuenta, las ganancias y las transacciones adelantadas.

Por primera vez ella calló por completo. Stern esperó hasta comprender que ella le daba a entender que se había saltado un paso.

–¿Es ahí donde entra John?

–No sé dónde encaja John, Sandy. En serio.

Eso concordaba con lo que Tooley había dicho; Mel trataba sólo con Sennett. Stern se preguntó si eso significaba que John estaba cooperando o que era más difícil de lo esperado. O simplemente que Sennett, como de costumbre, ocultaba cosas incluso a su propia gente. Pero aunque John recordara perfectamente que Dixon había ordenado hasta la última transacción deshonesta, el gobierno necesitaría pruebas de que Dixon controlaba la cuenta Wunderkind, adonde iban a parar las ganancias. Sin eso, los fiscales tendrían dificultades para afirmar que Dixon no actuaba de buena fe o por cuenta de otra persona. Stern repitió este pensamiento en voz alta.

–Pero aún necesitan los formularios firmados para establecer la relación de Dixon con la cuenta Wunderkind.

Sonny no respondió.

–¿Estoy equivocado? –preguntó Stern.

Sonny cogió otra fresa mientras Stern intentaba concentrarse. Por lo general éste era su fuerte: discernir los matices de las pruebas. Pero había pasado por alto un punto importante. Guardó silencio.

–El año pasado –intervino Sonny al cabo de un rato–, cuando empecé en la oficina, trabajé en muchos casos de drogas.

–¿Sí? –dijo él, sin saber adónde se dirigía.

–Usted sabe cómo son estos casos. La DEA detecta actividades sospechosas. Hay un informante. Consiguen una orden, derriban la puerta de una casa, encuentran diez kilos de cocaína y dentro no hay nadie. Luego acuden a la pobre ayudante para que emita citaciones que les permitan averiguar quién es dueño de la casa... y de la droga.

–Sí.

–Llegar al título de propiedad, o al certificado de alquiler, no conduce a nada. Siempre se trata de una dama del Distrito Norte con bigote y muchos gatos. Pero aun así demostramos que la casa le pertenece.

Stern asintió. Estaba familiarizado con las técnicas del gobierno. Acudían a la compañía del gas, a la de electricidad, a la telefónica, y averiguaban quién pagaba las facturas. En un caso que Jamie Kemp había manejado antes de mudarse a Nueva York, el gobierno probó quién ocupaba la casa demostrando que su cliente había comprado los cubos de basura del callejón. Klonsky le había dado una pista importante, pero por el momento no la entendía.

–El déficit –dijo de pronto Stern.

Ella sonrió.

–Dixon pagó por el saldo negativo de doscientos cincuenta mil dólares de la cuenta de Wunderkind.

–Adelante.

–Por eso usted solicitó los documentos del banco. Para encontrar el cheque que redactó para cubrir esa deuda. Usted buscaba los fondos que había depositado.

–Adelante –indicó Sonny.

–¿Tiene usted el cheque?

–Adelante –repitió Sonny.

Stern aguardó. Por lo visto, Dixon tampoco había comprendido el porqué de las averiguaciones en el banco. Protegiendo al informante, el gobierno, con sus citaciones, había fingido que estaba más interesado en el dinero recibido por Dixon que en el que había pagado.

–Entonces, ¿por qué le interesan tanto los documentos de apertura de cuenta?

Desde luego, ella no respondería. De nuevo Stern guardó silencio. ¿Y si Dixon había hecho desaparecer esos papeles? ¿Por qué el gobierno buscaba con tanto afán algo que al parecer carecía de importancia?

A menos que los fiscales ya supieran que Dixon se había deshecho de los documentos. Desde luego. El informante los había conducido una vez más al lugar correcto. La fiscalía –Sennett, al menos– no esperaba que Margy presentara los documentos de la cuenta Wunderkind. Por eso Sonny había recuperado el buen humor después de ir a hablar con él. Había comprendido que Sennett esperaba precisamente eso, y que la fiscalía contaría con lo mejor de ambas partes: pruebas de que Dixon controlaba la cuenta y de que intentaba ocultarlo. Con este instrumento –prueba de estado mental, como lo denominaban– el gobierno podría desbaratar toda defensa conjetural que se aventurara en el juicio para sugerir inocencia o facultades alteradas en la conducta de Dixon. Si la fiscalía demostraba que Dixon borraba sus huellas, pocas dudas quedarían acerca de lo que él pensaba de sus propias actividades. John era ahora la única esperanza de Dixon, una esperanza tenue. Si la memoria de John fallaba en algún aspecto crítico respecto a quién le había ordenado efectuar esas operaciones, podría quedar un diminuto espacio para hacer una cabriola. Pero era improbable. Los fiscales ya tenían las pruebas críticas en la mano. Las paredes se cernían sobre Dixon como si fuera un personaje de Poe. Stern, abrumado por la presencia de esa joven mujer, parecía no captar del todo el peso de los acontecimientos.

–Usted le tiene afecto, ¿verdad? –preguntó Sonny, tras observarlo un momento.

–Quiero mucho a mi hermana. Tal vez mis sentimientos por Dixon provengan de la mera costumbre. Pero me entristece enterarme de esto.

–Esto es sólo entre nosotros. Stan me colgaría.

–Usted no me ha dicho nada. –Juró con un gesto, un hábito de su infancia en Argentina, de una época en que sus amigos no judíos se lo exigían, sin comprender su disgusto–. No lo diré a nadie. Lo prometo.

La miró. Había agotado la excusa que lo había llevado allí. Se levantó, palmeándose los muslos.

Sonny bostezó.

–Aunque parezca imposible –dijo–, creo que me iré a dormir.

Insistió en que Stern se llevara una bolsa de fresas. Cuando se acercaron a la puerta, él le hizo prometer que saludaría a Sam de su parte. Ella le dio un abrazo amistoso y se acercó lo suficiente como para tocarle la pierna con el vientre firme y rozarle la mejilla con el pelo húmedo. Él alzó los brazos lentamente y en cuanto quiso tocarla ella ya se había apartado. Tuvo una fugaz sensación de pérdida.

–Ha sido muy amable al recibirme –agradeció Stern desde el otro lado del cancel.

–Lo invitaremos de nuevo –dijo ella. Mientras él subía la escalera, Sonny añadió, con voz risueña e irónica–: Si todavía estoy casada con Charlie.

30

Llegó a casa cerca de la una, después de viajar por oscuros caminos rurales y luego por la carretera, siguiendo el haz de los faros y la corriente de sus propios pensamientos. Había encendido la radio para escuchar un partido de los Tramperos, pero luego la apagó y condujo en silencio, dominado por las sensaciones: el calor y el aroma del campo de fresas, la carga reverberante cuando ella se había deslizado silenciosamente en el agua. A veces, desde luego, pensaba en Dixon. Pronto tendrían que evaluar seriamente las posibilidades. Durante un rato Stern las analizó pero no halló ninguna escapatoria fácil. Desde luego, también pensó en su hermana. Silvia sufriría. Lleno de emoción en la penumbra, resistió de nuevo este dolor.

Una vez en casa, Stern acomodó el cuerpo macizo en un sillón del vestíbulo, estirando las gruesas piernas. Tenía la bolsa en las rodillas, humedecida por el zumo de las fresas. Vislumbró un fragmento de su reflejo en el espejo del pasillo y se sintió ridículo; había estado en esa bañera más de una hora sin que una sola gota de agua le tocara la cabeza. Los mechones de pelo de ambos lados, quebradizos por el sol, se alzaban como alas de querubín, y dos o tres regueros de sudor seco iban de la coronilla a los pómulos. Al relamerse los labios, aún podía saborear la sal seca acumulada debajo de la nariz.

Estaba exhausto. Pero aquí, en el refugio de su hogar, no pudo resistir su propia excitación. En ese espacio conocido, íntimo, sintió al fin la plena expresión de algo que había esperado durante todo el día. Emitió un sonido cuando el anhelo lo invadió y lo dominó la pasión. El deseo le dominaba el corazón y el sexo. No era sólo esa necesidad corporal, ese afán semejante a un gemido sofocado, sino algo más punzante, más suave y más profundo. Simplemente deseaba a esa mujer. Estar con ella. Abrazarla y ser abrazado. Lo inundaba en oleadas y se maravilló ante aquella sensación abrumadora que lo transformaba. El resto de la vida no existía, no sólo los límites trazados por la circunstancia, sino los vacilantes límites de la personalidad. Aquí, por un instante, se podían transgredir todas las normas. Cantaría serenatas bajo la ventana de ella o, más simplemente, confesaría su desbocado anhelo. Estuvo a punto de llamar, hasta que recordó que no había visto ningún teléfono en la cabaña. Esto era lo que inducía a hombres mayores a abandonar a sus familias y a hombres jóvenes a cometer actos estúpidos e imprudentes. Aferró los brazos del sillón.

No tenía sentido, pero eso no venía al caso. El imperio de los sueños, la región donde las imágenes precedían a las palabras y la sensación reinaba, había revelado esta fijación y no había modo lógico de combatirla. ¿Cuánto atinábamos a comprender acerca de eso? Todo el mundo le había ofrecido recetas respecto a cómo pasar el resto de su vida. Pero esto era lo que había esperado: descubrir lo que estaba más allá de la decencia rutinaria o la costumbre y conocer sus verdaderas ambiciones. Aquella mujer, turbada pero luchando a cada instante, a pesar de sus vacilaciones, era real y auténtica.

Pero nada ocurriría, desde luego.

Aquella certeza lo estremeció como una puerta al cerrarse. Nada sucedería. Él lo había demostrado sin dejar lugar a dudas cuando estaba tan cerca de ella, ambos desnudos como Adán y Eva, sin haber reaccionado. Los comentarios de Sonny acerca de abandonar al marido eran sólo eso, comentarios ociosos. Simplemente se estaba acostumbrando al hecho de que los senderos de su vida al fin estaban marcados. A los cincuenta y seis años, Stern había logrado llevar la vida emocional de un adolescente, llena de fantasías caprichosas que nunca se cumplirían. Por un instante la angustia lo atravesó con las perfectas resonancias de una nota cristalina.

Pensó en Clara. La asociación no fue directa, pues tenía pensamientos contradictorios, cierta admiración por las cambiantes emociones de su estado actual. Permaneció inmóvil, pero experimentó una nueva punzada al reconocer con una precisión inequívoca qué había buscado Clara al alejarse de él. Sólo esto: la misericordia de la pasión. De pronto tuvo la certeza –si algo había aprendido sobre ella en tantos años– no sólo de que Clara nunca había descubierto esa sensación, sino que había comprendido que para ella sería inalcanzable. En ese instante, no tuvo rencor, sólo una comprensión completa y definitiva. Con los ojos abiertos, se quedó allí sentado, abrumado por el enorme silencio de la gran casa y la crudeza de los juicios que había emitido acerca de sí mismo y su vida. La sangre se le aceleraba, la imagen de esa mujer que estaba a más de cien kilómetros aún parecía tan cercana y tangible que casi alzó la mano para saludarla. Sin embargo, retuvo esa imagen de Clara en su último momento, forcejeando con la desesperación tal como esas figuras bíblicas pintadas en brillantes óleos luchaban con los alados ángeles de la muerte. Nunca, había pensado Clara. Nunca, pensó Stern. Nunca.

–Estuve comprometida –anunció Clara esa noche, cuando se hallaban sentados en el coche, a oscuras junto al río, bebiendo–. Rompimos hace un tiempo, en junio pasado. –Estaban casi en diciembre. Los faroles de la calle y la tenue luz del cielo arrojaban profundas sombras; él sólo le veía el movimiento de los ojos. Pero un espíritu valiente se había adueñado de ella. Cobraba un aire más noble mientras hablaba. Stern quedó impresionado por su belleza–. Se llamaba Hamilton Kreitzer. ¿Lo recuerdas? ¿De la facultad de derecho?

El nombre no significaba nada para Stern. Recordaba vagamente a un individuo de sonrisa blanda y luminosa, y pelo rubio y desgreñado.

–Él es mayor. Que nosotros. Que yo. Se había ido de Easton antes de que yo empezara. Pero era... bueno, atractivo. Ya sabes, venía a buscarme los fines de semana. Tenía un pequeño coche inglés, no recuerdo cómo se llama. Llegaba al campus con la capota baja en pleno invierno y la bufanda ondeando al viento. Por un tiempo salió con la hermana de Betty Tabourney. Tenía pésima reputación. Pero las chicas nunca saben lo que quieren, ¿verdad? Es muy guapo, hay que reconocerlo. Tiene un bigote diminuto, como Errol Flynn. Y desde luego es muy rico. Su padre es cliente de papá. Fabrican golosinas. Se ven en todas las tiendas. Envasadas. Siempre que las he comprado estaban rancias. De todos modos... –Clara se acomodó en el asiento. Tal vez no estaba acostumbrada a hablar tanto. Por un momento, aun en la penumbra, Stern vislumbró un movimiento sú-

bito, no estaba segura de querer seguir adelante. Luego se enderezó y continuó, mientras miraba por el parabrisas y erguía su elegante perfil–: Lo llaman Ham[1]*. Curioso nombre para un chico judío. –Clara rió–. Claro que a mis padres les gustaba eso. Ya sabes cómo son. No les gustan las cosas «demasiado judías»; es decir, no les gustan las cosas judías.*

Stern asintió. Sabía a qué se refería.

–En cualquier caso, lo conocí una noche en un baile, la verbena del hospital Grover. Acababa de salir del servicio militar e iba a estudiar derecho. Yo estaba con otro chico, pero hablamos, flirteamos, y él me llamó a la semana siguiente y me pidió que lo acompañara a otro baile. Yo conocía a media docena de chicas que habían salido con él y ninguna decía nada bueno, pero yo estaba muy emocionada. –Cerró los ojos y meneó la cabeza–. Me encantaba que todas mis amistades me vieran con Ham Kreitzer.

Recordó que tenía el vaso en la mano –parecía haberlo olvidado– y bebió un sorbo. Stern comprendió que no le gustaba mucho.

–Quedé muy sorprendida cuando él llamó. Pero parecía disfrutar sinceramente de mi compañía. Me dijo que yo había florecido desde el colegio. –Manoteó en el aire buscando una expresión, luego recuperó la compostura y Stern tuvo la impresión de que se había sonrojado en la oscuridad–. Bien, yo había crecido bastante. Supongo que le atraía esa parte de mí que no le daba tanta importancia. Existía, aunque no lo creas al escucharme ahora. Él disfrutaba del desafío de conquistarme. Desde luego, yo lo escuchaba. Le gustaba hablar de sí mismo, como a muchos hombres.

Stern sonrió, pero ella estaba demasiado absorta para hallar un sentido especial en esa frase.

–Pero cuando lo conocías, era como todos los demás. Tenía muchos planes. Odia al padre, lo desprecia y, naturalmente, cuando lo expulsaron de la facultad de derecho pensó que no tenía otra alternativa y hubo de ponerse a trabajar con el padre. Quiere romper con él, pero estoy segura de que no lo conseguirá nunca. –Se volvió hacia Stern–. Sentía algo por él, y creo que era mutuo. Además, él estaba en la edad en que se esperaba que sentara cabeza. Había tenido sus aventuras juveniles o como quieras llamarlas. Yo soy

1. En inglés, «jamón».

socialmente aceptable. Es decir, mis padres lo son. Así que nos comprometimos. Me gustaba cogerle la mano, mirarlo. Es guapísimo. No podía creer que fuera mío. Todo parecía perfecto. Cielos –suspiró.

Se tocó los ojos, pero pronto se compuso. Ahora seguía su propio impulso.

–Desde luego, la historia no termina aquí. Estuvimos comprometidos catorce meses. La boda debía celebrarse en junio. Dos semanas antes de la ceremonia, recibí una llamada por teléfono. Noté que estaba lejos. Me dijo: «Querida, me temo que no puedo seguir adelante». No me sorprendí. Había comprendido que en realidad es un niño. Sabía que se sentiría aterrado. No dijo dónde estaba. Resultó que se encontraba en la isla de Catalina. Una de sus empleadas había desaparecido. Sin duda también estaba en la isla de Catalina. Eso no me molestó. Era a mí a quien no quería. No importaba que prefiriera a otra persona. Además, había otro problema. –Se volvió hacia Stern. La calefacción ronroneaba, brotando de debajo del salpicadero–. Yo estaba embarazada.

Stern comprendió que Clara lo observaba para captar su reacción en la oscuridad. Lo había juzgado correctamente: la noticia no sólo lo sorprendió, sino que lo llevó al borde del pánico. Pero al haberse criado en un hogar atormentado, había aprendido a disimular y no demostró nada; ni una onda llegó a la superficie.

–¿Te desconcierta? –preguntó ella.

Él contuvo el aliento y reflexionó.

–Sí –respondió al fin.

No había salida diplomática.

–A mí también me desconcertó. No porque estuviera sorprendida, desde luego. No quiero que pienses que abusó de mí, o que me abandonó después de seducirme. Habíamos vivido así muchos meses. Francamente, creo que esta idea me gustaba más que todo lo demás. El secreto. El romance. ¿Acaso el mundo no era eso? –Hizo una pausa–. Bien, escucha.

Titubeó. Ni siquiera ella era tan valiente como para insistir en aquella historia.

Stern combatió contra el pánico. De pronto lamentaba que ella le confiara todo aquello, pero de eso se trataba, precisamente. Oyeron voces en la orilla, una pareja que se alejaba.

–Naturalmente, yo no podía creer que estuviera embarazada. Era

sólo un mes. Durante un tiempo esperé a que algo ocurriera. Pero no ocurrió. Luego pensé en suicidarme y casi lo conseguí. Me hice con unos somníferos. Una noche me dormí con el frasco en la mano y recuerdo... –Rió y movió la mano–. Recuerdo que al cabo de un par de horas me desperté y pensé que lo había logrado y acepté la idea por un segundo, pero luego me alegré de haber tenido una segunda oportunidad. Sabía que contarlo a mis padres sería un problema, pero aún fue más difícil de lo que había imaginado. Dios mío, nunca quiero hacer de nuevo algo así. –Otra vez se tocó los ojos–. Mi padre se enfadó muchísimo, muchísimo. Desde luego, ellos querían que me casara con Ham, lo cual era imposible. Discutimos por eso una semana más. Pero al fin mi padre me llevó a Ciudad de México. El vuelo duraba once horas en cada dirección. Tuvimos que volar a través de Chicago. A la vuelta me encontraba fatal, pensé que moriría. Pero ya estaba solucionado.

»En realidad ahora tengo muy poco. Sé que parece una tontería. Tengo muchísimo en comparación con otras personas, incluso en comparación con lo que tenía antes, no hay mayor diferencia. Pero la hay. Es como si el mundo entero hubiera cambiado. Renuncié a mi trabajo antes de la boda porque Ham lo quería. Por eso voy a la oficina. Desde luego estoy avergonzada. No sé quién más conocerá la historia. Me imagino que todos. Entro en un cine, una tienda o una sala de conciertos y creo que todos lo saben. Que murmuran. Ya sabes lo cruel que es la gente.

»De modo que ésa es la historia. Terrible, ¿no crees?

–Dolorosa –dijo Stern.

Ella soltó un jadeo, casi un sollozo, y asintió.

–¿Sabes qué es lo que más me humilla? No haber sabido lo que quería. Tenía veinticinco años y no tenía ni idea. Debía haber sido más lista y no liarme con un tipo como Ham Kreitzer. De hecho era más lista, pero no pude contenerme.

Alzó la mano en la oscuridad para mirar su reloj de pulsera.

Regresaron en silencio. Cuando llegaron, él estaba a punto de bajar para abrirle la portezuela, pero se detuvo.

–Ha sido una noche muy agradable.

–Claro que sí –rió ella–. Estarás endeudado con George Murray por el resto de tu vida y la chica con quien sales lleva la letra escarlata de adúltera.

Stern la miró a los ojos.

–Pero he oído una música maravillosa en el piano.

Ella recurrió a los gestos de los ricos y lo besó a la francesa, en ambas mejillas. Luego se apeó del coche y corrió por el sendero de cemento de la casa georgiana de sus padres. Desde la puerta lo saludó con la mano.

Al alejarse, Stern aún sentía el efecto de la bebida. Pero sabía que no dormiría. Tenía un maletín lleno de trabajo en casa y debía analizar el problema del coche, un enigma irritante que tenía que resolver. Pero no logró concentrarse en estas cosas Un poco más lejos reconoció sus emociones. Estaba excitado. Excitado. La sangre se le aceleraba. Estaba excitado porque ella había confiado en él. La confesión de que tenía una vertiente sexual era una noticia estimulante. Pero lo que más estimulaba a Alejandro Stern, inmigrante, pillo refinado, intrigante, era saber que ahora ella estaba sin duda a su disposición.

TERCERA PARTE

31

Al saludar a Helen el domingo por la noche, Stern se vio sorprendido por la ternura de sus propios sentimientos. Recibió con agrado el aroma de su perfume, su contacto cuando alzó las manos para abrazarla. Ah, Helen. La abrazó y la meció. Ambos rieron. Pero aun así, el dolor por Sonny seguía presente.

–Háblame de tu viaje –insistió Stern.

Ella describió la calurosa y desolada Texas. Uno conducía a cien por hora en las carreteras y las torres de la ciudad se erguían a lo lejos en el trémulo calor y nunca parecían acercarse.

–Te has portado mal mientras he estado fuera –dijo Helen.

Estaban en la cocina. Helen preparaba una ensalada y Stern intentaba ayudarla mientras bebía vino.

–¿Yo?

–Anoche llamé y respondió el contestador. A las once.

Ella enarcó las cejas.

–Estaba trabajando –dijo Stern–. El caso de Dixon –añadió para reforzar la excusa. Había intentado hablar con Dixon todo el día. Quería que regresara ya. Tras telefonear varias veces a la casa de la isla, había llamado a Elise, la secretaria de Dixon, quien podía ponerse en contacto con Dixon las veinticuatro horas del día, como si fuera el presidente. Pero hoy Dixon estaba inaccesible, perdido bajo el sol del Caribe. Tal vez había tomado la sabia decisión de no regresar nunca o, con mayor realismo, quería disfrutar sin trabas del último hálito de libertad. Sin duda Dixon sabía que sus problemas eran graves. Tenía una buena razón para alejarse.

Entretanto, Stern estaba en la cocina de Helen, y aunque no le mentía, eludía la verdad. ¿Hasta qué punto? No sabía qué hacer. En esos momentos sentía un intenso calor. Tarde o temprano su resistencia se vendría abajo, buscaría a Sonny y cometería una locura.

Ese día no había podido hacer nada. Se había sentado, boquiabierto, los ojos cerrados, evocando todas las imágenes con el corazón acelerado. Estaba irremediablemente fascinado por ella. ¿Pero qué haría con el presente? ¿El mundo? Aquí estaba la decente, capaz y amable Helen. ¿Cómo la trataría?

No tenía planes, excepto un vago rechazo a compartir la cama con ella esa noche, quizá por decencia, o quizá porque no podía tolerar nuevos estímulos.

Como de costumbre, Helen había preparado una magnífica comida, ensalada de camarones, la favorita de Stern, con verduras y patatas. Quería que éste fuera un reencuentro memorable. La semana anterior, hablando de Miles, Helen había dicho como por casualidad que al divorciarse no había imaginado la posibilidad de casarse de nuevo. No había ningún énfasis, pero sin duda intentaba destacar que ese estado de ánimo era agua pasada.

Stern había comprendido, pero había tenido la prudencia de dejar pasar el comentario. Ahora tendría que maniobrar con discreción para distanciarse.

Comieron y charlaron. Aun en medio de su tormento y su excitación, Stern agradecía la constante afabilidad. Apartó las patatas con el tenedor.

–Pero si te gustan –dijo Helen.

La cara de Stern ocultó un mundo de emociones demasiado difícil de expresar.

–Estoy pensando en hacer régimen –admitió.

–¿Régimen? –Helen dio un mordisco, masticó una vez y lo examinó con atención. Un destello de inteligencia le cruzó los ojos. Stern sintió que se le hacía un nudo en el estómago. ¿Por qué diablos había llegado a pensar que esa mujer no era inteligente?–. Yo tenía razón. Estás viendo a una persona más joven, ¿verdad, Sandy?

¿Ahora qué? ¿Por qué a menudo la mentira es la verdad? ¿Viendo? Oh, sí, estaba viendo. En el aire, en el cielo. Una proyección holográfica. Estaba viendo a alguien más joven, constantemente.

–Sí –admitió, tras unos segundos de silencio.

Helen le clavó los ojos.

–Mierda –dijo. Transcurrió un momento y añadió–: Bueno.

A Stern no se le ocurría una sola palabra de consuelo.

–Podré resistirlo –suspiró ella.

Lengua, habla. Sólo atinaba a mirar.

Helen se levantó de la mesa.

La encontró en la cocina, la bonita cocina que Miles le había construido antes de buscar la libertad.

La barbilla erguida, Helen miraba por la ancha ventana el cielo del anochecer, parcialmente oculto por un manzano que semanas atrás había florecido con todo esplendor. Él se acercó por detrás y le tocó los hombros.

–Helen.

Ella le cogió las manos.

–Sabía que esto era prematuro. Debí dejar que lo superaras todo.

–Helen, por favor, no... –¿No reaccionas exageradamente?–. Helen, esto no es...

–Sí, lo es. Estás enamorado. –Se volvió para mirarlo a la cara–. ¿O no?

Él cerró los ojos sin responder.

Ella se volvió y se apretó el puño contra la nariz. Se esforzaba desesperadamente para no llorar.

–Estoy actuando como una harpía.

–Claro que no –la consoló Stern.

–Tú no prometiste nada –dijo Helen, mirándolo–. ¿Qué edad tiene?

Él pensó en eludir la respuesta y desistió.

–Cuarenta –dijo–. Cuarenta y uno. –Encinta. Con un solo pecho. Casada. Y no está interesada en mí. Por un instante se sintió avergonzado de tanta locura.

Helen se encogió de hombros.

–Al menos estás cuerdo.

Él contuvo un gruñido.

Al fin regresaron a la mesa. Él no ofreció detalles de su nueva relación y Helen valientemente se negó a preguntar. Le contó que Maxine, después de ese encuentro con Kate, había señalado que la hija de Stern parecía cansada; no tenía el fulgor de las mujeres embarazadas.

Stern pensó de inmediato en Sonny y sintió una punzada al ver lo rápidamente que había olvidado a la hija.

En cuanto se hubo tomado el café, Stern fue a buscar el sombrero. En la puerta, abrazó a Helen, quien lo retuvo un instante.

–Supongo que no te enfadarás si te digo que no quiero verte, ¿verdad? –preguntó ella–. Dadas las circunstancias.

–Claro que no.

Él la besó fugazmente, salió al aire nocturno y caminó hacia el coche acuciado por el remordimiento. Estaba perdiendo el control. Había abandonado lo mejor de su vida actual para satisfacer una fantasía adolescente. Pero a pesar de la angustia, estaba de buen talante. Otro lazo cortado. Había mil más, pero su propósito era claro. Estaba dispuesto a superar todos los obstáculos. Se sentía gallardo como un caballero. Caminó avenida abajo con paso resuelto, lleno de dolor y de la euforia de la libertad, de sueños salvajes e improbables.

32

El lunes fue un día de comunicaciones imprevistas.

La primera esperaba a Stern cuando éste llegó a la oficina. Había llamado el doctor Cawley, dijo Claudia, y había pedido verlo. Ella había cotejado horarios y le había concertado una cita a las cinco de la tarde en la oficina de Nate.

–El doctor dijo que era personal –informó Claudia– y que no deseaba verle en su casa. Eso es todo.

Personal y no en casa. De hombre a hombre, en otras palabras. Lejos de Fiona. Nate había rehuido a Stern durante meses. ¿Ahora quería una cita? Stern evaluó las posibilidades. ¿Acaso Fiona había hablado, tal como él sospechaba? ¿Nate y él tendrían un enfrentamiento? Tal vez Nate optara por liquidar el asunto: entregar el cheque a Stern y firmar una paz duradera. Por una vez sintió más curiosidad que angustia.

Más tarde también recibió noticias de Mel Tooley. Stern estaba al teléfono, intentando persuadir por última vez al fiscal Moses Appleton de ser más blando con Remo, cuando Claudia le pasó una nota donde decía que Tooley estaba en otra línea. Stern terminó su conversación con Moses de inmediato.

–Esto queda entre nosotros –dijo Tooley.

–Desde luego.

–Sennett es evasivo como un fantasma. Si se entera de que he llamado, perderá los estribos. Tú no has recibido esta llamada.

Stern volvió a asegurar a Mel que podía contar con su discreción.

–Mi cliente se enfrentará al gran jurado la semana próxima.

–Entiendo. ¿Puedo preguntar en qué condiciones?

–Inmunidad. Cartas. Órdenes tribunalicias. Se lo conseguí todo. No le negaron nada en la fiscalía.

–¿Qué pronóstico hay para mi cliente?

–Malo.

–Ya veo.

–Muy malo. Hay un fajo de documentos y albaranes que mi cliente escribió y tu cliente le indicó cómo hacerlo, hasta el último detalle.

–Entiendo. ¿Tu cliente lo recuerda con claridad?

–Como si hubiese sido ayer. Mi cliente era nuevo en el negocio, no sabía qué estaba pasando, así que todo esto se le quedó grabado. –Mel esperó–. Ya sabes cómo es.

Stern no dijo nada. John había hecho lo previsible. Había cierta justicia en ello. Dixon, a fin de cuentas, merecía lo que le iba a pasar.

–Se siente muy incómodo por esto –dijo Tooley–. Ya sabes, asuntos familiares. Muy complicado. No es preciso que yo te lo diga.

–No –convino Stern.

–Yo insisto en que debe pensar primero en él. No le quedan muchas opciones. Si se anda por las ramas, le echarán el guante. –Tooley insinuaba que los documentos de MD implicaban también a John. Aunque John alegara que no entendía nada del asunto, los fiscales sabían que nadie, por ingenuo que fuera, podía haber considerado que esas maniobras eran honestas. Pero como quería tenerlo todo bien controlado, el gobierno prefería contar con el testimonio de John y no con un segundón mal parado que compartiera la acusación y la defensa con Dixon. Esto también era previsible–. Parecerá un perro apaleado allí, si te sirve de consuelo.

Mel se refería a la declaración de John. De un modo u otro, eso sería problema de otro abogado.

–¿Cuándo comparecerá ante el gran jurado, Mel?

–El jueves de la próxima semana. No creo que falte mucho para el sumario. Lo tienen muy bien organizado. Supongo que irás a Washington para la aprobación de las confiscaciones.

–Sí –dijo Stern.

El cargo de intimidación, por el cual el gobierno despojaría a Dixon del negocio en el cual había invertido una vida, requería la aprobación de Washington. Stern tendría que solicitar una audiencia en el Departamento de Justicia. Los burócratas de Washington a veces actuaban con mayor contención que el fiscal federal, aunque era poco probable que mostraran mucha piedad en este caso.

Tooley y él terminaron de hablar con la vaga promesa de llamarse de nuevo. No era habitual que Mel fuera tan servicial. Habitualmente había un plan oculto, dos o tres, en realidad. ¿Era posible que estuviera siguiendo órdenes de Sennett? Sí, pero resultaría difícil desorientar a Stern en cuanto al testimonio del yerno. Tal vez el hecho de que Stern se enteraría inevitablemente explicaba la franqueza de Mel. Al comprender esto, Tooley quería tener el mérito de ser el primero en dar la noticia. Stern tamborileó en el escritorio con los dedos y cogió un puro. Últimamente se había acostumbrado a tenerlos entre los dedos, sin encenderlos, sin llevárselos a los labios. Dixon tendría que pensar seriamente en declararse culpable. En casos así, lo mejor a que se podía aspirar era a una aplastante multa para reducir el período de cárcel. Aunque tuviera bienes ocultos en las islas, muchos de los patrimonios visibles corrían peligro: la casa de piedra, los coches con chófer. Dixon querría salvar lo que pudiera, por el bien de Silvia. Tal vez Stan aceptara la entrega de una suma determinada –millones de dólares– y la renuncia de Dixon a los negocios en vez de todos los bienes.

Entretanto, Stern tendría que llamar a Kate y John y llevarlos a cenar en cuanto hubiera pasado la presentación ante el gran jurado. Los descarríos de Dixon habían desorganizado la vida de toda su familia. Stern quería asegurarse de que su hija y su yerno supieran que estaba dispuesto a olvidar todo esto. Si Dixon decidía plantar cara al gobierno, Stern lo ayudaría a buscar otro abogado; era el momento propicio. Pero ni siquiera eso sería una solución total. Resultaba difícil imaginar una reunión familiar con Silvia, con su marido en prisión, sentada frente a John. Stern ahogó un sollozo de angustia. Todos recordarían ese año.

La enfermera de Nate que condujo a Stern hasta el consultorio le resultaba conocida: había visto esa sonrisa tímida y esa figura esbelta en alguna otra parte. Mientras la enfermera se alejaba, Stern la observó tratando de ubicarla, hasta que Nate lo invitó a sentarse en un sillón de cuero marrón.

Se conocían desde hacía veinte años, pero de inmediato se creó un ambiente tenso. Se preguntaron, convencionalmente, cómo estaban, y luego guardaron silencio. Stern nunca había estado allí y este hecho parecía enfatizar la naturaleza inusitada del encuentro: las caras correctas, el lugar equivocado. El consultorio era mucho más amplio que el de Peter, amueblado al estilo Ethan Allen, como el hogar de los Cawley, con un imponente empapelado de rayas verdes verticales y un enorme reloj con forma de candado en una pared. Nate, con su bata blanca, se mecía en una silla alta detrás del macizo escritorio de castaño. Al fin se irguió y fue al grano.

–Quiero que sepas, Sandy, que voy a iniciar los trámites de divorcio.

Stern aguardó un instante. No estaba desconcertado por la noticia, sino por el hecho de que Nate se la comunicara.

–¿Me estás pidiendo consejo, Nate?

–No, pero si tienes alguno lo aceptaré.

–No –dijo Stern, y tras pensar un instante, añadió perversamente–: Podría salirte caro. –Nate agitó la mano en el aire: no tenía importancia. Nate podía pagarlo. Stern apretó las mandíbulas–. ¿Se lo has dicho a Fiona?

–No exactamente. Quería que tú lo supieras primero.

–¿Yo?

–Tú –repitió Nate. Jugó con los adornos del escritorio, un abrecartas con hoja de ónix, un pisapapeles a juego, y al fin entrelazó las manos–. Sandy, no me importa lo que ocurrió entre tú y Fiona.

–Entiendo.

–Ella me lo contó.

–Ya veo.

Stern apoyaba los pies en el suelo y las manos en el regazo. Hasta ahora resistía mejor de lo que hubiera esperado.

–Encontré correspondencia tuya en el cuarto de baño de nuestro dormitorio hace unas semanas. Entonces terminamos por sincerarnos.

–¿Correspondencia mía? –preguntó Stern, pero entonces comprendió a qué se refería Nate: la nota de Marta, la que Stern había llevado esa noche al salir de la casa.

Días atrás había buscado la carta, pues no podía comunicarse por teléfono con Marta y se preguntaba cuándo llegaría.

–Como te he dicho, no me importa –repitió Nate–. En serio. Parece extraño decirlo, pero es así.

–Muy bien.

–Te acostaste con Fiona... bien, así son las cosas.

Nate abrió las manos generosamente.

Stern había aferrado ambos brazos del sillón, hundiendo los dedos en los tachones; tal vez temía que los muebles echaran a volar. ¿Se había acostado con Fiona? ¿Qué le había dicho ella? Al parecer el instinto vengativo de Fiona la había llevado a exagerar. ¿Pensaba que un empate permitiría que ella y Nate empezaran de nuevo? No, tal vez no. Fiona simplemente se había soltado, abandonando toda cautela, para regodearse en su mayor placer, la represalia: quiero ver qué cara pone ese bastardo.

–¿Debo responder? –preguntó al fin.

–No tienes por qué hacerlo.

–Porque, para decirlo con suavidad, Nate, no has recibido una descripción exacta. –Stern hizo una pausa al comprender el dilema–. No es verdad, Nate, que me haya tirado a tu esposa. Sólo lo intenté. –Ésa no hubiera sido una defensa muy conmovedora. Por otra parte, Nate no le creyó. De nuevo alzó la mano.

–Escucha, Sandy, no se trata de eso.

¿De qué se trataba? Stern, erguido en el asiento, contempló a Nate, quien no tuvo temple para sostener la mirada. Siempre había considerado a Nate una persona de poca malicia: una persona con dotes para curar, con ese sosiego que muchas mujeres tomaban por amabilidad masculina. Aún opinaba lo mismo, a pesar de sus momentos de cólera. Nate no deseaba causar daño. En cambio, lleno de sentimientos cálidos e impulsos ocultos, iba de un lado a otro destrozando vidas como bandejas de porcelana en un armario. Se había criado en Wyoming y había ido a la gran ciudad como estudiante de medicina. A veces aún desempeñaba el papel de patán confundido. Con los años, Stern había decidido que esa pose ocultaba pereza, blandura, debilidad de espíritu. Por eso sucumbía tan fácilmente a la tentación femenina y mantenía su insatisfactoria vida con Fiona. Lo mismo sucedía ahora. A todas luces le convenía la fácil solución que presentaba la presunta confesión de Fiona. Stern le adivinó los pensamientos: has jodido con mi esposa y no me importa. Ahora quítamela de encima y separémonos en paz. Ni siquiera pensaba en Clara: suponía que ese secreto estaba oculto y olvidado. Se ocupaba sólo del presente. Podía deshacerse de Fiona de un plumazo y de la forma más fácil. Se lavaría las manos y seguiría adelante.

Al evaluar todo esto, Stern se sintió dueño de considerables ventajas. No tanto con los hechos. La mentira de Fiona carecía de importancia. Ella había dicho lo que había dicho. Resultaba difícil desmentirlo. Pero sabía que él estaba mucho mejor preparado que Nate para afrontar este tipo de circunstancias. De pronto vio cómo sería el desenlace y supo que Nate, fueran cuales fuesen sus planes, sufriría una gran decepción. Se lo dijo sin rodeos.

–Creo, Nate, que has calculado mal.

Nate hizo una mueca. Iba a negar segundas intenciones, pero lo pensó dos veces y no dijo nada.

–En tu lugar, Nate, yo sería prudente con el divorcio.

Nate se puso rígido. Por lo visto, aquí había más de lo que había esperado. De nuevo agitó la mano en un gesto magnánimo.

–Sandy, yo... escucha, esto no es un chantaje, o lo que pienses. No lo tomes así.

–No, claro que no –dijo Stern–. Sé que no me amenazarías. Yo tampoco te amenazaría a ti.

–¿Tú? –preguntó Nate.

–Yo –replicó Stern–. Pero permíteme una advertencia. Nate, no intentes involucrarme en el baño de sangre que planeas con Fiona. No te atrevas. A fin de cuentas, ambos sabemos que no soy testigo de tu bondad ni fiabilidad.

Nate movió la cabeza como si lo hubieran golpeado.

–Dios –exclamó.

–Si me colocan bajo juramento, Nate, diré la verdad sobre todas las cosas. Aun las que me resulten más desgarradoras. No creas que el orgullo me impedirá revelar el modo en que tú y Clara me engañasteis.

Nate se quedó rígido por un instante, boquiabierto. Luego se tapó los ojos con las manos. Soltó un jadeo.

–Mira. –Nate contempló su escritorio, se estudió el pulgar–. Mira –repitió.

–¿Sí? –dijo Stern. Había sabido por instinto que Nate quedaría indefenso. Aguardó un momento y continuó–: Ya que has optado por ir al grano, Nate, permíteme imitarte. –Hizo una pausa dramática–. Hay un cheque por un importe considerable, que creo que tú se lo debes a la sucesión de Clara.

Nada, ningún escrúpulo, ningún sentido del tacto, ni siquiera el recuerdo de su propia confusión, podía empañar el deleite de este momento. Con una chispeante mirada de malicia, Stern observó a Nate, quien se recostó en la silla y se pasó la mano por la cara y el cabello ralo; parecía agobiado, confundido, asustado.

–Temía que dijeras eso –suspiró Nate.

–Tengo un abogado que está investigando este asunto.

–También temía esto.

Stern asintió. Comprendió que Nate se le había adelantado. Había retenido el cheque no sólo para ocultarlo al futuro abogado de Fiona, sino a Cal. Quería confirmar si no había moros en la costa o lo habían descubierto.

–Te sugiero que hagas lo mismo y reunamos a nuestros abogados –propuso Stern.

–Sabía que al final lo descubrirías –dijo Nate.

Stern no respondió. Sólo asintió abruptamente, procurando acrecentar la sensación de culpabilidad que sin duda agobiaba a Nate.

–Mira –dijo Nate–, este asunto me ha causado muchos remordimientos. Tal vez no lo creas, pero es así. En serio. Pienso en ello todos los días. Sé que tal vez me responsabilizas por lo que ella hizo, al final.

–No te culpo solamente a ti, Nate. Te ofrezco este consuelo. Estoy seguro de que el desenlace final también te afectó. Pero aun así te guardo mucho rencor. Que Clara decidiera buscar un amante fue cosa suya, desde luego. Pero como médico, Nate, particularmente un médico experimentado con este tipo de... –Stern esperó, luego se armó de coraje y continuó–: este tipo de enfermedad de transmisión sexual y sus consecuencias, habría esperado que fueras más cuidadoso. Y por lo que veo, te mostraste totalmente indiferente a las necesidades de Clara hacia el final.

–¿Crees que la traté mal?

–¿Qué otra cosa he de creer?

Con aire desdichado, derrumbado en la silla, Nate asintió para sí mismo.

–Por no mencionar el hecho de que abusaste de mí, Nate, y de nuestra amistad. Me mentiste descaradamente.

Nate cerró los ojos. Al cabo de un momento se humedeció los labios para hablar.

–Mira, tenía miedo de tu reacción cuando lo descubrieras. Lo admito. Pero quiero que sepas una cosa... hice lo que ella quería. En todo momento. Lo que ella quería.

Acorralado, arrinconado, Nate reaccionaba como un cobarde. Culpaba a Clara. Tal vez era demasiado débil para comprender lo incisivas que eran estas palabras. Pero su mezquindad, deliberada o no, afectó a Stern como un golpe. Sí, desde luego. El reproche típico: a ella le gustaba. Por un instante quiso responder con obscenidades. Cuando se recuperó, notó que su acento hispano se notaba con claridad.

–Nate, eres un canalla.

–Dios mío –exclamó Nate.

Stern se levantó. Ambos callaron por un instante. Esta confrontación, largamente imaginada, resultaba mucho más difícil en la realidad que en la fantasía. No tenía deseos de prolongarla. Pero el comentario de Nate aún dejaba una estela de emociones desbocadas.

–Otra cosa, Nate –intervino Stern, con un relampagueo de la intuición que durante tres décadas le había salvado la vida en el tribunal, una capacidad para que las sinapsis se conectaran de golpe, no más explicable que el don de lenguas o el vuelo–. Un consejo de amigo. –Nate, totalmente arrasado por esa conversación, se puso alerta: le esperaba un último golpe–. Sugiero que despidas a tu enfermera antes de iniciar el juicio de divorcio. Fiona tiene pruebas perjudiciales y el interrogatorio resultará aún más desagradable si esa joven continúa en tu plantilla.

La enfermera estaba allí, ordenando unos gráficos, cuando Stern salió por la puerta. Había recibido un mensaje de la oficina de Stern y le entregó el papel. Él no se molestó en leerlo. Ahora actuaba como en un tribunal, sabiendo que su conducta causaría una impresión. La miró de arriba abajo, una ojeada que ella recibió casi con inocencia, con la misma sonrisa incierta, la misma belleza blanda y pulcra. Luego enfiló hacia la puerta, mientras llegaba a la conclusión, al recordar el vídeo de Fiona, que la joven pertenecía a esa pequeña clase de seres humanos que tienen peor aspecto con la ropa puesta.

33

«Llamó Claudia. URGENTE», decía el papel rosado que le había dado la enfermera. Stern la llamó por el teléfono del coche, mientras conducía hacia la oficina.

–Veo que le dieron el recado –dijo Claudia.

–Tengo un asunto personal urgente. Por favor, encuentra el número particular de los Cawley y llama.

El teléfono sonó varias veces, pero al parecer Fiona no estaba. Stern soltó un juramento en español.

–¿Recibió el mensaje de la señorita Klonsky?

–¿Klonsky?

–Eso es lo urgente. Llamó tres veces en la última hora. Dice que tiene que verlo hoy. Asunto personal. No sabía hacia dónde se dirigía usted, pero ella dijo que iría a su casa a esperarlo. Le di la dirección. ¿Está bien?

Eran casi las seis. Stern pisó el freno y acercó el coche a la acera. Le temblaban las manos. Ya estaba dando la vuelta.

–¿Oiga? –dijo Claudia.

–Sí, sí. ¿Cuánto tiempo estarás allí esta noche, Claudia?

–Algunas horas más –respondió ella–, trabajando en un informe para Raphael.

Stern le pidió que llamara a la señora Cawley cada cuarto de hora y que le diera este mensaje: el señor Stern lamentaba no hablarle directamente, pero estaba ocupado y creía importante que ella supiera que el doctor Cawley y él se habían reunido esa tarde y habían mantenido una conversación exhaustiva y franca.

–Y luego dile que quiero saber, con todo respeto, si ha perdido el juicio. Transmítelo tal cual –finalizó.

Claudia reía mientras tomaba nota; Stern siempre la divertía.

Stern colgó el teléfono y aceleró a través del tráfico. El reloj del coche señalaba las seis y dos minutos. Urgente y personal. ¡Sí! Echó a volar.

El Volkswagen amarillo estaba en la calzada circular de la casa de Stern. Lo vio mientras se acercaba a más velocidad de la conveniente. Tardó un instante en distinguir a Sonny. Estaba sentada en la escalinata de pizarra, las piernas abiertas para descansar el vientre, la cara hacia el sol: la señorita Natural, como se había llamado el mes pasado. Stern no se molestó en dejar el coche en el garaje. Aparcó y echó a andar por la calzada de buen talante.

Éste era, pensó, uno de esos momentos clave de la vida, parte de una progresión infinita, como cualquier otro momento, pero con gran potencial para el cambio. Últimamente se había enfrentado a muchos cambios, pero estaba preparado. Hacía más de treinta años que no sentía nada parecido, pero lo reconoció de inmediato. Había cruzado una frontera y ambos aguardaban en los bordes de la genuina intimidad, no la mera interacción social ni el intercambio de opiniones, sino la penetración de los límites personales más estrictos. Allí, esperando ese tránsito final, sintió la plena complejidad y misterio de la personalidad de esa mujer. Oh, no sabía nada de las circunstancias que la habían moldeado. Ambos procedían de rincones diferentes de la tierra, épocas diferentes. Pasarían años antes que él reconociera la huella de la experiencia que la marcaba, cada capa, como las páginas amontonadas de un libro. Pero su corazón anhelaba esa tarea y él confiaba en que aún le quedaran las energías necesarias. Toda metáfora trillada y sensiblera parecía indicada. La perspectiva lo mareaba, lo embriagaba.

–Qué inesperado placer –dijo sonriendo, mientras ella se ponía en pie, sacudiéndose la falda y parpadeando al sol.

Stern había tendido las manos para abrazarla, cuando de pronto captó su mirada aguda e intensa, que lo detuvo en seco; al instante comprendió que había cometido un error. Ella extrajo un sobre blanco y se lo tendió como una advertencia, o quizá como una defensa.

–No he venido por placer, Sandy, sino para darle esto. –Aún sostenía el sobre–. Quise hacerlo en persona.

Él se quedó rígido. ¿Cómo había dicho Sonny? Después de los cuarenta, había comprendido que nadie era siquiera normal.

Stern cogió el sobre. Tendría que haber sabido de qué se trataba sin dudarlo siquiera, pero aun así lo abrió torpemente y estudió el documento. Era una citación del gran jurado redactada por Sonny, cuyas iniciales figuraban al pie. Investigación 89-86. Lo leyó tres o cuatro veces antes de comprender. Estaba dirigida al propio Stern; lo habían citado para comparecer el jueves a las diez de la mañana y allí debía presentar «una caja fuerte transportada hacia el 3 de abril desde el edificio de MD Clearing Corp., y todos los objetos en posesión, custodia o control de usted contenidos en la susodicha caja en el momento de recibirla». Ella había marcado ambos casilleros del formulario: Stern tenía que declarar y presentar ese objeto. Al leer, comprendió que se hallaba ante otro desastre inminente.

–Debo decirle –prorrumpió Sonny– que estoy muy enfadada.

–Oh, Sonny. Es un malentendido. Por favor, entre un momento –invitó Stern mientras subía la escalinata.

–Sandy, es inútil.

–Un momento –insistió él.

Entraron en el vestíbulo. La casa estaba oscura y fresca.

–Sonny, estoy obligado por problemas de inmunidad, desde luego –dijo Stern, queriendo decir que no podía repetir nada de lo que le había dicho Dixon–, pero creo que usted ha interpretado muy mal todo esto.

–Sandy, yo en su lugar no diría mucho. No sé dónde terminará este asunto, pero no quiero tener que testificar. No puedo seguir el juego con tanta dureza como ustedes. Todos ustedes.

–Sonny, no hay ningún juego.

–¡Oh, por favor! ¿Cómo puede decir eso? Usted me aseguró que iba a buscar esos documentos cuando en realidad los tenía en la oficina desde el principio. Y yo me dejé convencer. Eso es lo que me resulta increíble. ¿Sabe qué he pensado todo el día...? ¿Qué era tan importante como para justificar un viaje de ciento cincuenta kilómetros? ¿Qué hubiera hecho con esos documentos si le hubiera dicho que toda la posición del gobierno dependía de ellos?

Stern entreabrió la boca al advertir lo que ella le decía: lo estaban acusando. Se desplomó en la silla que tenía detrás.

–Ha interpretado mal –repitió.

–Interpreto muy bien. Creí que usted era mi amigo.
–Soy su amigo.
–Pamplinas. Los amigos no se hacen esto. No importa quiénes sean sus clientes. ¿Quiere saber qué averigüé?
Él asintió tímidamente, temiendo que ella se enfureciera y se negara a hablar si él demostraba mucho interés.
–Esta mañana llegué de buen humor y Kyle Horn me estaba esperando. Él también había pasado un agradable fin de semana. Examinó todos los cheques de MD que esa fulana presentó ante el gran jurado la semana pasada. Adivine qué descubrió. Un cheque enviado desde la oficina de Chicago de su cliente a una compañía de transporte de aquí, con una pequeña nota al pie: «DH - personal». ¿Tal vez DH intenta ocultar algo?
De nuevo Margy, pensó Stern. ¿Horn había sido muy exhaustivo o alguien le había dado una pista sobre lo que podía encontrar en esos fajos de cheques?
–Así que, naturalmente, quiere una citación del gran jurado, va a la compañía de transporte antes del mediodía, regresa con el albarán de embarque y la pone en mi escritorio. «¿Qué me cuentas?», me dice. «Tu ídolo.» No soy ingenua, Sandy. Entiendo que usted tiene un trabajo que hacer. Pero al parecer le importa un rábano la posición en que me deja a mí.
–Oh, Sonny, me importa muchísimo.
Su tono plañidero la desconcertó.
Ella lo miró un instante, como si sopesara su sinceridad. Al fin hizo una mueca y enfiló hacia la puerta.
–Mi cliente –anunció Stern– no regresará hasta el jueves.
Ella meneó la cabeza.
–No pida una postergación, porque Sennett no la otorgará. Yo tampoco. Usted, la caja fuerte y todo lo que contiene estarán ante el gran jurado el jueves por la mañana.
–Es imposible sin consultar antes a mi cliente.
–Entonces será mejor que se consiga un abogado, Sandy. Lo digo en serio. Esto no es divertido ni simpático. No se ponga en una posición vulnerable ante Sennett. –Se contuvo–. Cielos, lo estoy haciendo de nuevo. Mire, necesita un abogado.
–¿Un abogado? –preguntó Stern.
Sonny pareció oír el ruido primero y dio media vuelta para mi-

rar hacia la escalera. Stern no había sospechado que quizá no estuvieran solos, pero reconoció el peinado ondeante y la bata aun antes de distinguir la cara, tan semejante a la suya, sobre la balaustrada.

–¿Quién necesita un abogado? –preguntó Marta.

34

A continuación siguió una escena breve y confusa al pie de la escalera. Stern, sumido en un torbellino emocional, se sintió irritado con Marta, quien había irrumpido de golpe sin anunciarse. Marta, que no aceptaba las críticas a la ligera, se defendió enérgicamente, le recordó que le había enviado una carta y que hacía veinte años que entraba en la casa con las mismas llaves.

–Llamé a Kate. Me dijo que te había dejado un mensaje anoche. ¿Ni siquiera pones el contestador?

El abatido Stern optó por no responder. Al fin reparó en Sonny, quien parecía anonadada por este imprevisto estallido de emociones familiares. Hizo las presentaciones, mientras Marta, con su típica familiaridad, le quitaba el papel de la mano.

–Es una citación –observó.

–La ayudante Klonsky me la acaba de entregar.

–¡Otra vez! –exclamó Marta, recordando el día de los funerales–. Son ustedes increíbles. ¿No saben lo que es una oficina? –Avanzó hacia Sonny–. Lárguese.

–Oh, cielos. –Stern alzó la mano y la tendió desesperadamente hacia Sonny, pero ella ya estaba en la puerta y sólo se despidió diciéndole: «El jueves»–. Caramba, Marta, qué modales.

–¿Quieres decir que esto te alegra?

–Marta, son circunstancias muy complicadas.

Su hija ladeó la cabeza burlonamente y cambió de expresión.

–¿Es tu novia?

–¿Novia? –preguntó Stern. Confundido, atinó a preguntarle quién le hablaba de sus novias. Resultó ser una reacción en cadena. Maxine había llamado la noche anterior a Kate, después de charlar con la madre; Marta había hablado con Kate esa tarde, porque Marta no estaba allí como habían previsto. Kate dijo que no se encontraba bien, pero que Stern esperaría a Marta, pues ella le había dejado un mensaje. El resto había surgido durante la charla.

–¿Es ella? –insistió Marta.

Profundamente turbado por toda la situación –Sonny, la citación, la imagen de una red femenina de tam-tam que transmitía sus problemas a horas tardías de la noche–, Stern no pudo contener su irritación. ¿Por qué sus jóvenes hijos se concedían el privilegio de ser irreverentes, incluso groseros?

–¿Te parece que se encuentra en estado de ser mi novia?

Marta se encogió de hombros. Quién podía saberlo. Quién sabía de ética a fines de siglo.

Stern decidió cambiar de tema y preguntó por Kate.

–Dice que no es nada grave. Está cansada. Pero la noto muy alterada. ¿Está pasando algo?

–Ay, Marta –respondió Stern, abrazando al fin a la hija, que lo estrechó con gusto.

Le preguntó qué tal había ido el viaje y si tenía hambre. Decidieron salir a comer.

–¿Qué es esto? –preguntó Marta, mostrando la citación.

–Supongo que tendría que llamar a alguien.

–Puedo representarte –se ofreció Marta–. He tenido un par de clientes con citaciones de un gran jurado. Nada como esto, pero tú podrías indicarme qué hacer. No tengo gran experiencia en los tribunales, pero me encantaría intentarlo. Tengo licencia aquí.

Ya lo creo, pensó Stern, por no mencionar tres estados más. No obstante, la idea le resultaba atractiva.

Acostumbrado a actuar en solitario, Stern nunca se sentiría cómodo del todo con uno de sus competidores. A los abogados penales les encantaban los chismes. No deseaba ver un mordaz artículo periodístico sobre su visita al gran jurado.

–Trae la citación –dijo Stern–. Hablaremos mientras comemos.

Marta subió un momento. Había cosas de Clara que había descubierto esa tarde, mientras hurgaba en los cajones, y quería que Stern las viera.

–Es un camafeo que tu abuelo Henry le regaló cuando tenía dieciséis años. Hacía años que no lo veía.

Stern sostuvo el colgante ante la luz plateada de la mesa. Bajo el mismo fulgor débil, Marta estudió la silueta femenina.

–Es hermoso.

–Sí. Henry tenía buen ojo para estas cosas.

–Es extraño que nunca nos lo haya obsequiado a ninguna de nosotras. ¿No crees?

Tal vez no podía separarse de él o le recordaba al padre. Acaso lo guardaba para la primera nieta. Le irritaba pensar que Clara tenía algún plan que había quedado sin cumplir. Le preguntó a Marta qué más había descubierto.

–Esto es asombroso. –Marta miró en su enorme bolso y sacó una bola de papel de la cual extrajo un espléndido anillo de zafiro. La piedra era muy grande, flanqueada en ambos lados por una hilera de diamantes, contra un trasfondo de platino u oro blanco.

–Vaya –dijo Stern. Era uno de esos objetos tan lujosos que actualmente incluso el seguro resultaba prohibitivo. Estudió atentamente el anillo–. ¿Dónde encontraste estas cosas?

–Había una cajita japonesa de laca en el fondo del segundo cajón. Supongo que era su lugar íntimo o algo así. –Marta tocó el anillo–. ¿No sabes dónde lo consiguió? Parece antiguo.

Su lugar privado, pensó Stern. ¿Podría Nate haberle comprado un regalo tan generoso? Una vez más tuvo la sensación de que la tierra se le deslizaba bajo los pies al descubrir los secretos de Clara. Cerró los ojos, aguijoneado por la culpa. Oh, era un sujeto mezquino y suspicaz.

–Éste es sin duda el anillo que tu madre recibió la primera vez que se comprometió.

–¿Comprometió?

Stern sonrió.

–¿No sabías que tu madre se casó conmigo después de un rechazo?

–Claro que no –dijo Marta–. Cuéntame. Ha de ser una historia sabrosa.

Se había inclinado sobre la mesa y la camarera tuvo que indicarle que se irguiera para servirle la cena. El establecimiento se llamaba Balzini's y era un restaurante vistoso de Riverside, con ambiente italiano, chimeneas falsas y manteles de lino carmesí. La carne era aceptable. Él siempre sería hijo de Argentina y sabría disfrutar de un trozo de carne asada, pero no era la elección que esperaba en

Marta. Al parecer, sin embargo, ella había descubierto que servían una generosa ensalada.

Stern mencionó a Hamilton Kreitzer y anadió que el noviazgo había terminado de repente, pero no contó nada más. Si Clara no había querido compartir con sus hijos esa parte de su pasado, él no era quién para revelarlo. La intimidad de Clara constituía ahora el tesoro final y más valioso de su esposa.

Al mismo tiempo, Marta era la menos proclive a dejarse desconcertar por las revelaciones. Marta, cuyas relaciones con Clara fueron bastante difíciles, en cierto aspecto la conocía mejor. Stern recordaba a Marta a los cuatro o cinco años, junto a la madre, en el fregadero, cuestionando cada hábito: ¿Por qué pelas las zanahorias? ¿Por qué te lavas las manos antes de tocar la comida? ¿Y si saliéramos al jardín y comiéramos las verduras arrancándolas de la tierra? ¿Cómo te pueden hacer daño gérmenes que ni siquiera vemos? Sin cesar. La paciencia de Clara se agotaba al fin. «¡Marta, por favor!» Pero esto inducía a la niña a intensificar el interrogatorio. A veces, Clara terminaba por irse de la habitación.

Al conocer desde pequeña las debilidades de la madre, Marta era menos propensa a reverenciar a Clara que sus hermanos y veía a la madre con mayor distanciamiento. Sus observaciones no eran halagüeñas. Con el tiempo Stern había logrado evaluar el rumbo de las opiniones de Marta. Tal vez su visión de la madre se sintetizara en una palabra: débil. Marta no valoraba gran cosa el reino doméstico de Clara, la música, el jardín, las funciones en la sinagoga y las meriendas. Consideraba que la madre era una criatura poco activa que se refugiaba de turbulencias internas y externas detrás de sus modales dignos y sus hábitos elegantes, que carecía de espíritu para enfrentar las cosas. Marta medía el mundo por los valores del padre: acción, éxito. Su madre no era emprendedora y eso la disminuía ante sus ojos. Con el tiempo habían logrado una relación que se podía describir como aceptable. Los reproches de Marta herían a Clara. Aun así, permanecía disponible para ella. En el universo de los desastres emocionales –Peter y su padre, por ejemplo–, Marta y la madre habían logrado una componenda. Reconocían y reverenciaban, a pesar de sus reservas, un mundo común de afectos.

–¿Éste era su corazón roto? –preguntó Marta, tocando el anillo que sostenía el padre.

–Quizá. ¿Así la veías? ¿Una persona con el corazón roto?

–No sé. A veces. –El juicio, como la mayoría de las observaciones de Marta, lo afectó profundamente, pero ella continuó, sin reparar en ello–: Resulta difícil pensar en vosotros vacilando o teniendo amoríos frustrados. De niña, yo pensaba lo mismo que todos los pequeños: que concordabais perfectamente, que estabais hechos el uno para el otro. Tonto, ¿eh? –Marta alzó los ojos tímidamente, mirando al padre por un instante. Sin duda, con el tiempo Marta también había desarrollado una visión despiadada del matrimonio de sus padres. Stern sospechaba que ello había contribuido a su ambigüedad ante los hombres, sus relaciones inconstantes. De pronto Marta miró a lo lejos, llevada por los recuerdos–. Una noche, cuando yo tenía once o doce años, me senté en la cama, en la oscuridad. Kate dormía, hacía calor y el viento agitaba las persianas. Yo pensé: «Está allá afuera. Ese hombre único, perfecto». Ese pensamiento resultaba muy excitante. –Cerró los ojos y agitó la cabeza, dolorida–. ¿Alguna vez has pensado algo parecido?

Stern reflexionó. Su adolescencia, por lo que recordaba, parecía colmada de otras obsesiones: el cúmulo de sentimientos que surgían alrededor del recuerdo de Jacobo, su resuelta determinación de ser norteamericano. De noche, en la cama, hacía planes: pensaba en la ropa que veía –recordaba que había pensado durante un par de semanas en unos tirantes rojos–, el modo en que los jóvenes hundían las manos en los bolsillos; mascullaba frases en inglés, las mismas palabras, en repeticiones obsesivas, con la misma frustración, sintiendo que no podía soportar su acento. No era muy romántico, pero comprendía a qué se refería Marta: la idea de la unión perfecta, corazón con corazón, cada gesto conocido al instante; el reflejo de la imagen del alma, cuando todo encajaba como en un rompecabezas. La sangre se le aceleró cuando pensó en Sonny. La imagen ya se desvanecía, ya era un poco más remota. Un paralizante principio de realidad había comenzado a intervenir, colmándole el corazón de dolor y una sensación de injusticia. Dirigió una sonrisa a la hija y murmuró:

–Comprendo.

–Claro que no se trata de un hombre en especial, es cualquier hombre. Hombres y mujeres... Hay en ello algo que no alcanzo a entender. –Meneó la cabeza, agitando el pelo suelto–. Últimamente me he atormentado tratando de averiguar si hombres y mujeres pueden ser verdaderos amigos sin el sexo. ¿Conoces la respuesta? –le preguntó al padre con su modo directo y natural.

–Temo que pertenezco a la generación equivocada. Carezco de experiencia. Las dos mujeres a quienes consideraba verdaderas amigas eran tu madre y tu tía. Esta perspectiva no tiene validez.

–Pero siempre está ahí, ¿verdad? El sexo.

–Eso parece –respondió Stern, y volvió a pensar en Sonny.

Su hija comió su gran ensalada, mientras meditaba.

–¿Aún piensas en mamá como amiga? –preguntó Marta–. ¿Incluso ahora?

Bien, vaya pregunta para que una hija le planteara al padre. ¿Tendría posibilidades de evadirla?

–¿Sólo puedo responder sí o no?

Marta lo miró con impaciencia, disgustada por ese truco de picapleitos.

–Marta, parece que te defraudamos mucho.

–No te estoy pidiendo que justifiques vuestras vidas. De verdad. Sólo me lo pregunto. Parece muy deprimente. Pasas treinta años y todo termina en alguien pudriéndose en un garaje. Piénsalo. ¿Qué significaba ella para ti al final? ¿Al principio? ¿Era La Mujer? Probablemente no, ¿eh?

Su primer impulso fue no responder, pero en esos momentos Marta mostraba una sinceridad que resultaba intolerable. A pesar de su experiencia, su humor punzante, su atrevimiento, indagaba con el mismo afán inocente que Sam había manifestado al mirar el cielo nocturno. No podía evitar responderle.

–Vivimos en este mundo, Marta. No en otro. Como tú dices, es decepcionante aprender, pero la vida de tus padres no es mejor que la tuya. No hay un momento en que te eleves a un orden superior de la existencia. –Estas palabras, dichas así, parecían más duras de lo que él se había propuesto, pero Marta las aceptó–. Nadie puede hablar con precisión de los sentimientos de años y décadas en un par de frases. No soy capaz de contemplar a tu madre al margen de la vida que compartimos. Tuve la buena fortuna de la mayoría de las personas que hallan cierta satisfacción en haber decidido qué era importante para ellas y haber logrado una parte. Mi trabajo. Mi familia. Os adoraba a los tres... sospecho que nunca lo supe comunicar, pero así fue siempre. También quería mucho a tu madre. Sé que con el tiempo la defraudé muchísimo. Yo no fui tan buen amigo para ella como ella lo fue para mí. Aunque ella también me defraudó a mí... sobre todo hacia el final. Admito, aunque parezca espantoso, que estoy resentido con esta conclusión. En mi interior hay muchas habitaciones que parecen cerradas a los visitantes... lo reconozco. Pero creo, tras meses de reflexión, que soy una persona mejor y más capaz de la que ella quería ver en mí. –Dijo esto con firmeza, la cabeza erguida y el tono marcado por la convicción, aunque notó que Marta no entendía a qué se refería. Comió el bistec y agitó el vino. Bebió media copa, pero la marea de los sentimientos continuaba y no quiso que ésta fuera la última palabra–. Hicimos todo lo posible, Marta. Ambos. Dadas las vastas limitaciones que todos padecemos. Compartimos mucho. No sólo acontecimientos, sino compromisos. Valores. Ella fue la suma de toda mi vida. La amé. A veces apasionadamente. Aún hoy creo que ella también me amó. Todo padre desea para sus hijos una vida mejor de la que él tuvo, pero admito que me agradaría mucho verte forjar una relación tan duradera como la mía.

Marta asintió gravemente. Su padre había respondido. Stern advirtió que aún sostenía el anillo y la fina piedra centelleaba incluso bajo esa luz tenue. La volvió a admirar un instante y la devolvió. Cuando Marta alzó la cartera, él le preguntó si había descubierto más tesoros durante la tarde de exploración.

–No más tesoros –respondió Marta–. Sólo algo que me ha intrigado. –Hurgó en la cartera con ambas manos–. ¿Qué clase de medicación estaba tomando?

–¿Medicación? –preguntó Stern.

Era una cajita ovalada de plata, con una tapa con goznes. Marta dijo que también la había encontrado en la caja japonesa. Abrió la tapa y en ese mismo instante Stern supo qué habría adentro. Volcó las cápsulas amarillas sobre el mantel y las contó. La marca estaba impresa en cada cápsula. Eran setenta y nueve. Contó dos veces. La misma cantidad que faltaba en el frasco del botiquín de Nate.

Marta miró a Stern comprensivamente. Era evidente que el padre estaba confundido.

–No es posible –dijo Stern.

–Tal vez deberías preguntar a Nate Cawley –sugirió Marta.

Esa noche permaneció levantado hasta tarde. Marta, como era lógico, prefirió su propia habitación, de modo que Stern, por primera vez en meses, regresó al dormitorio que había compartido durante veinte años con Clara. Marta había saqueado los muebles, los cajones estaban abiertos y había prendas de seda colgando de los bordes. En el suelo había varias cajas de cartón con objetos ordenados: algunos para regalar, otros para guardar.

De nuevo le costó dormirse. A orillas del río celebraban ruidosamente la víspera del Día de la Independencia. Después de las diez empezó el estruendo de los fuegos artificiales, a pocos kilómetros; por la ventana divisaba el trémulo fulgor reflejado en las delgadas nubes. Era uno de esos inmigrantes que todavía se ablandaban de sentimentalismo –y gratitud– el Cuatro de Julio. ¡Qué concepción de país! Aún admiraba el florecimiento de las democracias liberales, con su ideal de igualdad, junto con los avances en cuidado médico y la invención del tipo móvil, el mayor logro de la humanidad en todo el milenio. Su vida de abogado –sobre todo en el aspecto penal– estaba ligada de algún modo con esas creencias.

Permaneció insomne en la cama, intentó leer, pero la agitación del día lo agobiaba: su confrontación con Nate, la partida de Sonny como una nave hacia el horizonte, las agobiantes complicaciones legales que le esperaban y los fantasmas invocados por su charla con Marta. Su hija había pedido –exigido– toda la vida que los padres le hablaran con franqueza. En cierto sentido ése era el acontecimiento más perturbador del día.

En un momento bajó en silencio para examinar la cajita de píldoras, pero al parecer Marta la guardaba consigo. Entreabrió las cortinas y miró la casa de los Cawley. Ya no estaba bajo su control. Tendría que hablar de nuevo con Nate, pero ¿cómo iniciaría semejante conversación? «Nate, hay un par de cosas que no entiendo acerca de tu aventura con mi esposa.» Stern meneó la cabeza.

Regresó al dormitorio. A pesar de los meses, el aroma de Clara persistía, ella estaba tan presente como los callados muebles. Tendido en la cama, tuvo la sensación de que Clara saldría del cuarto de baño en cualquier momento, una atractiva persona madura, embellecida por el corte de la bata, el cabello brillante, la cara cubierta de crema, ensimismada como de costumbre, tarareando un tema musical.

La había amado muchísimo, pensó de pronto. El recuerdo de repente resultaba aplastante, recordaba los detalles más ínfimos con dolorosa exactitud: la suave onda con que se había peinado el cabello durante años, el aroma dulzón de sus sales de baño, el sombrero de jardín, la diminuta protuberancia a cada lado de la nariz. Recordaba la lentitud con que alzaba las manos, los dedos delgados y la pequeña sortija, gestos articulados con inteligencia y elegancia. Esos recuerdos lo arrasaron de manera tan vívida que creyó poder abrazarla, como si en ese dolorido afán pudiera arrebatarla del aire. La frescura de ese amor lo aturdía, le desgarraba el corazón y lo debilitaba. Ignoraba en qué oscuro y escabroso rincón de locura se había internado Clara. Sólo podía pensar en la mujer con quien había vivido, la persona que conocía. Echaba de menos a esa mujer, esa persona.

Esperó hasta que el fantasma se desdibujó un poco. Esto era lo que había intentado comunicar a su hija, este eterno océano de sentimientos. Tendido bajo el intenso haz de la lámpara de lectura, envuelto en la bata, inmóvil, se aferró por un instante a lo poco que podía asir de la presencia –misteriosa, precisa, animada, profunda– de Clara Stern.

35

El miércoles por la mañana, Marta fue a trabajar con Stern. Claudia y Luke, que habían trabajado con Stern durante más de diez años, la observaron con admiración: era bonita, madura, equilibrada. Ella y Stern redactaron una moción para la juez Winchell, en la que pedían la postergación de la fecha de presentación de Stern ante el gran jurado. Aunque tenía menos de tres páginas, la moción les llevó horas, pues presentaba problemas complejos, como Marta fue la primera en reconocer. Por lo general las conversaciones entre abogado y cliente, destinadas a garantizar asesoramiento legal, gozaban de inmunidad, en el sentido de que el gobierno no podía obligar a revelarlas. Pero ¿era pertinente aquí invocar la inmunidad?

–¿Es eso? –preguntó Marta. La caja fuerte, treinta centímetros cúbicos de metal, estaba todavía detrás del escritorio de Stern–. ¿No la has abierto nunca?

–No tengo la combinación, ni el permiso de tu tío.

Marta la tocó con el pie, llevaba calcetines rosados debajo de las sandalias. Stern advirtió que su hija tenía vello en la parte de la pierna que la falda dejaba al descubierto.

–Cielos, ¿de qué está hecha? ¿Plomo? Esta cosa sobreviviría a la guerra nuclear.

–Dixon valora su intimidad –comentó Stern.

–Bien, eso es un problema, ¿no crees? ¿Cómo decimos que recibiste el contenido con el propósito de ofrecer asesoramiento legal cuando no has llegado a verlo?

Stern, que no había pensado en este dilema, buscó su puro sin encender.

–Pero, por otra parte –continuó Marta–, si admites que no has abierto la caja, ¿no revelas mensajes confidenciales? ¿Acaso eso no evidencia las instrucciones del cliente y muestra que, en esencia, éste contó al abogado que el contenido es tan delicado que no quiere ni puede compartirlo? ¿Qué me dices de la Quinta Enmienda a favor de Dixon?

Marta continuó hablando de ello. Tenía una mente amplia y sutil. Stern, consciente de la inteligencia de Marta, quedó impresionado por su soltura en asuntos con los cuales no estaba muy familiarizada. Había ido a la biblioteca de Stern y había digerido el principal caso del Tribunal Supremo nada más llegar allí, absorbiendo los difíciles matices sin dedicarle mucho tiempo. Marta se sentía a sus anchas en estas complejas zonas donde las abstracciones de la ley se hacían tan inaccesibles como la matemática superior, incluso para Stern.

Al final, mientras redactaban la moción, decidieron que la posición legal que sostendrían por ahora era simple: dado que potencialmente podía aplicarse el secreto entre abogado y cliente, Stern no podía actuar sin instrucciones de Dixon. Por lo tanto pedía al tribunal que postergara la citación para que pudiera consultar con el cliente cuando éste regresara a la ciudad. Marta escribió cada frase en una libreta amarilla, las recitó en voz alta, y luego ambos hicieron las correcciones. Stern, que por hábito hacía todas sus tareas en solitario, quedó complacido por la naturalidad de esta colaboración. Cuando terminaron la moción, Marta la firmó como abogada de Stern.

–¿Qué ocurrirá si te ordena que testifiques mañana? –preguntó Marta, refiriéndose a la juez Winchell.

–Tendré que negarme, ¿verdad?

–El gobierno intentará acusarte de desacato. No te encerrarán, ¿verdad?

–Mañana no. Un juez debería darme tiempo para recapacitar, o al menos otorgarme una prórroga para que pueda presentarme ante el tribunal de apelaciones. Por último, desde luego, si persisto después de recibir órdenes de presentar… –Agitó la mano. Esto ocurría a veces, abogados encarcelados por resistirse a órdenes judiciales que perjudicaban a sus clientes. Entre los abogados defensores, dichos encarcelamientos, por lo general breves, se consideraban un emblema de honor, pero Stern no tenía interés en ser un mártir, y mucho menos por Dixon–. Estoy en tus manos –le dijo a su hija.

–No hay problema –respondió Marta, abrazándolo–. Pero por si las moscas lleva cepillo de dientes.

El jueves a las diez de la mañana, en el momento en que Stern debía comparecer ante el gran jurado, entró con Marta en la recepción de la cámara de la juez Moira Winchell, jefa del tribunal federal del distrito. El lugar reflejaba las proporciones de otro siglo: mientras que la cámara de la juez era enorme y suntuosa, las habitaciones destinadas a secretarios, escribientes y ujieres eran reducidas y los muebles estaban apiñados como en un baúl. La estrecha zona de espera estaba limitada por una balaustrada con bisagras, de postes anchos. Sonny Klonsky ocupaba allí el único asiento disponible, agitada y bonita a pesar de su semblante sombrío. El corazón de Stern dio un vuelco, pero se apaciguó cuando ella le dirigió una mirada breve y severa. Stern presentó de nuevo a Marta.

–Estamos esperando a Stan–comentó Klonsky, y poco después el fiscal federal salió por la puerta, enjuto, impecable y seco.

Su aspecto impresionaba incluso a Stern, quien se consideraba meticuloso y usaba trajes y camisas hechos a medida e incluso, una vez al año, un par de zapatos de una casa neoyorquina. Era la clase de individuo que no cruzaba las piernas para no arrugarse los pantalones. Saludó a Stern formalmente, dándole la mano, y esbozó una sonrisa cuando le presentaron a Marta.

Luego entraron en la cámara de la juez. Dado el secreto que rodeaba las citaciones de un gran jurado, esta audiencia –por suerte para Stern– se celebraría a puerta cerrada. Aunque el relator estaría presente con su máquina de taquigrafía, la transcripción quedaría sellada y no estaría a disposición de la prensa ni del público, ni siquiera de otros abogados.

Moira Winchell se mostraba afable en la intimidad de su cámara. Llevaba un vestido oscuro –no se había puesto la toga– y salió de detrás del enorme escritorio de caoba, más grande que un automóvil pequeño, para saludarlos cordialmente. Había conocido a Marta más de una década atrás –algo que Stern no recordaba– y le dirigió un cálido saludo.

–¿Ahora trabajas con tu padre? Es una suerte para él.

Marta explicó que era una situación provisional. Mientras continuaban los saludos, Sonny permaneció junto a Stern. Tenía la misma altura –él no lo había notado antes– y Stern se volvió para mirarle la cara fuerte y los rasgos atractivos. Como buena abogada, ella concentraba su atención en la juez; al principio no reparó en la mirada de Stern y cuando la advirtió le dedicó una sonrisa fugaz y se alejó para sentarse ante la mesa de conferencias tal como había indicado la juez.

Los muebles seguían el pesado estilo oficial, macizos, elegantes y oscuros, adornados sólo con bordes profundos y múltiples, en austero estilo americano. Grandes ventanas en arco se elevaban en todas las paredes, pero la luz era indirecta, como si en el oscuro estilo de fines del siglo diecinueve los arquitectos hubieran puesto el edificio oblicuamente en el sendero del sol. La juez, como de costumbre, habló primero.

–Bien. Stan, he leído esta moción. ¿Cómo puedes negar a Sandy tiempo para hablar con su cliente?

Marta miró al padre de forma inexpresiva.

Fue Sonny y no Sennett quien respondió en nombre del gobierno. El fiscal federal estaba presente sólo por razones formales, para que la juez supiera que el gobierno consideraba el asunto como un caso decisivo. Aquí había toda una historia, alegó Klonsky. Hacía muchas semanas que el gobierno buscaba los documentos que sospechaba estaban en la caja fuerte.

–¿Le dice usted al tribunal –preguntó Marta– que el gran jurado tiene pruebas fehacientes relacionadas con el contenido de la caja?

Era una pregunta hábil que podía obligar al gobierno a revelar algo acerca de su informante para respaldar su posición. Pero Klonsky eludió la pregunta y declaró que no haría comentarios sobre lo que el gobierno o el gran jurado sabían.

–¿Cuál es entonces el fundamento de la citación?

Ambas mujeres continuaron debatiendo. Stern, que había aceptado el consejo de su hija de no decir nada, las observó con distanciamiento. Se sentía extraño al no tener que hablar. En el otro extremo de la mesa, Sennett escuchaba con las manos entrelazadas; como de costumbre, era hombre de pocas palabras. El relator no anotaba nada, esperando la orden de la juez para iniciar los registros. Al cabo de un momento Stern perdió el hilo del debate. Le costaba discernir cuál de las dos mujeres hablaba, ambas tenían el mismo tono acalorado y la voz confiada. Por alguna razón, esta idea lo perturbó.

–Bien –concluyó al fin Winchell–, terminemos con esto. Si faltan documentos, el gobierno tiene todo el derecho de solicitarlos. Así que no pienso admitir ninguna moción de nulidad, si eso es lo que te habías propuesto, Marta. Pero debo decir que las cuestiones de inmunidad aquí no son simples. Nunca lo son cuando se cita a un abogado. No entiendo cómo se puede obligar a Sandy a responder sin que le den la oportunidad de conversar con el cliente. Así que eso dispondré.

Indicó al relator que empezara a anotar. Las partes se identificaron y la juez permitió que Marta y Klonsky expusieran brevemente sus posiciones. Luego dio lugar a la moción.

–Esto es extraoficial –indicó la juez al relator–. ¿Qué fecha fijamos? ¿Cuándo se reúne de nuevo el gran jurado?

–El jueves próximo, señoría –respondió Klonsky–, pero se trata de una sesión especial destinada a un único testigo.

Se refería a John. El gobierno no quería tener cerca a Stern cuando su yerno compareciera ante el gran jurado para implicar a Dixon. Por lo visto, estaban pensando en una declaración larga.

Tras consultar el calendario del gran jurado, la juez Winchell fijó la citación para tres semanas después. Klonsky miró a Sennett, quien se encogió de hombros: todo era inútil. Sin duda habían querido moverse más deprisa. Como había intuido Tooley, faltaba poco para la acusación.

–Oficialmente –anunció la juez–. El señor Stern comparecerá ante el gran jurado el 27 de julio. Si hay inmunidad por confirmar, la abordaremos con preguntas detalladas. Tendré en cuenta la fecha y estaré disponible por si me necesitan. Procédase –concluyó la juez.

El relator plegó el trípode de su aparato.

–Una última cuestión –dijo la juez–, para todos. –El relator se había detenido pensando que tal vez volvieran a necesitarlo, pero ella le indicó que se marchara–. No me gusta ver abogados ante un gran jurado. Es una práctica peligrosa para ambas partes. Os recomiendo que resolváis esto entre vosotros. Sandy, estás bien representado. Muy bien. Lo mismo vale para el gobierno. Con tantos abogados buenos, me cuesta creer que no lleguéis a una solución adecuada. Espero que la razón prevalezca.

Miró a todos frunciendo el ceño. En otras palabras, los inflexibles pagarían un alto precio.

Todos se despidieron en el corredor. Sennett, fuera de la presencia de la juez, renunció a su semblante cordial y se marchó con aire huraño, sin comentarios. Klonsky se quedó unos instantes para decir a Marta que esperaba noticias suyas. Tampoco esta vez habló con Stern. Cuando llegó el ascensor, Stern se sintió abrumado por sus problemas. Marta, en cambio, estaba exultante.

–¡Magnífico! –exclamó al salir del tribunal. La juez tenía razón: había manejado el asunto muy bien. Stern la felicitó–. ¿Puedo regresar, si no solucionamos esto?

Su plan era volar esa noche a Nueva York.

–Eres mi abogada–respondió Stern–. No puedo actuar sin ti.

Pero no quería una repetición de esa escena, por excitante que hubiera sido. Había telefoneado a la oficina de Dixon antes de ir al tribunal y Elise, la secretaria, había prometido que Stern pronto recibiría noticias de él. Era hora de que Dixon tocara la música, su breve y triste canción. La fiesta había terminado. Stern besó a Marta y la envió a casa, donde ella y Kate examinarían las últimas pertenencias de Clara. Stern regresó a la oficina, pensando sombríamente en su cuñado.

36

A las cinco de la tarde aún no tenía noticias de Dixon. Había hablado dos veces con Elise y en la última ocasión, alrededor de las tres, la secretaria había dicho que Dixon tenía un problema en Nueva York con el índice de precios al consumo y regresaría esa noche.

–Dile que si abandona la ciudad sin hablar conmigo renunciaré a ser su abogado.

Elise, acostumbrada a las ocurrencias de Stern, esperó alguna broma que cerrara la frase, luego anotó el mensaje sin comentarios. Stern llamó a casa de Dixon, pero sólo consiguió hablar con Silvia. Charlaron casi media hora acerca de las islas, de Helen, de la llegada de Marta. Por fin Stern preguntó si sabía dónde estaba su marido. Pronto debía llegar a casa para hacer las maletas, dijo ella, y Stern le hizo prometer que Dixon llamaría.

Al atardecer, Stern estaba sentado junto al teléfono, revisando los informes del FBI sobre el caso de Remo Cavarelli; Moses Appleton se los había enviado al fin. Como esperaba Stern, los informes de los agentes reflejaban escasas pruebas sólidas contra Remo. Los tres coautores estaban liquidados, como decían ellos: los habían pillado en el camión con las manos en las reses y todos se habían declarado culpables semanas atrás. Pero todos eran profesionales de la vieja escuela y sabrían cerrar el pico. La única prueba contra Remo era su tonta llegada –los agentes declaraban que había caminado literalmente hacia el camión y se había quedado a mirar el arresto– y la observación de uno de los ladrones de que «nuestro hombre lo preparó todo». El gobierno afirmaría que esto era una referencia a Remo, quien presuntamente iba a disponer del botín y cuyo papel explicaba su aparición tardía. El gobierno carecía de fundamento real para estas sospechas. Si los fiscales no encontraban excusas para mencionar los antecedentes de Remo ante el jurado, tenía buenas posibilidades de quedar libre. El caso iría a juicio. Hacía cuatro meses que Stern no actuaba en un juicio, desde poco antes de la muerte de Clara, y la idea lo atraía. El único problema era convencer a Remo.

Sonó el teléfono.

–Stern.

–Papá.

Era Marta.

Ella y Kate habían terminado de ordenar. Pronto irían al aeropuerto y se preguntaban si Stern querría comer con ellas antes del vuelo. Esperaban hablar también con Peter. Stern, ansioso de ver a Kate, accedió. Fue a la otra sala para ver si Sondra podría ayudarlo en caso de que Remo fuera a juicio y para pedirle una segunda opinión del caso.

Cuando Stern regresó a la oficina, Dixon esperaba en el sofá color crema. Llevaba una chaqueta cruzada y calcetines amarillos, y fumaba un cigarrillo con los pies levantados. Estaba bronceado y relajado, la frente se le estaba pelando. El asombrado Stern sólo entonces reparó en el juego de llaves tirado en el sofá. Se había olvidado de dar una llave a Dixon.

–Silvia dice que has roto con tu novia. Creí que eras más inteligente, Stern. Es una chica interesante.

Esa semana Stern había recibido varias críticas similares, pero no le interesaba comentar el asunto y menos con Dixon, quien sólo quería distraerlo.

–Dixon, ¿te he dicho alguna vez que eres mi cliente más difícil?

–Sí. –Dixon tiró las cenizas. Tenía el cenicero de cristal al lado, en el sofá–. ¿Qué ocurre?

–Muchas cosas.

Dixon miró la hora.

–Tengo diez minutos. El coche está abajo. Tengo una reunión en La Guardia a las nueve de la noche. Llevo dos años trabajando en este asunto y se va al garete en una semana. Te lo juro.

Stern examinó secamente al cuñado y se sentó al escritorio.

–Irás a la cárcel, Dixon.

–No, no iré. Para eso te contraté a ti.

–Yo no puedo cambiar el pasado. No entiendo tus motivos, pero sí las pruebas. Es hora de considerar las posibilidades.

Dixon comprendió de inmediato.

–¿Quieres que me declare culpable? –Apagó el cigarrillo, clavando en Stern sus ojos amarillos y amenazadores. Evidentemente se sentía atacado–. ¿Crees que soy culpable?

Se trataba de otro elemento de su pacto tácito. Dixon no mencionaba los hechos; Stern se reservaba los juicios. Le sorprendía que aun ahora le costara tanto expresarse, pero no había modo de evitarlo.

–Sí –respondió. Dixon se humedeció los labios–. Dixon, este asunto está cobrando proporciones catastróficas. John ha recibido inmunidad y testificará ante el gran jurado la semana próxima.

Incluso Dixon quedó desconcertado por la noticia.

–¿Y qué dirá?

–Que obedeció órdenes tuyas... cada pedido ilegal de Kindle provino de ti. Él fue una tonta oveja descarriada. Supongo que puedes imaginar el testimonio.

–¿John te dijo esto?

–Dixon, como sabes, no puedo hablar con John acerca de este asunto.

–¿Quién te lo dijo? ¿Su abogado? ¿Cómo se llama? ¿Toomey? Creí que habías dicho que era una víbora. Quizá te esté mintiendo para ayudar a sus viejos amigos.

–¿Acerca del testimonio de mi yerno? Creo que no. No, en este caso Tooley ha actuado como debía. Persuadió a John de que defendiera sus propios intereses. Es joven. Tiene una esposa embarazada. Nadie, Dixon, le aconsejaría que rechazara la inmunidad. Nadie –añadió Stern enfáticamente.

–No lo creeré hasta que John me lo diga. –Dixon irguió la barbilla y dio una calada al cigarrillo–. Pude tener un millón de razones para hacer esos pedidos.

Stern sabía que bastaría con que le preguntara una para que Dixon callara por un tiempo.

–Además –continuó Dixon–, me has dicho que tienen que demostrar que gané dinero con estas operaciones. Dijiste que las ganancias se trasladaron a esa cuenta... ¿cómo se llama?

–Wunderkind.

–No encuentran los documentos –concluyó Dixon.

–Creo que los han localizado.

Dixon se levantó de repente. Se acomodó los pantalones y se acercó al escritorio para mirar la caja fuerte, donde Stern, por costumbre, había apoyado el pie.

–No lo creo –dijo Dixon, con una sonrisa pícara.

Stern buscó su citación en el escritorio. Dixon la leyó con detenimiento y al terminar estaba menos eufórico.

–¿Cómo averiguaron dónde estaba?

–Ellos tienen su propia historia, pero sospecho que a través del mismo medio por el cual supieron todo lo demás: el informante. Tal vez fuiste imprudente al comentar este asunto.

–La única persona que estaba al corriente del traslado era Margy, pues ella extendió el cheque a los tíos del transporte. Ya te lo había dicho.

¿Lo había dicho? En tal caso, Stern lo había olvidado. El detalle no había parecido relevante entonces. Dixon estaba releyendo la citación.

–Esta cosa es para hoy –comentó.

Stern le refirió la entrevista.

–No permitirás que consigan la caja, ¿verdad?

–Seguiré las instrucciones que me des, Dixon, mientras Marta y yo convengamos que está dentro de la ley.

–¿Qué quieres decir?

–Puedo esgrimir el secreto entre abogado y cliente.

–¿Y?

–Dudo que puedan obligarme a declarar acerca de nuestras conversaciones.

–¿Y la caja?

–Es una compleja cuestión legal, Dixon.

–¿Pero?

–Sospecho que al final, Dixon, tendré que presentarla.

Dixon soltó un silbido. Encendió otro cigarrillo.

–Mira, Stern, cuando la mandé aquí dijiste que esos bastardos no podrían conseguirla.

–Te dije, Dixon, que tus documentos *personales* estarían más seguros.

–Vale –admitió Dixon–. Es personal. Todo lo que hay ahí es personal.

Stern meneó la cabeza.

–Si yo digo que es personal –masculló Dixon–, tú no tienes por qué decir lo contrario.

–No –dijo Stern. No iba a fingir que nunca había practicado la ley de ese modo, pero durante muchos años se había permitido el lujo de una conciencia limpia y no tenía interés en ser compinche de Dixon–. No hay modo de pensar, Dixon, que los documentos internos de la compañía relacionados con la cuenta Wunderkind no pertenezcan a la empresa. Margy los tendría que haber presentado la semana pasada.

–Por amor de Dios –suspiró Dixon. Se levantó y se quitó la chaqueta de botones dorados. Llevaba una camisa de rayas verticales oscuras, abierta en la garganta, exhibiendo el vello blanco del pecho; tenía los brazos gruesos, bronceados por el sol–. Déjame pasar.

Dixon rodeó el escritorio de Stern, se arrodilló para recoger la caja y echó a andar.

–Dixon, esta citación está dirigida a mí, no a ti, y debo obedecerla. No puedes llevarte la caja de esta oficina.

Con la caja entre las rodillas, Dixon enfiló hacia la puerta, encorvado como un simio.

–Dixon, me colocas en una posición imposible.

–Lo mismo digo.

–Marta es muy sagaz, Dixon. Mucho más que yo. Podemos presentar mociones. Con una apelación, podremos mantener a raya al gobierno durante unos meses. Prometo que resistiremos con todos los medios legales.

–Perderás. –Dixon tenía poco aliento, pero continuaba caminando–. Ya has dicho que no tienes cómo defenderme.

–Dixon, por Dios. Esto es una locura. Estás diciendo que el gobierno no tiene ningún otro modo de demostrar que controlaste esa cuenta.

Dixon dejó la caja en el suelo y dio media vuelta.

–¿Qué otro modo tendría para demostrarlo?

–Seguro que lo hay –sugirió Stern sin convicción. Por un instante pensó en mencionar el cheque que Dixon había extendido para cubrir el déficit de la cuenta Wunderkind, pero dominó este impulso. Durante la vertiginosa noche en el bosque había hecho una promesa irrevocable. Al margen de lo que hubiera ocurrido después, no faltaría a su palabra. A lo sumo podía ser indirecto–. Es evidente,

Dixon, que la solicitud de cuenta no puede ser el único modo de determinar que eras responsable de la cuenta. Tal vez John lo sepa.

Dixon escudriñó a Stern en silencio. Al fin meneó la cabeza con lentitud, un gesto de absoluto rechazo.

–No va más –dijo.

Se agachó de nuevo y cogió ambos lados de la caja.

–Dixon, si comparezco sin la caja o una explicación acerca de su desaparición, la juez Winchell me pondrá bajo custodia policial.

–Oh, no te pondrán entre rejas. Todos creen que caminas sobre el agua.

–Dixon, insisto.

–Yo también.

–Entonces debo renunciar a ser tu abogado.

Dixon reflexionó un instante.

–Pues renuncia –replicó al fin.

Irguió los hombros, soltó un resuello y levantó de nuevo la caja fuerte.

–Dixon, estás cometiendo una infracción federal ante mis propios ojos. Además, yo estoy implicado en ella. Me estás obligando a notificar al gobierno.

Cerca de la puerta, Dixon miró por encima del hombro con ojos huraños y desafiantes.

–Dixon, hablo en serio. –Stern se dirigió al teléfono y marcó el número de la fiscalía. Era improbable que respondieran a esa hora–. Sonia Klonsky –dijo Stern, mientras el teléfono seguía sonando.

Dixon soltó la caja. Tenía la cara roja y jadeaba para recobrar el aliento. Stern colgó y Dixon agitó la mano con disgusto. Se dirigió al sofá y se guardó los cigarrillos y las llaves en un bolsillo de la chaqueta. Apuntó a Stern con el dedo pero no le quedaba aliento para hablar, así que se marchó sin añadir nada más.

37

Stern había convenido en reunirse con sus hijos en The Bygone, uno de esos restaurantes que pertenecían a una cadena con locales en todas las ciudades importantes del país. El de Dallas tenía el mismo aspecto que el de Kindle: faroles de hierro forjado, vasos con forma de campana y tarjetas con gatitos pegados bajo las mesas. El restaurante se erguía sobre un risco que daba a la red de autopistas cercana al aeropuerto del condado. Atascado en el tráfico, Stern lo divisaba a kilómetros de distancia.

El aeropuerto era ahora lo que el río había sido para Kindle un siglo atrás, un punto de confluencia para las exigencias del comercio. Grandes edificios de oficinas –formas romboidales de cristal rutilante– se elevaban donde quince años atrás sólo había campos; enormes depósitos con puertas onduladas y varios hoteles de cemento se erguían al borde del camino, y en la carretera abundaban anuncios de otros proyectos que estarían en marcha hasta finales de siglo. El tráfico era denso a todas horas. Stern, en el embotellamiento, apagó la radio del Cadillac para pensar en Dixon.

Tal vez, pensó Stern, rastreando el problema hasta sus raíces, si Silvia se hubiera sentido más segura tras la muerte de la madre, habría encontrado a Dixon menos atractivo. Stern había hecho lo posible y realizó atentos planes para ambos. Había vendido algunos muebles de la madre y dos anillos para obtener dinero, y al otoño siguiente la universidad de Easton, el centro pastoral de la educación privilegiada del Medio Oeste, se había convertido en refugio de los huérfanos Stern. Silvia, buena estudiante, adelantada en la escuela como el hermano, pudo seguir los cursos gracias a una beca completa; él asistió a la facultad de derecho gracias a su servicio en el ejército. Stern, para economizar y mantener sus contactos, vivía en el apartamento de la madre en Du Sable; se desplazaba en tren todas las mañanas, mientras que Silvia pronto fue invitada a inscribirse en un colegio mayor.

Para conseguir dinero, Stern volvió a trabajar para Milkie, un sujeto tuerto y emprendedor que casi siempre andaba en una camiseta sin mangas y vendía tarjetas perforadas. Las tarjetas perforadas eran atracciones menores utilizadas por los comerciantes de los pueblos; por diez centavos, los clientes raspaban la tarjeta para arrancarle unas tiras de papel y leían un chiste o, con menor frecuencia, ganaban una lavadora o un televisor. Los viernes por la mañana, Stern cargaba un viejo camión que le daba Milkie con nuevas tarjetas y los premios de la semana anterior, y ponía la cuarta para recorrer las carreteras de las praderas, visitando tiendas para entregar la mercancía y dividir las ganancias. Cuando regresaba el domingo, Silvia había tomado el tren y estaba en el apartamento de la madre, preparando la cena. Éstos eran momentos agradables y expansivos. Él llegaba con el polvo de varios estados en el traje y ansiaba la compañía de su hermana, esas horas en una familia de dos.

Un domingo por la noche hizo girar la llave y encontró a Silvia sentada a la mesa del comedor con Dixon Hartnell, todavía de uniforme. De paso por la ciudad, con permiso, Dixon había buscado el domicilio de Stern, y Silvia lo había invitado a entrar. Ella afirmaba que había recordado el nombre de Dixon, pero no había modo de cerciorarse. Silvia se enamoraba de todos los amigos universitarios de Stern, y al primer instante se notaba que esos dos jóvenes de agradable aspecto se atraían mutuamente.

Stern se horrorizó al ver a Dixon, parte del pasado, junto a su preciosa hermana. Aún tenía ese lustre de traje barato, y tras haber sido herido en Corea mientras comandaba a otros hombres, era en todo caso más atrevido. Stern lo trató con corrección formal y después de la cena se despidió pensando que no lo vería más.

La correspondencia entre Dixon y Silvia comenzó con prudencia, con una nota donde él agradecía la cena. Stern nunca pensó en sugerirle que no respondiera. Ocho meses después, cuando Dixon reapareció, matriculado en la universidad, se había convertido en romance. Stern nunca había vigilado a su hermana y no sabía cómo poner fin a esa desastrosa relación, aunque se erizaba de rabia cuando los dos estaban juntos en su presencia, y apenas hablaba con Dixon. Al fin estalló una crisis cuando Stern prohibió a Silvia que se trasladara a la universidad para estar con Dixon. Ella aceptó la orden en silencio, pero tres meses después anunciaron su boda. Silvia y Dixon contestaron a cada objeción de Stern: Dixon se convertiría al judaísmo, Silvia no abandonaría el colegio, Dixon, a quien de todos modos no le interesaba estudiar, dejaría la universidad y buscaría trabajo en una casa de corretaje. Stern abandonó su contención y denunció a Dixon: un oportunista, un farsante, una quimera. Ellos mantuvieron su resolución. Un domingo Dixon se presentó a cenar y suplicó a Stern que asistiera a la boda: él entregaría a la novia y sería el padrino. «No podemos hacer esto sin ti. Somos la única familia que todos tenemos», explicó Dixon.

Cuando Dixon terminó su curso para convertirse al judaísmo, Silvia y él se casaron bajo un dosel. Stern estaba detrás de los novios. Rompió a llorar en medio de la ceremonia, sin poder contenerse. No se había portado nunca así delante de otros, pero esa circunstancia lo había agobiado: tenía veinticuatro años y estaba totalmente solo. Fue entonces cuando la búsqueda de una esposa cobró importancia.

En cuanto a Dixon y Silvia, años después era imposible saber quién tenía razón y quién no. Silvia disfrutaba de las comodidades que al fin obtuvo y de la admiración que Dixon le profesaba; pero a veces sufría un intenso dolor, cuando averiguaba las aventuras del esposo. Dada la situación, nunca se atrevió a criticar a Dixon ante Stern, excepto durante un breve período en que echó a Dixon de la casa. Una noche Stern fue a su casa y encontró a Silvia y Clara ante la mesa del comedor. Estaban bebiendo jerez y la mirada de Clara le advirtió que algo andaba mal. La compungida Silvia habló de inmediato con el hermano.

–Siempre creí que todo era porque quería hijos –dijo, ofreciendo su propia explicación para las infidelidades de Dixon. Esa esterilidad que los médicos no podían explicar había sido la aflicción de Silvia durante esos años; a menudo hablaba de ello con Clara, pero sólo en privado, pues Dixon se sentía demasiado humillado como para soportar la idea de que otros lo supieran–. Pero él se aprovecha de ello. Siempre lo ha hecho. Ni siquiera advertí que había mentido al rabino hasta que se quitó los pantalones la noche de bodas.

Este comentario resultó misterioso por un instante y luego ultrajante. Las revelaciones parecían formar ondas, no alrededor de Silvia sino de Stern. Se le estaba comunicando algo, pero no atinaba a interpretar el mensaje. Para entonces había realizado varias competencias deportivas con Dixon. En repetidas ocasiones había estado con él en varios vestuarios de club. Dixon no disimulaba, sino que actuaba abiertamente. Debía de haber supuesto que entre hombres, criaturas del presente, ese ritual secular se podía considerar bárbaro o anticuado. Nunca se sabía qué pensaba Dixon. Pero desde luego no creería que Stern no había caído en la cuenta de que Dixon no estaba circuncidado.

En un banco de pino junto a la puerta, las hijas de Stern lo esperaban bebiendo un refresco, conversando. Stern abrazó a Kate.

Cuando se sentaron, Marta presentó las disculpas de Peter. No había podido modificar sus horarios.

–¿Y dónde está John?

Kate miró de soslayo a la hermana. Al parecer habían llegado a un acuerdo.

–Está con el abogado –dijo Kate–. Ya sabes dónde. Le harán mirar documentos toda la noche. –Sin duda Marta había pedido a Kate que fuera sincera, pero el tema la afligía.

–Es una situación infernal –se lamentó Marta en un tono que no pretendía culpar a nadie.

Stern le había referido muchos detalles, pero era evidente que Kate le había dicho mucho más durante el día.

–Si no hay una resolución pronto, abandonaré el caso –declaró Stern.

Marta lo sabía, pero él lo repitió para que Kate se enterara. Al verla había sentido mayor firmeza. Cogió la mano de Kate. Ella abrazó al padre y le apoyó la cara en el hombro.

Tras debatir quién llevaría a Kate al aeropuerto, decidieron que todos irían juntos en el Cadillac de Stern. Dejaron a Marta frente a los detectores de metales y luego Stern llevó a Kate a buscar su coche. El aparcamiento de The Bygone estaba en la azotea del restaurante, y el lugar ofrecía una espectacular vista del aeropuerto, las autopistas, las colinas y el cielo violáceo del atardecer. Kate besó deprisa al padre y se marchó, pero Stern, pensando que no había dicho todo lo que se proponía, la llamó y la siguió para alcanzarla.

–Kate, este asunto de tu tío... la culpa no es de John. Si te sirve de consuelo, repítele mis palabras.

Kate no respondió. Miró en torno y sin razón aparente empezó a mover el pie. Stern tuvo la impresión de que se echaría a llorar. Ella hurgó en la cartera. Stern sólo comprendió cuando distinguió la llama en la oscuridad.

–¡Kate! ¿Fumas?

–Oh, papá –exclamó mientras miraba alrededor de nuevo.

–¿Cuánto hace?

–Siempre, papá. Sólo unas caladas. Desde que era estudiante. Los exámenes. Los nervios. Es terrible para el bebé. Tengo que dejar de hacerlo –dijo ella, pero inhaló profundamente y volvió la cara hacia las volutas de humo.

–Kate, entiendo que esto ha sido difícil.

Ella rió entre dientes.

–Papá, ojalá no me resultara tan fácil escandalizarte –espetó casi con brusquedad, y se contuvo. Callaron y permanecieron inmóviles. Ella inhaló el humo y tiró la colilla, que se estrelló en la acera, y aplastó las brasas con el pie–. Mira, papá, saldremos de ésta. Ya verás.

Un poco más alta que él, le apoyó las suaves mejillas y echó a andar hacia su coche taconeando, haciendo tintinear las llaves en la mano. Él se quedó en el aparcamiento mal iluminado. El Chevy retrocedió deprisa, viró y desapareció en una niebla de humo oscuro.

Se preguntó quién era esa mujer. No podía olvidar cómo había aplastado el cigarrillo, haciendo girar el pie sobre el asfalto. Había en ese gesto una ferocidad que Stern nunca había advertido en ella. Pensar en ella esa noche y tal como la había visto en el estadio le dio una idea de cómo era la vida para Kate. Susurros. Murmullos con John. Una persona con secretos, una vida furtiva. El mayor secreto de todos era quizá que ella era otra persona, no la criatura bella e inocente que sus padres deseaban o le permitían ser. Stern tuvo la profunda impresión de que Kate se parecía mucho a Silvia: una persona bondadosa, capaz, tierna, pero limitada por sus elecciones. Era como si hubiera buscado la escapatoria más fácil para eludirlos. De nuevo se preguntó quién era Kate. En la plácida noche estival, la nube de humo del tubo de escape se disipó.

Stern regresó a casa despacio. Estaba nervioso cuando llegó. Si hubiera tenido otro sitio adonde ir, no habría entrado. Las semanas o meses que había pasado fascinado por diversas mujeres y el éter de la sexualidad llegaban a su fin, o al menos estaban aletargados esa noche. En cierto aspecto, se sentía más cerca de sí mismo: solo y macizo como una piedra. La casa estaba vacía, tal como la noche anterior había estado llena de la presencia fantasmal de Clara. Ahora el silencio lo acechaba como una fuerza maligna, era como si su figura se redujera en ese espacio vacío. En el vestíbulo de suelo de pizarra, donde parecía sintonizar su propia alma, pensó en su vida sin Clara, pero era algo absurdo que no atinaba a expresar. Este hecho había resultado claro desde aquel instante de meses atrás, cuando el pánico apenas le permitió respirar. Pero sólo ahora atinaba a creerlo. Ahora sentía su propia vida, ese manojo extraído de la intrincada maraña de vivencias que su esposa y él habían creado y compartido. Era como la electricidad al encontrar el cable conductor de corriente: sentía el zumbido de esa aislada existencia que había continuado con el ritmo persistente y discordante del latido de un corazón, su propio corazón. Estaba solo, sin placer ni amargura, pero consciente de ello. Pensó en Helen, cerró los ojos, sacudió la cabeza, lleno de remordimientos.

Esa noche volvió a dormir en la cama que había compartido con Clara. Durmió poco, pero profundamente, sin soñar. Se levantó a las seis y, siguiendo viejas costumbres, llegó a la oficina a las siete. Examinó pilas de cartas que habían quedado semanas sin leer. Se sentía tranquilo, sereno. Pero había algo raro en la oficina. Tardó una hora en notar qué era.

La caja fuerte no estaba.

38

–Esto no es cosa de broma –dijo Marta cuando la llamó el viernes a Nueva York–. Tienes que recuperarla. No sé en qué medida esto está amparado por la inmunidad, pero aunque contaras toda la historia nadie creerá que se la llevó sin tu ayuda. Terminarás en la cárcel.

Stern emitió un sonido gutural. El análisis de Marta concordaba con el suyo.

–Todo esto me asusta –continuó ella–. Creo que debes recurrir a un verdadero abogado.

–Tú eres una verdadera abogada.

–Me refiero a alguien que entienda de qué se trata. Con experiencia.

¿Qué clase de experiencia? Por lo que Stern sabía, quizá no hubiera defensores expertos en explicar la desaparición de pruebas decisivas.

–Dile que es un imbécil –espetó Marta.

–Si puedo ponerme en contacto con él –respondió Stern.

Dixon eludió a Stern hasta el lunes, pero cuando atendió el teléfono tras mucha insistencia se mostró tan inocente como una niña.

–Yo reclamaría al seguro –sugirió Dixon–. Notificaría a la policía. Allí hay documentos importantes. –Mientras Stern ardía de furia, su cuñado continuó con la farsa–. No me estarás echando la culpa, ¿verdad?

–Dixon –dijo Stern con brusquedad–, si insistes en condenarte con piruetas ridículas, haz lo que quieras. Pero mi profesión y mi prestigio están en juego. Debes devolver la caja fuerte de inmediato.

Colgó.

A la mañana siguiente fue a la oficina esperanzado, pero la caja seguía sin aparecer. La alfombra donde había reposado durante semanas mostraba ahora la huella permanente de las cuatro patas.

En ocasiones, durante la semana, llegó al extremo de pensar que quizá Dixon no estuviera involucrado. Dixon insistía en que esa noche había estado en Nueva York. Había asistido a una reunión. ¿Cómo iba a robar una caja de seguridad? ¿No podía haber sido la gente de mantenimiento, los que se quedaban a limpiar de noche? Todos tenían llaves. Tal vez alguien había visto la caja y había decidido llevársela pensando que contenía objetos de valor. Aunque la idea parecía ridícula, Dixon insistió en ella. En un intento por resolver hasta la última duda, Stern, a regañadientes, le mencionó la caja fuerte a Silvia mientras entablaban su conversación diaria el miércoles.

–Oh, eso –dijo ella con repentina exasperación–. No creerías lo que ocurrió aquí.

Describió una escena entre Dixon y Rory, el chófer. Silvia dormía para descansar del viaje en avión cuando la discusión la despertó. El chófer, con marcado acento alemán, había advertido a Dixon que estaba sin aliento y que le dejaría la faena a él. Silvia se sentó en la cama y habló a los dos hombres, quienes la ignoraron. Dixon ardía de rabia y lanzaba insultos contra Stern. Había ido al aeropuerto para alquilar un avión privado.

–Sender, ¿qué ocurre entre vosotros dos?

A Stern le resultaba fácil eludir a Silvia y lo hizo una vez más. Una desavenencia de negocios, respondió. Añadió que sería conveniente que no mencionara a Dixon que había llamado. Su hermana colgó, turbaba y confundida, atrapada entre el polo norte y el sur: los dos hombres que dominaban su vida. Después de la llamada, Stern se arrepintió una vez más de haber actuado impulsivamente. Por lo pronto, admitía que su conversación con la hermana tal vez no estuviera amparada por la inmunidad. Pensó en lo poco que valoraba la ley el afecto familiar. En el peor de los casos, Stern se enfrentaría a opciones desagradables cuando compareciera ante el gran jurado: implicar a Dixon y exponer una confidencia de Silvia, o faltar al juramento.

Qué juicio tendría Dixon, pensó Stern de pronto. Primero, el marido de su hija incriminaría a Dixon, luego el gobierno llamaría a Stern. Bajo el mandato de una orden judicial, describiría el intento de Dixon de llevarse la caja de seguridad, desaparecida poco después. Para asestar el golpe de gracia, tal vez los fiscales encontrarían una excepción al secreto marital para obligar a Silvia a declarar acerca de la caja. Stan Sennett disfrutaría con ello. Toda la familia Stern contra Dixon Hartnell. Stern se estremeció. Declarar contra un cliente, cualquier cliente, aun el canalla de Dixon, sería como atentar contra el credo de toda una vida.

Stern había crecido en los tribunales estatales. En los oscuros pasillos alumbrados por lámparas toscas, forrados de madera tallada con cientos de iniciales de adolescentes, con politicastros patéticamente ávidos de prebendas, se sentía a sus anchas. Era un escenario de personajes regios: Zeb Mayal, el encargado de fianzas que a fines de los años sesenta aún se sentaba a un escritorio impartiendo órdenes a todos los presentes, incluidos muchos de los jueces; Wally McTavish, quien interrogaba a los acusados en casos de pena de muerte acercándose sigilosamente a ellos y susurrando: Bzzz; y desde luego los malhechores, los ladrones: Louie de Vivo, por ejemplo, que colocó una bomba de relojería en su propio coche en un intento de distraer al juez que lo sentenciaba. Oh Dios, los amaba, los amaba. Un hombre apocado, hombre de poco valor cuando se trataba de su propia conducta, Stern profesaba una admiración estética por la picardía canallesca, la egoísta astucia de muchas de esas personas que suscitaban interés en la perversa creatividad de la mala conducta humana.

Los tribunales federales que ahora constituían su hogar eran lugares más solemnes. Éste era el foro preferido por los abogados salidos de universidades prestigiosas y con clientes eminentes; sin duda era un sitio más adecuado para impartir la ley. Los jueces tenían tiempo y ganas de examinar los informes. Aquí, al contrario de los tribunales estatales, no era frecuente que los abogados se enzarzaran a puñetazos en los pasillos. Los escribientes y ujieres eran cordiales e incorruptibles, en abierto contraste con sus colegas de los tribunales de condado. Pero Stern no podía evitar la sensación de que era un intruso. Había ganado su lugar destacado mirando por encima del hombro, eludiendo los cuestionables tratos de los pasillos, demostrando que la habilidad y la astucia podían prevalecer incluso en esas luchas implacables, pero aún sentía que pertenecía al lugar donde estaban los abogados que él consideraba auténticos: el tribunal del condado, con sus pasillos mugrientos y sus patéticas columnas rococó.

Stern tuvo esos pensamientos acerca de la huida por otra frontera más mientras esperaba el comienzo de la sesión vespertina en la sala de la juez Moira Winchell. Remo Cavarelli, cabizbajo y silencioso, estaba sentado junto a Stern mordiéndose el bigote y el labio. A pesar de la agitación de Remo, el aire soñoliento de la tarde impregnaba la sala. La juez Winchell, como sus colegas, se tomaba una hora y media para almorzar, tiempo suficiente para beber vino en la comida, echar un polvo rápido o correr por el parque. De pronto una puerta se abrió y la juez Winchell salió de su cámara y ocupó su puesto, mientras Stern, Appleton, Remo y algunos espectadores se ponían en pie.

Wilbur, el cariacontecido ujier, anunció el caso de Remo. A pesar de que Stern había insistido en que nada ocurriría hoy, advertía que Remo estaba temblando. Wilbur ya sabía que habría una moción de postergación y no se había convocado a ningún jurado.

–El acusado está preparado para el juicio –dijo Stern en cuanto llegó al podio, para dejar constancia oficial de ello.

Sabía que Appleton no lo estaba. Estaba trabajando en un caso de arresto por cocaína con el juez Horka y necesitaría otra semana para abordar este caso. Con un ayudante menos afable que Moses, Stern habría protestado –a fin de cuentas, había otros cincuenta fiscales que podían ocuparse del asunto–, pero escuchó en silencio la solicitud de Appleton, añadiendo meramente «Protesto» ante la conclusión de la exposición de Moses, una observación que la juez Winchell ignoró con estudiada indiferencia.

–¿Qué les parece el jueves próximo? –preguntó la juez–. Tengo un gran jurado que puede requerir cierta atención, pero nada más. –La juez hizo una anotación en su libreta y miró a Stern–. Señor Stern –continuó con practicada discreción–, recuerdo que usted tiene algo que ver con el asunto. ¿Las partes han encontrado una solución?

–Todavía no, señoría.

–Oh, lo siento.

Los afectados modales no ocultaban lo previsible: Moira estaba disgustada.

Klonsky había llamado a Stern esa mañana.

–No tengo el número de su hija en Nueva York. Me pareció conveniente que ella y yo habláramos. El gran jurado nos espera el jueves próximo.

Era viernes.

La voz de Sonny todavía despertaba sentimientos intensos. Quiso preguntarle cómo andaban las cosas con el marido, cómo se encontraba. Dictó el número de Marta.

–¿El gobierno ha recapacitado?

–Buscaremos una solución de compromiso –afirmó Sonny–. Si usted entrega la caja y una declaración jurada que establezca que está en las mismas condiciones que cuando la recibió, no tendrá que comparecer ante el gran jurado.

–Entiendo.

El gobierno, como de costumbre, obtendría todo lo que deseaba, pero esa actitud moderada complacería a la juez.

–Creo que es justo, Sandy –comentó Sonny–. En serio. El hecho de tener la caja no está amparado por ninguna inmunidad. Sólo queremos la caja y saber que contiene todo lo que contenía. Tendríamos derecho a conseguirla si él la hubiera dejado en MD, donde debía estar. No podemos permitir que alguien eluda una citación *duces tecum* enviando lo que solicitamos a su abogado.

Aunque hubiera tenido la caja, Stern no habría estado de acuerdo, pero no venía al caso discutir. Le causaba tristeza hablar con Sonny. La situación era imposible en todos sus aspectos.

Stern llamó a Marta para comunicarle esa noticia y a sugerencia de ella preparó una moción para renunciar como abogado de Dixon. Era una declaración simple donde manifestaba que existían diferencias inconciliables entre abogado y cliente. Se la envió a Dixon por mensajero antes de salir para ver a Remo, junto con una nota diciendo que presentaría la moción el martes siguiente, a menos que dicha diferencia se resolviera de inmediato. La moción no se requería ante un gran jurado, pero Dixon no se daría cuenta de eso, y Marta creía que sería un preludio apropiado con la juez Winchell.

Stern examinó a la juez mientras Appleton continuaba solicitando más tiempo y dedujo que había mar de fondo. Cuando Stern rechazara la solución de la fiscalía, no ofreciera ninguna y se negara a entregar la caja –su último plan–, Moira reaccionaría con severidad. Era muy probable que lo enviara a la cárcel, como había predicho Marta.

Moses tuvo que implorar mucho, pero al fin la juez postergó el juicio de Remo para la primera semana de agosto.

–Y trabaje en ese otro asunto, señor Stern –aconsejó Winchell al levantarse.

Desde la considerable altura le dirigió la sonrisa glacial de una persona acostumbrada a que la obedecieran.

Remo discutió de nuevo con Stern en cuanto estuvieron a solas en el pasillo. Aún se oponía a un juicio.

–¿Cuánto más me endiñarán si acepto un juicio? –preguntó Remo–. Con esa niña, podría estar entre rejas un largo tiempo.

Stern le repitió la cantilena a Remo: si lo condenaban, de cualquier modo, iría a la cárcel por un largo período, aunque se declarara culpable. Además, las pruebas daban buen pretexto para ir a juicio.

–Sí, pero ¿cuánto costará? –preguntó Remo–. Usted no trabaja gratis, ¿verdad?

Eso era cierto, concedió Stern.

–Claro –dijo Remo–. Nadie trabaja por nada. ¿Cuánto tendré que darle? ¿Cinco, tal vez? –Stern titubeó y Remo le clavó los ojos oscuros–. ¿Más? No he ganado mucho últimamente. En los últimos meses no hay mucho. –Stern no sabía si Remo se refería a trabajos legales o no, y por costumbre prefirió no preguntar. Por otros comentarios dedujo que actualmente Remo se dedicaba a visitar los clubes sociales del vecindario, tomando aperitivos de once de la mañana y jugando a las cartas, gastando dinero con ostentación y maldiciendo en italiano–. ¿Qué probabilidades hay? Si voy preso, mi mujer y mi hijo no recibirán nada. ¿Tendré que darle cinco? –Remo había resuelto por sí mismo el problema de los honorarios–. No lo veo. No –decidió, y sonrió furtivamente. Se acercó más a Stern y susurró, con aliento a Fra Angelico o algo parecido–. Claro –dijo con ojillos divertidos–, si usted tiene un trabajo, podríamos solucionarlo. Ya sabe.

Stern miró a Remo.

–Ya sabe, una mano lava la otra. No quiero ofender. Tal vez usted no sea de esos tíos. –Remo no sabía en qué se había metido, ni cómo interpretar la severísima expresión de Stern–. No quiero ofenderlo –repitió–. ¿Vale?

39

El sábado Stern regresó a su casa dispuesto a pasar otra noche en solitario. Empezaba a recobrar viejos hábitos y una vez más pasaba los fines de semana en la oficina, tratando de poner al día asuntos olvidados durante meses. Esa mañana había hablado con Silvia y con falsa inocencia le había preguntado qué harían ese fin de semana. Tal como Stern le había dicho a Remo, ella y Dixon pasarían los dos días en el club de campo. Stern declinó la invitación para ir con ellos, tenía mucho trabajo. Con el poco honor que le quedaba, evitó ser más concreto en cuanto a sus planes. Además, aún no sabía si tendría agallas para llevarlos a cabo.

Solo frente a la casa vacía, se arrepintió de haber rechazado invitaciones en abril y mayo. Muchos creían que Helen le ocupaba bastante tiempo. Tendría que enviar señales de humo o las señales que emite un viudo deseoso de compartir la cena con una prima solterona. Desalentador, pensó, pero mejor que la soledad absoluta. Abrió la portezuela del coche y recordó confuso que dos semanas atrás había creído estar enamorado.

Se detuvo al llegar a la calzada. Nate Cawley estaba en el césped que había entre las dos casas, cuidando el jardín. Sin camisa en el tibio atardecer, Nate hundió la pala en los parterres. El perplejo Stern se preguntó si tenía ganas de enfrentarse con él también. Pero la decisión no estaba en sus manos. Nate vio a Stern y ambos se acercaron.

–Pensé que tal vez me invitarías a una copa –dijo Nate, que miró por encima del hombro en dirección a su casa, tal vez temiendo que Fiona lo viera. Estaba empapado en sudor. Tenía hojas de hierba y manchas de tierra en el vello gris del torso y ambas manos embadurnadas de lodo seco. Se armó de valor para mirar a Stern a los ojos–. Fiona y yo hablamos hace un par de noches. Creo que tendríamos que mantener una conversación.

–Desde luego –dijo Stern, tragando saliva.

El corazón se le hundió en el pecho. Estaba agotado, pero tendría que hacer frente a esta situación con las energías que le quedaban.

Stern precedió a Nate y lo invitó a pasar al solario. Pidió una gaseosa sin azúcar –Stern recordó que Fiona había mencionado Alcohólicos Anónimos– y se quedó mirando el jardín. Nate era un individuo esmirriado de hombros y espalda estrecha. Los sucios pantalones cortos color caqui se le abolsaban en la cadera, y calzaba un par de sandalias sin calcetines. Salvo por la calva, recordaba a un chico joven. Tal vez eso era lo que atraía a las mujeres.

Nate alzó la copa en un brindis y respiró hondo.

–Ante todo –empezó–, te debo una gran disculpa.

En el tribunal Stern había aprendido a medir sus palabras en situaciones dudosas. Bajó la barbilla en un cabeceo que pudo parecer asentimiento.

–Después de veinte años y pico, debí aprender a no dar crédito a Fiona. Estaba llena de resentimiento. Tal vez no disfrutaría de la cosa en sí tanto como de contármela. –Nate sonrió–. Y vaya si se enfadó cuando hablé contigo. ¿Cómo me atrevía? –Meneó la cabeza con franco asombro–. Cuando la hicieron rompieron el molde.

Se sentó en una de las sillas blancas de mimbre que rodeaban la mesa de cristal donde Stern y sus hijos habían jugado a las cartas la mañana del entierro. La luz parda del atardecer se filtraba por las ventanas del solario.

–Supongo que me resultaba cómodo pensar que había algo entre vosotros. Me habría facilitado las cosas en muchos sentidos. –Rió con nerviosismo y Stern advirtió que este sonido le resultaba familiar–. Sé que debí haber pensado mejor de ti, Sandy. Así habría comprendido por qué Fiona te llevó allá, cuando encontré la carta bajo el botiquín. En vez de decir tonterías. Pero francamente, aun después de nuestra charla, no entendía cómo lo habías deducido todo. Entonces... –Nate hizo una pausa y pareció sonreír a sus propias expensas–. Bien, no averigüé eso. Supongo que encontraste las píldoras de Clara y preguntaste a alguien para qué eran. Luego, cuando Fiona te mostró el frasco, sólo tuviste que sumar dos más dos. Ella me dijo que contaste las cápsulas. –Nate lo miró buscando confirmación y al no recibir respuesta rió igual que antes–. Por cierto, ella no sospechaba lo que ocurría. Pensó que tú suponías que yo estaba enfermo.

Nate se apoyó el pulgar en el pecho y sonrió. Le gustaba la idea de despistar a Fiona.

Stern escuchó este soliloquio sin entender del todo, pero en algún momento Fiona empezó a ganar puntos en su estima. Al parecer había corregido su versión y no había dicho nada sobre el intento de Stern, ni sobre el carácter de sus conversaciones. Tal vez eso concordaba también con sus propósitos, pero aun así Stern creía que tenía mejores motivos. Tras calumniarlo una vez, había decidido no acusarlo de nuevo, ni siquiera con la verdad. Un gesto de decencia, tan atípico de Fiona. La gente, pensó Stern, siempre te puede sorprender.

–¿De manera que las píldoras que Clara tenía aquí venían del frasco de tu botiquín?

–Así es –dijo Nate–. No quería tener el frasco en tu casa. Pensaba que sabrías para qué serían las píldoras y harías preguntas. Nunca pude disuadirla de eso. –Nate, abatido, sacudió la cabeza–. Yo tenía que hacerlo todo menos tomar esas malditas píldoras por ella. Conseguir la receta, guardar el frasco, llevarle las cápsulas que le tocaban cada mañana. Demonios, tuve que prometer que redactaría la receta con mi nombre. Para Clara nada era más importante que asegurarse de que no lo descubrieras. –Hizo una pausa–. Después... después de lo sucedido, pensé que sería mejor cerrar el pico. Pero cuando empezaste a hacer preguntas sobre esa factura, me asusté.

–Estabas protegiendo la memoria de Clara –dijo Stern.

–Es un bonito modo de decirlo, Sandy. Pero tú y yo sabemos que sólo trataba de salvar mi propio pellejo. –Nate apartó la mirada. En una mesa había una hilera de fotos familiares enmarcadas. Las caras de los hijos cuando eran pequeños, Clara y Stern. Nate alzó los ojos–. Mira, no quiero tener un pleito. Decidí decírtelo sin rodeos. Hace veinte años que practico la medicina y soy uno de los pocos tipos que conozco que no pasa media semana con abogados y declaraciones. Temí que éste sería el peor momento, dados mis problemas con Fiona. Lo último que necesito es tener contratiempos por mala práctica profesional. No puedo costearlo, con dos chicos en la escuela, por no mencionar la manutención de mi esposa. Peor aún, me asusta la idea de ser enemigo de mis pacientes. Comprendo que vivimos en este mundo. El paciente murió, el doctor la maltrató. Como decís vosotros, los hechos hablan por sí mismos. Oí lo que dijiste el otro día: es un importante cheque para la sucesión de Clara. Te escuché atentamente. Los herederos entablan el pleito, ¿verdad? Sin duda hay mucho dinero para ganar allí. Pero quería tratar de explicarte esto, pues estuve muy torpe la última vez que hablamos. Tal vez desees recapacitar.

Stern, que por un momento lo había perdido, como si Nate fuera un punto escapando del radar, lo comprendió todo de golpe. Nate era el médico de Clara. Nada más. Stern quiso hablar, pero Nate, sin alzar la cabeza, continuó.

–No voy a fingir que hoy manejaría la situación de la misma manera. He reflexionado y sé que hay mil cosas que hoy haría de otro modo. Retrospectivamente, le aconsejaría un psiquiatra. Esto es evidente. Tal vez también debí involucrarte a ti. Pero yo trataba de conservar la confianza de ella.

–Nate –murmuró Stern–, yo estaba muy exaltado durante nuestra última conversación. No habrá ningún pleito relacionado con tu tratamiento de Clara.

–¿No? –Nate tardó un instante en adaptarse a la idea–. Qué alivio.

Ambos se miraron. Nate se frotó los brazos: el aire acondicionado lo molestaba.

–¿Ella te habló de ese impulso? –preguntó Stern–. ¿Quitarse la vida?

–Sí. Tenía un modo de referirse a ello. –Nate estudió el aire para recordar–. Decía que quería apagar el ruido. Algo por el estilo. No siempre actuaba así, pero a los siete años, cuando las cosas se ponían mal, lo decía a veces. No puedo fingir que no la tomé en serio.

Nada por un instante: ningún sonido, el tiempo suspendido. Siete años, había dicho. Stern cogió una silla.

–¿Siete años, Nate?

–Por Dios... entendí... –Nate se interrumpió–. Bien, ¿cómo ibas a saberlo? –se preguntó a sí mismo–. Sandy, la situación no era nueva. Era una recurrencia.

–¿Una recurrencia?

–Ya sabes, la infección no era reciente. Esta enfermedad se repite en algunas personas. En dos tercios de los casos. Por lo general continúa durante un par de años. Mejora poco a poco hasta desaparecer. Pero a veces, muy raramente, hay reapariciones tras varios años.

Eso le pasó a Clara. Empecé a tratarla hace siete años. Entonces temí que ocurriera lo que ha ocurrido ahora. Lo único que le impedía cejar era el hecho de que tú no estuvieras.

–¿Yo no estaba? –preguntó Stern–. ¿Dónde estaba?

–Kansas City, según recuerdo. Un juicio.

Cielos, era terrible. Era el momento más humillante de su vida, pero se quedó sentado allí, en la silla de mimbre, los ojos cerrados, agradeciendo a Dios. Siete años atrás. Al menos eso daba nuevas pautas de comprensión. Pero entonces lo embargó un nuevo pensamiento.

–Por Dios, Nate. ¿Después de tanto tiempo qué había que ocultar?

–Sandy, creo que desde su punto de vista era peor, porque no había dicho nada en todos esos años. De algún modo lo consideraba un doble engaño. A medida que pasaba el tiempo le costaba más aceptar su propia conducta. Ya no podía comprenderlo. No podía evadir ese viejo y tremendo error. Yo no sabía qué decirle.

–¿Médicamente, quieres decir? ¿No había respuestas?

–Hay que entender toda la historia. –Nate miró el vaso–. La habían tratado durante años con Acyclovir, lo cual le salvó la vida. Lo digo en serio. Puso las cosas bajo control. Ella lo tomó como prevención durante seis meses. Pero la droga es bastante tóxica, así que no aconsejan que se tome por más tiempo. Por fin aparecieron las recidivas. Dos pequeñas, con dos o tres años de diferencia. Pero con la droga... –Nate chasqueó los dedos–. La volvía a tomar y a los cinco días estaba como nueva. Para ella era siempre una preocupación. Al menor indicio aparecía en mi consultorio. Debo de haberle hecho análisis tres veces al año. Pero ya sabes, estaba bajo control. Eso creía yo. –Nate alzó las manos, hizo una mueca y las dejó caer–. Seis semanas antes de su muerte, sufrió una recaída. Clara tomó las píldoras, pero en esta ocasión no la curaron. El rebrote era muy fuerte. Ocurre con frecuencia con otros virus y bacterias... una especie de automutación que genera una raza resistente. Tuvo un par de semanas malas y la enfermedad volvió de nuevo. Consulté a todos mis conocidos, pero era algo inusitado, y el virus es de por sí imprevisible. Para entonces ella estaba pensando seriamente en la muerte. Noté que empezaba a ceder. Una vez, como pensando en voz alta, hablé de charlar contigo, y pensé que saltaría de la ventana allí mismo. No había modo.

Repitió las últimas palabras y meneó la cabeza una vez más.

–De todos modos, pensé que la había persuadido de probar una nueva medicación. Doble dosis durante cinco días. Eso fue lo que me recomendaron. Pero yo tenía un congreso en Montreal. En pocas palabras, decidí ir. Esto es lo que me critico. –Nate estaba encorvado en la silla, estudiándose las manos sucias de tierra. El cielo cobraba un color rosado y el sol, agonizando en un fulgor ambarino, estaba enmascarado por delgadas nubes–. Sabía que atravesaba una crisis. Le comenté que me iría. Le di la oportunidad de impedírmelo, pero Clara nunca hubiese hecho algo así. Me prometió que no pasaría nada. Le di todas las pastillas que iba a necesitar mientras yo no estuviera. Dijo que las escondería. Yo había consultado a otro médico que estaba al corriente de la situación y esperaba que él se hiciera cargo del asunto, pero era responsabilidad mía. Si yo quería el papel de confesor, tenía que saber lo que hacía.

–Nate –dijo Stern–, hablé en serio en tu oficina. Hay suficientes culpas para todos. No tienes por qué flagelarte. Fue una decisión profesional.

–No, no lo fue. –Nate vació el vaso y miró a Stern–. Me llevé a Greta conmigo. A hurtadillas. Habíamos hecho planes y yo esperaba ese momento. –Stern comprendió que Greta era la enfermera, la apetitosa rubia de la cinta de vídeo–. ¿Estás seguro de que no deseas entablar un pleito?

–Sí –dijo Stern.

–Demonios. Allí estaba yo, en Montreal, acostado con esa chica, cuando sonó el teléfono. Era Fiona, histérica. Pensé que estaba borracha para variar, y de pronto comprendí que me hablaba de Clara. Me pasaron mil cosas por la cabeza. Había dejado a esa paciente angustiada para practicar francés y follar con mi amante... –Nate miró a Stern–. No quería contarte eso.

–Pero lo has hecho –dijo Stern.

–Vaya que sí.

Ambos guardaron silencio un instante.

–¿Y qué ha sucedido con Fiona? –preguntó Stern.

–No puedo devolver ese genio a la botella. Ambos hablamos con abogados. Vamos a vender la casa. Vivimos allí provisionalmente y no nos hablamos. Es una locura.

–Lo lamento de veras, Nate.

–Sí. Bien, yo diría que morimos de muerte natural. Creo que estoy enamorado de esa muchacha, Sandy. Desde luego, he querido estar enamorado de todas ellas. Soy como el tipo de la canción. «Buscando el amor en todos los sitios equivocados.» Pero creo que ahora es verdad. Así que borrón y cuenta nueva. No puede ser peor.

–¿Cómo ha reaccionado Fiona?

–Bien, me va a dejar desplumado. Siempre me amenazó con ello, y Fiona cumplirá su palabra, lamento decirlo. Desde luego, tiene pruebas. Agradezco tu advertencia. Es bastante embarazoso. El abogado dijo que si realmente quería separarme, podría haberme ahorrado mucho dinero con sólo escribir una nota.

Stern sólo pudo encogerse de hombros. Pero lo lamentaba por Nate, que había causado tanto daño con esa cinta. Infligir dolor no formaba parte del carácter de Nate. Stern se sintió unido a él por el extraño lazo que creaba la confusión que ambos habían compartido sin saberlo. Él conocía la vergüenza de Nate, y Nate, desde luego, había conocido la suya durante años.

–Diría que Fiona lo tomó con bastante valor. ¿Quieres saber qué dijo? Esto te gustará. Dijo que los hombres aún la encuentran muy atractiva. Está segura de que en cuanto nos divorciemos los hombres la perseguirán. Mencionó tu nombre. Después de decirme que había inventado la historia. ¿Qué te parece? –Nate rió, pero la mirada de Stern lo frenó–. Puedes hacer lo que quieras, ya sabes.

–Desde luego –dijo Stern.

No más. Era un momento incómodo, pero se sintió en la obligación de no formar parte de una conspiración contra Fiona. Ellos tenían ahora su propio acuerdo, y por lo que decía Nate, tal vez él tuviera que aclarar unas cuantas cosas con Fiona. En tal caso, era su propia culpa.

Stern acompañó a Nate hasta la puerta. Cuando éste empezó a culparse de nuevo, Stern lo contuvo con un ademán.

–Sé lo que significa guardar una confidencia, Nate. Clara tenía un secreto y tú no podías contarlo.

Nate parecía estar pensando en otra cosa. Stern se preguntó si había algo más que él hubiese resuelto silenciar por respeto a Clara. Nate pareció leer ese pensamiento.

–No sé quién fue, Sandy, si te estás preguntando esto.

La frase sonaba tan brusca que Stern tuvo el impulso de negar que sintiera curiosidad. Pero, desde luego, no era cierto.

–Ella me dijo hace años que esa persona estaba al corriente del problema. Era el único detalle que yo tenía derecho a conocer. La relación ya había terminado cuando ella recurrió a mí. –Nate lo miró con impotencia–. Supongo que era un hombre. Ya sabes, hoy en día…

–Sí, desde luego –lo interrumpió Stern.

Desde luego. Stern pronto desechó esa posibilidad, que había considerado por un instante.

Se dieron la mano. Cuando Nate se fue, Stern regresó al solario, donde las fotos familiares enmarcadas lo miraban desde la mesa. En un extremo había un retrato de Clara cuando era muy joven. Llevaba una blusa blanca y una falda plisada, posaba con su peinado estilo paje con una mano en la bola de la escalera central del hogar de los Mittler. La sonrisa era forzada, una mueca de esperanza para vencer una gran resistencia interna. El mundo estaba en guerra, e incluso a los trece o catorce años Clara Mittler parecía abrigar dudas acerca del futuro.

40

Stern lo había meditado durante tres días y no consideraba que el hecho fuera un robo. No legalmente. La propiedad en cuestión, la caja fuerte, estaba bajo su custodia legal, no la de Dixon. Por otra parte, el riesgo de una acusación, en todo caso, era inexistente; ni Dixon ni Silvia presentarían una denuncia. Este acto era sólo una solución expeditiva. Había abusado de la buena fe de Silvia al preguntar por la caja. Involucrarla en la devolución, dada la obstinada determinación de Dixon de no ceder ante el gobierno, le crearía una situación imposible con el marido. Esta solución era drástica y eficaz, y Dixon la merecía por su conducta. Pero mientras iba en el coche con Remo, atravesando las colinas boscosas con sus edificios de recreo y sus vestigios de fincas de terratenientes, Stern sentía una gran angustia. En veinte años ninguna aparición ante el tribunal lo había asustado tanto. Temía no poder controlar el vientre ni la vejiga, y le temblaba todo el cuerpo. ¿Y si el corpulento chófer alemán se presentaba y recurría a la violencia? ¿Si alguien avisaba a la policía y los agentes entraban pistola en mano? Stern más de una vez había imaginado a Remo y él ensangrentados y muertos.

Remo conducía jovialmente el viejo Mercury. Le gustaba su trabajo. Le había dicho a Stern que lo dejara por su cuenta, pero eso era impensable. Ante cualquier imprevisto, Stern, a pesar del embarazo, podría dar explicaciones, pero Remo lo pasaría mal. Así los riesgos –en la medida en que podía calcularlos– eran mínimos. Los Hartnell estarían en el club. Dixon en un partido de golf, Silvia bronceándose junto a la piscina, y en un domingo por la tarde nadie más estaría en casa. La cocinera y el mayordomo se iban a las dos de la tarde. El chófer se quedaba con el coche, descansando en el club mientras el tiempo fuera bueno –y el cielo aparecía totalmente despejado–, el plan no podía fallar.

Remo fumaba un cigarrillo y platicaba afablemente.
–Hace mucho que no entro en una casa. Desde que era joven. No hay tipos buenos para trabajar. Son todos chiflados. Cuando tenía dieciocho o diecinueve años, un tío me consiguió un trabajo en uno de esos lugares cerca del río. Un apartamento lujoso. Derribamos la puerta. Cielos, las cosas que tenía esa gente. Magnífico material, hermoso. –Remo se besó dos dedos con los labios–. Cogimos el botín, y cuando entré en el salón, ese hijo de puta, que se llamaba Sangretti, se había bajado los pantalones y estaba cagando en la alfombra. Qué diablos. Desde entonces he sabido que todos los que roban casas hacen cosas como ésa. ¡En una casa de familia, por amor de Dios!
Stern, demasiado nervioso para responder, asintió y se sintió obligado a explicar una vez más que no se trataba de un robo. Era la casa de su hermana; se trataba de una broma entre parientes. Un destello de ironía cruzó los ojos de Remo. No necesitaba excusas, ya entendía. Todos querían cosas y hacían lo necesario. Remo era uno de esos malandrines que no se creía peor que los demás.
Al intuir esta opinión, Stern quiso hablar en su defensa. No era uno de esos abogados con cicatrices del tribunal estatal, que trabajaban sólo para «los muchachos» y recibían la paga en cocaína u obras de arte robadas. Años atrás Stern había oído hablar de uno que había pedido que le liquidaran a la esposa a cambio de sus servicios. Cuando era un abogado joven había hecho ciertas cosas por dinero, pero ya no le interesaba recordarlas. Uno de los rasgos más claros de su carácter profesional era el deseo de indicar a sus clientes que no se revolcaba en el mismo albañal que ellos. La mezquindad de esta convicción –y su dudoso fundamento– lo asaltó con turbadora y repentina claridad: otra visita a otro aspecto desagradable de su alma. Estos meses de introspección habían sido como una excursión a un espectáculo de monstruos de feria, pero la fealdad de lo que descubría no siempre se imponía a su compulsión de mirar.
Siguiendo las indicaciones de Stern, Remo enfiló por el estrecho camino arbolado que había frente a la casa de Dixon y Silvia. La casa, construida más de un siglo atrás en piedra Lannon con argamasa, se alzaba a medio kilómetro, detrás de un parque interrumpido por una cancha de tenis iluminada. Detrás de la cárcel titilaba el lago Fowler, lleno de lanchas motoras y pequeños veleros.

–Bonito –comentó Remo.

Viró y aparcó el coche de tal modo que quedó parcialmente oculto por los arbustos que crecían con exuberancia estival junto al camino. Irían por la calzada de grava, decidió Remo. En cuanto tuvieran la caja, uno de los dos acercaría el coche. Nunca hay que aparcar donde pueden cerrarle el paso a uno, explicó Remo. Stern asimiló estas lecciones en silencio y comprendió que Remo no había creído nada de lo que él había dicho acerca de la ausencia de riesgos.

Caminaron hacia la parte trasera de la casa. Remo estudiaba el terreno con admiración. Varios abetos enormes se elevaban en el parque ondulante, las claras aguas del lago refrescaban el aire. Detrás del patio, los jardineros ese año habían sembrado un brillante macizo de florecillas estivales, la mayoría tan exóticas que Stern no conocía el nombre. Miró hacia el lago. A cierta distancia estaba el cobertizo para botes, y al lado un chalet que Dixon había adaptado para el invierno y llenado de material deportivo. El año anterior Dixon también había añadido una piscina, y el largo dedo de aguas azules y quietas centelleaba. Llegaron a un gran porche y Remo observó la casa de arriba abajo. Stern comprendió que no estaba admirando la arquitectura, sino examinando las líneas eléctricas y telefónicas. Remo volvió a preguntar si había una alarma. Apoyaba la mano en la caja metálica de conexiones y buscó una herramienta en el bolsillo trasero. Trabajó un rato y luego apartó los cables que había cortado.

–¿Eso es todo? –preguntó Stern.

–Ya está.

Remo entró por el porche. Llevaba consigo un martillo, guardado como las demás herramientas en diversos bolsillos ocultos por los faldones de una larga camisa de pana. Para ese día en el lago Fowler, Remo se había puesto tejanos y botas camperas. Parecía un auténtico ladrón, corpulento, con brazos abultados y piernas zambas.

Cuando Stern llegó al porche, Remo ya había forzado la cerradura de la puerta trasera, que estaba asegurada con una cadena. Remo preguntó si debía arrancarla o romper el cristal. Lo que parezca más real, dijo Stern. Era importante que pareciera un robo, no por Dixon, quien comprendería qué había ocurrido, sino por los demás. En cuanto se descubriera el allanamiento, la policía registraría la casa, pero sólo Dixon comprendería que faltaba algo, pero no estaría en situación de presentar una denuncia y admitir que la caja fuerte estaba allí. Stern lamentaba contrariar a su hermana –quizá le diera a entender que él era responsable–, pero disfrutaría de la consternación de Dixon. Vencido en su propio terreno. Dixon se pondría verde de rabia. A la sombra del porche, Stern rió entre dientes.

Remo alzó una bota, se apoyó contra la pared del porche y pateó la puerta, que se abrió con un bombardeo de polvo de yeso y esquirlas de vidrio. Remo soltó una maldición. La ventana trasera se había partido al recibir el impacto de la puerta. El primer plan había fallado.

Los pasillos eran de piedra, como el resto de la casa, y los tacones de Remo retumbaban. Miró en torno mientras Stern lo guiaba hasta la escalera. La casa, construida hacia 1870, tenía la elegancia de la época: techos altos y molduras. En el suelo de piedra del comedor había un diseño circular de baldosas venecianas. La quietud de la casa vacía causó un escalofrío a Stern. Pensó en usar el cuarto de baño, pero quería entrar y salir deprisa. De pronto detestó esta idea. Algo andaría mal. Remo se asomó a una sala y admiró las antigüedades francesas y los cuadros, acuarelas inglesas con gruesos marcos.

–Hermoso, hermoso –observó Remo.

La equilibrada riqueza de la casa desierta impresionó incluso a Stern.

Arriba, fueron al dormitorio principal. Años atrás Dixon había combinado tres o cuatro habitaciones para conseguir lo que quería, un dormitorio a la medida palaciega de Beverly Hills. Había dos cuartos de baño, uno para cada uno. Atravesaron el de Dixon, una caverna de travertino con un *jacuzzi* del tamaño de una pequeña piscina y una sauna de madera junto a la ducha. El dormitorio no era muy amplio, pero estaba adornado con diversos artefactos: interfonos, telescopios, un viejo indicador eléctrico de cotizaciones, un enorme televisor con mando a distancia sobre la cama. Por las puertas francesas se salía a un balcón que brindaba una espectacular vista del lago. Del lado de la cama donde dormía Dixon, la antigua mesita de noche tenía varios montones de revistas de negocios y algunas novelas policíacas. Un cenicero contenía tres colillas. Stern sintió una extraña excitación ante la posibilidad de fisgonear.

–Aquí –indicó Remo. Había entrado en el guardarropa de Dixon y había apartado los trajes–. ¿Es esto?

La caja estaba allí, gris, verde, el color del agua del mar bajo las nubes, apoyada sobre la parte trasera, de modo que la combinación de plata estaba a la vista. Al lado había varias pesas apiladas y, contra la pared, una barra con tres pesas en cada lado.

–En efecto –dijo Stern.

–Retroceda –ordenó Remo, y Stern salió a la habitación–. Cielo santo –resolló Remo, quien levantó la caja y la dejó enseguida en el suelo–. Esto pesa una tonelada. –Se enderezó para frotarse la espalda–. Tendríamos que haber traído ayuda.

Ambos miraron la caja.

–Creo que está abierta –observó Remo.

La puerta de la caja, que ahora estaba apoyada sobre las patas, se había entreabierto apenas. Al parecer Dixon había registrado el contenido para asegurarse de que Stern no lo había tocado. ¿O tal vez había sacado lo que buscaba el gobierno? Con esta sospecha, Stern se arrodilló y abrió la puerta de par en par. La iluminación era escasa, pero vio que había un fajo de documentos plegados.

Allí, a gatas, incluso antes de oír el ruido, Stern sintió en el suelo la vibración de la puerta del garaje.

–Demonios. –Se levantó torpemente y caminó hacia la puerta para escuchar–. Alguien está aquí –le dijo a Remo.

Oyó crujidos en la grava, pero cuando llegó a la ventana del dormitorio sólo alcanzó a ver el guardabarros trasero de un Mercedes que se internaba en el garaje para cuatro coches.

–Por Dios –exclamó Stern. No había atinado a imaginar lo humillante que sería esto. Era inexcusable irrumpir en una casa ajena–. Escóndete.

–¿Esconderme? –preguntó Remo–. ¿Para qué? –Enarcó las cejas–. ¿No es la casa de su hermana?

–Claro que sí. Pero prefiero que no me sorprendan en esta tonta actividad.

–A mí me han pillado –objetó Remo–. Muchas veces. Nunca me escondo. Muchos tipos reciben un disparo por actuar así. Sólo siéntese. Cállese. Tal vez no suban.

Siguiendo su propio consejo, Remo se acomodó en una de las dieciochescas sillas francesas que había junto al escritorio de Silvia.

Cruzó las piernas y sonrió pacientemente. Buscó un cigarrillo pero luego decidió que no sería prudente encenderlo.

Remo tenía razón, pensó Stern. Su reacción había sido pueril. Si era el mayordomo o el chófer, tratar de eludirlo resultaría muy peligroso. Pero aun así sentía la carne de gallina. Dixon nunca lo perdonaría. Lo ridiculizaría, lo amenazaría, obtendría todas las ventajas posibles tras haber sorprendido a Stern en pleno allanamiento de morada. Stern se acercó al pasillo, jadeando como un personaje de comedia. En una inconsciente parodia de esta tarea, se había vestido de negro, con pantalones y camisa de algodón, y ahora se ocultaba en las sombras.

Abajo sonaron pasos en los pasillos de piedra, un taconeo regular, como de mujer. ¿Dixon se pondría violento? Por lo general se moderaba ante Stern, pero ésta era una situación diferente. Si alguien surgía de las sombras en casa de Stern, ¿cómo reaccionaría? Probablemente echaría a correr. Pero Dixon no era Stern.

Las pisadas se acercaron a la escalera. Stern retrocedió. La persona que estaba abajo esperó y se alejó. Con un respingo, Stern recordó la cocina. El estrecho pasillo que salía del garaje pasaba al lado; si la persona que había entrado reparaba en el cristal roto, sin duda llamaría a la policía. Stern escuchó; si alguien llamaba por teléfono, echaría a correr. Miró alrededor para ver dónde estaba: el reducto de Dixon. Fax, ordenadores, tres teléfonos. El viejo escritorio de tapa abatible estaba atiborrado de documentos y las cortinas se hallaban echadas. Había una almohada y una manta en el sofá. Tal vez Dixon no dormía bien. Esta habitación, más que el resto de la casa, estaba impregnada de olor a cigarrillo.

Los pasos regresaron. Luego un silencio. Al cabo de un instante Stern comprendió que el visitante subía la escalera alfombrada. Stern retrocedió, de tal modo que sólo veía el rellano. La persona estaba arriba ahora, pero aún no había visto la silueta. Luego pasó Silvia en bata de playa y zapatos planos, mirando alrededor, mascullando distraídamente. Se subió las gafas y se las apoyó en el pelo desgreñado, enfilando hacia el dormitorio donde esperaba Remo.

Stern aguardó un instante y tras un segundo de vacilación llamó a su hermana.

Ella soltó un grito histérico.

–Oh Dios –dijo Silvia. Se apoyó una mano en el corazón y con la otra tocó la pared. Jadeaba profundamente–. Sender... casi me matas del susto.

–Perdóname.

–¿Qué demonios...?

Stern se había propuesto decir que había decidido ir a nadar. Pero todo tenía un límite.

–Estoy robando una cosa –confesó.

Ella tardó sólo un segundo en comprender.

–¿La caja de seguridad?

Él asintió. Silvia se irritó y le habló en español por primera vez en cuarenta años.

–¿Qué hay en la caja de seguridad?

–No lo sé.

–¿Estás tratando de ayudar a Dixon?

Stern se encogió de hombros y respondió en inglés:

–Eso creo. De todos modos, no tengo más remedio que hacerlo.

Silvia meneó la cabeza.

–Espera un momento. Quiero hablar contigo de todo esto. He vuelto a buscar un libro.

Ella se dirigió a su habitación, pero Stern le cogió la mano y le explicó que había traído un hombre.

–¡Oh, Alejandro! –exclamó ella con fastidio–. Tú y Dixon sois como niños.

–Éste es un asunto serio.

Ella chasqueó la lengua. Se negaba a creerlo.

Stern bajó con ella al salón. Silvia, cortés como de costumbre, le ofreció una bebida, y él pidió una gaseosa. Ella pulsó el botón que había en la alfombra, junto al sofá, para llamar al criado, pero luego recordó que era domingo. Stern la esperó echando una ojeada al gran salón. Silvia y el decorador habían buscado un efecto acumulativo, casi egipcio; los colores eran oscuros, con muchos destellos dorados en las telas, y había muebles en todos los rincones: sillas, colgaduras, antimacasares gemelos con bordes festoneados, adornados con chales de gasa. En un rincón había una enorme maceta con oscuras plantas del desierto. La pared opuesta era de piedra, como la fachada de la casa, con un enorme hogar de vigas de doble anchura. Un óleo original de un célebre artista español –un retrato de mujer comprado años atrás por el astuto Dixon– colgaba majestuosamente sobre la chimenea. En invierno, leños del tamaño de troncos de árboles ardían allí todo el día. Luego dejaban un residuo humoso, como si curaran el aire.

–¿Qué has hecho en la cocina? –exclamó Silvia cuando regresó. Le dio el vaso, pero lo miró con disgusto. Stern torció el gesto y Silvia sonrió meneando la cabeza–. Sender, debes decirme qué está pasando.

En su ausencia, él reflexionó sobre el asunto y decidió describirlo con moderación. El gobierno estaba investigando. Lo había hecho antes, pero éste era un asunto penal y los fiscales parecían tener pruebas de que Dixon incurría en prácticas dudosas. La investigación era cada vez más complicada, pero Dixon intentaba esconder la cabeza en la arena. El gobierno exigía la caja de seguridad y Dixon, desoyendo los consejos de Stern, intentaba ocultarla, una maniobra que no sólo perjudicaría a Dixon sino también a Stern. Esperaba que su hermana no captara todo el alcance de sus palabras, pero ella entendió demasiado bien.

–¿Corre peligro de ir a la cárcel?

–Así es –respondió Stern.

Silvia permaneció inmóvil un segundo, encogiéndose en sí misma. Parecía diminuta con las piernas desnudas y los zapatos planos. Se apretó los codos contra el cuerpo y estiró la cara para conservar la compostura. Stern mismo, para su sorpresa, se encontraba al borde del llanto. Siempre sentiría debilidad por su hermana.

–He estado muy preocupada por él –dijo Silvia.

–Yo también.

–No tienes idea, Sender. –Silvia se entrelazó las manos–. Tose durante media hora cuando despierta por la mañana. Su secretaria me dice que se olvida de todo. La mayoría de las noches no duerme. Camina de un lado a otro, o se marcha a medianoche, para ir quién sabe adónde. En las últimas dos semanas casi no ha dormido aquí.

Miró de soslayo a Stern. Esta frase aludía a algo más que los viajes de Dixon.

–Yo intento ayudarlo, pero él se resiste.

–Claro –dijo ella–, pero temo que no sobrevivirá.

–Sobrevivirá –aseguró Stern–. Es uno de esos tipos que siempre sobrevive y triunfa. –Advirtió que había pronunciado estas palabras con tono involuntariamente halagüeño. Hasta el momento no había comprendido cuán arraigados estaban sus temores por Dixon, a pesar del rencor que sentía al predecir su gloria–. Esperaba venir e irme sin involucrarte.

–No le diré nada.

Stern sopesó estas palabras, pero estaba convencido de que sería un error que Silvia tomara partido. Dixon tenía ciertos derechos.

–No es necesario –dijo Stern.

–A menos que él me lo pregunte.

–Sin duda lo preguntará cuando vea el desorden de la cocina.

–La haré reparar. Mañana. Hoy, si es posible. De todos modos, me sorprendería mucho que él pasara la noche aquí. –De nuevo Silvia miró la alfombra. Años atrás, antes de que Silvia lo echara, Dixon solía dormir fuera de la casa. Tenía un apartamento en la ciudad, y sin duda a menudo estaba con alguna otra mujer. Cuando Silvia y él se reconciliaron, Dixon mantuvo las apariencias y limitó sus aventuras a las horas de trabajo o los viajes fuera de la ciudad–. Es muy perturbador.

–Desde luego. –Quiso decir un par de palabras a favor de Dixon, hablar de las tensiones recientes, pero comprendió que no serviría de consuelo–. ¿Le preguntas adónde va?

–Trabajo. –Silvia sonrió–. Desde luego, nadie responde cuando llamo.

–Entiendo. Espero que puedas soportarlo. Sería muy mal momento para que repitierais vuestra separación.

Silvia hizo una mueca.

–No habrá repetición. Estoy acostumbrada. –Sonrió con amargura–. Como sabes, ésta no era nuestra única dificultad.

Stern miró a la hermana sin comprender.

–Oh, lo sabías. Clara lo sabía y te lo contó. Yo sabía que te lo contaría. Eres un caballero, Sender, pero no es necesario que sigas fingiendo.

–No estoy fingiendo –dijo Stern.

–¿En serio?

–Completamente.

–Pasó hace mucho tiempo –dijo Silvia, agitando la mano delgada como para descartar el tema, pero notó que Stern estaba intrigado y le reveló abruptamente la verdad–. Vino a casa con una enfermedad y yo temí que me la hubiera contagiado. Era repulsiva.

–¿Una enfermedad?

–Una infección. Ya me entiendes.

A Stern le vibraba la cabeza. Notaba un nudo en el pecho y la garganta. No obstante preguntó:

–¿Herpes?

Ella abrió la boca y luego, asombrosamente, sonrió con desgana, como si diera a entender que nunca comprendería a Stern. Sólo a él podía tolerarle algo parecido, una broma a costa de un dolor del pasado. A fin de cuentas, los hermanos mayores siempre tenían derecho a gastar bromas.

–Oh, Sender –exclamó con gesto aniñado–, lo sabías.

41

Al fin Remo bajó la escalera. Traía consigo la caja de seguridad, y descendía cada paso de lado, encorvado sobre la caja, escalón por escalón. Era un trabajo agotador y por un momento dejó la caja para encender un cigarrillo. Bajó el resto de los escalones con el Marlboro en la comisura de la boca y un ojo cerrado para evitar el humo. Desde el sofá del salón donde estaba sentado, Stern vio venir a Remo pero no se levantó para ayudarlo ni abrió la boca para hablar. Era capaz de moverse, desde luego, pero no sentía interés. Tal vez se quedara allí, con las manos entrelazadas, el resto de su vida. No experimentaba ninguna emoción intensa, excepto que ya no era él mismo. Aún le vibraba la cabeza y no sentía el peso de los brazos. Pero ante todo estaba abrumado por el distanciamiento. De esa casa saldría otro hombre, ni mejor ni peor, pero diferente.

–Oí hablar desde el pasillo –explicó Remo.

Sabía que su presencia no era un secreto.

–Desde luego –dijo Stern–. Remo Cavarelli, Silvia Hartnell.

Silvia saludó cortésmente al hombre que había irrumpido en su casa para robar.

–¿Nos vamos o qué? –se impacientó Remo.

–Sender, ¿estás bien? –preguntó Silvia, no por primera vez.

–Muy bien –respondió Stern, atinando a sonreír, con voz débil, como si su espíritu hubiera abandonado el cuerpo y lo examinara desde fuera.

–¿Aún nos llevamos esta cosa?

Remo señaló la caja que tenía a los pies. Stern, al recordar de qué se trataba, sonrió de nuevo.

–Oh, sí.

Remo echó a andar hacia el coche. Silvia también salió de la habitación para llamar por teléfono. Había un bombero local que realizaba trabajos por la zona y tal vez estuviera disponible incluso en domingo para reparar la cocina.

Stern se quedó a solas con la caja. Era sorprendente que hubiera hablado en español con Silvia. Habría apostado una cuantiosa suma a que no podía redondear una frase. De vez en cuando individuos latinos aparecían en la oficina de Stern, habitualmente cubanos que necesitaban un abogado bilingüe. Desde luego, en los setenta estaban los patéticos mexicanos pobres arrestados a granel por distribuir heroína marrón, hombres tristes y analfabetos, mascullando «chingadas» y suplicando a Stern que aceptara su caso. Stern siempre había rechazado estos asuntos. No le molestaban las drogas, sino el temor a que lo reconocieran por lo que era, alguien cuyo lugar estaba en otra parte. Ahora comprendía que había superado aquella etapa y aquellas actitudes. A partir de entonces daría la bienvenida a estos clientes. Estaba seguro de que recobraría las palabras con el tiempo.

Saboreó la bebida. Silvia había dicho que él sabía desde siempre. Se refería a otra cosa, desde luego, pero a solas se preguntó si el segundo sentido también era correcto. Una parte de él seguía sólidamente comprometida con la verdad; siempre creería ante todo en los hechos. Pero en otra región –una zona silenciosa que aún desconocía– los estragos aumentaban y se estaban evaluando los daños. Si había previsto esto, era sólo con ese ojo interior que siempre imagina la realización de los peores sueños. Ahora resultaba evidente que Clara no había querido continuar viviendo porque no se atrevía a confesar el «quién» mas que el «qué». No era casual que hubiera escogido este amante, estaba convencido. Clara conocía demasiado bien al marido. Después, incluso ella debía de haberse alarmado ante el feroz despecho que la había impulsado. Por eso no soportaba confesarlo. Bien, al menos la evidencia de sus sentidos no le había fallado. Clara no tenía interés en Dixon cuando él volvió con Silvia. Debía de haber sentido repulsión tanto por él como por sí misma. ¿Qué había sucedido entre ellos? ¿De qué habían hablado? Ya estaba de vuelta donde siempre, presintiendo que preferiría continuar en la ignorancia.

Stern se arqueó y acercó el pie a la caja de seguridad. Aún estaba abierta. Entreabrió aún más la portezuela con la suela del zapato. Los documentos estaban allí. ¿Por qué no? Podía soportar cualquier cosa.

Había dos hojas escritas con la impresora de una microfilmadora, con tinta fuerte, cada una doblada en cuatro. Cuando las sacó de la caja, se cayeron varios papeles que envolvían documentos: dos cheques y varios cuadrados de celuloide gris que Stern reconoció como microfichas.

–Los teléfonos no funcionan –anunció Silvia, quien regresó al salón profundamente perturbada–. ¿Cómo podré comunicarme?

Remo regresó en ese momento.

–¿Quién es ése? –preguntó–. ¿Quién viene?

Remo había pasado en el guardarropa tiempo suficiente como para reparar en las pesas y prefería no estar presente cuando llegara el dueño de la casa. Silvia le explicó su problema y salieron juntos para que Remo conectara de nuevo las líneas telefónicas. En el intervalo, Stern examinó los documentos de la caja. Remo y Silvia regresaron poco despues.

–Viene hacia aquí –anunció Silvia.

Parecía consolada por la idea de que el desorden de la cocina quedaría prontamente arreglado.

–Bien, vámonos –dijo Remo, que no las tenía todas consigo.

Se agachó sobre la caja y la levantó con un resuello.

Stern y la hermana lo siguieron por el pasillo de piedra. Stern llevaba en las manos todos los documentos. Silvia abrió el cancel para que Remo saliera, y luego le abrió la portezuela trasera del Mercury. Parpadeando bajo el sol brillante, Stern y su hermana vieron cómo Remo bajaba la caja al sucio suelo del descalabrado Cougar. Se irguió y se sacudió las manos, recobrando el aliento. Un hilillo de sudor le corría por la sien.

–Pensándolo bien –decidió de pronto Stern–, la dejaremos.

Remo lo miró boquiabierto, mostrando sus dientes rotos.

–Por favor, Remo. Lleva la caja donde la encontramos.

–No –dijo él incrédulamente.

–Por favor –insistió Stern. Había adoptado su tono más autoritario y Remo lo miró con incertidumbre, reacio a obedecer pero sin animarse a presentar más objeciones. Stern se volvió hacia Silvia–. Todo quedará como estaba. No será preciso que digas nada.

Ella también parecía confusa, pero no sabía cómo reaccionar ante este cambio de actitud.

–Muy bien –dijo Stern a ambos.

Regresó hacia la casa y se volvió para pedir a Remo que llevara la caja al salón. Stern aún tenía todos los documentos. Se sentó en el sofá y los puso sobre la tapicería de seda para dejar los documentos en el orden en que los había encontrado. Las dos páginas copiadas iban primero, luego las microfichas y al final los dos cheques, uno dentro del otro. Estudió los cheques de nuevo. El primero era el cheque personal de Dixon, cancelado, por 252.646 dólares pagaderos a MD Clearing Corp. La nota del resumen decía «Débito cuenta 06894412», la cuenta Wunderkind. Según lo que le había dicho Sonny en Dulin, el gobierno ya tenía una copia microfilmada de este cheque gracias a la citación enviada al banco de Dixon.

El otro cheque, que Stern examinó con mayor detenimiento, estaba impreso en el papel verde del River National y era un giro certificado contra la cuenta de inversiones de Clara, a nombre de Dixon Hartnell. La cantidad era de 851.198 dólares. Stern sostuvo el cheque con la intensa emoción que aún le producía el contacto con una pertenencia de Clara. Plegó ambos cheques, los colocó dentro de las dos páginas impresas junto con las microfichas, siguiendo los mismos pliegues que había antes. Estas hojas reproducían la primera y última página del acuerdo de cuenta para Wunderkind, los dos lugares donde aparecía la identificación del responsable de la cuenta: nombre, dirección, número de seguridad social. En la última página, tras docenas de párrafos de advertencias y cláusulas, el cliente firmaba el acuerdo. Antes de guardar los documentos en la caja, que Remo había depositado a sus pies, Stern observó la línea final, donde Kate Stern había estampado su elegante firma.

42

Era evidente que no se sentía más feliz. Los acontecimientos de los últimos días lo habían dejado más confuso que nunca. Pero su vieja habilidad para distraerse con el trabajo había resurgido. Había recuperado el hábito de ser el primero en llegar a la oficina, y durante la última semana había aceptado tres casos nuevos de importancia: una estafa, una investigación por fraude y un caso local donde el propietario de un vertedero se enfrentaba a acusaciones de homicidio. Sondra y George alegaron que estaban abrumados de trabajo, pero Stern estaba preparado para aceptar los casos. En la oficina demostraba una energía y un deleite de los que antes carecía. ¡Los afanes del hombre en sociedad! El ajetreo, las llamadas telefónicas, los pequeños rayos de luz en la maraña de egoísmo y reglas. Alejandro Stern amaba la práctica de la ley. ¡Sus clientes, sus clientes! Ningún canto de sirena atraía más a Stern que la llamada de una persona en apuros: un malandrín encerrado en la comisaría en sus primeros tiempos, o un hombre de negocios acuciado por un agente del servicio fiscal, como le ocurría ahora. En cualquier caso, siempre lo excitaba: «No hable con nadie. Estaré allí dentro de un instante».

¿Qué era? ¿Qué era esa demencial devoción por gente que se resistía a pagar honorarios, que lo denostaba si perdía el caso, que le mentía por costumbre, retenía datos cruciales e ignoraba sus instrucciones? Lo necesitaban. ¡Lo necesitaban! Esos personajes débiles, lastimados y aun bufonescos requerían la ayuda de Alejandro Stern para salir adelante. El desastre acechaba. La destrucción de sus vidas. Lloraban en su oficina y juraban asesinar a sus camaradas traidores. Cuando volvían a sus cabales, se enjugaban los ojos y esperaban patéticamente a que Stern les dijera qué debían hacer. Él chupaba el puro y procedía a explicarles.

En la tarde del lunes, encontró un momento para llamar a Cal.

–Quería anunciarte que el asunto del cheque está resuelto.

–¿En serio? –preguntó Cal.

–Por lo tanto, Cal, ten la amabilidad de decir a nuestros amigos del River National que todo está bien y agradéceles la cooperación.

–Claro, claro –dijo Cal, aclarándose la garganta–. ¿Qué era?

–Un asunto muy complicado –respondió Stern.

–El beneficiario, quiero decir.

–Es difícil decirlo en este momento –repuso Stern, tratando de parecer sincero–. Pero pronto quedará aclarado, Cal. No tengas dudas. Te lo agradezco profundamente.

–Entiendo –replicó Cal.

Estaba ofendido, desde luego. Esperaba mayor veneración y confianza por parte de Stern, al menos por cortesía profesional.

Al regresar esa tarde a casa, encontró un enorme maletín en el vestíbulo. Se agachó para examinar la etiqueta. Marta estaba de vuelta. Por lo general viajaba con una mochila y un maletín, los bagajes de su vida diversificada.

No estaba en la casa. Tras subir al primer piso y llamarla, la descubrió desde la ventana del solario. Estaba apoyada en el seto, hablando animadamente con Fiona. Marta escuchaba con mayor interés del que acostumbraba mostrar por su vecina. Stern echó a andar hacia ellas. Cuando Marta lo vio, se acercó para abrazarlo, y Stern, por alguna razón, se inclinó sobre el seto, cogió la mano bronceada de Fiona y también la besó. Ella estaba con su atuendo de jardín, con hojas en el pelo, y pareció sonrojarse ante la vehemencia de Stern.

–Está guapísima, ¿verdad? –declaró Fiona, señalando a Marta, quien llevaba su habitual vestido sin formas, largo hasta el suelo. Sin duda Fiona abrigaba la secreta convicción de que Marta vestía como una de las mujeres que seguían a las caravanas de carretas por la pradera–. Le estaba dando la noticia.

–¿Ah, sí? –preguntó aprensivamente Stern.

–Acerca de Nate y yo –especificó Fiona.

–Ah, sí. Nate me lo mencionó. Lamento saberlo, Fiona.

–Tal vez ambos estemos mejor.

Como muchas personas que ya han afrontado un hecho temido, Fiona en efecto tenía un aspecto mejor y más fuerte de lo que cabía esperar.

Marta empezaba a enfilar hacia la casa. Stern comentó que había tropezado con su maleta.

–Tengo pensado quedarme por un tiempo –anunció ella–. He renunciado a mi empleo.

–¿De veras? –preguntó Stern–. ¿Sin más?

–Un mes de preaviso, pero me debían unas vacaciones. El mes próximo regresaré unos días para ordenar las cosas. Pero la última vez que estuve aquí, noté a Kate muy cansada, y de pronto pensé que ella tendría un bebé y que yo estaría a mil kilómetros sin ninguna razón. ¿Para qué me molesté en aprobar exámenes en cuatro Estados si no voy adonde quiero? Encontraré trabajo aquí. ¿Te molesta?

–En absoluto.

Fiona intervino para decir que era maravilloso, maravilloso, una alegría para todos. Stern asintió.

–Tengo que llamar a Kate –dijo Marta–. Luego tengo que verla a ella y a John. ¿Quieres venir?

–Esta noche no. Por favor, dile a Kate, sin embargo, que esta semana me gustaría cenar con ella y John.

–Dios mío –exclamó Marta–, qué voz tan seria.

Stern no respondió y Marta enfiló hacia la casa. Stern se quedó con Fiona.

–¿Has entendido que tiene previsto vivir aquí? –preguntó Stern.

–Eso parece.

–Vaya.

Se sintió consternado al pensar que Marta, sus vitaminas y minerales estarían presentes todo el día. Fiona, entretanto, se había acercado un poco más al seto.

–Supongo que estás muy enfadado conmigo –murmuró.

–De ningún modo, Fiona. A decir verdad, recibí lo que merecía.

–Yo traté de advertirte esa noche. Cuando Nate vino a casa. De verdad. –Estudió a Stern con la mirada–. A fin de cuentas, Sandy, tenía que decir algo cuando él encontró la carta. Me pusiste en un brete. Pero no soportaba decirle a ese mal nacido que yo respetaba nuestro matrimonio cuando a él le importaba un rábano. ¿Sabes la peor parte? Cuando le conté esa ridícula historia, me pareció que se alegraba. ¿Puedes creerlo? –Fiona meneó la cabeza con gravedad–. ¿Por qué soy siempre tan tonta? –le preguntó a Stern, como si esperara una respuesta.

Se quedó un instante sumida en la desdicha de ser ella misma, de cometer a menudo, como tantos otros, los mismos errores.

–Por cierto, jura por lo más sagrado que esas pastillas no eran suyas –continuó Fiona–. Insistió en que eran para un paciente. Al fin me dijo que si yo no le creía, podía llamar al otro médico que trabajaba en el caso. Adivina quién era.

Stern alzó las manos: ni la menor idea.

–Peter.

–¿Peter?

–Tu hijo. ¿No es una coincidencia?

La noche era densa. Estaban a finales de julio y los insectos fastidiaban. Stern ahuyentó uno que le picaba la oreja mientras pensaba en la expresión de Nate el otro día, cuando se despedían. Esto era lo que Nate había callado. Stern comprendió que había tenido razón desde el principio. Le fastidiaba la idea de tener otro enfrentamiento.

Tal vez con Peter fuera innecesario.

–De todos modos, lo lamento –dijo Fiona.

–Fiona, soy yo quien debe disculparse. Como dices, te coloqué en una situación difícil. Lo has compensado de sobra. Agradezco tu discreción con Nate, cuando hablaste de nuevo.

–Qué diablos, pensé que no tenía sentido. No quería darle más satisfacciones –masculló, meneando la cabeza, abrumada por el divorcio, las diversas pero importantes concesiones que la vida le exigía en la derrota.

–No obstante, lamento que fueras la víctima de mi estado de alteración.

–Oh, no estuvo tan mal. –Lo miró tímida y provocativamente, una bonita cincuentona en atuendo campestre practicando la evasiva y seductora mirada que dirigía a los muchachos–. En cierto modo me animó.

Aun en su confusión, Stern no pudo reprimir una carcajada.

–Has sido muy generosa, Fiona.

–No ha sido nada –dijo ella.

Ella lo examinó pensativamente, con cierta picardía en los ojillos amarillentos. Pero Stern notó que ya habían cobrado rumbos diversos. Su barco y el de Fiona navegaban por canales diferentes. Por una vez en los últimos tiempos, el tacto de Stern no había fallado.

Cada vez se dominaba mejor. Conmovido por las circunstancias, cogió la mano sucia de Fiona y le besó la palma.

–Allí vamos de nuevo –suspiró Fiona. Alzó los ojos y se alejó. Stern le pidió que le permitiera saber si podía ayudar de alguna forma. Ella agitó el brazo y se detuvo en la escalinata gris del porche–. ¿Sabes que ese hijo de perra ha dejado de beber en serio? –preguntó.

Y luego meneó la cabeza enérgicamente y abrió la puerta.

Cuando Stern volvió a la cocina, Marta acababa de colgar el teléfono.

–¿Cómo está tu hermana? –preguntó Stern.

–Inquieta. Parece haber mucha tensión. Dijo que John declaró ante el gran jurado la semana pasada.

–Eso tenía entendido. Hoy he hablado con Tooley.

Marta pidió que le resumiera la declaración de John. No había querido preguntárselo a Kate.

–Mi conversación fue como todas las que entablo con Mel. Muy vaga. Insistió en decirme que no había estado presente en la sala... como si yo pensara que podría estar presente. Pero parece que todo anduvo como esperábamos. John culpó a tu tío: Dixon había dado órdenes, John obedeció sin tener idea de lo que significaban.

–Vaya.

–Sí. Vaya.

–¿Y la caja de seguridad?

–No la tengo –contestó Stern.

–¿Has tenido noticias del tío Dixon?

–Ni una palabra.

–¿Sabes qué se propone?

–A veces se me ocurre algo. Pero estoy desconcertado.

–Le anunciaste que presentarías esa moción, mañana, ¿verdad? ¿Para renunciar?

–En efecto –dijo Stern.

–Será mejor que lo hagas. Tienes que distanciarte de él. Esa mujer, Sonia o como se llame, va a pedir tu cuero cabelludo. Y tal vez la juez Winchell se lo entregue.

–Sí –dijo Stern.

También lo había pensado.

–¿Qué haremos?

–Ya veremos. –Stern se acercó a su hija y la abrazó–. Ve a ver a Kate. Menciónale tu mudanza. Sin duda estará encantada.

–¿Y tú? ¿De verdad que no te molesta tener de vuelta a tu hija chiflada?

Stern le dio un beso. Pensó en Peter, John y Kate. En Dixon. Clara.

–Estarás en tu casa –dijo.

43

No eran las siete cuando Stern llegó a la oficina el martes por la mañana. Le había dejado una nota a Marta, donde le sugería que fuera a verlo por la tarde para organizar su presentación ante el gran jurado. La oyó llegar tarde esa noche, pero no se había levantado para saludarla. Podía pasar otro día sin recibir noticias de Kate y John.

Al entrar, le pareció oír un ruido. Se detuvo ante la puerta de su oficina, que habitualmente estaba cerrada con llave pero ahora se hallaba entornada. La abrió de par en par y vio a Dixon dormido en el sofá color crema. La oficina apestaba a cigarrillo y otros efluvios.

Al lado, sobre la moqueta, estaba la caja de caudales.

Stern se acercó en silencio al escritorio. Trabajó allí un cuarto de hora hasta que llamó un cliente, el acusado en el caso del vertedero, un sujeto barrigón llamado Alvin Blumberg. Alvin era culpable y estaba paralizado de miedo; quería algo que no le podían dar: la promesa de quedar libre. Stern escuchó las quejas de Alvin, que criticó a sus fiscales, socios y esposa. Al cabo de un tiempo lo interrumpió para decirle que le presentaría a Sondra y pasó la llamada. Dixon estaba incorporándose, desperezándose, frotándose los ojos. Llevaba una camisa de algodón y pantalones de pinzas, una gruesa cadena de oro le colgaba del cuello. Se tocó los bolsillos de la camisa buscando cigarrillos.

–¿Qué hora es?

Stern se lo dijo.

–Tengo que llamar a Silvia. ¿Te importa?

Stern empujó el teléfono hacia la esquina del escritorio y Dixon llamó a la esposa: había ido a la oficina de Sandy, tenía que examinar unos documentos, había pasado toda la noche allí.

–Está aquí. Me encontró dormido. Pregúntaselo. Me encontraste dormido, ¿verdad? –Dixon volvió al teléfono. Stern, reacio a verse envuelto con Dixon y sus excusas para una noche pasada en otra parte, masculló por el auricular que Dixon estaba dormido cuando llegó–. ¿Ves? –dijo Dixon, y luego le recitó su horario del día, cada reunión, cada persona a quien debía ver–. Te quiero –dijo Dixon antes de despedirse.

Estaba moreno, con la barba crecida, y se le aflojaban las carnes bajo la mandíbula. El cabello ondulado empezaba a clarear. La edad lo estaba alcanzando. Pero Dixon aún concentraba todo su interés en sus charlas con Silvia. En sus años de decadencia Dixon y Silvia mantendrían esa feliz fijación mutua, socorridos, sin duda, por la inevitable disminución del interés de Dixon en otras aventuras. Este reconocimiento turbó a Stern: por perversa o inmadura que fuera la vida emocional de Dixon, no mentía cuando le decía a Silvia que la quería. Después de su descubrimiento del domingo, Stern había pensado que presenciar esta conversación, como lo había hecho a menudo a lo largo de los años, lo habría enfurecido, pero sólo sintió un aguijonazo de ausencia, languidez, envidia: su propia esposa se había ido.

–¿Quieres desayunar? –preguntó Dixon, colgando el teléfono.

–¿Qué me has traído, Dixon?

–¿No querías la puñetera caja? Pues aquí la tienes. ¿Estás contento? ¿Se acabaron los problemas?

–El gobierno también pide una declaración jurada mía, afirmando que no se ha alterado el contenido.

–Pues dales la declaración jurada.

–¿Cómo podría hacerlo?

–¿Quieres ver lo que hay dentro?

–Todo lo contrario. Me limito a remarcar un hecho.

–Quiero que mires.

La caja estaba frente a él, y Dixon hizo girar la llave. Metió la mano y arrojó un papel sobre el cristal del escritorio. Era el cheque de Dixon, plegado en cuatro, el que había redactado para cubrir el déficit de la cuenta Wunderkind. Stern buscó las gafas y fingió que estudiaba el documento.

–¿Nada más?

–¿Sabes qué mierda estás mirando?

Dixon había renunciado a sus modales civilizados. Ahora se mostraba él mismo: brusco y procaz.

–Creo entender la importancia del cheque, sobre todo para el gobierno. –Si entregaban sólo esto, Sonny Klonsky acusaría a Stern de más mala fe, de modificar el contenido de la caja según los conocimientos del gobierno. Desde luego, quedaría un rencor más entre ellos: ella nunca podría contar a Sennett lo que había revelado–. Por lo visto el gobierno cree que hay documentos de la cuenta en alguna parte.

–¿Hay? –preguntó Dixon con una mirada socarrona, enfatizando el tiempo presente.

–Eso sería una estupidez, Dixon.

–Bien, estoy de acuerdo. Estaba preparando una fogata y luego me arrepentí, pero sólo pude salvar esto. –Señaló el cheque–. No se quejarán. Tendrán mi cabeza en bandeja de todos modos, si llegan a conseguir esto.

–Siempre que no tengan ya este cheque –objetó Stern.

–¿Dónde iban a conseguirlo?

–Desde luego, es posible que las citaciones para el banco estuvieran destinadas a conseguirlo.

Dixon analizó la idea y luego pasó a lo evidente: ¿por qué molestarse con la caja si ya podían demostrar que Dixon controlaba la cuenta Wunderkind? Una táctica, explicó Stern. Si encontraban pruebas de que Dixon retenía documentos demostrarían su actitud culpable.

–¿Quieres decir que he caído en la trampa? –preguntó Dixon.

–Es muy probable –admitió Stern, cruzando las manos, absolutamente sereno.

Nunca había actuado mejor. Dixon se acarició la barbilla en ademán pensativo. Suspiró, se rascó la nariz, meneó la cabeza.

–Crees que debería declararme culpable, ¿verdad? Eso dijiste la última vez.

–Cuando se es culpable, esa posibilidad siempre merece una seria consideración.

–¿Qué me pasará? ¿A qué trato puedes llegar?

–Lo habitual es intentar comprar la libertad. Negociar por una elevada multa y un período más corto de prisión.

–¿Cuánto tiempo?

–¿En la actualidad? Con las tendencias federales en la materia, unos tres años.

–¿Y cuándo me dan libertad condicional?
–Ya no hay libertad condicional en el sistema federal.
–Dios mío.
–Es muy duro.
–Y yo que voté a los republicanos –suspiró Dixon. Sonrió rígidamente–. ¿Cuánto tengo que darles para conseguir los tres años?
–Sólo podemos hacer estimaciones, Dixon. Millones, sin duda. Sólo Dios sabe cuánto querrá pedir Stan Sennett. Tal vez un amplio porcentaje del valor de tu interés en MD. Será muy caro.
Dixon se aferró la barbilla. Imprevisiblemente, sonrió.
–Ellos no pueden confiscar lo que no pueden encontrar, ¿verdad?
Dixon pareció animarse al pensar en lo que estaba escondido en el Caribe. Silvia quedaría bien atendida. Stern comprendió la lógica del razonamiento.
Dixon encendió un cigarrillo.
–Si no te importa, Dixon, estaría en mejor posición para negociar si supiera qué ocurrió.
–Ya lo sabes –replicó Dixon, pero hizo un rápido resumen: le informaban sobre grandes pedidos que debían realizarse en Chicago, y al instante llamaba al despacho central para efectuar transacciones anticipadas en Kindle. Describió el uso de la cuenta de errores y la cuenta Wunderkind para reunir y proteger las ganancias–. Bastante astuto, en mi modesta opinión –concluyó Dixon.
–¿Qué hay de esa cuenta, Dixon? Wunderkind. ¿Qué era eso?
–Sólo una cuenta empresarial. Lo planeé para esto.
–¿Cuál fue el papel de John en todo esto?
–¿John? Es un mequetrefe. Hizo lo que le pedía. Si le mearas en los ojos, John pensaría que está lloviendo.
Dixon miró el cigarrillo y pateó el suelo; llevaba zapatos italianos de cuero gris. Parecía cómodo.
–Un hombre de tu posición, Dixon. Es...
–Oh, no me sermonees, Stern. Así son los mercados, ¿te enteras? Allí devoramos a nuestra prole. Todos lo hacen. Demonios, los clientes lo hacen... los que están al corriente de lo que ocurre. Es la humanidad en la jungla. Me sorprendieron con las manos en la masa, eso es todo. Quiero seguir adelante. Quiero que este puñetero asunto termine. –Se palmeó las rodillas y miró al cuñado a los

ojos, rubicundo, vital, todavía atractivo, Dixon Hartnell, coloso del mercado–. Quiero declararme culpable.

Stern no respondió.

–¿De acuerdo? –preguntó Dixon–. ¿Qué hora es? Llama a esos imbéciles, ¿quieres? Ahora que todavía tengo agallas. Quiero oír cómo ese pomposo mal nacido de Sennett se derrumba de la sorpresa.

–Creo, Dixon, que intentas engañarme.

Dixon se sobresaltó.

–¿Yo?

–Tú.

–Estás loco.

–Creo que no.

Dixon entreabrió la boca.

–Has estado hablando con esa mujer, ¿verdad? ¿Cómo se llama? ¿Krumke?

–Caramba, Dixon, tus piruetas me han costado la credibilidad ante el gobierno. No he hablado con Klonsky.

Dixon se levantó. Caminó por la oficina agitando el cigarrillo.

–Quieres que me desangre, ¿eh?

–Quiero la verdad, Dixon, si quieres contarla.

Dixon se paró ante la ventana y contempló el río, chispeante bajo el sol de la mañana.

–Hay algunas cosas acerca de esa cuenta.

–¿Qué cuenta? –preguntó Stern.

–Wunderkind S.A. O como se llamara.

–Sí.

–Era la cuenta de John. O se suponía que lo era. Yo no quería trasladar el dinero a una cuenta que me pusiera en evidencia, así que le pedí que abriera una. Ya sabes, una cuenta empresarial, para aceptación bursátil. No puede estar a su nombre. La Bolsa de Kindle impide que los empleados tengan sus propias cuentas.

–¿Qué nombre usaste, Dixon?

Dixon dio media vuelta. Parecía muy incómodo.

–Kate. Ella firmó los papeles con su apellido de soltera. Estoy seguro de que no tenía ni idea de lo que ocurría. El mequetrefe sólo le indicó que firmara al lado de la X.

–¿Qué obtuvo John a cambio de este favor?

–Oh, es el tonto del pueblo. Si le pido que salte, me pregunta a qué altura. Quiere ser un operador de la bolsa. Estaba esperando un ascenso. Oye, es un chaval. Es un fideo. Puedes moldearlo para darle la forma que quieres. Le pedí que hiciera cosas y me obedeció.

–¿Ni siquiera le prometiste un céntimo de las ganancias?

–Jamás le hablé de ello. Francamente, creo que es demasiado estúpido para pedirlo. De todos modos, no hubo ganancias. No por mucho tiempo.

–Sí, Dixon. Explícame eso. ¿Robaste dinero y lo perdiste?

–Era como Las Vegas. ¿A quién le importaba? Perdí, gané más. Era un puñetero juego, Stern.

–En el cual involucraste a mi hija y mi yerno... tus sobrinos. Un delito en el cual decidiste ocultarte detrás de unos niños... mis niños.

Dixon no respondió. Regresó al sofá y encendió otro cigarrillo.

–¿No calculaste, Dixon, que John hablaría al gobierno acerca de la cuenta y cómo se creó?

–Sí, lo calculé. Pero no tenía gran interés en contártelo. –Dixon se recostó y estiró los pies–. Tengo los documentos en casa. Los traeré.

–¿No temías que yo te perdiera el respeto? –preguntó Stern con acerada frialdad.

–Oh, ve a que te den por el culo, Stern. Lo siento... ya está hecho. Soy culpable y me declaro culpable. Tendré mucho tiempo para arrepentirme. Así que llama a los malditos fiscales y terminemos con esto.

Con un brazo sobre el respaldo del sofá, Dixon formó anillos de humo en el aire.

–Eres culpable de muchas cosas, Dixon. Pero, por desgracia, no de este delito.

Dixon se irguió en el asiento.

–¿Te has vuelto loco?

–Creo que no. Eres inocente, Dixon.

–Oh, por favor.

–Dixon, me estás diciendo precisamente lo que a tu entender piensa el gobierno.

–En eso tienes razón.

–Pero tú sabes que es mentira.

Dixon se levantó bruscamente, pero tardó en responder.
–¿Mentira?
–Dejemos de lado, Dixon, la cuestión del motivo. Insistes en que un hombre rico puede robar con tanto entusiasmo como un pobre, y así ocurre a menudo. Pero expliquemos esto, por favor. Me dices que persuadiste a John de que abriera una cuenta para que la culpa recayera sobre otro si alguna vez llegaba el día. Sin embargo, cuando el gobierno descubrió la cuenta, tú escondiste los documentos.
–¿Y qué? No soy tan idiota como pensé al principio. Además, ya te lo he dicho: prefería no explicártelo.
–Creo, Dixon, que tenías otros motivos.
–Estás desbarrando, Stern.
–Dime, Dixon, según tu explicación, ¿cómo se enteró el gobierno de todo esto? ¿Quién es el informante, Dixon?
Dixon negó con un gesto, como si nunca hubiera pensado en ello.
–¿Quién crees que es? –preguntó.
–Tras mucho pensar, llegué a la conclusión de que es Margy, y que tú siempre lo has sabido, que incluso has dirigido su actividad.
Dixon se quedó de una pieza. Los ojos, de pronto más claros, se movieron primero.
–Estás totalmente chalado.
–Creo que no.
–Eres un caso –espetó Dixon–. ¿Lo sabías? Me fastidias durante meses para que te cuente esto, me interrogas, me mandas puñeteras mociones, amenazas a mi secretaria, y cuando al fin aflojo y te digo lo que ocurre, me llamas embustero y haces una acusación extravagante que se te ha ocurrido en una alucinación. Ve a que te den por el culo, Stern.
–Un maravilloso discurso.
Stern alzó ambas manos y aplaudió una vez.
–Me declararé culpable.
–¿Por un delito que no has cometido?
–Mira, no aguanto más tus chorradas. Eres mi abogado, ¿no?
–De momento.
–Bien, quiero declararme culpable. Haz un trato. Ésas son tus órdenes. O instrucciones. Como las llames.
–Lo siento, Dixon. No puedo hacerlo.
–Entonces te despido.

–Muy bien.

–¿Crees que no lo haré? Lo haré sin ti. La ciudad está llena de abogados. Todos trabajan si les pagas. Es como sangre en el agua. Conseguiré seis antes del anochecer.

–No eres culpable, Dixon.

Dixon hizo una mueca y soltó un gemido agudo.

–¡Maldito seas, Stern!

Fue como un cañonazo. En alguna parte del silencioso edificio, Stern oyó movimientos. Pasillo abajo alguien abrió una puerta.

–Insufrible hijo de puta. ¿Ha habido algún momento de tu vida en que no te hayas creído más listo o mejor que yo?

Tenía los ojos desorbitados. Se acercó a Stern, quien temió que su cuñado le pegara. Pero al fin Dixon se alejó y se agachó ante la caja.

–Déjala, Dixon. Sigo bajo citación. La caja es cosa mía.

Dixon lo fulminó con su rabiosa mirada.

–¿Te imaginas? –preguntó antes de irse.

–Soy Stern.

–Hola.

La saludó cordialmente y le preguntó cómo se encontraba. Al oír esa voz volvía a sentir, aunque más lejana, la misma tormenta de emociones. Un trueno distante. Miró el reloj del teléfono. Otro de sus aparatos. Eran más de las cinco.

–Escuche –dijo ella–. He recibido una llamada muy rara. Su cliente, Hartnell. Dijo que quiere venir para hablar conmigo.

–Ignórelo –dijo Stern.

–Lo he intentado. Le dije que no podía hablar con él, porque él tenía un abogado. Dijo que lo había despedido. ¿Es verdad?

Stern aguardó un instante y le dijo que no sabía bien en qué habían quedado, que Dixon estaba muy alterado en ese momento, agobiado por la tensión.

–Si me retiro, sin embargo, no lo haré hasta que él haya conseguido otro abogado. Insisto, Sonny, en que el gobierno no trate con él directamente.

–Bien, Sandy, no sé. Es decir...

–No la estoy criticando.

–Comprendo.

La mayoría de los jueces reaccionarían adversamente si el gobierno actuaba. Si Stern alegaba que el cliente estaba alterado, el tribunal entendería que la fiscalía se había aprovechado injustamente de la situación. Ni siquiera Sennett correría ese riesgo. Tenía el caso bien atado. ¿Para qué arriesgarse? Sonny, sin duda, estaba realizando los mismos cálculos.

–Hablaré con Stan –decidió al fin. La salida habitual para un problema–. ¿Debo entender que Hartnell desea declararse culpable?

–Yo le aconsejaría que no lo hiciera. Muy enfáticamente.

–Está usted fingiendo –dijo ella con cierto humor. Sonny no podía evitar cierta calidez. Le gustaba estar en el mismo problema que él, probándose a sí misma. Sin embargo, tuvo la bondad de no presionar demasiado–. ¿Qué hay de la caja? ¿Marta y usted han hablado de nuestra propuesta?

–¿Qué quieren ustedes? –preguntó Stern.

Claro que lo recordaba. Era sólo otro truco de picapleitos, con la esperanza de que las condiciones mejoraran en la repetición. No mejoraron.

Ella le ofreció el mismo trato: presentar la caja y una declaración jurada de que el contenido no se había tocado. De nuevo en la misma situación, algo cotidiano en la vida de un abogado. A fin de cuentas era sólo una firma. ¿Quién lo sabría además de Stern?

–Creo, Sonny, que no podré aceptar.

–Sandy...

–Entiendo.

–Creo que no entiende. Stan está muy contrariado.

–Desde luego.

–Oh, vaya –exclamó ella, y reflexionó un instante–. No me gusta el cariz que toma esto, Sandy. En serio. ¿Sabe Dixon que podemos demostrar que él controlaba la cuenta? Me refiero a Wunderkind.

–No puedo contar lo que hablé con mi cliente, Sonny, pero no he faltado a mi promesa. Espero que usted no haya pensado lo contrario.

–Lo sé. Lo digo en serio. Escuche, tengo que reflexionar... Si puedo encontrar un modo de que usted le hable, ¿eso cambiaría las cosas?

–Es usted muy amable, Sonny. Pero no cambiaría nada.

Ella titubeó.

A juzgar por su silencio, estaba desorientada.

–Sandy, esto es una locura. Si cree que alguien de este edificio no se atreverá a encarcelar a Sandy Stern...

–No me hago ilusiones.

–¿Y nadie más puede hacer otra cosa?

Él aguardó, sin deseos de influir de nuevo sobre ella. Lo había hecho en Dulin, con un considerable coste emocional para ambos al final.

–¿Qué? –preguntó ella.

–No importa.

–¿Qué?

Stern suspiró.

–El informante.

Ella chasqueó la lengua.

–¿Qué pasa con eso?

–Supongo que aún no conoce la identidad.

–Si la conociera, no podría decirla.

–Claro que no.

–¿Entonces?

–Creo que el fiscal federal se ha complacido en engañarme. Sospecho que descubrirá usted que la fuente es alguien con quien el gobierno sabe que mantengo una relación, lo cual naturalmente exime a esa persona de mis sospechas. –Pensó si decir «un cliente» o dar el nombre de Margy, pero cuanto más específico fuera, más difícil resultaría todo. Como decía Sonny, nunca podría confirmarle la identidad–. Si mis sospechas son erróneas, quisiera saberlo.

–¿Es importante? ¿En relación con lo nuestro? ¿La citación?

–Crítico.

–No hago promesas –suspiró Sonny–. Si lo averiguo, lo averiguo. No sé qué haré.

Ambos guardaron silencio. Stern notó con asombro que ella era una persona fuerte, bondadosa.

–¿Cómo anda su vida? –preguntó.

No se atrevió a ser más directo: tu matrimonio, tu marido.

–Mejor –respondió ella.

–Bien.

–Ajá –dijo Sonny, y antes de colgar añadió–: Pero la ley apesta.

44

–Diga su nombre y deletree el apellido para dejar constancia.

–Mi nombre es Alejandro M. Stern. El nombre de pila es A-l-e-j-a-n-d-r-o. El apellido es S-t-e-r-n.

–¿La M? –preguntó Klonsky.

Tal vez nunca satisfaría del todo su curiosidad por él.

–Mordecai.

–Ah.

Escuchó estoicamente el dato y volvió a sus notas.

Sonny lo sometió al preámbulo habitual, que Stern había leído en docenas de transcripciones. Le anunció que comparecía ante el Gran Jurado Especial de Marzo de 1989 (marzo era el mes en que se había constituido), y le hizo un breve resumen de la investigación 89-86, que concernía a «presuntas violaciones del inciso 18 de la sección 1962 del Código de Estados Unidos». También mencionó que Stern no era el objetivo de la investigación y que la abogada estaba fuera, disponible para que él la consultara.

–¿Ella se llama Marta Stern, con igual grafía?

–Sí –dijo Stern. Se dirigió a la relatora tribunalicia sentada ante él, Shirley Floss, quien antes trabajaba con el juez Jorka–: M-a-r-t-a.

Shirley sonrió mientras dactilografiaba. La escritura correcta era el centro de la vida de una relatora.

Stern estaba sentado en la silla de los testigos, dentro de la sala del gran jurado, con lo cual satisfacía treinta años de curiosidad. A su lado, detrás del escritorio de castaño, estaban la presidenta y la secretaria del gran jurado, dos mujeres maduras seleccionadas entre los demás jurados para esta función ministerial. Delante de él, Klonsky y la relatora se sentaban ante un pequeño escritorio; en el resto de la sala estaban los otros miembros del gran jurado: la liga de las naciones, todas las razas y todas las edades. Dos vejetes dormían; un joven con aire de matón, con patillas espesas y pelo largo y grasiento, leía el periódico. Algunos escuchaban servilmente. Una mujer madura, atractiva y esbelta tomaba notas en una libreta. No había ventanas ni luz natural.

–¿Dónde reside usted, señor Stern?

Dio la dirección de su casa y respondió a la siguiente pregunta diciendo que era abogado.

Sonny se acercó a la mesa.

–Señor Stern, le muestro lo que la relatora ha marcado como G.J. 89-86, documento 192. ¿La reconoce?

Era la citación que ella le había entregado. Ciento noventa y dos documentos, pensó Stern. John había estado atareado. Sin duda la investigación tocaba a su fin y se acercaba el sumario. Klonsky declaró que Stern había recibido la citación y le hizo leer el texto en voz alta.

–Ahora bien, señor Stern, ¿la susodicha caja está en posesión, custodia o control de usted?

–Me niego a contestar.

–¿Con qué fundamento?

–El secreto entre abogado y cliente.

Klonsky, que esperaba esto, se volvió hacia la presidenta del gran jurado, una mujer canosa con gafas.

–Señora presidenta, por favor, solicite al testigo que responda.

Feliz de poder actuar en el drama que por lo general sólo presenciaba, la presidenta miró a Stern y dijo:

–Responda.

–Me niego –replicó Stern.

–¿Con qué fundamento? –preguntó Klonsky.

–El antedicho.

Sonny, que hasta el momento se había mostrado eficaz e implacable, parecía titubear. El embarazo había avanzado hasta el punto de eliminar su sólida gracilidad. Aguardó un instante con aire de pocos amigos.

–Señor Stern, le advierto que tendré que pedir que se le acuse de desacato.

–No pretendo estar en desacato ante nadie –dijo Stern.

Klonsky pidió un receso para que Stern y ella pudieran hablar en la cámara de la juez Winchell. Los jurados estaban familiarizados con esta excursión, pues todas las semanas iban en masa hasta la oficina de la juez para entregar acusaciones. Stern los había visto a veces, un cortejo de verdugos felices. Para ellos era como una función, 30 dólares diarios, parte de costumbres de la ley tan arcanas como los hábitos de los chinos. Para el acusado era a menudo el fin de una vida respetable.

Sonny abrió la puerta de la sala y Marta, vestida con traje oscuro y medias de nailon –¡medias de nailon!–, se asomó.

–¿Qué hay? –preguntó al padre.

–Vamos a ver a la juez.

En la cara de Marta, Stern vio reflejada su propia expresión latina, la aceptación de lo inevitable.

El grupo –Sonny, Sandy, Marta y Shirley, la relatora– esperó silenciosamente los lentos ascensores del nuevo edificio federal.

–He llamado a Stan –anunció Sonny–. Se reunirá con nosotros aquí.

El fiscal federal iría personalmente para exigir justicia. Era evidente que Sennett lo odiaba hasta un extremo que él nunca había sospechado. Vergüenza, despecho, humillación, el amargo anhelo de respeto. Los seres humanos eran criaturas lamentablemente previsibles.

El pequeño grupo avanzó por la bulliciosa avenida en el calor estival. Shirley había guardado la máquina y las notas en un maletín, y empujaba uno de esos carritos con ruedas que las azafatas utilizan para el equipaje. Le habló a Stern de sus hijos. El menor estaba en la universidad y esperaba trabajar en radio y televisión. Sonny y Marta, a pesar de todo, se trataban civilizadamente. Habían terminado de estudiar derecho en la misma época y tenían amigos comunes. Un sujeto llamado Jake, compañero de estudios de Marta, había trabajado con Sonny en el tribunal de apelaciones.

Sennett los esperaba en la antesala de la juez con un inmaculado traje azul y una camisa perfecta. Cuando entraron, el fiscal se estudiaba las uñas. Estrechó la mano de Marta y la de Stern. Éste, algo irritado, no le devolvió el saludo.

Poco después se abrió la puerta de la oficina de Winchell y la juez los invitó a entrar. Llevaba una falda recta y el cabello entrecano recogido, de modo que tenía un aire aniñado.

–Bien, no me alegro de verlos.

Se asomó por la puerta lateral para llamar a su propio relator.

El grupo se volvió a sentar ante la mesa de conferencias, sólida como una fortaleza. La luz del día se filtraba por las gruesas cortinas, largos paralelogramos de fulgor que conferían al resto de la habitación, por contraste, un aire carcelario. Pura metáfora, pensó Stern de esa asociación.

–Que conste oficialmente –dijo la juez Winchell a su relator–. Entiendo que el señor Sennett tiene una moción.

Stan señaló a Sonny, quien extrajo de un sobre una pequeña moción que tenía preparada de antemano. Pedía que se ordenara a Stern que reapareciera ante el gran jurado y respondiera a las preguntas que se había negado a contestar. Se requería esta nueva aparición porque el gran jurado no tenía poder para obligarlo a responder. Sólo se podía declarar a Stern en desacato –y encarcelarlo– si violaba la orden de la juez.

Moira dejó la moción a un lado.

–Bien, veamos qué ha pasado. ¿Ésta es la relatora del tribunal?

Shirley prestó juramento y leyó su libreta con voz cantarina, titubeando mientras interpretaba los símbolos estenográficos. El relator de la juez, Bob, estaba sentado al lado de Shirley y tomaba nota de todo con su propia máquina.

–Respuesta del señor Stern –leyó al finalizar–: «No pretendo estar en desacato ante nadie».

Stern vio que Sennett fruncía el ceño. La respuesta no lo convencía.

–De acuerdo, señorita Stern –dijo la juez con la formalidad que requería un diálogo oficial–. ¿Qué dice usted de la moción?

–Protestamos, señoría.

Marta dijo que la recepción o retención de la caja por parte de Stern eran cuestiones que implicaban diálogos con el cliente. Pidió una semana para presentar un alegato que respaldara esta posición, y Sennett, que hablaba hoy en nombre del gobierno, objetó con su habitual tono de reprimida vehemencia. No eran necesarios alegatos acerca de este particular y ello retrasaría las acciones finales del gran jurado. Marta replicó con perspicacia pero la juez al fin se puso del lado del gobierno. No toleraría alegatos sobre cada pregunta que se formulara a Stern.

–Si hay algún alegato, lo leeré ahora –determinó la juez.

Marta extrajo de su maletín fotocopias de varias opiniones judiciales acerca del alcance del secreto entre abogado y cliente y pasó copias a la juez y los fiscales. Todos guardaron silencio mientras la juez y los abogados leían.

Stan sin duda pretendía presentar la acusación en breve. El día anterior por la mañana, Stern había recibido una carta del Departamento de Justicia, donde se le citaba con la sección de Crimen Organizado e Intimidación a las nueve de la mañana del martes siguiente en Washington, DC. Si todo andaba como de costumbre la reunión sería breve, cortés y superficial. Al cabo de dos semanas a lo sumo, la fiscalía tendría autorización y Dixon Hartnell dejaría de ser un personaje influyente para transformarse en pasto de tres o cuatro periódicos. Ese jueves por la mañana las páginas de negocios publicarían el rumor de su inminente sumario, como resultado de la investigación de Stan. Después de la lectura de los cargos, Stan celebraría una conferencia de prensa y haría fervientes declaraciones que lo harían parecer adecuadamente enérgico cuando su voz se repitiera en el noticiario nocturno. El viernes por la mañana la acusación llegaría a la primera plana y tal vez mereciera un artículo en el *Wall Street Journal* y el *New York Times.* Los periódicos del fin de semana publicarían un largo resumen, donde se compararía la cruzada de Sennett contra la corrupción en Kindle con otras en todo el país o, peor aún, se contaría el trágico ascenso y caída de Dixon Hartnell.

Y mientras devastaban su reputación, la vida empresarial de Dixon se desmoronaría. Los competidores cortejarían a los estupefactos clientes de Dixon, y los empleados clave actualizarían sus contactos. A la luz de las acusaciones, se emitiría de inmediato una orden de restricción para todo el patrimonio visible de Dixon, de modo que Stern tendría que llamar a Klonsky para pedirle autorización antes que Dixon pudiera cobrar un cheque para gastar dinero. Los periodistas acecharían frente a la casa de Dixon y lo llamarían al trabajo. Dixon vería por doquier un reflejo de aversión o juicio reprobatorio. Para Stern parecía imposible que Dixon pudiera desmoronarse tanto, o que pudiera seguir adelante ante tamaña humillación.

–He aquí mi opinión –dictaminó la juez, tras leer los casos de Marta y poco dispuesta a admitir objeciones–. Creo que estos casos no son pertinentes. En este circuito, bajo decisiones como *Feldman* y *Walsh,* un abogado tiene que hacer una presentación concreta para respaldar cada pregunta formulada o cada dato para el cual se reclama la inmunidad. Ésta se debe aplicar de hecho, no potencialmente. De ello concluyo que la inmunidad no protege al señor Stern ni a ningún otro testigo de responder si tiene en su posesión un objeto socilitado en una citación. De lo contrario, el tribunal y los abogados se enzarzarían en largos e inútiles procedimientos. Por lo tanto, señorita Stern, la objeción no ha lugar y ordeno al cliente que responda. Ahora. –La juez alzó las largas manos. No llevaba más joyas que una delgada sortija y tenía las uñas sin pintar–. Me gustaría saber si su cliente se propone responder o no, pues necesitaría tiempo para reflexionar antes de pronunciarme sobre un desacato. ¿Por qué no entran en mi estudio para conferenciar?

–Creo que ella tiene razón –dijo Marta, en cuanto cerró la puerta del estudio.

–Claro que sí –admitió Stern. Era una habitación pequeña, tal vez la oficina de un escribiente cuando se construyó el edificio. Había una pared de libros, varias fotos de Jason Winchell, una foto de una perra, una setter irlandesa, en diversos momentos de su vida, desde que era un cachorro hasta que tenía su propia camada. Los ojos de la perra brillaban verdes y escalofriantes a la luz del flash mientras su prole mamaba–. ¿Deseas que responda a esa pregunta?

–Te lo aconsejo –contestó Marta.

Regresaron a la mesa. Marta anunció que Stern respondería. Los fiscales no reaccionaron, pero la juez asintió con satisfacción.

–De acuerdo –dijo la juez–. ¿Cuál será la próxima pregunta? Quisiera impedir que los jurados pierdan tiempo mientras los abogados van y vienen.

–Bien, ¿cuál es la respuesta a la pregunta? –intervino Sennett.

La juez miró a Stern y Marta alzó la mano para impedir que su padre hablara.

–Creo que mi cliente indicará que la caja está en su posesión.

Marta sabía esto, pues había vuelto a ver la caja en la oficina. Pero Stern no había mencionado las nuevas conversaciones entre Dixon y él, y Marta había tenido la prudencia de no preguntar. Tomaba en serio la obligación de su padre de guardar reserva respecto a las confidencias de Dixon.

Al saber que Stern tenía la caja, Sennett se volvió hacia Klonsky. Tal vez había esperado que no fuera así. Sonny no respondió. Ante el gran jurado actuaba con soltura, pero ahora, al afrontar las consecuencias, estaba menos animada y parecía cada vez más distanciada del procedimiento, donde Sennett llevaba la voz cantante. Estaba más pálida. Stern no pudo evitar pensar en Kate, aunque poco lo consolaron lo que parecían signos de complicidad de Sonny.

–Próxima pregunta –indicó la juez.

–La próxima pregunta –dijo Sennett– es si la caja, el contenido incluido, está en las mismas condiciones que cuando el señor Stern la recibió o si, según su conocimiento, se ha sustraído algo.

Marta iba a hablar, pero la juez ya estaba meneando la cabeza. Las preguntas, de una en una, advirtió a Sennett. Él le susurró algo a Klonsky, quien se encogió de hombros.

–La pregunta –prosiguió Sennett– es si el señor Stern tiene conocimiento de que se haya sustraído algo de la caja desde el momento en que se entregó la citación.

Por desgracia, ésta era una sagaz mejora. Planteada así, la pregunta seguía la línea del dictamen anterior de la juez y no iba más allá de preguntar si Stern había seguido en posesión de aquello que se le había solicitado. Si Stern respondía que nada se había sustraído desde la citación, Sennett intentaría retroceder al momento en que Stern había recibido la caja. Eso podía ser más objetable. Stern, desde luego, comprendió que nunca respondería a la primera pregunta.

–Bien, señorita Stern, ¿alguna objeción a esta pregunta?

–Preguntarle si él sabe –observó Marta– no distingue entre lo que el cliente le pudo haber dicho y lo que él ha averiguado por su cuenta.

–Limitaremos la pregunta para excluir toda conversación con el cliente –replicó Sennett.

–De modo que la pregunta es –concluyó la juez–, dejando de lado toda conversación con el cliente, ¿sabe el señor Stern si se ha extraído algo de la caja desde el momento en que se le entregó la citación?

Sennett asintió. Ésta era la pregunta.

–¿Alguna otra objeción? –preguntó la juez.

Stern le susurró a Marta: insiste sobre el secreto. Así lo hizo ella, y declaró que la pregunta todavía apelaba al conocimiento obtenido en la relación entre abogado y cliente, y podía revelar las impresiones mentales del abogado.

–Muy bien –dijo la juez–. Estas objeciones no han lugar. La pregunta, al igual que la anterior, se refiere simplemente a lo que está o no está en posesión del interrogado, sin tener en cuenta las conversaciones con el cliente. Por lo tanto, ordeno al señor Stern que responda. De nuevo, quisiera saber si se propone responder.

La juez señaló otra vez su estudio.

–No –dijo Stern cuando estuvieron a solas.

–¡Papá!

–No responderé.

–¿Por qué no?

–No puedo.

Había un pequeño sofá tapizado de *tweed*, y Stern se desplomó en él. De pronto se sentía agotado. Marta se quedó de pie.

–Me dijiste, antes que Dixon se llevara la caja, que nunca te permitió abrirla.

–Es verdad.

–Así que no sabes si han extraído algo. ¿Cómo podrías saberlo?

Él meneó la cabeza, negándose a responder.

–Vamos –exclamó ella.

Stern miró las paredes: la juez exponía allí varias menciones y una medalla de un grupo femenino. Como Stern había supuesto, tenía un atiborrado escritorio en su espacio privado.

–Si respondiera que, a partir de mis conocimientos, el contenido de la caja no es el mismo, ¿qué sucedería?

–Te preguntarían qué falta, cómo sabes que no está, quién tuvo acceso a la caja, dónde se encontraba, quién tiene lo que falta –respondió Marta, al tiempo que contaba las preguntas con los dedos.

–¿Y se sostendrían nuestras objeciones de privilegio a tales preguntas?

–Tal vez. Para algunas. Depende de cómo sepas lo que sabes.

–Tal vez para algunas. Pero la juez Winchell sin duda pedirá que declare quién tenía acceso a la caja o dónde se encontraba.

–Una conjetura razonable –concordó Marta–. ¿Me estás diciendo que él extrajo algo y que tú lo sabes?

Una vez más, Stern rehusó responder.

–Papá...

–Marta, si declaro que Dixon tomó la caja, que Dixon devolvió la caja y que falta algún objeto, ¿qué deducirán los fiscales y el gran jurado?

–Eso es evidente.

–En efecto –asintió Stern–. Así que no puedo consentir estas preguntas. No daré respuestas que impliquen mala conducta de mi cliente. Ni voy a responder a las preguntas de nadie acerca del contenido de la caja.

–¿Con qué fundamento?

El desconcertado Stern caviló un instante.

–El derecho a la intimidad.

No existía tal cosa y ambos lo sabían. Marta estudió a su padre. Stern sabía que dentro de ella la razón competía con las emociones. En alguna parte, si ella tenía suficiente flexibilidad, encontraría un argumento que lo persuadiera, que lo salvara de sí mismo. Los ojos oscuros le brillaban.

–Ahora no te están haciendo tales preguntas. Sólo quieren saber si el contenido de la caja es el mismo. Sí o no. Si tienes un problema más tarde, lo abordaremos en su momento.

–Me niego. Una vez que hayamos tomado este camino, no hay un punto lógico donde detenerse.

–¿Qué había en la caja? –rezongó Marta.

Stern meneó la cabeza.

–¿Cómo lo sabes?

Él repitió el ademán.

Marta lo observó con la misma concentración obsesiva.

–Tía Silvia –concluyó al fin–. Ella te lo dijo. La estás protegiendo.

–Eres inteligente, Marta, pero aquí te equivocas.

–No lo entiendo. No entiendo qué crees saber. Tampoco entiendo tu lealtad hacia él. ¿No lo odias? ¿Después de todos los trucos que ha empleado?

Stern titubeó.

–Vamos –dijo Marta.

–Tengo una obligación hacia Dixon. El gobierno puede buscar pruebas contra él en todos los rincones del mundo, y al parecer eso ha hecho. Él tiene derecho a saber que su abogado no se unirá a la multitud.

–No estás obligado a violar órdenes judiciales. Éste es un problema de filosofía personal, no de ley.

–En lo que a mí concierne, Marta, esto no depende de mí. En cualquier caso, no me serviría del sistema legal para zanjar mis diferencias con Dixon.

Marta aflojó los brazos, frustrada.

–¿Y la Quinta? –preguntó de pronto.

–No. A mi entender, en estas circunstancias Dixon no está protegido por la Quinta Enmienda.

–No, no. ¿Qué me dices de ti? Puedes ser inocente y recurrir a la Quinta. Si revelas que algo se extrajo de la caja mientras estabas bajo citación, te puedes incriminar. Tú tienes derecho a la Quinta.

Marta estaba excitada, convencida de que ésta era la solución.

Stern disentía. Si hacía lo que pedía Marta, los fiscales pronto obtendrían una orden de nulidad que lo privaría de la protección de la Quinta Enmienda. No habría ganado nada y estas tácticas desesperadas irritarían a la juez.

Derrotada, Marta se sentó junto a su padre.

–No lo entiendo. ¿Cómo te puedes hacer esto, sólo para complacerlo?

–Si yo quisiera complacer a tu tío, cometería perjurio y resolvería todos mis problemas. Quizá yo sea demasiado cobarde para adoptar esta posición.

–Papá, por favor. Si te enfrentas a ella en este terreno, donde no tenemos fundamento legal para oponernos, te meterá en la cárcel.

–Entonces, que sea lo que Dios quiera.

Su hija lo miró de hito en hito.

–Por Dios –exclamó Marta–. Y dices que él es un cliente difícil. ¿Qué había en la maldita caja?

Stern negó de nuevo con un gesto.

Regresaron a la mesa. La juez y los relatores estaban hablando de cine.

–Bien, constancia oficial –dijo la juez.

Marta entrelazó las manos, las apoyó en la mesa y anunció que Stern se negaría a responder la pregunta basándose en el secreto entre abogado y cliente y en la garantía del derecho a la defensa brindado por la Sexta Enmienda. La juez, los fiscales e incluso los relatores tardaron un instante en asimilarlo.

–Desacato –dijo al fin Sennett.

–Mi cliente considera que el gobierno intenta utilizarlo como testigo contra su cliente –añadió Marta.

–Sea verdad o no –determinó la juez Winchell, mirando el suelo–, tiene que responder. Ni el derecho a secreto entre abogado y cliente ni la constitución le otorgan una base aceptable para negarse.

–No responderá –insistió Marta, enérgica e implacable, sin revelar la menor duda.

Maravillosa a pesar de todo, pensó Stern.

La juez se cubrió los ojos con la mano.

–Bien –suspiró al fin–. Evaluaré cómo enfocar este desacato, suponiendo que se produzca. Y escucharé atentamente los argumentos. –Se enderezó–. Pero quiero que el señor Stern sepa que si se obstina, tengo la intención de ponerlo bajo custodia, y dejaré que el tribunal de apelaciones decida si mi orden debe retrasarse mientras consideran el asunto. También le advierto que no pondré fin a su presencia ante el gran jurado. Tendrá que continuar respondiendo a las preguntas de la fiscalía, o seguir negándose.

La juez Winchell le había clavado su mirada glacial. Ni amistad, ni descansos de la sinfónica, ni chorradas. Estaban en el corazón de la existencia judicial de Moira Winchell, su autoridad legítima. Con cierto temor, Stern atinó a cabecear.

El grupo regresó en silencio a la calle para caminar hasta el nuevo edificio federal. Stan se separó de ellos porque debía dar un discurso en un almuerzo. Sin duda sentía no estar allí para ver cómo los alguaciles le ponían las esposas, pero quedaban al menos tres cuartos de hora y Stan, siempre con prisa, no tenía tiempo. Le dijo algo a Klonsky y se marchó mientras el grupo caminaba bajo el calor del mediodía, rodeado por el bullicio de las obras de construcción y el tráfico.

Frente a la sala del gran jurado, los miembros remoloneaban, tomaban café, charlaban, fumaban cigarrillos. Sonny alzó una mano para reunirlos.

Se plantó con Stern y Marta ante la puerta.

–Sé que es una cuestión de principios –le dijo a Stern, cogiéndole la mano, un gesto algo chocante en ese entorno–. Pero creo que es un error. Por favor, recapacite.

En la sala, Stern volvió a ocupar su asiento. Ella leyó la primera pregunta: ¿Estaba en posesión de la caja?

–Sí.

Klonsky estudió su libreta.

–Dejando de lado toda comunicación con el cliente, ¿sabe el señor Stern...? No, tache eso. ¿Sabe usted si se ha extraído algo de la caja desde el momento en que le fue entregada la citación, G.J. 89-86, documento 192?

–Me niego a responder.

Sonny lo miró con semblante pálido.

–Exprese sus razones.

Terminaron pronto. Los miembros del gran jurado refunfuñaron cuando Klonsky pidió otro descanso.

Marta estaba de pie al lado de la puerta. Soltó una maldición cuando la abrieron.

Klonsky pidió a Barney Hill, el escribiente del gran jurado, que llamara a la secretaria de la juez Winchell para decirle que volvían. Los cuatro salieron a la calle. Marta caminaba junto a Stern, hablándole acaloradamente.

–Ahora suplicaré y apelaré. Usaré todo... treinta años de servicio en este tribunal, la muerte de mamá, todo. Y no quiero deliberaciones, ¿te enteras?

Él asintió sonriendo, y siguió adelante, asombrosamente libre de temores y dudas.

El personal de la juez sabía lo que ocurría y guardó silencio cuando entraron. La secretaria le anunció a la juez que habían regresado, pero la puerta de la cámara permaneció cerrada, y los cuatro –Stern y su hija, Klonsky y la relatora del tribunal– esperaban en la antesala. Sonny estaba más pálida. Se sentó frente a Stern frunciendo los labios, mirando el vacío. Era muy bonita, observó Stern, distanciándose. Entró Bud Bailey, uno de los alguaciles. Era un hombre corpulento, amable y pelirrojo, con uniforme, pistola y llaves tintineantes. Su llegada sobresaltó a Stern como una nota disonante.

Bailey saludó a Stern y Klonsky, y luego miró a la secretaria de la juez.

–¿Ha llamado ella?

Sonny se había tensado ante la aparición de Bailey.

La secretaria envió primero a Bailey. Recibiría instrucciones para poner a Stern bajo custodia. Stern había imaginado todo esto y estaba dispuesto. Lo escoltarían hasta la celda del alguacil, un cubículo del tercer piso con rejas de alambre, que parecía una pajarera para seres humanos. Permanecería allí un par de horas. Si el juez del tribunal de apelaciones no dictaminaba deprisa, lo transportarían en un coche celular hasta la penitenciaría federal. Allí le pedirían que se desnudara, lo registrarían de pies a cabeza y le pedirían que se encorvara mientras el guardia le examinaba el ano con una linterna. Luego le darían un traje azul. No estaría dentro mucho tiempo. Habían redactado una petición de aplazamiento la noche anterior; Marta la tenía consigo e iría de inmediato al piso doce para presentarla. Marta y él se habían puesto en contacto con George Mason, presidente de la asociación de abogados del condado, una figura eminente que les prometió intervenir para que su Junta de Gobernadores participara en un alegato favorable. En todo caso, Mason organizaría a docenas de abogados que presentarían una petición conjunta al tribunal de apelaciones.

Sin duda el tribunal ordenaría la liberación de Stern y fijaría un horario para interrogatorios y declaraciones. Para justificar la apelación, Marta había insistido en ceder su sitio a Mason, una decisión que Stern aprobaba. El problema era qué haría cuando el tribunal de apelaciones dictaminara contra él y le exigiera responder al gran jurado o volver a la cárcel.

Klonsky habló en la silenciosa oficina.

–¿Aún quieres escribir un alegato? –le preguntó a Marta.

–Desde luego.

–Hazlo –aconsejó Sonny–. A raíz de nuestras conversaciones deduzco que hay problemas serios.

Marta parpadeó una vez.

–Claro– dijo.

Stern iba a hablar. Qué conversaciones, iba a decir, pero su hija le hundió la mano en la manga y le clavó una mirada dura que rayaba en la violencia. Articuló claramente: cállate.

Stern desvió la mirada.

–Sennett la despedirá –advirtió a Sonny.

–¡Demonios! –estalló Marta.

–Todo este asunto es enfermizo –comentó Sonny. La observación no estaba dirigida a nadie en particular: una conclusión final. Stern no sabía qué se proponía recriminar, pero el juicio era firme. Ella se dirigió a Stern–. Usted tenía razón. ¿Me comprende?

Al principio él no atinó. Luego recordó: el informante. Eso la había molestado: ver la duplicidad de Sennett, su juego mezquino y artero.

Se abrió la puerta de la juez. Bud Bailey estaba detrás de Moira Winchell.

–Sandy –dijo Winchell, aun antes que hubieran atravesado el umbral–, Bud te acompañará a la sala del gran jurado. Cuando hayáis terminado, te mantendrá en custodia en su oficina hasta que el tribunal de apelaciones se pronuncie sobre tu petición de prórroga. No puedo hacer más.

Incluso Moira Winchell, firme e inconmovible, parecía un poco desconcertada. Movió la cabeza al decirle que no podía hacer más.

Marta habló entonces. Ella y Klonsky, tras deliberar, habían convenido en que había problemas serios. El gobierno aceptaría una prórroga de una semana con el objeto de permitir que Stern presentara un alegato.

–¿En serio? –preguntó la juez Winchell, volviéndose a Klonsky–. El señor Sennett parecía muy decidido.

–Tal vez él no esté de acuerdo conmigo –admitió Sonny–. En ese caso, yo no estaré aquí la semana que viene.

Sonrió vagamente ante su propia ironía.

–¿Desea hablar con él? –preguntó la juez.

–No es posible localizarlo ahora.

–Entiendo –dijo Moira, al comprender que le estaban enviando un mensaje–. Extraoficialmente, ¿cuál es el trato?

Stern, su hija y Sonny intercambiaron miradas. Nadie respondió a la juez.

–El alegato, el lunes; la respuesta, el miércoles; réplica, el jueves a las diez de la mañana –dictaminó la juez dirigiéndose a Marta, Sonny y de nuevo a Marta. Miró otra vez a los tres abogados y se encogió de hombros ante Bailey, el alguacil–. Es un secreto –advirtió.

45

De niño, Peter era sonámbulo. Eran situaciones escalofriantes. Como Clara se acostaba temprano, por lo general era Stern quien se enfrentaba a ellas. Una vez Stern lo encontró dispuesto a salir con sombrero y guantes, aunque estaban en pleno verano. Otra noche Peter bajó y se puso a tocar el clarinete. En otra oportunidad Stern oyó correr el agua del cuarto de baño. Pensando que era Clara, se asomó y descubrió a Peter en la bañera, en pijama. Estaba totalmente dormido y el agua formaba un marco brillante alrededor de su cara oscura y serena. En aquella época –y tal vez aún hoy– el consejo era no despertarlo. Stern lo sacó con suavidad del agua, le quitó la ropa, lo secó y lo vistió de nuevo. En este estado, Peter obedecía las instrucciones como la ayudante de un mago cuando está bajo hipnosis. Camina. Vuélvete a la izquierda. A la derecha. Pero era incapaz de hablar. Era un espectáculo perturbador. Como despertar a los muertos. El teatro privado del sueño no era un escenario suficiente para liberar las fuerzas internas de Peter. Tenía que exteriorizarlas literalmente. Después del episodio de la bañera, Peter explicó que había soñado que estaba sucio.

El jueves por la tarde Stern acudió al remodelado edificio de apartamentos donde vivía el hijo con la idea de que Peter merecía la oportunidad de compartir el peso que lo agobiaba. Después de sus peripecias con el gran jurado, Stern estaba demasiado distraído para trabajar. Aunque sentía la necesidad de aprovechar la postergación de la sentencia, también estaba preocupado por Klonsky, quien, consternada por los taimados trucos de Sennett, podía echar a perder su carrera. Al final pensó en Peter. A las tres llamó a la oficina de su hijo, donde el personal le recordó que Peter no trabajaba los jueves. Luego lo llamó a su casa. Al parecer se hallaba allí, pues estaba comunicando. Lo intentó en vano varias veces y al final decidió ir a verlo mientras aún tenía el valor suficiente. No quería enfrentamientos ni escándalos. Daría por sentado que Peter tenía buenas intenciones y estaba comprometido por obligaciones profesionales. Pero Stern había decidido que era mejor tratar el tema abiertamente. Prefería no tener nada que lo distrajera cuando enfilara hacia el calamitoso e inevitable enfrentamiento con John y Kate. Temía que ese encuentro destrozara la familia Stern; flotarían por el espacio como un cinturón de asteroides, fragmentos de la misma materia, en la misma órbita, pero separados. Sólo Marta vería las cosas desde la perspectiva de su padre, pero incluso ella quedaría un poco distanciada.

Bajo la luz tenue del vestíbulo, Stern trató de relacionar el nombre con un botón. «4B P. Stern.» Allí estaba. En opinión de Stern, la parte del sur de la ciudad resultaba desoladora. Había sido zona de barriadas pobres y misiones, hasta que los constructores habían iniciado su ofensiva cinco años atrás. Las viejas iglesias, las imprentas, incluso la inactiva estación ferroviaria se transformaron en apartamentos, pero la zona no atrajo a muchos habitantes. Las calles estaban desiertas, había pocas plantas y menos niños. Algunos indigentes se emborrachaban y regresaban allí por costumbre o confusión y se tendían en los portales limpios, apoyando las hirsutas cabezas contra las relucientes placas de bronce de las puertas pulidas. Al parecer todos los habitantes del lugar eran como Peter, jóvenes y sin hijos, felices de cambiar la comodidad de un lugar céntrico por otras ventajas.

Una bonita joven entró en el vestíbulo. Traía ropa de la lavandería y llevaba un atuendo urbano: traje azul, calzado deportivo, auriculares amarillos. La puerta interior del vestíbulo se abría mediante una tarjeta electrónica que ella extrajo de la cartera. Stern pulsó el botón del apartamento de Peter y, cuando la joven le sostuvo la puerta, entró. Mientras subía la escalera –esos edificios no tenían ascensor– se preparó una vez más. Se prometió que no haría escenas. Llamó a la puerta. Al cabo de un momento la cara de Peter apareció en la rendija que se abrió entre la puerta sujeta con cadena y el marco.

–Papá.

Las emociones habituales cruzaron la cara de Peter: incomodidad, sorpresa. Oh, Dios, ese eterno fastidio.

–¿Puedo pasar?

Peter no respondió. Cerró la puerta para sacar la cadena. ¿Se oía movimiento dentro? No había nadie más cuando Peter abrió la puerta de par en par. Iba vestido con ropa de ciclista, blusa de color, pantalones negros con franjas de tela reflectora en los flancos, zapatillas planas. Peter tenía el pelo desaliñado después de su paseo. La bicicleta, con el casco negro colgado del manillar, estaba apoyada cerca de la puerta, como si formara parte del mobiliario.

–Vaya, papá, ¿por qué no has llamado?

Stern explicó que no había podido comunicarse.

–Me gustaría hablar de unos asuntos –dijo.

–¿Asuntos? –preguntó Peter. Aún estaban cerca de la puerta y Stern echó un vistazo al apartamento y avanzó un paso más. La cocina, el comedor y el salón formaban una sola habitación, y al lado había un dormitorio con cuarto de baño. La decoración era sencilla: carteles de ópera y muebles brillantes rellenos de material sintético, piezas modernas y baratas. Peter no lo invitó a sentarse–. ¿Qué clase de asuntos?

–Referentes a tu madre –detalló Stern–. Deseo mantener una conversación sincera contigo.

Peter torció el gesto. Tal vez era el tema o tal vez la idea de entablar una conversación abierta con el padre. Sin hacer caso de la falta de hospitalidad del hijo, Stern se internó en el salón, mirando alrededor.

–Muy bonito –comentó.

Había estado allí sólo una vez, cuando su hijo acababa de mudarse.

–Mira, papá, en este momento estoy ocupado.

–No me propongo hablar mucho tiempo, Peter. Supongo que yo tendré que decir más que tú, y no es mucho.

–¿Acerca de qué?

Stern se sentó en el sofá.

–Peter, desde hace tiempo sospecho que cuando me pediste que no permitiera la autopsia de tu madre estabas preocupado por algo más que tu bienestar emocional.

Peter le clavó los ojos azules sin mover la cara enjuta.

–Francamente, estaba avergonzado cuando fui a verte al consultorio –dijo Stern–. Parecías muy convencido de que había ido allí porque mi amante tenía este problema. Ahora comprendo que tu teoría era que yo me había contagiado antes y que era yo quien había contagiado la enfermedad a mi nueva conocida. Por eso insististe en efectuar análisis tan rigurosos.

Peter, con semblante incrédulo y demudado, alzó las manos.

–Papá, ahora no.

–No estoy aquí para criticarte. Al contrario...

Peter se acercó al padre y le habló con resuelta claridad.

–Papá, no estamos solos. Tengo un huésped.

Se oyó un carraspeo en el dormitorio. El sonido era inequívoco. Era un hombre.

–Entiendo –dijo Stern. Se levantó de inmediato. Aunque estaba dispuesto a resistir esto, sintió mareo y repulsión. No atinaba a entender este estilo de vida, esta elección, o como se llamara. No los actos, sino la filosofía del asunto. Stern no tenía en gran estima a los hombres. Eran bruscos, a veces insidiosos, y en general poco dignos de confianza. Las mujeres eran mucho mejores, excepto que lo intimidaban–. Bien, tenemos que hablar pronto.

Intentó mirar al hijo, pero en cambio contempló la punta de su zapato. Allí vio un maletín, sin duda del visitante, apoyado en el bloque de metal laminado que pasaba por mesilla. Era un maletín de vinilo azul de donde colgaba un gran marbete de bronce. Stern había visto este maletín antes. Al comprenderlo, experimentó un nuevo torrente de emociones: pánico, confusión. Conocía a ese hombre.

–Mira, iremos a cenar –dijo Peter.

–¿Esta noche?

–Esta noche no. Ya te llamaré.

Le tocó el hombro.

Era desagradable, desde luego. Podía vivir sin conocer ciertos secretos, ¿o no? Las compulsiones de la vida no tenían remedio. Stern miró de soslayo el maletín. El marbete era una ampliación de la tarjeta profesional del dueño –Stern había visto antes estos objetos– pero no se veía desde allí. Se dejó conducir hacia la puerta.

–Esta semana –señaló Stern–. Después, tal vez esté en la cárcel.

–¿Cárcel?

–Una historia interesante.

Peter agitó la mano. No quería saber, ni que su visitante lo oyera. La señal activó una repentina señal de alarma. Stern volvió los ojos hacia el maletín. Si tuviera la vista aguda el marbete le resultaría legible.

Y lo era. No el nombre, pero Stern reconoció el timbre. En ese instante, Stern se zafó de Peter y se agachó para cerciorarse de que no cometía un error.

–Oh, mierda –exclamó Peter detrás de él.

Stern se levantó y se acomodó la chaqueta, un gesto tribunalicio al que recurría antes de enfrentarse a un testigo difícil.

–Agente Horn –dijo Stern en voz alta–. Salga.

–Oh, mierda –repitió Peter, con mayor desesperación.

Stern no se dignó mirar al hijo. Clavaba la mirada en la puerta del dormitorio.

–¿Cómo dicen ustedes, agente? ¿«No me obligue a entrar para sacarlo»?

Kyle Horn, con chaqueta y zapatos blancos, entró en el salón. Mascaba chicle y trataba de sonreír.

–Hola, Sandy –saludó.

Stern miró hacia atrás: Peter se había desplomado en el sofá y miraba por la ventana hacia la lejanía, donde sin duda anhelaba estar. Horn continuaba sonriendo descaradamente. Stern estaba erguido como un soldado.

–Comunique al distinguido fiscal federal que habrá mociones interesantes.

Horn meneó la cabeza.

–No hemos hecho nada incorrecto. No se han violado los derechos de nadie. ¿Por qué no se calma?

–No me calmaré. Cualquier persona decente se sentirá hondamente ofendida. ¿Usar al hijo de un abogado, el sobrino del presunto acusado, como informante?

–Todo se ha hecho dentro de la legalidad –dijo Horn. Se acercó a Stern y cogió el maletín–. Ya verá.

–No veré nada –replicó Stern.

Horn estaba cerca de la puerta. Se volvió hacia Peter para despedirse.

–Permanece en contacto –advirtió, mientras lo señalaba con el dedo.

–¿Qué puedo decir, Kyle? ¿«Siempre hay accidentes»?

Horn abrió la puerta guiñando el ojo.

–La vida –le dijo a Peter– está llena de sorpresas.

46

–No me arrepiento –le dijo Peter a su padre–. Era lo correcto. Así que no me mires con tanto desprecio.

Peter sostuvo la mirada del padre un instante y luego la desvió. Sacó una gaseosa de la nevera, le quitó la tapa y se sentó ante una mesilla a beber. Eructó, tapándose la boca, y trató de concentrarse en la pared.

Stern se dirigió a la cocina, un pequeño espacio blanqueado, construido con típica eficiencia del siglo pasado, con la tostadora y el horno microondas bajo los armarios. Stern apoyó la chaqueta del traje oscuro sobre el respaldo de la silla de reja de alambre que había frente a Peter y se sentó. Su hijo lo miró un par de veces.

–Peter, creo que estoy representando a un hombre inocente.

Peter se sacó algo de la lengua y se miró los dedos.

–No te ha contado nada, ¿verdad?

–Muy poco –respondió Stern.

–Es lógico. No creí que te estuvieras callando por razones tácticas. –Aún no miraba al padre–. Estaba seguro de que tú no lo sabías.

–Ahora sé lo suficiente, Peter, para creer que has estado propagando mentiras.

Peter se volvió hacia él.

–No me juzgues –advirtió–. No entiendes cómo ocurrió.

Ninguno de los dos habló. El compresor de la nevera emitió un chasquido y un autobús pasó por la calle. Peter flexionó la mandíbula.

–Cinco o seis semanas antes de la muerte de mamá –explicó–, Kate vino a verme. Una mañana, antes de la escuela. Condujo tres cuartos de hora en medio del tráfico y en cuanto llegó aquí fue directamente al cuarto de baño y la oí vomitar. Así que el gran galeno dijo: «Tal vez estés embarazada». Y ella respondió: «Lo estoy. Por eso he venido. Necesito el nombre de un lugar decente para abortar». Yo me quedé de una pieza y ella me contó una complicada historia acerca de John. Que él cree que nunca llegará a nada, que se siente inferior en esta familia. Ya sabes, todo lo que hemos pensado un millón de veces. Debido a esto y también por ella, había hecho algo realmente estúpido en el trabajo. Realmente estúpido. Estaba empecinado en ser un operador bursátil. Su idea era que si podía demostrar cierta habilidad, os pediría a ti y a mamá que le prestarais dinero para que pudiera alquilar un puesto. Pero el tío Dixon no lo dejaba acercarse al foso. John insistía, pero Dixon pensaba de él lo mismo que todos los demás: un tonto de capirote. Y no lo es. En serio, no lo es.

–Ya veo que no –comentó Stern.

Peter sonrió ante la seca observación del padre.

Según Peter, Kate creía que nadie tomaría a John en serio hasta que pudiera demostrar que había ganado algún dinero con las transacciones. Así que ella sugirió que abrieran una cuenta en MD. Él estaba en el despacho central. Podía introducir sus propios pedidos. Sería casi como si estuviera en el foso. Kate firmó los formularios. Ambos sabían que los empleados de las compañías no podían operar, pero se trataba de una infracción menor. Todos lo hacían.

–Decidieron llamarla Wunderkind porque eso es lo que creían que es John: el Chico Maravilla. Pensaron que lo llegaría a ser. –Peter hizo una pausa–. Creo que él le prometió que podrían reunir cinco mil dólares para comenzar, pero ninguno de ellos gana un gran salario, así que un día John tuvo otra idea.

La idea era efectuar transacciones adelantadas. Introduciría pequeñas órdenes aquí cuando supiera que se iban a ejecutar pedidos grandes en Chicago o Nueva York. Había aprendido bastante sobre las operaciones de MD, cuando trabajaban en esas áreas, para saber cómo usar las cuentas de errores y de Wunderkind con el fin de ocultar las ganancias.

–Se prometió a sí mismo que lo haría sólo un par de veces, para empezar. Las famosas últimas palabras de la colonia penal, ¿verdad? –comentó Peter.

–Ésas y «Sólo una vez más» –admitió Stern.

–Así es –rió Peter. Luego se calmó y continuó–: Es evidente que las maniobras funcionaron. Pero cuando operaba, el dinero se le iba así. –Peter chasqueó los dedos–. Decidió que no tenía capital suficiente para manejar los altibajos del mercado. Necesitaba dinero en serio. Así que volvió a efectuar transacciones anticipadas, unas treinta veces, y ganó trescientos mil dólares en un mes.

–¿Y por qué no compró su puesto en la bolsa entonces? –preguntó Stern.

–¿Por qué no hizo un montón de cosas? –Peter sonrió vagamente–. Creo que tenía miedo. No podía explicar a nadie de dónde venía el dinero. Por otra parte, aún no conocía lo suficiente el oficio. Habría perdido la licencia en una semana. Quería tratar de mantenerse durante un par de meses.

–¿Cuánto sabía tu hermana de todo esto?

–¿Kate? Sin duda sabía lo de la cuenta Wunderkind. Pero ignoraba de dónde provenía el dinero inicial. Aún no.

–Aún no –mascculló Stern.

Peter sacó otras dos gaseosas de la nevera, destapó una y se la dio a su padre. Era agua mineral francesa, una marca que Stern desconocía, con aroma a pétalos de rosa. Stern pidió un vaso.

–¿John perdió los trescientos mil?

–En efecto. Le fue un poco mejor, pero al final los perdió.

–Así que robó de nuevo.

–Puedes llamarlo así.

–Por su nombre –espetó Stern–. Tal como haría un fiscal. Tal como haría un juez al enviar a John a la cárcel.

Peter, que estaba frente a los armarios blancos, dio media vuelta.

–Mira, papá, pasé veranos en la bolsa. No deseo disculparlo, pero es como si nada existiera en realidad. Son números en una pizarra, nada más. Efectúas una transacción anticipándote a los clientes, en diez o veinte lotes, no perjudicas a nadie. Va contra las reglas porque si todos lo hicieran, los clientes perderían. ¿Pero una persona sola? No pasa nada. Era como encontrar dinero. Mucha gente encontró dinero allí. ¿Crees que Dixon nunca ha operado anticipadamente?

–Nadie ha citado a Dixon como un dechado de virtudes.

–De eso no hay duda –replicó Peter, con un destello duro en los ojos, similar al que había mostrado al decir que no se arrepentía.

Stern le pidió que continuara.

–Entonces –prosiguió Peter–, Kate lo descubrió. Hubo una confusión y muchas lágrimas. Ella lo obligó a prometer que no lo haría de nuevo. Él acabó de echar mano de otros doscientos setenta y cinco mil, y la tranquilizó. Nunca más. En absoluto. Borrón y cuenta nueva. Pero pronto le fue mal en el mercado. Le quedaban los últimos veinte o treinta mil cuando cometió su gran error. Oyó unos rumores sobre el azúcar zurdo. ¿Sabes qué es?

–Bastante–dijo Stern.

–John creyó que tenía información confidencial... apostó a que el mercado azucarero mundial iba a derrumbarse. Pero quedó destruido. Fulminado. El alza del mercado fue tan rápida que ni siquiera pudo salir a tiempo. Cuando se despejó la humareda, no sólo había perdido hasta el último céntimo de la cuenta Wunderkind, sino que debía a MD 250.000 dólares por las pérdidas en el valor de la posición por encima de sus acciones.

–¿Ahí entra Dixon?

–Casi. Primero, John se asusta. Puedes decir lo que quieras sobre lo que hizo, pero el riesgo era bajo con cuentas diferentes. El mejor operador del país no podría seguir el rastro entre la cuenta de errores y la cuenta Wunderkind sin ayuda. Pero al tener un déficit de un cuarto de millón, se vio en apuros. Como comprenderás, no tenía dinero, pero tampoco podía acudir a la familia para pedir un préstamo. Así que optó por lo que parece ser la única alternativa. Empezó a eliminar todos los documentos que demostraban quién poseía la cuenta. La idea era que de esta forma no podrían encontrarlo. Se introdujo en el sistema informático y limpió los archivos. Frió la microficha. Por desgracia, desde luego, el duplicado de la ficha estaba en Chicago. John llamó a un empleado con algún pretexto y le pidió que mandara los duplicados, pero el empleado le preguntó primero a alguien... ¿Quién está a cargo de allá?

–Margy Allison.

–Eso es. Margy llamó a Dixon, quien ya sabía por el departamento de contabilidad lo referente a la cuenta Wunderkind y a su elevado déficit. Dixon pidió a Margy que le enviara los documentos que John había solicitado. Cuando llamó a John dos días más tarde, Dixon tenía las páginas que había hecho imprimir con la ficha y las declaraciones de cuenta en el escritorio. Hizo sentar a John en una de esas sillas Corbusier, las cuadradas con marco de acero inoxidable. Cogió a John por la corbata, le puso la rodilla en el pecho y lo molió a golpes. Toda una escena. Dixon es fuerte, pero no tiene la corpulencia de John. Sin embargo, John se quedó allí como un guiñapo, sangrando y llorando, suplicando.

Peter se pasó la mano por el cabello. Dixon ya había extendido un cheque para compensar el déficit de la cuenta Wunderkind. Prefería eso antes que admitir ante sus mejores clientes, los que habían efectuado los pedidos grandes que John había usado con anticipación, que nadie se daba cuenta de que un empleado, y para colmo un pariente, les estaba robando. Pero no pudo saldar la deuda sin llamar la atención de sus contables. De cualquier modo tenía que hacerlo, y Dixon prefirió callar el asunto para cubrirse ante los clientes.

–Pero, desde luego –continuó Peter–, tío Dixon estaba resentido. John le había ensuciado el nido, había puesto en peligro todo el negocio, y tío Dixon anunció que John pagaría por ello. Al estilo Dixon. Gran discurso. –Peter se puso los brazos en jarras e imitó convincentemente la voz de Dixon–: «Ahora serás mi jodido esclavo. Es la última vez que ves un aumento o una bonificación en este siglo, y harás todo lo que yo te ordene. Cuando yo quiera. Fregarás suelos, limpiarás cristales y lavabos si yo te lo mando. Si alguna vez se te ocurre largarte o hacerme una trastada, te arruinaré. Yo daré la cara a los clientes y llamaré al CFTC, al FBI, a George Bush, a quien se me ocurra, y les diré que esto me ha dolido mucho y les suplicaré que te destrocen». Para respaldar estas palabras, Dixon cogió todos los documentos y los guardó en su caja de seguridad, advirtiendo a John que siempre estarían allí.

–¿John creyó que Dixon cumpliría su palabra?

–Ya lo creo.

Stern pensó en la anécdota de Margy y la leyenda de la ira de Dixon que circulaba entre sus empleados. Sin duda Dixon se mostraba convincente cuando alardeaba de su propia crueldad.

–Más aún, el tío Dixon cambió de opinión y aseguró que entregaría a John al día siguiente. Pero por la mañana dijo que lo entregaría al otro día. Luego volvió a cambiar de opinión. Y así va la vida de John. Trabaja en el despacho de pedidos y, cuando se van todos, Dixon le encuentra alguna tarea humillante, como clasificar la basura. Y de vez en cuando Dixon dice que se lo ha pensado mejor y que le conviene denunciarlo. Un día llamó a John a la oficina mientras telefoneaba a la división legal del CFTC y mantuvo una larga charla sobre errores de cuenta. Consiguió una foto de John y le dibujó rejas delante. Luego le dio a John el borrador de una carta que Dixon aseguró haber enviado al fiscal federal. Todos los días hay algo nuevo. Mi amado tío practica una extrema crueldad mental. Difícil de creer en él, desde luego.

Stern sintió la tentación de hacer un comentario, pero calló.

–Entonces Kate vino a verme. John está en la cárcel del tío Dixon, que a estas alturas es diez veces peor que la verdadera. Kate y John decidieron que lo único que podía hacer John era coger el toro por los cuernos: John llamaría al FBI, confesaría e iría a la cárcel, y Kate pondría fin a su embarazo. Esto pensaban hacer con sus vidas. Y nadie bromea. ¿De acuerdo?

Peter terminó el agua mineral y eructó de nuevo. Asintió.

–¿No se te ocurrió que yo podría haber sido de ayuda en un terreno en el cual he trabajado casi toda mi vida? –preguntó Stern.

–En primer lugar, Dixon era tu cliente, lo cual significa que era objeto de veneración religiosa. Y en segundo lugar, ¿qué habrías hecho?

–Lo más evidente, hablar con Dixon.

–¿Y cómo hubieras evitado que acudiera al FBI? Amenazó con hacerlo. Eso dejaría a John sin la ventaja de haberse entregado.

–Yo hubiera pedido a Dixon que no lo hiciera.

–Entiendo –suspiró Peter–. Y él siempre ha hecho lo que tú querías, ¿verdad?

Peter irguió la cara con altivez.

Peter era un joven iracundo, sin duda. La vida resultaba profundamente insatisfactoria: las personas le fallaban en todo. No era homosexual, pensó Stern de pronto, sino misántropo. Prestaba ayuda porque se creía superior y obligado a cumplir un noble deber, pero esperaba decepciones, una tras otra, y quizá hasta disfrutaba con ellas. No confiaba plenamente en nadie. Stern comprendió que en esto, en mayor medida de lo que deseaba, Peter era digno hijo de él.

–Estuve reflexionando mucho tiempo. Fui a cenar con ellos y hablé con Kate y John toda la noche. Me llevé a casa la carta que Dixon dirigía al fiscal federal, donde explicaba toda la estafa. Revisé los detalles. De pronto encontré la solución. La única solución: John tenía que ir al FBI. Pero...

Peter alzó ambas manos como un director de orquesta.

–¿Sí?

–Pero para culpar a Dixon. Debía decir que Dixon estaba al mando de todo. John era sólo un peón, obedecía órdenes.

Se miraron en silencio.

–Muy astuto –comentó al fin su padre.

–Eso creí. –Peter sonrió rígidamente–. Desde luego, había algunos problemas. Por lo pronto, John no podía hacerlo todo por su cuenta. No le quedaba valor para caminar solo por la calle, y menos para embaucar al FBI.

–¿Así que le ofreciste ayuda?

–Sí.

–Te convertiste en su representante.

–En efecto.

–Su abogado defensor –observó Stern.

Peter no respondió; sin embargo, era evidente que no lo había considerado así.

–¿En serio crees que esta profesión se maneja así, Peter?

–Oh, ahórrame el discurso. Te he oído demasiadas veces. ¿A cuántos les has conseguido inmunidad cuando mentían a más no poder y culpaban a quien el gobierno quería que culpasen?

–A muchos menos de los que pareces imaginar, Peter. En cualquier caso, si se dijeron embustes, yo no los inventé.

–¿No? ¿Acaso creías en esos «embustes»? Lo sé. Sólo eres el abogado. Si el cliente tiene las pelotas, o los sesos, para no decirte que está mintiendo, haces la vista gorda. ¿Cuántos cuentos de hadas de ese tipo has contribuido a crear?

Peter era su hijo, desde luego. Conocía bien la vida del padre.

–Hay distinciones, Peter. Tu intervención en este asunto me merece una opinión tan pobre como te merecería la mía si yo realizara una operación quirúrgica.

–Mira, era mi hermana.

Peter recuperó su aspecto de furia inspirada. El desafío estaba allí: mi hermana, tu hija. Se miraron fijamente.

–Así que decidiste llamar al FBI.

Peter se reunió con Kyle Horn en el vestíbulo de un hotel. Fueron al lavabo y se registraron mutuamente para cerciorarse de que ninguno de los dos llevaba aparatos electrónicos. Peter presentó su propuesta. Él no tenía nada que ver, pero conocía a un hombre. El tipo tenía un jefe que era un personaje importantísimo en la Bolsa de Kindle. Había asuntos ilícitos y su conocido estaba involucrado. No era el mandamás, pero tenía miedo. Lo contaría todo, pero sólo a cambio de inmunidad y la promesa de que el papel de Peter en todo el asunto nunca se revelaría. Tómalo o déjalo, dijo Peter.

–¿Y el gobierno aceptó?

–Al principio no. Tuve que ver a Sennett. Me hicieron repetir las cosas cuatro veces. Al final permití que entrevistaran a John en persona. Todo con mucho secreto, pues no querían que nadie supiera lo de John. Pero noté que les interesaba desde el día en que les di el nombre de Dixon. Incluso hicieron bromas sobre confiscar el lugar y llamarlo Maison Stan.

Maison Stan, pensó Stern.

–¿Sabían que eras mi hijo?

–Yo se lo dije.

–Les debió de divertir mucho.

–Supongo. Ante todo, estaban preocupados. No sabían a quién contrataría Dixon como abogado, pero en cuanto apareciste tú, recibí toda clase de boletines, resúmenes, instrucciones y chorradas donde me advertían que nunca comentara el caso contigo. Obedecí. En las tres últimas semanas me dijeron que debía permanecer alejado de Marta, y también seguí esta orden. Todos nos asustamos cuando Margy envió el informe diciendo que hablarías con la gente del despacho de pedidos. Pero Sennett había pensado que tendrían que enviar una citación a John para que nadie sospechara de él. Muy astuto, ¿eh?

Peter sonrió. Stern también. Habían corrido en círculos a su alrededor.

–Supongo que Tooley fue otro actor de tu farsa.

–Más o menos. Yo lo propuse a él y a Sennett le pareció ideal. Creo que en determinado momento Stan le dijo a Mel que no hiciera muchas preguntas, lo cual le pareció bien. No es precisamente tu mayor admirador.

–Ya lo creo que no –masculló Stern.

Peter había localizado a los principales antagonistas de su padre y había hecho causa común con ellos. Esta idea lo irritó. Se levantó y caminó por la diminuta cocina. Por alguna razón recordó los primeros años, cuando sus hijos iban cubiertos con mantas en el asiento trasero del sedán y toda la familia salía a ver una película en el autocine. Peter era el único de los tres que se quedaba despierto. Incluso a los seis o siete años, aguantaba la película entera y divertía a los padres con su curiosidad acerca del mundo de los adultos, mientras las niñas se apretaban las manitas contra la cara y dormían.

–Sabrás que le has causado un gran daño a tu tío.

Peter lo miró con ese destello duro en los ojos.

–Ya te he dicho que no me arrepiento.

–¿Crees que Dixon se lo merecía? ¿Por qué...? ¿Por el modo en que trató a John?

–Por muchas cosas. Ha vivido como un cerdo.

–Entiendo –suspiró Stern–. ¿Qué otros graves pecados de la vida de Dixon pretendías castigar, Peter?

Peter guardó silencio. Al cabo de un instante desvió la mirada.

–Ayúdame con la cronología, Peter. ¿Cuándo, exactamente, te habló Nate Cawley del problema de tu madre? Sin duda fue hacia la misma época en que ocurrió esto.

Peter arrancó el papel de la botella con el pulgar. Estaba preocupado, defraudado por algo.

–La semana pasada Nate me contó que había hablado contigo acerca de mamá. Juró que no me mencionaría.

–Y no lo hizo –replicó Stern–. Como te he dicho al llegar, he reflexionado sobre las circunstancias.

Peter se encogió de hombros. No estaba seguro de creerle, pero esto carecía de importancia.

–Nate pensó que alguien de la familia tenía que saberlo, a causa del estado en que ella se encontraba. Pensó que yo era el más indicado, al ser un profesional. Quería que la vigilara y mantuviera la boca cerrada. Huelga decir –añadió Peter, mirando fugazmente al padre– que ahora opina que cometió un grave error.

–Nate ha sido muy duro consigo mismo, Peter. Incluso creía que yo lo denunciaría. ¿Lo sabías?

–Sí. Francamente, creí que era posible si estabas al corriente de toda la historia. Pensé que considerarías el colmo de la irresponsabilidad que hablara conmigo y no contigo.

Stern meditó un instante sobre la sombría perspectiva de Peter. Inevitablemente, ambos esperaban lo peor del otro.

–Al contrario, considero que fue prudente. Estoy seguro de que hiciste todo lo posible. Eres un hijo que ha adorado a su madre, Peter.

Peter frunció los labios, pero no dijo nada.

–¿Cómo averiguaste cuál fue el papel de Dixon en la enfermedad de tu madre?

–Tenía su historial clínico. Fui su médico, ¿recuerdas? Después de hablar con Nate, revisé mis notas. Las fechas coincidían. También tuvo gonorrea en Corea, ¿lo sabías?

No habían hablado del tema, dijo Stern.

–Él cree que ésa era la causa de su esterilidad –dijo Peter.

Era una reflexión, una observación profesional. Peter enfiló hacia la otra habitación y se sentó en el sofá azul. Su audacia y certidumbre moral se estaban desmoronando.

–De modo que cuando te enteraste del dilema de John, no fue del todo casual que pensaras en volver estas circunstancias contra Dixon. –Peter no respondió. Stern se le acercó desde la cocina–. Fue noble por tu parte librar las batallas de tu madre, Peter. Por no mencionar las mías. –Stern, de pie, miró un instante el oscuro semblante del hijo y luego se acercó a la ventana. Anochecía en el gran cielo rosado. En la calle había personas que llegaban desde el centro después del trabajo, llevando cenas preparadas que comerían a solas, en silencio–. ¿Puedo preguntarte por la última pieza, Peter?

–¿Cuál?

–¿Cómo se enteró tu madre de este plan para acusar a Dixon?

El sorprendido Peter soltó una risotada que también era un gruñido.

–Eres listo –admitió Peter–. Siempre tendré que concederte eso.

Stern asintió.

–¿Y la respuesta?

–Ella notó que Kate estaba preocupada. Sabía que algo andaba mal. Al fin logró sonsacarle algo. Kate le contó lo que John había hecho en MD y que yo estaba metido en el asunto. No supo los detalles.

–¿Qué dijo Kate de su embarazo?

–Nada. Ni una palabra. Aún no sabía si tendría que abortar o no.

Stern asintió. Tenía sentido.

–En cualquier caso, mamá vino a verme para averiguar qué ocurría. Le dije que no se preocupara. Pero desde luego, eso no la tranquilizó.

–¿Así que le contaste lo que habías hecho?

–Sí. Al final lo hice.

–¿Qué pensabas? ¿Que estaría contenta? ¿Que ella, después de tanto tiempo, compartiría tu deseo de venganza contra Dixon?

–No tienes por qué describirlo como si fuera ridículo.

–Oh, Peter, entiendo tu lógica. Cogiste a Dixon como un gato atrapa al ratón y lo pusiste a los pies de tu madre. Ella reaccionó con horror. ¿Me equivoco?

–Horror– confirmó Peter–. Traté de explicárselo. Le dije que a fin de cuentas era lo mejor para todos, pero ella no quiso saber nada.

–¿Hasta dónde había llegado entonces tu plan?

–Bastante lejos. Sennett había conocido a John. El trato casi estaba cerrado. Yo me había negado a que lo sometieran al detector de mentiras, pero habíamos convenido en que él actuaría clandestinamente en MD y grabaría las conversaciones.

–¿Para espiar a Dixon? –preguntó Stern desde la ventana–. ¿Y qué ocurriría cuando tu tío negara toda intervención en el plan y eso quedara grabado?

Peter lo estudió largo tiempo.

–Aún no lo entiendes, ¿verdad?

Cansado de que lo subestimaran, Stern cerró los ojos un instante y procuró calmarse.

–También se lo tuve que explicar a mamá. La idea no era condenar a Dixon por lo que hizo John. A fin de cuentas, mi tío no era culpable. Yo sabía que lo negaría. Diría que todo era obra de John y éste afirmaría que Dixon estaba asustado y trataba de salvar el pellejo echándole la culpa a él. Al final sería una lucha irritante, un empate. No se podría acusar a nadie porque el gobierno nunca averiguaría qué versión era la verdadera. Todos insistirían en la suya. Sin cárcel. Ni tormentos. Era una solución decente para ambos.

–¿Pero?

–Pero Dixon se calló la boca.

–¿Por qué?

Peter alzó las manos.

–¿A mí me lo preguntas? Tú eres su abogado. No sé lo que está ocurriendo. Me paso las noches en blanco. No puedo creer que todo esto haya llegado tan lejos. ¿Se te ocurre alguna idea?

Stern reflexionó, sin ganas de hablar.

–Hace varios días sospecho que está asumiendo la culpa por lo que hicieron John y Kate. No sé qué lo impulsa a actuar así, teniendo en cuenta lo que me has dicho. –Se volvió de nuevo hacia la ventana, en cuyo marco se acumulaban generaciones de pintura–. ¿Qué pasó con el plan de grabar clandestinamente a Dixon?

–Por eso trataban de citarlo. ¿En marzo? Estaban seguros de que él iría corriendo a ver a John en cuanto recibiera la citación. Era una trampa. John llevó la grabadora durante dos semanas. Pero los agentes no podían encontrar a Dixon. Cuando lo localizaron, él no habló con John. Ni siquiera para decirle hola y adiós. No se han hablado en meses. Tío Dixon se limita a fulminarlo con la mirada... John aún está aterrado. Sennett sospecha que aconsejaste a Dixon que no se le acercara.

–¿Puedo preguntar, Peter, cómo consiguió el agente Horn encontrar a tu tío para darle la citación ese día?

–No, ni tienes por qué preguntarlo. Debían sorprenderlo fuera, pero él entró.

Stern meneó la cabeza. Una situación lamentable. Regresó a la cocina a buscar la chaqueta.

–Te has puesto en una situación muy delicada, Peter. Si el gobierno averigua todo esto, acompañarás a tu cuñado a la cárcel.

–Oh, al principio tenía miedo. Pero los tres hemos hablado de lo que ocurriría si todo se iba al traste. –Peter sonrió débilmente–. ¿Cómo probarán que yo sabía que John estaba mintiendo?

Peter había aprendido mucho durante todos esos años mientras comía a la mesa del padre con su aire de aburrimiento y superioridad. Cuando sus hijos eran pequeños, Stern los miraba reunidos ante esa mesa con gratitud: todos eran inteligentes, sanos, guapos. Tenían mucha suerte, pensaba entonces.

–En realidad nunca fueron escépticos –prosiguió Peter–. Sobre todo cuando acudieron al banco y confirmaron que Dixon había extendido el cheque para cubrir el déficit de la cuenta Wunderkind. Al parecer no se les ocurrió otra razón para que lo hiciera. Desde luego, Dixon tenía los documentos que demostraban que él poseía la cuenta, y los estaba ocultando. Y esa fulana incluso mintió por él ante el gran jurado. Sus declaraciones sonaron bastante convincentes.

–¿Te refieres a Margy?

–Sí. Kyle dice que después del sumario le darán una oportunidad para «refrescar la memoria».

Peter dibujó las comillas en el aire.

Stern se alisó las mangas de la chaqueta. Su hijo, reflexionando, se quedó sentado con la cabeza entre las manos. A veces Stern debía representar a personas jóvenes –dieciséis, diecisiete, dieciocho años, niños– que habían participado en actos tan depravados que debían ser juzgados como adultos. El ejemplo más reciente era Robert Fouret, un huraño universitario que, drogado, había puesto en marcha el Porsche de su padre y en vez de retroceder había avanzado, aplastando a su novia contra la pared del garaje. En esas circunstancias Stern simpatizaba con los padres, personas adineradas que acudían a él con la esperanza de que reparara todos los daños, y que con el tiempo descubrían que ni siquiera una sentencia favorable podía acallar los ecos de tales males. Eran los padres quienes veían con lucidez e impotencia el modo con que los excesos de la juventud, los actos necios e impulsivos, las compulsiones infantiles desatadas en un instante, podían cercenar y extinguir las oportunidades de una vida joven. Stern también lo veía, pero de momento decidió ahorrarse esta angustia.

Por ahora, lo único claro era que su hijo y él habían llegado a un callejón sin salida. En el teatro emocional de Stern había caído un telón. Sin duda tenía responsabilidades por esto y sufriría intensamente cuando llegara el momento de evaluar la culpa. Pero por ahora sabía que los años –casi la mitad de una vida adulta– de recriminaciones y esfuerzos ambiguos con Peter habían pasado. Siempre saludaría al hijo con cariño –por respeto a la memoria de la madre– y sabía que siempre se mirarían con dolor. Pero algo esencial había terminado. Stern había dejado de esperar mejoras, aceptación, cambios.

Ya estaba preparado para irse, pero la ley le había enseñado que pronunciar el veredicto era importante, más que todo lo demás.

–Peter, te lo repetiré de nuevo. Lo que has hecho es imperdonable. Es totalmente inmoral. Y aún más, has expuesto a grandes sufrimientos a todos los miembros de esta familia.

Peter guardó silencio un instante, pero al fin habló.

–Eso pensaba mamá. Estaba aterrada. Contárselo a ella fue lo más tonto que he hecho en mi vida. –Peter alzó los ojos–. Estoy seguro de que eso fue la gota que colmó el vaso.

Por un instante un temblor de emoción le cruzó la cara. Stern comprendió que Peter era tan duro consigo mismo como en los juicios que aplicaba a los demás. Se había despedido de la madre, la persona que más quería en la vida, teniendo que verle una expresión de esperanza marchita y creencias despedazadas. Era imposible negar los factores biológicos. A pesar de todo, Stern se sintió terriblemente conmovido por el hijo y por su incurable angustia.

Se encaminó hacia la puerta.

–¿Qué vas a hacer, papá? ¿Qué va a ocurrir?

Su hijo, como todos los hijos, aún quería creer que su padre era un hombre de infinitos recursos, de soluciones perfectas. Pero en ese momento Stern no tenía nada que ofrecer.

47

Marta regresó a casa poco después de las diez. Tarareaba en voz baja, con notas discordantes, y Stern la oyó desde el solario. Marta era la única de la familia que había tenido un buen día. Venía del tribunal y se la veía eufórica.

–Ni siquiera ella pudo soportarlo –explicó Marta, aludiendo a Klonsky.

Stern se reservó la opinión; Marta parecía encantada de creer que había convertido a una fiscal. Desde la oficina llamó a George Mason con la noticia y luego le dictó el informe a la juez Winchell. Después preguntó si había en la oficina casos en los cuales pudiera echar una mano mientras buscaba un empleo. Paga por horas. Stern, al cabo de un momento de reflexión, decidió que se había precipitado en sus esperanzas y la remitió a Sondra.

Por la tarde Marta se había instalado en la única oficina vacía para examinar una pila de carpetas relacionadas con el reciente caso de fraude, redactando o charlando animadamente por teléfono cuando pasaba Stern. Marta parecía vivir su vida como una máquina. Si la enchufabas en cualquier parte, funcionaba a plena potencia. Su hija lo desconcertaba, pero aun así le agradaba contar con su compañía. Seguirían así durante varias semanas. Él intentaría ser discreto. Se preguntó si esta posibilidad hubiera sido factible de vivir Clara. No, decidió al cabo de un instante. Había muchas razones para que de pronto Marta se interesara en Kindle, y una de ellas era que su madre había muerto. Así es la dolorosa aritmética de los hechos humanos, pensó Stern. Pérdida y ganancia.

Stern, en el solario, cerró los ojos cuando la oyó entrar.

–¿Estás dormido? –susurró ella.

Él notó que Marta se acercaba, pero no se movió. Esa noche no tenía ánimos para conversar más con sus hijos, ni siquiera con Marta. Permaneció inmóvil, escuchando los pasos de ella en la escalera. No tenía sueño. A la una, fue a la cocina y se sentó bajo la pantalla de cristal verde de la lámpara, sorbiendo jerez, como en la noche que había descubierto a Clara. De momento estaba más allá de todo juicio y aún no le interesaba la trigonometría de las posibles soluciones. Se sumió de nuevo en su dolor, hundido hasta la barbilla en el cieno espeso de algo parecido a un desgarrón, que lo atrapaba como arenas movedizas.

A las cinco y media subió, se duchó y se vistió. Preparó café y calentó un panecillo. Luego marchó hacia la ciudad, al refugio del trabajo y la oficina. Entró por la puerta trasera y se alarmó al advertir que algo estaba fuera de lugar.

Dixon había regresado.

Estaba en el sofá de la oficina de Stern, esta vez erguido, pero durmiendo. Se había quitado los elegantes zapatos, que estaban a poca distancia de la caja fuerte. Se había dormido con las piernas cruzadas a la altura del tobillo. Vestía una chaqueta de seda –el aire acondicionado debía de haber funcionado toda la noche, pues la habitación estaba helada– y tenía los brazos tendidos sobre la tela nudosa de los cojines del sofá. Apoyaba la barbilla sobre la chillona camisa tropical.

Stern se plantó ante el cristal ahumado del escritorio, mientras extraía documentos del maletín.

–Habrás creído que estuviste muy gracioso el otro día –espetó Dixon con claridad, pero sin moverse–. Esas pamplinas sobre la caja. «Me engañas, Dixon.» –Abrió los ojos–. Como un puñetero oráculo. –Se apoyó una mano en el cuello y movió la cabeza–. Te habrás desternillado de risa, pues ya lo habías mirado todo.

–Ah –exclamó Stern.

Silvia. Una brecha en el sistema de seguridad.

–Tengo una factura del sujeto que reparó la puerta trasera. Tendrías que haber oído a tu hermana. «Oh, eso es de Alejandro.» Larí, lará –canturreó con voz de falsete–. Como diciendo: «¿Acaso no te mencioné que mi hermano contrató a un matón para derrumbar la puerta?». Cuatrocientos pavos. Por cierto, espero que pagues tú.

El ojeroso Dixon tenía un aspecto temible. No se había afeitado y estaba visiblemente exhausto; los ojos parecían hundidos en las oscuras cuencas. Pidió a Stern que llamara a su casa. Stern pulsó un botón del aparato y le entregó el teléfono, mientras se marchaba para preparar café en la pequeña cocina del pasillo. Cuando regresó, Dixon se estaba despidiendo de Silvia.

–Tu hermana dice que tú y yo tenemos que dejar de vernos así. –Dixon rió. El humor de Silvia era torpe pero Dixon lo admiraba–. Ya veo que no estás en la cárcel.

Stern alzó ambas manos para subrayar que estaba presente.

–He llamado a Marta–continuó Dixon–. Me dijo que tu amiguita, no recuerdo el nombre, te ha salvado el pellejo.

–De momento, sí –replicó Stern–. Las celebraciones se reanudarán la semana próxima. ¿Vendrás a visitarme?

–Visitarte –rezongó Dixon–. ¿A qué estás jugando, Stern?

–¿A qué estoy jugando? –Stern se volvió hacia el cuñado con un gesto típico del tribunal–. ¿Has encontrado otro abogado, Dixon?

–No quiero otro abogado. He cambiado de parecer.

–Necesitas otro abogado, Dixon. Un abogado y su cliente deben tenerse mutua confianza.

–Yo confío en ti.

–Pero yo en ti, no, Dixon... ni en tu temperamento ni en tus motivaciones. Eres un hombre orgulloso, desleal, embustero. Eres un cliente inaguantable y, si en algo te importa, un pésimo amigo.

Dixon parpadeó y se frotó los ojos.

–No soy tu amigo –precisó al fin. Aún no sabía qué diría a continuación y sonrió débilmente–. Soy un pariente. No puedes librarte de mí.

–Todo lo contrario. Estoy harto de tus misterios y de tu desdén.

–¿Desdén?

–Entre los muchísimos rencores que te guardo, Dixon, creo que ninguno es mayor que éste: no hay persona en el mundo que comprenda mejor la muerte de Clara que tú. Y te has guardado los detalles. Sin duda para tu propio beneficio, para seguir algún perverso y desconcertante plan personal.

–Estás enfadado porque no mencioné el cheque que ella me dio.

Stern no respondió.

–En realidad la explicación es muy simple.

–Dixon, vas a mentirme otra vez.

–No –dijo él con aire inocente.

–Sí.
–Stern...
–Me debes cierto respeto, Dixon.
–Te tengo mucho respeto, Stern.
–Dixon, tal vez no llegue a entender nunca tus motivaciones, pero no tengo dudas sobre las de Clara. Soy uno de esos judíos que saben aritmética. Casi seiscientos mil dólares robados mediante transacciones adelantadas, más doscientos cincuenta mil perdidos en el déficit de la cuenta Wunderkind, suman algo más de ochocientos cincuenta mil dólares, la cantidad que figura en el cheque que Clara libró contra su cuenta de inversiones del River National. Mi esposa estaba pagando las deudas que su yerno contrajo en la cuenta que su hija había abierto. Me gustaría que no me ofendieras negando la evidencia.
–Está bien. –Dixon asintió y se puso a caminar, evidentemente ofuscado–. Ella sabía que John y yo éramos cómplices. Pensó que quizá yo estuviera dispuesto a enfrentar solo las consecuencias. Se ofreció a pagar los costes.
–¡Mientes! –Stern cerró el maletín con violencia. Tras sufrir tanto tiempo en silencio, estaba al borde de una ira incontrolada contra su cuñado–. Dixon, puedes haber convencido a Margy con estas pamplinas de que tú y John erais conspiradores secretos y que tú merecías cargar con la culpa, pero sé muy bien que no estabas involucrado en este delito.
–¿Margy? –Dixon se detuvo–. Pensé que ocupaba el primer puesto en tu lista de despreciables.
–He cambiado de opinión. –Stern sintió la tentación de añadir una palabra más en defensa de ella, ya que había hablado erróneamente de Margy en su última reunión con Dixon, pero seguía convencido de que en algún momento había aceptado seguir las indicaciones de Dixon en lo que ella revelaba a Stern. Casi imaginaba a Dixon diciéndole: «No menciones al chico»–. También sabrás, Dixon, que ya conozco toda la historia: cómo decidiste salvar tu empresa, infligir un castigo y cómo en consecuencia alguien decidió informar contra ti.

Dixon esperó, se paró en seco y finalmente se acercó al sofá para evaluar esta novedad. Se quitó la chaqueta, la arrojó allí y se sentó al lado.

–Según tu plan original, Dixon, ¿cuánto tiempo debía sufrir John en tu purgatorio?

Dixon agitó la mano como si tuviera algo en ella. Aún no se decidía a confesar la verdad.

–No había límites de tiempo –respondió al fin–. En realidad, le dije que tal vez dentro de dos o tres años lo denunciara al gobierno de todos modos.

–Por lo visto te creyó.

–Hizo bien –dijo Dixon, quien miró al cuñado de hito en hito, hasta que rompió el trance encendiendo un cigarrillo. Tamborileó con el filtro sobre el cristal del escritorio–. Desde luego, el muy gilipollas nunca me dijo que su mujer estaba embarazada.

–¿Eso habría cambiado las cosas?

Dixon se encogió de hombros.

–Tal vez. Habría reflexionado un poco más sobre la situación a la cual lo empujaba.

–¿Y Clara? –preguntó Stern–. Me gustaría que me contaras tu último encuentro con ella. ¿Cuándo fue?

–Tres o cuatro días antes de su muerte. –Dixon observó el cigarrillo–. No hay nada especial que contar. Ella trajo ese cheque. Como dices, quería pagar las deudas de John. Le dije que no se molestara, que no lo aceptaría. Yo quería el pellejo de ese idiota, no un cheque. Eso era todo. Ella insistió en dármelo, así que lo guardé en la caja de seguridad. Eso es todo.

–Eso no es todo, Dixon.

–Sí, lo es.

–No, Dixon. Tuviste la tentación de entregar a John a los fiscales. Pero no solamente perdiste impulso, sino que te callaste mientras cambiaban la libertad de él por la tuya. Un cambio muy sorprendente.

Dixon Hartnell se había criado en regiones donde la presión de la tierra había transformado desechos orgánicos en algo negro, brillante y casi tan duro como la piedra. Había aprendido esta lección y ahora tenía el aspecto apropiado: duro y diamantino como si el centro de la tierra le infundiera la capacidad de resistencia. Trasladado de las tierras del carbón al corazón de los mercados, había aprendido que su voluntad era inmensa, y ahora estaba obligada. No tenía más que decir.

–Háblame de tu audiencia de esta mañana. ¿En serio irás a la cárcel por mí?

–Si es preciso. Ya hay suficientes miembros de mi familia atestiguando contra ti. –Dixon resistió el sarcasmo con la misma expresión firme–. ¿Es verdad que Clara te reveló el papel de Peter en todo esto?

Dixon fumó el cigarrillo sin hacer comentarios.

–Otro abogado, Dixon, te ayudaría a presentar una excelente moción contra los procedimientos del gran jurado y la conducta del gobierno en lo relacionado con Peter. Ni siquiera tendrías que comentar la veracidad de la información que él les brindó.

Una expresión de interés cruzó la cara de Dixon.

–¿Yo ganaría?

–¿A mi entender? No. Se te otorgaría una audiencia para determinar que no hubo violaciones de tu derecho al asesoramiento profesional. Desde luego, podrías retrasar la apisonadora de Sennett. Pero dudo que un tribunal condenara la conducta del gobierno o pensara que violaron tus derechos. El gobierno está casi obligado a tomar sus testigos donde los encuentre. Simplemente halló éste en un sitio más que conveniente.

Dixon se encogió de hombros. No le sorprendía. Stern insistió en que consultara con otro abogado, pero Dixon agitó la mano.

–Me fío de tu palabra.

Se levantó y se dirigió a uno de los estantes. Allí había fotografías de la familia. Clara. Los hijos. A decir verdad, y en el día de hoy se requería la verdad una vez más, Stern rara vez observaba los retratos. Eran objetos obligatorios, una decoración apropiada. Pero Dixon se detuvo ante cada fotografía y las sostuvo una por una. Stern le concedió este momento, hasta que él estuvo preparado.

–Ahora Dixon, por favor, me gustaría saber qué ocurrió la última vez que te encontraste con Clara. Puedes ser breve. Me conformaré con lo más importante. No es preciso –añadió Stern con voz gutural– que te explayes en lo que menos deseas contar y en lo que yo menos deseo saber.

Dixon dio media vuelta, aunque mantuvo una notable compostura. Aun así, Stern advirtió que se había despabilado de golpe. Tenía los ojos más abiertos, una postura casi militar. Si Dixon aceptaba las reglas, este terreno siempre quedaría inexplorado entre ellos. Tras muchas reflexiones, Stern había resuelto que prefería este convenio. Pero Dixon era quien era, un jugador visceral. Parpadeó y miró a Stern a los ojos.

–¿Qué quieres decir?

–¿Qué quiero decir? –Stern vaciló un instante, y luego se precipitó en el núcleo humeante de su cólera. Cogió el maletín y lo golpeó contra el escritorio–. ¿Quieres que te haga dibujos, Dixon? ¿Quieres entablar un desapasionado coloquio sobre los mortales azares de las enfermedades de transmisión sexual? Me refiero, Dixon, a tus relaciones con mi mujer.

Dixon no movió los ojos grises. Cuando Stern observó el escritorio, vio que había quebrado el cristal, dejando un agujero de bala en el punto del impacto y una grieta que se irradiaba por la superficie ahumada hasta el borde verde biselado. Este escritorio nunca le había gustado.

–¿Quieres explicaciones? –preguntó Dixon.

Estaba detrás de Stern, y este prefirió no mirarlo.

–No.

–Porque no las tengo. Soy sólo un condenado hijo de puta.

–¿Tratas de seducirme con tu encanto, Dixon?

–No. Fue hace mucho tiempo, Stern.

–Lo sé.

–Fue un accidente.

–¡Por favor!

–No, no es eso. –Dixon chasqueó los dedos–. Fue sin intención. –Cuando Stern dio media vuelta, Dixon se había acercado y le extendía la cigarrera con una mirada ávida y servil–. ¿Un puro?

Stern le arrebató la caja entera.

–¡Aparta las zarpas, Dixon!

La caja le quedó en las manos. Stern extrajo un cigarro, lo encendió, y cerró la tapa con fuerza. Miró con furia al cuñado mientras Dixon se retiraba hacia el sofá, encendiendo otro cigarrillo.

–Fue culpa mía –comentó–. No me necesitas a mí para que te diga eso. La asedié durante años. Años. –Stern imaginó a Dixon en una reunión familiar, surgiendo de las sombras de la cocina o el vestíbulo para apoyar las manos en las caderas de Clara. Repulsivo. Un ataque claro pero neutro, por si lo rechazaban. Pero con el silencio de Clara, Dixon, siendo quien era, se habría sentido alentado. Sabía que había despertado algún interés. Paso a paso, gesto a gesto, año tras año, había intensificado la llama, consciente de que esta posibilidad de pasión era un tesoro más, un secreto más de Clara. Stern, tentado de imaginar más, decidió contenerse. Basta, se dijo a sí mismo. Basta–. Yo la admiraba. –Por primera vez, se atrevió a mirar a Stern–. Era una mujer admirable.

–Dixon, no tienes conciencia.

–No. –Dixon meneó la cabeza–. Soy raro. Siempre quise hacer lo que otros no hacían.

–Creo que eso tiene un nombre, Dixon. Es el mal.

Dixon apagó el cigarrillo. La boca le temblaba como el hocico de un perro. Dixon Hartnell iba a llorar. Tenía la cara roja y bajó la mirada.

–No tenía nada que ver contigo.

–Me cuesta creerlo.

–Hablo en serio.

–Eres un caso patológico, Dixon.

–Vale. Lo admito.

Se estaba impacientando con Stern. La autocrítica no formaba parte de su repertorio. Seguía adelante en la vida y rara vez miraba atrás.

–¿Puedo preguntar, Dixon, cuándo ocurrió este interludio?

Dixon alzó la cara desconcertado.

–¿A qué hora del día?

–Por favor, Dixon. ¿En qué momento de la historia de la humanidad sucedió todo esto?

–No lo sé. Fue cuando Kate se marchó a la universidad. Clara estaba abatida, muy deprimida. Todo lo veía negro. Tú estabas con tu gran caso de Kansas City, siempre ocupado.

–¿Ésa es tu excusa, Dixon?

Dixon lo miró mientras extraía otro cigarrillo.

–Ya te lo he dicho, me aproveché. A ella no le importaba nada. Fue un acto de desesperación. Maldita desesperación.

–Gracias, Dixon, por tu importante aporte psicológico.

–Ella estaba destruyendo su vida. Se estaba desquitando de ti.

–Te repites –masculló Stern.

Por primera vez sintió, absurdamente, que tal vez rompiera a llorar. No quería que Dixon le revelara los lados ocultos de Clara. ¿Dixon estaba en lo cierto? Bastante, tal vez. Clara había tomado represalias con la esperanza de hallar cierta oscura magia en lo más prohibido. Se envilecería buscando la liberación, y en el peor de los casos al menos tendría razones para ser desgraciada, para despreciarse.

–Fue una noche y un día. Un completo fracaso –explicó Dixon–. Una nulidad. No lo digo sólo ahora. Si no hubiera tenido ese problema, se podría haber dicho que no pasó nada.

–Si no lo hubiera tenido.

–Desde luego, y no lo sabía –dijo Dixon–. Nunca lo olvidaré. Me entregó una nota en una reunión familiar. Aún me acuerdo. Una línea, nunca desperdiciaba las palabras. Ni siquiera «Querido idiota». Tan sólo: «Me están tratando por...» –Dixon agitó la mano para llenar los puntos suspensivos–. Yo no tenía ni idea. Cuando le dije a tu hermana que tenía que hacerse un análisis, me echó de la casa y fue a llorar sobre el hombro de Clara. Menudo desastre.

Todo este drama se había representado en total ausencia de Stern. Él estaba tras las bambalinas, en Kansas City. En brazos de su celosa amante: absorto en el papel que más le gustaba, había pasado por alto los acontecimientos esenciales de su vida.

Se fumó el puro. La noche de insomnio se cobraba su precio. Tenía los ojos inflamados y el cuerpo febril y agotado después del arrebato de ira. En cuanto al puro, le sorprendió descubrir que el sabor ya no le gustaba. Lo terminaría, desde luego. Había empezado a fumar puros en la oficina de Henry Mittler, cuando no podía pagárselos, y por lo general se limitaba a los que Henry le daba de mala gana, y con un cigarro en la mano todavía experimentaba ambiguas sensaciones de triunfo absoluto y seca frugalidad, pero no le costaría dejar de fumarlos. A fin de cuentas, su vida había cambiado.

–Ella acudió a mi oficina –prosiguió Dixon–. Apareció allí.

–¿Clara?

–No, el hombre de la luna. –Dixon se acostó en el sofá de Stern–. Yo sabía a qué venía. Durante años no me había dicho otra cosa que «Pásame los guisantes».

–¿Qué pasó?

–Entró, se sentó y lloró. Señor, cómo lloró. –Dixon la evocó un instante–. A moco tendido. De un modo u otro, oí toda la historia. Peter. John. Médicos. Tratamiento. Lo que me afectó fue el dinero. Me dio el cheque como si pensara que el dinero...

Dixon alzó una mano, con los ojos turbios, dolorido una vez más porque Clara había pensado que el dinero podía persuadirlo. Ante sus propios ojos, Dixon no tenía precio.

–¿Y cuál era la idea de Clara, Dixon? ¿Qué quería?

–¿Quería? Lo que querría cualquier madre. Quería que sus hijos estuvieran a salvo. Quería que yo encontrara una solución. Por eso traía el cheque. Pensaba que tal vez yo pudiera pagar a todos, MD, los clientes, y enterrar el asunto.

–¿Qué le dijiste?

–Era demasiado tarde para eso. Peter ya había empezado a jugar al agente secreto.

–¿Entendiste que la teoría de Peter era que nadie resultara acusado?

–Sí, lo entendí. Eso fue una locura. Pensé que si yo abría la boca, John y él terminarían descuartizados. Pensé que aun esos gilipollas de la fiscalía lo entenderían. No tengo motivos, por Cristo. ¿Voy a destrozar mi vida por unas perras?

–¿Le dijiste todo esto a Clara?

–Era una mujer inteligente. Sabía cuáles eran los riesgos. Estaba muerta de miedo por todos ellos.

–¿Y?

–¿Y qué?

–¿Cómo terminó la conversación, Dixon?

–Oh, no lo sé. La otra razón por la cual había venido era su estado de salud. Quería decirme que tal vez tuviera que contártelo. Es decir, no estaba preocupada por mí... le inquietaba que Silvia se enterara. De todos modos, cuando me hubo dicho esto, puso una expresión muy serena y añadió: «Dixon, no sé si podré continuar». Fue el momento más terrible de mi vida. No tuve que preguntarle de qué hablaba.

–¿Qué respondiste?

–¿Cómo demonios crees que respondí? Le supliqué que no lo hiciera. Durante media hora. Le di todas las razones que se me ocurrieron. Ella seguía hablando de sus hijos. Peter y Kate. Y John. Y de ti. Estaba totalmente deshecha. Traté de tranquilizarla, le aseguré que Peter y Kate estarían bien. ¿Pero qué podía decir para convencerla del todo? –Dixon se encogió de hombros–. Así que le prometí...

Era como todo lo demás. Todo lo demás. Como formas en las

nubes. Él lo había visto, pero nunca había discernido el contorno.
–Le prometiste a Clara que callarías cuando te acusaran y aceptarías los cargos.
Dixon dejó el brazo colgando sobre el sofá. Sacudió las cenizas pero cayeron fuera del cenicero. Se levantó, se restregó las palmas contra los ojos.
–¿Puedo preguntar por qué, Dixon?
–Acabo de decirte por qué. Porque se lo debía. Mira, Stern, yo no soy como tú. No soy sabio ni bueno. No puedo evitar mis acciones. Sólo puedo lamentarlo después. Es la historia de mi vida. Pero limpio mi propia mierda.
Permanecieron un rato en silencio.
–Te libero, Dixon.
–¿Qué?
–Te libero de este peso. Fuiste muy valiente. Hiciste un trato para salvar la vida de Clara, pero a pesar de tus denodados esfuerzos fracasaste. Quedas en libertad.
Dixon meneó la cabeza.
–Se lo prometí.
–Dixon.
–Se lo prometí.
–No puedo permitirlo, Dixon.
–Yo no te pedí permiso.
–He reflexionado mucho, Dixon. Creo que John y Peter deben jugar su propia partida. Tienen que hablar, contratar a otro abogado y decir la verdad a través de él. Ver si confunden a los fiscales, tal como había calculado Peter.
–¿Qué pasará si Sennett de pronto me cree? Si se ensaña con esos dos, los planes que tiene para mí en comparación parecerán juegos de niños.
Stern movió los hombros: su aire fatigado, místico y ajeno. No había palabras.
–Escucha –dijo Dixon–, he cerrado el pico todo el tiempo. Durante meses he esperado a que esos canallas desistieran. Que confundieran las cosas o perdieran el interés o titubearan. Pero no actuaré de este modo. John no lo logrará. He visto cómo actúa ante las situaciones peliagudas. En un tribunal, o con alguien que lo acose en serio, cederá. Hazme caso. Hundirá a Peter consigo y tal vez a Kate.

Sin duda Dixon estaba en lo cierto. Había reflexionado atentamente acerca de ello. John estaría espiando a toda la familia cuando Sennett terminara con él.

–Ése fue el riesgo que escogió Peter, Dixon.

–Oh, al demonio con eso. Son jóvenes.

Stern se sentó en el sofá junto a él. Tocó la mano de Dixon.

–Dixon, comprendo tu propósito. Reconozco que intentas saldar cuentas conmigo... que deseas ver intacto al resto de mi familia. Pero te perdono.

Dixon lo miró irritado... no, más que eso, ultrajado.

–¿Puedes mostrar un poco de gratitud y cerrar el pico? –Se levantó–. Me declararé culpable, Stern. Y quiero que tú te encargues.

–No lo haré.

–No digas chorradas. Esto es lo correcto.

–Es un fraude, Dixon.

–Oh, basta ya, Stern. No empieces a alardear de tu honor. Te conozco hace tiempo. Has hecho cosas peores por razones peores. Estoy hablando de tus hijos.

–No.

–Sí. ¿Crees que eres el único en esta familia con derecho a ser noble?

–Silvia...

–Silvia estará bien, tú la cuidarás. Me verá los fines de semana. Será como un club campestre. Cumpliré esta sentencia sin una queja.

El mayor talento de Dixon consistía en saber vender, y mientras caminaba por la oficina había adoptado aspecto de vendedor. Era pura fanfarronería y Stern lo sabía. Las ojeras y las noches en vela de Dixon no se debían a la perspectiva de una vida de club campestre. Pero Dixon había sido soldado. Sabía que el valor no era la ausencia de miedo, sino la capacidad para seguir adelante con dignidad a pesar del miedo. Entonces Stern recordó al joven que había conocido, con fuerte barbilla y cabello broncíneo, que lucía el uniforme como un trofeo y estaba dispuesto a conseguir la gloria: una perfecta muestra de lo que Stern consideraba la especie más envidiable del planeta: un verdadero americano.

–Dixon, esto está mal.

–Oh, a la mierda con los principios, Stern. ¡A la mierda con tu honor! ¿No comprendes, idiota orgulloso, que ella tenía miedo de recurrir a ti precisamente por esto? –El acalorado Dixon asestó un puñetazo sobre el escritorio. El cristal se quebró con una vibración aguda. Ambos se movieron al instante, cada uno hacia un lado, para sostener los dos fragmentos. A lo largo de la fisura, un borde quedaba por debajo del otro. Las pilas de documentos se habían derrumbado y el puro de Stern había saltado del cenicero y estaba allí, aún encendido–. ¿Se caerá? –preguntó Dixon.

Stern no lo sabía. Al final movió la silla del escritorio y la colocó entre las dos mitades. Dixon apartó las manos lentamente. El escritorio se hundió visiblemente, pero quedó estable.

Stern necesitó un instante para recordar dónde estaban. La contundente observación de Dixon se había perdido en la conmoción; de momento estaba salvado. Sabía que Dixon había cavilado acerca del asunto, y una vez más tenía razón.

Clara había dudado del pragmatismo del esposo, de su voluntad para renunciar a sus escrúpulos, sobre todo en un enfrentamiento con el hijo.

De momento, sin embargo, podía olvidar ese pensamiento; el sufrimiento vendría después, cuando estuviera solo. Pero sentía otro tipo de curiosidad, una curiosidad que se había despertado el día anterior ante un comentario de Peter.

–¿Por qué soy tu abogado, Dixon? Ahora. En este asunto.

–¿A quién más iba a acudir? Además, si hubiera contratado a otro habrías sospechado que ocurría algo.

–Pero dices que temías mis principios.

–No ibas a averiguar qué pasaba.

–¿Por eso me dejaste la caja de seguridad tanto tiempo?

–Estaba cerrada.

–No obstante...

–Escucha, me asustaste con esa cháchara acerca de las órdenes de registro. Te creí. Pensé que éste era el mejor lugar.

–Pero ni siquiera tomaste la precaución de destruir el cheque que te había dado Clara.

–¿Cómo iba a hacerlo? Me imaginé que los banqueros lo buscarían. O el abogado de la herencia. Tenía todo un numerito pensado para cuando ellos llegaran aquí: «Ella quería abrir una nueva cuenta de inversiones para los hijos, murió antes de que termináramos los documentos. Me alegra verlos. Firmen aquí».

Dixon sonrió satisfecho.

–Pero debiste tener en cuenta el riesgo de que yo lo averiguara todo.

Dixon se inclinó sobre el escritorio roto.

–Son tus hijos, Stern. Puedes darme elevados consejos para que los entregue, pero no te veo llamando a la puerta del fiscal. Nunca lo harías. –Dixon, con cara astuta y apuesta, sus ojos fatigados, miró al cuñado–. Harás lo que quiero. Tienes que hacerlo.

–No pudiste resistir el juego, ¿eh, Dixon?

Dixon se encogió de hombros.

–Instinto competitivo –dijo.

–¿Por qué te sientes tan orgulloso con mi flaqueza? Te encanta verme ceder, Dixon.

Aún estaban uno frente al otro. Pero una carcajada ya bailoteaba en la expresión de Dixon a pesar de sus esfuerzos por reprimirla. La situación lo divertía.

–Quiero declararme culpable –concluyó.

Sabía que había ganado. Lo había sabido todo el tiempo.

Stern fue hasta el pasillo a traer café para ambos. Admitió que era un momento oportuno para negociar. Sennett se mostraría reacio a oponerse a una moción relacionada con la relación entre el gobierno y Peter. Aunque al final venciera, Sennett recibiría muchas críticas durante el proceso. Los jueces le reprocharían su inflexibilidad y la defensa protestaría con vehemencia. Los periódicos podían decir cosas desagradables. Sennett estaría ansioso de proteger su reputación.

–Decidido –convino Dixon.

–Pero no permitiré que nos asusten mientras tanto. Sennett tal vez utilice el problema conmigo como respaldo contra ti. No negociaré desde una posición débil. Si me declaran en desacato...

–De acuerdo –dijo Dixon–, podemos tomar celdas contiguas.

Le entregó el teléfono a Stern.

Todavía no eran las ocho; las secretarias no estaban. Pero tuvieron suerte. Sennett mismo atendió el teléfono.

48

Sennett convino en verlo a las cuatro. El fiscal federal se mostró prudente y quiso saber con qué se relacionaba el encuentro, pero Stern se limitó a decir que era necesaria una cita. Sennett estaba en evidente desventaja, demasiado aprensivo para pedirle detalles. A Stern se le ocurrió la idea cuando aún estaban hablando. El tono vibrante e inflexible de la voz de Sennett de pronto lo irritó, pero antes de llamar a Sonny quiso despedirse de Dixon y examinar ciertos detalles del caso de Remo, cuyo juicio empezaría el martes. Para entonces ya era cerca del mediodía.

–¿Tiene unos minutos para comer? –preguntó.

–No voy a comer –respondió Sonny–. El calor me ha afectado. –Ella guardó silencio, tal vez esperando una explicación–. Si es por la reunión con Stan, no estaré allí.

Es un asunto personal, aclaró Stern. Quisiera verla un momento.

–¿Le parece bien en el Morgan Towers Club dentro de veinte minutos?

–Oh, Sandy, detesto esos clubes privados. Parezco un saco. Ya sabe, es el calor.

Como de costumbre, el aire acondicionado del nuevo edificio federal había fallado.

–Prefiero una zona neutral. –Lejos de la oficina de ella, quería decir Stern–. Por el bien de usted. Prometo no mencionar la ropa.

–¿Por mi bien?

–Cuando nos veamos –respondió Stern.

Al principio temió que ella no viniera. Estaba sentado en uno de los mullidos sillones del club, frente al ascensor, observando cómo se abrían y cerraban las puertas de acero bruñido y cómo desembarcaban los hombres de negocios. Sonny llegó agitada y parecía fuera de lugar, como ella misma había reconocido, con su sencillo vestido sin mangas de premamá, más apropiado para pasear por el campo. Sonny parecía haber llegado a ese punto del embarazo en el que se contentaba con seguir con vida. Caminaba con desgana. Llevaba un ancho sombrero con cinta rosada para protegerse del sol.

Stern la saludó con la mano. Le elogió el aspecto y de nuevo la invitó a comer o beber algo.

–No puedo. –Sonny se apoyó una mano en el vientre e hizo una mueca–. Además, llevo prisa. Vamos, Sandy. ¿De qué se trata?

Stern la condujo a un guardarropa apartado, una habitación pequeña con paneles de roble rojo, que no se usaba en verano. Detrás de la pared se oían los ruidos de la cocina y les llegaban olores de carne y verdura por los conductos de aire. El lugar tenía un vago aire clandestino.

–Pido disculpas por estas maniobras. Sospecho que Sennett la criticaría por reunirse conmigo.

Ella hizo otra mueca: ¿a quién le importaba?

–Sonny, estoy profundamente agradecido por su actitud de ayer, pero fue un error. Sin duda el fiscal está disgustado.

–Yo no diría que está contento.

–Sin duda.

Ella estaba buscando un asiento. Le dolían las piernas y había caminado deprisa. Encontró una silla en un rincón. Se sentó frente a los percheros vacíos y se abanicó con el sombrero. Stern permaneció de pie.

–Sandy, al grano.

–Hoy vaya a ver a Stan. Dígale que ha recapacitado y que está dispuesta a actuar enérgicamente.

–No estoy dispuesta a hacerlo. Además, hoy no le importa, de cualquier modo. Está enfadado porque usted averiguó lo del informante. Anoche tuvo a cuatro ayudantes investigando en la biblioteca hasta las dos. Así es Stan. Siempre con sus sandeces machistas: es así porque yo lo digo. Pero cuando las cosas se ponen mal quiere llamar a los marines para que le cubran el trasero. –Sonny calló de pronto. Como de costumbre, se había ido de la lengua–. De paso, yo no tenía idea de quién era. Al fin le pregunté a Stan hace tres días. Después de que habláramos por teléfono. Me parece morboso.

–Sonny, no fingiré que no estoy profundamente afligido, pero aclaro, entre nosotros, que no creo que la conducta del gobierno fuera ilegal.

–Tal vez no, pero apesta. No me molestaría tanto si Stan no tuviera esa sonrisa en la cara. Para él no se trata de principios eternos, sino de rencores personales.

–Sonny, le recuerdo que no hay principios eternos en la práctica de la ley–observó Stern con cierta autoridad–. Hay seres humanos en cada papel, en cada caso. Las personalidades siempre pesan.

–De un modo u otro, la fiscalía se extralimitó. –Sonny acarició la cinta del sombrero–. Escuche, Sandy, no le hice un favor especial. Al menos no tuve esa intención. Simplemente me molestó la idea de enviar una citación basada en ese tipo de información, sin revelar la fuente. Me lo imaginé todo: la juez lo encierra a usted y luego averigua que había una cuestión delicada que el gobierno no había mencionado. Nos tendría a mal traer. Pensé que si usted presentaba una moción, tal vez usted la mencionaría, o nosotros. Me daría la oportunidad de hablar de nuevo con Stan.

Stern asintió. Sonny había razonado con prudencia y buen criterio. Su conducta había sido más juiciosa y profesional que la de su jefe.

–No piense que se me ha pasado el enfado –dijo Sonny–. Sigo irritada. Me jugó usted una mala pasada en el campo, haciéndome preguntas acerca de esos documentos como si jamás los hubiera visto.

–No los había visto. No los he visto en mi vida

Ella lo observó, tratando de dilucidar si él decía la verdad y, en tal caso, cuál era esa verdad.

–No comprendo –dijo, alzando la mano–. Ya sé. Confidencias, ¿no?

–Así es.

–Debe de ser una historia complicada. –Sonny se encogió de hombros–. Supongo que por eso no se la quiere contar al gran jurado.

Él guardó silencio un instante.

–Sonny, cuando estábamos en el campo usted me contó todo lo que podía con la intención de ser ecuánime. Me gustaría pagar con la misma moneda. Hablando esta mañana con Stan, estoy seguro de que le dejé la impresión de que deseaba verlo para quejarme porque el gobierno había usado a mi hijo como informante. Sin duda haré eso. Pero, siempre que Sennett esté dispuesto a hacer las concesiones que le corresponden en estas circunstancias, espero que nuestra conversación conduzca a un acuerdo para que Dixon se declare culpable.

Ella evaluó estas palabras y ladeó la cabeza con admiración

–Muy oportuno –comentó.

–Eso creo. –Ambos reflexionaron un instante sobre las medidas que tomaría Sennett para impedir que Stern provocara un revuelo por las tácticas del gobierno con Peter–. De este modo, ya no habrá investigación por gran jurado ni procedimientos por desacato

Ella sonrió al hacer la asociación.

–Quiere que yo haga las paces con Stan antes de que él lo sepa, ¿verdad? –Sonny rió en voz alta–. Oh, es toda una conspiración. Aunque, desde luego, se lo merece.

Stern también sonrió, pero no dijo nada. Sonny se volvió a abanicar con el sombrero.

–Mire, Sandy, estoy bien con él. No me ha despedido. Sabía que tenía que haberme comentado tiempo atrás algo tan delicado. Además, tiene suficiente astucia política como para evaluar la situación. No quiere que una ayudante lo critique ante los demás, así que prefiere tenerme con él. Se limitó a retirarme del caso. Alega que no soy suficientemente objetiva con usted. –Quizá por el calor, o por lo que había dicho, o por uno de los caprichos físicos del embarazo, de nuevo se le subió el color. Las mejillas le brillaron como una flor–. Lo cual es cierto –añadió deprisa con una sonrisa compungida y lo miró a la cara.

Ambos compartieron una dulce mirada, pensó Stern.

–Está convencido que esa noche yo podría haber escapado con usted –murmulló ella–, si me lo hubiera pedido.

–Estuve a punto de hacerlo –admitió él. Al oír sus propias palabras, comprendió que ambos hablaban en pasado, pero por primera vez eso le resultaba apropiado. Al hablar había hallado un toque de gracia, una nota perfecta, de tal modo que ni ella ni él ni nadie sabrían con exactitud dónde se dividían las aguas, en qué medida obedecía cada sílaba a una intención burlona o a la más sincera pasión perdida–. Por desgracia, usted está casada.

Ella se apoyó ambas manos en el estómago.

–Por suerte.

–En efecto.

–Le dije a Charlie que nos habíamos casado para ser locos juntos, así que tendríamos que seguir igual. –Se rió de sí misma, agitó el sombrero, se tocó los pies–. Dígame que lo aprueba.

–Lo apruebo –dijo Stern.

–Pues yo no –replicó Sonny y ambos se echaron a reír.

–Sonny, usted me ha inspirado –dijo Stern.

Avanzó un paso más, y ella movió la cara, ofreciéndole la mejilla. Pero él no la besó. En cambio, conmovido o, según sus propias palabras, inspirado, le apoyó las manos en los hombros desnudos y luego le acarició suavemente los brazos en una extraña ceremonia. Le aferró los brazos y luego las manos. Ella había erguido la cara para mirarlo a los ojos.

–Cuando crezca –dijo Sonny–, quiero ser como Sandy Stern.

49

Así era la vida, pensó Stern. Bajó en el ascensor de Morgan Towers, parpadeando como si la presencia de esa mujer fuera una luz intensa. Por un instante estuvo lleno de dudas. ¿El desenlace habría sido distinto otro día, si él hubiese estado menos debilitado por la falta de sueño? Las puertas se abrieron al sol del mediodía, que resplandecía por las enormes ventanas del vestíbulo; cuando echó a andar, con los ojos irritados y un ligero mareo, se asombró de sentirse más animado que desde hacía muchos meses. Las cosas esenciales, no simplemente las cotidianas, sino las cuestiones de fe e influencia, permanecían en su lugar, no alteradas por el fracaso. Se tocó el botón central de la chaqueta e irguió la barbilla con dignidad. Alejandro Stern.

No regresó a la oficina. Fue a su casa y se acostó. Se levantaría y vestiría a tiempo para su cita con Sennett. Un filósofo, Descartes creía Stern, había escogido la cama como lugar de reflexión y Stern había seguido su ejemplo durante mucho tiempo. Allí componía la mayoría de sus argumentaciones finales, junto a una bandeja con comida y una libreta amarilla. Hacía muy pocas anotaciones. Hilvanaba mentalmente las frases y argumentos, una y otra vez las mismas oraciones, los mismos conceptos, hasta que sólo el apasionado discurso que iba a pronunciar le ocupaba la conciencia. Hoy se trataba de Clara. Las últimas horas de su mujer ahora le pertenecían.

Stern había conocido a varios suicidas. Era otro de los aspectos tristes de su profesión: muchos clientes se obstinaban en causarse daño. Hacía años que él había dejado de preguntarse por qué. En muchos casos las respuestas eran evidentes: la autonegación, el sufrimiento, las carencias, las vergüenzas, las cicatrices. A finales de los cincuenta, cuando se iniciaba en la profesión, Stern había defendido a una estrella local del *rock and roll* que se llamaba Harky Malarky y estaba acusado de tenencia de drogas. Harky tenía la feroz melancolía de un bardo irlandés y siempre bailaba junto al precipicio. Adicción a la morfina. Mujeres destructivas. Amigos violentos. Murió, borracho como una cuba, en una moto con la cual saltó hacia un majestuoso cañón de Utah.

Había otros, no tan exagerados como Harky, pero todos tenían la certeza de que estaban condenados. Con Clara ocurría lo mismo. Él siempre lo había sabido. Un pesimismo abrumador, aplastante. Nunca preveía un futuro en el cual estuviera incluida. Un psiquiatra que él había conocido, Guy Pleace, le confesó a Stern una noche, durante una fiesta en casa de los Cawley, que todos los días luchaba contra el impulso de suicidarse. Se levantaba cada mañana y era una tarea más, como afeitarse o ir a la oficina: tratar de no matarse. Esa noche, dijo Pleace, había visto una especie de duende que lo llamaba desde el poste de la luz. Había dado tres veces la vuelta a la manzana para asegurarse de que no estaba allí. Su esposa, que estaba acostumbrada, lo tomó con calma, sabiendo que él tenía que hacerlo. Finalmente, tres años atrás, Guy había perdido una partida de ruleta rusa, con una bala en el tambor: por lo visto, había dejado que los duendes tuvieran su oportunidad.

En medio de su deprimente confesión, Pleace, medio borracho, se habla reído porque una eminencia de la psicología profunda, tal vez Freud, había comentado que los seres humanos no pueden captar la realidad de sus propias muertes. No era el caso de Guy, ni tal vez el de Clara, o de la mayoría de los que se marchan por propia voluntad. La taza siempre está medio vacía o medio llena. Para la mayoría de la gente –y desde luego para Stern– se trataba de saber cuánto quedaba.

Desde que había cumplido cuarenta años, a su modo codicioso, se había irritado ante la sensación de que la porción había sido escasa. Aquí, en casa, tapado en la cama, solo con los ruidos vespertinos del vecindario y el aire acondicionado, reconoció que la muerte de Clara lo había intimidado. Nos alineamos con ciertas figuras reconocibles. El turno de ella. Ahora el tuyo.

Pero para Clara, como para Guy, el momento nunca debía de haber estado lejos. Nate, de hecho, le había dicho eso. Para Clara siempre se trataba de un corto viaje hacia un destino conocido. Quería ser útil a lo largo del camino. Pero una sensación de inutilidad que trascendía todo diagnóstico psicológico –depresión, anemia– la había abrumado. ¿De qué valía esperar, dados los milenios, una eternidad que nunca compartiría? Con esta actitud había analizado sus opciones finales. El ampuloso y abnegado gesto de Dixon, al final, sólo debía de haber agudizado su confusión. No podía ser testigo de ese espantoso acto de autosacrificio. No podía revelar sus problemas y el pasado a su esposo, porque lo devastarían a él y a Silvia, dado el extraño efecto de explosión en cadena de la furia y el pesar. Eso habría sido una pobre recompensa para Dixon, quien en tales circunstancias tal vez llegara a perder la voluntad y el temple para cumplir su promesa.

Tampoco podía soportar que sus hijos fueran a la cárcel. No era suicidio, pensó Stern. No según Clara. Era eutanasia ante una angustia mortal.

¿Podría él haberla salvado? ¿Era mentira, un bálsamo superficial para su alma, pensar que si ellos dos se hubieran casado en la actualidad, en una época más sincera, esto no habría ocurrido? Se habían asignado los papeles en tiempos en que sus ambiciones mutuas dejaban más espacios inexplorados. Ahora había asesores, consejeros y especialistas en autosuperación para obligar a las parejas a caminar dentro de terrenos compartidos. Él había respetado límites que habría podido cruzar con un poco más de fortaleza, de atención o de valor. Pero cada esfuerzo habría sido contra la voluntad de ella.

Más de treinta años atrás, Clara Mittler había compuesto una pieza, la había llamado Clara Stern y había resuelto tocarla hasta el fin. Era una pieza para instrumentos de viento, de gracia austera e infalible belleza, y él era el público pasivo, un par de manos que aplaudían cuando se tomaba tiempo para ocupar su butaca. Pero la serena precisión de esta representación ocultaba a todos –incluida ella misma– una desgarradora turbulencia. En alguna parte hervía una furia ensordecedora. Ella sólo la conocía como un sonido discordante. El ruido siempre estaba con ella, le había dicho a Nate, la estrepitosa disonancia de la angustia y la inevitable decepción. Últimamente el ruido llegaba desde todas partes, a un volumen insoportable, y Clara había sufrido el inevitable pesar del esteta: nunca alcanzaría la belleza.

Por alguna razón ahora Stern sabía algo que antes ignoraba: cómo había sucedido. Nunca había entendido por qué su mujer había escogido el coche. Pero hoy resultaba evidente. Ella había encendido el arranque y había puesto una cinta en el casete. La policía ni siquiera había mirado, desde luego. Habría sido Mozart, por cierto, pero Stern sintió frustración porque nunca sabría qué había elegido. ¿El *Réquiem*? ¿La sinfonía *Júpiter*? Pero podía imaginar el resto. Había subido el volumen: los susurrantes instrumentos de viento y los plañideros violines coparon el pequeño espacio, de modo que ni siquiera un buen oído pudiera detectar el ruido del motor. Clara se recostó, con los ojos cerrados, mientras la majestuosa música avanzaba en crecientes oleadas hacia ese instante perfecto del final de cada ejecución, el momento en que reinaba el silencio.

50

Cuando llamó Helen, Stern estaba soñando: Dixon se le acercaba en una esquina. Fumaba un puro de Stern y comentaba en tono burlón que se le había caído el pelo. Se acariciaba la coronilla y con satisfacción daba media vuelta para que Stern le viera la calva. Mientras Helen hablaba, Stern seguía envuelto en la telaraña del sueño y por un instante pensó que aún no había despertado.

–¿Qué?

Estaba desorientado. ¿Ella estaba llorando?

–Te necesito –dijo Helen con un jadeo. Al principio había repetido que sentía molestarlo–. Pero te necesito aquí. Por favor.

–Sí, sí. Estaré allá enseguida.

En el cuarto de baño, la luz lo mareó. Se enjuagó la cara y desistió de la idea de afeitarse. La almohada le había dejado una arruga en la mejilla. ¿Había mencionado Helen el problema? Uno de los hijos, supuso Stern. El que iba a la universidad. Bajó al garaje.

Cuando puso el Cadillac en marcha, se conectó el reloj digital. Eran casi las tres de la madrugada del viernes. Había dormido desde las nueve y había descansado sólo un par de horas el miércoles por la noche. Marta lo había mantenido despierto, pidiéndole que le explicara de antemano todos los conceptos que incluiría en el argumento final del caso de Estados Unidos contra Cavarelli. Stern había pronunciado su discurso a las diez de la mañana del jueves y luego había esperado con el pobre Remo el regreso del jurado, que apareció casi a las cinco. Inocente. La juez Winchell había dirigido una mirada amarga a Remo, pero sólo había hecho un comentario a Moses Appleton: «Mejor suerte la próxima vez». Marta, que había ayudado a su padre e incluso había interrogado a uno de los agentes de vigilancia, quería celebrarlo. El caballeroso Moses había insistido en invitarlos a un trago. Después de tomar un agua mineral,

Stern se había despedido de los dos para ir a descansar. ¿Por qué el triunfo y la exaltación siempre resultaban tan fugaces? Ahora conducía en medio de la noche hacia la casa de Helen, mientras despertaba poco a poco y cada vez más alarmado.

En la calzada de Helen había una camioneta ante la puerta del garaje. Stern leyó las letras, invertidas para que fueran legibles en los espejos retrovisores:

AMBULANCIA
Servicio médico de urgencia

Otra vez no, pensó Stern. Se acercó a la carrera, haciendo tintinear las monedas y las llaves en los bolsillos; no tuvo que llamar. Helen abrió la puerta y cayó en sus brazos con gratitud. Él le vio la cara apenas un instante, y era todo un espectáculo. Estaba totalmente maquillada cuando había roto a llorar. El lápiz de ojos le había embadurnado las mejillas, las lágrimas le habían dibujado estrías de maquillaje bajo los ojos, tenía el pelo desgreñado. A pesar de la bata, Stern supo que no llevaba más ropa encima. Al notarla tan cerca, al recibir la voz y el aliento, se sintió barrido por una cascada de sensaciones. Su pobre corazón. Era como una lapa flotando en el mar y dispuesta a adherirse a cualquier prominencia. Pero apreciaba ese ardor, esa presencia, esa necesidad. Sentía gran afecto por Helen Dudak y agradecía profundamente este instante.

–¿Qué sucede? Por favor–preguntó.

Ella meneó la cabeza.

–Siento mucho haberte molestado. Eras la única persona que se me ocurrió. Sandy, por favor...

No terminó la frase. Una convulsión la sacudió y se llevó la mano a la boca. Se apoyó en él una vez más.

–Señora, oiga. ¿Señor? –Un latino con el uniforme pardo del servicio de ambulancias llamaba desde el rellano de la escalera–. Él no está bien.

El hombre meneó la cabeza.

Helen soltó un gemido.

Stern corrió escalera arriba, siguiendo al enfermero. En el dormitorio de Helen reinaba un terrible hedor. Había un hombre allí, una figura crispada y rígida, desnuda, la cara bajo una máscara de oxígeno. Al parecer había perdido el control de los esfínteres en el momento culminante. Allí había un segundo enfermero, un joven blanco, y ambos estaban atareados con el instrumental que habían instalado junto a la cama, dos grandes tanques de hierro forjado verde y un carro con cables y artefactos. En una esquina de la enorme cama había una mesilla de madera. El latino que Stern había visto en la escalera lo llamó. Estaba sacando el último cable del pecho del hombre.

–¿Electrocardiograma? –Silbó y dibujó una línea recta en el aire–. Malo. Lo certificarán en Riverside. ¿Puedo usar el teléfono? Tengo que llamar a la policía.

El camillero quitó la máscara al hombre de la cama y le cerró los ojos con un hábil movimiento del índice y el pulgar. Stern lo vio desde la puerta.

–Santo cielo –exclamó en voz alta.

Helen había subido. Stern aferraba la jamba de la puerta.

–¿Quién es? –le preguntó a ella, siguiendo un impulso de vergüenza o esperanza. Helen no lo había mirado a la cara desde que había llegado. Aferró con las suyas la mano de Stern e inclinó la cabeza para apoyarle la frente en el hombro–. Helen, por favor, dime que no es Dixon.

Ella sólo meneó la cabeza, los desgreñados mechones de pelo color zorro. No tenía palabras para ese momento. En cualquier caso, nunca podría decir lo que deseaba Stern.

Stern llamó a la policía con el consentimiento de los enfermeros. Se puso en contacto con la cuarta división de homicidios e insistió en que le pusieran con el teniente. Cuando el teniente llamó, Stern avisó a los enfermeros. Por órdenes del teniente, los enfermeros quedaron relevados. Podían irse y dejar el cuerpo a la policía. Stern los acompañó mientras empujaban los tanques y el carro. Helen se quedó sentada junto a la puerta, en un banco tapizado destinado a la correspondencia y los paquetes. Seguía abatida, los ojos clavados en una copa de brandy. Stern se sentó junto a ella y Helen le pasó la copa.

–Lamento haber tenido que llamar –repitió Helen.

–Por favor, no... –Agitó la mano en el aire. Sobraban las palabras–. ¿En pleno acto?

Ella asintió.

Murió con las botas puestas, pensó Stern. Dixon Hartnell estaría complacido en sus momentos de vanidad. Stern intentó sonreír, sin éxito.

–¿Cuánto hace que ocurre esto?

–¿Ocurre?

–Esto –dijo Stern resueltamente.

Helen alzó los ojos.

–Sandy, por favor, no emplees ese tono conmigo. Él llamó. ¿He hecho algo malo?

Stern evaluó la situación, demasiado desconcertado para seguir su habitual instinto para la reticencia.

–Está casado, Helen.

–Pues yo no.

–No –convino Stern.

–¿Crees que esto estaba dirigido contra ti, de algún modo?

¿Lo estaba? Quién podía saberlo. Miró hacia arriba, donde el cuerpo de Dixon yacía bajo una vieja sábana azul como una estatua amortajada.

–Me llamó. La semana que tú me plantaste, a decir verdad. Me gustaba su compañía. Eso es todo.

–Muy bien.

–Él era muy romántico –dijo Helen, con manifiesta irritación–. Llamaba, pasaba a cualquier hora. Era encantador.

–Sí, entiendo –la interrumpió Stern.

No era preciso preguntar dónde pasaba Dixon las noches. Su próxima réplica sería «Basta».

Guardaron silencio. Stern oía el tictac de los relojes, el ruido de los aparatos. Los faros de otro automóvil barrieron la calzada.

–El policía –indicó Stern.

Helen se ciñó el cinturón de la bata y se preparó para contar la historia.

Radczyk venía solo, con su arrugada chaqueta y un viejo sombrero de fieltro. Stern pidió a Helen que fuera al salón y lo invitó a pasar.

–Siempre ocasiones tristes, teniente.

–Gajes del oficio –dijo Radczyk, y soltó su carcajada inofensiva, divertido por su propia ocurrencia.

Tenía la cara abotargada de sueño. Se pasó la mano por el cabello y aferró el sombrero.

Stern presentó a Helen, quien resumió en pocas frases lo que había ocurrido. Estaban haciendo el amor, explicó. Radczyk hacía anotaciones en su libreta.

–Veamos –dijo–. Este tipo y la muchacha... –señaló cortésmente a Helen–. Este tipo...

–Mi cliente –rectificó Stern.

–Su cliente –convino Radczyk. Al fin asintió invitando a Stern a seguirlo al pasillo–. Entiendo que este sujeto no vivía en la casa.

–Helen Dudak es soltera. Él era mi cuñado –explicó Stern–. El marido de mi hermana.

–De acuerdo –dijo Radczyk.

Cabeceó varias veces. Ahora entendía.

–Esto será terrible para ella.

–Claro, claro. ¿Qué quiere usted? –Sabía que había algo, pues Stern había dicho por teléfono que le pediría un favor. Deseaba ahorrar sufrimientos innecesarios a la hermana, dijo Stern. Radczyk escuchó con atención.

–Echaré un vistazo para asegurarme de que no hay problemas –dijo Radczyk.

Iba al grano. Era su trabajo.

Arriba examinó el cuerpo, le tocó el pecho, movió a Dixon de un lado al otro. Radczyk se tocó la nariz.

–Apesta –comentó–. Apoplejía o ataque cardíaco, ¿verdad?

–El corazón –apuntó Stern.

Era el diagnóstico de los enfermeros.

Radczyk compartía esta opinión.

–Parece bien. No hay marcas ni nada. Yo no tengo nada en contra, si usted está seguro de que quiere actuar de ese modo.

Stern dijo que sí.

–Tengo que hacer un par de llamadas –dijo Radczyk–. Conseguir a alguien que pulse la tecla equivocada en el ordenador. –Le guiñó el ojo. En la puerta del dormitorio, Radczyk cogió el brazo de Stern, bajó la voz–. ¿A qué viene la mesilla?

Señaló la mesilla que estaba en la esquina de la cama.

Stern se encogió de hombros.

Mientras Radczyk hablaba por teléfono, Stern se acercó a Helen. Ella no se había movido. Todavía estaba en bata, pálida y agobiada, descalza, con las pantorrillas flacas muy blancas sin las medias. Tenía al lado la copa de brandy. Stern cogió la copa y le contó sus planes.

–Así será mucho más fácil para Silvia –apuntó.

Dixon y él tenían que almorzar con Silvia aquel mismo día. Stern iría a la casa y juntos le contarían que Dixon se iba a declarar culpable de dos cargos de fraude la siguiente semana y pronto sería recluido en un centro penitenciario federal, tal vez el de Minnesota, por un año, diez meses con buena conducta. No era una misión agradable, y curiosamente la idea de que se había librado de ese doloroso deber facilitaba ligeramente lo que tenía que hacer ahora.

–Silvia –murmuró Helen, y rompió a llorar de nuevo–. Supongo que yo intentaba vengarme de ti.

–Tenías derecho.

Ella se enjugó la nariz con la manga antes que Stern pudiera sacar el pañuelo.

–Lo intentaba –dijo Helen, con su modo enfático y sincero–. Estaba tan herida, Sandy. Siento... sentía... Demonios. –Bajó la cabeza y por un instante rió y lloró al mismo tiempo–. Él me iba a dejar de todos modos. Hacía días que no venía y esta noche dijo que teníamos que romper. Yo no podía creerlo. El sustituto también me abandonaba. –Helen sonrió un poco, pero entonces recordó algo, tal vez el momento de la muerte. Se abrazó el cuerpo y cerró los ojos–. Él intentaba consolarme.

Guardó silencio un instante.

–Debí ser menos tonta. También traté de vengarme de Miles, cuando descubrí lo que pasaba. ¿Sabías eso? Que tuve un amorío antes de abandonarlo.

–No. ¿Debía saberlo?

–Siempre creí que todos lo sabían. ¿Tú no? Tenía la seguridad de que estabas al corriente aquella noche.

Stern la miró con incredulidad.

–¿Qué noche?

–Cuando pasó Nate –dijo Helen–. En tu casa. Yo había llevado la cena.

Stern reflexionó sobre eso.

–No lo apruebo –declaró de pronto–. Lo comprendo. Pero no apruebo nada de esto.

La exclamación lo asombró. No tanto el juicio como su repentina fuerza. Advirtió que se había puesto en evidencia, un hombre con opiniones tajantes que por lo general callaba. Parecía que había hablado por confusión, pero Helen comprendió. Lo miró con valentía. Como lo conocía bien, sabía que necesitaba denunciar algo.

–Claro que no –dijo Helen.

Radczyk regresó.

–Todo al pelo –apuntó–. Ya está arreglado. No habrá informe ni nada. Esto nunca ha ocurrido. –Cabeceó, un gesto cortés dirigido a Helen–. Le echaré una mano –le dijo a Stern.

La ropa de Dixon estaba desparramada por la habitación. Stern recogió las prendas, pero Radczyk se las quitó de las manos.

–Déjeme a mí –dijo–. Un detective de homicidios es medio sepulturero.

Vistieron a Dixon y lo llevaron fuera. Radczyk cogió los tobillos y Stern tomó las manos de Dixon, pegajosas, extrañamente firmes. Frías, casi heladas, no parecían humanas. Peso muerto, decían. Fue una tarea agotadora. Helen se apartó al ver el cuerpo. Apoyaron a Dixon en un sofá, en una salita cercana a la cocina, y luego Stern acercó su coche al garaje. Juntos colocaron a Dixon en el asiento trasero y lo cubrieron con la misma sábana.

–Nos encontraremos allí –anunció Radczyk–. Haré una llamada e iré para allá.

Stern insistió en que no era necesario, pero Radczyk no quiso saber nada.

–Si va a andar por el centro de la ciudad con un fiambre, será mejor que lleve una placa. De lo contrario parecerá bastante raro.

Radczyk se marchó y Stern fue a ver a Helen, quien se había sentado de nuevo en el banco. Entretanto se había vestido con una blusa negra y pantalones ceñidos, y se había lavado la cara. Parecía tensa pero controlada. Stern había reflexionado sobre su exabrupto y ahora estaba avergonzado. Ese tono pomposo era hipócrita y quiso disculparse.

–Por favor, Sandy –lo interrumpió ella.

Él suspiró.

–Tienes que entenderlo –deslizó.

Entonces le habló sin rodeos acerca de Clara: ella y Dixon habían tenido una aventura años atrás. Mientras hablaba, comprendió que le contaría cualquier cosa a Helen Dudak.

–Oh, Sandy.

Ella se tapó la boca abierta con una mano.

–¿Entiendes?

–Sí, desde luego. –Ella cerró los ojos y le cogió la mano–. Él debía de envidiarte muchísimo.

–¿Envidiarme?

–¿No lo ves?

La idea era estremecedora.

Se quedaron sentados en silencio. Stern tenía que irse, encontrarse con Radczyk. Ella aún le aferraba la mano y Stern no tenía ganas de marcharse.

–¿Cómo está ella? –preguntó Helen.

Stern no comprendió.

–Tu nueva amiga –precisó.

–Oh, eso –Stern sonrió–. Pertenece al pasado. Locura temporal. Creo que he madurado de nuevo.

Ambos callaron. Al fin Helen aflojó el cuerpo y se sostuvo la cara con las manos, con su gesto juvenil de costumbre.

–¿Crees que estamos condenados a repetir toda la vida los mismos errores? –preguntó.

–Existe esta tendencia –admitió él. Pero, desde luego, si creía que el alma siempre sería esclava de sus fetiches privados, ¿por qué había ido a Estados Unidos? ¿Por qué clamaba pidiendo justicia para personas a menudo irredimibles? ¿Qué había intentado superar durante todos esos meses?–. Pero también creo en una segunda oportunidad.

–También yo –dijo Helen, y le cogió la mano de nuevo.

Después de casarse con Helen en la primavera siguiente, Stern le dijo varias veces que todo se había resuelto cuando se sentaron juntos en aquel banco. Pero no era cierto. Durante meses él vaciló acerca de muchas cosas, sobre todo de él mismo, de los límites de sus fuerzas y la forma exacta de sus deseos. Pero al despedirse esa noche, la abrazó una vez más –Helen, quien había estado en la cama con Dixon horas atrás, y Stern, quien tenía el cadáver de Dixon en el asiento trasero del coche– y experimentó por un instante, al abrazarla en esas circunstancias imposibles, la luz clara del deseo. Ya lo había sentido al saludarla esa noche, pero los acontecimientos habían añadido una nueva urgencia. ¿Qué era? Nunca podría explicarlo, pero al escuchar la confesión de Helen le embargó una fuerte emoción. Adoraba su desorden, su confusión, su apresurado reconocimiento de que ella, como todos, y a pesar de sus esfuerzos, no se conocía del todo. Así que la abrazó otro instante y le contó otra cosa. El último giro de los acontecimientos con Dixon. El hecho de que sus hijos estaban involucrados, aunque no aclaró cómo. Sabía que Helen querría compartir todos los secretos, contar los suyos y oír lo que él no contaba a nadie más. Con el tiempo tal vez lo hiciera. La primavera siguiente hablaría de ese momento, de esos hallazgos.

Luego Alejandro Stern, abrumado por pensamientos y sentimientos, se puso en marcha, sintiendo el peso de la presencia que llevaba detrás. Ante cada semáforo, ladeaba el espejo retrovisor para ver el bulto que ocupaba el asiento trasero.

–Por Dios, Dixon –dijo en voz alta en una ocasión.

¡Envidiarlo a él! ¿Por qué? Era un hombre gordo con acento extranjero. El respeto que exigía, la estima, no significaba nada, era algo intrascendente y transitorio. ¿Cuáles eran sus logros? ¿Una complicada vida familiar? Pobre Dixon. Sus afanes eran inagotables. Los grandes hombres, pensó Stern, tenían grandes apetitos. ¿Alguien había dicho eso? No estaba seguro, ni sabía qué nombre ponerle a Dixon. Gran algo, pensó.

El coche de Radczyk, un viejo Reliant, estaba en la zona de carga, detrás del edificio. Stern cogió el picaporte y se disponía a bajar cuando lo dominó de nuevo la sensación, nítida como algo ya vivido, de que nada de aquello había ocurrido, de que el momento era irreal, al igual que los acontecimientos de los últimos meses. Él era otra persona en otra parte. Esto era el invento de un demente acurrucado en la litera de un manicomio lejano. Miró los círculos ambarinos arrojados por los faroles de la calle y regresó poco a poco a la realidad.

Trasladaron a Dixon, envuelto en la sábana. Radczyk mantuvo

abiertas las puertas del edificio con trozos de cartón y ambos transportaron el cadáver hasta el montacargas. En un edificio ocupado principalmente por abogados era probable que hubiera alguien, incluso a las seis menos cuarto de la mañana. En el mugriento montacargas mantuvieron de pie a Dixon, más alto que ambos. Radczyk sostenía el cuerpo apoyando una mano en el cinturón del cadáver.

En la oficina de Stern, intentaron ponerlo en el sofá, tal como lo había encontrado esas dos noches recientes. Stern cruzó las piernas de Dixon y el cuerpo rodó hacia adelante, hasta desmoronarse en el suelo.

Stern se tapó la cara. No pudo contenerse. Él y Radczyk se echaron a reír.

Lo pusieron de nuevo en el sofá y lo sostuvieron allí. Stern le desabrochó la chaqueta, le alzó las manos. Ahora era como el maniquí de una tienda. Cuando Stern arqueó las piernas de Dixon para colocarle bien los pies, la cabeza cayó hacia adelante, con la boca abierta en un inequívoco rictus de muerte.

Ambos permanecieron inmóviles un instante.

–¿Cómo puedo agradecérselo, teniente? –preguntó Stern cuando Radczyk se marchaba.

–No es necesario –replicó Radczyk. Miró a Stern con tristeza–. Tenía una deuda con usted y de otro modo nunca la habría saldado.

Radczyk había repetido cien veces que estaba en deuda con él, pero Stern nunca había captado el porqué. Ahora lo comprendía. Había una razón por la cual Radczyk estaba presente en todos los encuentros de Marvin con Stern. Una razón para su nerviosismo. A fin de cuentas, él y Marvin eran como hermanos. Habían compartido muchas cosas. Demasiadas. Radczyk había aprovechado la oportunidad para reformarse, pero Marvin había seguido el camino más habitual. Stern miró a Radczyk, un hombre a quien apenas conocía: ambos sabían los más terribles secretos del otro. Stern cabeceó en un gesto de confianza, gratitud, renovación.

Acompañó al policía hasta la puerta y luego fue a coger la sábana. No quería indicios delatores cuando los demás llegaran allí esa mañana. Regresó a la oficina y se quedó a solas con el cuerpo de su cuñado, Dixon Hartnell. No había un sitio cómodo donde sentarse. Como es natural, el sofá quedaba descartado y la silla aún estaba bajo el cristal roto, pues el trajín que le había causado el juicio de Remo le había impedido cambiar el escritorio. Stern tuvo que sentarse en una de las sillas tapizadas de respaldo recto, un poco pequeñas para él. Puso la silla frente al cadáver. Dixon parecía triste, vacío. El color grisáceo era poco natural. El espíritu había huido.

–¿El bien gana siempre, Dixon? –preguntó Stern–. Gana en las películas.

No supo cómo se le ocurrieron estas palabras, ni por qué rompió a llorar al decirlas. Hacía días que tenía ganas de llorar, pero lo desconcertó el momento. Era inútil controlarse. La tormenta arreciaba en su interior. Se tapó la boca con el pañuelo y se llevó el puño a los labios para reprimir un aullido.

–Por Dios, Dixon –repitió una y otra vez.

Cuando se calmó, se levantó, se acercó al sofá y decidió rezar. Nunca había sabido bien en qué creía. En los días festivos asistía al *shul* e interpelaba directamente al Señor. El resto del año parecía agnóstico. Pero en ese momento procuró ser sincero, pues estaba en su mejor papel, un abogado que no hablaba por sí mismo.

Acepta, querido Dios, el alma de Dixon Hartnell, quien ofreció sus propias compensaciones y viajó por su propio camino. Se equivocó, como hacemos todos, quizá más que otros. Pero reconocía hechos fundamentales. No que seamos malignos, pues no lo somos. Pero por lo que sea –egoísmo, impulso, furia, deseo o codicia– estamos inclinados hacia el mal; nuestra tragedia es saber que eso nunca puede cambiar; nuestro deber es intentar en todo momento superarlo; nuestra gloria, triunfar a veces.

Un traje colgaba detrás de la puerta de la oficina y Stern se cambió. Tenía una camisa y una corbata en un cajón, y una navaja. No tendría su maletín, pero nadie lo notaría en la confusión. Fue a afeitarse, regresó y se sentó ante el teléfono. En cuanto oyera llegar a alguien, llamaría a Silvia para decirle que acababa de encontrar a Dixon en la oficina, donde había pasado muchas noches últimamente, obsesionado con su defensa.

Desde ese lado del escritorio, veía los estantes donde estaban las fotografías enmarcadas de su familia, las que Dixon había contemplado la semana anterior. Estaban libres. Por completo. John. Kate. Incluso Peter. No había pensado en ello hasta ahora. Con la muerte de Dixon, todo el asunto llegaba a su fin. Los acontecimientos y la vergüenza se perderían en el pasado. Con la fortuna de Clara, incluso podían considerarse ricos. Ellos tres también tendrían una segunda oportunidad. Trató de imaginar el futuro de todos, pero sólo vio sombras borrosas, perturbadoras. Luego recordó: habría un bebé. Los hijos siempre unían a una familia. Incluso la suya, supuso. Como en una pintura surrealista, una imagen onírica, los vio a todos junto a ese bebé rosado y desconocido en una especie de aura, cada rostro iluminado por una maravillosa alegría instintiva. Rodearían al niño y cada uno de ellos sería otra persona: padre, abuelo, tío. Nuevas responsabilidades. Fantasías. Sueños. Se cometerían errores, como es normal. Se repetirían los malos hábitos, y se enseñarían de nuevo. Cada uno de ellos sucumbiría en cierta medida a la locura, al llamado del oscuro e indómito pasado. No obstante, seguirían adelante.

Oyó que alguien llegaba y cogió el teléfono. Al oír la voz de la hermana dijo su nombre y, a pesar del dolor que de pronto lo embargaba, habló. Otro golpe terrible, anunció. Ella comprendió enseguida.

–Compartiremos este peso –dijo Stern–. Déjame ayudarte.

NOTA DEL AUTOR

He tenido la suerte de contar con el conocimiento especializado de muchos amigos para escribir este libro. El doctor John Weiss me brindó su invalorable asesoramiento en lo referente a asuntos médicos, así como el doctor Robert Stein, examinador médico del condado de Cook, y mi padre, el doctor David Turow. Agradezco a Nadya Walsh por contarme sus recuerdos de Argentina y a Steve Senderowitz por comentar conmigo varios problemas financieros legales. Mis socios Jim Ferguson y Tom Opferman fueron de gran ayuda en otros asuntos legales.

También debo señalar que Gabriel Turow es autor de la mayoría de las excelentes líneas del capítulo 29.

Por último, agradezco a mis amigos de las bolsas de operaciones con vencimiento futuro, en especial a Frank y Brian Gelber, de Gelber Group Inc.

La ayuda de estas personas sin duda impidió muchos errores. Los que hayan quedado son de mi exclusiva responsabilidad.

Título de la edición original: *The Burden of Proof*
Traducción del inglés: Carlos Gardini
Diseño: Norbert Denkel
Ilustración: Eduardo Arroyo

Círculo de Lectores, S.A.
Valencia, 344, 08009 Barcelona
1 3 5 7 9 1 9 0 7 8 6 4 2

Licencia editorial para Círculo de Lectores
por cortesía de Ediciones B, S.A.

Depósito legal: B. 17363-1991
Fotocomposición: punt groc & associats, Barcelona
Impresión y encuadernación: Printer industria gráfica, s.a.
N. II, Cuatro caminos s/n, 08620 Sant Vicenç dels Horts
Barcelona, 1991. Printed in Spain.
ISBN 84-226-3662-X
N.° 39412